文史哲丛刊（第二辑）
主编：王学典

文府索隐：中国古代文学新考

周广璜　刘丽丽　编

2018年·北京

图书在版编目（CIP）数据

文府索隐：中国古代文学新考 / 周广璜，刘丽丽编. —北京：商务印书馆，2018
（文史哲丛刊. 第二辑）
ISBN 978-7-100-16284-5

Ⅰ. ①文… Ⅱ. ①周… ②刘… Ⅲ. ①中国文学－古典文学研究－文集 Ⅳ. ①I206.2-53

中国版本图书馆CIP数据核字（2018）第140538号

权利保留，侵权必究。

文史哲丛刊
（第二辑）
文府索隐：中国古代文学新考
周广璜 刘丽丽 编

商 务 印 书 馆 出 版
（北京王府井大街36号 邮政编码 100710）
商 务 印 书 馆 发 行
三河市尚艺印装有限公司印刷
ISBN 978 - 7 - 100 - 16284 - 5

2018年10月第1版　　　开本 880×1230　1/32
2018年10月第1次印刷　　印张 14 5/8
定价：60.00元

出版说明

《文史哲》杂志创办于1951年5月,起初是同人杂志,自办发行,山东大学文史两系的陆侃如、冯沅君、高亨、萧涤非、杨向奎、童书业、王仲荦、张维华、黄云眉、郑鹤声、赵俪生等先生构成了最初的编辑班底,1953年成为山东大学文科学报之一,迄今已走过六十年的历史行程。

由于一直走专家办刊、学术立刊之路,《文史哲》杂志甫一创刊便名重士林,驰誉中外,在数代读书人心目中享有不可忽略的地位。她所刊布的一篇又一篇集功力与见识于一体的精湛力作,不断推动着当代学术的演化。新中国学术范型的几次更替,文化界若干波澜与事件的发生,一系列重大学术理论问题的提出与讨论,都与这份杂志密切相关。《文史哲》杂志向有与著名出版机构合作,将文章按专题结集成册的历史与传统:早在1957年,就曾与中华书局合作,以"文史哲丛刊"为名,推出过《中国古代文学论丛》、《语言论丛》、《中国古史分期问题论丛》、《司马迁与史记》等;后又与齐鲁书社合作,推出过《治学之道》等。今者编辑部再度与商务印书馆携手,推出新一系列的《文史哲丛刊》,所收诸文,多为学术史上不可遗忘之作,望学界垂爱。

文史哲编辑部

商务印书馆

2009年10月

《文史哲丛刊》第二辑
编辑工作委员会

顾　问　孔　繁　刘光裕　丁冠之
　　　　　韩凌轩　蔡德贵　陈　炎
主　编　王学典
副主编　周广璜　刘京希　李扬眉
编委会（按姓氏笔画为序）
　　　　　王大建　王学典　王绍樱　刘　培
　　　　　刘丽丽　刘京希　孙　齐　李　梅
　　　　　李扬眉　邹晓东　陈绍燕　范学辉
　　　　　周广璜　孟巍隆　贺立华　曹　峰

目　录

索靖生平著作考 ……………………………………… 丁宏武 / 1

王维进士及第与出生年月考 …………………………… 王勋成 / 23

杜甫与严武关系考辨 …………………………… 傅璇琮　吴在庆 / 36

杜甫、严武"睚眦"再考辨
　　——与傅璇琮、吴在庆先生商榷 ………………… 丁启阵 / 52

严羽卒年及行踪略考 …………………………………… 蔡厚示 / 67

徐增与金圣叹交游新考 ………………………………… 陆　林 / 73

王士禛、赵执信交恶真相考 …………………… 陈汝洁　刘聿鑫 / 109

陈宝箴"赐死"考谬
　　——与刘梦溪、邓小军两先生商榷 ……………… 李开军 / 126

陈宝箴为慈禧密旨赐死说再考辨
　　——从陈三立"门存"诗谈起 ……………………… 陈　斐 / 169

《涉江》中"伍子"为子胥考......................................姚小鸥 / 203

《三都赋》的撰年及其他......................................牟世金 / 212

卢谌、刘琨赠答诗考辨..刘文忠 / 234

类书、总集误收颜延之诗文辨正................................杨晓斌 / 240

鲍照《登大雷岸与妹书》作期考................................凌　迅 / 248

杜甫献《三大礼赋》时间考辨..................................张忠纲 / 255

《陋室铭》作者问题释证......................................孙思旺 / 266

《水浒传》成书于明初考
　　——基于袍服颜色的考察..................................张　伟 / 288

"宫体"缘起考辨
　　——兼论徐摛非宫体诗开创者而是"今体"的倡导者..........胡大雷 / 303

五言律诗定型时间新考
　　——以李乂《次苏州》为例................................龚祖培 / 322

唐宋"口号"诗考论..刘湘兰 / 338

明代早期历史演义小说回目考论................................胡海义 / 355

汉语诗歌"拗救"说辨伪......................................龚祖培 / 374

苏轼非"形似"论源流考......................................黄鸣奋 / 422

"狸猫换太子"故事源头考..........................伏俊琏　刘子立 / 432

《遵化署狐》故事源流补考....................................白亚仁 / 445

后　记.. / 457

索靖生平著作考

丁宏武

索靖是魏晋时期著名的书法家,也是当时河陇士人的杰出代表。史载其"该博经史,兼通内纬","才艺绝人",深受傅玄、张华、卫瓘等人器重。但是,由于西晋末年的战乱,其所著《索子》、《晋诗》等大量作品湮没不存,其生平事迹除《晋书·索靖传》(以下简称《晋书》本传)[1]、张怀瓘《书断》[2]外,史籍鲜见载述。今人曹道衡、沈玉成编《中国文学家大辞典·先秦汉魏晋南北朝卷》、戴燕撰《索靖、陆机交往考》[3],虽然对其生平进行过钩稽探讨,但仍有不少问题诸如籍贯、生卒年、任尚书郎的时间、死因等,需要进一步考辨和澄清。关于其著作与书法作品,也缺乏必要的梳理和辨析。今就这些问题略述己见,以就正于大方之家。

---

[1] 房玄龄等撰:《晋书》卷六十《索靖传》,中华书局 1974 年版,第 1648—1650 页。
[2] 张彦远:《法书要录》卷八引张怀瓘《书断中》,人民美术出版社 1986 年版,第 265 页。
[3] 曹道衡、沈玉成:《中国文学家大辞典·先秦汉魏晋南北朝卷》,中华书局 1996 年版,第 332 页;戴燕:《索靖、陆机交往考》,《中国典籍与文化》2004 年第 1 期。

一、家世、籍贯与师承

关于索靖的家世籍贯,《晋书》本传的介绍相当简略:"索靖字幼安,敦煌人也。累世官族,父湛,北地太守。"相比而言,张怀瓘《书断》的记载较为详细:"索靖字幼安,燉煌龙勒人。张伯英之姊孙。父湛,北地太守。幼安善章草书,出于韦诞,峻险过之。"其中对索靖的籍贯、家世、师承有更明确的交代。据《汉书·地理志》、《后汉书·郡国志》、《晋书·地理志》等记载,龙勒县为汉代敦煌郡属县,在敦煌郡西部边陲,境内有阳关、玉门关,晋承汉制。据考古调查,其县治遗址为今甘肃省敦煌市阳关镇北工村一社北部的"南湖破城"[①]。

索靖出身于汉晋时期敦煌世族索氏,敦煌遗书伯2625号载录的《敦煌名族志》残卷,对索靖以前敦煌索氏的历史有详细记述。从中可知,汉武帝元鼎六年(前111),太中大夫索抚因直谏忤旨,获罪徙边,从钜鹿南和迁至敦煌,此后不断繁衍发展,遂为敦煌望族。[②]又据《汉书·武帝纪》,元鼎六年"分武威、酒泉地置张掖、敦煌郡,徙民以实之"[③]。这一记载与《敦煌名族志》互为印证,说明索氏是敦煌建郡之初即徙居守边的家族之一。东汉初年,索颢等以武力起家,建功西域;东汉中后期,索展、索翰等师事杨赐、王朗,明经入仕,索氏逐渐由武力强宗向儒学世族转变;西晋初年,涌现出了索靖、索紾、索绾(《晋书》作"索永")等著名人物,"敦煌五龙",索氏独占其三。《敦煌名族志》

---

① 侯仁之:《敦煌县南湖绿洲沙漠化蠡测》,《中国沙漠》1981年第1期;李并成:《大漠中的历史丰碑——敦煌境内的长城和古城遗址》,甘肃人民出版社2000年版,第107—109页。
② 《法藏敦煌西域文献》第16册,上海古籍出版社2001年版,第331页。
③ 班固:《汉书》卷六《武帝纪》,中华书局1962年版,第189页。

关于索氏的记载，至索靖而残损不全。索靖的祖父，史无记载。

《书断》称索靖为"张伯英之隶孙"，"隶孙"，宋代《墨池编》卷三引作"离孙"①。《法书要录》卷一引南齐王僧虔《论书》又云"张芝姊之孙"。据《尔雅·释亲》："男子谓姊妹之子为出……谓出之子为离孙。"②则索靖确为张芝姊之孙。据《后汉书·张奂传》等记载，张芝字伯英，敦煌渊泉人，汉末名臣张奂长子，善草书，后世誉为"草圣"。就《后汉书》、《敦煌名族志》等的记载看，敦煌张氏也是两汉以来的河西望族。

《书断》云索靖"善章草书，出于韦诞，峻险过之"，说明索靖师法韦诞。韦诞是曹魏著名书法家，《三国志》卷二十一《刘劭传》载录其名，裴松之注引《文章叙录》云："诞字仲将，太仆端之子。有文才，善属辞章。……初，邯郸淳、卫觊及诞并善书，有名。"③《法书要录》卷八引张怀瓘《书断》也有其小传，称其"伏膺于张芝，兼邯郸淳之法，诸书并善……然草迹之妙，亚乎索靖也。嘉平五年（253）卒，年七十五"④。又据《晋书》卷三十六《卫瓘传》附录卫恒《四体书势》，韦诞草书师法张芝，为张芝弟子。就《后汉书》卷六十五《张奂传》、《法书要录》卷八引张怀瓘《书断》等的记载看，张芝于汉桓帝永康元年（167）随父徙居弘农华阴，而韦诞世居京兆；张芝卒于汉献帝初平年间（190—193），而韦诞生于汉灵帝光和二年（179），则韦诞师事张芝完全可能，卫恒的说法应该可信。如此，则张芝草书经韦诞而传至索靖，所

---

① 朱长文编：《墨池编》，《影印文渊阁四库全书》第812册，台湾商务印书馆1986年版，第708页。
② 郝懿行：《尔雅义疏》，《汉小学四种》，巴蜀书社2001年版，第1041页。
③ 陈寿：《三国志》卷二十一《魏书·刘劭传》，中华书局1959年版，第621页。
④ 张彦远：《法书要录》卷八，第273页。

以王僧虔《论书》说索靖"传芝草而形异甚"(《法书要录》卷一引)。

二、生卒年与首次入京游诣太学考

索靖卒于晋惠帝太安二年(303),《晋书》本传和《书断》的记载相同。但以上二书关于其年寿的记述有异,《晋书》本传称其"时年六十五",《书断》云"年六十"。由此推断,索靖的生年有两种可能:一是生于魏明帝景初三年(239),二是生于魏齐王正始五年(244)。相较而言,"六十五"岁说更为可信。因为前引《书断》云韦诞卒于魏齐王嘉平五年(253),若索靖生于正始五年,则嘉平五年年仅十岁,师事韦诞又必在此年以前,亦即索靖不足十岁,所以可能性不大。据此推断,关于索靖的年寿及生年,《晋书》本传的记载比较可信。这也是目前学界普遍认同的说法。

《晋书》本传云:"靖少有逸群之量,与乡人氾衷、张甝、索紾、索永俱诣太学,驰名海内,号称'敦煌五龙'。四人并早亡,唯靖该博经史,兼通内纬。"索靖早年就读太学的经历,前引《敦煌名族志》残卷也有记载,但五人中的"索永"作"索绾",而且说索靖早年"不应辟召,乡人号曰腐儒"。关于索靖游诣太学的具体时间,史籍没有明确记载。据相关文献,魏晋时期诸生入太学,一般为十五岁左右。《太平御览》卷六一三引王粲《儒吏论》曰:"古者八岁入小学,学六甲五方书计之事;十五入大学,学君臣朝廷王事之纪。"[1]《三国志》卷十五《刘馥

---

[1] 李昉等撰:《太平御览》卷六一三,中华书局1960年版,第2759页。

传》、《宋书》卷十四《礼志一》载,曹魏正始年间,刘靖上疏陈儒训之本,亦云:"依遵古法,使二千石以上子孙,年从十五,皆入太学。"稽诸史籍,三国时杜袭年十三入太学,号曰神童(《三国志》卷二十三《杜袭传》裴注引《先贤行状》);钟会年十五入太学,问四方奇闻异训(《三国志》卷二十八《钟会传》裴注引钟会母传);西晋赵至"年十四,诣洛阳,游太学"(《晋书》卷九十二《赵至传》)。依通例推断,索靖入太学,也应以十五岁为宜。若以其生于魏明帝景初三年(239)推算,当在魏齐王嘉平五年(253)。又据《通典》卷五十三所载曹魏时期的太学学制,由初入学之门人,经弟子、掌故、太子舍人、郎中,到能通五经,随才叙用,至少需历时十年。① 所以,索靖的太学生涯,至迟应在曹魏景元三、四年间(262、263)结束。如果此推断切实,则索靖应该参与了景元三年洛阳太学生三千人营救嵇康的活动。而嵇康的最终被杀以及魏晋易代之际的血腥政局,很可能就是此后较长一段时期索靖"不应辟召"的主要原因。

由于索靖的著述散佚不存,所以其学术传承难以深入稽考。但从《晋书》本传的记述看,索靖精通经史,兼通谶纬内学,应为汉末儒学的继承人。这一推断还有其他材料为证。其一,敦煌遗书斯1889号《燉煌氾氏人物传》云:"氾祎,字休臧,晋冥安太守,素刚直。祎少好学,师事司空索静(按:应为'靖'之误),通《三礼》、《三传》、《三易》、河洛图书,玄明究算历。"② 氾祎是两晋之际敦煌人,事迹又见《太平御览》卷四二八引崔鸿《前凉录》、《晋书》卷八十六《张茂传》

---

① 杜佑:《通典》,中华书局1988年版,第1464页。
② 王仲荦:《敦煌石室地志残卷考释》,中华书局2007年版,第179页。

等,其师事索靖应属事实。而他所精研的《三礼》、《三传》等,正是索靖博通的经史、谶纬之学。其二,唐长孺先生在详细考察魏晋学风的地域差异后认为:"三国时期的新学风(玄学)兴起于河南,大河以北及长江以南此时一般仍守汉人传统(经说传注与谶纬)。"魏晋时期河北和江南的学风都比较保守。① 唐先生所说的"大河以北",无疑也包括关陇河西在内。这也为我们推断索靖的学术传承提供了有力的佐证。总之,索靖早年虽曾游诣洛阳太学,但受玄学影响甚微,其继承的仍然是汉代儒生的经传谶纬之学。

三、应辟入仕与第二次入京任尚书郎考

《晋书》本传云:"州辟别驾,郡举贤良方正,对策高第。傅玄、张华与靖一面,皆厚与之相结。"索靖应辟入仕的时间虽然难以详考,但可以以他与傅玄、张华的交往以及举贤良方正为线索略加推测。傅玄于魏元帝咸熙元年(264)七月受封鹑觚男,返回京城洛阳,于晋武帝咸宁四年(278)六月病逝(《晋书·傅玄传》)。② 又据《晋书·卫瓘传》,咸宁初年,索靖已被擢任尚书郎。据此推断,索靖与傅玄、张华见面的时间,应在咸熙、泰始年间(264—274)。由于《敦煌名族志》残卷有索靖"不应辟召,乡人号曰腐儒"的记载,所以索靖应辟入仕的确切时间,应该在魏晋易代彻底完成且政局已趋平稳的泰始四年(268)以后。

---

① 唐长孺:《读〈抱朴子〉推论南北学风的异同》,《魏晋南北朝史论丛》,生活·读书·新知三联书店1955年版,第351—381页。
② 魏明安、赵以武:《傅玄评传》,南京大学出版社1996年版,第426—429页。

据《晋书·武帝纪》，泰始四年六月，诏曰："郡国守相，三载一巡行属县，必以春，此古者所以述职宣风展义也。……士庶有好学笃道，孝弟忠信，清白异行者，举而进之。"十一月己未，"诏王公卿尹及郡国守相，举贤良方正直言之士"。① 考诸《晋书》，挚虞、郤诜、夏侯湛等人都是泰始年间所举贤良方正之士，且据《晋书·挚虞传》，此次举荐人数众多，仅策为下第者就有十七人，而如此大规模的举荐完全是泰始四年十一月举贤诏的必然结果。由此推断，索靖被举贤良方正当与挚虞等人同时，具体时间应在泰始四年年底或泰始五年（269）。傅玄、张华与索靖见面并厚交，也应就在此时。②

史载索靖对策高第，西晋王朝"拜驸马都尉，出为西域戊己校尉长史"。但因其同郡人张勃的举荐，擢任尚书郎。于是与卫瓘、罗尚、潘岳、顾荣等名士同台共事，留下"一台二妙"等佳话。索靖任尚书郎的具体时间，可以依据一些史料详加稽考。据《晋书·卫瓘传》，卫瓘"咸宁初，征拜尚书令，加侍中。……瓘学问深博，明习文艺，与尚书郎敦煌索靖俱善草书，时人号为'一台二妙'"③。《法书要录》卷八引《书断》亦云："瓘弱冠仕魏为尚书郎，入晋为尚书令，善诸书，引索靖为尚书郎，号'一台二妙'。"④ 卫瓘任尚书令的时间，《资治通鉴》卷八十《晋纪二》有明确记载：咸宁四年（278）九月辛巳，"以侍中、尚书令李胤为司徒"；"冬十月，征征北大将军卫瓘为尚书令"⑤。据上述记

---

① 房玄龄等撰：《晋书》卷三《武帝纪》，第57、58页。
② 曹道衡、沈玉成编《中国文学家大辞典·先秦汉魏晋南北朝卷》"傅玄"条也将索靖与傅玄、张华的结交系于泰始五年（269）以后。
③ 房玄龄等撰：《晋书》卷三十六《卫瓘传》，第1057页。
④ 张彦远：《法书要录》卷八，第264页。
⑤ 司马光编著，胡三省音注：《资治通鉴》卷八十《晋纪二》，中华书局1956年版，第2550、2551页。

载，索靖至迟于咸宁四年十月或稍后已任尚书郎。又据《艺文类聚》卷九十九引王隐《晋书》："太康六年，荆州送两足虎，时尚书郎索靖议称'半虎'。"① 这一记载与《晋书》卷三《武帝纪》、卷二十八《五行志中》所载太康六年荆州南阳获两足兽之事互相印证，说明索靖于太康六年（285）仍为尚书郎。由此可以推断，从晋武帝咸宁四年到太康六年，索靖一直任尚书郎。

索靖初任尚书郎的时间，可能要早于咸宁四年。因为从泰始四年（268）十一月诏举贤良到咸宁四年，其间历时约十年之久，又据《晋书》本传，太子仆张勃特表，"以靖才艺绝人，宜在台阁，不宜远出边塞。武帝纳之，擢为尚书郎"，说明索靖实际并未出任西域戊己校尉长史之职（即使出任，时间也不会太长）。依此推断，索靖可能于对策高第后拜驸马都尉，不久即任尚书郎，时间在泰始五年或稍后。《书断》所谓卫瓘援引索靖为尚书郎之事不一定属实。

从史籍记载不难看出，索靖之所以能够任职尚书台，主要由于"才艺绝人"，故而张勃举荐，卫瓘称引。唐李嗣真《后书品》所谓"无愧珪璋特达"（《法书要录》卷三引），正是此意。明刻宛委山堂本《说郛》卷六十引挚虞《决疑要注》说："尚书台召人用虎爪书，告下用偃波书，皆不可卒学，以防矫诈。"② 说明作为朝廷重要的行政官署，尚书台对官吏的书法比较看重，而且垄断了"虎爪书"、"偃波书"一类的书体，正是在这种独特的工作环境中，才有"一台二妙"的雅号产生并广为流传。

---

① 欧阳询撰，汪绍楹校：《艺文类聚》卷九十九，上海古籍出版社1999年版，第1716页。
② 陶宗仪等编：《说郛》一百二十卷本（明刻宛委山堂本），《说郛三种》，上海古籍出版社1988年版，第2776页。

《晋书》本传又云，索靖任尚书郎，"与襄阳罗尚、河南潘岳、吴郡顾荣同官，咸器服焉"。索靖与罗尚诸人同任尚书郎的时间，史籍没有确切记载，稽考史料，可能在太康四年（283）至六年。理由如下：

其一，罗尚任尚书郎之事，《晋书》本传失载。《华阳国志》卷八《大同志》云："尚字敬之，一名仲，字敬真，襄阳人也。历尚书丞、郎，武陵、汝南太守，徙梁州，临州（此谓益州刺史）。"① 据此，则罗尚确实曾任尚书丞、尚书郎。据《晋书·罗尚传》、《华阳国志》卷八等记载，永康元年（300），赵廞反于蜀，乃拜梁州刺史罗尚为平西将军、益州刺史。罗尚出任梁州刺史的时间，《晋书》本传系于太康末年，但万斯同、吴廷燮等编《晋方镇年表》俱不信从。吴廷燮据《华阳国志·后贤志》、《大同志》等记载，确定太康十年（289）至元康七年（297）的梁州刺史依次为寿良、杨欣、粟凯，元康八年（298）始为罗尚。② 就前引《华阳国志》所述罗尚仕历分析，吴廷燮的系年比较可信，罗尚很可能于太康末年出任武陵太守，此后又转任汝南太守，元康末年迁为梁州刺史。据此推断，罗尚于太康年间任尚书丞、尚书郎合情合理，也恰好与索靖同台共事。

其二，据《晋书·潘岳传》，潘岳在出任河阳令、怀令后，因勤于政绩，"调补尚书度支郎"，但并未记载职位徙转时间。由于多数学者认为《怀旧赋》是潘岳离开怀县回洛阳任尚书度支郎时所作，今人王晓东根据《怀旧赋序》提供的历史信息，推断《怀旧赋》作于太康四年（283），最迟也不会晚于太康五年（284），所以潘岳大约在太康四年任

---

① 常璩著，任乃强校注：《华阳国志校补图注》，上海古籍出版社1987年版，第471页。
② 吴廷燮：《晋方镇年表》，《二十五史补编》第3册，中华书局1955年版，第3439、3440页。

尚书郎。又据《晋书·挚虞传》，潘岳任尚书郎期间，将作大匠陈勰掘地得古尺，潘岳与挚虞曾就古今尺长短问题有过辩难。王晓东依据《晋书·五行志上》的记载，推断陈勰掘地得古尺，当在晋武帝太康八年（287）年初改修太庙"筑基及泉"之时。① 其说有据，可以信从。如此，则潘岳自太康四年至八年一直任尚书郎，索靖的确有过与潘岳同官的经历。

其三，据《晋书·顾荣传》，顾荣为江南望士，"吴平，与陆机兄弟同入洛，时人号为'三俊'。例拜为郎中，历尚书郎、太子中舍人、廷尉正"②。说明顾荣在入洛的早期曾任尚书郎。又据《晋书·陆机传》，陆机"年二十而吴灭，退居旧里，闭门勤学，积有十年。……至太康末，与弟云俱入洛"。张华素重其名，曰："伐吴之役，利获二俊。"③已知吴亡于晋武帝太康元年（280），所以二陆入洛可以确定在太康十年（289）。如果顾荣与二陆同时入洛，索靖此时可能已经出任雁门太守，不可能与顾荣同台共事。综合考察相关记载，顾荣入洛的时间，可能要早于太康十年。首先，如果顾荣与二陆同时入洛，张华所谓"利获二俊"之说明显忽视了顾荣，不符合张华广交名士的一贯作风。其次，稽诸史籍，晋武帝太康年间吴人入洛，规模较大者计有三次：太康元年五月，封孙皓为归命侯，"吴之旧望，随才擢叙"（《晋书》卷三《武帝纪》），薛莹至洛阳，"特先见叙，为散骑常侍"（《三国志》卷五十三《薛莹传》），葛悌"以故官赴，除郎中"（《抱朴子外篇·自叙》）；太康四年，诏征南士陆喜等十五人，随才授用（《晋书》卷五十四《陆机传》

---

① 王晓东：《潘岳研究》，上海古籍出版社2011年版，第56—59页。
② 房玄龄等撰：《晋书》卷六十八《顾荣传》，第1811页。
③ 房玄龄等撰：《晋书》卷五十四《陆机传》，第1467—1473页。

附《陆喜传》）①；太康九年（288），诏令"内外群官举清能，拔寒素"（《晋书》卷三《武帝纪》），陆机、陆云等于次年北上洛阳。如果顾荣确实曾与索靖同台共事，其入洛的时间应该在太康四年，此时索靖正任尚书郎。

总之，如果《晋书》本传记载属实，索靖与罗尚、潘岳、顾荣等人同官共事的时间，应在太康四年（283）至六年（285）之间。

四、出任郡守与第三次入京死于战乱考

《晋书》本传称："靖在台积年，除雁门太守，迁鲁相，又拜酒泉太守。惠帝即位，赐爵关内侯。"根据这段记述，索靖于晋武帝晚年出任雁门太守。又据上文考订，索靖于太康六年仍任尚书郎，所以其出任郡守的时间，应在太康六年以后。太康七年（286）五月，"鲜卑慕容廆寇辽东"②，杀掠甚众，此后每岁寇边，滋扰不绝，至太康十年五月归降，东夷始安。索靖于太康末年出任雁门太守，当与鲜卑慕容廆犯边有关。其后迁鲁相、拜酒泉太守的时间，也难以详考，但应在晋惠帝即位之初的数年间（290—295），因为元康六年（296）西戎反叛，索靖奉命调离酒泉参与平叛。又敦煌遗书伯3720号载《莫高窟记》，其文云"晋司

---

① 此次下诏时间，《晋书》仅云"太康中"。但据陆云《晋故散骑常侍陆府君诔》，陆喜卒于太康五年（284）四月，则诏征当在太康三、四年间。又据《三国志》卷五十三《薛莹传》及裴松之注引干宝《晋纪》，薛莹于太康元年入洛，太康三年即卒，晋武帝曾问吴士存亡者之贤愚，莹各以状对。姜亮夫先生认为西晋诏征陆喜等十五人，与薛莹举荐有关，故系于太康四年。详参姜亮夫：《陆平原年谱》，古典文学出版社1957年版，第36页。

② 房玄龄等撰：《晋书》卷三《武帝纪》，第76页。

空索靖题壁号仙岩寺,自兹以后,镌造不绝"①。索靖题壁是迄今为止见于文字记载的莫高窟历史上最早的事件,其时间很可能在索靖任酒泉太守期间,当然也不排除其游诣太学结束后"不应辟召"的一段时间,但无论如何,题壁时间应在晋惠帝元康六年之前。

据《晋书·惠帝纪》、《资治通鉴》卷八十二《晋纪四》等,永熙元年(290)五月,杨骏欲依魏明帝即位故事,普进封爵以求媚于众,"丙子,诏中外群臣皆增位一等,预丧事者增二等,二千石已上皆封关中侯"。此即晋惠帝赐爵之始末,索靖时任酒泉太守,例在赐爵之列。

《晋书》本传又云:"元康中,西戎反叛,拜靖大将军梁王肜左司马,加荡寇将军,屯兵粟邑,击贼,败之。迁始平内史。"据《晋书·惠帝纪》,元康六年八月,秦、雍氐羌悉叛,氐帅齐万年僭号称帝,至元康九年正月平定叛乱。据此,索靖调离酒泉太守应在元康六年八月后,迁始平内史当在元康九年(299)正月前后。其所任始平内史一职,《三国志》卷二十一《卫觊传》裴松之注引《世语》又作"扶风内史",但因史料缺乏,难以详考其正误。

索靖再度入京为官,是在西晋末年的"八王之乱"时期。《晋书》本传云:"及赵王伦篡位,靖应三王义举,以左卫将军讨孙秀有功,加散骑常侍,迁后将军。太安末,河间王颙举兵向洛阳,拜靖使持节、监洛城诸军事、游击将军,领雍、秦、凉义兵,与贼战,大破之,靖亦被伤而卒,追赠太常,时年六十五。"据《晋书·惠帝纪》,永宁元年(301)正月,赵王伦篡位,三月,齐王冏、成都王颖、河间王颙等起

---

① 王重民:《莫高窟记》(敦煌史料之一),《历史研究》1954年第2期;马德:《〈莫高窟记〉浅议》,《敦煌学辑刊》1987年第2期。

兵;四月,赵王伦及其党与败灭。则索靖响应三王,因功迁后将军在永宁元年。又据《晋书》卷五十九《河间王颙传》、《资治通鉴》卷八十四《晋纪六》,赵王伦篡位,齐王冏谋讨之,前安西参军夏侯奭在始平合众数千以应冏,河间王颙开始随附赵王伦,故派兵擒斩夏侯奭。后闻齐王冏等兵盛,乃转随齐王冏等举义。值得注意的是,夏侯奭在始平率先合众举义,索靖时任始平内史,所以夏侯奭的行动可能受到索靖的支持,其后索靖因功迁后将军,当与此事有关。

索靖所任后将军一职,《晋书·职官志》置于晋武帝泰始八年(272)。《太平御览》卷二三八引《晋起居注》(刘宋刘道荟撰)亦云:"太始八年,置后军将军,掌宿卫。"① 从"掌宿卫"的职守推断,索靖迁后将军,实际上就是调离始平内史之职,再次入京任职。

索靖死于太安二年(303)河间王司马颙进攻洛阳的战事,史籍载述没有异议。但是,由于《晋书》本传表述含糊,索靖究竟为谁而战,学界看法并不一致。曹道衡、沈玉成编《中国文学家大辞典·先秦汉魏晋南北朝卷》认为索靖系为保卫洛阳而战死,戴燕撰《索靖、陆机交往考》认为索靖接受了河间王颙的任命,进攻洛阳受伤而亡。② 稽考相关史料,可以断定索靖是为保卫洛阳而殉职,理由如下:其一,索靖所任后将军"掌宿卫",保卫洛阳是其职责;其二,史载索靖"领雍、秦、凉义兵与贼战",据《晋书》卷八十九《刘沈传》、卷六十《皇甫重传》、卷八十六《张轨传》等记载,太安二年河间王司马颙举兵进攻洛阳,雍州刺史刘沈、秦州刺史皇甫重、凉州刺史张轨俱支持长沙王司

---

① 李昉等撰:《太平御览》卷二三八,第1128页。
② 曹道衡、沈玉成:《中国文学家大辞典·先秦汉魏晋南北朝卷》,第332页;戴燕:《索靖、陆机交往考》,《中国典籍与文化》2004年第1期。

马义,反对河间王司马颙,史载张轨"遣兵三千,东赴京师",此即索靖所领三州义兵之主力,所与对阵之贼兵,无疑指张方率领的河间王颙的军队。其三,据《晋书》之《惠帝纪》、《张方传》、《河间王颙传》等记载,太安二年(303)八月,河间王颙、成都王颖举兵讨长沙王义,河间王部将张方击破皇甫商,进攻西明门,长沙王义奉帝率中军左右卫击之,张方大败,死者五千余人。此后张方筑垒数重,战局于是逆转。综合推断,索靖所参与的破贼之战,应该就是使张方惨败的西明门之战,索靖也因受伤过重而去世。

总之,自永宁元年四月迁任后将军以来,索靖一直留守洛阳,直至太安二年八、九月间受伤去世。与他基本同时遇难的,还有陆机、陆云等人,只不过二陆此时为成都王司马颖僚属,司马颖任命陆机为前锋都督,统兵进攻洛阳,陆机兵败被诛,祸及陆云、陆耽等。值得注意的是,陆云《与兄平原书》中,有一通提到了索靖:"云再拜。疏成高作,未得去。省《登遐传》,因作《登遐颂》,须臾便成,视之复谓可行,今并送之。……谨索幼安在此,令之草,今住一弘,不呼作工。谨启。"① 就此文来看,索靖与陆云曾经有过交往。前引戴燕《索靖、陆机交往考》以此为最重要的线索,探讨两位西晋书法名家之间的交往,认为永宁元年赵王伦被诛前后,索靖有可能在洛阳停留,也有机会与陆机、陆云碰面。但戴先生对此后索靖的行踪没有进行深入考察,所以推断索靖不久离开洛阳,太安二年又受河间王颙的任命进攻洛阳,与历史事实不符。就本文的考证看,索靖自永宁元年四月后一直在洛阳,所以可以断定其与陆机、陆云的交往就在这一时期。此后虽然各为其主,效

---

① 严可均辑校:《全上古三代秦汉三国六朝文·全晋文》卷一〇二,中华书局1958年版,第2043页。

命疆场，但殊途同归，死于非命，良可痛惜。

五、索靖著作与墨迹考述

就史籍载述看，索靖的著作堪称丰硕，但流传至今者仅零星散篇而已。严可均辑《全晋文》，仅收录《草书状》、《月仪帖》、《书》三篇作品。今据《晋书》本传、史志目录、《法书要录》等的记载，结合丁国钧、文廷式、秦荣光、吴士鉴、黄逢元等撰《补晋书艺文志》（《二十五史补编》第3册），对索靖著作与墨迹进行简单钩稽与辨析。

《晋书》本传载，索靖"著《五行三统正验论》，辩理阴阳气运。又撰《索子》、《晋诗》各二十卷。又作《草书状》"。按：以上诸作，除《草书状》外，均已亡佚。由于《晋书》表述欠明晰，所以难以确定《五行三统正验论》的具体卷数。以中华书局1974年出版的《晋书》点校本的断句看，似与《草书状》一样，属单篇论文，但若在《晋诗》后断句，则又似为二十卷著作。严可均《全晋文》卷八十四、胡旭《先唐别集叙录》卷九都以为此书有二十卷。"五行"、"三统"之说，是汉代流行的哲学观念。董仲舒《春秋繁露》、班固《白虎通义》等都有详细论述。五行之说以木、火、土、金、水五种物质及其作用统辖时令、方向、神灵、音律、服色、食物、臭味、道德等等，以至于帝王的系统和国家的制度；三统说以黑统、白统、赤统三正推演历史循环变化的规律。[1] 以"辩理阴阳气运"为主旨的《五行三统正验论》，应该还是汉儒

---

[1] 冯友兰：《中国哲学史》下册，华东师范大学出版社2000年版，第7—38页；顾颉刚：《五德终始说下的政治和历史》，《古史辨》第五册，上海古籍出版社1982年版，第404—616页。

思想的继承与阐释。诸家《补晋书艺文志》一般著录于子部天文家类。又按：《五行三统正验论》、《索子》和《晋诗》，《隋书·经籍志》等俱不著录，《太平御览》等唐宋类书也不见征引，可能亡佚于西晋末年的战乱。《草书状》又见载于《艺文类聚》卷七十四、《法书要录》卷七《书断上》、《太平御览》卷七四七。其中《艺文类聚》、《书断上》的征引为节录，《太平御览》的引文与《晋书》本传基本相同。各书引录篇名也不一致，《艺文类聚》作《书势》，《太平御览》作《书状》，《书断上》题名与《晋书》本传相同。因为《书断上》对各种书体及其演变都有详细考察，并且在各种书体的叙录中都分别征引了相应的文章，如"古文"引卫恒《古文赞》，"大篆"引蔡邕《大篆赞》，"章草"引崔瑗《草书势》等，其于"草书"条征引了索靖《草书状》，说明此文篇名应作《草书状》，《晋书》本传的记载不误。

《隋书·经籍志》著录《牵秀集》，其下附注云："梁又有游击将军《索靖集》三卷，亡。"按：学界普遍认为，《隋书·经籍志》注中称"梁有"者，皆指阮孝绪《七录》的著录情况。[①] 据此，则南朝梁代有《索靖集》三卷。由于此集《晋书》本传不载，且仅三卷，所以应该不是索靖生前编成流传的别集，而是东晋或南朝宋齐时代的辑本。又按：《隋书·经籍志》虽云《索靖集》已亡佚，但此后不少史志仍有著录。《旧唐书·经籍志》、《新唐书·艺文志》著录二卷，《宋史·艺文志》著录一卷，《通志·艺文略》、《国史经籍志》著录三卷。胡旭认为两《唐志》著录卷数与梁本有异，"盖唐开元间广征天下典籍时复得梁本，然佚去

---

① 参见钱大昕《廿二史考异》卷三十四《〈隋书·经籍志〉考异》，章宗源《隋书经籍志考证》卷八"七录"条，余嘉锡《古书通例》卷一等。

一卷";宋代以后著录三卷者,盖抄录《隋志》著录梁本卷数,非亲见是集,不足据。① 就史志著录情况推断,《索靖集》的完全亡佚似在元代。

清代严可均辑《全晋文》,其卷八十四据《淳化阁帖》采录《书》一篇(即《七月廿六日帖》)、《月仪帖》一篇(书帖十八条),又录《草书状》一篇。按:宋《淳化阁帖》卷三收刻的索靖作品共有两篇,一篇为《七月廿六日帖》(又称《七月帖》、《廿六日帖》),另一篇为《载妖帖》(又称《皋陶帖》、《皋陶书》),严可均以其"脱误不可句读",故不录。今人水赉佑《淳化阁帖集释》综合前人研究成果,释其文为:"□载。妖孽遏臧。灾害莫告。咎皋陶惟士。绳罪报鞠。按城据号。裁割辜戮。羞屈愬漫。逆曲归想。辍寂斗争。会复□□。軘鼓肆陈。爰曰于予。琴瑟以咏。歌其命□。禽爵翔荣。兽乃歌舞。声翳丽城。越动飞走。脉土虔农,姬弃掌稷。"② 又按:唐代刘𫗧《隋唐嘉话》载:"晋平南将军侍中王廙,右军之叔父,工草隶飞白,祖述张、卫法。后得索靖书《七月二十六日》一纸,每宝玩之。遭永嘉丧乱,乃四叠缀于衣中以过江,今蒲州桑泉令豆卢器得之,叠迹犹存。"③ 宋人黄伯思《东观余论》亦云:"索靖《七月二十六日帖》本七纸,晋王平南廙每宝玩之。值永嘉乱,乃四叠缀衣中以度江。唐蒲州桑泉令豆卢器得之,叠迹犹存。今所录惟一纸耳,摹传失真,无复意象。"④ 王廙,《晋书》卷七十六有传,史载其"少能属文,多所通涉,工书画,善音乐",生活年代为两晋之交,且与其父王正曾任尚书郎,《隋唐嘉话》等的记述应该可信。关于

---

① 胡旭:《先唐别集叙录》卷九,中国社会科学出版社 2011 年版,第 178 页。
② 水赉佑:《淳化阁帖集释》,上海古籍出版社 2009 年版,第 125 页。文中加"□"处,疑有脱文。
③ 刘𫗧:《隋唐嘉话》卷下,中华书局 1979 年版,第 54 页。
④ 黄伯思:《东观余论》卷上,人民美术出版社 2010 年版,第 9 页。

《七月帖》的文本内容，南宋姜夔《绛帖平》略有考释（《四库全书》史部目录类），兹不赘录。

严辑《月仪帖》出自南宋淳熙秘阁续帖第七卷（《石刻铺叙》），宋拓本残失四月、五月、六月三章（应为书帖六条），剩余九章即严可均所辑书帖十八条。此帖唐宋典籍屡有称引。《法书要录》卷三引唐李嗣真《后书品》云："上中品七人：蔡邕、索靖、梁鹄、钟会、卫瓘、韦诞、皇象……钟、索遗迹虽少，吾家有小钟正书《洛神赋》，河南长孙氏雅所珍好，用子敬草书数纸易之。索有《月仪》三章，观其趣况，大为遒竦，无愧珪璋特达，犹夫聂政、相如，千载凛凛，为不亡矣。又《毋丘兴碑》，云是索书，比蔡石经，无相假借。"①《东观余论》卷下《跋索靖章草后》云："索将军章草下笔妙古今，《七月二十六日帖》、《月仪》、《急就篇》，此著名书也。"②北宋董逌《广川书跋》亦云："观晋人评书，以索靖比王逸少，而欧阳询至卧碑下……近世惟淳化官帖中有靖书，其后购书四方，得《月仪》十一章，今人续帖中。其笔画劲密，顾他人不能睥睨其间，然与前帖中书亦异，不知谁定之。李嗣真曰：'靖有《月仪》三章，观其趣尚，大为遒竦。……'今《月仪》不止三章，或谓昔人离析，然书无断裂，固自完善，殆唐人临写，近似。"③此后姚鼐、杨守敬等人都推断宋拓本《月仪帖》为唐人摹写之作。关于其文字内容，沈曾植认为"征西书语意质古，为汉、魏间人语无疑，亦或草书家相传旧文，不必自制也"④。周一良、赵和平等先生认为

---

① 张彦远：《法书要录》卷三，第105页。
② 黄伯思：《东观余论》卷下，第139页。
③ 董逌：《广川书跋》卷六，《影印文渊阁四库全书》第813册，第394页。
④ 沈曾植：《海日楼题跋》卷二，《海日楼札丛》（外一种），中华书局1962年版，第88页。

"仍出于晋人之手"①。笔者认为《月仪帖》的文字内容应出自索靖，理由如下：其一，据《初学记》卷四、《太平御览》卷二十九"元日"条，东晋王羲之著有《月仪书》，其文体与《月仪帖》相同；其二，索靖久仕台阁，友朋书札往来频繁，编撰此类专供朋友之间书信往来时模仿和套用的范文，有必要且完全可能；其三，敦煌僻处西陲，索靖离家仕宦，其游子身份与《月仪帖》纯叙离别之情的文本内容也完全相符；其四，唐李嗣真《后书品》言之凿凿，其所见《月仪》三章，应该就是索靖真迹；其五，索靖墨迹，南朝宋齐时期仍流传于世，据《法书要录》卷二引刘宋虞龢《论书表》、卷四引唐张怀瓘《二王等书录》记载，宋明帝泰始年间（465—471），诏虞龢、巢尚之、徐希秀等人编次秘藏书迹，得钟繇、张芝、张昶、毛弘、索靖、钟会等人墨迹，其中"索靖纸书五千七百五十五字"，这些墨迹"是高祖平秦川所获"，即刘裕灭后秦时所得。"齐高帝朝，书府古迹惟有十二帙，以示王僧虔，仍更就求能者之迹，僧虔以帙中所无者，得张芝、索靖……等十卷。"②就虞龢《论书表》的记载看，刘宋时期存留于世的索靖墨迹尚有五千七百多字，其中很可能就有唐代李嗣真见到的"《月仪》三章"。

李嗣真《后书品》提到的索靖《毋丘兴碑》，《法书要录》卷八引张怀瓘《书断中》也有记载："索靖字幼安……又善八分，韦、钟之

---

① 周一良：《敦煌写本书仪考（之二）》，《魏晋南北朝史论集续编》，北京大学出版社1991年版，第225页。周先生在所撰《书仪源流考》一文注释中又重申了这一观点，见《魏晋南北朝史论集续编》第261页。赵和平：《赵和平敦煌书仪研究》，上海古籍出版社2011年版，第114页。
② 张彦远：《法书要录》卷二、卷四，第38、147页。《法书要录》卷二作"梁虞龢《论书表》"，范祥雍、启功、黄苗子等据张怀瓘《二王书录》、窦蒙《述书赋》注等参校，认为"梁"字显误，当作"宋"。今从之。

亚，《毋丘兴碑》是其遗迹也。"① 据此，则《毋丘兴碑》为索靖的八分体墨迹。又，"毋丘"为复姓，当作"毌丘"。据《三国志》卷一《武帝纪》、卷十六《苏则传》、卷二十八《毌丘俭传》等记载，毌丘兴为河东闻喜人，毌丘俭之父，建安十九年任安定太守，黄初中为武威太守，"伐叛柔服，开通河右，名次金城太守苏则。讨贼张进及讨叛胡有功，封高阳乡侯"。雍州刺史张既曾特表为之请功。② 惜索靖碑文早已亡佚。《隋唐嘉话》载："率更令欧阳询行见古碑，索靖所书，驻马观之，良久而去。数百步复还，下马伫立，疲则布毯坐观，因宿其旁，三日而后去。"③ 令欧阳询卧习三日的索靖古碑，是否即《毋丘兴碑》，已难以详考，但这一记载说明《书断》、《后书品》等关于索靖墨迹的记述，绝不是虚语谰言。

索靖的墨迹，唐人称引的仅《月仪》和《毋丘兴碑》。宋代淳化阁帖及续帖收录《七月廿六日帖》、《载妖帖》和《月仪帖》，《宣和书谱》卷十四著录宋代御府所藏索靖章草有《急就章》、《月仪》、《出师帖》、《七月帖》。清代《御定佩文斋书画谱》卷七十、《六艺之一录》卷一六四等仅著录《月仪帖》、《急就篇》和《出师颂》。《月仪》、《七月》、《载妖》诸帖及《毋丘兴碑》已见前述，下文就《急就篇》、《出师颂》略加考述。

《急就篇》为西汉史游所作，历代书家传写本甚多，索靖写本宋人屡称之。《宣和书谱》卷十四载其目。黄伯思《东观余论》卷下《跋章草〈急就补亡〉后》云："今世所传，惟张芝、索靖二家为真，皆章草

---

① 张彦远：《法书要录》卷八，第265页。
② 陈寿：《三国志》卷二十八《魏书·毌丘俭传》，第761页。
③ 刘𫗧：《隋唐嘉话》卷中，第23页。

书。而伯英本只有'凤爵鸿鹄'等数行。至靖所书乃有三之二,其阙者自'母縳'而下才七百五十字,此本是已。盖唐人摹而弗填者,神韵笔势,古风宛然。"同卷《跋索靖章草后》亦以其为索靖章草名篇。此外,宋人叶梦得《跋索靖章草〈急就篇〉》对黄伯思手拓本也有比较详细的记载。① 总之,《急就篇》索靖写本虽然今已不传,但就宋人的载述看,无疑也是索靖墨迹的名篇。②

《出师颂》的作者为东汉史岑,传世《出师颂》写本作为无款作品,本来不存在真伪之辨,但由于北宋宣和内府曾经收藏的"宣和本"上,有宋徽宗标题的"征西司马索靖书",所以被认为是索靖遗墨。宣和本《出师颂》今已不存。今存的"绍兴本",有南宋米友仁的鉴题:"右《出师颂》,隋贤书。"学界依据米友仁题跋,本幅唐、宋诸鉴藏印和书法的时代风格,断定为隋代名家墨迹。③ 值得一提的是,宋徽宗等人推断"宣和本"《出师颂》为索靖墨迹,除依据作品风格外,可能还有其他因素。据《文选》卷四十七《出师颂》及李善注,汉安帝时,西羌叛乱,诏大将军邓骘将兵平叛,车驾幸平乐观饯送,史孝山作此颂以壮军威。又据《晋书·索靖传》记载,晋惠帝元康六年至九年,秦、雍氐羌悉叛,索靖任大将军梁王肜左司马,加荡寇将军,参与平定叛乱。不难看出,《出师颂》的写作背景与索靖的平叛经历都与西羌叛乱有关,所以不能排除索靖手书此颂以壮军威或庆祝胜利的可能。

索靖的生平、著作及墨迹,大致如上所述。作为河陇士人的杰出代

---

① 黄伯思:《东观余论》卷下,第107、139、187页。
② 启功:《〈急就篇〉传本考》,《启功丛稿·论文卷》,中华书局1999年版,第1—29页。
③ 启功:《启功丛稿·艺论卷》,中华书局2004年版,第2、43页;单国强:《〈出师颂〉的时代和价值》,《故宫博物院院刊》2003年第6期;肖燕翼:《古章草书与〈出师颂〉》,《故宫博物院院刊》2003年第6期。

表,索靖早年游诣太学,中年久仕台阁,晚年殉职京洛。三次入京的经历,不仅使他结交了不少名流时望,而且也大大促进了河陇文化与中原文化的交融,并在一定程度上开启了五凉文化与文学的繁荣和兴盛。其大量著作与墨迹虽毁于战乱,然残存之作如雪泥鸿爪,"千载凛凛,为不亡矣"(李嗣真《书后品》)。

(原载《文史哲》2013年第5期)

王维进士及第与出生年月考

王勋成

清人赵殿成《王右丞集笺注·右丞年谱》(以下简称"赵谱"),今人陈铁民先生《王维新论·王维年谱》(以下简称"陈谱")均谓王维开元九年(721)进士擢第,释褐大乐丞,时年二十一,并据以推其生年为武后长安元年(701)。这一说法已为学术界普遍接受,似成定论。其实,这并不符合历史事实。

一

按唐制,进士及第后并不能立即授官,先得参加吏部的关试,取得出身文凭即春关,始隶属于吏部,成为吏部的选人。《太平广记》卷一七八"关试"条谓:"吏部员外于南省试判两节,试后授春关,谓之关试。诸生谢恩,其日称门生,谓之'一日门生'。自此方属吏部矣。"关试后,及第进士也还不能授官,就是说,还不能参加当年或第二年的铨选,得守选数年。宋《蔡宽夫诗话·唐制举情形》就说:"唐举子既放榜，止云及第，皆守选而后释褐。"① 明胡震亨《唐音癸签·诂笺三》"进士科故实"条也说："进士放榜敕下后，礼部始关吏部，吏部试判两节，授春关，谓之关试。始属吏部守选。"所谓守选，就是守候吏部所规定的铨选期限。这是唐朝政府为缓解选人多而官位少这一社会矛盾所制订的一项政策。这一政策从贞观年间就已开始。《唐会要》卷七十五《贡举上·帖经条例》载："贞观九年五月敕：自今以后，明经兼习《周礼》并《仪礼》者，于本色量减一选。"所谓"于本色量减一选"，就是在明经及第后应守选的年数中，适当减免一年。一般来说，进士及第得守选三年。《册府元龟》卷六三五《铨选部·考课一》载玄宗开元三年（715）六月诏："其明经、进士擢第者，每年委州长官访察，行业修谨、书判可观者，三选听集。"所谓"三选听集"，就是守选三年，然后听任其参加吏部冬集。唐人将守选一年叫一选，"三选"就是三年。进士及第，守选三年，并非仅限于玄宗一朝，有唐一代皆是如此。《册府元龟》卷六四一《贡举部·条制三》载文宗大和九年（835）十二月，中书门下奏云："起来年进士及第后，三年任选，委吏部依资尽补州府参军、紧县簿尉。"所谓"三年任选"，就是守选三年，任其参加吏部的铨选。可见中晚唐时期进士及第也是守选三年。进士及第守选三年，直至北宋初年仍是如此。《宋史·选举志四》载太宗淳化年间（990—994）各色人的守选年限云："进士、制举，三选。"就是说进士出身与制举出身者都是守选三年。宋初多承唐五代之制，既然宋初进士出身者是守选三年，则唐五代进士及第者也当守选三年。由此可见，有唐一代，进士及第，皆是守选三年。

---

① 　郭绍虞：《宋诗话辑佚》，中华书局1980年版，第418页。

及第进士,想不等守选期满就提前入仕做官,可参加制举考试或吏部科目选考试。制举并非每年都有,科目也不固定。科目选是吏部为守选未满、选限不到的人专门设立的旨在选拔优秀人才的一种考试制度,它每年都设,主要科目有博学宏词科、书判拔萃科等。凡参加制举或吏部科目选考试者,登科后即可授官。

二

《旧唐书·文苑下·王维传》载:"维开元九年进士擢第。"据此,赵谱、陈谱俱将王维擢进士第系于开元九年(721)下。二谱又据《新唐书》本传"开元初,擢进士,调大乐丞,坐累为济州司仓参军",以为王维调大乐丞并贬为济州司仓参军亦在开元九年。

前已论述,进士及第必守选三年,才能铨选授官。若王维开元九年进士及第,则当年必不能授官大乐丞,若开元九年王维已为大乐丞,则其进士及第亦绝不会是在开元九年。

王维由大乐丞坐累为济州司仓参军在开元九年是对的,这有史可稽。《旧唐书·刘子玄传》载,"(开元)九年,长子贶为大乐令,犯事配流"。则开元九年,刘贶为大乐令时,王维正任大乐丞,二人同领大乐署;是年刘贶"犯事配流",王维亦"坐累"出贬,二人必是一同犯事相坐而又同时流贬的。王维"坐累"之事,据《唐语林》卷五《补遗》载:"王维为大乐丞,被人嗾令舞黄狮子,坐是出官。黄狮子者,非天子不舞也。"伶人舞黄狮子,表面看来,并非什么大事,但它却牵涉到当时敏感的皇位问题,关系着皇权的尊严。王维以大乐丞因此而坐累出官,刘贶为太乐令,更难辞其咎,亦当由此而配流。《集异记》虽系小说,但记王维出官一事必有所据,可见刘、王二人必是同犯此事而同时流贬的。

王维被贬在开元九年秋,这由他在出为济州司仓参军的途中所作诗歌可知,如《宿郑州》:"宛洛望不见,秋霖晦平陆。"《早入荥阳界》:"秋晚田畴盛,朝光市井喧。"①

既然可以肯定王维由大乐丞出官为济州司仓参军在开元九年秋,则他登进士第就绝不会是在开元九年春,因进士及第的当年就铨试授官是不可能的。

王维也不可能参加是年的制举试而授官。《册府元龟》卷六四五《贡举部·科目》载:"(开元)九年正月诏曰:诸州官人百姓,有智合孙吴,可以运筹决胜;有勇齐贲育,可以斩将搴旗;或临戎却寇,堪为一保之雄,各听自举,务通其实。"卷六四三《贡举部·考试一》又载,开元九年五月乙亥,玄宗"亲试应制举人于含元殿,命有司置食"。知开元九年,虽有制举,但所试皆为军旅之科,非王维所长,王维绝不会去应试的。且各类载籍也均未言王维应制举之事。

王维更不可能参加是年的科目选试,因吏部科目选是针对裴光庭的"循资格"失才之弊设立的。"循资格"产生于开元十八年(730),则科目选之诸科目只能设立于其后,不可能预置于其前②,而且,进士及第的当年就登科目选科也是万万不可能的,最快亦是"今年及第明年登科"③。

---

① 赵殿成:《王右丞集笺注》,上海古籍出版社1961年版,第67页。
② 王勋成:《唐代铨选与文学》,中华书局2001年版,第277页。
③ 王定保:《唐摭言》,中华书局1959年版,第28页。

总之，王维于开元九年就已经任大乐丞了，则他进士及第绝不会也在开元九年，而应在此之前，这是很清楚的。

三

那么，王维是何时进士及第的呢？

《新唐书·文艺中·王维传》云："开元初，擢进士。"玄宗开元共二十九年，但开元九年是无论如何也不能算作"开元初"的。如果我们顺着《新唐书》的"开元初，擢进士"这条线索找下去，那么，薛用弱《集异记》中的一则故事就显得十分重要了。《集异记》卷二《王维》载：

> 王维右丞，年未弱冠，文章得名。性闲音律，妙能琵琶。游历诸贵之间，尤为岐王之所眷重。时进士张九皋声称籍甚。客有出入于公主之门者，为其致公主邑司牒京兆试官，令以九皋为解头。维方将应举，具其事言于岐王，仍求庇借。岐王曰："贵主之强，不可力争，吾为子画焉。子之旧诗清越者，可录十篇，琵琶之新声怨切者，可度一曲，后五日当诣此。"维即依命，如期而至。岐王谓曰："子以文士，请谒贵主，何门可见哉！子能如吾之教乎？"维曰："谨奉命。"岐王则出锦绣衣服，鲜华奇异，遣维衣之。仍令赍琵琶，同至公主之第。岐王入曰："承贵主出内，故携酒乐奉宴。"即令张筵，诸伶旅进。维妙年洁白，风姿都美，立于前行。公主顾之，谓岐王曰："斯何人哉？"答曰："知音者也。"即令独奏新曲，声调哀切，满座动容。公主自询曰："此曲何名？"维起曰："号

《郁轮袍》。"公主大奇之。岐王曰："此生非止音律，至于词学，无出其右。"公主尤异之，则曰："子有所为文乎？"维即出献怀中诗卷。公主览读，惊骇曰："皆我素所诵习者。常谓古人佳作，乃子之为乎？"因令更衣，升之客右。维风流蕴藉，语言谐戏，大为诸贵之所钦瞩。岐王因曰："若使京兆今年得此生为解头，诚为国华矣。"公主乃曰："何不遣其应举？"岐王曰："此生不得首荐，义不就试，然已承贵主论托张九皋矣。"公主笑曰："何预儿事，本为他人所托。"顾谓维曰："子诚取解，当为子力。"维起谦谢。公主则召试官至第，遣宫婢传教。维遂作解头，而一举登第。

岐王名范，玄宗弟，睿宗景云元年（710）六月进封岐王，开元十四年（726）薨。公主者何人？以前人们皆认定王维开元九年进士及第，故对贵主是何人一直未能考出，现在已知王维并非开元九年而是开元初进士及第，则贵主之名也就可以迎刃而解了。既然公主谓岐王曰："何预儿事。"称岐王为"儿"，则主当为岐王之姑了。在唐代为岐王李范之姑、又能势强"不可力争"的"贵主"，唯太平公主一人。太平公主称侄为儿，《资治通鉴》卷二〇九亦有记载："时少帝犹在御座，太平公主进曰：'天下之心已归相王，此非儿座。'遂提下之。"少帝为中宗之子李重茂，亦为太平公主之侄，故太平公主称之为"儿"。太平公主势力之强，史书皆有记载，如《资治通鉴》卷二〇九："公主所欲，上（睿宗）无不听，自宰相以下，进退系其一言，其余荐士骤历清显者，不可胜数，权倾人主，趋附其门者如市。"卷二一〇又云："宰相七人，五出其门，文武之臣，大半附之。"则小小一个京兆府解头让谁当，就更不在话下了。

太平公主密谋废玄宗而被赐死，事在开元元年（713）七月，则"郁轮袍"故事当发生在此前。《集异记》云："若使京兆今年得此生为解头，诚为国华矣。""维遂作解头。"王维集中就有《赋得清如玉壶冰》一诗，题下有原注："京兆府试，时年十九。"①"时年十九"与《集异记》"年未弱冠，文章得名"之语合。府试取解，一般在每年秋天进行，"槐花黄，举子忙"，即指此。京兆府试最迟也不会超过九月，则太平公主荐王维"遂作解头"就不会发生在开元元年秋，时太平公主已死。王维作解头，必在前一年即玄宗即位的先天元年（712）秋，第二年即开元元年春，遂"一举登第"。《新唐书》说他"开元初，擢进士"，当是指开元元年了。《旧唐书》说他"开元九年，进士擢第"，"九"与"元"形相似，"九年"当为"元年"之讹。"九年"与"元年"极易相混，可举数例。《古今诗话·何扶登第寄同年诗》载："何扶，太和元年登第，明年再捷。"②然《唐摭言·今年及第明年登科》却载："何扶，太和九年及第，明年，捷三篇。""元年"与"九年"必有一讹。又，宋荆溪吴氏《林下偶谈·孟郊年四十六登第》载："按唐《登科记》，郊登第在正元十二年李程榜。又按《墓志》，郊死于元和九年，年六十四。自元和元年，逆数而上，至正元十二年，凡十九年矣，郊登第当是年四十六。"③应当是"自元和九年，逆数而上"，而文中却写作"自元和元年"了，一篇之中，尚且如此，可见"九年"与"元年"是最易相讹的。故《旧唐书》说王维"开元九年，进士擢第"，必为"开元元年，进士擢第"了。

---

① 赵殿成：《王右丞集笺注》，第232页。
② 郭绍虞：《宋诗话辑佚》，第180页。
③ 吴子良：《林下偶谈》，《丛书集成初编》本，商务印书馆1936年版，第3页。

《集异记》的这则故事，往往被人们视为事有可疑而不信，其关键就在于"时进士张九皋声称籍甚"云云。据萧昕《张公（九皋）神道碑》云："弱冠孝廉登科，始鸿渐也。……以天宝十四载四月二十日，疾亟薨于西京长乐里之私第，春秋六十有六。"① 张九皋为张九龄之弟，碑中说他弱冠即二十岁就以明经及第，似不会再举进士了。由卒年逆推，其明经及第当在中宗景龙三年（709）。这样一来，与《集异记》所载不合。但有唐一代，明经及第后，又举进士者并不少见。如《旧唐书·王凝传》载："年十五，两经擢第。尝著《京城六岗铭》，为文土所称。再登进士甲科。"欧阳詹《送常熟许少府之任序》："君十三举明经，十六登第。后三举进士，皆屈于命。"② 张九皋于中宗景龙三年明经及第，守选中于先天元年又举进士也有可能。或，张九皋乃张九龄季弟张九章之误，可存疑。《旧唐书·张九龄传》附载："九章，历吉、明、曹三州刺史，鸿胪卿。"别无他录。张九皋与张九章为兄弟，"皋"与"章"又形近，易误也有可能。

　　由以上可知，王维于先天元年赴京兆府试，为解头，年十九，开元元年，进士及第，年二十。然二谱谓王维开元七年（719）十九岁，赴京兆府试，举解头；开元八年（720），二十岁，试进士落第。开元九年，年二十一，登进士第。按唐例，京兆府所举解头，第二年省试时即使不是状元，也必中第无疑。《唐摭言·京兆府解送》就说，京兆府解送之前十名，谓之等第，为礼部"倚而选之"，"苟异于是，则往往牒贡院请落由"。《唐音癸签》"进士科故实"条也说："府州解送，最重

---

① 董诰等编：《全唐文》，中华书局1983年版，第3598页。
② 董诰等编：《全唐文》，第6029页。

京兆、同、华,京兆解送上十人,谓之等第,多成名;不,则往往牒贡院请放落之由。"王维既然于开元七年举作解头,何以开元八年未第?其"落由"何在?《唐摭言·府元落》共载有唐代京兆府解元未登第者九人,却无王维名,可见陈谱谓王维开元八年春"就试吏部,落第"不确,且与《集异记》"维遂作解头,而一举登第"亦不符。"一举"者,只举试一次也。王维开元八年落第,开元九年始及第,就不是"一举登第",而是"两举"登第了。《旧唐书·杨收传》载:"是冬,收之长安,明年,一举登第,年才二十六。"孙樵《唐故仓部郎中康公墓志铭》:"自宣城来长安,三举进士登上第。"① 可见,一举即一次,三举即三次,也就是三年。

四

《新唐书》本传谓王维"上元初卒,年六十一"。赵谱又据王维《谢弟缙新授左散骑常侍状》系尾年月"上元二年五月四日"②,于是定王维卒于上元二年(761)七月,年六十一。由此逆数,其生年当为武后长安元年(701)。陈谱从之。

但这样一来,却有一事无法解决。《旧唐书·王缙传》载:"建中二年十二月卒,年八十二。"《新唐书》本传亦云:"建中二年死,年八十二。"由此逆推,王缙当生于武后久视元年(700)。比兄长王维还

---

① 董诰等编:《全唐文》,第8339页。
② 赵殿成:《王右丞集笺注》,第326页。

大一岁,这不可能。于是陈谱疑新旧两唐书的《王缙传》有误,而相信王维生于长安元年是正确的。

王缙为代宗朝宰相,与元载共掌权十多年。后元载于大历十二年(777)被诛,他被贬官。这样一位官高位显,赫赫有名的人物,其材料必然是丰富的,其传记也当是可信的,故两唐书所载必有所据,不可能都误。且《新唐书》本传云元载败后,"上悯其耄,不加刑,乃贬括州刺史"。所谓"耄",《辞源》解释时引《礼记·曲礼上》云:"八十九十曰耄。"王缙大历十二年贬官时已78岁,接近80岁了,则他建中二年(781)卒时82岁当是可信的。

若按《集异记》所载推算:先天元年,王维19岁,应京兆府试,举解头;第二年,即开元元年,20岁,擢进士第。由此逆数,其生年当为武后延载元年(694),他卒于上元二年七月,享年68岁。《新唐书》谓王维"上元初卒,年六十一",很可能是"上元初卒,年六十八",因"一"字与草书"八"字形极相似,在辗转传抄中而致误。王缙小王维6岁,建中二年卒时年82岁不误。

五

王维生年为延载元年,享年68岁,是有证可稽的。

王维《责躬荐弟表》中说他愿尽削己官,使远在蜀州为刺史的王缙得归还京师,以便兄弟朝夕团聚。王缙为蜀州刺史当在上元元年(760)。《全唐诗》卷三一三收有皇甫澈的《赋四相诗并序》,云:"蜀州刺史厅壁,记居相位者前后四公。"所咏四公题为:《中书令汉阳王张柬之》、《中书令钟绍京》、《礼部尚书门下侍郎平章事李岘》、《门下侍郎平章事王缙》。既然是"前后四公",当然是按时间先后来排列的。据《旧唐书·肃宗纪》载,乾元二年(759),"五月辛巳,贬宰相李岘蜀州刺史"。又据周勋初先生《高适年谱》,高适由彭州刺史转蜀州刺史在上元元年九月,至宝应二年(763)二月始离任,当从。则王缙为蜀州刺史必在李岘之后,高适之前,即上元元年初至是年九月之间。杜甫有《和裴迪登新津寺寄王侍郎》一诗,并注曰:"王时牧蜀。"① 按新津寺在新津县;新津县,属蜀州,诗写于上元元年秋,则此"王侍郎",必为王缙无疑。据两唐书《王缙传》,缙于至德、乾元年间(756—760)曾任过宪部侍郎,即刑部侍郎,故云。王维在《责躬荐弟表》中称:"臣弟蜀州刺史缙。"② 知时王缙正在蜀州任上,则此表当作于上元元年九月之前。表中又说"臣又逼近悬车。朝暮入地,阒然孤独,迥无子孙"。古人七十致仕,辞官闲居,废车不用,谓之"悬车"。汉班固《白虎通义·致仕》云:"臣七十悬车致仕者,臣以执事,趋走为职,七十阳道极,耳目不聪明,跛踦之属,是以退去。"后来人们就把 70 岁称作悬车之年,《旧唐书·良吏下·阎济美传》:"以年及悬车,上表乞骸骨,以工部尚书致仕。"《薛苹传》:"除左散骑常侍致仕。时有年过悬车而不知止者,唯苹年至而无疾请告,角巾东洛,时甚高之。"这可与《新唐书·薛苹传》对读:"除左散骑常侍,年七十致仕。是时有年过苹不肯去,故论者高苹。"王维写表时 67 岁,故曰"逼近悬车"。若据二谱,上元元年,王维只有 60 岁,与"悬车"之年相差 10 岁,不

---

① 仇兆鳌:《杜诗详注》,中华书局 1979 年版,第 763 页。
② 赵殿成:《王右丞集笺注》,第 317 页。

得言"逼近悬车"。又,按两《唐书·王缙传》所载其卒年推,时王缙六十有一,故表中说:"两人又俱自首,一别恐隔黄泉。"

王维《谢弟缙新授左散骑常侍状》写于"上元二年五月四日"。状中说:"臣之兄弟,皆迫桑榆。每至一别,恐难再见。匪躬之节,诚不顾家;临老之年,实悲远道。"王维文章,往往有骈散融合之妙,而令人不觉,如上文"两人又俱自首,一别恐隔黄泉","两人"对"一别","白首"对"黄泉"。此状亦对甚工:"兄弟"对"桑榆","一别"对"再见"。"匪躬"四句不仅对仗工切,而且化用典故而使人忘其用事。"匪躬之节",出自孔颖达《周易正义》卷四:《周易》"六二:王臣蹇蹇,匪躬之故"。《正义》疏"匪躬之故"曰:"尽忠于君,匪以私身之故而不往济君,故曰匪躬之故。""临老之年",今人多以为非用典,意解为"临近老年之时"。其实历代对"老年",是有具体年龄限制的。在唐代,"凡男、女始生为黄,四岁为小,十六岁为中,二十有一为丁,六十为老"[①]时王维已超过了60岁,按唐律就不能再曰"临老之年"。可见,"临老之年"是在用典。《国语》卷十九《吴语》:"王乃命有司大徇于军,曰:'有父母耆老而无昆弟者,以告。'"韦昭注曰:"六十曰耆,七十曰老。"王维用典出处也讲究工对,"匪躬"两句用经疏典,以赞王缙忠节;"临老"二句用史注典,以称自己年岁。王维时年68岁,故曰"临老之年"。若据二谱,则王维此时61岁,不得称"临老之年"。时王缙已是六十有二,故曰:"臣之兄弟,皆迫桑榆。"

王维《与魏居士书》,是劝魏征后裔魏某接受朝廷所授起居舍人官职的。文末云:"仆年且六十,足力不强,上不能原本理体,裨补国

---

① 李林甫等撰,陈仲夫点校:《唐六典》,中华书局1992年版,第74页。

朝；下不能殖货聚谷，博施穷窭。偷禄苟活，诚罪人也。然才不出众，德在人下，存亡去就，如九牛一毛耳。"① 这篇文章写于何时，对考订王维生年关系重大。陈铁民先生认为这篇文章写于乾元元年（758）春之后，反映了王维受安禄山伪职，又被宥罪复官后的愧疚心情。② 但细绎全文，文中既无"逆胡"、"中兴"等字眼，又无陷贼自贱之心迹，如他在乾元、上元年间所写表、状中常有的那样。故可肯定此文必不写于安史之乱中，而写于安史之乱前王维任吏部郎中时。魏居士之所以被朝廷"超拜右史"，很可能是由时任吏部郎中的王维举荐的结果。据陈谱，王维拜吏部郎中在天宝十一载（752），当从。王维在文中以忠孝之义，朝隐之理，劝魏某就职，与他此时的思想心情颇相符。时王维因母丧丁忧守孝已满，服阕后即拜吏部郎中，可谓忠孝两全，且又亦官亦隐，而与他宥罪复官后之愧疚心情全然不同。至于文中说他"偷禄苟活，诚罪人也"、"德在人下"云云，不过是谦词而已。《责躬荐弟表》中王维称自己"久窃天官，每惭尸素"，就是对他天宝年间任吏部郎中时"偷禄苟活，诚罪人也"的最好注脚。王维于乾元年间宥罪复官后绝不会写这类劝人做官食禄的文章的，因为这会授人以恋爵贪禄、不思悔悟把柄的，只能是奉佛报恩，守默忏罪而已。

天宝十一载，王维59岁，故曰"仆年且六十"。

（原载《文史哲》2003年第2期）

---

① 赵殿成：《王右丞集笺注》，第334页。
② 陈铁民：《王维生平新探》，《王维新论》，北京师范学院出版社1990年版，第68页。

杜甫与严武关系考辨

傅璇琮　吴在庆

一

　　杜甫与严武的交往与关系，是杜甫研究中的一个重要话题，史书和笔记小说乃至诗话、古今人的论说均多有记载与议论。为了使读者对此有个大致的了解，我们先简略地叙述典籍所记载的杜、严的交往、关系以及前人的主要议论。

　　据《旧唐书·杜甫传》："武与甫世旧，待遇甚隆。"① 所谓的"世旧"，乃如《读杜劄记》引《养一斋诗话》所论："史称公与武世旧，而武少于公十四岁，则知挺之已与公为交好，公亲见武之成立，故《八哀》诗云：'昔在童子日，已闻老成名'，明友其父也。"② 杜、严不仅是世交，而且他们也同朝共事过，关系密切。杜甫于至德二载（757）在朝任拾遗时有《奉赠严八阁老》诗，诗称给事中严武"扈圣登黄阁，明

---

① 刘昫等撰：《旧唐书》卷一九○下《文苑下·杜甫传》，中华书局1975年版，第5054页。
② 郭曾炘：《读杜劄记》，上海古籍出版社1984年版，第199页。

公独妙年。……新诗句句好,应任老夫传",仇兆鳌注引"顾注:武父挺之与公友善,故称武妙年而自称为老夫"①。他们间的关系又因房琯而更进一层。房琯任相时,因严武为"名臣子,荐为给事中"。后来因房琯陈涛斜之败及为人所挤等事,房琯罢相,严武"坐琯事贬巴州刺史"②。而房琯罢相时,作为房琯的知己好友,"(杜)甫上疏言琯有才,不宜罢免。肃宗怒,贬琯为刺史,出甫为华州司功参军"③。因被贬的共同命运,严、杜间更有唇齿相依的密切关系。

此后杜甫和严武多有诗作往还,在严武两次镇蜀时,两人酬唱往来不断,严武还亲访杜甫草堂,并力邀杜甫入幕府,推荐为节度参谋,以至为检校工部员外郎。且看其中的几首诗及人们的评说。当严武于代宗宝应元年(762)第一次镇蜀奉调入京时,杜甫亦随其离蜀送行,途中有《奉济驿重送严公四韵》:"远送从此别,青山空复情。几时杯重把,昨夜月同行。……江村独归处,寂寞养残生。"黄生说此诗云:"上半叙送别,已觉声嘶喉哽。下半说到别后情事,彼此悬绝,真欲放声大哭。送别诗至此,使人不忍再读。"④两人初别后,杜甫又有《九日奉寄严大夫》,末云:"遥知簇鞍马,回首白云间。"严武即有《巴岭答杜二见忆》,末云:"跛马望君非一度,冷猿秋雁不胜悲。"《杜臆》评云:"读此二诗,见二公交情之厚,形骸不隔,故知欲杀之诬也。"⑤杜甫久有离蜀之想,广德二年(764)春,他欲出峡往荆楚,时闻严武将再镇蜀,遂喜而留待严武,并重回成都投依严武,时有《奉侍严大夫》诗:"殊

---

① 仇兆鳌:《杜诗详注》,中华书局1979年版,第379页。
② 欧阳修、宋祁:《新唐书》卷一二九《严武传》,中华书局1975年版,第4484页。
③ 刘昫等撰:《旧唐书》卷一九〇下《文苑下·杜甫传》,第5054页。
④ 仇兆鳌:《杜诗详注》,第916页。
⑤ 王嗣奭:《杜臆》,上海古籍出版社1983年版,第154页。

方又喜故人来,重镇还须济世才。……身老时危思会面,一生襟抱向谁开。"其中洋溢的欣喜与深厚的情谊一读可知。故前人于严、杜交谊多交口称扬,并斥严欲杀杜之说。洪迈《容斋续笔》卷六即谓:"甫集中诗,凡为武作者几三十篇,送其还朝者,曰'江村独归处,寂寞养残生'。喜其再镇蜀,曰'得归茅屋赴成都,真为文翁再剖符'。此犹是武在时语。至《哭归榇》及《八哀诗》'记室得何逊,韬钤延子荆',盖以自况,'空余老宾客,身上愧簪缨',又以自伤。若果有欲杀之怨,必不应眷眷如此。"①

上面我们简单介绍了严、杜的交谊情况,但与此相反,还有史籍和笔记小说中也有些关于杜甫酒后失言,忤严武,严武或不以为忤,或中衔之,以致一日欲杀杜甫的说法。最具代表性并为后人所信的应是《新唐书·杜甫传》的记载:"武以世旧,待甫甚善,亲入其家。甫见之,或时不巾,而性褊躁傲诞,尝醉登武床,瞪视曰:'严挺之乃有此儿!'武亦暴猛,外若不为忤,中衔之。一日欲杀甫及梓州刺史章彝,集吏于门。武将出,冠钩于帘三,左右白其母,奔救得止,独杀彝。"②《新唐书》之说其实是相信了《云溪友议·严黄门》的有关记载:"武年二十三,为给事黄门侍郎;明年拥旄西蜀,累于饮筵,对客骋其笔札。杜甫拾遗乘醉而言曰:'不谓严挺之有此儿也',武恚目久之,曰'杜审言孙子,拟捋虎须?'合座皆笑,以弥缝之。武曰:'与公等饮馔谋欢,何至于祖考矣。'房太尉琯亦微有所误,忧怖成疾。武母恐害贤良,遂以小舟送甫下峡。母则可谓贤良也,然二公几不免于虎口乎?李太白为

---

① 洪迈:《容斋随笔》,上海古籍出版社 1978 年版,第 283 页。
② 欧阳修、宋祁:《新唐书》卷二〇一《文艺上·杜甫传》,第 5738 页。

《蜀道难》，乃为房、杜之危也。"①《云溪友议》所记多有荒谬不实之处，如果比照其前后的有关记载，其小说家言的编造就更为显然。《唐国史补》卷上《母喜严武死》云："严武少以强俊知名，蜀中坐衙，杜甫袒跣登其几桉。武爱其才终不害。然与章彝素善，再入蜀，谈笑杀之。及卒，母喜曰：'而今而后，吾知免官婢矣！'"②稍后于《云溪友议》的《唐摭言》卷十二记："杜工部在蜀，醉后登严武之床，厉声问武曰：'公是严挺之子否？'武色变。甫复曰：'仆乃杜审言儿。'于是少解。"以上所记《唐国史补》为最早，所说已有不合情理之处，《唐摭言》所记乃本于《唐国史补》，然已去掉明显的不合情理之说，但增添了"武色变"一情。值得注意的是处在二书之间的《云溪友议》却又添油加醋，夸大了严、杜间的冲突，使其严重化，其所记的真实性不免大打折扣。更令人诟病的是《新唐书》又在《云溪友议》的基础上坐实了"几不免于虎口"的欲杀杜之说，并编造了戏剧化的情节，以此后人多斥其说之不可信。郭曾炘引刘克庄言："世传严武欲杀子美，殆未必然。"又引张上若言："杜入蜀实以依武，野史所载不尽可据……至'莫倚善题《鹦鹉赋》'，语盖虑少陵恃才傲物，或造祢生江夏之厄，是杜良箴，亦千古才人韦弦之佩，苦心热肠，正英雄本色，岂可反以罪严乎？"③关于上面提及的"莫倚善题《鹦鹉赋》"句事，这里补充说明一下。宝应元年（762）严武初镇成都时，即有《寄题杜二锦江野亭》诗，中有"莫倚善题《鹦鹉赋》，何须不着鵕䴊冠。……兴发会能驰骏马，终当直到使君滩"句。严武之作本是对杜甫极为友善关心的诗作，却引起有些人

---

① 范摅：《云溪友议》，古典文学出版社1957年版，第14页。
② 李肇：《唐国史补》，古典文学出版社1957年版，第22页。
③ 郭曾炘：《读杜劄记》，第268—269页。

"指严为语多刺讥,指公为始终傲岸"[①]。

对于上述杜、严关系的记载,宋以来学者疑、信皆有。《新唐书》的这一记载仍然为杜诗学者所关注,并且至今仍有信严、杜间存在冲突,严确有欲杀杜的所谓"睚眦"之事者。论者还依杜甫的不少诗作,从不同角度力图证实它,造成似乎确有其事的样子。我们认为严、杜的关系究竟如何,是应该进一步讨论的。为此,我们拟就论者的若干论说,谈谈我们的看法。

二

有论者认为杜甫《立秋雨院中有作》诗表达自己愧疚之意,"已费清晨谒"指严武清早看望过杜甫;"主将归调鼎,吾还访旧丘"一句指严武回去处理军务,而自己获准回家一趟,提出杜甫为什么要表示愧疚?严武为什么要清晨看望杜甫?"礼宽"具体指什么?并引杨伦《杜诗镜铨》中李子德云:"高人入幕落落难堪,触事写之,自有其致",问:"触事",触的到底是什么事呢?认为这事就是杜甫酒后失礼,严武怒欲杀之引起的"睚眦"。杜甫愧疚,说明他自知失礼。严武前往宽慰,说明严氏在"睚眦"事发时亦有激烈表现,例如怒至欲杀。

按:论者的上述解读多有误。其实"清晨谒"并不是严武看望杜甫,而是杜甫清晨到幕府上班,想尽其节度参谋之责。"谒",此处为晋见义,指卑者或下级晋见尊者或上级。杜甫怎会把严武来看望自己说成

---

① 仇兆鳌:《杜诗详注》,第887页。

"谒"呢?论者将其反倒解读,本来通畅的诗意也就阻塞了。论者对杜甫表示愧疚不清楚,其实这也是明白的,这就是杨伦在"那成长者谋"句下所释的:"言无老谋以佐严公也。"①"礼宽"句也没有奥妙,并非所释的好像杜甫做了什么对不起严武的事,而得到严武的宽解。所谓"礼宽",乃指严武对诗人格外的放宽礼节规矩上的要求,如诗中所说的诗人在幕府院中得以"解衣"、"高枕"等。"归调鼎"并不是严武回去处理军务。"调鼎",即如仇兆鳌引《汉宫仪》所释:"三台助鼎调味。牛弘食举歌:'盐梅既济鼎铉调。'"②调鼎、盐梅均乃就宰相言。因此,这两句诗是说:如果主将今后回朝任要职,我也就算尽了酬知之份还是要回去"访旧丘"的。可见,论者以这诗的某些句子来论证杜、严间确实有"睚眦"冲突,这是不足信的。

为了证明严、杜之间确有"睚眦"之事,有的论者对用于证明这观点的杜甫《遣闷奉呈严公二十韵》诗的某些句子的解读,颇有与诗原意不符之处。如论者释"乌鹊愁银汉,驽骀怕锦幪。会希全物色,时放倚梧桐"中后二句,认为这简直就是哀求,并引张溍"物色,物之本色,谓得全其闲旷之本色也"③。认为这"物色"恐怕不只是指"闲旷之本色",也指性命。因为"倚梧桐"显系化用自《庄子·德充符》"倚树而吟,据槁梧而瞑",而众所周知,庄子是讲"保命""尽天年"的。因此论者又进而说杜甫是担心往后再有所触犯而遭不测。

我们认为这一诠释未免将事态看得过于严重了。宋人赵次公云:"言如乌鹊之微,力不任于填河;驽骀之塞,不足以被锦幪之饰。则所

---

① 杨伦:《杜诗镜铨》,中华书局上海编辑所1962年版,第537页。
② 仇兆鳌:《杜诗详注》,第1170页。
③ 杨伦:《杜诗镜铨》,第542页。

望于故人知己者,幸全其物色而放令倚于梧桐也①。明代王嗣奭云:"且如'乌鹊愁银汉'之难渡,'驽骀怕锦幪'之拘绊,幸全体面,放使归家而已。"② 前人的这些解释基本符合诗意,但绝无将"物色"和"倚梧桐"与性命、"保命"、"尽天年"连在一起的意思,而是从"全其闲旷之本色"上着眼的。论者为了全其"睢盱"之说,却别作新解,可惜却远离了诗的原意。这首诗的中心乃在于表明诗人性喜闲旷自适,身体又残病,难于忍受。因此希望严武全其闲旷本性,格外准许其离开幕府,而得以稍能逍遥自适,祛除身心之疲累。这全与怕杀、"保命"无关,何来"遭不测"之恐慌?杜甫诗中的"倚梧桐",乃取意于《庄子》的"倚树而吟,据槁梧而瞑"。《庄子》这两句出于其《德充符》,是庄子对惠子说的,前面还有这么两句:"今子外乎子之神,劳乎子之精。"王先谦注云:"成云槁梧夹膝几也,言惠子疏外神识,劳苦精灵,故行则倚树而吟咏,坐则隐几而谈说,形劳心倦,疲怠而瞑。"③ 郭庆藩《庄子集释》所注疏也相同。④ 可见庄子所说的"保命"、"尽天年"还是有所不同的。再则,庄子所讲的是养生意义上的"尽天年"、"保身",而非"保命"。其《养生主》是这样说的:"为善无近名,为恶无近刑,缘督以为经,可以保身,可以全生,可以养亲,可以尽年。"⑤ 所说的"保身"与论者改作的"保命"不同,是与生命受到外来的直接严重威胁而需"保命"的意义不同的。庄子与杜甫所说,绝非为了"保命"而发出"哀求"之音。设想杜甫果真受到这一威胁,他也不会说"时放",而应该说"放

---

① 林继中:《杜诗赵次公先后解辑校》,上海古籍出版社1994年版,第630页。
② 王嗣奭:《杜臆》,第204页。
③ 王先谦:《庄子集解》,中华书局1954年版,第37页。
④ 郭庆藩:《庄子集释》,中华书局1954年版,第101页。
⑤ 王先谦:《庄子集解》,第18页。

我倚梧桐"之类的话。所谓"时放",即时尔放,放后,还是要回来的。如果生命受到严重威胁,正是巴不得逃之夭夭,还会仅仅要求"时放"吗?

三

杜甫与严武是"世旧,待遇甚隆"①。但有的论者以杜甫与严武有关的诗中提到礼数问题,如"谢安不倦登临赏,阮籍焉知礼法疏"、"非关使者征求急,自识将军礼数宽"、"宽容存性拙,剪拂念途穷"、"礼宽心有适,节爽病微瘳"等,对比杜甫和高适的关系,认为:杜甫跟高适完全没有礼数相隔一说,因而杜甫对严武屡次言及礼数,说明他们的关系并不轻松是不正常的,并以此作为确有杜甫当众失礼,严武刹那间动一下杀的念头的"睚眦"之事的佐证。

我们认为即使杜甫跟高适完全没有礼数相隔,那也不能反衬杜甫与严武的礼数相隔为不正常,也不能以此作为两人存在"睚眦"的佐证。应该承认,杜、严间是有礼数之隔的,这特别在他们为上下级同僚时。但这一礼数相隔在封建官场中,特别在上下级间是通常如此的。在论者所举诗例中,杜甫对年高且官高的高适所以显得亲密与不拘谨,那是因为这些诗作于杜甫上元元年不在官场,也非时任彭、蜀州刺史的高适的下属或所辖子民,因此关系就较轻松、不拘谨。而上引杜、严间所涉礼数的诗句,都是严武要么是杜甫的父母官,要么是顶头上级时作。在这一处境下,对注重礼法的杜甫来说,他对严武的拘谨与显得"礼数

---

① 刘昫等撰:《旧唐书》卷一九〇下《文苑下·杜甫传》,第 5054 页。

相隔",实在没有什么太不正常的,不能作为两人存在"睚眦"的佐证,更不必将此夸张到杜甫具有伴严如伴虎隐衷的地步。

杜甫另有《奉赠严八阁老》诗,中有"客礼容疏放,官曹可接联。新诗句句好,应任老夫传"句。这首诗作于至德二载(757)杜、严均在朝时,其时严武的官职同样也大于杜甫。正如有的论者引这诗后接着说的:虽说杜甫是前辈口吻,但是"客礼容疏放"一句就透露了二人的礼数之隔。再者,论者所引的另二例显示二人"礼数相隔""拘谨"的"谢安"、"礼宽"等诗句,均写于严武首次镇蜀时,即在论者下文所认为的发生"睚眦"及最后只杀章彝之事前。既然两人在朝时以及在杀章与"睚眦"事件前已有"不正常"的"礼数之隔",按照论者的逻辑,不是也可以将此作为其时两人已存在"睚眦"的佐证吗?又何必迟到杜甫入严幕后的"睚眦"事件中去追寻"礼数相隔"的原因呢?显然,杜、严之间的礼数关系早就存在,与他们在幕府时是否有矛盾是没有因果关系的。

为了证明严、杜间确实存在"睚眦"险情,论者又举《将适吴楚,留别章使君留后兼幕府诸公,得柳字》诗证明说:"常恐性坦率,失身为杯酒",诗虽写于梓州严武自蜀赴京之后,但未尝不可以理解为此前一段交往中险情的写照。这里所说的"险情",指的乃是论者所说的杜甫酒后失礼的"睚眦"险情,据论者所考,这一"酒后失礼"乃在广德二年六月杜甫入严武幕之后。那么"失身为杯酒"诗作于何时?据诸家杜甫年谱,此诗乃广德元年(763)冬杜甫在夔州章彝幕府中所作,这时不仅尚未发生传说的章彝被严武所杀、杜甫也险些被杀之事,更未发生所说的再迟些的杜甫与严武"睚眦"之事,既然诗乃写于这两次"险情"之前,那么此诗句又何能成为后来的一段险情的写照?显然,"常恐性坦率,失身为杯酒"与所谓的"睚眦"、"险情"之事无关。

四

　　有的论者为了论证确有"睚眦"之事，并且"睚眦"事乃杜甫坚决辞幕的原因，极力论证杜甫在代宗登基后，因时局发生新、旧交替变化，杜甫的隐逸心情也一去不返，所以严武再镇蜀，杜甫即回到成都，不待严武招邀，于归家兴奋之际在《草堂》诗中说出了"飘飘风尘际，何地置老夫？于时见疣赘，骨髓幸未枯"的心里话，大有主动请缨之意，并有好好干的想法。杜甫《释闷》中的"江边老翁错料事，眼暗不见风尘清"更是明白地对自己卜居成都近两年的想法进行了否定。而后来杜甫的突然辞幕，即因发生"睚眦"之事。

　　我们认为这里对杜甫诗的理解有两处值得商讨。先说"江边老翁"二句。这两句并非论者所说的那样，因为诗中所谓的"错料事"并非指卜居成都的想法之事，而是指自己先前对时局的料想是过于乐观错误的。《释闷》诗作于广德二年（764），时距代宗登基的宝应元年（762）已过两年，此诗正是对这段时局的写照以及诗人的态度。将诗歌与《旧唐书·代宗纪》对这段时局的记载相对照是颇相符合的。诗中的"不见风尘清"，正是对这段时势乱象的慨叹与不满。故仇兆鳌释云："吐蕃入寇，逼乘舆，毒生民，祸皆起于程元振。所望一时君臣，幡然悔悟。……岂知嬖孽不除，则兵不得解。兵不能解，则诛求仍不得息。其事之舛谬，真出于意料之外矣。"[①] 可见，这两句诗乃表明诗人对时事的不满与失望，表达此前自己对代宗朝的期望料想乃是"错料事"，这与此前自己隐居成都之事是风马牛不相及的，怎能以此诗句说明杜甫对自

---

① 仇兆鳌：《杜诗详注》，第1070页。

己卜居成都近两年的想法进行了否定呢？又怎能以此作为杜甫抛弃隐居想法，而"主动请缨"入严武幕府的论据呢？

　　论者所引《草堂》诗，乃作于广德二年春杜甫结束一年半多的流离生活重回草堂时。论者认为诗中的"飘飘风尘际，何地置老夫"句的意思是诗人大有主动请缨之意。我们以为这种解读需细酌。《草堂》诗乃围绕草堂而作，故于篇首四句概括全诗："昔我去草堂，蛮夷塞成都。今我归草堂，成都适无虞。"以此仇兆鳌谓："以成都治乱为草堂去来，四句领起全意。"① 此四句后即叙述诗人前离草堂后成都乱起景象。接着又叙"贱子且奔走，三年望东吴。弧矢暗江海，难为游五湖。不忍竟舍此，复来薙榛芜"。意为天下未平，难于东游，又舍不得草堂，故又回来。最后一段云："天下尚未宁，健儿胜腐儒。飘飘风尘际，何地置老夫？于时见疣赘，骨髓幸未枯。饮啄愧残生，食薇不敢余。"仇兆鳌解释最后这一段云："此既归之后，慨叹身世也。世乱未休，托身无地，得草堂以养余年，此外更无他望矣。"② 《杜臆》亦谓"士既无用于世，则一饮一啄，已愧此残生，而'食薇'甘之矣"③。可见此诗阐明回草堂乃是在"托身无地"时的最后选择，盖草堂尚可养余生，虽食薇亦已足矣。可见，"飘飘风尘际，何地置老夫"两句乃就草堂言，表达在别无托身之地时，只有草堂可托残生。因而这两句又怎能是于"兴奋之际"，表达"大有主动请缨"，期望入严幕的愿望之意呢？

　　有的论者认为杜甫入幕之初，作出了效力戎幕的决定，他在《扬旗》中说："吾徒且加餐，休适蛮与荆！"认为这又从一个侧面说明，

---

① 仇兆鳌：《杜诗详注》，第1113页。
② 仇兆鳌：《杜诗详注》，第1116页。
③ 王嗣奭：《杜臆》，第190页。

杜甫后来的坚决辞幕,真正起着决定作用的应该是杜甫与严武发生了酒后的"睚眦"。

我们说杜甫既然已入幕,在意气高扬时暂时打消近期去蜀之想,效力戎幕,这是可以理解的。但这并不意味着杜甫此时或稍后就不存在以后还是要离开幕府之想,而如有这种想法就是极为突然的转变,就非得有非常严重的"睚眦"事件使然。我们认为通察杜甫的经历、思想,其入蜀后,想离蜀回中原、长安的愿望久存不去,这一根深蒂固的念头就是在入幕后也依然存在,并与初入幕时的效力戎幕,暂时压下去蜀之想是可以并存的,这正如他在初入幕的《立秋雨院中有作》诗中所表明的:"主将归调鼎,吾还访旧丘",在稍后的《到村》诗中他还私下打算"稍酬知己分,还入故林栖"。既然如此,那么此后又由于其他原因诗人较快地想离开幕府,这不也是自然之事吗?尽管诗人的离幕要求在入幕后不久似乎有点突然,也确是另有理由的。这理由就是诗人所说的身体致病,难于忍受幕府紧张的生活,以及规矩的拘束,与逍遥自适的天性格格不入等原因,而非得有"睚眦"发生才如此,因为入幕后,很快地他那上述的自身原因就让他觉得难于忍受,遂有离幕的要求。退一步说,假如还有其他更为主要的原因,那么也未必非因"睚眦"不可,在多种可能中怎能只认定尚有待于证实其真实性的"睚眦"传说呢?这在论证逻辑上是讲不通的。

五

杜甫有悼念郑虔、苏源明、高适、房琯诗,又有《哭严仆射归樣》的悼严诗。有的论者以为除悼严武诗外，其他诗无不发自肺腑，感人至深。而作这些诗的时候，严武应该还活着，认为对亡友特别的怀念，有时候不妨理解为对活着的朋友的失望。我们且先不管悼严武诗究竟如何，也先置杜甫的为人不论，即从上述的逻辑上讲，也是成问题的。通过对友人哀痛的悼念与特别的怀念，来寄寓对活着友人的失望，不能说绝无可能，但这也是极为罕见的，可能毕竟不等于事实，为什么非要认定这一极为罕见的可能呢？这从概率、逻辑上讲都是不能令人信服的。

再则，论者认为，将杜甫悼严武和悼高适等人诗相较，可以看出杜甫感情的彼厚此薄。高适死了，他痛惜朝廷失人；严武死了，无一语及此。我们觉得悼诗的写法、内容并无具体规定，即使对于感情相同、评价一样的几个友人，其在内容上不同也不会因此被认为厚彼薄此。那么，为什么悼念严武的诗就非得写及与悼高适的"致君丹槛折，哭友白云长"一样或相似的诗句？论者以此来说明严、杜因确实有"睚眦"之事影响及两人感情，所以才会如此。果真如此吗？我们认为诗人对严武的伤悼悲情是不容置疑的。在这一基本事实下，即使说与悼诸人诗相较，其感情果有深浅之别，也不能凭此确证严、杜间就一定有"睚眦"存在，这道理在于，感情较浅有各种各样的原因，并非仅是可能的"睚眦"。再者，在我们看来杜悼严诗的感情，并非有人所说的那样。此诗云：

素幔随流水，归舟返旧京。老亲如宿昔，部曲异平生。风送蛟龙匣，天长骠骑营。一哀三峡暮，遗后见君情。

前人对此诗某些句子的解释尽管有所不同，但多有谓其感情深厚的。赵次公云："末句盖公言今为之一哀，正当三峡暮色之凄凉，所以遗传于后世，见君有恩德于公之情如此也。"按：此言有校语谓："末句至暮色之凄凉，《九家注》作：'言悲哀之极，而江山亦为之动色。'"① 王嗣奭亦云："感今追昔，一哀而三峡之为暮，何其痛也！"② 关于"蚊龙匣"，我们赞同朱鹤龄注的说法："《霍光传》：赐璧珠玑玉衣梓宫。则人臣亦可称蛟龙匣也。"③ "骠骑营"句，我们取赵次公之解："言送严公之归者皆恋恩德之兵也。"④ 上述的解读肯定标语在诗中对严武的深情和极高评价的说法我们深为认同。这情感与评价，还可从诗人作于此后的《八哀诗》中哀悼严武的诗句得到印证："郑公瑚琏器，华岳金天晶。……汲俄宠辱，卫霍竟哀荣。……诸葛蜀人爱，文翁儒化成。公来雪山重，公去雪山轻。……颜回竟短折，贾谊徒忠贞。飞旐出江汉，孤舟转荆衡。虚无马融笛，怅望龙骧茔。空余老宾客，身上愧簪缨。"⑤《八哀诗》乃哀悼王思礼、李光弼、张九龄、严武等八人之作。这些人或以功勋卓著，或以交情深厚，或以文章气节为诗人所敬重。严武之入其中，可见他的功勋、交情在杜甫心中的地位。当然，论者所认定的杜甫对他们的感情高过于严武的房琯、高适却不在其中，我们也没有理由因此怀疑杜甫对两人的深情。

有的论者认为，杜甫对严武的不满很难明白说出，而严武对杜甫也

---

① 林继中：《杜诗赵次公先后解辑校》，第647页。
② 王嗣奭：《杜臆》，第217页。
③ 仇兆鳌：《杜诗详注》，第1228页。
④ 林继中：《杜诗赵次公先后解辑校》，第674页。
⑤ 钱谦益：《钱注杜诗》，中华书局上海编辑所1958年版，第203—204页。

不无侮慢，故少年同僚对杜甫的侮慢，很可能根源于主将的态度，严武真正尊敬的长者，当不至于受到同僚们的侮慢。由于有这一看法，论者也以悼严诗的"老亲如宿昔，部曲异平生"句来证实它，认为二句表现严武昔日部曲对杜甫的前恭后倨，部曲在严武死后的变态正可活画他们在严武生前趋附的嘴脸，这又可以佐证幕中此辈的轻侮系效法严武本人对杜甫的态度。

我们以为这一论述存在两个问题：一、所谓的"前恭后倨"，是说严武的部曲在严武死前对杜甫恭敬，死后则变为无礼。而论者以后又说此辈的轻侮系效法严武本人对杜甫的态度。这也就是说严武生前对杜甫是轻侮的，所以其部曲在严武生前死后即仿效他而轻侮杜甫。同一段话中就这样自我矛盾，这叫读者相信哪种说法呢？二、"前恭后倨"之说是有所本的。《杜臆》云："公在幕府，乃严公故交，诸部曲见之，必当起敬；今部曲亦必有送榇者，见公异于平生矣，故不无今昔之感也。若止云老亲无恙、部曲不虔，何足道哉！"① 又，浦起龙云："三、四，冷暖之慨。……但有'老亲'，无多'部曲'。"② 上述二条其实还是不一样的。后者之"冷"乃就部曲而言，与杜甫无关。所谓"冷"，可能有两种理解：来送行者少，故场面冷清；来送行的部曲无多，实可见部曲对严武感情的冷暖变化。不管浦氏的解读是哪种、对否，均与部曲对杜甫的态度无涉。《杜臆》之说则同某些论者，但这一说法是不可取的。我们且不管部曲对杜甫的态度如何，试想在哀送友人之榇的悲痛时刻，杜甫哪会有心思耿耿于怀地计较部曲对自己的脸色？更怎会在专为哀悼友

---

① 王嗣奭：《杜臆》，第 216—217 页。
② 浦起龙：《读杜心解》，中华书局 1961 年版，第 489—490 页。

人的、又是这么短的悼诗中记恨似地写下别人对自己的冷淡呢？倘若如此，则于情于地于理皆不合，一般的人尚不会如此，更何况是最为通情达理的杜甫呢！其实前人对杜甫这两句诗还有别的解释，并不是都着眼于部曲对杜甫态度的变态的。赵次公释此云："言严公有老母在，弃之而去，其母之健尚如宿昔耳。公既死，若一旦不能管部曲，为异平生矣。旧注不知何自得别本，为老亲知宿昔，便引《新史》：'武卒，母哭且曰：今而后，吾知免为官婢矣。'如此则公云老亲知宿昔，不亦成嘲辞乎？"①此说可参，唯"部曲"句，我们是这么理解的：《八哀诗》赞严武"诸葛蜀人爱，文翁儒化成。……堂上指图画，军中吹玉笙。"赵次公释后二句："则政治优游可见矣。"②因此，因严武善于治军、宽待部曲，故部曲先前优游愉悦；而严武死后，部曲则为之悲哀满容，大异于先前之愉悦矣！如此解读则两句均可表现悲戚之情，正如"刘后村曰：'老亲'两句，极其凄怆"③，正可见部曲对严武的哀悼与感恩。倘上所说不太误，则论者对此二句的解读即不可从。

上面我们对以杜甫的某些诗句的误读来论证杜甫酒后失言，严武欲杀杜甫之事的说法进行辨析，目的在于说明这一传说与论证不可靠。因为这一传说与论证关系到人们对杜甫与严武友谊的误解，也关系到杜甫的思想与人格的问题，不能不辨。当然，我们的理解不一定全对，欢迎方家指正。

（原载《文史哲》2004年第1期）

---

① 林继中：《杜诗赵次公先后解辑校》，第674页。
② 林继中：《杜诗赵次公先生解辑校》，第697页。
③ 杨伦：《杜诗镜铨》，第570页。

杜甫、严武"睚眦"再考辨

——与傅璇琮、吴在庆先生商榷

丁启阵

一

杜甫、严武之间是否有过一次严重的酒后冲突,历来有两种针锋相对的意见,迄今聚讼未已。想要在前人基础上有所进步,我认为在具体讨论论据之前,有必要先对聚讼双方辩论的焦点、论证方法进行审视和比较。

双方争论的焦点,不是杜甫是否曾经有过酒后对严武不敬的言语和行为,而是严武是否因此有过大为愤怒甚至于想杀杜甫的冲动,也就是说,即使是主张杜甫、严武一直保持亲密无间友谊的论者,也没有否认杜甫曾经酒后失态冲撞严武的。具体地说,在表露愤怒和不以为忤两种可能中,哪一种的可能性更大些。

围绕上述关键问题,主张表露愤怒和不以为忤的双方,他们的论证方法可以概括为:表露愤怒论者主要从下述三个方面进行论证,一是有文献的记载,二是严武性格的可能性,三是杜甫若干诗歌的迹象;不以为忤论者主要从下述三点进行论证,一是文献的记载,二是杜甫严武的友谊,三是杜甫诗歌的讨论。从理论上说,双方的论据只有在一、三点上是针锋相对的,第二点各说各的。双方一、三两点都是论据真实性之争,第二点主要是逻辑论证的分歧。

从逻辑上评价,表露愤怒论者的逻辑证明含有如下推论过程:再好的友谊也有可能发生"睚眦"事件,因此,杜甫、严武之间也有可能发生"睚眦"事件。不以为忤论者的逻辑证明则含有如下推论过程:很好的友谊是不可能发生"睚眦"事件的,因此,杜甫、严武之间不可能发生"睚眦"事件。显然,不以为忤论者的逻辑推论中存在着问题,其前提命题是假命题,而表露愤怒论者的逻辑推论中的前提是真命题。论者说严武跟杜甫是世旧、严武对杜甫"待遇甚隆",两人同朝共过事,房琯罢相,严武、杜甫也相继被贬,被贬的共同命运使得"严、杜之间更有唇齿相依的密切关系"①,所有这些都不能证明杜甫、严武永远不会发生冲突事件。众所周知,唇齿之间也难免有龃龉的时候。

从论据评价上说,表露愤怒论者与不以为忤论者之间在第一点即文献证据上,在没有发现更加有力的文献证据的时候,双方都很难作出能让对方信服的分析。但是,我还是认为就目前的情况而论,情势对表露愤怒论者相对较为有利。较早记载杜甫、严武睚眦事件的唐代李肇的《唐国史补》、范摅的《云溪友议》,五代王定保的《唐摭言》,宋代宋祁的《新唐书·杜甫传》等,都说严武表露了愤怒;只有《旧唐书·杜甫传》说严武是不以为忤的。主张严武不以为忤的论者在讨论这一论据时,一般都力辩《云溪友议》乃小说家言,不足凭信,而对《唐国史补》、《唐摭言》和《新唐书》实际上都无有力的驳论。事实上,《旧唐

---

① 傅璇琮、吴在庆:《杜甫与严武关系考辨》,《文史哲》2004年第1期。

书》虽然编撰时间早于《新唐书》，但是考校史实方面实在没有《新唐书》高明。文献价值一方面讲究可信度，同时也不能忽视时间先后，很明显，主张严武表露愤怒的文献比主张不以为忤的文献要早得多。需要补充说明的是，李肇的《唐国史补》卷上《母喜严武死》的记载文字相对比较朦胧："严武少以强俊知名，蜀中坐衙，杜甫祖跣登其几桉（案）。武爱其才终不害。然与章彝素善，再入蜀，谈笑杀之。"①没有明白说严武愤怒了，但是从"爱其才终不害"一句尤其是"终"字我们可以想象其间情形，事态是比较严重的，决非不以为忤，一笑置之。

第三点即关于杜甫若干诗歌的解读，不以为忤论者与表露愤怒论者是针锋相对的，其间轩轾难以遽分，需要逐条讨论。

二

笔者在《杜甫、严武"睚眦"考辨》一文（以下称"拙作"，或简称《睚眦考辨》）中，从杜甫与严武两人性格品性的差别上论述他们之间发生冲突的可能性，同时将杜甫在成都严武幕府期间及其前后写作的若干诗歌作品跟他们之间可能发生过的冲突联系起来理解。②后来，傅璇琮、吴在庆两位先生联名发表了《杜甫与严武关系考辨》一文（以下称"两位先生"，或简称《关系考辨》）③，虽然没有明白说是针对拙作，

---

① 李肇：《唐国史补》，中华书局上海编辑所1957年版，第22页。
② 丁启阵：《杜甫、严羽"睚眦"考辨》，《文学遗产》2002年第6期。按：下引此文，恕不出注。
③ 傅璇琮、吴在庆：《杜甫与严武关系考辨》，《文史哲》2004年第1期。按：下引此文，恕不出注。

文后的参考文献中也没有列出拙作名目，但是从论文的论列看，基本上是针对拙作展开的，文中的"有论者"、"有的论者"指的大多就是笔者。因为关系到拙作，更因为涉及自己曾经认真思考过的问题，再者，批评拙作的又是两位我素所敬仰的学界前辈，于是就认真地拜读了两位先生的论文，希望能够看到更好的论述而得到"抛砖引玉"之乐。但是，在反复阅读两位先生的论文后，我还是感到了失望，除了个别诗句的理解能够纠正拙作之外，他们对拙作提出的那些论据的批评基本上都缺少令人信服的力量。这里就把自己的疑惑拣重要的几点逐一写出来，再一次向两位学界前辈讨教，也希望得到其他读者和方家的指正。

拙作《睚眦考辨》认为，经过从宝应元年（762）秋至广德二年（764）三月在梓州、阆州一带的避乱流寓生活，杜甫的出处思想发生了变化，所以当严武第二次镇蜀，杜甫旋即回到成都，不待严武招邀，就有了主动请缨的意思。所举的诗证是《草堂》中"飘飘风尘际，何地置老夫？于时见疣赘，骨髓幸未枯"几句。《关系考辨》认为《草堂》一诗"阐明回草堂乃是在'托身无地'时的最后选择，盖草堂尚可养余生，虽食薇亦已足矣。可见，'飘飘风尘际，何地置老夫'两句乃就草堂言，表达在别无托身之地时，只有草堂可托残生"。他们认为这诗里杜甫没有主动请缨出任幕职的意思。按照字面讲，那当然也可以说得通，但是，结合上下文揣摩诗中深层含义，结合这一段时间里杜甫其他几首写给严武的诗，我们是不难体会到其中请缨的意思的。杨伦认为，《草堂》一诗"以草堂去来为主，而叙西川一时寇乱情形，并带入天下，铺陈始终，畅极淋漓，岂非诗史？"[①] 在格调和结构上，这首具有

---

① 杨伦：《杜诗镜铨》，上海古籍出版社1980年版，第516页。

史诗性质的作品颇类似他写于安史乱中还挂着拾遗一职时的《北征》一诗。关心时事,有明显的忧国忧民思想,而不是一味地忧乱避世,"食薇"也不是满足于伯夷、叔齐那样的隐遁生活。他是希望有所作为的,只是表达方式上属于杜甫一贯的骚体风格——带有反讽意味的"怨"。上一联"天下尚未宁,健儿胜腐儒"、"饮馔愧残生,食薇不愿余",就跟杜甫在积极求取入仕机会和在职时期的"圣朝已知贱士丑,一物但荷皇天慈"(《乐游原歌》)[①]、"多病休儒服,冥搜信客旌"(《敬赠郑谏议十韵》)、"腐儒衰晚谬通籍,退食迟回违寸心"(《题省中院壁》)等句子是一脉相承的。"于是见疣赘"一句下,杨伦注云:"言己之不为世用也。"[②]"骨髓幸未枯"一句,我们实在是可以体会出杜甫想做事的心情的。杜甫从来不是伯夷、叔齐一流的高人隐士,他的思想虽然有时也产生消极成分,但是他一生都没有真正忘记过关心政治、关心时事。他怎么可能在成都一带乱后初定、百废待兴的时候,反倒安心隐居起来了呢?如果我们不拘泥于杜甫诗歌字面的意思,在严武即将再次镇蜀的这一段时间创作的诗歌,是不难看出杜甫欢快、昂扬的思想基调的。请看:"殊方又喜故人来,重镇还须济世才。"(《奉待严大夫》)"得归茅屋赴成都,直为文翁再剖符。但使闾阎还揖让,敢论松竹久荒芜?"(《将赴成都草堂,途中有作,先寄严郑公五首》其一)"旧犬喜我归,低回入衣裾;邻里喜我归,沽酒携葫芦;大官喜我来,遣骑问所须;城郭喜我来,宾客隘村墟。"(《草堂》)"北极朝廷终不改,西山寇盗莫相侵。"(《登楼》)亢奋中的杜甫,政治理想虽然早已经幻灭了,但是做

[①] 仇兆鳌:《杜诗详注》,中华书局 1979 年版,第 103 页。按:下引杜诗,凡出自此版本者,仅于文后括注篇名,不再出注。
[②] 杨伦:《杜诗镜铨》,第 516 页。

一点帮助严武治理蜀中的想法应该是情理之中的。他的"身老时危思会面，一生襟抱向谁开？"(《奉待严大夫》)应该不限于友情，襟抱不妨理解为有政治抱负的含义。再结合杜甫这一次入幕根本不见任何推脱、拒绝的事实，我们那样的理解有什么不妥呢？

三

拙作提出《立秋雨院中有作》一诗可以理解为系杜甫就那场酒后失礼之后的"睚眦"事件表达歉疚之意的作品。两位先生认为这首诗的意思是：杜甫清晨到幕府上班，想尽参谋之职，因为严武对自己礼节规矩上的格外放宽，心里感到舒服。最后表示，如果严武"今后回朝任要职，我也就算尽了酬知己之分还是要回去'访旧丘'的"。首先说明一点，拙作把"已费清晨谒"理解成是严武去看望杜甫，确实如两位先生所指出，是不恰当的。但是，两位先生的解读也仍然有问题。如果杜甫如他们所理解的，只是一次轻描淡写地表达如上想法，那么第一节开首"山云行绝塞，大火复西流。飞雨动华屋，萧萧梁栋秋"，以及第二节开首"解衣开北户，高枕对南楼。树湿风凉进，江喧水气浮"，立秋逢雨那种饱含张力、令人压抑的景物描写，情调跟诗的意思完全不和谐，岂不是太小题大做了吗？再者，如果是像两位先生所理解的只是一次没有强烈事件来由的轻度感慨，"穷途愧知己，齿暮借前筹"，"礼宽心有适，节爽病微瘳"，多少有些显得突兀，其中深郁的愧疚、感激之情虽然不能说是无病呻吟，至少可以说是"小毛病大呻吟"。最后两句，"主将归调鼎，吾还访旧丘"，拙作理解为严武在会见杜甫后回去处理军政事务、杜甫获准回浣花溪畔的草堂一趟。如果照两位先生那样的说法，是严武回朝任要职、杜甫离幕访旧丘，那么我们就有这样几点疑惑：一是在整首诗中显得突然，触景生情的一次淡淡感慨怎么会一下子跳跃到日后的分手和各得其所呢？二是意思跟杜甫这一阶段的坚决辞幕事实相违背，按照两位先生的理解，杜甫简直是在向严武表达感恩、惜别之情。三是严武再次镇蜀是在结交当时宰相元载，试图登上相位不成之后的一次外放[①]，这个事情杜甫想必是知道的，这种情况下他这样说岂不是会触到严武痛处？

拙作提出，杜甫《遣闷奉呈严公二十韵》一诗可以理解为是杜甫向严武提交的辞呈，末两句"会希全物色，时放倚梧桐"，可以理解为杜甫担心往后再有所触犯而遭不测，有希求保全性命的意思。两位先生则认为，"这首诗的中心乃在于表明诗人性喜闲旷自适，身体又残病，难于忍受。因此希望严武全其闲旷本性，格外准许其离开幕府，而得以能逍遥自适，祛除身心之疲累"。他们认为"所谓'时放'，即时而放，放后，还是要回来的"，并且说："如果生命受到严重威胁，正是巴不得逃之夭夭，还会仅仅要求'时放'吗？"两位先生的说法字面看起来似乎是可通的，但是不符合知人论世的研究方法。严武、杜甫既然是世旧，杜甫究竟是怎样一个人，他的本性到底是不是"闲旷自适"，严武不可能不清楚，无须杜甫再来郑重说明一番。事实上的杜甫，我们都知道，"奉儒守官"出身的他是一位有着百折不挠的政治理想的诗人，他曾经多次参加科举考试，在长安十多年里一边过着穷困的生活，一边周

---

① 刘昫等撰：《旧唐书》卷一一七《严武传》，中华书局1975年版，第3395页；欧阳修、宋祁：《新唐书》卷一二九《严挺之传》附《严武传》，中华书局1975年版，第4484页。

旋于达官贵人的筵宴之间求人汲引,几次向延恩匦投赋自荐,在担任拾遗期间也曾经忠勤王事,弃官之后还在鼓励居官的朋友们要尽心国事,在离开成都去嘉戎的时候所作的诗里还有"弟窃功名好权势"的自我坦白(《狂歌行赠四兄》)。杜甫既不是陶渊明一流的人物,也不是庄子一流的人物。宋人赵次公所言"则所望于故人知己者,幸全其物色而放令倚于梧桐也"①,也只是符合诗句字面意思而已。杜甫之所以这样说,其实不过是文人故技,也可以说是诗歌叙事的一种传统,说它为了委婉也好,显得文雅也罢,对方又不是傻子,他不会不了解诗人的真实用意。杜甫的用意无非是想辞去幕职,情形如同古时候厌倦了宦海的人向帝王的"乞骸骨还山"。意思是那样的,但是,话要说得委婉些。两位先生说的是杜甫诗的表面意思,拙作指的是杜甫作诗时的真实想法、内心情感,本来并无矛盾。但是他们对于"时放"的那种解释,不免有胶柱鼓瑟之嫌,我们实在难以苟同。杜甫这首诗难道不是意在辞幕,而只是要求严武偶尔放他几次假、休养休养身心("祛除身心之累")?杜甫觉得生命受到威胁的时候,必须说"放我倚梧桐"严武才会明白他要逃之夭夭的心思?说"时放倚梧桐"严武就明白不了?在这样一位"小忿"、"小不副意"便能杖杀属下副官的一方军政长官朋友手下当差,杜甫凭什么不对自己性命有所担心?凭友情?房琯跟严武应该也是有友情的,还有恩情呢,可是严武是怎么对待房琯的,杜甫不会不清楚。两位先生强调庄子所说的"保身"与拙作中所说的"保命"是不同的,诚然,其间含义是有差异的,但是,我理解的庄子思想里也是有"保全生命不受外力侵害"的内容的。

---

① 林继中:《杜诗赵次公先后解辑校》,上海古籍出版社1994年版,第639页。

两位先生很愿意相信杜甫诗歌里已经明确表达出来的辞幕理由,例如身体有病、难于忍受幕府的紧张生活、规矩的拘束、与逍遥的天性格格不入等,这当然无可厚非——尽管我们也很容易就能举出相反的论据,比如杜甫身体有病不是从入幕后开始的,早在四十四岁之前的求官时期就有"多病休儒服"的说法了[①];他在任拾遗期间的生活也是很紧张、有严格拘束的,杜甫都工作得很带劲。问题是他们这样的论证逻辑:这些原因是"更为主要的原因",所以就不必再有"睚眦"事件作为辞幕的原因了。他们指摘拙作"在多种可能中""只认定尚有待于证实其真实性的'睚眦'传说","这在论证逻辑上是讲不通的"。他们的逻辑真的是匪夷所思,首先,拙作并非"只认定",两位先生的"睚眦"之为"传说"的审判,等于未经足够的法律程序就将李肇、王定保、宋祁等一干人与小说家范摅一道送进了监狱。两位先生的逻辑确实让我不明白,为什么说那些原因是"更为主要的原因"?有了那些原因为什么就不可以有"睚眦"的原因?

拙作认为杜甫一首给章彝等人的留别诗里"常恐性坦率,失身为杯酒"两句(《将适吴楚,留别章使君留后兼幕府诸公,得柳字》),可以反映出在幕府任职的危险性,有这样一句话:"诗虽写于梓州严武自蜀赴京之后,但未尝不可以理解为此前一段交往中险情的写照。"两位先生对此有如下质疑:"这里所说的'险情',指的乃是论者所说的杜甫酒后失礼的'睚眦'险情,据论者所考,这一'酒后失礼'乃在广德二年六月杜甫入严武幕之后。那么'失身为杯酒'诗作于何时?据诸家杜甫年谱,此诗乃广德元年(763)冬杜甫在夔州章彝幕府中所作,这时不

---

① 仇兆鳌:《杜诗详注》,第 111 页。

杜甫、严武"睚眦"再考辨
——与傅璇琮、吴在庆先生商榷

仅尚未发生传说的章彝被严武所杀、杜甫也险些被杀之事,更未发生所说的再迟些的杜甫与严武'睚眦'之事,既然诗乃写于这两次'险情'之前,那么此诗句又何能成为后来的一段险情的写照?显然,'常恐性坦率,失身为杯酒'与所谓的'睚眦'、'险情'之事无关。"拙作从来就没有说过"常恐性坦率,失身为杯酒"指的就是那次"睚眦"事件,拙作说的是这两句诗反映了幕府生活中的危险性,尤其是酒后失控的言行,很可能会招致杀身之祸。这可以说是根据严武的性格、为人处事特点所发出的一般性忠告,也可能是针对章彝为人过于坦率而进行的劝诫。这跟具体的冲突事件、跟时间先后没有任何关系。杜甫认识严武已非一朝一夕,基本的了解是有的,不必要等到"睚眦"事件发生之后;严武在成都的为人处事,史书也有明确记载,"肆志逞欲,恣行犯政"①,"武在蜀颇放肆,用度无艺,或一言之悦,赏至百万"②,假如所载不虚,杜甫、章彝也不可能不知道严武这种特点。杀章彝、跟杜甫"睚眦"虽然是在杜甫写"常恐性坦率,失身为杯酒"两句诗之后,但不等于严武此前就没有冲属下发过威。另外,我所看到的杜甫年谱,例如闻一多先生的《少陵先生年谱会笺》③,都说杜甫此诗作于广德元年冬天章彝梓州(今四川三台县)任所的,不知道两位先生根据哪些家的杜甫年谱说作于"夔州章彝幕府",我们也没有看到过章彝曾经在夔州任职的文献记载。杜甫后来携家离开成都到夔州时,得到的是都督柏茂琳的帮助。还有,新、旧《唐书·严武传》都明确记载着的严武杀死僚属章彝事件,为什么到了两位先生笔下就都成了"传说",也是我们所不明白的。难

---

① 刘昫等撰:《旧唐书》卷一一七《严武传》,第 3396 页。
② 欧阳修、宋祁:《新唐书》卷一二九《严挺之传》附《严武传》,第 4484 页。
③ 闻一多:《少陵先生年谱会笺》,湖北人民出版社 1993 年版,第 169 页。

道是为《云溪友议》的相同记载所殃及?

拙作吸收了《杜臆》的说法,提出《哭严仆射归榇》一诗中,"老亲如宿昔,部曲异平生"两句可以理解为,严武去世,严母一如往昔地贤明,而部属却前恭后倨态度发生了变化。两位先生对此很不以为然,他们说:"我们且不管部曲对杜甫的态度如何,试想在哀送友人之榇的悲痛时刻,杜甫哪会有心思耿耿于怀地计较部曲对自己的脸色?更怎会在专为哀悼友人的、又是这么短的悼诗中记恨似地写下别人对自己的冷淡呢?倘若如此,则于情于地于理皆不合,一般的人尚且不会如此,更何况是最为通情达理的杜甫呢!"这真是让人一头雾水,我们从来没有说部曲的前恭后倨态度变化是针对杜甫的,我们指的是严武死后,部曲态度反映出的"人去茶凉"现象。

四

严武第一次镇蜀的时候就曾经劝说过杜甫出仕,《寄题杜二锦江野亭》就是表达这个意思的一首诗,其中"莫倚善题鹦鹉赋,何须不著鵕鸃冠"两句值得讨论。主张严武没有产生过杀杜想法的论者,认为唐人所言严武欲杀杜甫之说由此演绎而来。洪迈《容斋续笔》就有这样的观点,"好事者但以武诗有'莫倚善题鹦鹉赋,何须不著鵕鸃冠'之句,故用证前说(按:指'睚眦'至欲杀事件),引黄祖杀祢衡为喻"①。不知道洪迈这么说的依据是什么?这一派论者大约是为了论证严武不可

---

① 洪迈:《容斋续笔》,上海古籍出版社1978年版,第283页。

能产生杀杜甫念头,说这两句诗正好表现了严武对杜甫的关怀。例如《杜诗镜铨》云:"今按'莫倚善题鹦鹉赋',虑其恃才傲物,爱而规之也。'何须不著鵕鸃冠',劝之出而仕也。二语正见严杜交情之厚。"① 两位先生也认为"严武之作本是对杜甫极为友善关心的诗作"。如果洪迈那样的说法是有依据的,那么可以将两种说法归纳为:表现愤怒论者认为"莫倚"、"何须"两句是表现严武对杜甫的恨,而不以为忤论者则认为那两句诗正好表现了严武对杜甫的爱。同样的两句诗,竟然有着如此截然相反的理解。我的意见是,这两种说法都未免失之偏颇。我们可以设想,严武在写那首诗之前很可能是口头动员、劝说过杜甫出仕的,但被杜甫谢绝了,于是他就作了这首诗更为郑重其事地劝导杜甫——当然杜甫也郑重其事地写了一首答复的诗,即《奉酬严公寄题野亭之作》,仍然是谢绝的态度。在整个过程中,严武当然表现了对老朋友杜甫的关照和关心之情。但是非得要将"莫倚"、"何须"两句都说成是关爱之语,也未必妥当。口头劝说、动员没有被杜甫接受,严武在情绪上有点别扭应是情理之中(动员、劝说遭谢绝应该不至于产生嫉恨),没有必要非把严武描绘成一团和气、苦口婆心的好好先生。严武固然不会笨到把自己比喻为黄祖,但是他引用祢衡故事提醒杜甫应是事实,"善题鹦鹉赋"当不会另有出典。

拙作将杜甫跟严武与跟高适的态度作了比较,目的是想说明,以严武的性格和为人,杜甫跟他之间的友谊不能排除有不和谐成分,即严武不可能像高适那样深刻了解杜甫,并且宽容杜甫。两位先生不同意拙作的说法,认为"杜甫对年高且官高的高适所以显得亲密与不拘谨,那

---

① 杨伦:《杜诗镜铨》,第 392 页。

是因为这些诗作于杜甫上元元年不在官场，也非时任彭、蜀州刺史的高适的下属或所辖子民，因此关系就轻松、不拘谨。而上引杜、严间所涉礼数的诗句，都是严武要么是杜甫的父母官，要么是顶头上级时作。在这一处境下，对注重礼法的杜甫来说，他对严武的拘谨与显得'礼数相隔'，实在没有什么太不正常的，不能作为两人'睚眦'的佐证，更不必将此夸张到杜甫具有伴严如伴虎隐衷的地步"。这一番论述有这样一些问题：一、杜甫在担任左拾遗时，严武是给事中，同属门下省，严武是正五品上，杜甫是从八品上，官阶有高下。在成都幕府期间，严武是成都尹、剑南节度使，杜甫是他属下的参谋。这些都是事实。上下级之间生活之中讲点礼数本是情理中事，但是三番五次地写到诗歌里去，是不太正常的。二、说杜甫注重礼法，恐怕不完全符合实际。《旧唐书》本传说杜甫："结庐枕江，纵酒啸咏，与田畯野老相狎荡，无拘检。严武过之，有时不冠，其傲诞如此。"① 从杜甫自述的性格志向、诗歌揭露批判现实问题的深邃大胆、诗歌语言的吞吐开合等方面，我们都无法想象杜甫是那么一个见了上级就只有点头哈腰之份的恂如小职员。三、杜甫写那些诗的时候虽然既不是高适的下级，也不是他的子民，但是，杜甫是常常有求于他的，他一家的生活曾在相当长的时期里都需要这位"厚禄故人"的接济。杜甫就是在有求于高适的时候，说话也相当随便。有一回杜甫托人给高适送了这么一首求援的诗："百年已过半，秋至转饥寒。为问彭州牧，何时救急难？"（《因崔五侍御寄高彭州》）可见杜甫是一个相当放得开的人，假如严武是个随和宽厚的人，杜甫绝不至于谨小慎微。更何况杜甫年龄比严武大那么多，而且还是他父亲的朋友。

---

① 刘昫等撰：《旧唐书》卷一九〇下《文苑下·杜甫传》，第 5054—5055 页。

我认为，杜甫与严武之间的友谊更多的是"世旧"，而杜甫与高适之间则纯粹是"投契"；"世旧"出于习惯，"投契"发自内心；"世旧"需要的是维护，"投契"讲究的是坦诚；"世旧"容易隔阂，"投契"方便沟通。

针对拙作提出的杜甫为严武作的悼亡诗不如为高适、苏源明、郑虔、房琯等人作的悼亡诗深情的说法，两位先生提出了这么一个反对的论据：杜甫的《八哀诗》"乃哀悼王思礼、李光弼、张九龄、严武等八人之作。这些人或以功勋卓著，或以交情深厚，或以文章气节为诗人所敬重。严武入其中，可见他的功勋、交情在杜甫心中的地位。当然，论者所认定的杜甫对他们的感情高过于严武的房琯、高适却不在其中，我们也没有理由因此怀疑杜甫对两人的深情"。对于两位先生的类比法我有一点不同意见：悼亡诗是都作过的，具有可比性；是否入选《八哀诗》，杜甫没有一个统一标准，他的自序说"伤时盗贼未息，兴起王公、李公，叹旧怀贤，终于张相国"，只是一时感慨，跟感情深浅没有关系，因此不具有可比性。

拙作说到杜甫在严武生前写作了一系列深情悼念高适、苏源明、郑虔、房琯的诗歌时，有一句话："对亡友的特别怀念，有时候不妨理解为对活着的朋友的失望。"两位先生认为这个说法从逻辑上讲"也是成问题的"，还说："通过对友人哀痛的悼念与特别的怀念，来寄寓对活着友人的失望，不能说绝无可能，但这也是极为罕见的，可能毕竟不等于事实，为什么非要认定这一极为罕见的可能呢？这从概率、逻辑上讲都是不能令人信服的。"正如上文所说，这种论据都属于迹象论据，即可能性论据，是拙作提出的众多可能中的一个可能，众多的可能都指向一个方向，这就是逻辑推论。可能当然不是事实，是事实就不需要论证了。

两位先生有这样的说法:"睚眦"事件"关系到杜甫的思想与人格的问题"。这个问题他们没有展开说明,也许两位先生是担心说杜严间有过"睚眦"事件会损害杜甫的亲和形象。这种担心是没有必要的。杜甫原本就不是一味温柔敦厚、随波逐流、喜怒不形于色的好好先生,他是一个有锋芒、有思想、有情感、有抗争意识、有批判精神的诗人,杜甫的这些特点相信正是喜爱他的人们所欣赏、钦佩的。实事求是地指出杜甫生活中的波澜,不但无损于杜甫的诗人形象,反而可以丰富他的形象,增加他的形象的层次性,也有助于加深我们对他的思想感情和诗歌作品的理解。

(原载《文史哲》2004年第4期)

严羽卒年及行踪略考

蔡厚示

一

关于严羽的生年，朱东润先生在《沧浪诗话探故》[①]中根据严羽和戴复古、刘克庄[②]及李贾等人的交往情况，推断在宋宁宗庆元元年（1195）左右；张文勋同志在《严羽》[③]中据严羽的《庚寅纪乱》、《促刺行》等诗，推断为大约在宋孝宗淳熙年间（1174—1189）。他们的结论虽稍有出入，但都说出了一定的道理，如果把严羽的生年大致定在1189—1195年之间，我以为是不会有太大差错的。至于严羽的确凿生年，目前因史料不足，自然仍以存疑为是。

严羽的卒年，似乎更难确定。朱东润先生认为"严羽的一生应当是一一九五左右至一二四〇或其后"；张文勋同志认为严羽"主要活动是

---

① 朱东润：《沧浪诗话探故》，见氏著《中国文学论集》卷二，中华书局1983年版。
② 朱东润《沧浪诗话参证》（见《中国文学论集》卷一）云："沧浪、后村（刘克庄）曾否定交，虽不可知，然同交于李贾，则为定案。"
③ 张文勋：《严羽》，载吕慧鹃等主编：《中国历代著名文学家评传》第三卷，山东教育出版社1983年版。

宋理宗年间（1225—1264）"。他们都未明确提到严羽的卒年。能不能对严羽的卒年也作个大致的推定呢？我根据现有材料进行了初步考察，断定严羽的卒年大致在1255年左右。其理由如下：

（1）《沧浪吟卷》卷二中有《送赵立道赴阙仍试春官即事感兴因成五十韵》一诗。朱东润先生根据诗中"一王新盛礼，万国贺重熙"两句，定它为理宗宝庆元年（1225）的作品。这个推断，我以为值得商榷，因为这两句如果指理宗登基，那就不能称理宗为"王"，而只能称他为"皇"、"元后"或"天子"。况且诗中说："漂泊微躯老"，足见严羽作此诗时年已老大。据《文献通考》卷十一《户口考》，宋以六十为老。即使如朱东润先生所说："叹老嗟卑，在宋人诗中，不是罕见的"；但是三十岁左右便称老，毕竟使人觉得太突兀。因此我以为这首诗不是理宗宝庆元年而是理宗宝祐元年（1253）的作品。那时严羽已六十岁左右，正合称老之年。又据《续资治通鉴》卷一七四载："宝祐元年春正月庚寅，诏以建安郡王孜为皇子，改名禥，封永嘉郡王。"这个赵禥，即后来继理宗位的宋度宗。严羽一向关心理宗建储之事，约写于1236年左右的《有感六首》其五即云："得无劳圣虑，犹未立储宫。"到了1253年，他终于看到理宗立了皇太子，怎不使他为之充满对"中兴"的期望呢？

诗中另一段："箭流元帅幕，城立叛营旗。国体存矜恤，皇猷务远绥。且从鹰一饱，自待虎双疲。复说西京乱，愁连蜀道危。"其中所咏情事，也都发生在13世纪50年代初期。元帅，指四川安抚制置使兼知重庆府余玠。他率部力战，多次打退蒙古军的侵掠，却因为受奸人暗害，于1253年7月在四川被迫服毒自杀。又据《续资治通鉴》卷一七三载："戎州帅欲举统制姚世安为代，余玠素欲革军中举代之弊，以三千骑至云顶山下，遣都统金某往代世安，世安闭关不纳。""城立叛营旗"应即指此。鹰,显然喻蒙古统治集团;"虎双疲",很可能指当时蒙古对大理的战争使双方都受到了损失。南宋当局妄想坐收渔利,但战火终于在四川重新燃起。1252 年冬,蒙古军队侵掠成都,围攻嘉定,形成了"愁连蜀道危"的局面。我们由此可以确知:《送赵立道赴阙仍试春宫即事感兴因成五十韵》一诗写于 1253 年,并从诗中"穷冬辞老母"句可以判定它写于冬天。足见严羽活到 13 世纪 50 年代初期,该是毋庸置疑的事了。

(2) 黄公绍《沧浪吟卷序》云:"余幼时,见东乡诸儒藏严诗多甚,恨不及传。今南叔李君示余所录《沧浪吟卷》,盖仅有之者。"黄公绍登宋度宗咸淳四年(1268)进士第,及第时应已冠,因此他的幼年最晚亦当在 1255 年前后。这时,严羽应刚去世不久,因此乡里读书人还收藏着他的不少作品。到黄公绍作序时,则已逐渐散失,只"犹存什一"罢了。

根据上述理由:严羽的卒年应不早于 1254 年前,也不可能迟于 1260 年后。因此把他的卒年大致推定在 1255 年左右,我以为是妥当的。

也许有人会问:魏庆之的《诗人玉屑》成书于 1244 年前,若此时严羽尚健在,为什么魏庆之竟几乎全文引用了严羽的《沧浪诗话》呢?这不奇怪。因为《诗人玉屑》所引南宋诸家虽大都已名登鬼录,但也有个别例外,如书中所引的刘克庄,就一直活到了 1269 年。何况魏庆之跟严羽同是闽北人,他出于对严羽的钦慕,在严羽尚健在的情况下就大量引用严羽的著作,在情理上也是说得通的。

二

关于严羽的行踪,朱霞《严羽传》仅提到他曾经"避地江、楚"。

张文勋同志在《严羽》中指出："严羽一生，大概多半是在家乡隐居，其间，也曾到外地客游。从他的诗歌中可知，宋理宗绍定三年（即庚寅年）左右，他因逃避农民起义的风暴，跑到江西一带过了两三年漂泊生活。"他还指出：严羽到过江西南昌（即豫章城）、临川、浔阳等地。

从严羽的作品中，我们似乎还可以考知：早在宋理宗绍定三年（1230）之前，严羽就到过庐陵（今江西吉安）。《沧浪吟卷》中有《秋日庐陵送杜子野摄钟陵纠掾》一诗，杜子野即杜耒，于1227年在楚州（今江苏淮安）被李福杀害。由此足证：严羽早在1227年前就在庐陵一带居住过。《沧浪吟卷》中的《游临江慧力寺》、《樟树镇醉后题》等诗，可能即写于这个期间。临江和樟树，今都属江西清江。严羽由家乡邵武去庐陵，如溯赣江上行，势必取道于此。

严羽《行子吟》云："忆昔客游初，结交重豪迈。高冠湛卢剑，志若轻四海。白首悔前图，蹉跎天一隅。寒冬剑门道，失路空踟蹰。……"从这首诗可以察知：严羽早年曾客游异乡；晚年又到过四川。其《梦中作》云："少小尚奇节，无意缚珪组。远游江湖间，登高屡怀古……"说明他早在"少小"之时就已远游他方了。

严羽早年除客游庐陵已如上述外，还到过吴、越（今江苏、浙江）一带。其《送戴式之归天台歌》云："我亦扁舟向吴、越"，即可佐证，从《三衢邂逅周月船论心数日临分赋此二首》，可知他到过衢州（今浙江衢县）；从《钱塘潮歌送吴子才赴礼部》描绘的景象看，说明严羽必亲眼见过钱塘潮的壮观；从《再送赖成之出都》，可知他在南宋京城临安（今浙江杭州）居住过；从《吴江春望》、《吴中送友归豫章》，可察知他的行踪曾及于苏州一带；从《送崔九过丹阳郡上荆门省亲》、《和上官伟长芜城晚眺》，可推测他曾亲历过京口（今江苏镇江）附近的长江两岸。当然，严羽游吴、越不仅限于早年，他壮年、晚年时都再去过。如《再送赖成之出都》有"江海悠悠白发新"句，即可知此诗是他晚年居临安时作。特别值得一提的是：严羽曾经和好友吴会卿一道参加过解扬州围的战斗。他在《剑歌行赠吴会卿》中写道："去年从君杀强敌，举鞭直解扬州围。"扬州围，指的是叛将李全兵围扬州，时在 1230 年冬。次年正月，赵范、赵葵率部力战，终解扬州之围，李全败死。严羽参加过解扬州之围，仅这一举动，就足以说明他绝不是一味脱离现实、不问世事的隐士，而是有过壮烈抱负并曾见诸行动的爱国者。

严羽还到过荆、楚、湘（今湖北、湖南）一带。《沧浪吟卷》中可确知写于荆湖地区的诗篇很多，如《别客》、《楚江晚思》、《闻笛》、《酬友人》等皆是，这里不一一缕举。

严羽到四川应在 1238 年南宋军队收复成都之后；并极可能是在 1242 年冬余玠帅川①之后。余玠乃福建崇安人，严羽以乡谊前往干谒他是完全可能的。这时，南宋和蒙古之间的战争已暂告停止，严羽已五十岁左右。他自然是满怀着报国热忱去四川的，但从《行子吟》所写"白首悔前图，蹉跎天一隅。寒冬剑门道，失路空踟蹰"看，说明严羽此时的际遇也不很顺利。另有一篇《蜀女怨》云：

> 几时离月峡？五见紫兰凋。塞雁随魂断，江花逐泪飘。沙头南北客，京口去来潮。日日无消息，空登万里桥。

说明诗人到过成都（万里桥在成都）；而且诗人很可能是以蜀女自况，

---

① 《续资治通鉴》卷一七〇载：理宗淳祐二年（1242）十二月丙寅，以余玠权兵部侍郎、四川安抚制置使兼知重庆府。

叙说他入川已五年，竟无日不思念远在天一隅的家乡。

严羽仿古乐府写了不少以边塞生活为题材的诗歌作品，如《出塞行》：

> 将军救朔边，都护上祁连。六郡飞传檄，三河聚控弦。连营当太白，吹角动长天。何日匈奴灭？中原得晏然。

还有《关山月》"今夜关山月"、《塞下》"鞍马连年出"、《羽林郎》"貂帽狐裘塞北装"、《闺怨》"欲作辽阳梦"、《塞下曲》"一身远客逐戎旌"、《塞下曲》"玉关西去更无春"、《从军行》"朔风嘶马动"。以上这些诗篇里提到的地域，如朔边、祁连、六郡、三河、太白、卢龙、大漠、天山、塞北、辽阳、碛西、玉关、青海、雁门等，当时都已沦为蒙古贵族的统治区，严羽压根儿不可能去到那里。严羽只不过依传统的手法，用乐府旧题仿古拟作而已。但其中一些篇章，很可能即写于四川。严羽极可能到过利州西北（今甘、陕南部）前线，亲眼见过或亲耳听过许多边塞情事。否则，就很难设想他竟能那么传神而又具体地勾勒出河、陇一带的风光！

严羽一生的行踪自然远不止限于上述地区，但仅凭我们从他的诗歌作品中所察知的他的踪迹，就几乎遍及南宋统治区的大半。这说明严羽绝不是如有些同志所想象的那样终生隐逸；他的诗歌也不是果真像镜花水月那样缥缈不可捉摸。但这些已越出本文的范围，只好俟他日另写专文进一步阐述了。

（原载《文史哲》1985 年第 4 期）

徐增与金圣叹交游新考

陆 林

徐增与金圣叹都是明末清初的苏州人,以选评唐诗而被后人并称。尤其是当金圣叹"备遭非议之际,徐增竭力为他辩护,表现出批评家非同寻常的识力和胆识"[①],堪称金圣叹最优秀的辩护士。在当代,因为学界关注的热点多在金圣叹,涉及徐增的成果寥寥,更不谈徐、金关系的研究了。邬国平先生2002年发表的《徐增与金圣叹》,是首篇专题论文,称得上当代学术史上最为重要的金圣叹史实研究成果之一。并由此引发了学界对于两人关系的进一步关注,蒋寅先生《徐增对金圣叹诗学的继承和修正》(《北京师范大学学报》2006年第4期),便是此类成果。如今,稀见的《九诰堂集》已经影印出版,为我们的文本细读提供了极大便利。本文试图在前人研究的基础上,以史实研究为中心,努力更加细致深入地考述徐增及其与金圣叹交往的生平事迹,并顺带指出前

---

① 邬国平:《徐增与金圣叹》提要,《明清文学论薮》,凤凰出版社2011年版,第54页。按:原文发表在《中华文史论丛》2002年第2辑(上海古籍出版社2002年版),"提要"是编入文集后所加。文章发表后,邬先生于次年7月15日将抽印件主动寄下,不仅由此开始了彼此的友谊,而且使笔者对在参编《清人别集总目》时就已注意到的徐增《九诰堂集》更加重视,并于2004年8月赴湖北省图书馆,查阅了此书。

此研究中的一些不确之处。

一、徐增生平补说

在有关徐增的研究中，首先涉及的是生卒问题。樊维纲先生据徐增康熙七年（1668）自称年五十七、康熙十年自称年六十[1]，及张寅彭先生和笔者先后撰文，均指出其生于万历四十年壬子（1612）。[2] 那时尚未见徐增《九诰堂集》，笔者是根据方文康熙七年作《题徐子能小像》"何幸同生壬子年，苦吟端不让前贤"的自注"予与子能皆壬子生"[3]，而得其生年的。邬国平据作者《五十自寿》诗自序"壬午岁，余年三十有一，……今年辛丑十一月有九日"，首次准确指出："他生于明万历四十年（1612）十一月九日"（1612 年 12 月 1 日）。关于徐增生卒年，邬国平、蒋寅均注意到李灵年、杨忠先生主编之《清人别集总目》定为 1603—1673，蒋寅云："未知所据"，邬文仅指出生年有误，并均以康熙十年（1671）徐增《重修灵隐寺志序》称年六十，云此年尚在世。新近出版的《清代诗文集汇编》介绍徐增"生于明万历四十一年（1613），卒于清康熙十二年（1673）"，参考文献为"《清人诗文集总目提要》卷五、《江苏艺文志·苏州卷》"[4]，生卒

---

[1] 樊维纲：《说唐诗》校注前言，中州古籍出版社 1990 年版，第 14 页。
[2] 张寅彭：《清代诗学书目辑考》，《上海教育学院学报》1995 年第 3 期；陆林：《生命中的最后一次欢会——金圣叹晚期事迹探微》，《南京师范大学学报（社会科学版）》2000 年第 6 期。
[3] 方文：《嵞山集》续集卷五，上海古籍出版社 1979 年影印清康熙刻本，第 1171 页。
[4] 《清代诗文集汇编》第 41 册卷首"作者简介"，上海古籍出版社 2010 年版。

年就是分别依从这两部书的记载①。生于1613年的错误自不待言,问题是甚见功力的《江苏艺文志》关于徐增的生卒年源自何处?它也是《清人别集总目》和《清代人物生卒年表》徐增生卒年的来源。该书对徐增的介绍有两处蹊跷:一是说他乃"吴县光福人……生六岁而孤",一是说其"继父志修族谱,建宗祠,编次《光福志》,未竟而卒,年七十一。子傅,成其志",皆与清初徐增事迹不符。《光福志》卷首有徐傅自序,言及道光二十四年(1844)"甲辰冬夜"编定该书,"以继先君子未竟之志";徐傅字月坡,其父名增,方志载其"字二逵,号蘅川,靖节廿四世孙,生六岁而孤……继父志修族谱,建宗祠",著述仅"编次《光福志》,粗有端绪,遽易箦……卒年七十有一"②,故非字子能号而庵者。至于如何从乾嘉时的徐增"卒年七十有一",推导出明末清初之徐增的"1603—1673",则不得其详;抑或的确曾发现清初徐增卒于康熙十二年(1673)的可靠记载而上推生年,尚有待证明。

徐增年轻时即患脚疾,遂弃科举,专心诗学,即钱谦益所谓:"子能年甫壮而得末疾,须人以行,衣冠质雅,宛如古人,杜门扫轨,日晏忘食。"③徐增三十一岁撰《奈何歌答梁溪华仲通》七古长诗,亦云:"我患足兮君患目……我须蓝舆君须杖"④,顺治八年(1651)撰《黄云孙诗序》时还曾夸张地说自己"弱冠得末疾,闭门谢交游"⑤。自称"以

---

① 柯愈春:《清人诗文集总目提要》,北京古籍出版社2002年,第87页;许培基、叶瑞宝主编:《江苏艺文志·苏州卷》,江苏人民出版社1996年版,第583页。
② 徐傅编,张郁文校补:《光福志》卷六《人物》,1929年苏州毛上珍排印本。
③ 钱谦益著,钱曾笺注,钱仲联标校:《牧斋初学集》第三十二《徐子能集序》,上海古籍出版社1985年版,第942页。
④ 徐增:《九诰堂集》诗卷二,清康熙抄本。按:以下再引此书,一般只括注卷数。
⑤ 徐增:《九诰堂集》文卷一。

软脚病不出门户"①，此病因"毒风流于脚膝，行立不得"，"江南多有此疾，号为软脚"②，可能即今人所谓"足下垂"。故平生行迹多在苏州，早年赖亲为生，三十岁所作《示弟》诗自谓："善病亏吾弟，谋生累老亲"（卷二），晚年以选诗评诗为业，事迹本无太多变化。邬文根据陈宗之《梅鹤诗人传》并参以有关资料，亦属可行之举。唯以陈宗之云："子能岁路未强"，而判断此传"作于徐增生前"，稍嫌笼统。"岁路未强"，语出南朝梁张充与王俭书："丈人岁路未强，学优而仕，道佐苍生，功横海望，可谓德盛当时，孤松独秀者也"③，只是泛称人年事未高，不足以推论写作时间。陈宗之，字玉立，长洲人，崇祯六年（1633）举人，朱彝尊选其诗八首入《明诗综》卷七十三，并论曰："启、祯间，景陵流派盛行于吴中。虽有林若抚力持唐调，然而捷敏未免率易。玉立矜炼，独操正始之音，八门七堰六十坊，可以独步。"④王铎《陈玉立诗集序》云："余在姑苏，交玉立陈君，其门多芜草，其人耻逢世，淡声利嗜欲，专于丘索，赞生通志。"⑤可见其人品格风标。陈宗之因与徐增老师张世伟交密而与徐增为友，曾撰《首夏寄徐子能》二首，其一为："栖迟萧寺辘轳床，水木空青湛竹房。几落瓦花桐广碧，槛悬蛸蠹桂坳芳。携尊喜逐忘机友，闭户粗知省事方。闻道西郊徐处士，突烟晨冷鹤无粮。"⑥陈宗之死于顺治二年（1645）十月⑦，此为《梅鹤诗人传》写作

---

① 金圣叹《怀感诗序》引徐增语，《九诰堂集》卷首《诸名公旧序》。
② 董汲：《脚气治法总要》卷下，《四库全书》本。
③ 李延寿：《南史》卷三十一《张充传》，中华书局1975年版，第812页。
④ 朱彝尊著，黄君坦校点：《静志居诗话》卷十九，人民文学出版社1998年版，第576页。
⑤ 王铎：《拟山园选集》卷二十九，清顺治十年（1653）刻本。
⑥ 陈济生：《天启崇祯两朝遗诗》卷八陈宗之诗，清顺治刻本。
⑦ 徐增《九诰堂集》诗卷四《和陈玉立怀友诗》引："乙酉春暮，颛溪陈先生有《湖居怀友诗》一律……颛溪即于是岁冬十月逝去。"

时间下限,徐增始三十四岁。

关于徐增的生平,邬文主要涉及三点:字号、行迹和著述,以下围绕这三点,略加匡补。

1. 字号。邬文首次记载其字子益、无减,改字子能,别号梅鹤诗人,法号知至,曾改名匡杖①,字瀑悬,多道人所不知。然认为徐增"叫而庵",并引陈鉴《而庵说唐诗序》等资料,指出"而庵或是他的室名",这是将简单问题复杂化了。吴县殷丽《访而庵道兄话旧适有禾中之行留诗别余次酬二首》注曰:"子能号而庵"②,而庵不是室名而是号,其室名有"天心阁"等。邬文据陈函辉《徐子能天〔水〕(心)阁咏业序》"人目之南州徐孺子也",认为这也是徐增的别称,其实此处是说他像东汉著名隐士徐稚(字孺子,豫章南昌人)一样博学多识而淡泊明志。徐稚因王勃《滕王阁序》"人杰地灵,徐孺下陈蕃之榻"而名益彰,古人多以"徐孺子"称后世徐姓贤者。此外,"徐二园"未必是"别人对徐增的讥称",其《送三耳生见唱经子序》:"一时至友辄怪予,曰:'徐二园着魔。'"(文卷二)既出挚友之口,着魔是讽,"二园"非讥。其《挽陈玉立孝廉》诗第一首末句为:"憔悴吴侬说二园",自注曰:"泌园,谓张异度师;匏园,先生别号"(卷二),"徐二园"或许与纪念师友有关。徐增另有四个别号,一为"而庵道人",见《元气集》顺治十七年自序落款;一为"而庵居士",见康熙刻本《而庵说唐诗》卷首自序落款;一为"大易学人",见康熙二年刻本金圣叹《天下才子必读

---

① 叶绍袁:《甲行日注》卷五丁亥二月二十三日载:"徐瀑悬(名匡秋)遗书长篇连札,推许太深,愧无杂佩报之。"冀勤辑校:《午梦堂集》附录一,中华书局1998年版,第982页。据此"匡杖"或作"匡秋"。

② 徐增:《九诰堂集》卷首《赠言》,清康熙抄本。

书》所撰序言落款；一为"十足道人"，见康熙十年刻本《珠林风雅选灵隐诗序》落款。此外，康熙九年（1670）所撰《书〈泽公传〉后》落款为"庚戌夏五月望后三日吴门大易学人圣行徐增拜识"①，可见其与友人金圣叹在法名上是同辈的。

2. 行迹。古代有关徐增小传，多云其"晚年得末疾，须人以行"②，"暮年患足，不能步履"③。邬文引陈宗之《徐子能诸刻序》："齿未三十，邑邑自伤。每就余商出处。余曰：'为君熟筹之矣。天挛君足，不攫君指，色力故盛，盍为千秋业计？'于是绝意进取，杜门莲泾④，蓬蒿自封。"证明徐增大约三十岁时已经患足病，暮年得疾之说"并不符合实际情况"，可纠历来文献之误。唯据集中《黄子羽舅氏六十寿序》崇祯十六年（1643）癸未"余亦有留都民部之命"云云（文卷七），推测徐增"似明末曾一度在南京被授职，所授何职不详。对于这次唯一的仕途机会，徐增放弃了"，恐怕是对有关文字的误读。黄翼圣，字子羽，号摄六，苏州太仓人，崇祯十一年（1638）以保举授四川新都知县，崇祯十六年升浙江安吉知州。明亡弃官归隐，皈依佛教，钱谦益为撰《黄子羽墓志铭》、《莲蕊居士传》。徐增称其为舅，即母为黄氏。《黄子羽舅氏六十寿序》言："子羽为鸣宇先生之令子"，鸣宇（一作"明宇"）为黄翼圣父黄元勋之号，徐增不当直接称外公为某某先生；序云翼圣该年"六月四日称六十，其亲知以余交子羽深，而属余为文以寿"，亦非有

---

① 徐增、范骧：《池上篇》不分卷，稿本。按：此书有关文字，系友生李玉硕士代为抄录，特此致谢。
② 黄容：《明遗民录》卷五，谢正光、范金民编：《明遗民录汇辑》，南京大学出版社1995年版，第545页。
③ 卓尔堪：《明遗民诗》卷十二作者小传，中华书局1961年版，第466页。
④ 陈宗之《梅鹤诗人传》云徐增"生吴阊西五里白莲泾上"。白莲泾，在苏州阊门外。

甥舅关系者所宜云然；序云："余幼时从缪西溪太史所，闻子羽尔雅韶令，初以为文人之豪，以不得相见为恨"，缪西溪指江阴缪昌期，苏州城与太仓毗邻，外甥见舅，应在外公家或己家，不应舍近求远；序云崇祯十六年子羽"擢安吉州刺史而余亦有留都民部之命，岁暮会于巴城"，绕道黔粤返江南，"夜则吾两人共聚一室，谈所历之山水为乐"，撰者如是徐增，当已非布衣之士。据此数事可断，序语不是出自徐增口吻，乃是其代笔之作。由序中"壬午余在蜀臬，以吏事相接见"可知，所代者为江阴张有誉，明末由四川按察使（臬使、臬宪）擢南京户部（民部）右侍郎，入清隐居苏州灵岩为僧。

3. 著述。徐增一生以选评古今诗歌为主业，问世者甚丰。在其五十五岁撰《上龚芝麓大司寇》自荐时即云："所刻拙作十余种，流传南北。"（文卷三）邬文对徐增存世著述介绍了六种，分别是《九诰堂集》、《池上草》、《而庵说唐诗》、《面庵诗话》、《元气集》、《灵隐寺志》。《而庵诗话》、《灵隐寺志》皆常见，以下仅就其他四种略作补说。

《九诰堂集》三十七卷（赋一卷，诗二十五卷，文八卷，诗余一卷，史论二卷），该书一般工具书都著录为"清钞本"，由文中避"玄"字讳而不避"丘"字讳，当为康熙间钞本。书中多钤以"谦牧堂藏书记"阴文印，为各卷起讫。谦牧堂乃康熙时大学士揆叙藏书处，揆叙为明珠之子，纳兰成德之弟。康熙初年，钱塘赵时揖搜集金圣叹评杜诗云："闻先生遗稿，珍藏燕都巨公之家。倘得赐教天下，此少陵快事、先生快事、普天下万世之大快事矣。"① 由徐增别集钞本之收藏，不仅令

---

① 赵时揖：《贯华堂评选杜诗》总识，金圣叹著，陆林辑校整理：《金圣叹全集》第6册，凤凰出版社2008年版，"附录"，第97页。

人遐想圣叹遗书之下落。《九诰堂集》书首，有约六厘米见方的朱文大印"诒晋斋"，为清高宗第十一子成亲王永瑆的藏书印，可见此书流传有序。《九诰堂文集》的许多篇目，都是徐增代他人所作（只有少数篇名下注明"代"或"代某某"）。如卷六《贺陈商卿堂落成序》云"余尝过吴门"，卷七《王玄珠司寇顾淑人七十寿序》"癸未春薄游吴门"，卷八《黄君五十寿序》："过吴门则主张□□家"，皆非家住苏州西城阊门外者的习惯用语。再如卷五《祭叔祖母李夫人文》云"吾叔太仆公出而有功宗社"，指的是太仓徐宪卿，作者自称："某等忝属犹子"，看似徐增口吻，然宪卿比其父年长二十二岁，徐增不可能称其"叔"。此外，卷六《刘子制义序》："吾师姜燕及……则主庚午南闱试，以第一人荐予者也"，是代崇祯三年（1630）南直隶解元吴县杨廷枢撰；卷七《河南谢相明五十序》："岁在辛巳，予奉命使益藩，还息里中……予职在太史"，可知代长洲徐沂撰；卷七《田怀逸六十寿序》、卷八《顾母金太君七十寿序》、《承天寺鉴微上人五十寿序》诸篇，自述"岁在辛卯乞假归里，间与儿子世濂辈访问地方安危"，"己未上春官，遂叨一第"，自称"待罪宰相"，"母丁太夫人"，"内弟严子叔韬"，所涉都是吴江金之俊的事迹和亲属，所代者自明；卷七《徐参微五十初度寿序》自称："早通仕籍，读中秘书……予家本孟津"，自是为王铎代撰。后人在研究这些作品时，不仅不能将"作者"自述视为徐增本人的事迹，也要审慎看待其中表露的思想，因为毕竟这是代言之作。同时，大量的代言作品在其文集中的出现，是否也说明了手不能缚鸡、脚难以着地的落魄书生，代文润笔亦是其重要的谋生方式之一？

《池上草》当即《池上篇》，因稿本藏南京图书馆，邬文语焉不详。该书二册不分卷，署："池上篇五十二首吴门而庵道人增著"，故有关书目多著录为"清徐增撰"①。其实为徐增与友人范骧所撰诗文合集,其中徐增撰诗文四十二题,范骧撰十题(含词一阕)。范骧,字文白,号默庵,浙江海宁人。晚明贡生,善书法。顺治十一年(1654)举贤良方正,坚辞不就。康熙初年因庄廷鑨明史案被捕,后无罪开释。著《爱日堂文集》。《池上篇》卷首有徐增题记:"西寺有池,此名泉也,余过海昌寓其上。'海昌西寺里,借住得名泉。命自水中赋,诗成《池上篇》。凭轩殊洗濯,煮茗更流连。看彼朱鱼乐,为余作客缘。'"所收诗文时间最晚者为"六月朔日"所撰《天岳和尚诗序》:"庚戌四月,余买舟到海上访范文白先生,寓西寺池上轩至五月。"具体赴海宁时间为"今庚戌四月望前三日,余发舟再往海昌"(《书〈泽公传〉后》)。范骧《池上轩四绝句呈而庵先生博笑》第一首"经藏楼前叹劫灰"注云:"西寺为唐盐官大师藏经楼,久废。"可见徐增所居之地和此集命名之由:徐增于康熙九年四月因访友人范骧,而舟赴海宁,寓居惠力寺,惠力寺"俗名西寺……殿西有舍利阁,唐宋时藏经之所"②,位于今海宁市硖石街道西山南麓,北倚紫微山(西山),因寺中有池上轩而将相关诗文结集后取名为《池上篇》。其中《范爱日报我栎下先生蒙赦喜赋》三首,有助于了解徐增与周亮工的交往和友谊。

《而庵说唐诗》,邬文对其刊行时间和分卷体例有所考证。如针对陈鉴等人所撰《刻元气集例》"《说唐诗》三百一十九首,共七卷",徐增《元气集凡例》"有《说唐诗》七卷"的记载,邬文认为这是因为该书"对选入的诗歌分为五古、七古、五绝、七绝、五律、七律、五排共

---

① 顾廷龙主编:《中国古籍善本书目·集部》,上海古籍出版社1996年版,第928页。
② 乾隆《海宁州志》卷六《寺观》,清道光二十八年(1848)重刻本。

七体，每一体多则四卷，少则二卷，共二十二卷。所谓'七卷'，实是指七体。这说明，《而庵说唐诗》原先拟一体一卷，共七卷，将全书分为二十二卷是后来才确定的"。然而，七卷本的确仍然存世，扉页正中为"说唐诗"三大字，右上为"吴门徐而庵先生"，左下为"芸经堂藏版"朱字，书眉横书"周元亮先生鉴定"①。与九诰堂刻本相比，七卷本卷首仅有"康熙丙午小春华岳李图南撰"序，无陈鉴序和徐增自序，卷首目录同，正文中却没有"唐帝年号"内容；芸经堂本正文卷次与目录不同，目录七卷（按体分卷），正文则为九卷（七言古与七言律分列两卷），故亦可称之为九卷本。该版本最大的特点或奇异处在于，将徐增实际最后完成评点、在九诰堂刻本中为第二十至二十二卷的五言排律（卷末亦为杜甫《太岁日》，有徐增"癸卯九月二十日识"）置于第一卷，且无陈鉴原序（云"今徐子将半百"，约撰于顺治十七年）和徐增自序。故芸经堂本与九诰堂的先后关系（即便它在九诰堂本后问世，其祖本是否早于九诰堂本），都有待进一步研究。关于徐增与金圣叹说唐诗孰先孰后的问题，邬国平、蒋寅先生都有所讨论。笔者以为，就起始之时而言，无疑圣叹要早，如金昌云："唱经在舞象之年，便醉心斯集，因有《沉吟楼借杜诗》。庄、屈、龙门而下，列之为第四才子。每于亲友家，素所往还酒食游戏者，辄置一部，以便批阅。风晨月夕，醉中醒里，朱墨纵横。"②

其评杜诗《奉送蜀州柏二别驾将中丞命赴江陵起居卫尚书太夫人因示从弟行军司马位》曰："余廿年前，读此诗解，合什大士前，颂其青

---

① 有关芸经堂本的文字，由陈丽丽博士代抄，特此致谢。
② 金昌：《叙第四才子书》，陆林辑校整理：《金圣叹全集》第 6 册，"附录"，第 94 页。

莲华眼。"① 可见：一、在崇祯十四年（1641）《第五才子书》问世时，圣叹已有批第四才子书杜诗的计划；二、在长期的阅读批评的过程中，手稿四处可见，无论何人都可直接间接看到；三、金昌整理《杜诗解》在圣叹身后，约在康熙初年，上溯二十年，可见圣叹于甲乙之际即有说杜（唐）诗篇什流传。故，今人考察两人说唐诗的影响，绝不可只是根据徐增自序云解说唐诗开始于顺治五年（1648），动笔于顺治十四年（1657），而圣叹解说唐七律开始并完成于顺治十七年（1660），就说前者早于后者，尤其不能说"比金圣叹解说杜诗的时间为早"；其实，直到顺治十七年五月，徐增说唐诗才完成最初的几卷。② 至于圣叹选评唐七律诗，即便是顺治十七年二月八日到四月望日完成的唐诗六百首评点，套用徐增《而庵说唐诗》自序的话，如果没有长期的"说诗"积累，是不可能在短短两个多月的时间内就能"笔之于纸"的。能证明笔者这一推测的，不仅仅是金昌"廿年前读此诗解"之言，顺治十七年夏，圣叹致嵇永仁书云："弟自端午之日，收束残破数十余本……，力疾先理唐人七律六百余章，付诸剞劂"云云，亦值得玩味：一、由"数十余本"与"先理唐人七律"之关系，可见所说唐诗远不止七律；二、圣叹《贯华堂选批唐才子诗》自序所谓："顺治十七年春二月八之日"始说之诗评手稿，何至于到五月端午便已"残破"了呢？后者分明是对兀兀穷年、摩挲反复的旧稿之描状。加之圣叹学术影响力在精神层面上对徐增巨大的震慑作用，所以，笔者同意蒋寅的观点："在诗学观念上，主要是金圣叹影响了徐增，而金圣叹受徐增的影响几乎可以忽略不计。"

---

① 金圣叹：《唱经堂杜诗解》卷四，陆林辑校整理：《金圣叹全集》第 2 册，第 786 页。
② 徐增：《九诰堂集》诗卷十六《五月二十夜余录说唐诗二十字成帙……》。按："二十字"指五言绝句。

《元气集》又名《九诰堂诗选元气集》，封面正中题："名家元气诗选"，右上和左下分别是："吴门徐子能先生定"和"九诰堂藏板"。卷首为徐增《元气集序》，落款："顺治庚子长至前三日吴门而庵道人徐增子能氏书于西城之黄鹂坊"，次为《周栎园司农来书》（与《说唐诗》卷首《周栎园先生书》不是一文），再次为《刻元气集例》、《元气集凡例》，以下为正文。岭南陈鉴、梁溪钱肃润、武林鲁得之、虞山陆元泓"同定"《刻元气集例》云：

> 徐子潜心风雅将三十五年……弱冠时，有刻集十余种。一时大君子，若粤中陈文忠公秋涛、何相国象冈、黎忠愍美周、天台陈学士木叔、孟津王相国觉斯……吴门杨解元复庵、陈孝廉玉立、全文学圣叹、朱文学云子、丘文学天民、章明府子充、姚文学仙期……南昌徐文学巨源辈，皆为之序，海内无不盛称子能者。至改革后，子能以末疾杜门，究心内典。

顺治庚子为顺治十七年，友人所撰例言，大约成于同时。《中国丛书综录》及《中国古籍善本书目》均将现存《元气集》的版本著录为"清顺治十七年刻本"。其依据大概就是这篇自序落款。其实，是书每卷的刊刻时间并不一致，邬文已据其中《四照堂集》徐增评语涉及"乙酉春"作者卢绋见周亮工事，指出"至康熙八年尚在断断续续进行之中"，因此《元气集》只能是清康熙刻本。在徐增撰《凡例》中，有两条涉及当时江南刻板、印刷和评点的收费标准：

> 吴门刻宋字者，每刻一百字，连写与板，计白银七分五厘；有

圈者，以三圈当一字。《元气集》每一叶，字与圈约有四百字，该白银三钱。今加笔墨纸张、修补印刷之费一钱，每叶定白银四钱。

　　刻三十首诗，约有十余叶；刻一百首诗，约有四十叶。有欲刻入选者，即以梓金同寄到，使子能照资选刻。少者一月竣工，多者两月竣工，便可报复矣。①

从字体选择与加圈抵银，到作品篇数与用纸用时，皆有明示，不仅是当时江南资助出版的耗资详单，而且包括的智力费用，堪称珍稀史料，亦可令人想见其入清后的主要生活来源。此《凡例》与后出之《而庵说唐诗》卷首"附白"之语"今《说唐诗》已刊行，廊庙显达暨林泉高隐，如以为可，新诗望即邮寄吴门，勒成二书②，则增亦得附唐人选唐诗之后，何幸如之"一段，先后呼应，同为他向时人征求选诗评诗的广告之语。邓之诚 1953 年"癸巳冬月二十九日"撰《记金圣叹》，云："徐评《制义》及《诗》，为人选刻诗集，须纳刻资，声光不敌金，而贫过之。"③想必是看过《九诰堂元气集》的，令人佩服其腹笥丰赡。

　　徐增现存著述可补一种，即《贩书偶记续编》和《江苏艺文志·苏州卷》已著录之《珠林风雅》，属集部总集类，康熙十年刻本，不知为何不见邬文提及。该书上下卷，署："吴门徐增子能甫选评"，选录戒

---

① 此则史料，是笔者 2002 年 11 月参加复旦大学举办的"中国文学评点研究"国际学术研讨会期间，抄于上海图书馆，并将有关发现在会上作了口头发布。后告知友生王卓华博士，由其撰文发表。
② "二书"指，"附白"前此所云"庚子岁避暑恭寿堂，为选《元气集》，每人刻一卷，约百余首，欲满百家，以尽当代名公之胜……丙午春，复为《说今诗》，每人不过数首，贵在必传，亦未成书"。
③ 邓之诚：《骨董琐记全编》下册，中华书局 2008 年版，第 647 页。

显、元舆、正瑞、元通、德玢、元迥、通贤（毗陵人）、显赤、寂证、普映、方璇、海云、等琏、定雨、通贤（杭州人）、性质等十六位僧人诗作，每人有小传、总评和各诗评语，徐增卷首序云：

> 庚戌仲冬抄，余入灵隐，晦山和尚为设一榻于方丈静室中……山中诸上首谬以余为能知诗者，争以诗出示我，一一罗列案头，……方知和尚下此一榻有深意在也。余方有《珠林风雅》之役，因从和尚诗选起，合成十六座，录上下卷，诗各有解数，得唐人甚深三昧。①

将此序与邬文已引之《灵隐寺志》徐增自序"九年冬，余过灵隐，时晦山和尚住持，属余重修之"对读，可见该年冬季徐增应释戒显之邀至杭州灵隐寺，做了两件事：重修寺志和选评僧诗。徐增另一部现存评点著作是《鲍潜子四时四声山居草》，作者释上暎，明末常州宜兴人，俗姓徐，诗集五卷，"以四时四声次第歌咏"，自序于崇祯五年"岁在壬申夏仲后"，有严我斯、史夏隆和周亮工（署"白下亮老人"）序，现藏哈佛大学哈佛燕京图书馆。各卷大题下双行署："东吴而庵徐先生拈阅，晋陵可园许先生评颂。"晋陵为武进古名，可园为许之渐之号。② 每卷之末，均有两人评语。

---

① 徐增：《珠林风雅选灵隐诗序》，《珠林风雅》卷首，清康熙十年（1671）刻本。按：有关文字由友生李玉硕士代抄，特此致谢。
② 杨钟羲《雪桥诗话馀集》卷三在言及康熙末年庄令舆、徐永宣辑《昆陵六逸诗钞》的收录入选时，云："邑中诗家，前辈董易农文骥、黄艾庵永、许可园之渐、邹程村祗谟、杨秋屏大鲲、孙风山自式、杨芝田大鹤、陶艾圃自悦，通籍者诗不录。"

二、徐、金交游实迹

在邬国平大作发表之前，人们只知根据《鱼庭闻贯》中的《与徐子能增》、《答徐子能》两封信及《说唐诗》卷首与同学书中的一些评论来分析徐增与金圣叹的关系。是邬文首次从《九诰堂集》卷首"诸名公旧序"和"赠言"中，钩稽出金圣叹《怀感诗序》和《读瀑悬先生诗毕吟此（子能丙戌梦游匡山，看瀑布，曾改名匡杖，字瀑悬）》、《看梅思知至先生在病（子能法号知至）》、《岁暮怀瀑悬先生兼寄圣默法师》，不仅头尾文、诗为珍稀佚作，中间两诗亦能校补《沉吟楼诗选》抄讹或所无文字，如第一首诗题，在金诗中作"冬夜读徐悬瀑诗"①，无题注，可知"悬瀑"为"瀑悬"倒文；第二首诗题，在金诗中作"看梅思知止先生"②，亦无题注，可知"知止"为"知至"之误③。邬文在考订《岁暮怀瀑悬先生兼寄圣默法师》写作时间时，根据第四句"仲尼落职遂删诗"，认为"删诗"是指徐增著《诗论》或评选《而庵说唐诗》，时间在"顺治十四年以后，故此诗或作于顺治十四年至十七年之间"。所论不无道理，只是末句"春来只问雪塘师"却无意中规定了一个时间下限：圣叹有诗《丁酉深秋重观雪塘法师遗笔》，首句为"雪塘已归雪山久"④，可见此僧顺治十四年便"久"已去世，故"岁暮"诗不太可能作于此年及以后。金氏这些诗文，诚如邬文所云："或肯定徐增诗歌的悲苦声调，或赞赏他的诗人才华，或与徐增共同切磋诗歌批评，或表达对徐增不顾

---

① 金圣叹：《沉吟楼诗选》，上海古籍出版社1979年影印清抄本，第82页。按：邬著《明清文学论薮》引《沉吟楼诗选》此题作"冬夜读徐瀑悬诗"，不确。
② 金圣叹：《沉吟楼诗选》，第132页。
③ 邬文认为"知至、知止为同一人的法号"，笔者以为"知止"为同音笔误。
④ 金圣叹：《沉吟楼诗选》卷四，陆林辑校整理：《金圣叹全集》第2册，第1201页。

疾病缠身,努力评诗、著书精神的敬佩。"

邬文的贡献还在于,从《九诰堂集》中首次找出"五题六篇作品直接与金圣叹有关":诗《读第六才子书》(七绝二首)、《夜怀圣叹》,文《送三耳生见唱经子序》、《天下才子必读书序》、《唱经子赞》,并高度评价有关作品之于认识金圣叹的意义:"这些诗文贯穿着一个鲜明而突出的主题,就是大力肯定金圣叹人格、学识、才华,对当时众多文人雅士强加给金圣叹的各种苛责作了严正驳斥。可以说,金圣叹生前死后,徐增是为他洗刷'坏名声'的第一'辩护律师'。"徐增诗歌,是按照时间排序的,邬文认为"其中《读第六才子书》、《送三耳生见唱经子序》作于金圣叹生前,《夜怀圣叹》诗也以作于金圣叹生前的可能性为大,其他两篇则作于金圣叹被害后不久",稍嫌笼统,亦不够准确;仅据《九诰堂集》上述数篇研究两人关系,亦略显取材不够广泛,且有疏漏。以下以《送三耳生见唱经子序》这篇被邬文视作"全面为金圣叹辩诬"的文章为核心,结合两人现存著述,考述彼此交往的史实历程。

明崇祯十五年(1642)壬午秋,圣默和尚欲介绍徐增认识圣叹,"二十年人尽骂圣叹为魔,如是者数年。至壬午秋遇圣默法师,欲导余见圣叹,才说圣叹,余急掩耳曰:'怕人,怕人!'后遇圣默几次,渐疑之"[1]。时年徐增三十一岁,圣叹三十五岁。徐增以自己"掩耳不听"之举,形象地说明了在晚明金圣叹已被"妖魔化"到何种程度。

明崇祯十七年(1644)甲申春,"同圣默见圣叹于慧庆寺西房,听其说法,快如利刃,转如风轮,泻如悬河,尚惴惴焉,心神恍惚,若魔之中人也"(《送三耳生见唱经子序》)。慧庆寺,即慧庆禅寺,"在阊门

---

[1] 徐增:《九诰堂集》文卷三《送三耳生见唱经子序》,清康熙抄本。

外白莲泾西"①，位在徐增家宅附近②，徐、金二人初交于此。圣叹此年撰《徐庆公生日》：

> 城中岂有甲申年，叹绝先生独断然。天上岁星真妙士，山中宰相是神仙。二方兄弟予同学，两海文章世异传。便欲执经来就正，青芝紫气若函关。③

徐庆公此人向无考证，末句"青芝"，即青芝山，"在邓尉西南"④，位于苏州西南六十里处光福镇，简称芝山、芝坞，由此可知徐庆公与金俊明《送徐庆翁赴芝山隐居，并以为寿，时甲申中秋》⑤中"徐庆翁"为同一人。徐增此年撰《送家大人赴青芝山居……》（卷二），可见居青芝山之徐庆公（翁）即徐增之父，金圣叹、金俊明祝寿诗约撰于该年八月。徐增《五十自寿》诗自序"壬午岁，余年三十有一，先君是年五十有八……戊戌先君见背"（卷十九）。可知其父生于明万历十三年（1585），卒于清顺治十五年（1658）。此人家有"九诰"，为进士黄元勋之婿，却本名无考、事迹不详，徐增文集卷首"诸名公旧序"及传记亦从来不涉及其家世父祖，实为怪事。圣叹诗句"二方兄弟予同学"，典出后汉陈寔长子元方、四子季方，二人均有高名，是说自己与徐增兄

---

① 《苏州府志》卷四十《寺观》，清光绪八年（1882）刻本。
② 徐增崇祯十三年（1640）庚辰撰《慧庆寺自如禅师坐化记》："余生于白莲泾上，去慧庆寺如百武……长而移家会通桥畔，与寺疏者十余年，今复家于泾上，时得随喜于斯焉。"（《九诰堂集》文卷五）
③ 金圣叹：《沉吟楼诗选》卷五，陆林辑校整理：《金圣叹全集》第2册，第1222页。
④ 徐崧、张大纯纂辑，薛正兴点校：《百城烟水》卷二，江苏古籍出版社1999年版，第149页。
⑤ 金俊明：《耿庵诗稿》不分卷，台湾"中央图书馆"藏手稿本。

弟的关系。① 足见两人自春天相识后,至秋季交谊已有进一步的发展。

顺治五年(1648),"又五年戊子,再同圣默见圣叹于贯华堂,而始信圣叹之非魔也。不禁齿颊津津向诸君子辨其非魔"(《送三耳生见唱经子序》)。蒋寅据此认为:"戊子即顺治五年,这是徐增一改对金圣叹的态度、转而信奉其学说的开始。"② 这是顺治十七年(1660)徐增回忆旧事所云,撇开圣叹寿其父诗已云彼此为同学不说,五年前之听其说法的精神状态即听课感受,已说明徐增态度早已开始转变并接受其学说了。无论如何,从此徐增成为圣叹最积极的辩护人。金圣叹《读瀑悬先生诗毕吟此》、《岁暮怀瀑悬先生兼寄圣默法师》两诗当撰于此际。

顺治九年(1652)"壬辰仲春",徐增撰《怀感诗》四百二十首怀念友人,其中《唱经先生》为:"千年绝学自分明,佛海儒天出大声。掩耳不听真怪事,却从饮酒看先生。"(卷五)检讨了当年自己的偏见,盛赞圣叹如海似天的儒佛造诣。诗成后,请圣叹为撰《怀感诗序》,圣叹如此写下自己的读后感:

> 是时三月上旬,花事正繁,风燠日长,鸟鸣不歇。乃余读之,如在凉秋暮雨,窗昏虫叫之候;如病中彻夜不得睡,听远邻哭声,呜呜不歇;如五更从客店晓发,长途渺然,不知前期;如对白发老寡妇,讯其女儿时、新妇时一切密事;如看腊月卅日傍晚,阛阓南

---

① 徐增有数弟,顺治十四年有《雨阻入山遥哭六弟》诗,见诗集卷十一;一卒于晚明,见陈宗之《梅鹤诗人传》"母亡,其弟与子复同卒",当即《怀感诗》中所悼之《子三弟垣》,注曰"余异母弟也,早卒"。
② 蒋寅:《徐增对金圣叹诗学的继承和修正》,《北京师范大学学报(社会科学版)》2006年第4期。

北，行人渐少渐歇：一何凄清切骨、坏人欢乐也！①

在日暖花开、莺飞草长的大好春光的背景下，以一连串令人凄怆悲凉感伤落寞的比喻，形象地表达了对徐增创作《怀感诗》复杂而独特心境的深刻体悟，正如邬文所云，"笔墨间流露出他对徐增生理的病痛极为同情，对他精神的苦闷也极为理解"。

顺治十三年（1656）丙申夏，金圣叹《第六才子书西厢记》（贯华堂原刻本卷七有"顺治丙申四月初三日辰时阁笔"）问世。五月，徐增撰《答王道树》：

> 弟愚昧，又宿业为祟，病日益深，向安之，今则反有大不安者。此无它，为不得随逐同学诸公，以致虚度日时，故辄思无故得数十金，为举讲场一两次，以阅《私钞》，总不及身提面命之为快，而道树以为《私钞》妙处尽传，不必听讲。在道树久学能然，而弟则未敢遽以为然也。弟迩来又大闷，同学兄弟不知何故，反多参差。窃以为所说有未尽欤？今既决当矣。窃以为所学有未至欤？今既证修矣。然则结习不可除，而反于道成之日发露耶？弟不免大疑。愚汲汲欲建讲场者，良为此也。弟不到唱经堂十年矣，茫茫大海，未知适从。敢请道树明以教我两日，买得《第六才子书》，寝食与俱。（文卷三）

中间一段，似乎说明友人对圣叹学说产生疑问和非议，徐增欲建讲场以

---

① 金圣叹：《怀感诗序》，《九诰堂集》卷首《诸名公旧序》，清康熙抄本。

正视听。此信末尾有"前委史沅草两先人诗,弟几忘之。昨宵灯下草一通请正",即诗歌《书史沅草职方所撰其尊人钟奇先生暨蔡夫人朱夫人行略后》,诗序曰:"余与同学王子道树尝品量当世人物……丙申春,王子以先生所著其先人行略见示,余展读卒业"(卷八),亦可佐证《答王道树》写作时间。王道树名学伊,昆曲大师王季烈九世祖,王瀚(号矼山)胞弟,圣叹挚友。所谓"私钞",当即"圣叹内书"所载《大易义例私钞》、《大易讲场私钞》、《涅槃讲场私钞》、《口〔法〕华讲场私钞》、《法华三昧私钞》、《宝镜三昧私钞》、《一代时教私钞》、《第四佛事私钞》、《圣自觉三昧私钞》、《内界私钞》之类①,是徐增最看重的体现金圣叹哲学和宗教思想的论著。徐增向道树表示希望能够为圣叹设立讲堂,亲听圣叹讲座,而不愿仅仅阅读其讲稿,既见徐增服膺之深,亦见圣叹讲学感染力之强(如上"百家讲坛",必是好手)。该月即购得新出金批《西厢记》,撰《读〈第六才子书〉》:"薄命书生欲老时,石榴花下忽相思。六时工课无多子,一卷双文窈窕词";"才子应须才子知,美人千载有心期。彩云一朵层层现,爱杀先生下笔时"(卷十,此诗下第三题为《淮上舟社赋百年一闰端阳,杜湘草属和》,顺治十三年闰五月)。

顺治十四年(1657)八月,徐增撰《访圣叹先生》诗:"恐冷灵均梦,来登杜甫堂(家有杜甫堂)。菊花秋正好,兰叶晚愈芳。学道多生幸,为诗一世忙。蛩声凉露下,唧唧月苍苍。"(卷十一)这是两人分别九年后再次会面。《答王道树》上年云:"弟不到唱经堂十年矣",乃夸张凑数之词,《天下才子必读书序》"余既病痼,见圣叹不数数,曾逾八年得一相见"(文卷一),顺治五年至今,恰逾八年。

---

① 《唱经堂遗书目录》,金圣叹:《沉吟楼诗选》"附录",第157—158页。

顺治十五年（1658）夏，撰《私评〈会真记〉》："苏州近日有《西厢》，侬喜看他字字香。应是双文重得度，世间才子好心肠。"（卷十三《和沈紫房艳诗》之四）此诗赞扬圣叹通过评点，为《西厢记》淫书说翻案。沈紫房名约，苏州人①，弱冠有《玉林诗草》，徐增为之序（文卷六）。

顺治十七年（1660）"庚子春仲"，为友人聂先撰《送三耳生见唱经子序》，赞美圣叹无处不在：

> 譬今之桃花如是红，李花如是白，山如是青，水如是绿，光如是放，声如是响而已。圣叹既无一处不现身，则无一处不可见。吾尝于清早被头，仰观帐顶，圣叹宛然；尝于黄昏灯畔，回看壁影，圣叹宛然；尝于梁溪柳岸，见少妇艳妆，圣叹宛然；尝于灵岩雨窗，闻古塔鸟声，圣叹宛然；乃至风行水活，日暖虫游，圣叹无不宛然者：此吾之见圣叹法也。

此段文字语言清丽雅致，以大量充满了生命律动的生动意象，比喻金圣叹思想精神的巨大感召力。"三耳生"乃聂先别号，字晋人，号乐读，编撰《续指月录》，卷首江湘序曰："吴门聂子乐读者，研究经史，复沉酣于宗门家言。继瞿公幻寄《指月录》，辑宋南渡后上下五百余年宗乘微言，钩索源流，详核世脉，汇为一书，名《续指月录》。"吴绮《募刻续指月录弁语》曰："近今复有三耳生，赋诗铭物多能声。续成此录在患难，猿槛鸡笼浑不惊。"是书卷首及各卷大题下署"庐陵聂先乐读编

---

① 杨钟羲：《雪桥诗话余集》卷一记录常熟罟里瞿氏四世遗像题词，有"归祚明元恭、徐增子能、施谭晓庵、方夏南明、陈济生潜确、施惟明古完、沈约紫房、林云凤若抚、徐晟祯起、金俊明不寐、李实如石、程棅杓石、杨补古农、陆世鎏彦修，皆遗民也，词翰均美"。

集"，另编《百名家词》行世。① 苏州方志载："聂先《十二家诗钞》四册、《西湖三太守诗钞》一卷、《西湖六君子诗钞》二卷。字晋人，吴县人。"② 当是祖籍江西庐陵而寓居吴门以编书为业者。杭州三知府之一之刘廷玑记其人云："聂晋人先，吴人，才学颇富，手眼亦高，但性情冷僻。吕文兆狂士，犹呼之曰'聂怪'，其为人可知矣。"③ 吕文兆即吕熊，《女仙外史》作者。春夏之际④，圣叹与徐增就《贯华堂选批唐才子诗》的评选有多封书信往还：

> 弟意只欲与唐律诗分解。"解"之为字，出《庄子·养生主》篇所谓"解牛"者也。彼唐律诗者有间也，而弟之分之者无厚也。以弟之无厚，入唐律诗之有间，犹牛之謋然其已解也。知比日选诗甚勤，必能力用此法。近来接引后贤，老婆心热，无逾先生者，故更切切相望。——《与徐子能增》

> 承谕欲来看弟分解，弟今垒塞前户，未可得入。先曾有王摩诘十二首在道树许，或可索看。……今如索得，看有不当处，便宜直直见示。此自是唐人之事，至公至正，勿以为弟一人之事而代之忌讳也。——《答徐子能》⑤

---

① 以上有关"三耳生"与聂先的资料，由友人孙甲智告知，特此致谢。
② 乾隆《苏州府志》卷七十六《艺文二》，清乾隆十三年（1748）刻本。
③ 刘廷玑撰，张守谦点校：《在园杂志》卷二，中华书局2005年版，第80页。
④ 金圣叹：《贯华堂选批唐才子诗甲集七言律》自序："顺治十七年春二月八之日，儿子雍强欲予粗说唐诗七言律体，予不能辞，既受其请矣；至夏四月望之日，前后通计所说过诗可得满六百首。"
⑤ 金圣叹：《贯华堂选批唐才子诗甲集七言律》卷二《鱼庭闻贯》第2、3条，陆林辑校整理：《金圣叹全集》第1册，第96页。

第一封对"唐律诗分解"的解释,或有助于理解彼此诗学的互动。徐增因看过圣叹此稿及其评杜诗,以致自己后来《说唐诗》时几欲回避:"七言律,已经圣叹选批,尽此体之胜,余说唐诗,初欲空此一体,故止说三十五首;杜少陵作,居二十五首,其余十首,不过是凑成帙而已,总不能出圣叹范围中也。"①

顺治十八年(1661)辛丑七月十三日,圣叹因哭庙案被斩首于江宁,徐增现存诗集中此年无涉及圣叹者。文集卷四有《唱经子赞》:

> 末法将兴,先生出世;千圣微言,晰如掌示。是为前知,斯文在兹;岂其法运,尚非其时?口唱大易,乃至明夷;文昌有厄,先生当之。仲尼心伤,释迦掩泣;麟生徒然,凤死何急。力破象法,其身何有;法破身存,亦先生疲。无我之学,喻如虚空;三千大千,奚处不逢?天上天下,浩浩苍苍;千秋万年,先生不亡。

这当是现存唯一悼念圣叹的文字,或即撰于该年。"口唱大易,乃至明夷"云云,与时人所谓"讲《易》至'明夷'而止"② 相吻合。《明夷》卦为"利艰贞",《周易》"彖"的解释是:"'利艰贞',晦其明也,内难而能正其志,箕子以之。"作为"利艰贞"之卦,"明夷"的卦象是"日入地中,隐晦其光明",正像贤人那样,"内难而能正其志",即"处于艰难之境,然能秉中持正,不降志辱身",箕子就是这样的人,退隐守正,其光辉形象千古不灭。宋人刘克庄云:"读《书》至'殷诰',

---

① 徐增:《而庵说唐诗》卷首《与同学论诗》,清康熙九诰堂刻本。
② 赵时揖:《贯华堂评选杜诗》总识,陆林辑校整理:《金圣叹全集》第6册"附录",第97页。

然后知微子遁去之意，否则宗祀绝矣；读《易》至'明夷'，然后知箕子养晦之义，否则彝伦斁矣。"① 尤其是在清初这个特殊的历史时期，记载着某人"讲《易》至'明夷'"而止，更是有其深刻的含义。顺治十四年（1657）去世的兴化遗民李长科，晚年撰《读〈易〉至"明夷"》诗云："明夷悲故国，芦管沸烟霄。遁尾豺狼逼，同心鹿豕遥。尚余车马客，孰问水云瓢。片石青山路，弹棋对古樵。"② 同样表达了坚定艰贞的隐逸精神。

康熙二年（1663）癸卯，周亮工在南京刊刻金圣叹评点历代古文，"岁暮"由长子周在濬"不远数百里驰书"向徐增请序，徐增撰《天下才子必读书序》"以余为知圣叹，非余不能序圣叹之书"。该文与《送三耳生见唱经子序》可并称为时人所撰研究金圣叹生平思想的最重要文献。与此二文相比，无论是史实价值还是评价力度，廖燕《金圣叹先生传》都不值得受到过高评价。如果说《送三耳生见唱经子序》侧重于从整体上高度肯定金圣叹的学术地位和人格风范，并尖锐抨击正统人士对圣叹的恶意诋毁，《天下才子必读书序》则侧重于介绍六部才子书的生成特点和评点者的艺术才华，对圣叹的性格亦有更加具体的描述，如：

> 圣叹固非浅识寡学者之能窥其涯岸者也，圣叹异人也，学最博，识最超，才最大，笔最快。凡书一经其眼，如明镜出匣，隐微必照；经其手，如庖丁解牛，腠理割然；经其口，又如悬河翻澜，

---

① 刘克庄：《后村集》卷八十五，《四部丛刊》本。
② 陈济生：《天启崇祯两朝遗诗》卷十《李小有诗》，清顺治刻本。

人人快意。不啻冬日之向火，通身暖热；夏日之饮冰，肺腑清凉也……圣叹无我，与人相对，则辄如其人。如遇酒人，则曼卿轰饮；遇诗人，则摩诘沉吟；遇剑客，则猿公舞跃；遇棋师，则鸠摩布算；遇道士，则鹤气横天；遇释子，则莲花迎座；遇辩士，则珠玉随风；遇静者，则木讷终日；遇老人，则为之婆娑；遇孩赤，则啼笑宛然也。以故称圣叹善者，各举一端；不与圣叹交者，则同声詈之：以其人之不可方物也。（文卷一）

无论是写于圣叹生前，还是圣叹死于钦案不久后成稿，相同的是，两文都洋溢着徐增对金圣叹无限的敬仰之情，不吝给予无以复加的赞美之词。

康熙四年（1665）乙巳春，徐增《过慧庆禅院同大音、解脱诸法师话旧》（卷二十二）诗曰：

桑田今变海，佛刹只依然。水绕莲花地，经开龙马年。舣舟循旧路，入室忆前贤。犹是木猴岁，三春礼法筵。

为数来游处，看看过廿年。是时余未老，今日各苍然。学道多生事，论交历劫缘。唱经人去后，血泪不唐捐。

法王遗广厦，末劫费撑持。七圣弥天力，双轮特地奇。人亡琴在此，树老岁难知。连日更连夜，深谈只是伊。

同题三首，首首都是回忆自己在慧庆寺与圣叹的交往，句句都在追思不幸遇难的先哲。"犹是木猴岁，三春礼法筵"，是指自己服膺"前贤"圣叹起始于崇祯十七年甲申（佛教木猴年）春日；"唱经人去后，血泪不唐捐",更是点明白圣叹逝世后自己的悲愤和感伤的持续力度;"七圣弥天力,双轮特地奇",是以七圣人赞扬圣叹的佛学造诣,双轮当是指圣叹说法时所用的法器。对于令徐增深为叹服的甲申春日佛学讲座,圣叹在《赠顾君猷》中有所介绍:

　　今年甲申方初春,雨雪净洗街道新。西城由来好风俗,清楚法众无四邻。圣叹端坐秉双轮,风雷辊掷孰敢亲。譬如强秦负函谷,六国欲战犹逡巡。①

正是那段时间在慧庆寺的频繁说法,令徐增从此顶礼膜拜。康熙四年(1665)秋冬,徐增撰《夜怀圣叹》(后七首作于"丙午"岁,即1666年):"圣叹分身无不在,虫之臂与鼠之肝。我今寒夜挑灯坐,只此灯光是圣叹。"(卷二十三)分身无不在,是徐增对圣叹的一贯评价;虫臂鼠肝,金圣叹临难前《绝命词》即"鼠肝虫臂久萧疏,只惜胸前几本书"②,典出《庄子·大宗师》:"以汝为汝肝乎?以汝为虫臂乎?"言人死后随缘而化为微小之物。金诗显勘破生死的达观之意,徐诗寓颂扬逝者的怀念之思。这可能是《九诰堂集》中涉及圣叹时间可考的最晚的文字了。

　　此外,徐增还在多篇文字中表彰圣叹。如为嵇永仁撰《葭秋堂五言律诗序》,云其"所至辄友,其人之贤者,若圣叹、山期、于一诸君子,皆其莫逆友也"(文卷一,亦见雍正刻本嵇永仁《抱犊山房集》卷

---

① 金圣叹:《沉吟楼诗选》卷五,陆林辑校整理:《金圣叹全集》第2册,第1253页。
② 金圣叹:《沉吟楼诗选》卷四,陆林辑校整理:《金圣叹全集》第2册,第1213页。

四《杂诗》之首,惟无"于一诸君子"五字),山期为苏州姚佺,于一指南昌王猷定,序当写于圣叹生时。再如评董汉策《寄怀倚杜少陵韵》"鸣琴方在床"诗句,曰:"金圣叹酷爱杜少陵,嫌其不能兼王摩诘,帷儒其兼之矣;圣叹谈庄子其学同于孔子,扫开世人理障,帷儒其无理障矣。惜圣叹已兵解,不得与之同论帷儒诗。"①此则评语必写于圣叹身后。董汉策字帷儒,董说从侄,浙江乌程人,清初廪贡生,著有《榴龛居士集》传世。徐增《而庵说唐诗》卷首《与同学论诗》又云:"圣叹《唐才子书》,其论律分前解后解,截然不可假借。圣叹身在大光明藏中,眼光照彻,便出一手,吾最服其胆识。但世间多见为常,少见为怪,便做无数议论。究其故,不过是极论起承转合诸法耳。然当世已有鉴之者,余不敢复赘一辞也。"写于康熙七年(1668)之前。大约此时,金昌为圣叹整理评杜诗遗稿。因系圣叹生前未完之作,故多处以徐增《说唐诗》补之,如在杜甫《秋兴八首》解题末尾注曰:"唱经批《秋兴》诗,止存五首,中多脱落处,酌取而庵说补之。"在《宾至》结尾注曰:"此下五首,从《说唐诗》录入,因《唐才子书》无杜律。凡而庵所批,皆为分解存之。杜诗单行全稿,不欲混于四唐之内,此唱经意也。今既不可得,而七律所缺过半,而庵其有意乎?矍斋识。"②可见《宾至》、《客至》、《闻官军收河南河北》、《黑鹰》、《燕子来舟中作》五首七律皆出自徐增《说唐诗》。金昌知道两人的学术关系以及徐增《说唐诗》与圣叹风格方法的相似处,并希望他能完成圣叹的未竟之业。后人在研究

---

① 董汉策:《窥园集》,徐增选评《九诰堂元气集》,清康熙刻本。
② 金圣叹:《唱经堂杜诗解》卷一、卷四,陆林辑校整理:《金圣叹全集》第 2 册,第 623、815—816 页。

相关诗作时,应注意徐增《说唐诗》被金昌采入圣叹遗作中的这一现象①。如果认为《宾至》也承金圣叹之说,解作不耐烦留客之意,属于以市侩心肠度君子之腹,未免有损于为人厚道的杜甫形象,至少在承续关系上是不够准确的。

　　康熙十年(1671)夏六月望日,六十岁的徐增为重修《武林灵隐寺志》撰序,引金圣叹话曰:"圣叹尝言之,适幸得作一篇文字,可惜早间欲作,而为他事所夺,失却一篇文字;假今不作明日作,当更另有一篇文字。"②该序是他在世的最后痕迹,自甲申服膺圣叹之学后,他以自己坚持不懈的扬誉,使两人从此共同生活在这个对彼此都甚为艰难的世界上。即便在哭庙案后,只要徐增还在世,圣叹就会鲜活地存在于他的笔墨中,真可谓处处"现身"、"可见",处处"无不宛然者"(《送三耳生见唱经子序》)。

三、徐集的史料价值

　　所谓"徐集的史料价值",是指《九诰堂集》之于金圣叹史实研究的文献价值。圣叹对徐增甚为器重,希望与之声气相通、学术相规,由《鱼庭闻贯》即可见一斑。黄翼圣在引述"当时之大宗匠"评价徐增的话时,"谓其诗之大者,金圣叹也"③。金昌亦说:"而庵,唱经畏友

---

① 吴正岚《金圣叹评传》云:"金圣叹在《杜诗解》中收录了徐增说杜诗两条……金圣叹对此叹赏不已",同时又注云:"也可能是金昌收录而庵说。"(南京大学出版社2006年版,第90—91页)
② 此则史料,由友人邓晓东博士2008年6月提供,特此致谢。
③ 黄翼圣:《徐子能甲集序》,《九诰堂集》卷首《诸名公旧序》。

也。"① 两人见不数数,"每相见,圣叹必正襟端坐,无一嬉笑容"②。但徐增之于圣叹,不仅仅是一般的挚友,而且是最倾心的辩护士、最热情的拥戴者,且拥有最大批的共同友人。在《九诰堂集》中,不仅存有大量的自撰评价圣叹的正面文字,且在《天下才子必读书序》中,对"六才子书"的评点和刊刻有着最为细致的顺序介绍:

> 先评《水浒》,此《第五才子书》,出最早也,贯华堂本亦既盛行于世,天下皆知圣叹评《才子书》之意矣。至夫《南华》,则尝与同学论之而未评;《离骚》尝评二卷许,名《恸哭注》,中止;《史记》评十之二三,杜诗评十之七八,董解元《西厢》评十之四五,散于同学箧中,皆未成书。……刻《制义才子书》,历三年,此最久。刻王实甫《西厢》,应坊间请,止两月,皆从饮酒之隙、诸子迫促而成者也。庚子,评《唐才子诗》,乃至键户,梓人满堂,书者腕脱;圣叹苦之,间许其一出。书成,即评《天下才子必读书》,将以次完诸《才子书》。明年辛丑,《必读书》甫成而圣叹挂吏议,故未有序,许诸子于囹圄中成之。(文卷一)

这些都是研究圣叹著述的关键性史料。

此外,在《九诰堂集》中还保留了许多研究金圣叹生平交游的珍稀文献,相关诗文多是研究圣叹友人的重要的甚至是唯一的线索。下面将徐增集中涉及到的圣叹友人及亲属,与圣叹著述及其他文献列表作一对

---

① 金圣叹:《唱经堂杜诗解》卷三《秋兴八首》总批"夔斋云",陆林辑校整理:《金圣叹全集》第2册,第753页。
② 徐增:《九诰堂集》文卷一《天下才子必读书序》,清康熙抄本。

照，以见徐增与金圣叹在交友方面有着多大范围的叠合。

姓名	徐增《九诰堂集》	出处	金圣叹著述	出处
钱谦益	徐子能松门集序（正文中有多首交往诗文）	卷首		钱谦益《天台泐法师灵异记》
史尔祉	《九诰堂甲集后序》 赠史汉功，等 史汉功先晤秋玉即下乡 汉功为我画牡丹、题史汉功南城诗兴图行，等 端午史霁庵戴雨帆归湖上至今不至怀之，等 与史汉功	卷首 卷二十二 卷二十三 卷二十四 卷二十五 文卷四	鱼庭闻贯·答史夔友尔祉	贯华堂选批唐才子诗
文从简	《访子能兄词宗》 文彦可先生今岁七十而举乡饮宾，等 寄文端文之三	卷首 卷二 卷十一	题文彦可画陶渊明抚孤松图、题渊明抚孤松图 文彦可潇湘八景图册跋	沉吟楼诗选见原画
圣文	《病中念子能先生》，等 怀感诗·庄严法师圣文 庄严法师过 庄严法师十燕诗跋	卷首 卷六 卷六 文卷四	鱼庭闻贯·与后堂庄严法师	金批唐才子诗
殷丽	《访而庵道兄话旧适有禾中之行留诗别余》	卷首	鱼庭闻贯·殷嘉生丽	金批唐才子诗
嵇永仁	《访子能先生有诗见贻次韵奉酬》 嵇匡侯过访论诗，等 葭秋堂五言律诗序	卷首 卷十六 文卷一	鱼庭闻贯·与嵇匡侯永仁葭秋堂诗序	金批唐才子诗 嵇永仁《抱犊山房集》（清雍正刻本）卷四
吴见思	《奉赠子能道兄先生》 赠毗陵吴玉虹	卷首 卷十六		廖燕《金圣叹先生传》

续表

姓名	徐增《九诰堂集》	出处	金圣叹著述	出处
戒显	《俚言恭祝子能老道翁六旬大寿》	卷首		戒显《现果随录》
姚俭	送姚仙期之江右	卷一	同姚山期滞雨虎丘、同姚山期阊牛叟百诗乔梓滞雨虎丘甚久廿三日既成别矣……	沉吟楼诗选
	怀姚仙期扬州	卷三		
	怀感诗·姚仙期俭 束姚辱庵	卷五 卷十		
顾参	咏帘次顾释曾韵	卷二	暮春到虎丘看石观音像与门人释曾坐树阴中最久	
	怀感诗·顾释曾参	卷五		沉吟楼诗选
密训	看圣默法师画梅喜赠	卷二	怀圣默法师、题圣默法师画梅	沉吟楼诗选
	中秋对月怀圣默师	卷三	知圣叹此解者,比丘圣默大师	金批西厢记·惊梦
	怀感诗·圣默法师密训 圣默大师画竹赞	卷六 文卷四		
雪塘	题梅为雪塘法师	卷三	丁酉深秋重观雪塘法师遗笔	沉吟楼诗选
韩嗣昌	雨后怀贯华	卷三	知圣叹此解者,居士贯华先生韩住病中承贯华先生遗旨酒糟鱼各一器寄谢、贯华先生病寓寒斋予亦苦不已、病中见诸女玩月便呼推窗一望有怀贯华	金批西厢记·惊梦 沉吟楼诗选
	怀感诗·韩贯华圣住	卷六	鱼庭闻贯·答韩贯华嗣昌、与韩贯华	金批唐才子诗
总持	别总持西堂法师	卷三	知圣叹此解者,总持大师	金批西厢记·惊梦
	怀感诗·总持法师	卷六	寄总持法师、人日怀总持法师	沉吟楼诗选
王思任	怀感诗·山阴王季重思任	卷四	昔者王遂东先生谓吾言	小题才子书万应隆《修其祖庙》解题

续表

姓名	徐增《九诰堂集》	出处	金圣叹著述	出处
盛王赞	怀感诗·盛柯亭王赞	卷五	怀盛柯亭	沉吟楼诗选
李炜	怀感诗·禾中李赤茂炜	卷五		李炜《寄怀墨庵兼询圣叹》
蔡方炳	怀感诗·蔡九霞方炳	卷五	鱼庭闻贯·答蔡九霞方炳	金批唐才子诗
钱光绣	怀感诗·浙鄞钱圣月光绣 钱圣月法庐全集序	卷五 文卷六	过慧庆西林圣月兄出宣远瓶中杂花图吟此	沉吟楼诗选
金雍	怀感诗·金十力释弓	卷五		金圣叹独子
金昌	怀感诗·金长文昌	卷五		金圣叹堂兄
申蕺文	怀感诗·申蕺文垣芳	卷五	送维茨公晋秋日渡江之金陵、题申蕺文像	沉吟楼诗选
沈自继	怀感诗·吴江沈君善自继	卷六	题平丘沈君善木影	百城烟水·吴江
圣力	怀感诗·云在法师圣力	卷六	秋夜宿云法师房、云在法师西山读庄子、云法师生日和韵一首 清云在开云二法师	沉吟楼诗选 金批唐才子诗
圣诵	怀感诗·开云法师圣诵	卷六	清云在开云二法师	金批唐才子诗
圣供	怀感诗·解脱法师圣供 过慧庆禅院同大音、解脱诸法师话旧	卷六 卷二十二	般若解脱二法师来住数日竟失晤、病中寄怀解师 答解脱法师	沉吟楼诗选 金批唐才子诗
宋畴德宏	宋畴三过索观近作……	卷十	宋德宏《弥子之妻与子路之妻兄弟也》等 鱼庭闻贯·宋畴三德宏	小题才子书 金批唐才子诗
尤侗	尤展成四十自寿索和次韵	卷十一	鱼庭闻贯·与尤展成侗	金批唐才子诗
徐熑禧	徐绥祉雨中过谈 绥祉诸兄过话	卷十一 卷十二	鱼庭闻贯·答徐绥祉熑禧	金批唐才子诗

续表

姓名	徐增《九诰堂集》	出处	金圣叹著述	出处
陈济生	灵岩中秋看桂适皇士又王来	卷十五	陈定斋太仆辛丑春初索得雄正值普门诞日是日郡县恭接今上登极诏书适至赋诗纪瑞、定斋敬奉灵岩法旨生子不得杀生合十再赋	沉吟楼诗选
丘象随	寄丘季贞	卷十九	同姚山期阎牛叟百诗乔梓滞雨虎丘甚久廿三日既成别矣忽张虞山丘曙戒季贞诸子连翩续至……	沉吟楼诗选
王学伊	答王道树	文卷一	知圣叹此解者,道树先生王伊 病起过道树楼下、道树遣人送酱醋各一器 答王道树学伊	金批《西厢记·惊梦》 沉吟楼诗选 金批唐才子诗
聂先	送三耳生见唱经子序	文卷二		

上表中,在徐增名下的篇名,加书名号者,是友人为徐增著述所撰序跋或唱和酬赠之诗,见《九诰堂集》卷首;不加书名号者,均为徐增所撰相关诗文,见《九诰堂集》诗文正文。考虑到徐增交游诗的集成《怀感诗》原作 420 首,集中仅存 118 题(人),必定还有数量甚夥的共同友人已不可考。即便如此,三十四人的交集,在圣叹其他友人现存著述中,也是绝无仅有的。这其中原因固然多重,但《九诰堂集》中交游重叠的庞大阵容,毕竟显示出两人关系的特殊。

《九诰堂集》记载的这些友人,有些为圣叹交游考证提供了关键的锁钥。如圣叹诗有《题申蓉文像》,笔者曾多次翻检苏州申氏家谱而无所得,直至发现徐增《申蓉文垣芳》,才轻而易举地找到其小传,并进而确定金诗《送维茨公晋秋日渡江之金陵》中的"维茨"就是申垣芳了。如果没有徐增《申蓉文垣芳》,圣叹这两首诗的写作对象都无从考证。此外,徐增与某些友人交往的兴趣点就是金圣叹,如上面已经引述过的《答王道树》和与慧庆寺僧人"话旧"诗作,通篇的中心都是围绕圣叹而发的。其友人有关徐增的序跋题咏,亦多与圣叹密切相关。长洲史尔祉撰《九诰堂甲集后序》云:

> 昔在问疾院与叹先生论诗,谓"诗至少陵其既圣矣乎,摩诘则禅矣,白也才而不律;后有作者,未易登其堂,况入室乎?"盖叹先生眼中自有真诗,其不轻可一世明矣。后偕游南城珠树,夜阑酒半,与说古诗家宗支甚悉,已而语余曰:"子曾见徐先生子能否?诗今作手也。"时以鹿鹿,未即谋晋谒。……近读《九诰堂诗甲集》,信乎为少陵的派,而亦惟才大,无所不可,故能合四唐、兼晋魏而自为鼓吹。因念叹先生所丁宁于向日者,其言果不诬哉!今叹先生以门兰见锄,为千古长恸矣。然得从先生游,气谊如云,才情如海,且不吝教我,至过加奖借,意肫肫欲成人之美者,不得复见我叹师,见先生如见我叹师矣!

文中的"叹先生",便是对金圣叹的尊称,可见其为圣叹弟子。同样在《九诰堂集》卷首,"赠言"有武进吴见思撰《奉赠子能道兄先生》诗:

> 余也僻陋生毗陵,出门四顾无良朋。乡里琐琐何足数,睥睨千古成骄矜。及今四十心始小,迁居吴苑亲贤能。十年曾识金圣叹,笔墨高妙才崚嶒。天之生贤岂孤特,复有徐子相凭凌。诗名今已遍

海内，愧于今日方师承。……自甘蔬水薄富贵，孔氏之子犹曲肱。勉哉相与守贫贱，我于二子长服膺。仙山既近羽翼长，下士大笑如苍蝇！

这些人犹如徐增一样，无论写什么文、作什么诗，都要连带上金圣叹，他们对圣叹的情感不因生死而变化，不因时过境迁而稍减。这些保存在《九诰堂集》中的作品，为研究金圣叹的人际关系及其与徐增的交往，提供了重要而新鲜的史料。

关于徐、金关系，四库馆臣评云："增与金人瑞游，取其《唐才子书》之说，以分解之说施于律诗。"[1] 其实徐增之于金圣叹，从闻名掩耳、视之为魔，到奉若神明，最终成为铁杆辩护士，有着一个漫长的演变过程，显示出徐增对圣叹认识的巨大变化。吴伟业曾云："如子声名早，相闻尽故人。"[2] 可见徐增少年成名，享誉吴中。就年龄而言，他仅比圣叹小四岁，何以会对四十余岁的金圣叹就已经佩服得五体投地？就性格而言，其舅父认为他是"一崛强人也"[3]，"时人甚至以"[4]"性褊急"概括之，徐增在《许玉晨金陵游草序》中也检讨自己"余以病废无状，好论人之诗，少所许可，而当世诗人皆诧以为狂"（文卷一）。对于这一类人来说，圣叹究竟具有怎样的人格魅力？难道仅仅是风范相同、遭际

---

[1] 永瑢、纪昀等撰：《四库全书总目》卷一九四《集部·总集类存目》四《说唐诗》，中华书局1965年版，第1771页。
[2] 吴伟业著，李学颖集评标校：《吴梅村全集》卷四《赠徐子能》，上海古籍出版社1990年版，第111页。按：《九诰堂集》卷首"赠言"题作"赠子能词仁兄"。
[3] 黄翼圣：《徐子能甲集序》，《九诰堂集》卷首《诸名公川序》。
[4] 卓尔勘：《明遗民诗》卷十二《作者小传》，中华书局1961年版，第466页。

相似？① 这些问题的深入钻研，才会有助于了解一个真实全面的金圣叹。本文只是侧重于"徐增与金圣叹"交往的史实层面，更加全面的研究尚待他日。

（原载《文史哲》2016 年第 4 期）

---

① 金圣叹《葭秋堂诗序》"我辈一开口而疑谤百兴，或云立异，或云欺人"（嵇永仁：《抱犊山房集》卷四，清雍正刻本），与徐增《李挺生蒲塘合草序》"余说唐诗三百十九首，言之详矣，而人辄畏而避之，以为诗一经徐子能之眼之手，遂无完璧"（《九诰堂集》文卷一），何其相似。

王士禛、赵执信交恶真相考

陈汝洁　刘聿鑫

王士禛（1634—1711）是清代康熙年间的诗坛盟主，论诗主"神韵"说，开一代诗风，于清代诗学影响巨大。赵执信（1662—1744）是王士禛的姻戚后辈，康熙四十八年（1709），赵执信著《谈龙录》，对王士禛诗学、诗作嘲诮百端，遂使王、赵之争演为清代诗学的一大公案。关于王士禛与赵执信交恶的原因，历来颇受学界关注，前人已多有考述。然由于缺乏确凿史料，致使前人考论歧说纷纭，其中不乏猜测附会之谈。2008年12月2日，佳士得香港国际艺术品拍卖有限公司拍出《赵执信与王渔洋信札》一件（见于该公司互联网上的拍卖预展），是一封长信，后有刘墉题跋。从笔迹来看，此件确系赵执信书札真迹。而细读此札，竟是赵执信与王士禛晚年交恶的函件，弥足珍贵。前人考述王、赵交恶，鲜有提及此札者，故笔者从解读此札入手，再考王、赵交恶之真相，三百年来之文坛公案，或可就此结案矣。

赵执信书札云：

甥婿赵执信惶恐、惶恐，顿首、顿首。十一尊舅大人阁下：前侍饮谈，方切欣幸。昨闻执端弟传责望之言，甚以为骇。既而诸之张司允，乃知玉斧之所陈者，又窃以自宽也。欲默然以俟，诚不忍使之区区之怀，掩于龂龂之口。辄冒昧有言，愿垂听焉。

信始学为诗，即蒙称许过当。追随十载，深知鄙性好为狂迂之论。时时面有异同，而吾舅未尝稍介意者，无以间之故也。被放以来，日远日疏。然于《题大木〈晴川诗〉》，即讥赏誉之滥；于《三昧集》初成，即以书言其小有疏误。皆承报书，谬加奖慰。自庆古道可行，知己无恨。不意丁丑之秋，横被口语，无以自明，断绝笔墨者四年。后蒙曲宥，复理旧业。胆落魂悸，言必审择。其自称受声格于新城先生，播在交游，著之文笔，天下其谁不知之？非如龂龂者流，依附光华，冀有成立。实不忍轻负知己，兼不能作违心语耳。若必欲反唇相谤者，固不必始崇奉之既深且久，而后自反其说；又不必誉诸天下之人，而毁诸其子侄之前，唯恐其闻之不速也，乃若玉斧之所述则亦有之。

前临别时，既持《子青墓志》以行，舆中览之数过。既至石桥，饮酌醉，而紫廷出制义见示。因攻其所短，不少自匿。玉斧愤愤，旁作谐语，漫及时辈，欲以相压。既不能胜，因举吾舅。信之推尊凡百余言。玉斧云："视某某如何？"信曰："此当代一人，皆非其伦也。"玉斧又云："比韩苏何如？"答曰："是则未能。"坐中愕然，固征其说。信已醉狂，则答曰："前人之称人也，不溢其量，而行文无小疏赘。如朱生《墓志》，所以誉之者可谓过矣。又，前既言不屑帖括，后不必更言'连不得志于有司'。此为疏矣。"玉斧亦面黮之。不谓彼顿忘数百言之推尊，而独识此一段为贡谀伯父之具也。嗟乎！伤哉！使信其日留止城中，面读斯文，忽焉承问，未必不言之而非耶,所谓"小称意则小怪之"者也;言而是耶,所谓"刮垢磨光"者也。于舅固无所损,其在信则仍是十余年前异同之论,及其讥滥赏、言疏误,行古之道者也。前则毫不介意,而今则触之即发,将无丁丑之余焰犹未平耶?信以不才,年垂五十,文章所就,去古甚远。今之词场,非有晋楚、刘项必争之势,信亦非如虎牢、成皋之比,其为重轻,曾何足道!而纤见小鼓舌吻,遂使大人长者弃好崇仇,横见罪过。信复何所于避?特不忍终负三十年之知己,故喋喋陈辨,以冀鉴原。或不能释然,信有赋《青蝇》而退矣。临池战栗,寒汗如浆。执信谨再拜。谨空。

此信较长,内容颇丰,列目详考于下。

一、涉及的人物及其关系

王士禛与赵执信有多重姻亲关系。王士禛的季妹是赵执信的从叔父赵作肃的妻子,王士禛的二哥王士禧是赵执信的姑夫,三哥王士祜是赵执信堂兄赵执桓的岳父。康熙十七年(1678),赵执信娶同邑孙宝仍之女。孙宝仍的妻子王氏,是新城王与阶之女,与王士禛同高祖。以姻亲而论,王士禛是赵执信的妻舅,故信中赵执信自称甥婿。王士禛兄弟四人,而于同祖兄弟排行十一,故赵执信呼王士禛为十一舅。

向赵执信传达王士禛"责望之言"的赵执端,是王士禛小妹之子,与赵执信同曾祖。检《笼水赵氏世谱》:"赵执端,字好问,号缓庵,附贡生,选汶上县教谕,载邑乘文苑传。著有《宝菌堂诗集》。"①《宝菌堂诗集》为王士禛评定,不少诗后有王氏评语。王士禛与赵执信交恶,赵执端站在其舅王士禛一边,曾作诗讥刺赵执信。其《经先舅渔洋公旧邸》云:"闲行枨触忽生哀,落日楼台首重回。突兀龙门群仰望,飘零宅相独徘徊。依然万壑朝宗在,不禁蜉蚍撼树来。万户千门纷甲第,更谁奖借解怜才。"②"蜉蚍撼树"即是嘲讽赵执信著《谈龙录》攻讦王士禛。信中开头说,赵执端代其舅氏向赵执信兴师问罪。赵执信询问张司允,方知向王士禛透漏赵执信冒犯王士禛言论者是玉斧。信中所提及的张司允,为赵执信同乡张虞言,字司允,康熙四十一年(1702)举人,官曹州府教授。著有《楝堂诗》一卷、《南征草》二卷、《北征草》一卷、《小洞庭诗》一卷。《乾隆博山县志·文苑》有传。卢见曾《国朝山左诗钞》选其诗四首,其小传云:"司允自少能诗,为从舅渔洋山人所器重,以'清真'目之。"③是知张虞言为王士禛从外甥。又据赵执信《先府君行略》记载,赵执信的父亲有两个女儿,其中次女"适同里壬午举人张虞言"。赵执信《张母王夫人哀辞》亦有"余(执信)女弟归张孝廉虞言",是又知张虞言为赵执信妹夫。

检《新城王氏世谱》,可知"玉斧"系王启座,是王与阶之孙,王士禛族侄。赵执信的岳母是王与阶之女,即王启座的姑母。所以,王启座与赵执信的妻子孙氏是姑表兄妹或表姐弟关系。《新城王氏世谱》载:"王启座,字玉斧,号钝斋。行一。郡增生,性孝友。嗜诗歌。胸次和

---

① 《笼水赵氏世谱》,博山赵氏家族光绪三年(1877)刻本。
② 赵执端:《宝菌堂遗诗》卷下,《四库存目丛书》影印本,齐鲁书社1997年版。
③ 卢见曾:《国朝山左诗钞》注明此段话引自《县志》,检《博山县志》张虞言传记中无此段话。《诗钞》所选张氏《清风店梦渔洋先生以新诗见示时先生已谢世七年矣感赋》一诗有自注云:"先生评余诗以'清真'二字。"

平乐易。早岁从伯父大司寇公京师十余年,一时名流相与接纳。所著有《金台杂咏》、《学诗偶存》等集,伯父赏其有裴王风味,为梓而行之。"①"大司寇"即王士禛,曾任刑部尚书。王启座跟随王士禛在京师十余年,王士禛并为其刊刻著作,自然感情较深。王启座诗集未见流传,他与赵执端交好,赵执端《宝菌堂遗诗》中有《留别玉斧》二首,就是写给他的。

王启座兄弟四人,启座排行居长,其弟王启庭,字紫庭。赵执信信札中的"紫廷",应该就是王启庭,"廷"字是赵执信的笔误。检《新城王氏世谱》:"王启庭,字紫庭,郡廪生。行二。志清行洁,为文矫健,工书法。学使者叹为异才,以大器期之。三踬棘闱,郁愤成疾,卒年三十八岁。详内翰王秋史《传》。"②王启庭能文,可能也以能文自负。他饮酒间出示制义,赵执信指示文中瑕疵,"攻其所短,不少自匿",以致引发与王启座兄弟的争论。赵执信十四岁中秀才,十七岁中山东乡试第二名,十八岁中会试第六名,殿试二甲第六名。由此来看,赵氏娴于制义无疑,且身后有《秋谷先生遗文》(制义文)传世,他指摘王启庭制义中的失误,该是有发言权的。

还有一位当时已经故去的人物,即"子青"、"朱生",此人乃王士禛门人朱绷,字子青,别字橡村,山东济南人。著有《云根清壑》、《枫香》、《观稼楼》诸集,皆王士禛论定。王士禛有《题门人朱子青绷诗卷》云:"吾州之湖号莲子,数峰纯浸湖光里。当年房豹亦佳人,解道风沦历城水,橡村居士苦耽吟,寄我新诗韶濩音。仿佛鹊华秋色好,扁

---

① 《新城王氏世谱》,桓台王氏家族1994年重修本,第225页。
② 《新城王氏世谱》,桓台王氏家族1994年重修本,第226页。

舟系著使君林。"① 王士禛《蚕尾续诗》中有几首与朱缃交往的诗，如《橡村图为子青赋》、《送朱子青归济南二首》（卷六）、《朱子青桐荫清昼图》、《与圣舆子青游漪园》（卷七）等；《残尾剩稿》收有他与朱缃书信二通，可证王士禛与朱缃交往颇密。朱缃卒于康熙四十六年（1707）二月，王士禛为其撰《候补主事子青朱君墓志铭》，收入王氏《蚕尾续文集》卷十五。

二、信札的作期

赵执信的这件信札没有写明写作日期。信中提及王士禛所撰《子青墓志》，朱缃卒于康熙四十六年（1707）二月初三日，故这一信札的作期不会早于康熙四十六年二月初三日。信中有"前侍饮谈，方切欣幸"以及"前临别时，既持《子青墓志》以行"等语，是知此前赵执信曾与王士禛会面并饮酒。信中又有"既至石桥"之语，石桥旧属新城县，位于新城县城以南，赵执信居益都县颜神镇，位于新城县以南，赵执信辞别王士禛回返路过石桥，这说明二人会面饮酒的地点大约是在新城。王士禛于康熙四十三年（1704）罢官家居，康熙五十年（1711）五月十一日去世。因此，这封信的作期应在康熙四十六年（1707）二月初三日至康熙五十年（1711）五月十一日的范围内。又，赵执信于康熙四十八年（1709）六月写就《谈龙录》，对王士禛诗学、人品攻讦甚烈，矛盾已经激化，故而二人这次会面不会晚于康熙四十八年六月。信中有"信以

---

① 袁世硕主编：《王士禛全集》，齐鲁书社2007年版，第1290页。

不才,年垂五十"之语,赵执信生于康熙元年(1662),至康熙四十六年(1707)为四十六岁,这里所说的"五十年"应是举成数而言。信中又说"特不忍终负三十年之知己",赵执信康熙十八年(1679)中进士入翰林院,王士禛时任翰林院侍读学士,这应是二人结交之始,至康熙四十六年(1707),近三十年。从信中所提及的《子青墓志》来看,这应该是王士禛的一篇近作,所以赵执信与他会面后,他将此文送给赵执信看。综上,赵执信的这封信大约写于康熙四十六年(1707)二月至四十八年(1709)六月之间。

三、交恶的原因

关于王士禛与赵执信交恶的原因,前人著述中有多种说法,如《四库全书提要》就说赵执信向王士禛求《观海集序》不得,导致赵氏不满,遂产生矛盾[①];而梁绍壬《两般秋雨盦随笔》则说是因为王士禛不借给赵执信《声调谱》之故。[②] 然这些说法不见于赵、王二家著述,极有可能是猜测附会之语。著名清代文学研究家严迪昌先生在《清诗史》一书中用大量笔墨考证赵执信与王士禛交恶的原因及时间,严先生认为王、赵的诗学之争是清初文学领域里的"朝野之争",并言"赵执信明确地形成自己的诗学观体系,并树异帜与王士禛相抗衡,是早在《谈龙录》著成前十年间就发生了。他俩因论诗而'交恶',渔洋'怒'之甚,

---

① 永瑢、纪昀等撰:《钦定四库全书总目》(整理本),中华书局1997年版,第2759页。
② 梁绍壬著,庄葳点校:《两般秋雨盦随笔》,上海古籍出版社1982年版,第55页。

则是康熙三十五年（1696）到康熙四十年（1701）之前这个阶段"①。细读赵执信的这封信，我们知道严先生的考论并不准确。其一，从信中来看，赵、王发生激烈冲突有两次，第一次是在康熙"丁丑之秋"，康熙丁丑是康熙三十六年（1697）；第二次发生冲突是在赵氏此信写作前不久。其二，按照严先生的结论，赵执信之所以与王士禛发生争论，是因为赵氏有意与王氏抗衡。其实，从信中我们不难看出，赵、王第二次出现矛盾是由于赵氏酒后指摘王氏文章导致，而第一次出现矛盾也是由于赵氏酒后指摘王氏诗歌导致，这在《谈龙录》中有明确记载：

> 司寇昔以少詹事兼翰林侍讲学士，奉使祭告南海，著《南海集》，其首章《留别相送诸子》云："芦沟桥上望，落日风尘昏。万里自兹始，孤怀谁与论？"又云："此去珠江水，相思寄断猿。"不识谪宦迁客更作何语？其次章《与友夜话》云："寒宵共杯酒，一笑失穷途。"穷途定何许？非所谓诗中无人者耶？余曾被酒于吴门亡友顾小谢以安宅漏言及此，客坐适有入都者，谒司寇，遂以告，斯则致疏之始耳。②

赵执信于康熙三十五年（1696）秋自家乡颜神镇动身南游广州，至次年五月返里，此行两次路过苏州。赵执信在苏州友人顾小谢家饮酒，酒酣耳热之际，谈及王士禛《南海集》中两首诗诗中无人，感情不真，于是"客坐适有入都者，谒司寇，遂以告"，以致触怒王士禛。从

---

① 严迪昌：《清诗史》，浙江古籍出版社 2002 年版，第 620 页。
② 赵执信：《谈龙录》，见赵蔚芝、刘聿鑫校点：《赵执信全集》，齐鲁书社 1993 年版，第 535 页。

信中来看,这次王士禛火气很大,致使赵执信"断绝笔墨者四年"。赵执信在《冯舍人遗诗序》中也曾提及二人的这次不愉快。康熙三十九年(1700)赵执信德州友人冯廷櫆卒,次年,赵执信"将往哭先生(指冯氏),适渔洋公暂假归新城,余过谒公,问先生临殁状,相对陨涕。时余方以论诗逢公之愠。先生诗,皆公所谂者,言将尽取而论定之。余至先生家,遂不问其诗,避嫌且不忍也"①。"论诗逢公之愠"就是指康熙三十六年(1697)那次不愉快。赵执信《怀旧集》中怀念吴雯诗的小序中也提及这件事。他说:"余好用冯氏法攻人之短,惟莲洋不以为忤。……晚相值于津门,出诗卷见示曰:'曩之所攻,悉删改矣。'乃知其非名辈所及也。属余论定,余请俟异日。盖其时正逢阮翁之怒,不敢阑入诗坛故耳。"②吴雯的父亲吴允升与王士禛同年,王士禛《渔洋文集》卷七《吴临颍墓表》就是为吴雯之父写的。这篇《墓表》开头叙写王氏与吴雯的交往说:"戊申(康熙七年,1668年)三月,苍头通宾客,视其刺,则雯也。跃起相见,稍稍与谈艺,多微中。"③康熙十八年(1679)吴雯进京参加博学鸿词科考试,是年赵执信也赴京参加会试,赵执信与吴雯初交大约就是在这一年。赵执信于康熙四十年(1701)在天津与吴雯重遇,吴雯让赵执信论定他的诗集。由于吴雯诗作先前曾受到王士禛的称赞,而赵执信在诗学上与王士禛异趣,加之康熙三十六年(1697)二人发生了冲突,所以赵执信没有接受吴雯的请托。

赵执信这封信中主要写的是他与王士禛的第二次矛盾。与前次矛盾相比,这次与前次产生矛盾的原因很相似。同样是酒酣耳热之际,赵执

---

① 赵执信:《饴山文集》卷二,见《赵执信全集》,第380—381页。
② 赵执信:《饴山诗集》卷十八,见《赵执信全集》,第322页。
③ 王士禛:《子青墓志》,见《王士禛全集》,第1628页。

信指摘王士禛《子青墓志》中的失误，并且直言王士禛的文学功绩不能与韩愈、苏轼比肩，以致引发了王士禛侄子王启座的强烈不满。事后王启座将赵执信的言论转述于王士禛，遂使王士禛让其外甥当面责问赵执信，转达他对赵执信的不满。赵执信在信中说："信以不才，年垂五十，文章所就，去古甚远。今之词场，非有晋楚、刘项必争之势，信亦非如虎牢、成皋之比，其为重轻，曾何足道！"这与严迪昌先生所认为的赵执信有意与王士禛立异抗衡相反，赵执信在信中辩解他无意与王士禛一争高低。

四、是非曲直

赵执信有才气，为人率真，用他自己的话来说就是有些"疏直"①，"不能作违心语"。信札中，他对王士禛的总体评价是"此当代一人，皆非其伦也"，其《谈龙录》也说王士禛是大家，是书云：

> 或问于余曰："阮翁其大家乎？"曰："然。""孰匹之？"余曰："其朱竹垞乎！王才尖于朱，而学足以济之；朱学博于王，而才足以举之。是真敌国矣。他人高自位置，强颜耳。"曰："然则两先生殆无可议乎？"余曰："朱贪多，王爱好。"②

但金无足赤，人无完人，大家之作也难免有瑕疵。平心而论，前次，赵

---

① 赵执信：《谈龙录·序》："余自惟三十年来，以疏直招尤。"见《赵执信全集》，第532页。
② 赵执信：《谈龙录》，见《赵执信全集》，第540页。

执信指摘王士禛《南海集》中的两首诗诗中无人、感情不真，确为真知灼见，找准了王氏诗作之病；这次他所指摘《子青墓志》中的矛盾也很有道理。为便于说明问题，现将王士禛《子青墓志》摘抄于下：

> 历下发地皆泉，金膏水碧，与湖山相照映。士生其间，翕清轻以为质，煦鲜荣以为词，所从来矣。自唐李北海为守，太白、子美皆来游止。自时厥后，曾子固、苏子由、李公择、晁无咎、赵子昂相继作郡，而李文叔、辛幼安、张希孟、李溉之之流，皆以文章先后鹊起。方有明盛时，文苑推四杰、七子，而边华泉、李沧溟实为职志。又有刘希尹、殷正甫、谷少岱、许殿卿诸人，左提右挈，风流文采，遂与湖山之胜同在人口。百年已来，亦稍衰歇矣。吾门朱君子青晚出，风流文采，独能自见于当世。方期以远大，庶几成一家之言，以继诸先哲之后，而竟夭阏以死。……
>
> 子青讳缃，别字橡村。……少负逸才，自六经、三史、四库、七略，旁及天官、壬遁之书，无弗习。顾薄科举程文，以为不足为，而独致力于歌诗。其为诗，义兼《骚》、《雅》，体被文质，干之以风力，润之以丹青，彬彬然近代一作手也。子青既盛有时名，四方胜流名士过历下者，揽湖山之秀，挹泉流之洁，而未识子青，则犹以为未足也，必停车结驷而造焉。所居有"云根清壑"之堂、"枫香"之阁，花竹窈窕，房廊靓深。群贤翕集，更阑烛跋，笔墨横飞。说者谓：金粟道人玉山雅集而后，世无此乐三百年矣。自有子青，湖山若增而秀，泉流若增而洁，而今已矣。斯亦湖山之不幸也。……
>
> 子青天性纯孝，又耽尚丘壑。既连不得志于有司，则循近例入

赀，得授曹郎。……①

此种谀墓文字，词气浮夸，誉扬过当，在古人已成风习。不过，具体到对朱绁的评价，在朱氏生前，王士禛对他的诗歌评价就很高，他在《题枫香集》中说："老夫年来，日早起坐堂皇，治司空城旦书，日昃归邸，便下帘投床酣睡，视吾舌虽在，不复阑及风雅矣。得子青新诗，如麻姑爪搔背，不禁结习复作，雨窗点笔，辄竟其卷，饮光胜尊，闻筝起舞，信有之乎！同里老友王士禛书。"②显然，赵执信认为王士禛对朱氏誉扬过当，因朱氏出王士禛门下，不免有阿私之嫌。赵执信所指出的"前既言不屑帖括，后不必更言'连不得志于有司'"，确实是王士禛文章中自相矛盾之处。对于评价人物，赵执信认为应"不溢其量"，实事求是。反之，一味称述，誉扬太过，就是"善贡谀者"。他在《谈龙录》中说："奖掖后进，盛德事也。然古人所称引必佳士或胜己者，不必尽相阿附也。今则善贡谀者，斯赏之而已。"③赵执信对王士禛"滥赏"不满，由来已久。早在康熙二十九年（1690），他在《题大木所寄〈晴川集〉后》中曾写道："渔洋诗翁老于事，一一狎视海鸟翔。赏拔题品什六七，时放瓦釜参宫商。"④从赵执信的信札来看，这首对王士禛提出批评的诗，王士禛是知道的。

赵执信曾多次当面或在书信中对王士禛提出批评，如这封信中他曾提及王士禛《唐贤三昧集》刊刻不久，他就给王士禛写信指出书中的一

---

① 王士禛：《候补主事子青朱君墓志铭》，见《王士禛全集》，第2216—2217页。
② 王士禛：《题枫香集》，见《王士禛全集》，第2345—2346页。
③ 赵执信：《谈龙录》，见《赵执信全集》，第539页。
④ 赵执信：《饴山诗集》卷三，见《赵执信全集》，第75页。

些失误,《谈龙录》也有两段专记此事:

> 山阳阎百诗若璩,学者也。《唐贤三昧集》初出,百诗谓余曰:"是多舛错,或校者之失,然亦足为选者累。如王右丞诗:'东南御亭上,莫使有风尘。''御'讹'卸',江淮无'卸亭'也。孟襄阳诗:'行侣时相问,涔阳何处边?''涔'误'浔',涔阳近湘水,'浔阳'则辽绝矣。祖咏诗:'西还不遑宿,中夜渡京水。''京'误'泾',京水正当圃田之西,'泾水'则已入关矣。"余深韪其言,寓书阮翁,阮翁后著《池北偶谈》,内一条云:"诗家惟论兴会,道里远近,不必尽合。如孟诗:'暝帆何处泊,遥指落星湾',落星湾在南康"云云。盖潜解前语也。噫!受言实难。夫"遥指"云者,不必此夕果泊也,岂可为"浔阳"解乎?
>
> 百诗考据精核,前无古人。好为诗,自谓不工,然能知其指归。余与申论《三昧集》曰:"右丞云:'人闲桂花落,夜静春山空。'诸家曲为之解,当阙疑也。储光羲云:'山云拂高栋,天汉入云流。'下句'云'字定误,不轻改正可也;漫而取之,使人学之,可乎?李颀《缓歌行》,夸炫权势,乖六义之旨。梁锽《观美人卧》,直是淫词,君子所必黜者。"百诗大以为然。比岁阮翁深不欲流布《三昧集》,且毁《池北偶谈》之刻,其亦久而自知乎?①

从这封信中,我们知道赵执信曾写信告诉王士禛《唐贤三昧集》中的失误。结合《谈龙录》来看,赵执信是将阎若璩发现的《唐贤三昧集》

---

① 赵执信:《谈龙录》,见《赵执信全集》,第536页。

中的地理问题写信告诉过王士禛,赵执信所提出的质疑则与阎若璩交换过意见,阎氏"大以为然"。由此我们不难看出赵执信的直率和富有识见。

本来,这两次事件都是发生在席间酒后,若没有好事者传话,或许就没有王、赵交恶。言语脱离了当时的语境,很容易传播走样。同时,这也极易让王士禛觉得赵执信在背后诋毁其诗文。赵执信少年科第,颇受王士禛垂青,居京十年,与王士禛相交甚密。王士禛在当时文坛上名望日高,被目为泰山北斗,作为姻亲后辈的赵执信公然指摘其诗文之失,友朋之间传播赵氏的这些言论,确实有损王氏文坛领袖形象,这自然令王士禛不能容忍,以致大伤感情,大动肝火。

五、赵氏学于王氏及"越轶山左门庭"问题

康熙三十八年(1699),赵执信为其叔祖赵进美写《行实》,向王士禛求作《墓志铭》。赵执信在《行实》中说他曾学于王士禛,文中写道:"又计当世之文,无逾新城王先生;而先生与公(指赵进美),累世交契,周旋最久,习亦无逾先生者。执信状公而有所不知,先生其知之。况执信学于先生者也,虽荒略,敢以为请。"① 在这封信中,赵执信再次说他曾受教于王士禛。他说:"其自称受声格于新城先生,播在交游,著之文笔,天下其谁不知之?"这说明赵执信在诗学问题上确曾受教于王士禛,信中更明确地说受教的是"声格",即声调和格律。但赵执信于王士禛不执弟子之礼,这缘于赵执信对诗学的认识。赵执信在

---

① 赵执信:《饴山文集》卷十,见《赵执信全集》,第483页。

《谈龙录》中这样说:

> 阮翁律调,盖有所受之,而终身不言所自;其以授人,又不肯尽也。有始从之学者,既得名,转以其说骄人,而不知己之有失调也。余既窃得之,阮翁曰:"子毋妄语人。"余以为不知是者,固未为能诗;仅无失调而已,谓之能诗可乎?故辄以语人无隐,然罕见信者。①

赵执信认为格律与声调仅是创作诗歌的基本规律,只掌握这些基本规律而不重视诗歌的思想内容,是写不出真正的诗的。所以,在他看来,他从王士禛所学习"声格"不过是关乎诗歌创作的浅层次学问,不是诗学的根本问题。他所崇奉的是冯班的诗学理论,尤其是冯班诗学思想中强调的"温柔敦厚"、"美刺"等儒家诗教,最为赵执信所遵奉。赵执信在《冯舍人遗诗序》中说他"越轶山左门庭,弃其家学,而宗虞山冯氏,讪笑哄然,渔洋亦内薄之"②。所谓山左门庭,就是明代以来山东诗坛上所流行的摹古风习;所谓家学,就是他的叔祖赵进美所遵奉的"七子"诗学。赵进美在为王士禛《阮亭诗选》写的《序》中,推崇"七子",抨击公安、竟陵和虞山诗派。他说:"近世公安、竟陵,排击历下、琅邪不遗余力,虞山指摘,并及何、李,几于棘手骂座。然杜少陵诗中大成,而推服六朝、唐初人不容于口,自今视之,六朝、唐初人何如少陵?公安、竟陵、虞山著作具在,又何如北地、信阳、历下、琅邪乎?此语独可与吾贻上道,亦愿与贻上共勉之。"③赵进美与王士禛一样,诗

---

① 赵执信:《谈龙录》,见《赵执信全集》,第533页。
② 赵执信:《饴山文集》卷二,见《赵执信全集》,第380页。
③ 见《王士禛全集》,第528页。

学受明代以来山左诗风的影响,均从"七子"入手,讲求声调与格律。而赵执信则更注重诗歌的社会功用,因此他越轶山左门庭弃家学而宗奉虞山冯班诗学。

六、"匿情避谤"再解

赵执信于康熙四十八年(1709)写出《谈龙录》,标志着王、赵交恶公开化。从上面的引述,也不难看出《谈龙录》中的一些论点能够从这封信中找到。因此,笔者推测,赵执信写给王士禛这封信后,并没有达到"以冀鉴原"的目的。当然,王士禛晚年疾病缠身,发生这次冲突后三四年即去世,或许他已没有精力再理会这些事情。而王氏子侄如王启座等,极有可能仍从维护王士禛的立场出发,对赵执信表示不满。赵执信在此信之后,没有"赋《青蝇》而退"①,而是写了《谈龙录》,公开批驳王士禛的诗学、诗作、人品、学问。可以说,王、赵第二次冲突是赵执信写作《谈龙录》的直接原因。

赵执信在《谈龙录序》中有这样的话:"私计半生知见,颇与师说相发明。向也匿情避谤,不敢出,今则可矣。乃为是录。"②"师说",即赵氏所宗奉的虞山冯班之说,而关于"向也匿情避谤,不敢出,今则可矣"一句,赵蔚芝《〈谈龙录〉完成于什么时候——和章培恒先生商榷》一文和赵蔚芝、刘聿鑫《〈谈龙录〉注释》以及严迪昌《清诗史》

---

① 《诗经·小雅·青蝇》:"营营青蝇,止于樊。岂弟君子,无信谗言。"郑玄笺:"蝇之为虫,污白使黑,污黑使白,喻佞人变乱善恶也。"因以"青蝇"比喻谗言小人。
② 赵执信:《谈龙录》,见《赵执信全集》,第532页。

均言赵氏之所以"不敢出",是因为赵执信碍于其妻孙氏情面,因孙氏为王士禛甥女。及至康熙四十六年(1707),孙氏卒,赵执信才无所顾忌,将《谈龙录》公之于世。台湾学者吴宏一也赞同此说。[①]然笔者觉得这一说法是值得商榷的。

王士禛是赵执信的"妻党舅氏",这没错,但从世系来看,王士禛与赵执信的岳母同高祖,至赵执信妻孙氏,血缘关系已较远。更何况封建社会那种夫权在家庭生活中占主导地位的时代,说赵执信碍于妻子情面,"不敢出"反驳王士禛的言论,也不合实情。笔者认为,"匿情"就是隐匿自己的真实想法,即对王士禛诗学的这些意见;"避谤"就是避免由表达真实见解而招来的骂语。赵执信在信中说:"而纤见小鼓舌吻,遂使大人长者弃好崇仇,横见罪过。信复何所于避?"既然已"横见罪过",谤语已无法逃避,于是索性将自己真实的见解表达出来,所以他说"今则可矣"。

综上所述,不难看出,通过解读赵执信的这封信,能够使三百年来蒙着烟雾的王、赵交恶这一文坛公案真相大白。同时,赵执信《谈龙录》中的一些主张,在这封信中已露端倪,结合这封信读《谈龙录》,能够使人更准确地理解赵执信的诗学主张。

(原载《文史哲》2009 年第 5 期)

[①] 赵蔚芝:《〈谈龙录〉完成于什么时候——和章培恒先生商榷》,见《淄博师专学报》1987 年第 3 期;赵蔚芝、刘聿鑫:《〈谈龙录〉注释》,齐鲁书社 1987 年版;严迪昌:《清史诗》,浙江古籍出版社 2002 年版;吴宏一:《赵执信〈谈龙录〉研究》,见台湾《中国文哲研究集刊》创刊号,1991 年 3 月。

陈宝箴"赐死"考谬

——与刘梦溪、邓小军两先生商榷

李开军

关于陈宝箴的死因,在其卒后八十二年始有人提出有别于陈三立"以微疾卒"之新说——1982 年宗九奇发表《陈三立传略》一文,首次披露戴远传《文录》中所记陈宝箴被慈禧"赐死"之史料。① 之后便有人在一般的文史文章中认可"赐死"之说,但学术界反应比较谨慎,鲜有撰文支持者。进入新世纪,这一"赐死"史料几乎同时引起邓小军、刘梦溪二位学者的关注,先后发表长文《陈宝箴之死的真相》(以下简称"邓文")② 和《慈禧密旨赐死陈宝箴考实》(以下简称"刘文")③,以陈

---

① 宗九奇:《陈三立传略》,见《江西文史资料选辑》第 3 辑,江西人民出版社 1982 年版。此"史料"又见于宗九奇:《陈宝箴之死》,见《文史资料选辑》第 87 辑,中国文史出版社 1983 年版。
② 邓小军《陈宝箴之死的真相》一文原题《陈宝箴之死考》,为 1999 年 11 月 27—29 日广州中山大学"纪念陈寅恪教授国际学术研讨会"的会议论文,后收入胡守为主编的《陈寅恪与二十世纪中国学术》(浙江人民出版社 2000 年版)。后此文收入邓氏论文集《诗史释证》(中华书局 2004 年版),题目改为《陈宝箴之死的真相——散原精舍诗表微之一》;本文所揭引均据《诗史释证》。2009 年 8 月 10 日,邓小军在其搜狐博客"邓小军文集"中发表《〈陈宝箴之死考〉书后》,中云:"这些年过去了,回头看此文,除个别之处有误,当作修订外,基本内容并无失误。"
③ 刘梦溪《慈禧密旨赐死陈宝箴考实》一文刊《中国文化》2001 年第 17、18 期,此前曾以

陈宝箴"赐死"考谬
——与刘梦溪、邓小军两先生商榷

三立的诗文作品为基础,以诗证史,周详考证,对"赐死"一事"考实"。至此,陈宝箴"赐死"、陈三立隐忍似已成定谳,并为不少文章所播扬。①

在光绪三十四年(1908)十月二十一日、二十二日,光绪皇帝、慈禧太后先后崩卒,十月二十五日前后陈三立得讯后②,为何内心没有丝毫快意,却写下这样一首题为《纪哀答剑丞见寄时将还西山展墓》的诗呢?诗云:

> 两宫隔夕弃臣民,地变天荒纪戊申。万古奔腾成创局,五洲震动欲归仁。月中犹暖山河影,剑底难为傀儡身。烦念九原孤愤在,忍看宿草碧磷新。③

(接上页)《陈宝箴死因之谜》为题以节略的方式(主要是以陈三立相关诗歌考实陈宝箴"赐死"的部分)刊于《百年潮》2001年第2期,后又以《陈宝箴之死的历史真相》为题,摘要发表于《中国艺术报》第405期(2003年5月16日)。该文获中国艺术研究院2002年度优秀论文一等奖。刘梦溪后来又在《王国维、陈寅恪与中国现代学术》(《文艺研究》2002年第3期)、《陈寅恪的"自由"与"哀伤"》(《21世纪经济报道》2007年7月27日)等文章中重提慈禧赐死陈宝箴的观点。

① 参阅郑海麟:《从黄遵宪〈与陈伯严书〉看晚清变局》,《文史知识》2009年第10期;郑海麟:《陈宝箴、黄遵宪交谊与湖南新政》,《文史知识》2008年第6—9期;陶江:《崝庐与陈宝箴之死》,《创作评谭》2007年第3期;马英典:《陈宝箴与近代警察制度》,《兰台世界》2006年第23期;陈柏生:《揭开九十年前的一桩历史疑案》,《湖湘论坛》1992年第1期。但也有学者对"赐死"说保持着足够的警惕,如张求会在其《陈寅恪的家族史》(广东教育出版社2000年版),胡迎建在其《一代宗师陈三立》(江西高校出版社2005年版)中,都以为宗九奇所提供的"赐死"记载为孤证,不可遽信,胡先生并对刘梦溪文中数处错误予以辨正。

② 缪荃孙:《艺风老人日记》(北京大学出版社1986年版)1808年10月25日云:"得太皇太后凶问,异哉。"时缪荃孙、陈三立同居南京,且交游甚密,则可知陈三立亦当于是日前后得此讯。

③ 陈三立:《纪哀答剑丞见寄时将还西山展墓》,《散原精舍诗文集》(上),上海古籍出版社2003年版,第250页。

陈三立言两宫之卒为"弃臣民"、"地变天荒",评价慈禧、光绪领导下行至光绪三十四年的中国为"万古奔腾成创局,五洲震动欲归仁",这都是相当积极的评价,显然不是听到杀父仇人撒手人寰时所应有的反应。因此,有对慈禧"赐死"陈宝箴观点重新检讨之必要。

并且,若细检戴远传《文录》陈宝箴"赐死"之记载和邓文、刘文就会发现,其中存有不少疑点和有待商榷之处,尤其是邓、刘二文在以诗证史的过程中,颇有牵强和过度阐释之嫌。既然邓文、刘文都是在认同戴远传"赐死"记载基础上进一步以诗证史的,那我们不妨先从对"赐死"记载的分析入手,然后再辨析邓文、刘文的讹谬之处,最后提出我们对于陈宝箴之死的意见。

一、戴远传《文录》陈宝箴"赐死"记载之疑点

宗九奇《陈三立传略》一文所披露的有关陈宝箴之死的史料如下:

> 据近人戴明震先父远传翁(字普之)《文录》手稿,有如下一段记载:
>
> 光绪二十六年(庚子)六月二十六日,先严千总公(名闳炯)率兵弁从巡抚松寿驰往西山"靖庐",宣太后密旨,赐陈宝箴自尽。宝箴北面匍伏受诏,即自缢。巡抚令取其喉骨,奏报太后。①

---

① 宗九奇:《陈三立传略》,《江西文史资料选辑》第 3 辑,江西人民出版社 1982 年版,第 119 页。

陈宝箴"赐死"考谬
——与刘梦溪、邓小军两先生商榷

据宗九奇文后注释知，戴远传手稿中的这段文字是1952年冬，宗远崖（宗九奇之父）、闵孝同、汪际虞三位在戴宅与戴远传晤谈时所抄录。1992年，宗九奇增订《陈宝箴之死》一文时，又转述了戴远传所讲其父行令时的场景："陈宝箴自缢时，一时气难断，做挣扎状。先父睹之不忍，为减其痛苦，以手猛一拽，气乃绝。"① 这是到目前为止，唯一一则明确记载陈宝箴被慈禧太后"赐死"的材料。

这唯一的记载可靠吗？细细检来，这则材料其实颇多可疑之处。

第一，慈禧太后为什么要杀害已经革职永不叙用的陈宝箴？

邓文认为原因有二：（一）慈禧将陈宝箴"视为大敌"，邓文引光绪二十五年（1899）正月二十五日"饬令地方官严加管束"皮锡瑞，五月二十三日"确切查明"左孝同，十一月十八日捉杀康有为、梁启超之谕旨，并特别指出："尤可注意者，谕严查左孝同，首先即命严查其与陈宝箴之关系，可知慈禧太后对陈宝箴尤其视为大敌。"② 然而事实很快就证明，皮锡瑞、左孝同不过是别人乘机诬陷而已。皮锡瑞乃是江西务实学堂事波及，二月二日前即已波平浪静，陈宝箴父子甚至还嘱其早往江西讲学。③ 左孝同"盖由其游旧嗾言官为之，所劾绝诬蔑不经，主奏者亦不敢阿风趋以屈公论，事终白。未几出游江淮间，入都就道员"④，光绪二十六年（1900）四月十二日吏部引见，十三日以道员发浙江试用，十四日谢恩。⑤ 也就是说，左孝同在义和团入京前曾经面圣，所谓

---

① 邓小军：《陈宝箴之死的真相》，《诗史释证》，第371页。
② 转引自邓小军：《陈宝箴之死的真相》，《诗史释证》，第405页。
③ 参见皮锡瑞著，吴仰湘整理：《师伏堂日记》，一八九九年二月二日，国家图书馆出版社2009年版。
④ 陈三立：《清故江苏提法使兼署布政使左公神道碑铭》，《散原精舍诗文集》（下），第1050页。
⑤ 参见袁英光、胡逢祥整理：《王文韶日记》，一九〇〇年四月十一日、十三日，中华书局1989年版。

"确切查明"早已灰飞烟灭了。我们当然不能从左孝同重新得到朝廷认可,推论慈禧已经释然于陈宝箴,但我们显然也不能从一年前慈禧对左孝同与陈宝箴关联的追查,来确认左孝同已经重获眷顾之后陈宝箴还被慈禧太后"尤其视为大敌"。(二)当庚子之祸兴起时,慈禧太后"深恐帝党乘机东山再起,因此不惜消灭帝党","当时慈禧太后一党之疯狂无理性,以至于欲杀害光绪皇帝,不仅杀害帝党诸大臣而已,则杀害被视为帝党首要分子的陈宝箴,乃必然之事"①。慈禧一党固然仇恨帝党,但经戊戌政变之后的杀戮、流放、监禁、革职等,这种仇恨显然得到了一定程度的释放,并且到庚子年诸事兴起之后,如何处理政府与义和团及外国势力之间的关系,成为当时国家最优先考虑的问题;对所谓帝党大臣的"即行正法",也绝不是一时意起,背后都有党派之争、个人矛盾和现实环境等原因在起决定作用。如张荫桓,与其积怨特深的徐桐于光绪二十六年(1900)五月二十二日朝旨入参枢务时,随后遂有六月七日张荫桓"即行正法"之谕旨②;袁昶、许景澄因一直站在慈禧的对立面主张剿匪保洋,颇得慈禧恶感,李秉衡七月一日到京,面圣时有诛反战大臣以震中国之谏,遂有七月三日袁、许"即行正法"之旨③;徐用仪、立山、联元七月十七日"即行正法"之谕,亦与袁、许近似,皆因主"兵衅不可启"、"奸民不可纵",与载漪等主战诸大臣意见相左,被借口斩于市。④由上简单综述可知,与陈宝箴卒期相近之被杀诸大臣,皆为京

---

① 邓小军:《陈宝箴之死的真相》,《诗史释证》,第405—406页。
② 参见马忠文:《张荫桓流放新疆前后事迹考述》,《新疆大学学报》1996年第4期。
③ 参见〔日〕佐原笃介:《拳乱纪闻》,中国史学会主编:《义和团》第一册,上海人民出版社1961年版,第190页;杨典诰:《庚子大事记》,七月二日、三日,见《庚子记事》,中华书局1978年版,第90页。
④ 参见赵尔巽等撰:《清史稿》卷四六六,第42册,中华书局1977年版,第12759—12764页;杨典诰:《庚子大事记》,五月十一日,见《庚子记事》,第81页。

官,因站在当时和战主张的刀锋上,且与慈禧、载漪集团的政治主张相左,或者与当权大臣历有积怨,被以各种借口杀害。他们是否是帝党并不重要,主要还是与时局相关。陈宝箴在维新变法期间,颇得光绪帝器重,自然被视为帝党,但庚子时已经远居南昌西山,与朝局一无相涉,是和战之争的局外人,且未卷入朝中的派系之争,亦未与某枢臣结怨,更不用提此时朝中参预枢务的荣禄、王文韶都极赏宝箴才能[①],王文韶甚至还在光绪二十五年(1899)有起用陈宝箴之请[②],地方大员如张之洞、刘坤一、俞廉三等亦是关系密切之人,曾经对陈宝箴多有提携和回护。因此,于此庚子国难中,当不会有人提出"即行正法"陈宝箴之议;即使有人欲图挟私诬陷,朝中之荣禄等当会尽力"按下",地方之刘坤一、张之洞等亦会为之澄清。

刘文认为慈禧"赐死"陈宝箴"与文廷式有关","陈宝箴放走而被洋人严加保护的文廷式在此案中所起的导火索的作用,应可想见"[③]。陈宝箴放走文廷式事指光绪二十四年(1898)八月十一日慈禧电谕两江总督刘坤一、江西巡抚翁曾桂将文廷式缉拿押解至京、陈宝箴助其脱险走上海事。关于此事,刘文据日本驻上海代理总领事小田切万寿之助致日本外务次官函件中的文廷式自己对脱险的叙述,认定陈宝箴救文廷式"不只是事先通风报信,还命令地方官用官船把文送至汉口"[④],这样的结论有问题。陈宝箴在任时尚且"秘密"派人通知文廷式潜逃,革职后万

---

① 参见荣禄:《致陈宝箴》(二函),汪叔子、张求会编:《陈宝箴集》(下),中华书局2005年版,第1653—1654页;王文韶:《遵旨查明获咎各员缘由吁恳恩施折》,《陈宝箴集》(上),第9—10页;《王文韶日记》,一八九五年八月六日、一八九六年六月六日。
② 参见皮锡瑞著,吴仰湘整理:《师伏堂日记》,一八九九年四月六日、四月十二日。
③ 刘梦溪:《慈禧密旨赐死陈宝箴考实》,《中国文化》2001年第17、18期。
④ 刘梦溪:《慈禧密旨赐死陈宝箴考实》,《中国文化》2001年第17、18期。

不会如此招摇妄为，命令地方官派官船送文廷式至汉口。小田切万寿之助函件中的叙述本就不甚明确，我们结合已有的研究成果和相关史料，认为如下的叙述更接近历史事实：缉拿文廷式的上谕到地方后，陈宝箴秘密派人通知文廷式离开长沙，藏匿于湘潭一唐姓人家，后陈宝箴革职谕旨到，于九月十七日交卸，九月二十日乘船离开长沙还江西，走前秘密交代蔡乃煌助文廷式赴汉口往上海。蔡乃煌曾任湖南矿务总局总办，深得陈氏父子倚信。文廷式十月六日至沪，自汉口出发当在十月三日前后。① 小田切万寿之助函件中"吩咐地方官员让文廷式坐官船，送他到汉口"一句话②，自是约略言之，并未说明以什么样的方式、让谁帮助文廷式，故而让人产生一种胆大到毫无顾忌之印象。陈宝箴秘密帮助文廷式逃匿之事，外人所知甚少，慈禧太后自然难以耳闻，更谈不上因此而怀恨陈宝箴了。

到了光绪二十六年（1900），慈禧太后西巡前约在七月二十日杀害珍妃，即在此时，她也可能并未产生再次缉拿文廷式，并将其"即行正法"之想，因为直到九月一日，慈禧才在接到俞廉三奏报文廷式行踪诡秘（指参与自立军密谋）、并请示可否拿获确实"即行正法"之后，慈禧才发出"严拿务获即行正法"之谕③，这已经是珍妃死后两个多月。而陈宝箴早在三个月前就卒逝了，彼时慈禧处于困窘之中，根本顾不上文廷式之事。

---

① 参见陈寅恪：《寒柳堂记梦未定稿（补）》，《寒柳堂集》，生活·读书·新知三联书店2001年版，第233—234页；陈三立：《清故苏松太道蔡君墓志铭》，《散原精舍诗文集》（下），第945页；张求会：《文廷式戊戌脱险研究综论》，《南昌大学学报》2000年第2期；孔祥吉：《文廷式的日本之行》，《百年潮》2004年第3期。
② 转引自孔祥吉：《文廷式的日本之行》，《百年潮》2004年第3期。
③ 光绪二十六年九月一日上谕，《清实录》第58册，中华书局1987年版，第198—199页。

因此，从种种迹象来看，陈宝箴之死与文廷式之间并无瓜葛。"导火索"之论，近于无稽之谈。

所以，我们认为，慈禧并无杀害陈宝箴的动因。

第二，为什么是"密旨"且"赐陈宝箴自尽"？

假如慈禧无端地动了杀陈宝箴之心，她有必要"密旨"吗？怕陈宝箴潜逃？还是怕他拥兵反抗？抑或怕背上杀忠臣之千古骂名？想不出慈禧这样做的理由。况且从康有为、梁启超到文廷式，从张荫桓到袁昶、许景澄、徐用仪等，缉拿正法之圣旨不是明发上谕，就是明发之寄谕，均公布天下，何以到了陈宝箴却独享异数，要以"密旨"进行？

与陈宝箴卒期相近之被杀诸大臣，如张荫桓、袁昶、许景澄、徐用仪、立山、联元等，谕旨中均是"即行正法"①，未见"赐自尽"者。陈宝箴独获"赐其自尽"，又一异数也。

总之，较之先后各"赐死"谕旨，我们认为"密旨"又"赐陈宝箴自尽"，不符合慈禧太后一贯的行事方式。

第三，江西巡抚松寿赴西山宣旨赐陈宝箴自尽，会让一个从六品的下级军官千总率兵并随从前往吗？

---

① 慈禧所下杀张荫桓、袁昶、许景澄、徐用仪、立山、联元等人的三道谕旨如下："军机大臣字寄新疆巡抚饶。光绪二十六年六月初七日奉上谕：已革户部侍郎张荫桓著即行正法，将此由六百里加紧谕令饶应祺。钦此。遵旨寄信前来。""光绪二十六年七月初三日内阁奉硃谕：吏部左侍郎许景澄、太常寺卿袁昶屡次被人奏参，声名恶劣，平日办理洋务，各存私心。每遇召见时，任意妄奏，莠言乱政，且语多离间，有不忍言者，实属大不敬。若不严行惩办，何以整肃群僚？许景澄、袁昶均著即行正法，以昭炯戒，钦此。""光绪二十六年七月十七日内阁奉上谕：兵部尚书徐用仪屡次被人参奏，声名恶劣，办理洋务，贻患甚深。内阁学士联元，召见时任意妄奏，语涉离间，与许景澄等厥罪惟均。已革户部□书立山，平日语多暧昧，动辄离间，该大臣受恩深重，尤为丧尽天良，若不严行惩办，何以整饬朝纲？徐用仪、联元、立山均著即行正法，以昭同戒。钦此。"见《光绪宣统两朝上谕档》第26册，广西师范大学出版社1996年版，第164、227、260页。

清代绿营兵实行标、协、营、汛四级编制,巡抚之亲兵为抚标。据罗尔纲的研究可知,江西巡抚兼提督所辖驻扎于南昌府的抚标有左、右两营,左营将员有参将一名,守备一名,千总二名,把总四名,右营将员有游击一名,守备一名,千总二名,把总四名,也就是说,松寿亲兵中,职位高于千总的将员至少有四名。① 再检阅《光绪朝朱批奏折》军务诸册中所收松寿折片,知光绪二十六年(1900)六七月间,江西绿营兵虽经朝廷征调赴京津备战,但在南昌驻守的抚标、镇标军队中守备衔以上的将员也有数名,如谢魁元、兴寿、马宝山、苏贵林、何焕文、郭洪喜、王高魁、江良元等。② 而千总位在这些人之下,"武功"当亦次之,去处置陈宝箴这种巡抚级的朝廷"要犯",显然不是当然之选。

第四,松寿为什么令千总割陈宝箴之喉?

戴远传记述中自缢、手拽、割喉的记载太过戏剧化,已经让人生疑,其中割喉一节,尤感突兀。

如果慈禧太后"赐陈宝箴自尽",当即有留其全尸之想,松寿断不敢自作主张命千总"割喉"进呈。那是否松寿想以此举以表忠诚呢? 松寿为满人,戊戌政变前后他由江宁布政使迁为江西巡抚,后又改江苏巡抚,说明慈禧对其信任颇笃,此举实无必要。松寿欲以此举表功? 据《清史稿》记载,松寿"居官垂二十年,不务赫赫名,然律己以廉,临下以宽,为时论所美"。③ 光绪二十六年(1900)八月二十六日,松寿曾具折请谕准派丁忧在籍前护理陕西巡抚布政使李有棻督办江西全省团练

---

① 罗尔纲:《绿营兵志》,中华书局1984年版,第148页。
② 江西巡抚片,《光绪朝朱批奏折》第47册,中华书局1995年版,第335—336页。
③ 赵尔巽等撰:《清史稿》卷四六九,第42册,第12787页。

事务，云其"老成练达，志虑忠纯，久为乡里所推重"①，可见松寿对地方人才之爱惜器重。想来他还不至于出此残忍之举，让一代忠贤之臣死不全尸，以自表功吧。

第五，一革职巡抚之"赐死"，此亦非小事，为何清代官方档案史料中未见记载？

邓文引光绪二十六年（1900）十二月二十六日上谕："本年夏间，拳匪衅起，凭恃城社，挟制朝廷，当时所颁谕旨，首祸诸人竟于事机纷扰之际，乘间矫擅，非出朝廷之意。所有不得已之苦衷，微言宣示，中外臣民，谅能默喻。现已将首祸诸人，分别严惩，著内阁将五月二十四日以后、七月二十日以前谕旨汇呈，听候查明，将矫擅妄传各谕旨，提出销除，以重纶音而昭信史。"② 在结合相关史料进行确认性的分析之后，说："光绪二十六年十二月清廷实有销毁本年五、六、七月间所谓'矫擅各旨'之明谕，今可确知其中包括销毁了慈禧太后两次命杀洋人之谕旨。职此之故，如果陈宝箴死于慈禧太后密旨，清廷官方档案不留痕迹，并不为怪。"③ 五、六、七三月间谕旨销毁自是事实，但我们的疑问在于：一、赐死陈宝箴这样的谕旨并非"矫擅之旨"；二、更为重要的是，为什么邓文、刘文列举的同期处死张荫桓、许景澄、袁昶、徐用仪、联元、立山等的谕旨皆在，未曾销毁，唯独赐死陈宝箴的谕旨受到了"特殊照顾"，被销毁了？因此，我们认为，陈宝箴赐死密旨被销毁的推测不能成立。合理的解释似乎只有一个：慈禧并未密旨赐死陈宝箴。

---

① 江西巡抚松寿折，《光绪朝朱批奏折》第53册，第206页。
② 邓文据《清实录》揭引，本文引自《光绪宣统两朝上谕档》第26册，第484页，引文、标点与邓文略异。
③ 邓小军：《陈宝箴之死的真相》，《诗史释证》，第376页。

鉴于以上诸多疑点，戴远传《文录》陈宝箴被慈禧"赐死"记载不足凭信。

二、对邓小军《陈宝箴之死的真相》一文的检讨

在以诗证史、说明陈宝箴系慈禧"赐死"的论述中，陈三立《读汉书盖宽饶传聊短述》一诗受到了邓小军的特别重视，邓文首先专门以一整节的篇幅进行了逐句解剖，认为"陈三立此诗古典字面、今典实指，揭露了慈禧太后杀害陈宝箴的真相"[①]；刘文也把此诗放在了以诗证史部分的最后，在简单叙述了《汉书》所记盖宽饶事迹之后说："我们看盖宽饶其人，为官清廉刚正，固与陈宝箴有相类之处，但究其性格气度两个人并不一样。陈宝箴处理事情并不这样刻急。陈三立在崝庐祭扫而想到这个故事，唯一的理由是取其蒙冤自尽而死的意象，用以连类陈宝箴确是那拉氏密旨赐自尽而死。"[②] 陈三立的这首诗既然如此重要，那我们先引述在这里：

五帝官天下，传贤贸君权。韩氏为易传，大谊明其然。次公称引之，摩切世主前。酒狂中感激，道窥天地先。当时坐大逆，大辟遂加焉。拟以萌求禅，列剖无由缘。自到北阙下，众庶莫不怜。千载去寥寥，迁怪谁复传。激昂郑昌颂，俳叠王生篇。议者执金吾，

[①] 邓小军：《陈宝箴之死的真相》，《诗史释证》，第390页。
[②] 刘梦溪：《慈禧密旨赐死陈宝箴考实》，《中国文化》2001年第17、18期。

今则誉汝贤。①

邓文在对这首诗的详尽解析中，有不少值得重新讨论之处。

对于"五帝官天下，传贤贸君权。韩氏为易传，大谊明其然。次公称引之，摩切世主前"六句，邓文重点疏证了"官天下"，认为此即"天下为公"，"与民主理念是一致的"，"此六句诗之古典字面，言盖宽饶以儒家天下为公之大义，谏诤汉宣帝专制霸道之政治"，今典"是陈宝箴试行民权，并得到光绪皇帝的赞同支持事"②。这样的理解有问题。陈三立这六句诗显然是针对《汉书》盖宽饶传中的下面一段描述而发："是时上方用刑法，信任中尚书宦官，宽饶奏封事曰：'方今圣道寖废，儒术不行，以刑余为周、召，以法律为《诗》、《书》。'又引《韩氏易传》言：'五帝官天下，三王家天下，家以传子，官以传贤，若四时之运，功成者去，不得其人则不居其位。'书奏，上以宽饶怨谤终不改，下其书中二千石。"③更准确地说，盖宽饶引述《韩氏易传》，直指汉宣帝重用宦官之行即用人不贤，而非"用刑法"即"专制霸道之政治"。所以陈三立此六句诗的核心是"传贤贸君权"一句，即将国家政权传于贤者之手，由贤能之人来管理国家，所谓"大谊"、所谓"称引"，以及以下所谓"道窥"者，皆此，而非"五帝官天下"。因此，这六句的意思是说：盖宽饶以治国用贤能来讽谏汉宣帝。这与陈宝箴试行民权——姑且不论陈宝箴眼中"民权"之内涵及对其态度——距离太过遥远。

---

① 陈三立：《读汉书盖宽饶传聊短述》，《散原精舍诗文集》（上），第39页。
② 邓小军：《陈宝箴之死的真相》，《诗史释证》，第378—379页。
③ 班固：《汉书》卷七十七《盖宽饶传》，中华书局1962年版，第3247页。

以下"当时坐大逆，大辟遂加焉。拟以萌求禅，列剖无由缘。自到北阙下，众庶莫不怜"六句，叙述盖宽饶因为讽谏皇帝治国用贤能而被处以极刑即"大辟"，语意无甚难明之处，唯邓文以为"此六句之今典，乃是指陈宝箴被慈禧太后赐死"①，刘文以为"其蒙冤自尽而死的意象，用以连类陈宝箴确是那拉氏密旨赐自尽而死"。刘文本就认为盖宽饶与陈宝箴行事风格殊不相类，不知为何又硬把二者之死编派于一处？邓文对此诗前数句的分析偏离了诗歌本义，古典、今典之间已自乖离，所以此处古典、今典的对应，也就难以服人。

"千载去寥寥，迂怪谁复传？激昂郑昌颂，悱亹王生篇"四句，邓文解释为："寂寥千载以后，盖宽饶忠而蒙冤之事，有谁复能传其真相？唯有'郑昌颂'、'王生篇'，表彰盖宽饶忠于国家的事迹，激昂悱亹，存于天地之间。"②这样的解释本身就存在矛盾：既然"郑昌颂"、"王生篇"存于天地间，又怎能说真相无传呢？所以这几句应该这样理解：千载之后，那些诬枉怪幻之语还有谁知道？但誉美盖宽饶的郑昌之颂、王生之篇却仍然流传于天地之间。

最后二句"议者执金吾，今则誉汝贤"，邓文以为"执金吾"今典指"当时掌握军政大权包括禁军虎神营的载漪"，"今"则指"当今真正的皇上、垂帘听政的慈禧太后。所谓'今则誉汝贤'，是指慈禧太后以载漪之子为大阿哥、以载漪为军机大臣、与载漪同谋废帝灭洋，是以载漪为贤也"③。何其诬也！陈三立此诗作于光绪二十七年（1901）十一月十二日（冬至）之后，而载漪已于光绪二十六年十二月二十五日发配

---

① 邓小军：《陈宝箴之死的真相》，《诗史释证》，第384页。
② 邓小军：《陈宝箴之死的真相》，《诗史释证》，第386页。
③ 邓小军：《陈宝箴之死的真相》，《诗史释证》，第390页。

新疆，永远监禁，其子溥儁亦于大约一个月前即光绪二十七年十月二十日废去大阿哥之号，并令出宫。① 如此，陈三立又怎么会说慈禧以载漪为贤呢？实际上，这二句应该与上四句顺承着一起来理解，可以解释为：今天再让执金吾来议处此事的话，也要以你为贤了。"汝"，指盖宽饶。

总起来看这首《读汉书盖宽饶传聊短述》，我们以为，其总纲是"传贤贸君权"一句。陈三立并不是要专门表彰盖宽饶其人，他之所以称其为贤，也主要是因为盖宽饶不避刀斧以此来讽谏皇帝。这样的旨意诉求、这样的盖宽饶、这样的字面意思（如我们前面所分析），邓小军和刘梦溪却把它与陈宝箴之死联系在一起，着实令人费解。

不过，陈三立此诗应该是有感而发，应该有自己的"今典"，否则《汉书》人物列传六十九卷，他为何只选择了第七十七卷中的盖宽饶？从我们前面对此诗语意、主旨的分析来看，其"今典"大概与光绪二十七年（1901）十月二十日溥儁的被废有关，陈三立可能由此事一并思及溥儁之父载漪之宠用给国家带来的祸乱以及后来的流放监禁，故而对主张"传贤贸君权"的盖宽饶"一见钟情"。

同时，陈三立此诗之作，应该也有鲁一同《盖宽饶论》一文的影子。将近三十年前的光绪三年（1877），陈三立曾经在湖南审校刊刻过鲁一同的《通甫类稿》一书，他在同年二月写就的跋语中说："右鲁通甫先生文稿，凡四卷，家大人早岁购录于京师，归而藏于家有年矣。三立童子时，即读而好之……今年春，湘中友人始以机器聚珍字法板

---

① 参见光绪二十六年（1900）十二月二十五日上谕，《光绪宣统两朝上谕档》第26册，第479页；光绪二十七年（1901）十月二十日上谕，《光绪宣统两朝上谕档》第27册，第217页。

行各书,工良而事易,于是三立为审校其文,梓而行之。"①既"读而好之",又曾"审校其文",陈三立当对《通甫类稿》开篇之作《盖宽饶论》留有深刻印象。鲁一同在《盖宽饶论》里以盖宽饶之死为引子,纵论当时宰相魏侯之不贤失职,陈三立之立论正与此一脉相承。

邓文接下来分析的重点是《由崝庐寄陈芰潭》一诗中的"无何昊天示灾凶,坐使孤儿仆且叫"二句,尤其是"昊天"和"孤儿"的用法。关于这两个语词的考辨,我们放在下文对刘文分析《崝庐述哀诗》第一首的反驳中进行。

邓文第三个分析重点是陈三立作于光绪二十七年(1901)十一月十二日(冬至)的《长至抵崝庐上冢》:"翠华终自返,碧血更谁邻。万恨成残岁,余生看负薪。子孙身外物,今古墓旁人。为解冥冥意,乌啼霜露晨。"②邓小军认为:第一联"上句言两宫将返京,下句言陈宝箴被害",他的主要依据是下句中"碧血"用《庄子》苌弘化碧之典:"用苌弘忠而杀身、其血不朽化而为碧之古典,是言右铭公忠而杀身之今典。"③邓文对上句的理解不差,但下句则有所偏离。从"翠华终自返,碧血更谁邻"的句子结构来看,"更"表示上下句之间存在一种因果关联,是因为"翠华终自返"了,陈三立才有"碧血更谁邻"一问。如果把"碧血"解释为陈宝箴之忠魂,则与上句之间缺乏因果关联。所以此处之"碧血"应该泛指那些在八国联军侵华战争中丧生的忠诚将士,与顾炎武《赠朱监纪四辅》"愁看京口三军溃,痛说扬州七日围。碧血未

---

① 陈三立:《〈通甫类稿〉跋》,鲁一同:《通甫类稿》卷末,1877年酉腴仙馆铅印本。
② 陈三立:《长至抵崝庐上冢》,《散原精舍诗文集》(上),第37页。
③ 邓小军:《陈宝箴之死的真相》,《诗史释证》,第394—395页。

消今战垒,白头相见旧征衣"①一诗中的用法颇为相类。陈三立的这句诗可以解释为:两宫终究还是返跸京师了,那些将士之忠魂又能与谁为邻呢(政府已与列强媾和)?

邓文第四个分析重点是光绪三十年(1904)清明日陈三立所作《崝庐墙下所植花尽开甚盛感叹成咏》。邓小军检取此诗的其中二句"生世糜躯殉黔赤,娱老未及持觞看"②,特别是对"糜躯"二字进行了深入剖解,指出:"三立哭父诗所言'糜躯',亦犹言死者粉身碎骨,不得保全首领,指右铭公横遭杀害、被取喉骨,并含有右铭公如古之忠臣无辜被戮之意。"③这样的结论有再检讨的余地。"糜躯"固然是"粉身碎骨"之意,但检索古人诗文,主要用作褒义,实际上是以一种夸张的说法来表达对国家或某事甘心全力投入、鞠躬尽瘁的态度,几乎不见专指"不得保全首领"④。并且,从陈三立这二句诗的结构来看,"生世"与"娱老"代表陈宝箴不同的人生阶段,是有先后顺序的,应该释作:(陈宝箴)一辈子鞠躬尽瘁于国家百姓(犹言"糜躯奉国"),娱老之际也没来得及觞咏于这丛花之间。邓文中将"生世"理解为"安度晚年"亦不确。

邓文在分析完"生世糜躯"二句后,又引陈三立光绪三十一年(1905)十二月所作《到墓上还宿崝庐》诗中"忘世反糜躯,疢恚讼我顽"二句,云:"'忘世反糜躯',言右铭公既罢归,已经与世相忘矣('忘世'),却反而突然地横遭杀害、粉身碎骨('反糜躯')。此五字,只能作此唯一之解释,而绝无任何其他解释之可能。'疢恚讼我顽',言

---

① 顾炎武:《赠朱监纪四辅》,《亭林诗文集》诗集之二,《四部丛刊》影印清康熙刻本,第8页。
② 陈三立:《崝庐墙下所植花尽开甚盛感叹成咏》,《散原精舍诗文集》(上),第112页。
③ 邓小军:《陈宝箴之死的真相》,《诗史释证》,第395页。
④ "糜躯"二字于古诗文中亦可谓夥矣,于"中国基本古籍数据库"(北京爱如生数字化技术研究中心研发)中检索,既已得二百余条,此不一一条列。

因右铭公遇害时自己不在西山,做儿子的心中留下无穷的内疚、愤恨与痛悔。"并引陈三立《皇授光禄大夫头品顶戴赏戴花翎原任兵部侍郎都察院右副都御史湖南巡抚先府君行状》(以下简称《先府君行状》)诸叙述来分别说明"忘世"、"反縻躯"和"疚恚讼我顽",之后,再一次强调说:"'忘世反縻躯'五字,乃是陈宝箴横遭杀害、被取喉骨之确证。"①看似铜墙铁壁,无懈可击了。殊不知,"忘世反縻躯"之"縻"字,《散原精舍诗集》中实作"縻"②,邓小军疏于校勘,未察此误。是"縻"而非"縻",关系极重,基本上颠覆了原来的语意。按照《散原精舍诗集》中的"忘世反縻躯"来看,意为:虽然内心已与世相忘,但身体仍为俗世之务所羁绊。"縻",束缚、牵制之意。再联系此诗上下文:"常年献节物,千里越阻艰。今也愆两候,眼穿寸步悭。江湖诚负人,空恋木石闲。忘世反縻躯,疚恚讼我顽。跽拊青镌碣,号悲动邱峦"③,毫无疑问,此数句乃陈三立自述之语,讲的是:自己每年清明、冬至两节都要至西山省墓,今年却未能如愿,错过节候。世事负人太多,木石般的悠闲也只能是空自羡慕。虽然内心已与尘世相忘,身体却仍然为俗务所羁绊。内疚恚恨,也只能以愚钝顽劣自责。跪在墓前,手拊碑碣,我的悲号之声回荡在岩峦之间。"忘世反縻躯"一句亦实有所指。自戊戌政变之后,陈三立实有"袖手神州"之志,但最迟自光绪三十年九月起,他已经开始参与谋划南浔铁路自筑之事,整个光绪三十一年,都在为此事奔波往来于宁、沪、汉、赣四地之间,正如他在作于光绪三十年岁末的《庐夜漫兴》中所云:"手布山川聊自笑,谓近规画南浔铁道事,躬耕

---

① 邓小军:《陈宝箴之死的真相》,《诗史释证》,第396—397页。
② 《散原精舍诗集》宣统二年本、民国十一年本、民国二十五年本均作"忘世反縻躯"。
③ 陈三立:《到墓上还宿崝庐》,《散原精舍文集》(上),第172页。

邱陇定何时。"① 亦如作于《到墓上还宿崝庐》之前不久的《霭园公谳赋别分韵得菊字》中所说:"方今画策收桑榆,竞资同轨控大陆。几人出手办兹事,自哂驽钝信碌碌。"② 这即是"忘世反縻躯"的所指,亦为"今也愈两候"之原因。至此,我们也可以肯定地说:"忘世反縻躯"五字,绝不能确证陈宝箴横遭杀害、被取喉骨。一字之差,天地翻覆。《先府君行状》诸文字之佐证,亦成无源之水、无本之木。文勘字校,可不慎乎!

邓文又拣出陈三立 1915 年所作《雨霁崝庐楼坐寓兴》一诗第三首的最后一句"明灭墙头字,曾留血点殷"③,认为:"此诗写崝庐哭父,所写崝庐'墙头''血点殷',当是右铭公遇害、被取喉骨时所留下的血迹。"④ 此种解释,揆之当年崝庐之情境,其中所存在的诸多疑点我们暂且不论,即从十五年中(1900 年至 1915 年)陈三立首次在诗中提及墙头之"血点"这一点来看,若此"血点"为割喉所溅,此前十五年中陈三立对此一言不发就无从解释。因此,将"血点"视为陈宝箴之血迹十分牵强。我们是不是可以这样理解:墙上隐约可见的字迹,曾经洒满我的悲恸之泪。"血点"取杜甫《楠树为风雨所拔叹》诗中"泪痕血点垂胸臆"⑤之用法。陈三立第一次至西山崝庐祭扫父墓时,亦有"我来草木都隔世,只许血泪洒墙壁"⑥之句。

最后,邓文认为,早在 1914 年,陈三立已对康有为说及其父被慈禧杀害之事,证据是 1914 年所作《过康更生辛园寓庐》一诗:"重逢历

---

① 陈三立:《庐夜漫兴》,《散原精舍诗文集》(上),第 143 页。
② 陈三立:《霭园公谳赋别分韵得菊字》,《散原精舍诗文集》(上),第 169 页。
③ 陈三立:《雨霁崝庐楼坐寓兴》,《散原精舍诗文集》(上),第 451 页。
④ 邓小军:《陈宝箴之死的真相》,《诗史释证》,第 397 页。
⑤ 仇兆鳌:《杜诗详注》卷十,文渊阁《四库全书》本,第 27 页。
⑥ 陈三立:《咏阶前两桂树》,《散原精舍诗文集》(上),第 19 页。

十九年余，箧剩丛残百国书。为世杀身宁有补，向人瘏口更何如。众生颠倒成今日，先帝神灵接故墟。灭尽虚空痴梦在，吟虫答泣海庼居。"①邓小军把"为世"、"向人"二句解释为："右铭公为国杀身而终于无补（第三句），自己亦只有向人瘏口无言（第四句）。"②然而"瘏口"并非"无言"之意，恰恰相反，它的意思是：反复恳切地言说。如此一来，邓文的解释就与其所坚持的陈三立多年闭口不言其父死状十分不符。如果我们细读此诗，就会明白，这首诗实际上是在说康有为：十九年了，我们才得以重逢，您的书箱里只剩下零乱的百国之书（指其多年海外生活）。（谭嗣同等六君子）为国杀身难道有什么补益吗？您向人苦口游说又能如何？时至今日，众生颠倒，社稷亦墟。一切灭尽，唯有您的复国痴梦还在，与鸣虫对泣于海上寓庐之中。这首诗中，将"为世杀身"理解为"戊戌六君子"比理解为陈宝箴更能与康有为瘏口游说对举，且与诗中"宁"、"更"之用语相符。

邓文在对《过康更生辛园寓庐》一诗误解的基础上，认为1925年康有为《乙丑十月朔寥天台阅报简散原贤兄》一诗，是因为接受了陈三立诗中所传达的陈宝箴被杀害的信息，而言及"右铭公为国蒙冤被害，有如岳飞"③。康有为的诗共二首，是1925年陈三立、康有为同居西湖时，康有为于寥天台（康有为杭州寓庐一天园内之最高台）阅报，有所感，因而赋诗简陈三立。邓文关注的是第二首，康诗云："戊戌当年锢党人，累君父子叹沉沦。风波亭外今何世，怅望桑田海作尘。"④邓文

---

① 陈三立：《过康更生辛园寓庐》，《散原精舍诗文集》（上），第415页。
② 邓小军：《陈宝箴之死的真相》，《诗史释证》，第399页。
③ 邓小军：《陈宝箴之死的真相》，《诗史释证》，第399页。
④ 康有为：《万木草堂诗集》，上海人民出版社1996年版，第432页。

分析道:"头两句言戊戌政变,致使右铭公父子革职,后两句言自右铭公死难以后,至今生者如君我不胜世变之悲。其中第三句'风波亭',以岳飞被害于'风波亭'之古典,喻说右铭公被害于崦庐之今典,至为确切。"① 这首诗可以如此理解吗?细读之下,我们会发现,康有为的这首诗所论重在包括康有为在内的"戊戌党人"。况且"累君父子叹沉沦"一句,已经明确交代了陈氏父子的结局——慨叹命运之厄("叹沉沦"),系言革职,非言"赐死"(死后如何能"叹沉沦")。因而"风波亭"之典所指必非陈宝箴,而是"戊戌党人",即谭嗣同等六人之冤死。邓文也论及此点:"康有为诗'风波亭'之古典,或可能以为是指戊戌政变遇害六君子。"② 但他以六君子地位不如陈宝箴更能与岳飞相匹配,对此种理解予以否定。然而,"风波亭"之典强调的不是死者地位是否与岳飞相匹,而是看是否像岳飞一样死于莫须有之罪名(冤死),因此,邓文之否定很难成立。康有为的这首诗这样理解更合适:戊戌党人当年遭逢党锢之祸,连累您父子二人也只能慨叹命运之厄。谭嗣同等人遇难,我则幸免,可到如今,世界又如何?面对沧海桑田之变,徒增怅然而已。

邓文在完成了对陈三立诗歌的分析之后,总结道:"综上所述,陈三立《由崦庐寄陈芝潭》、《长至抵崦庐上冢》、《雨霁崦庐楼坐寓兴》、《崦庐墙下所植花尽开甚盛感叹成咏》、《到墓上还宿崦庐》、《过康更生辛园寓庐》等诗,以及康有为《乙丑十月朔寥天台阁报简散原贤兄》诗,亦是陈宝箴死于慈禧太后杀害的有力证明。其中,《到墓上还宿崦

---

① 邓小军:《陈宝箴之死的真相》,《诗史释证》,第398页。
② 邓小军:《陈宝箴之死的真相》,《诗史释证》,第398页。

庐》'忘世反麋躯'五字,尤为陈宝箴横遭杀害、被取喉骨之确证。"① 然而经过以上的重新检讨,我们发现,邓文对陈三立诗歌的解释,几乎没有能站得住脚的,牵强附会之笔随处可见,尤以"忘世反麋躯"一句,更因为疏于检校,致其铿锵之调,论为虚渺之词。

三、对刘梦溪《慈禧密旨赐死陈宝箴考实》一文的检讨

刘梦溪《慈禧密旨赐死陈宝箴考实》一文分析的重点放在了陈三立光绪二十七年(1901)上冢时所作的《崝庐述哀诗五首》上,他在每一首诗中都选出了他认为透漏陈宝箴"赐死"真相的诗句进行了分析。

《崝庐述哀诗》② 第一首,刘梦溪选取了最后二句"终天作孤儿,鬼神下为证",认为"孤儿"一词值得重视。上文所检邓文已经对陈三立诗中常出现的自指名词"孤儿"进行了考证。邓文列举了陈三立使用"孤儿"自指的七首诗,但其分析主要集中在《由崝庐寄陈芰潭》一诗中的"无何昊天示灾凶,坐使孤儿仆且叫"一句。邓文认为,在这二句诗中,"昊天"和"孤儿"均为关键词,作者引《淮南子·天文训》"西方曰昊天",指出:"'昊天'亦即西方,确指西太后亦即慈禧太后,以'昊天示灾凶',确指慈禧太后降下'灾凶',杀害右铭公。"③"昊天"固有指西方之义项,但在唐宋以降的诗歌中,多泛指"苍天"。所以我们认为,陈三立此诗中之"昊天",以"苍天"为正解,与"西太后"并

---

① 邓小军:《陈宝箴之死的真相》,《诗史释证》,第 400 页。
② 陈三立:《崝庐述哀诗》,《散原精舍诗文集》(上),第 16—17 页。
③ 邓小军:《陈宝箴之死的真相》,《诗史释证》,第 393 页。

无语意上的关联。"孤儿"一词,邓文认为"取义于'孤子者,死王事者之子也'之《周礼》大义,以志右铭公'死王事'亦即死于国事之隐痛也"①。而刘梦溪经过考证之后,放弃了"孤子"之义②,刘文成于邓文之后,这似可视作是对邓文"孤儿"取义"孤子"的否定。刘梦溪如何解释"孤儿"一词呢?他认为陈三立用以自指的"孤儿",取太史公《史记·赵世家》中"赵氏孤儿"之典,"暗寓陈宝箴不是病死,而是被戊戌政变后的变乱无序的朝廷所杀害"③。"孤儿"真是用的"赵氏孤儿"这一典故吗?据我们观察,"孤儿"不过是陈三立诗歌写作的一个惯用词而已,就如同唐宋诗歌中其他诗人所使用的一样。如唐人刘长卿《哭张员外继公及夫人相次没于洪州》有云:"独闻山吏部,流涕访孤儿。"④ 孤儿指张继之子,而张继病卒于盐铁判官任上。刘克庄《哭薛子舒二首》:"借来书册子,掩泪付孤儿。"⑤ 此"孤儿"指薛子舒之子,薛子舒亦为病卒。也就是说,诗词中习见的"孤儿"一词,大多数时候并非用典,其父之卒也并非一定是因国事而被杀害。而当诗人想用"赵氏孤儿"之典时,一般会用"赵孤儿"、"托孤儿"而非直用"孤儿"一词,如何梦桂《挽太学正节先生徐应镳》:"洗骨不污唐六馆,沥心无愧赵孤儿。"⑥ 董以宁《仪真文信国祠同诸公和白孟新韵》:"浣浦谁为冯氏女,深山无复赵孤儿。"⑦ 焦竑《罗生挽诗三首》:"千秋看意气,谁为

---

① 邓小军:《陈宝箴之死的真相》,《诗史释证》,第393页。
② 刘梦溪:《慈禧密旨赐死陈宝箴考实》,《中国文化》2001年第17、18期。
③ 刘梦溪:《慈禧密旨赐死陈宝箴考实》,《中国文化》2001年第17、18期。
④ 刘长卿:《哭张员外继》,见《全唐诗》卷一四九,文渊阁《四库全书》本,第24页。
⑤ 刘克庄:《后村集》卷一,《四部丛刊》影印旧钞本,第5页。
⑥ 何梦桂:《潜斋集》卷二,文渊阁《四库全书》本,第31页。
⑦ 董以宁:《正谊堂诗文集》诗集七言律,清康熙书林兰荪堂刻本,第7页。

托孤儿。"① 因此，刘文将陈三立之"孤儿"与"赵氏孤儿"联系在一起，是过度阐释。不是每个诗歌用语背后都有典故，尤其是像"孤儿"这样的习见用语。

《崝庐述哀诗》第二首，刘梦溪选取的是"渺然遗万物，浩荡遂不归"二句。他认为"浩荡"一词，语出"怨灵修之浩荡兮，终不察夫民心"，应取"放肆纵恣、心无所主"而非"汹涌壮阔"之义（刘文引《词源》只此二义），这一取义，"显然不是指陈宝箴。右铭一向稳健，从不曾'放肆纵恣'，更没有'心无所主'的时候"，所以，"只有指加害于散原之父的慈禧才若合符契"，此可"再次证实陈宝箴之死是被慈禧所杀害无疑"②。也就是说，在刘梦溪眼中，"浩荡遂不归"是陈三立对慈禧之诅咒。可是怎么看这首诗的叙述，"渺然"二句的主语，都应该是陈宝箴，讲他于崝庐日夕吟哦、遗世而居之情志，刘文为何要硬扯上慈禧呢？况且，此处的"浩荡"一语，当取自屈赋《九歌·河伯》"登昆仑兮四望，心飞扬兮浩荡"，姜亮夫先生释为"浩浩荡荡之意，广大无据之象也"③，并非只可解作"放肆纵恣、心无所主"。陈三立这二句诗意为：（陈宝箴）四望渺然，遗世独立，心志飞扬无边，却一去不返了（婉言其弃世）。前一句实即陈宝箴诗句"四望渺然人独立"④之缩写。撇开诗句理解的正误不说，即单看刘梦溪对陈宝箴"一向稳健，从不曾'放肆纵恣'"的评语，实亦有不妥之处。陈宝箴从政、变法，当

---

① 焦竑：《焦氏澹园集》卷三十九，明万历三十四年（1606）刻本，第2页。
② 刘梦溪：《慈禧密旨赐死陈宝箴考实》，《中国文化》2001年第17、18期。
③ 姜亮夫：《楚辞通故》第一辑，云南人民出版社1999年版，第311页。
④ 陈宝箴《西山》诗云："西山高处暮烟飞，绝顶苍茫入翠微。彭蠡连江烟漠漠，匡庐溅瀑雨霏霏。乘鸾仙子今何在？跨鹤王乔去不归。四望渺然人独立，天风为我洗尘衣。"见汪叔子、张求会编：《陈宝箴集》（下），第1978—1979页。

然应该归入不同于康有为激进取向的稳健一派,这一点陈寅恪早有明言[1],但若论其性情,则不乏激昂"放肆"之呈现,如咸丰十年(1860)于京师酒楼遥望圆明园大火,捶案大号,尽惊四坐,其"放肆"可见一般;咸丰十一年(1861)风雪中单絮衣往永顺募饷,颇富激情,亦非循规蹈矩之人所能做出。[2] 所以,陈宝箴"从不曾'放肆纵恣'"的说法很难成立。

《崝庐述哀诗》第三首,刘文关注的是"天乎兆不祥,微鸟生祸胎"二句,重点解析了"祸胎",认为"是指政治变故",并引白居易"权门要路足身灾,散地闲居少祸胎"以佐证。[3] 白居易此诗所用"祸胎"固涉"政治变故"之意,但唐宋诗歌中,与政治无关的用法也俯拾即是,如杜甫《山寺》:"穷子失净处,高人忧祸胎。"《秋日荆南述怀三十韵》:"结舌防谗柄,探肠有祸胎。"[4] 刘文为何非以白诗比附呢?更为关键的是,"祸胎"实为"祸生有胎"之意,偏重在"胎",实际上它强调的并不是祸变的性质,而是祸变的"肇端"、"根源",释为"政治变故"并不准确。陈三立的这句诗意为:上天也表现出了不祥之兆,一鹤之卒即是祸根之所在。在这句诗中,陈三立将陈宝箴之卒与此前一鹤之羽化这一偶发事件联系在了一起,以为鹤化即其父卒之预兆——丁令威化鹤本就是古人熟知的典故。这自然是人子悲痛迸发的无端想象,所以才有接下来的"怆恨昨日事,万恨谁能裁"。这与政治何涉?

《崝庐述哀诗》第四首,刘文择取分析的首先是"但有血泪涌"一

---

[1] 参见陈寅恪:《读吴其昌撰梁启超传书后》,《寒柳堂集》,第166—168页。
[2] 参见陈三立:《先府君行状》,《散原精舍诗文集》(下),第846页。
[3] 刘梦溪:《慈禧密旨赐死陈宝箴考实》,《中国文化》2001年第17、18期。
[4] 仇兆鳌:《杜诗详注》卷十二,第62页;卷二十一,第68页。

句,刘文以为"血泪"一词,"用的是和氏泣血楚山的典故,寓宝箴之死系受朝廷之刑罚所致"①。然"血泪"实为古诗人表现哀痛的惯用语,如白居易《长恨歌》:"君王掩面救不得,回看血泪相和流。"②刘克庄《读大行皇帝遗诏感恩哀痛六首》:"鼎湖望断灵旐远,血泪才干又数行。"③陆游《读退之人不知古今马牛而襟裾之句有感》:"知尽古今成底事?空将血泪向人垂。"④文天祥《哭崖山》:"诸老丹心付流水,孤臣血泪洒南风。"⑤哪有和氏泣血楚山的影子!即使"血泪"用的是和氏泣血楚山之典,那说的也该是陈三立,万不会转移到陈宝箴身上。刘文强说之弊同于前之"孤儿"。其次是"惊飙吹几何,宿草同葭茸"二句。刘文认为"葭茸"典出柳宗元《吊苌宏文》"松柏之斩刈兮,葭茸欣植"一句,"用以喻宝箴之死,如同'松柏之'被'斩刈'一样,是残害国之'贞士'(松柏喻贞士)的大冤案"。那陈宝箴是如何被残害的呢?刘梦溪认为答案藏在"惊飙"一词中。他说:"惊飙"即"飙骇",典出《抱朴子·君道》"陈吴之徒,奋剑而大呼;刘项之伦,挥戈而飙骇","寓'奋剑'、'挥戈'总之是以兵器斩杀之义"⑥。刘文理解有误。柳宗元《吊苌宏文》云:"松柏之斩刈兮,葭茸欣植。盗骊折足兮,罢驽抗臆。"⑦"松柏"对"葭茸","盗骊"对"罢驽",可见"葭茸"略带贬义,代指普通草木,意谓:松柏遭砍伐,草木却欣欣而立;良驹折足,

---

① 刘梦溪:《慈禧密旨赐死陈宝箴考实》,《中国文化》2001 年第 17、18 期。
② 白居易:《白氏长庆集·白氏文集》卷十二,《四部丛刊》影印日本翻宋大字本,第 18 页。
③ 刘克庄:《后村集》卷三十五,第 10 页。
④ 陆游:《剑南诗稿》卷四十一,清文渊阁《四库全书》补配文津阁《四库全书》本,第 22 页。
⑤ 文天祥:《文山集》卷十五别集,《四部丛刊》影印明刻本,第 3 页。
⑥ 刘梦溪:《慈禧密旨赐死陈宝箴考实》,《中国文化》2001 年第 17、18 期。
⑦ 柳宗元:《河东先生集》卷十九,宋刻本,第 1 页。

陈宝箴"赐死"考谬
——与刘梦溪、邓小军两先生商榷

劣马则洋洋自得。陈三立怎会以"松柏"之对立者"蓊葺"来喻其父之死呢？显然刘文理解不当。至于"惊飙"，也是一个最迟自曹植以来就为历代诗人所熟用的词汇，意为"狂风"，并无什么古典，没有必要非得与"飙骇"之间建立起来一种如此牵强的联系——"飙骇"在"挥戈而飙骇"一句中引申为"迅猛兴起"，与"惊飙吹几何"之"惊飙"过于遥远。于此，刘文亦属硬派。其实陈三立这句诗的意思十分浅显：狂风才吹了多久啊（指时间没过多久），父亲墓上之草已经如此茂密。

《崝庐述哀诗》第五首，刘文择取解析的是"维彼夸夺徒，浸淫坏天纪。唐突蛟蛇宫，陆沉不移晷"四句。刘梦溪认为"夸夺徒"指激进改革的康有为等人，"蛟蛇""恰合慈禧身份"，"唐突蛟蛇宫"指"激进的变革得罪了慈禧太后"。刘文又举陈三立《祭刘忠诚公文》中"亦越庚子，中外骚然，蛇龙之孽，吹沫掀天，海沸江翻，声觚垓埏"数句，以为此处之"蛇龙"与《崝庐述哀诗》第五首中的"蛟蛇"一样，"都指的是慈禧，不应该有任何问题"，"因此笔者有十分把握认为，散原的《崝庐述哀诗五首》，不仅写明陈宝箴之死不是由于患病，而是被残酷杀害，同时最后一首还直接点出杀害陈宝箴的凶手是狠毒如蛟蛇的慈禧太后"[①]。对于这样的理解，我们有几点疑问：一、如果康有为等人可以称为"夸夺徒"的话，他们的改革活动败坏"天纪"了吗？陈三立会以"坏天纪"之大罪名来评价吗？二、如果说"唐突蛟蛇宫"可以理解为康有为等人的激进改革得罪了慈禧太后，从而引起政变，但这样的朝政变化如何可以称得起是"陆沉"（国土沦于敌手）之祸呢？三，如果刘文对这四句的解释正确，如何解释紧接着的"朝夕履霜占，九幽益痛此"？政变等事陈宝箴生时已经目睹，何来"九幽益痛此"呢？因

---

① 刘梦溪：《慈禧密旨赐死陈宝箴考实》，《中国文化》2001 年第 17、18 期。

此，刘文的解释有些想当然了，乃未能细读此诗所致。《崝庐述哀诗》第五首的这四句诗，所述实乃陈宝箴卒后之事：朝中夸夺之徒，勾结义和团，败坏朝纲，又触动了盘踞在中国的列强的利益，致使八国联军入京，朝廷大败，陆沉之祸即在目前。这种危亡局面朝夕将至，所以父亲于地下更加痛心（"九幽益痛此"）。而接下来的"儿今迫祸变"一句，其中的"祸变"即指"唐突蛟蛇宫，陆沉不移晷"之祸。所以"蛟蛇"一词非指慈禧，而是指盘踞国中的外国列强。刘文说"狠毒如蛟蛇的慈禧太后"，其实"蛟蛇"连用，几乎不见"狠毒"之意，而是"深藏盘踞"，或是"曲折缠绕"。至于"蛇龙之孽"，语出《后汉书·谢弼传》所录谢弼奏章："夫蛇者，阴气所生；鳞者，甲兵之符也。《鸿范传》曰：'厥极弱，时则有蛇龙之孽。'又荧惑守亢，裴回不去，法有近臣谋乱，发于左右。不知陛下所与从容帷幄之内，亲信者为谁。宜急斥黜，以消天戒。"①陈三立《祭刘忠诚公文》中，当是指载漪等構乱、招致八国乱京华之事。

在分析完了《崝庐述哀诗五首》之后，刘梦溪虽然有"至此陈宝箴之死的真相已大白于天下"之叹，但仍然感到"《散原精舍诗》对乃父之死因实在预伏太多，由不得不动人间的寻根之想"②，于是又对《崝庐述哀诗五首》之前一首《过樵舍为明宁藩娄妃殉节处》、之后一首《由崝庐寄陈芰潭》进行了解剖。

刘文在对《过樵舍为明宁藩娄妃殉节处》③这首诗进行解读的时候，重点放在"终古英灵笑乡井"一句，指出："乡井"专指"陈宝箴这位

---

① 范晔：《后汉书》卷五十七《谢弼传》，中华书局1965年版，第1858页。
② 刘梦溪：《慈禧密旨赐死陈宝箴考实》，《中国文化》2001年第17、18期。
③ 陈三立：《过樵舍为明宁藩娄妃殉节处》，《散原精舍诗文集》（上），第15—16页。

陈宝箴"赐死"考谬
——与刘梦溪、邓小军两先生商榷

江西乡党,而且是指陈宝箴之死。娄妃自尽,是在官军面前不投降而陨命,故散原称为'殉节'。陈宝箴也是自尽而亡,但却是慈禧密旨赐死,是被害而不是殉节。而且以散原当时的意态心绪,面对毒如蛟蛇的慈禧,也不会认为有节可殉。因此右铭这位娄妃的'乡井',恐怕要为娄妃的'英灵'所笑了。"[1] 殉节而死的娄妃是在笑陈宝箴的自尽而亡吗?这是刘文不顾及陈三立此诗的上下文,自说自话。这首诗中,"至今涸鲋容泥滓,衹有轻鸥自往还。终古英灵笑乡井,片时安稳看江山"四句必须放在一起,才能很好地理解"笑乡井"之意。"至今涸鲋容泥滓"一句,是陈三立自指,言生活处境窘迫,而"终古英灵"所笑亦即在此:窘迫如斯,只能"片时安稳看江山"。所以"乡井"实为陈三立自指之词。刘文以陈宝箴之死解"乡井",不是深度阐释,而是过度阐释。

《由靖庐寄陈芰潭》[2] 是一首七言长古,诗长不录。刘文以为"无何昊天示灾凶,坐使孤儿仆且叫。昏昏泣血西山庐,奔忙重辱君临吊"四句中,"孤儿"、"泣血"二词,"是右铭被杀害而死的铁证"[3]。我们前面已经考辨,此处不再重复。刘梦溪又对诗中"国忧家难正迷茫"一句中的"家难"一词进行了考证,他认为:"'家难'系一特指词。因政治纷争而祸及家庭并造成主要家庭成员的非正常死亡,可称为家难。"刘文引《史记》和《柳如是别传》的例子加以说明道:"《史记·乐书》:'成王作颂,推己惩艾,悲彼家难。'就是因成王父文王被囚羑里,成王才视作家难,颂而悲之。陈寅恪《柳如是别传》第五章最后一节题为'钱氏家难',盖由于钱牧斋死,柳夫人自缢,故如此称述。此可反

---

[1] 刘梦溪:《慈禧密旨赐死陈宝箴考实》,《中国文化》2001年第17、18期。
[2] 陈三立此诗见于《散原精舍诗文集》(上),第17—18页。
[3] 刘梦溪:《慈禧密旨赐死陈宝箴考实》,《中国文化》2001年第17、18期。

证散原诗中'家难'一词的使用,也是指陈宝箴之死的冤案。"① 文王被囚但未死,此不细论;此处单说《柳如是别传》最后所附之"钱氏家难"。陈寅恪先生于《柳如是别传》第一章有言:"今撰此书,专考证河东君之本末……起自初访半野堂前之一段因缘,迄于殉家难后之附带事件。"第五章中有言:"河东君殉家难事实康熙三年甲辰七月。"② 钱谦益之子孙爱亦辑有《河东君殉家难事实》一书。可知柳如是自缢时钱氏家难已成。细读《柳如是别传》第五章所附《钱氏家难》,知此家难指牧斋病逝后,前曾受厚恩同族之徒,掠地索银,无端肆扰,牧斋子女陷于迫害之中,故而称"钱氏家难",非因柳氏自缢始如此称述,此亦陈寅恪将《钱氏家难》"附录"于后之原因。由此可证,刘梦溪对"家难"的理解过于狭隘。我们认为:一,不一定是政治纷争;二,不一定死人。只要是造成家庭陷入巨大困顿之中的事件,都可以称为"家难"。陈宝箴、陈三立父子革职,永不叙用,此为陈家生活一大转折,称为"家难"绝不为过。

接下来,刘梦溪又选了一首在他看来"对陈宝箴之死抒写得更具体、更直接,甚至可以说是直接袒露真相之作"③ 来分析,这就是光绪二十七年(1901)十一月陈三立赴西山祭扫时所作《江行杂感五首》之第一首:"暮出北郭门,蹴蹋万柳影。载此岁晏悲,往泝大江永。涛澜翻星芒,龙鱼戛然警。峨艑掀天飙,万怪伺俄顷。中宵灯火辉,有涕如縻缧。胶漆平生心,撼碎那复整。人国所仇耻,曾不一瞥省。猥就羁散俦,啁啾引吭颈。低屋杂瓮盎,日月留耿耿。睨之云水间,吾生固飘

---

① 刘梦溪:《慈禧密旨赐死陈宝箴考实》,《中国文化》2001 年第 17、18 期。
② 陈寅恪:《柳如是别传》,上海古籍出版社 1980 年版,第 4、923 页。
③ 刘梦溪:《慈禧密旨赐死陈宝箴考实》,《中国文化》2001 年第 17、18 期。

陈宝箴"赐死"考谬
——与刘梦溪、邓小军两先生商榷

梗。"① 先来看刘文的解释:"这首诗开始写在此一年之末,傍晚出城,乘船行江上,由翻腾的江水想到国忧家难,不禁在辉煌的灯火面前泪下如雨。接着写父亲蒙冤而逝,使得自己的愿一生一世都襄助父亲成就事业的抱负,再也无法实现('胶漆平生心,撼碎那复整')。这样的个人之仇与国家之耻('人国所仇耻'),想起来就无法平静('曾不一訾省')。而且父亲竟然被(江西千总带来的)不成章法的散乱不堪之辈所捆绑('猥就羁散俦'),拉着父亲的咽喉脖颈行刑('啁啾引吭颈'),惨死在低屋瓮盎之中,日月也会永远为之不平('低屋杂瓮盎,日月留耿耿')的。可又有什么办法呢?人生天地之间,实在是太渺小了('睨之云水间,吾生固飘梗')。"② 这样的解释,尤其是"接着写父亲蒙冤而逝"一句以下,错得太过离奇!个别语词的理解之误(如"人国"、"訾省"、"羁散俦"、"引吭颈"、"杂瓮盎"、"耿耿"等),我们就不再逐个分析了,这数句的正确解释应该是这样:(陈三立)坚实的报国之心,已经摇撼破碎,哪还能恢复完整?国家的仇恨与耻辱,已经不再思虑省察。只是苟且地混迹于羁縻散漫的人们中间,伸着脖子吟诗作赋而已。江岸边矮屋如杂陈之瓮盎,日月洒下明亮之光。远望云水之际,吾生本就如同那萍飘梗泛,升沉无定。整首诗都在述说陈三立自身之所历所想,根本无从附会到陈宝箴身上。至于刘文所云"'啁啾引吭颈'句所写,只能是当时行刑的具体情景,绝无他解"③,读后不禁令人舌挢。被人拉出去行刑了,还叽叽喳喳、絮絮叨叨("啁啾"),亦千古之"奇观"也!

尽管刘梦溪 2001 年以来多次重提陈宝箴"赐死"这一看法,但他

---
① 陈三立:《江行杂感五首》,《散原精舍诗文集》(上),第 35 页。
② 刘梦溪:《慈禧密旨赐死陈宝箴考实》,《中国文化》2001 年第 17、18 期。
③ 刘梦溪:《慈禧密旨赐死陈宝箴考实》,《中国文化》2001 年第 17、18 期。

在以陈三立相关诗作为依据，对这一说法进行"考实"的时候，所剖解的"古典"、"今典"多有不当之处，这不免使他的"考实"望去有如"空中楼阁"。

四、民间文献中的陈宝箴之死

我们认为，如果陈宝箴被赐死，松寿率千总、兵丁至崝庐宣旨并割取其喉骨事属实的话，它仅被陈三立一人知道而瞒过了所有其他人，这是不可想象的。陈宝箴光绪二十六年（1900）已是七十高龄，陈三立移家金陵时，肯定留有仆人在身边服侍。松寿至崝庐也带了不少兵丁。这些仆人和兵丁都应该是陈宝箴自缢而死事件的目击者，若赐死属实，消息定会向外播扬，官场民间，当不胫而走。然而我们披检当时与陈家及江西、两湖官场关系密切之人所留存之文献，竟未见一言及之。

皮锡瑞，湖南善化人，十分受陈宝箴、陈三立父子赏识的一位新旧兼通的经学大师，既担任过陈宝箴巡抚湖南时所创设南学会之主讲，又在陈氏父子的请求和推动下在江西经训书院任教，政变发生时，其正在经训书院，遂辞归湖南长沙，见到了被革职的陈宝箴。皮氏于江西、湖南官场声气颇通，他的《师伏堂日记》对陈氏父子行踪极为关注，对于陈宝箴之死，皮氏在光绪二十六年七月十一日有如下记载：

>   阅《汉报》"老成凋谢"一条，右帅六月廿六日骑箕。①

---

① 皮锡瑞著，吴仰湘整理：《师伏堂日记》，一九〇〇年七月十一日，国家图书馆出版社2009年版。

陈宝箴"赐死"考谬
——与刘梦溪、邓小军两先生商榷

皮锡瑞是通过《汉报》的报道得知陈宝箴死讯的。《汉报》当指刊行于汉口、此时掌控在日本人手中的中文《汉报》，原报未见，但我们可以从《知新报》上，看到转载的《老成凋谢》一文：

> 顷闻前湖南巡抚陈大中丞宝箴，此次抱病，药石无验，遂于六月二十六日溘然长逝矣。呜呼惜哉！……前月以来，团匪滋扰，中外开衅，北燕之天，黑云惨淡，音信杜绝，致有篡弑之谣传。公每闻此事，慨然涕泪，悲愤恸哭，遂因之得病云。呜呼，自古贤臣名士，为君尽忠、为国竭力者颇多，而出处进退如公者，有几人乎？当此国事艰难之时，斯人云亡，何异狂澜将倒、砥柱忽摧？呜呼惜哉！老成凋谢，其所系岂浅鲜哉！（录《汉报》）①

《汉报》不但未言赐死之事，而且明确说明是"抱病"而逝，故称"老成凋谢"。无疑，皮锡瑞认可了《汉报》的记载。同时，在七月十一日之前，皮锡瑞未听到有关陈宝箴之死的任何传闻，时皮氏在长沙。一直到他去世的光绪三十四年（1908）——《师伏堂日记》止于此年二月四日，日记中也从未记载有关陈宝箴"赐死"之事。

缪荃孙，江苏江阴人，陈宝箴卒时，与陈三立同居南京，他七月十日便得讯，《艺风老人日记》当日云："吊陈右铭中丞。"九月二十三日云："与陈右铭书挽联。"九月二十六日云："吊陈右铭。"②以缪荃孙与两湖官场和两江官场之熟识，亦未得点滴陈宝箴"赐死"之传闻。

---

① 《知新报》第一二五册，一九〇〇年八月一日，第 11 页。
② 缪荃孙：《艺风老人日记》，一九〇〇年七月十日、九月二十三日、九月二十六日。

邹代钧，湖南新化人，为湖南矿务总局初创时重要人物，深得陈氏父子器重，其光绪二十六年闰八月二十七日《与汪康年书》中云："自北乱以来，右丈弃世，季清父子惨死，公与泽生、石荃均几不免，伯严亦被谣诼，平生至好如此，故数月来心绪甚恶，常终日郁郁。前七月底，归自南昌，竟卧病弥月，始离床蓐。"① 其七月往南昌，当是赴吊陈宝箴之丧无疑，但其与汪康年书中并未言及"赐死"，而只云"弃世"。

范当世，江苏通州人，与陈三立为儿女亲家，其女范孝娥嫁陈三立长子陈衡恪为妻，光绪二十六年闰八月九日，曾至西山崝庐吊陈宝箴之丧，并应陈三立之请撰陈宝箴墓志铭，其铭辞有云："万世之遇一世逢，运则不至征罹凶，浩浩民劫方未终，臣不待矣年命穷，濒危但祝安两宫。"② "臣不待矣年命穷"，显然不是对"赐死"的书写。并且，若陈宝箴果为慈禧赐死并割喉，陈三立能同意"濒危但祝安两宫"这样的字句出现在一直为后人参详的父亲的墓碑上吗？

以上所举皮锡瑞、缪荃孙、邹代钧、范当世等人，均与陈家关系密切，且颇多声讯通达者，然其记述中无一可见陈宝箴"赐死"之迹象。尤其经陈三立认可的范当世"濒危但祝安两宫"的铭辞，更可说明陈宝箴之卒并非慈禧"赐死"而成。

不仅如此，如果我们细读陈三立的诗文作品，注意一下他对慈禧太后的态度，亦能对"赐死"说下一判断：

《崝庐记》光绪二十六年十月葬父后所作，中云：

今天下祸变既大矣，烈矣，海国兵犹据京师，两宫久蒙尘，九

---

① 上海图书馆编：《汪康年师友书札》第三册，上海古籍出版社1986年版，第2805页。
② 范当世著，马亚中、陈国安校点：《范伯子诗文集》，上海古籍出版社2003年版，第525页。

州四万万之人民皆危矣。①

《诰授光禄大夫协办大学士外务部尚书军机大臣善化瞿文慎公墓志铭》作于1919年,中述瞿鸿禨庚子年赴行在献策事云:

> 畿辅乱作,銮驾西幸。公痛愤,条例救时之急四事上之,旋冒风雪抵行在所,两宫召见,相向涕泣,遂命军机大臣上学习行走,充政务处大臣,国史馆副总裁。②

《刘忠诚公神道碑铭》作于1920年,述庚子年国内形势云:

> 往者乱民既发难畿辅,二三亲贵,朋劫皇太后,骤与八海国搆衅,因诏各行省悉备战,势炎炎。③

《皇清诰授光禄大夫护理两广总督广东布政使胡公墓志铭》作于1926年,述胡湘林署西安守供奉两宫时云:

> 庚子拳乱作,天子奉皇太后狩西安,公除道,缮治行在宫室,供张一切,趋办适旨,有诏褒美。④

---

① 陈三立:《崝庐记》,《散原精舍诗文集》(下),第859页。
② 陈三立:《诰授光禄大夫协办大学士外务部尚书军机大臣善化瞿文慎公墓志铭》,《散原精舍诗文集》(下),第960页。
③ 陈三立:《刘忠诚公神道碑铭》,《散原精舍诗文集》(下),第989页。
④ 陈三立:《皇清诰授光禄大夫护理两广总督广东布政使胡公墓志铭》,《散原精舍诗文集》(下),第1118页。

《清故光禄大夫礼部右侍郎朱文直公墓志铭》作于1932年，中云：

> 庚子，义和拳乱作，亲贵及顽旧大臣袒之，导至京师，并嗾董福祥军与应和，遂迭攻公使馆。①

《清故太常寺卿袁忠节公神道碑铭》作于1935年，中述袁昶之死云：

> 太常卿桐庐袁公独发愤，数廷诤之，以谓妖民不可纵，邪术不可恃，外衅不可轻启。继更与嘉兴许侍郎景澄合词抗疏极谏，剖陈事理利害曲直，若强弱众寡之势甚具。章再上，重触权要人，构陷下狱。七月三日，竟与许公同死柴市。后旬余，海盐徐尚书用仪亦坐直言见害被僇。未几而海外八国连兵破京师，两宫蒙尘，国不亡者如线。②

从以上所引陈三立文字可知：一、陈三立对慈禧采取了一种倾向于尊崇的描述，如"蒙尘"（两用）、"西幸"、"相向涕泣"、"天子奉皇太后"等用语所显示；二、在解释义和团入京、与八国开战及袁昶下狱之原因时，将主要责任推给亲贵及顽旧大臣，如《刘忠诚公神道碑铭》、《清故光禄大夫礼部右侍郎朱文直公墓志铭》、《清故太常寺卿袁忠节公神道碑铭》等文中所云，有为慈禧开脱的意味。这样的情感和态度显然并非因为处于清王朝治下而不得已，因为以上所举文章几乎都成于民国时期。再结合本文前引陈三立光绪三十四年（1908）所作《纪哀答剑丞见寄时

---

① 陈三立：《清故光禄大夫礼部右侍郎朱文直公墓志铭》，《散原精舍诗文集》（下），第1095页。
② 陈三立：《清故太常寺卿袁忠节公神道碑铭》，拓片照片。

将还西山展墓》一诗中对慈禧、光绪的正面评价，无论如何审度，我们都看不出陈三立笔下的慈禧是一个杀父仇人的形象。

所以，慈禧并未"赐死"陈宝箴。

五、陈宝箴"以微疾卒"及官方文献之记载

关于陈宝箴之死，目前仍然只能以陈三立在《先府君行状》中的记述为准："是年六月廿六日，忽以微疾卒，享年七十。"更何况陈三立还在行状的末尾郑重声明："敢先就府君当官施事追忆其大者，略著于篇，不忍溢饰半辞，诬吾亲，重罪戾。"[①] 如果陈三立《先府君行状》中"以微疾卒"隐藏的是"慈禧赐死"——从"以微疾卒"中我们丝毫看不出"慈禧赐死"的影子，他除了"诬吾亲，重罪戾"之外，还能得到什么？以陈三立文字之谨严不苟，断断不会如此行文，以至于"吾亲"被一诬再诬！

而且，关于陈宝箴之病卒，陈三立文中复有佐证，就在《先府君行状》中，陈三立还说："不孝不及侍疾，仅乃及袭敛。"[②] 如果"以微疾卒"乃托言，陈三立何以还要说"不及侍疾"？又，与《先府君行状》作于同年稍晚些时候的《大姊墓碣表》中云："而吾父又猝以六月忍弃其孤。"[③] "忍弃其孤"何曾有"被赐死"的味道？

陈宝箴病卒一事，除了前文所揭引之《老成凋谢》明确记载之外，

---

① 陈三立：《先府君行状》，《散原精舍诗文集》（下），第856、857页。
② 陈三立：《先府君行状》，《散原精舍诗文集》（下），第856页。
③ 陈三立：《大姊墓碣表》，《散原精舍诗文集》（下），第860页。

也见于日人井上雅二的日记。井上雅二光绪二十五年（1899）"十月，任东亚同文会上海支部干事，经营《同文沪报》。一九〇〇年十月回朝鲜"①。居沪期间，十分关注中国国会、自立会、东南互保诸事，与当时活跃在上海等地的唐才常、容闳、严复、俞明震等人联系颇密，日记中多有记述，其明治三十三年（1900）8月4日日记中并记及陈宝箴之死："陈宝箴旧历六月二十五日卧病在床，第二天死了。"②此为光绪二十六年（1900）七月十日，与缪荃孙得讯在同一天，并明确说是"卧病"而卒，这应是沪宁一带有关陈宝箴死因的流行版本。

更为重要的是，官方文献中也留下了陈宝箴病卒的记载。

光绪三十一年（1905）四月三日，江西护理巡抚布政使周浩会同两江总督周馥具折请谕准开复陈宝箴原衔、陈三立原官，折中云：

> 窃照光绪三十年五月初八日钦奉上谕：朕钦奉……皇太后懿旨，本年七旬万寿，迭经降旨施恩，京外臣民无不均霑闿泽，因思从前获罪人员，除谋叛立会之康有为、梁启超、孙文三犯，实属罪大恶极，无可赦免外，其余戊戌案内各员，均著宽其既往，予以自新，曾经革职者俱著开复原衔，著各督抚迅即查明具奏，钦遵办理等因……臣遵查前任湖南巡抚陈宝箴……光绪二十四年八月二十二日，奉上谕……交卸湖南抚篆，率其子陈三立回籍后，闭门思过，追悔异常。陈宝箴业于二十六年在籍病故。臣伏查陈宝箴

---

① 汤志钧：《关于〈井上雅二日记〉》，见中南地区辛亥革命史研究会、武昌辛亥革命研究中心编：《辛亥革命史丛刊》第九辑，中华书局1997年版，第175页。
② 〔日〕井上雅二：《井上雅二日记》，何凤圆译，黄绍海校；见中南地区辛亥革命研究会、武昌辛亥革命研究中心编：《辛亥革命史丛刊》第九辑，第187页。

父子受恩深重，当时情殷报答，过出无心，揆其心迹，尚有可原。况陈三立年壮才长，废弃不无可惜。兹据署藩司陈庆滋、署臬司锡恩会详请奏前来，可否仰恳天恩俯准，将已革原任湖南巡抚陈宝箴开复原衔，已革吏部主事陈三立开复原官。①

周浩此折是应光绪三十年（1904）五月八日上谕而呈。五月八日上谕云："其余戊戌案内各员……曾经革职者俱著开复原衔。"如果陈宝箴系慈禧太后"赐死"，则江西布政使陈庆滋、江西按察使锡恩不会以陈宝箴开复请于巡抚周浩，周浩也不会与两江总督周馥联衔具奏，以触圣怒，招致祸端。因此，周浩此折中"陈宝箴业于二十六年在籍病故"一句，当然不是敷衍搪塞、随便一说，而是对他们确信事实的表达。陈庆滋光绪二十八年（1902）五月始授江西按察使，光绪三十年十一月署布政使；锡恩在陈宝箴卒时，正任湖南布政使，又于光绪二十七年（1901）授山西、湖北巡抚；周浩光绪二十九年（1903）六月由直隶布政使改江西布政使，光绪三十年十一月护理巡抚。②以他们从政多年的经验和在江西官场数年的经历来衡量，"病故"这一说法是可信的。

但为什么陈宝箴"卒前数日，尚为鹤冢诗二章，前五日，尚寄谕不孝，勤勤以兵乱未已、深宫起居为极念"，却猝然"以微疾卒"？③这就要说及陈宝箴的疾病史了。

光绪二十四年（1898）九月十七日，陈宝箴上《沥陈悚感下忱并交

---

① 护理江西巡抚布政使周浩折，《光绪朝朱批奏折》第 32 辑，第 842—843 页。
② 参见钱实甫编：《清代职官年表》，中华书局 1980 年版。
③ 陈三立：《先府君行状》，《散原精舍诗文集》（下），第 856 页。

卸湘抚日期折》，中有云："益以近年以来，两撄剧疾，事会所迫，神识逾衰。"① 这其中一次"剧疾"，当即发生在光绪二十三年（1897）。是年七月六日前后，陈宝箴曾因病奏请赏假二十日，七月二十六日，上《假期届满力疾销假折》，中云：

> 臣前因染患痰湿病证，牵动脏腑积热，以致咳喘气促，言动艰难，吁恳天恩赏假二十日，暂资调摄在案。旬日以来，上紧医治，虽未一律全愈，而所患日渐轻减，精神尚可支持……兹值假期届满，谨即力疾销假。②

据陈宝箴折中的描述，其所患病症类似于痰湿积热引起的重度哮喘。陈宝箴本就能医，可以诊病处方，且当光绪二十三年（1897）湘中各种措置亟需料理之时，他竟不得不上折请假，以资调摄，亦可见其病患之重，所谓"咳喘气促，言动艰难"当非虚言。

又陈宝箴光绪十年（1884）闰五月十九日《致瞿鸿禨》书中云："月前自义宁就医南昌……惟自去冬骤撄末疾，牵引旧恙，日益加剧，材力精神万不堪复任驱策。……星轺北上，想当在七八月间，而宝箴就医之举，度非一时可竟，神驰何已！"③ 六月三日的信中又说："宝箴就医江城，讫无善状……然庞公在湘，万一边防有荷戈之役，而宿疾稍瘳，定当杖策相从，以塞歉负。"④ 这一次患病也颇严重，辗转义宁、南

---

① 汪叔子、张求会编：《陈宝箴集》（上），第 861 页。
② 汪叔子、张求会编：《陈宝箴集》（上），第 497—498 页。
③ 汪叔子、张求会编：《陈宝箴集》（下），第 1636 页。
④ 汪叔子、张求会编：《陈宝箴集》（下），第 1634—1635 页。

昌等地就医,两月仍未好转。其书中言"旧恙"、"宿疾",可知陈宝箴本就身患顽疾,并因它病牵引,会时而发作。那这"宿疾"是否即光绪二十三年七月所犯之痰湿咳喘之症呢？哮喘类疾病是一种顽疾,并会常因他生病或环境变化而引发。如果这一推测可以成立,则陈三立《先府君行状》中所言致其父陈宝箴猝然卒逝之"微疾",极有可能是痰湿所引起的哮喘。试想光绪二十六年（1900）六月二十六日,已经七十高龄的陈宝箴在某些因素的诱发下,哮喘突然发作,窒息而亡,这不是没有可能。

然而,邓小军、刘梦溪两先生对陈三立的文字仍有疑问：陈三立在《先府君行状》中云："不孝不及侍疾,仅乃及袭敛。通天之罪,锻魂锉骨,莫之能赎。天乎！痛哉！"①《崝庐记》云："而崝庐者,盖遂永永为不肖子烦冤茹憾、呼天泣血之所矣。"②陈三立"哭父何以如此惨痛？"③"这是何等严重而深切的情绪表达。如果是正常的患病死亡,陈三立的精神状态以及所使用的语言断不致如是深重激昂。"④

这些"通天之罪"、"呼天泣血"之类,不过是人子撰写父母行状、以待"当代宏儒硕学锡之铭诔"时所用的习用语罢了,于行状、行述文中常见。如袁思亮母唐夫人病卒后,其所撰《先妣事略》中云："呜呼！天乎？何其酷也！……大惧先妣嘉懿泯然无称于后,则罪戾滋重,衔悲茹痛,粗述行谊。"⑤又如陈宝箴《陈母李太夫人行状》中云："不孝

---

① 陈三立:《先府君行状》,《散原精舍诗文集》(下),第856页。
② 陈三立:《崝庐记》,《散原精舍诗文集》(下),第859页。
③ 邓小军:《陈宝箴之死的真相》,《诗史释证》,第397页。
④ 刘梦溪:《慈禧密旨赐死陈宝箴考实》,《中国文化》2001年第17、18期。
⑤ 袁思亮:《蘉庵文集》卷四,袁荣法编:《湘潭袁氏家集》第202册,《近代中国史料丛刊续编》影印本,第273页。

树年、宝箴暨诸孙、曾孙等亲视含敛。恸惟侍奉无状，罪孽深重，呼天抢地，百死莫赎。徒以灵榇未归，窀穸未就，不得不苟延残喘，匍匐终事。苫块昏迷，觊缕絮述，语无伦次，伏乞矜鉴。"①"呼天抢地，百死莫赎"、"苟延残喘"，其"深重激昂"不减于陈三立。李太夫人卒于光绪二十三年（1897），陈宝箴得以侍疾并亲视其终，尚且如此言辞，更何况陈三立于父亲既未侍疾、又未在场呢？

熟悉了这种表达范式之后，我们就实在没有必要为陈三立在《先府君行状》里所表现出来的"呼天抢地、迸发血泪"而惊诧，甚而至于认为陈宝箴为非正常死亡了。

陈三立《先府君行状》里说："不孝既为天地神鬼所当诛灭，忍死苟活，盖有所待。"②刘泮溪认为，仅就字面而言，"语意之间似有未便明言的隐情"③。但一路分析下来，我们现在可以说，这"隐情"并非是如刘梦溪先生所认为的陈宝箴被慈禧"赐死"，而是陈宝箴在湘时的"孤怀苦志"。陈三立在致廖树蘅的一封信中说：

> 别来又已几载，沧桑之变既已至此，复骤值先公大故，通天之罪，万死何辞！独幸东南粗安，于去冬得毕葬事，差足慰故人之悬悬也。先公既万世不视，而在湘孤怀苦志，即厚爱如先生，亦有未能深知者。俟是非粗明，谣诼渐定，乃敢出而示人，想公亦以为然也。④

---

① 汪叔子、张求会编：《陈宝箴集》（下），第1865页。
② 陈三立：《先府君行状》，《散原精舍诗文集》（下），第857页。
③ 刘梦溪：《慈禧密旨赐死陈宝箴考实》，《中国文化》2001年第17、18期。
④ 陈三立：《与廖树蘅书》（十），《散原精舍诗文集》（下），第1164页。

廖树蘅,湖南宁乡人,与陈氏父子交往颇密,为所倚信。光绪三年、四年(1877、1878)曾馆长沙陈府闲园,光绪二十二年(1896)陈宝箴委主水口山矿务①,是陈宝箴巡抚任内湘矿开办最成功者。陈三立于父卒次年(1901年)致其书中的这段话,不啻为有所待下一注脚。

六、余论

本文当然主要是致力于考辨陈宝箴"赐死"一说之谬,说明"以微疾卒"之可信,但同时亦有思考文史研究方法的余绪。

刘梦溪、邓小军两先生对陈三立诗歌的分析,自是守陈寅恪所开创之以诗证史、诗史互证之方法,欲"循陈寅恪提出的释证古籍需结合古典与今典的诠释学原则,破解散原布下的重重迷障"②。但"以诗证史"这种方法也十分危险,若不能正确理解诗面之意并娴熟于今典,不但"迷障"破解不了,反而会陷入"迷障"之中,甚至可能制造新的"迷障"。唯有陈寅恪这样诗词修养很高,又对史籍史事烂熟于胸,且具"了解之同情"之人,才能在古典、今典中如庖丁解牛,游刃有余,目视神行,左右逢源,时而出人意表,却又"不逾矩",不牵强。愚钝如我辈,还是小心从事为好,更不可持先人之见,牵强粉饰,致污古人。

【附识】本文撰写,承广州张求会提示《井上雅二日记》"卧病"之

---

① 参见《廖树蘅自订年谱》,徐一士:《一士类稿》,中华书局2007年版,第186—199页。
② 刘梦溪:《慈禧密旨赐死陈宝箴考实》,《中国文化》2001年第17、18期。

记载、提供《知新报》所转载之《老成凋谢》一文,并多所指点;又承南昌胡迎建先生指正谬误;古诗文之检索,亦多得北京爱如生数字化技术研究中心所研发的"中国基本古籍数据库"之便。在此一并谢过。

(原载《文史哲》2011年第1期)

陈宝箴为慈禧密旨赐死说再考辨

——从陈三立"门存"诗谈起

陈 斐

陈宝箴(字右铭)、陈三立(字伯严)父子是近代政治史、文学史上的重要人物。光绪二十一年(1895)陈宝箴任湖南巡抚,在其子陈三立的襄助下推行新政。正当各项举措稳步推进之时,戊戌政变发生,陈氏父子被以"滥保匪人"、"招引奸邪"的罪名"革职永不叙用","交地方官严加管束"①,湖南新政随之流产。光绪二十六年(1900)六月二十六日,闲居在南昌府新建县西山崝庐的陈宝箴突然去世。对于其死因,其子陈三立在《皇授光禄大夫头品顶戴赏戴花翎原任兵部侍郎都察院右副都御史湖南巡抚先府君行状》(本文简称《行状》)中记述道:

> 二十六年四月,不孝方移家江宁,府君且留崝庐,诫曰:"秋必往。"是年六月廿六日,忽以微疾卒,享年七十。卒前数日,尚为《鹤冢》诗二章。前五日,尚寄谕不孝,勤勤以兵乱未已、深宫起居为极念。不孝不及侍疾,仅乃及袭敛。通天之罪,锻魂挫骨,

---

① 《清实录·德宗景皇帝实录》光绪二十四年八月壬寅(二十一日)上谕,《清实录》第57册,中华书局1987年版,第615页。

莫之能赎。天乎，痛哉！……不孝既为天地神鬼所当诛灭，忍死苟活，盖有所待。①

1982 年，宗九奇在《陈三立传略》一文中公布了近人戴明震之父远传翁（字普之）《文录》中的一条材料，为陈宝箴死因提出另外一种说法：

> 光绪二十六年六月二十六日，先严千总公（名闳炯）率兵弁从巡抚松寿驰往西山崝庐，宣太后密旨，赐陈宝箴自尽。宝箴北面匍匐受诏，即自缢。巡抚令取其喉骨，奏报太后。②

自此，学界对陈宝箴死因持两种看法。刘梦溪、邓小军二先生结合当时的政治形势，从陈三立诗歌中寻绎线索，证实戴远传《文录》所记"慈禧密旨赐死"说。③ 胡迎建、李开军、张求会、汪叔子、马卫中、余英

---

① 陈三立著，李开军校点：《散原精舍诗文集》，上海古籍出版社 2003 年版，第 856—857 页。
② 宗九奇：《陈三立传略》，《江西文史资料选辑》第 3 辑，江西人民出版 1982 年版，第 119 页；《陈宝箴之死的真相》，《文史资料选辑》第 87 辑，中国文史出版社 1983 年版。
③ 参见刘梦溪：《慈禧密旨赐死陈宝箴考实》，《中国文化》2001 年 17、18 期；修订后收入氏著《陈宝箴和湖南新政》（故宫出版社 2012 年版），题作《陈宝箴之死的谜团及求解》。近来刘先生又发表《陈宝箴系慈禧密旨赐死新证》，载《光明日报》2014 年 9 月 2 日。邓小军：《陈宝箴之死考》，载《陈寅恪与二十世纪中国学术——纪念陈寅恪先生诞辰一百一十周年》，浙江人民出版社 2000 年版；修订后收入氏著《诗史释证》（中华书局 2004 年版），题作《陈宝箴之死的真相——散原精舍诗表微之一》。邓先生后又发表《"殉国"：陈宝箴之死的新证据——夏敬观、陈三立赠答诗二首笺证》，《东南大学学报》2013 年第 3 期；修订后收入氏著《古诗考释》（商务印书馆 2013 年版），题作《"殉国"：陈宝箴死因的新证据——夏敬观、陈三立赠答诗二首笺证》。刘、邓二先生的主张得到不少学者认同，参见马英典：《陈宝箴与近代警察制度》，《兰台世界》2006 年第 23 期；陶江：《崝庐与陈宝箴之死》，《创作评谭》2007 年第 3 期；郑海麟：《陈宝箴、黄遵宪交谊与湖南新政》，《文史知识》2008 年第 6—9 期；郑海麟：《从黄遵宪〈与陈伯严书〉看晚清变局》，《文史知识》2009 年第 10 期等。

时等先生认为"赐死"记载为孤证,不可遽信,当仍以《行状》"以微疾卒"的说法为准。①

这个问题近年来之所以会引起学界重视,成为一个比较热门的话题,原因有三:首先,陈宝箴是近代史上的重要人物,探究其死因有助于深化近代政治史的研究。其次,陈三立是近代诗坛祭酒,被汪辟疆《光宣诗坛点将录》比作"及时雨宋江"。其父卒于西山崝庐后,始致力于作诗。"西山",《水经注》作"散原山",陈三立晚年自号"散原",并颜所居曰"散原精舍",名集为"散原精舍诗(文)集",主要原因是为了"识隐痛也"②。他后半生频繁创作的悼念父亲的述哀诗,堪称散原集中成就最为突出的代表作。正如王揖唐《今传是楼诗话》所云:"散原集中,凡涉崝庐诸作,皆真挚沉痛,字字如迸血泪。苍茫家国之感,悉寓于诗,洵宇宙之至文也。"③ 章士钊《论近代诗家绝句》亦曰:"至情不碍开云手,第一崝庐谒墓时。"④ 故对陈宝箴死因的分析,直接影响到其子陈三立及其诗作的研究,甚至可以说是走进陈三立心灵世界和阐释评价其诗的一个关键。再次,陈寅恪诗歌和史著中蕴含着深沉

---

① 参见胡迎建:《一代宗师陈三立》,江西高校出版社 2005 年版,第 62—63 页。李开军:《陈宝箴"赐死"考谬——与刘梦溪、邓小军两先生生商榷》,《文史哲》2011 年第 1 期;在专著《陈三立年谱长编》(中华书局 2014 年版,第 547 页)中,作者重申其说。另外,张求会《陈寅恪的家族史》(广东教育出版社 2000 年版,第 179—185 页),汪叔子、张求会编《陈宝箴集》"叙言"(中华书局 2003 年版,第 10—11 页),马卫中、董俊珏等编《陈三立年谱》(苏州大学出版社 2010 年版,第 247—248 页),余英时 1996 年 8 月 15 日致刘正信(影印件见刘正:《陈寅恪先生的列祖列宗》,《寻根》2008 年第 1 期)亦质疑"赐死"说。
② 吴宗慈:《陈三立传略》,陈三立著,李开军校点:《散原精舍诗文集》,第 1196 页。
③ 张寅彭编:《民国诗话丛编》第 3 册,上海书店 2002 年版,第 276 页。
④ 汪辟疆:《汪辟疆说近代诗》,上海古籍出版社 2001 年版,第 53 页。

的家国情结①，弄清其祖父陈宝箴之死因，有助于探究此种情结生成的家族渊源。

笔者以为，探究陈宝箴死因，其子陈三立的叙述是重要文献，但不能仅仅依据其所撰《行状》就率尔断案（因为《行状》的写作要考量当时的政治形势等），而应全面分析陈三立对其父死因的记述，然后在系统考辨已知诸种文献的内容、文体属性、功用、来源及相互关系的基础上"合众证而质之"、"参众说而核之"②，最后再作出判断。

笔者近日细读陈三立诗文，即在其"门存"诗中发现了数处对其父死因的流露。若知人论世，考虑到作品构思上的系统性和诗作得以生成的友朋唱和场域，联系陈三立所有诗作遣词抒情的特征以及中国诗学的传统，会发现：陈三立"门存"诗流露的其父陈宝箴之死的真相，完全与戴远传《文录》所记被慈禧密旨赐死说相合。另外，陈宝箴卒前三四个月，光绪二十六年二月二十一日《清议报》披露"西后现降密谕"捕拿陈宝箴，是年三月，宋恕《致孙仲恺书》又云："荣、刚又下密电于江西，着将陈宝箴中丞就地正法。"这些都可以说是"赐死说"的有力证据。

一、"属镂魂"之所指

陈三立"门存"诗，是指其寓居江宁时，在著名的门存唱和中创

---

① 刘梦溪先生曾精辟地指出，陈寅恪《乙巳冬日读清史后妃传有感于珍妃事为赋一律》之"家国旧情迷纸上，兴亡遗恨ладу灯前"，"可以看作是陈寅恪全部诗作的主题曲，同时也是我们开启陈寅恪精神世界隐痛的一把钥匙"。参见刘梦溪：《陈寅恪的"哀伤"与"记忆"》，《学术月刊》2007年第6期。

② 永瑢、纪昀等撰：《四库全书总目·史部总叙》，中华书局1997年版，第611页。

陈宝箴为慈禧密旨赐死说再考辨
—— 从陈三立"门存"诗谈起

作的诗歌。光绪二十七年（1901）秋冬之际，陈锐（字伯弢）以知县候补需次江宁，陈三立过访，各出所藏书牍，展玩咨嗟，伤今触往。陈锐赠之以诗，陈三立次韵答之。由是同人，如易顺鼎、张伯纯等，用此韵互相酬答，"海内和者殆千数百首不止"①。陈三立拈起结韵，辑为《门存诗录》十卷梓行，后又编为《续刻》三卷出版。《诗录》以人系诗，卷二收录陈三立诗作 30 首②。这些诗作，虽然各有诗题，但睠怀君国、忧心世变，抚昔伤今的基调十分明显。正如陈三立作于同时的《与皮锡瑞书》所云："回忆曩游，梦影重重而已。"③某些诗篇寓公于私，通过对湖南新政的追忆和对新政领导者——其父陈宝箴的凭吊，来抒发抱负难以实现的苦闷。正是在这些诗作中，陈三立情不自禁地将其父被慈禧赐死的真相流露出来。《遣兴二首》云：

> 九天苍翮影寒门，肯挂炊烟榛棘村。正有江湖鱼未脍，可堪帘几鹊来喧？啸歌还了区中事，呼吸凭回纸上魂。我自成亏喻非指，筐床乌蓘为谁存？

> 刺绣无如倚市门，区区思绕牧牛村。晓移觭棤溪桥稳，晨听篝车田水喧。俯仰已迷兰芷地，伶俜余吊属镂魂。江长海断风雷寂，阴识雄人草泽存。④

---

① 陈锐：《裒碧斋七言律序》，《裒碧斋集·七言律》卷首，清末刻本。
② 《散原精舍诗集》卷上选录了八题九首。潘益民、李开军二先生据《门存诗录》将馀者辑入《散原精舍诗文集补编》（江西人民出版社 2007 年版）。一年后陈三立又作有《用"门存"韵寄和黎薇生郎中并示谭组安，破戒缀此，后不复徇之矣》两首，因相隔时间较远，且与本文论题关系不大，故不再论及。
③ 陈三立著，潘益民、李开军辑注：《散原精舍诗文集补编》，第 259 页。
④ 陈三立著，李开军校点：《散原精舍诗文集》，第 33—34 页。

二诗当作于光绪二十七年十月十四日前后①，距其父陈宝箴之死不足一年零四个月。不久，陈三立即赴南昌西山为父扫墓。

先看第一首。首联"九天苍翮影寒门，肯挂炊烟榛棘村"，写寓目所见之景，同时比喻、象征心境。此时陈三立赁居江宁中正街，算不上荒凉，然而他在诗中多次描写寓居环境的萧瑟冷凄，实乃政治心理之感觉。全联意谓：那曾在高空翱翔的鹰隼息影于寒门，拼得在炊烟袅袅、荆棘丛生的村野栖身。比喻自己曾在朝廷任职，志存高远，但现在被打击冷落，拼得在远离政治中心的江宁居处。颔联"正有江湖鱼未脍，可堪帘几鹊来喧"意谓：自己正想着回乡归隐，岂料喜鹊飞到帘幕和几案旁边来聒噪，莫非又有什么喜事（形势或有转机）？将颓唐和热望交织起伏的复杂心情淋漓尽致地刻画出来，可见作为"神州袖手人"②的陈三立难以真正忘怀世事。下文承此直接抒情。

颈联曰："啸歌还了区中事，呼吸凭回纸上魂。""啸歌"，指长啸歌吟。"区中"，犹区寰，即人世间、天下。"区中事"，即人世间形形色色的事情，这里主要指家国大事。陈三立另一首诗亦曰："变灭区中事，悠悠负我怀。"③"呼吸凭回纸上魂"，指剪纸招魂，古人有此风俗，如夏完淳《细林夜哭》："肠断当年国士恩，剪纸招魂为公哭。"④尾联云："我自成亏喻非指，筐床刍豢为谁存？"用了几个《庄子》典故。《齐

---

① 《散原精舍诗集》卷上收录了此二首诗，前一首题为《十月十四夜饮秦淮酒楼，闻陈梅生侍御、袁叔舆户部述出都遇乱事，感赋》，后面相隔数首即录陈三立冬至为父扫墓的述哀诗。
② 陈三立《赠梁启超》残句云："凭栏一片风云气，来作神州袖手人。"（陈三立著，李开军校点：《散原精舍诗文集》，第737页）
③ 陈三立：《同石钦、仁先、絜先、恪士寻富春山水，宿桐庐逆旅，明日易小舸上溯七里泷，登钓台，复还抵桐庐宿焉，赋纪三首》，陈三立著，李开军校点：《散原精舍诗文集》，第548页。
④ 夏完淳撰，中华书局上海编辑所编辑：《夏完淳集》，中华书局1959年版，第80页。

物论》曰："以指喻指之非指，不若以非指喻指之非指也……天地一指也……其分也，成也；其成也，毁也。凡物无成与毁，复通为一。唯达者知通为一。"① 又曰："道之所以亏，爱之所以成。果且有成与亏乎哉？果且无成与亏乎哉？"② 亦曰："丽之姬，艾封人之子也。晋国之始得之也，涕泣沾襟；及其至于王所，与王同筐床，食刍豢，而后悔其泣也。"③ 末二联意谓：人世间形形色色的事情带来的遗恨还能通过长啸歌吟排遣，亡人（特指其父陈宝箴，详见下文）的魂魄却只能通过剪纸来呼唤；我自是知晓成亏相对、复通为一的道理，安适的方床、美味的肉食又是为谁而存设呢？言外之意为：自己将坚守操守和理想，不会因为贪恋舒适生活而改变初衷。

第二首承前首不贪恋舒适生活而言，一开头即表明自己的心愿是在村舍隐居："刺绣无如倚市门，区区思绕牧牛村。"《史记·货殖列传》："夫用贫求富，农不如工，工不如商，刺绣文不如倚市门。"④ 泷川资言《史记会注考证》云："刺绣文，工之事；倚市门，商之事。颜师古曰：'言其易于得利也。'"⑤ 首联意谓：虽然人们常说"刺绣文不如倚市门"，但自己的一点微薄心愿却是在牧牛村舍隐居。颔联"晓移觞榼溪桥稳，晨听篝车田水喧"，描写乡居生活，大意为：天亮以后，把酒杯和酒壶搬到溪桥上稳稳当当地慢饮；早晨田间水车忙碌着，听起来有些喧嚣。境由心生，"田水喧"三字，景中含情，由此折射出陈三立内心翻腾的

---

① 郭庆藩撰，王孝鱼点校：《庄子集释》，中华书局1961年版，第66—70页。
② 郭庆藩撰，王孝鱼点校：《庄子集释》，第74页。
③ 郭庆藩撰，王孝鱼点校：《庄子集释》，第103页。
④ 司马迁：《史记》卷一二九《货殖列传》，中华书局1982年版，第3274页。
⑤ 司马迁著，〔日〕泷川资言编撰：《史记会注考证》，新世界出版社2009年版，第5163页。

波澜。情感的闸门就此打开,下文顺势而下,道出了郁蟠于胸的心结。

颈联云:"俯仰已迷兰芷地,伶俜余吊属镂魂。""俯仰",低头和抬头,喻时间短暂。"兰芷",即兰草与白芷,为《楚辞》常见意象。"兰芷地"当指楚地湖南。光绪二十一年陈宝箴任湖南巡抚,以"变法开新"为己任,陈三立襄助其父推行新政,期望"营一隅为天下倡,立富强根基"(《行状》)。① 倡导董吏治、辟利源、变士习、开民智、敕军政、公官权,设置矿务局、官钱局、铸币局、保卫局、工商局等,兴办电信、轮船及制造公司,创立时务学堂、算学堂、南学会、武备学堂等,支持谭嗣同等刊行《湘学报》、《湘报》,使湖南风气大开,成为全国最有生气的省份。正当新政取得初步成效时,戊戌政变发生,陈氏父子俱被革职,"永不叙用",新政随之流产,两年后陈宝箴在南昌西山崝庐突然去世。② 可见,对于陈三立一门来说,湖南新政的流产及先人陈宝箴的突然死亡,实乃关涉家国兴衰的重大事变,故化为心结郁蟠于胸中,成为吟咏遣怀的重要主题。正如陈宝箴卒后半年余,即光绪二十七年正月二十二日,陈三立致信汪康年时所云:"国变家难,萃于一时,集于一身。呜呼!"③ 陈三立诗亦云:"每从桑海觅湖湘"④、"早晚西山万念存"⑤。笔者曾将此诗呈与刘梦溪先生请教,刘先生有文精辟地指出:"'俯仰已迷'则是对湖南新政故地的流连沉醉。此句与陈寅恪诗'儿

---

① 陈三立著,李开军校点:《散原精舍诗文集》,第852页。
② 详见刘梦溪:《陈宝箴和湖南新政》。
③ 上海图书馆编:《汪康年师友书札》第2册,上海古籍出版社1986年版,第1984页。
④ 陈三立:《于乱书堆中忽得吾友廖苏畹广文重刊诗卷,不省何时投寄,末附近岁之作,所未经见,惊喜谁之,系以小诗》,陈三立著,李开军校点:《散原精舍诗文集》,第154页。
⑤ 陈三立:《返西山墓庐将过匡山赋别》,陈三立著,李开军校点:《散原精舍诗文集》,第35页。

陈宝箴为慈禧密旨赐死说再考辨
——从陈三立"门存"诗谈起

郎涑水空文藻,家国沅湘总泪流'、'死生家国休回首,泪与湘江一样流',以及'家国旧情迷纸上,兴亡遗恨照灯前'等,可连类比照,都是抒写对湖南新政及其悲剧结局的记忆。陈宝箴、陈三立父子虽籍江西义宁州,然事业所成、情感所系、悲剧之酿,实在三楚之地的湖南。"①

颈联"伶俜",指孤单无依。潘岳《寡妇赋》:"少伶俜而偏孤兮,痛切怛以摧心。"《文选》李善注:"伶俜,单子貌。偏孤,谓丧父也。"②陈三立言"伶俜",是在强调自己丧父后的孤儿身份。"属镂",又作"属卢"、"属娄"等,剑名。《左传·哀公十一年》记吴王夫差赐伍子胥属镂之剑自刎事,"王闻之,使赐之属镂以死"。杜预注:"属镂,剑名。"③后《史记》之《吴太伯世家》、《越王句践世家》、《伍子胥列传》皆有记载。赵晔《吴越春秋·句践伐吴外传》又记越王赐文种属卢之剑自刭事,"越王遂赐文种属卢之剑,种得剑又叹曰:'南阳之宰而为越王之擒。'自笑曰:'后百世之末,忠臣必以吾为喻矣。'遂伏剑而死"④。后来"属镂"常用作忠臣被赐死的典故。如李鹰《天封观将军柏》:"尚方属镂赐,朝服东市戮。君看古功臣,牖下死为祝。"⑤刘基《钱塘怀古得吴字》:"鬼蜮昭华衮,忠良赐属镂。"⑥《左传》、《史记》乃古代士子常备书,陈三立自应十分熟悉。故联系陈三立身世、心境,考虑到他将"兰芷地"和"属镂魂"对举,再用"伶俜"强调其"孤儿"身份,可知"属镂魂"乃特指其被"赐死"之尊翁、湖南新政领导者陈

---

① 刘梦溪:《陈宝箴系慈禧密旨赐死新证》。
② 萧统编,李善注:《文选》,上海古籍出版社1986年版,第735页。
③ 左丘明著,杜预集解:《春秋左传集解》,上海人民出版社1977年版,第1775—1778页。
④ 赵晔著,张觉校注:《吴越春秋校注》,岳麓书社2006年版,第285页。
⑤ 傅璇琮等主编:《全宋诗》第20册,北京大学出版社1995年版,第13560页。
⑥ 刘基:《刘伯温集》,浙江古籍出版社2011年版,第532页。

宝箴之魂魄。"俯仰已迷兰芷地,伶俜余吊属镂魂"意谓:俯仰之间,曾经在湖南推行的新政已化为陈迹;只剩下自己孤零零一人,凭吊那被最高统治者赐死的父亲。《行状》云:"俯仰之间,家国君父无可复问,此尤不孝所攀天斫地、椎心酾血者也。"① 恰可与此联相互映发,且所用语词、所抒情感也非常相似:"俯仰已迷"即是"俯仰之间"、"无可复问",而"兰芷地"、"属镂魂"则是对"家国君父"的阐释。而这正是令陈三立"攀天斫地、椎心酾血"的心结所在。尾联"江长海断风雷寂,阴识雄人草泽存",抒发了对未来形势的惊惧、担忧,意谓:事变是暂时平息了,但自己隐隐觉察到还有非常之人藏身于草泽之中,正酝酿着新的风暴。

综上所述,《遣兴二首》其二"俯仰已迷兰芷地,伶俜余吊属镂魂",乃陈三立追忆关涉家国兴衰的湖南新政、凭吊新政领导者——其尊翁陈宝箴。若考虑到全诗构思抒情上的系统性,则其一"啸歌还了区中事,呼吸凭回纸上魂",亦当如此理解。陈三立用"属镂魂"指称其父之魂魄,更是将陈宝箴之死的真相流露出来,即和吴王赐忠臣伍子胥属镂之剑自刎一样,是被最高统治者赐死的。这与戴远传《文录》所记陈宝箴系被慈禧密旨赐死、"巡抚令取其喉骨,奏报太后"之说,若合符契。

《遣兴二首》之"纸上魂"、"属镂魂"乃陈三立特指其亡父之魂魄,从陈三立和友朋就此诗进行的唱酬亦可得到证实。发起门存原唱的陈锐、陶宾南皆曾和陈三立此诗。② 陈锐《奉和伯严遣兴之作》云:"康

---

① 陈三立著,李开军校点:《散原精舍诗文集》,第 856 页。
② 《门存诗录》卷六所录陶宾南《漫成和伯严》当系陶氏和作,因与本文论题无涉,故不再征引。

窀巨鬼瞰高门,此是南无乞食村。弹指楼台空际灭,撑肠龙虎静中喧。大悲世界恒河劫,终古西山片石魂。强借酒杯浇块垒,旁人微笑旧狂存。"①陈锐"弹指楼台空际灭"是对陈三立"俯仰已迷兰芷地"的回应,"强借酒杯浇块垒"是对陈三立"啸歌还了区中事"的回应,而"终古西山片石魂"则明显是对陈三立"呼吸凭回纸上魂"和"伶俜余吊属镂魂"的回应。按:"片石"指石碑。"西山片石"特指后人为纪念饿死西山(即首阳山)之节士伯夷、叔齐所立的石碑。②如周日藻《伯夷叔齐与》:"独醒独清,今人岂必效其奇行,乃采薇遗烈,终不可企矣,阅千年而凭吊,西山片石,尚在人间,当时圣主贤臣未敢褒,而忽动景仰于知人论世。"③有时也用来类比或借指纪念忠贞、气节之士的石碑。如李鸿庥纪念武训联语曰:"生为义丐,死为明神,俎豆祀千秋,真无愧西山片石;文未丧天,道未坠地,胶庠传一脉,大有光东鲁杏坛。"④再如《古今图书集成》"明伦汇编·官常典·忠烈部·名臣列传"记"清溪二义士"云:"贵池人,未详姓氏。当金川失守,建文帝出亡,二士方乘舟,闻燕王已即大位,不禁相向而哭,失声,遂赴水以没,竟不欲以身显。此其与矫橛沽名者相去远矣。迄今都人士泊舟其间,见一泓空

---

① 陈三立编:《门存诗录》卷一,清末刻本。
② 《史记》载:"武王已平殷乱,天下宗周,而伯夷、叔齐耻之,义不食周粟,隐于首阳山,采薇而食之。及饿且死,作歌,其辞曰:'登彼西山兮,采其薇矣……'遂饿死于首阳山。"(司马迁:《史记》卷六十一《伯夷列传》,第 2123 页)
③ 许振祎编:《明清文才调集》,吉林人民出版社 1998 年版,第 820 页。黄鹗《圣人百世之师也》亦曰:"噫!饿夫之薇可采,抚西山片石,不偕云物以俱移;死士之垄可登,访东国残碑,不仅谏辞之有据。"(颜建华编:《清代湖南朱卷选编》,湖南师范大学出版社 2012 年版,第 240 页)
④ 张明主编:《武训研究资料大全》,山东大学出版社 1991 年版,第 135 页。左宗棠《答吴清卿学使》亦云:"已令李佐兴双钩,觅石刻成……嵌之山巅,以当西山片石。"(左宗棠:《左宗棠全集·书信二》,岳麓书社 2009 年版,第 474—475 页)

渌,直与西山片石相映,而月白猿啼之下,二子忠魂隐隐尚在,直应立懦之一助也,以故清溪有专祠。"① 陈宝箴卒于南昌西山崝庐,后又葬于西山。陈锐所谓"西山片石魂"乃特指陈宝箴之魂魄,别无他解;就用典而言,可谓十分恰切!"大悲世界恒河劫,终古西山片石魂"意谓:世间充满了像恒河沙数一样多的劫难,(令尊之死及天下大事带来的遗恨不过沧海一粟罢了,要看开一些,)令尊的忠魂,将像伯夷、叔齐一样,与记载其节操、德政的西山之碑一起流芳百世。可见,陈锐已看出"呼吸凭回纸上魂"和"伶俜余吊属镂魂"乃陈三立凭吊其亡父陈宝箴之魂魄。后来,陈三立答谢陈锐、陶宾南酬和的诗作《宾南、伯弢皆有见和遣兴之作,掇此酬之》认可了这种理解,而且,心绪难平的他在情感波澜的推动下,又一次将其父陈宝箴之死的真相流露出来。

二、"负石魂"之寓意

陈三立《宾南、伯弢皆有见和遣兴之作,掇此酬之》诗云:

何人大嚼过屠门,为指初霜梅柳村?天放湖山兼晚色,陆沉怀抱有孤喧。居夷莫问乘桴事,掌梦难招负石魂。赢得风流说江左,新亭明灭谢墩存。②

首联用设问直接抒情:"何人大嚼过屠门,为指初霜梅柳村?"桓谭

---

① 陈梦雷等编:《古今图书集成》第314册,中华书局1934年版,第27—28页。
② 陈三立著,李开军校点:《散原精舍诗文集》,第34页。

《新论·祛蔽》:"关东鄙语曰:'人闻长安乐,则出门西向而笑;知肉味美,则对屠门而大嚼。'"①曹植《与吴季重书》:"过屠门而大嚼,虽不得肉,贵且快意。"②首联描写友朋相见的惊喜、快意,意谓:是谁不嫌荒僻,于清霜初降的时节到梅柳夹道的村庄来访了?大家虽然不能实现理想,但忘形畅谈,各抒怀抱,何其快意!陈三立《文芸阁学士同年挽词六首》其二:"狂言人尽避,大嚼日相存。"③恰可为"何人大嚼过屠门"一句作注脚。

颔联上句写景,下句抒情:"天放湖山兼晚色,陆沉怀抱有孤喧。""天放",指放任自然。《庄子·马蹄》:"一而不党,命曰天放。"成玄英疏:"直置放任,则物皆自足,故名曰天放也。"④"陆沉",比喻埋没,不为人知。黄庭坚《次韵答张沙河》:"丈夫身在要勉力,岂有吾子终陆沉?"⑤全联意谓:自己在湖山之间放任自然、隐居而处,虽然尚能欣赏傍晚的景色,但埋没不为人知、抱负无法实现,难掩胸中的孤傲不平之气。由此,情感的潮水再次决堤,倾泻出耿耿于胸的心结。

颈联云:"居夷莫问乘桴事,掌梦难招负石魂。"上句用孔子欲"居夷"、"乘桴"典。《论语·公冶长》:"子曰:'道不行,乘桴浮于海。'"⑥《子罕》:"子欲居九夷。或曰:'陋,如之何?'子曰:'君子居之,何陋之有?'"⑦皆是孔子对"道不行"的感喟,乃一事两记。许

---

① 桓谭:《新论》,上海人民出版社 1977 年版,第 29 页。
② 曹植著,赵幼文校注:《曹植集校注》,人民文学出版社 1984 年版,第 143 页。
③ 陈三立著,李开军校点:《散原精舍诗文集》,第 132 页。
④ 郭庆藩撰,王孝鱼点校:《庄子集释》,第 334—335 页。
⑤ 黄庭坚著,任渊等注:《山谷诗集注》,上海古籍出版社 2003 年版,第 663 页。
⑥ 何晏注,邢昺疏:《论语注疏》,上海古籍出版社 1997 年影印《十三经注疏》本,第 2473 页。
⑦ 何晏注,邢昺疏:《论语注疏》,第 2491 页。

慎《说文解字》"羌"字条把这两章合在一起解说："夷俗仁,仁者寿,有君子不死之国。孔子曰:'道不行,欲之九夷,乘桴浮于海。'有以也。"①《汉书·地理志》亦曰:"然东夷天性柔顺,异于三方之外,故孔子悼道不行,设浮于海、欲居九夷,有以也夫。"②"夷"泛指东方土著族群,这里当指陈三立寓居所在地江宁,因江宁一带古为淮夷之地。《尚书·禹贡》谓:"海岱及淮惟徐州……淮夷蠙珠暨鱼,厥篚玄纤缟。浮于淮泗,达于河。"③《禹贡锥指》云:"淮夷盖在东方荒服之内,故亦谓之东夷。今淮、扬二府近海之地皆是也。"④可见淮夷居于淮河下游流域及近海处,江宁正在此范围之内。陈三立此处用"居夷"、"乘桴"典,言外之意亦是对"道不行"的感喟。联系到陈三立一生的出处进退,所谓"道不行",正和《遣兴二首》其二"俯仰已迷兰芷地"一样,主要指湖南新政的流产。故"居夷莫问乘桴事"是说:既然自己因"道不行"——湖南新政流产,选择了在古蛮夷之地江宁隐居,就不要再谈什么浮海出国的事了。可能陶、陈二人曾以此劝陈三立,当是为他的安全考虑。因为戊戌变法失败后,慈禧大肆屠杀新政领袖,康、梁等都曾出国避难。

"掌梦",指主管占梦的官员。《楚辞·招魂》云:"帝告巫阳曰:'有人在下,我欲辅之。魂魄离散,汝筮予之。'巫阳对曰:'掌梦。'"王逸注:"巫阳对天帝言:'招魂者,本掌梦之官所主职也。'"⑤又王逸认

---

① 许慎著,段玉裁注:《说文解字注》,上海古籍出版社1988年版,第147页。
② 班固:《汉书》卷二十八下《地理志下》,中华书局1962年版,第1658页。
③ 孔安国传,孔颖达等正义:《尚书正义》,上海古籍出版社1997年影印《十三经注疏》本,第148页。
④ 胡渭:《禹贡锥指》,上海古籍出版社1996年版,第134页。
⑤ 洪兴祖:《楚辞补注》,中华书局1983年版,第197—198页。

为,《招魂》乃宋玉为招屈原之魂而作。下文"负石魂",古典正指屈原之魂魄。《史记·屈原贾生列传》记屈原"于是怀石遂自投汨罗以死"①。"负石"、"怀石"意同,有时也作"任石"。南人自幼习水,不如此不能自沉。《荀子·不苟》云,"故怀负石而赴河,是行之难为者也"②,正将"怀"、"负"两个近义词连用。"掌梦难招负石魂"一句,是对陈锐和做的回应。为便于分析,现将诸诗颈联胪列如下:

> 陈三立《遣兴二首》其一:"啸歌还了区中事,呼吸凭回纸上魂。"
> 陈三立《遣兴二首》其二:"俯仰已迷兰芷地,伶俜余吊属镂魂。"
> 陈锐《奉和伯严遣兴之作》:"大悲世界恒河劫,终古西山片石魂。"
> 陈三立《宾南、伯弢皆有见和遣兴之作,掇此酬之》:"居夷莫问乘桴事,掌梦难招负石魂。"

陈三立用"掌梦难招负石魂"回应陈锐"终古西山片石魂",一方面,乃认可陈锐对自己诗句的理解,即"纸上魂"、"属镂魂"特指其父陈宝箴之魂魄;另一方面,又难以抑制心中的悲痛,言下之意为:虽然您说先君的忠魂将会流芳百世,但毕竟他是像屈原一样自尽了,即使专门负责招魂的官员,也难以召唤他的冤魂啊!屈原于楚怀王时因造为宪令、以图变法而屡遭谗陷,流放凡十余年。国破家亡之际,悲愤不能自已,终至自沉汨罗而死。这里陈三立用屈原代指其父,除了地域相同外(湖

---

① 司马迁:《史记》卷八十四《屈原贾生列传》,第 2490 页。
② 王先谦撰,沈啸寰、王星贤点校:《荀子集解》,中华书局 1988 年版,第 37 页。

南为古楚国之地），更重要的原因当系两人遭际相似。就死因而言，尽管屈原迫于国破家亡而自尽，陈宝箴为受命自尽，但在迫于情势、自尽而亡这一点上，却是相同的。故陈三立用屈原之"负石"，暗示其父之死因。而这又与戴远传《文录》所记陈宝箴被慈禧密旨赐自尽之说，若合符契。

尾联"赢得风流说江左，新亭明灭谢墩存"，综合使用东晋贤相王导、谢安二人之事，乃自我排遣，同时又从正面回应陈锐"终古西山片石魂"，意谓：先君主持的新政，将像王导、谢安的风流轶事那样，永远在人们口中流传。

前面已经分析过，湖南新政的流产及先人陈宝箴的突然死亡，乃关涉家国兴衰的重大事变，化为心结郁蟠在陈三立一门胸中，成为吟咏遣怀的重要主题。这在陈三立三十首"门存"诗中，十分醒目。除上文分析的三联外，还有下面两联抒写这个主题，且抒情模式类似，都是上联侧重追忆湖南新政，下联凭吊其尊翁、新政领导者陈宝箴：

《园夜和答姚叔节、陶宾南》："噤吟已了秦庭客，《橘颂》终伤楚些魂。"①

《酬叔舆》："琴尊空了黄虞梦，天地孤寻屈贾魂。"②

"噤吟"，《汉书》卷八十七下《扬雄传下》引《解嘲》曰："蔡泽虽噤吟而笑唐举。"颜师古注："噤吟，锁颐之貌。"③《汉语大词典》释为"下巴

---

① 陈三立著，李开军校点：《散原精舍诗文集》，第33页。
② 陈三立著，潘益民、李开军辑注：《散原精舍诗文集补编》，第257—258页。
③ 班固：《汉书》卷八十七下《扬雄传下》，第3568—3570页。

上曲貌"①。《史记》载蔡泽干诸侯不遇,从唐举相,唐举戏之曰:"先生曷鼻,巨肩,魋颜,蹙齃,膝挛。吾闻圣人不相,殆先生乎?"②蔡泽笑谢而去,后游说秦相范雎,因其荐拜为客卿。范雎谢病免相,昭王乃拜蔡泽为相,东收周室。然仅"数月,人或恶之,惧诛,乃谢病归相印,号为纲成君"③。后人多用"噤吟"指蔡泽微时被人嘲笑的奇特相貌。如黄山谷《次韵答张沙河》:"丈夫身在要勉力,岂有吾子终陆沉?鄙人相士盖多矣,勿作蔡泽笑噤吟。"④《橘颂》乃屈原早期作品⑤,通过赞美橘树,诗人表达了追求美好品质和理想的坚定信念。"楚些"指招魂歌,亦泛指楚地的乐调或《楚辞》。"噤吟已了秦庭客,《橘颂》终伤楚些魂"的古典意当为:下巴上曲的蔡泽在秦国拜相、东收周室的辉煌,因有人构陷,已经结束;品德高尚的屈原因"信而见疑,忠而被谤"投江自尽,捧读其明志之作《橘颂》,让人不禁伤悼其魂。又"楚"乃湖南一带。结合陈三立父子的生平经历,可知此联的今情当为:自己襄助父亲在湖南推行的新政虽然已成陈迹,但每每捧读父亲遗留下来的述志之作,还是让人难以忘怀,不禁为其所受的冤屈悲痛不已。新政"已了",还在"终伤"乃父之魂,足见其中隐含着极大的冤屈。

"琴尊",指琴与酒尊,代指悠闲生活。"黄虞",黄帝和虞舜的合称。"黄虞梦",指治国平天下的理想、抱负,杜甫诗"致君尧舜上"(《奉赠韦左丞丈二十二韵》)⑥可为此作注脚。对于陈三立而言,"琴尊

---

① 罗竹风主编:《汉语大词典》第 3 卷,汉语大词典出版社 1989 年版,第 515 页。
② 司马迁:《史记》卷七十九《范雎蔡泽列传》,第 2418 页。
③ 司马迁:《史记》卷七十九《范雎蔡泽列传》,第 2425 页。
④ 黄庭坚著,任渊等注:《山谷诗集注》,第 663 页。
⑤ 赵逵夫先生认为系屈原行冠礼时所作,可从。详见其《屈原的冠礼与早期任职》,《屈原与他的时代》,人民文学出版社 2002 年版,第 110—129 页。
⑥ 杜甫著,仇兆鳌注:《杜诗详注》,中华书局 1979 年版,第 74 页。

空了黄虞梦"依然是对可能实现治平抱负之湖南新政的追忆、惋惜和慨叹。此诗首联云:"翩翩辞赋照湘门,记否行吟又一村?"① 即在追忆湖南生活,由此起兴。"屈贾",指屈原和贾谊。"天地孤寻",正与"伶俜余吊"以及另一首"门存"诗《漫赋一首》尾联"师友平生成洒涕,东南吟望一身存"② 一样,都是抒发师友凋零的孤独之感,特别是强调丧父后的"孤儿"身份。因为若是父亲未亡,无论如何也不能说"孤"、"伶俜"或"一身"。此联意谓:湖南新政流产,自己的抱负随之破灭,由此带来的遗恨只能在琴与酒尊之间化解;天壤之间,只剩下自己孤零零一人,寻觅、凭吊父亲的亡魂。

可见,追忆湖南新政,凭吊其父、新政领导者陈宝箴,是陈三立"门存"诗的一个突出主题。而在典故和意象选择上,他又频繁使用与湖南相关的《楚辞》意象及自尽之伍子胥、屈原典故,如"兰芷地"、"掌梦"、"《橘颂》"、"属镂魂"、"负石魂"、"楚些魂"、"屈贾魂"等。不少友人和作对此有所回应。除上文已举陈锐诗外,再如《门存诗录》卷十所录陶森甲《伯严示近诗多凄楚语,赠一律》:"千年骚怨探修门,如鹤唳野猿啸村。大声直使金石裂,幽韵一洗筝琶喧。于今天地无正色,终古湘潭有断魂。不忍劝君芟苦语,西山浩气赖诗存。""西山"乃陈宝箴的死亡之所和墓地所在。"湘潭断魂"、"西山浩气"正是对陈三立"属镂魂"、"负石魂"等语词的回应。再如《门存诗录》续刻卷三所录陈芰潭《依韵柬伯严、宾南》:"记随宾从莅章门,单外犹余劫后村。阅尽沧桑同涕泪,铸成错铁任嘲喧。脊令梦断增余痛,楚些歌残惨客

---

① 陈三立著,潘益民、李开军辑注:《散原精舍诗文集补编》,第 257 页。
② 陈三立著,潘益民、李开军辑注:《散原精舍诗文集补编》,第 254 页。

魂。漫道靖庐人境远，岁寒盟在定相存。""靖庐"乃陈宝箴晚年斋名。陈芝潭系陈宝箴挚友，曾协助陈三立葬父。《诗·小雅·常棣》云："脊令在原，兄弟急难。"① 陈芝潭用"脊令梦断"指称陈宝箴之死，实乃暗指其死于仓促之"难"。"楚些歌残惨客魂"一句，明显是对陈三立《园夜和答姚叔节、陶宾南》"《橘颂》终伤楚些魂"的回应。总之，陶森甲、陈芝潭二人诗都强调、回应了陈三立"门存"诗对湖南新政的追忆和对其尊翁陈宝箴的凭吊，而且，"千年骚怨"、"湘潭断魂"、"苦语"、"劫后"、"涕泪"、"铸成错铁"、"脊令梦断"、"痛"、"楚些惨魂"等语词，亦在暗示陈宝箴之死隐含着极大的冤屈。

一般来说，用典乃原有的典故文本与现在所欲说写的文本之间的相遇融合。同一个典故，因说写语境和抒情重心不同，可以衍生出不同的典面。"属镂魂"、"负石魂"之典面，皆突出、强调了伍子胥、屈原死亡之方式和原因，说明起码在这一点上，陈三立以为其父之死与这两位古人相似：用"负石魂"指称其父之魂魄，说明其父和屈原一样，皆忠贞为国，最后在家国巨变之际自尽而亡；而用"属镂魂"凭吊其父，更是流露了其父被最高统治者慈禧赐自尽的真相。

三、《清议报》和宋恕信披露的隐情

戊戌政变后，以慈禧为首的后党一直谋废光绪帝，但因外国公使

---

① 郑玄笺，孔颖达等正义：《毛诗正义》，上海古籍出版社1997年影印《十三经注疏》本，第408页。

及海内外各方反对，未能如愿。光绪二十五年（1899）（己亥）十二月二十四日，慈禧诏立溥儁为"大阿哥"，预定庚子年元旦举行光绪帝让位礼，改元"保庆"。不料此举引发广泛而强烈的反对：各国公使拒绝入贺，上海绅商经元善等联名一千余人上书谏止，蔡元培等维新人士和海外保皇党华侨号称数十万人亦纷纷电奏反对，迫使慈禧不得不搁置"建储"计划。这些风波的发生使慈禧感觉到自己的政治权威大为动摇，她那自戊戌政变以来的不安心理愈加严重，于是"重提旧案，而欲流血新党"①。不少在戊戌政变时遭贬逐的大臣被重新拿究诛杀，以防他们被新党、帝党拥护。②如张荫桓，即晚于陈宝箴之死一月（光绪二十六年七月二十六日）被处死于新疆贬所。而在陈宝箴卒之前三四个月，已有慈禧下密旨将他拿究正法的消息流出。《清议报》光绪二十六年（1900）二月十一日《汇志立嗣事及京内外近日情形与外人议论》报道，清廷既行立嗣：

> 又谕各省督抚将前岁政变已获咎诸臣再行拿究，牵连之人，闻颇不少。③

二月二十一日，该报《续志立嗣事及京内外近日情形与外人议论》继续报道：

> 西后现降密谕，着各省督抚捕拿各地之维新党人，内有有名

---

① 《续志立嗣事及京内外近日情形与外人议论》引《字林西报》言论，清议报报馆编：《清议报》第30册，中华书局2006年影印本，第2544页。
② 参见桑兵：《庚子勤王与晚清政局》，北京大学出版社2004年版，第51—53页。
③ 清议报报馆编：《清议报》第38册，第2468页。

望者数人,即翁师傅、沈鹏、前湖南巡抚陈宝箴、御史宋某、翰林张某等。沈鹏前已被拘。翁师傅住宅,现亦派人严行看守,以防脱逃。观其情形,未必其敢将翁师傅正法,以犯众怒。惟其必逼使之自尽,而后乃能绝皇上之羽翼也。①

明确提到"西后现降密谕"捕拿陈宝箴。而捕拿之目的,即为"绝皇上之羽翼也"。

同年三月前后,即距陈宝箴卒前三四个月,宋恕在《致孙仲恺书》(1900年4月②)中亦谈到"建储"风波以来,慈禧最重要的亲信荣禄、刚毅着将陈宝箴等帝党拿究正法的消息:

> 正月函所述客腊京师要闻及经太守被拿得保情事,想已入鉴!刻下风波大作……经既得保,成济、贾充辈大怒,于是下密电两江,着将翁师相、沈太史立刻就地斩决以绝帝党之领袖。现已监禁苏狱(笔者注:指沈鹏),陆中丞(编者注:指护理苏抚陆元鼎)欲免其死,电奏假报疯求宽,未知得免否?翁师相住宅已发兵围守(数日内事),闻有日本义士救之出难,或云已逼令自尽,二说未知孰实?荣、刚又下密电于江西,着将陈宝箴中丞就地正法,其余稍涉帝党,无不着令严拿。上海派密差七八人专拿帝党,除文廷式学士、宋伯鲁御史、张元济主事指拿立决外,计开发电谏阻之五十

---

① 清议报报馆编:《清议报》第39册,第2542—2543页。
② 《宋恕集》所收信件下编者所注年月皆为公历,本文除引此书外,他处所言年月皆为农历。编者在该信"便知其详"下注云:"据买二月报,可知本函写于夏历三月。"见胡珠生:《宋恕集》,中华书局1993年版,第701页。

> 人，一一严拿……五十人之外又开新党，闻有二百余人……看来陈中丞如不出亡海外，必不能免死……闻此外各省指拿名士又共有三百余人（此信已确，惟名单未传于外）。但未知地方大吏实在举行否耳？情形已与明代末年无异。①

宋恕（1862—1910），字平子，浙江平阳人，是近代重要的启蒙思想家。少时受知于侍读学士孙锵鸣，从而成为其女婿。曾问学于孙诒让、俞樾等人，后到上海、南京等地接受西学，逐渐形成了从古文经学出发托古改制的变法维新思想，著有《六字课斋卑议》、《山左陈言录》等。谭嗣同赞其可作后王之师，李鸿章惊为"海内奇才"。宋恕虽与康有为等人在变法维新看法上存在分歧，但当康、梁等发动维新运动时，他又放弃门户之见真诚地拥护康、梁，赞扬康、梁有"转移天下之人心风俗"的功绩。戊戌政变后，他曾悲愤地写诗哭悼"六君子"。孙仲恺为宋恕内弟，光绪诸生，民国时曾任总统府顾问，兼国务院顾问、国史馆纂修等。写此信时，宋恕时寓上海，消息较为灵通。他之所以详述时事，目的是为了让内弟孙仲恺读给岳丈孙锵鸣听。此信详述"建储"以来，以慈禧为首的清廷大肆搜捕新党、帝党之严峻形势，特意提到"荣、刚又下密电于江西，着将陈宝箴中丞就地正法"，并十分肯定地推测"陈中丞如不出亡海外，必不能免死"。宋恕如此言说，有着可靠的消息来源。此信末云：

> 阁下欲知其详，可买本年正、二月《同文沪报》及《中外日

---

① 胡珠生编：《宋恕集》，第 700—701 页。以下所引宋恕信出处同此。

报》、《苏报》、《国闻报》、《天南新报》、《闽报》、《亚东时报》、《游戏报》等细阅，便知其详。

知宋恕信中所言，乃综合当时报章消息而来。

报章所云清廷欲将陈宝箴拿究正法之消息，是否可靠，可从当时的新闻生态和政治形势两方面分析判断。就新闻生态而言，当时清廷对媒体的管控能力有限，很多报章是民间独立的商绅、士绅所办，更有不少国外或租界的报章行销国内。这些报章的政治倾向不尽一致，有些甚至站在慈禧或清廷反面。此种新闻生态决定了某些报章有可能提前披露政治隐情。特别是一些有新闻操守、反对慈禧或清廷的报章，披露清廷政治隐情的可能较大，因为这正是它们所关注的。如上文所引《清议报》即为康、梁流亡日本后创办，在国内影响较大，"李合肥且公然对人赞赏，并传语梁卓如'嘱其珍重'，官幕私买者络绎不绝"①。从李鸿章和幕僚们的追捧看，《清议报》极有可能发布政治隐情。宋恕经常阅览各种报章，对不同报章的新闻操守及其变化了然于心。他介绍消息来源的那些报章，应该也是比较敢于披露政治隐情的。所以，他在列举完这些报章后，紧接着用小字注了一段：

> 《申报》主笔受贿，不齿于人类！②《新闻报》客冬以前亦大著公论，近被某大臣以三万金买其主笔，渐讳京中隐情，然不如《申

---

① 宋恕：《致孙仲恺书》（一八九九年十二月三十日），胡珠生编：《宋恕集》，第694页。
② 宋恕《致孙仲恺书》（一八九九年十二月三十日）亦云："上海《申报》馆得执政贿二十万，一味颠倒是非。盖执政以《申报》牌子最老，行销最远，故独行重贿，其计毒矣！"（胡珠生编：《宋恕集》，第693页）

报》之甚!

除宋恕所言收买外,清廷及其大臣还会查禁某些报章。这亦从反面证明它们会披露政治隐情。对此,宋恕在这封信中亦有提及:

> 两湖于去秋后已禁阅各报,甚严,惟受贿之《申报》许阅。直隶现亦禁官民阅报。两江新督、两湖总督均派密员查上海《申报》以外诸报馆主笔姓名,以便密电下拿。现诸主笔势甚危急。

再看政治形势。"建储"引发的轩然大波令慈禧甚是不安,为了杜绝后患,不少已遭贬逐的帝党大臣被重新拿究诛杀。荣禄、刚毅为慈禧宠臣。荣禄时任军机大臣、文渊阁大学士,管理兵部事务,节制北洋海陆各军,统近畿武卫五军;刚毅时任军机大臣、兵部尚书、协办大学士。二人正是执行慈禧旨意,诛杀新党、帝党的总头目。虽然荣禄曾经举荐过陈宝箴之子陈三立,并有可能在戊戌政变发生时为陈宝箴说情,但在慈禧感觉到新党、帝党的威胁陡然提升并大开杀戒之时,深谙权术的荣禄岂能拂逆老佛爷旨意继续为陈宝箴说话?诚如英人濮兰德和白克好司合著的《慈禧外纪》所云:"(戊戌四月)二十三日,帝降决意变法之谕。未降谕之先,帝曾往颐和园禀商于太后,又特召见荣禄一次。太后告帝:'凡所施行之新政,但不违背祖宗大法,无损满洲权势,即不阻止。'同时又言'必去翁同龢',不可迟疑,谓'彼近日煽动排满,恐其危及朝廷也'。荣禄力荐一维新之人物于帝,乃湖南巡抚陈宝箴之子。此事言之极有趣味,盖欧人皆谓荣禄始终反对变法也,观于此,则知荣禄初亦非坚持反对者,其后情势所迫,乃成势不两立之势。虽其前

陈宝箴为慈禧密旨赐死说再考辨
—— 从陈三立 "门存" 诗谈起

日所力荐者,亦不得不反而为仇矣。"① 至于刚毅,则一贯力请斩杀翁同龢、沈鹏等帝党。沈鹏上疏倡议归政皇上,并立诛荣禄、刚毅和李莲英"三凶"。因沈和翁同龢系同乡,"刚毅见此稿大怒,曰:'此必翁同龢主使,吾必先杀翁同龢,再杀此人。'自有此折,翁师傅之性命盖危于累卵矣。自去年八月以后,翁公日居破山寺,非僧人不敢接见,然犹密旨再三著督抚严密查看,幸两江督抚尚肯保全正类耳。"②"建储"时,刚毅再次献策:"'翁同龢不死则祸根不除,必先急除!'于是主者即饬拿翁。旨未下而廖大臣寿恒力争,求免其拿,遂蒙斥出军机之谴。王大臣文韶继以苦求,李合肥亦求免其死,于是暂得免拿。"③

戊戌政变后,陈宝箴被视为帝党首要分子④,且有传言云其欲起兵"自称湘南王"⑤。二月十一日《清议报》报道"建储"引发的各地风波时,又云:

> 江西省南昌府居民皆归心皇上,互激忠勇之气,谓西后如将皇上废去,而使溥儁登位,则该处必起勤王之师云。⑥

陈宝箴当时正住在南昌西山,颇有名望。而慈禧拿究已贬逐帝党大臣的

---

① 〔英〕濮兰德、白克好司:《慈禧外纪》,陈冷汰、陈诒先译,中华书局1916年版,第135—136页。
② 宋恕:《致孙仲恺书》(一八九九年十二月三十日),胡珠生编:《宋恕集》,第693页。
③ 宋恕:《致孙仲恺书》(一九〇〇年二月),胡珠生编:《宋恕集》,第696—697页。
④ 范当世《故湖南巡抚义宁陈公墓志铭》:"而人遂汹汹,目公以康党。"《陈宝箴集》,第1990页。
⑤ 陈寅恪:《寒柳堂记梦未定稿》,《寒柳堂集》,生活·读书·新知三联书店2001年版,第216页。
⑥ 《汇志立嗣事及京内外近日情形与外人议论》,《清议报》报馆编:《清议报》第38册,第2469页。

目的，恰是为了防止他们被人拥护起来反对自己。南昌府居民欲起勤王之师的消息，无疑更有可能坚定慈禧杀害陈宝箴的决心。《清议报》云清廷"谕各省督抚将前岁政变已获咎诸臣再行拿究"，又云"西后现降密谕"捕拿陈宝箴等人。宋恕亦云："荣、刚又下密电于江西，着将陈宝箴中丞就地正法。"综合来看，应该是慈禧下密旨给荣禄、刚毅，由他们电致江西巡抚——旗人松寿执行。至于行刑方式，当如《清议报》所分析清廷可能如对待翁同龢的那样，迫于陈宝箴的名望，为了不犯众怒，应"逼使之自尽"。

正是因为"建储"以来，慈禧严拿新党、帝党逐臣的风声很紧，所以当时有不少友人为陈宝箴的安全担忧不已。如刘梦溪先生所指出的，皮锡瑞《师伏堂日记》二月五日云："闻居停言萍乡学士（笔者注：指文廷式）又有刊章之捕，汉庭萧傅（笔者注：指翁同龢）恐遭骈首之冤。若戮士不已，至于戮师，元气尽矣！此心怦怦，夜不能寐！不知右老乔梓（笔者注：指陈宝箴、陈三立父子）封神榜无名否？"①所谓"封神榜"，即慈禧捕杀新党、帝党之黑名单。五月十七日，邹代钧《致汪康年书》（九十二）云："陈右丈乔梓行止，祈属中外日报馆不必登载，千万！陈氏父子实可告无过于天下，公当敦属……伯严已到金陵，而右丈仍在南昌之西山。"②

可见，不论从当时的新闻生态还是从政治形势分析，《清议报》和宋恕信件所言光绪二十六年（庚子）上半年，慈禧密谕各省督抚，着将翁同龢、沈鹏、宋伯鲁、张元济、文廷式、陈宝箴等人拿究正法之消

---

① 皮锡瑞著，吴仰湘整理：《师伏堂日记》第4册，国家图书馆出版社2009年版，第144—145页。
② 上海图书馆编：《汪康年师友书札》第3册，第2798—2799页。

息,无不属实。翁同龢赖有两江督抚庇护,避居破山寺等处,不敢见客。沈鹏归乡后寓居曾朴家,庚子年正月二十七日,"常熟知县忽然登门造访先生(指曾朴),袖出廷寄密电,令捕沈鹏"(张鸿《籀斋先生哀辞》)。所谓"廷寄密电",当即慈禧密旨。沈鹏被捕后,先由县衙监管,半个月后移苏州省监①,幸亏苏抚陆元鼎报疯求宽,幸免一死。宋伯鲁挈眷避沪,易姓为赵,庇于英领事,"初居日本,旋匿申江",居沪上三年许。② 文廷式避居日本、上海,庚子年六月潜行入湘,为清廷鹰犬发觉,湘抚严敕密拿,文闻警远飏。③ 张元济韬晦淞滨,尝刻一小印云"戊戌政变子遗",足见幸免之意。④ 以上诸人或因地方官暗中庇护,或因自己暗中匿迹,侥幸躲过一劫。陈宝箴性格耿直、襟怀坦荡,即使听到风声也不会躲避,而事实上他也未曾匿迹,所遇江西巡抚又是颟顸备位之旗人松寿,故罹难在所难免。后来,戴远传《文录》记载,陈宝箴系被慈禧密旨赐死。这与《清议报》、宋恕《致孙仲恺书》所言一前一后,若合符契。

四、诸说考辨

《清议报》和宋恕《致孙仲恺书》披露、戴远传《文录》记载、陈三立诗歌(特别是"门存"诗)流露的陈宝箴死因,皆为慈禧密旨赐

---

① 何振球:《沈鹏疏谏史事论辨》,《常熟文史论稿》,南京大学出版社1989年版,第229页。
② 清史编委会编:《清代人物传稿》下编第1卷,辽宁人民出版社1988年版,第125页。
③ 清史编委会编:《清代人物传稿》下编第4卷,第152页。
④ 汤志钧编:《戊戌变法人物传稿》,中华书局1982年版,第97页。

死。然而陈三立所撰《行状》又说是"忽以微疾卒"。我们若考虑到已知诸种文献的内容、文体属性、功用和来源等等，并全面、系统地分析文献间的相互关系，就会发现慈禧密旨赐死说更接近真相。

首先，就文献的内容、文体属性、功用和来源等等而言，《行状》用微言的可能最大。按"行状"，又称"状"或"行述"，是为已故之人所作的传记，多由死者子孙、朋友或门生故吏写作，用途主要有三：一是上达朝廷，给死者请谥；二是呈送史馆，请求将死者的生平事迹载入国史①；三是递送亲朋故交，为撰写墓志铭提供依据。这种公共性和实用性，决定了写作时难免考量政治形势和人事纠葛等等，有些甚至不能不用微言。陈宝箴卒之当年，陈三立曾将《行状》单独付梓②，并分发投寄。③《行状》云陈宝箴"忽以微疾卒"。虽然典籍中不乏某人"以微疾卒"的说法，但若联系全篇和陈三立对其父之死的态度等等，仍让人觉得弦外有音。其一，一般来说，病亡会有一些先兆，而且往往先病，至病重不治而亡。陈宝箴、陈三立父子精通中医，能为人疗病。陈寅恪《寒柳堂记梦未定稿》"吾家先世中医之学"一节对此有详细记载。④陈宝箴晚年身体一直很康泰。其卒之前一年，邹代钧来南昌相访，当时

---

① 有些行状直接在正文中对此有所交代。如光绪十年（1884）张謇《清建威将军广东水师提督三等轻车都尉世袭云骑尉珊敦巴图鲁谥壮武吴公行状（代黄侍郎体芳作）》云："上之史官，备采择焉。"（李明勋等主编：《张謇全集》第6册，上海辞书出版社2012年版，第54页）台湾"故宫博物院"所藏档册中，有清国史馆为修纂人物列传所整理的"传包"，传包内容包括了国史馆为修纂列传所咨取或摘抄的各种传记资料，其中即有行状、行述等。
② 今上海图书馆和江西省图书馆等单位皆有藏本。
③ 陈宝箴墓铭为范伯子所作，但散原将《行状》给其他亲朋故交亦有递送。如皮锡瑞《师伏堂日记》光绪二十七年（1901）十月十六日云："得伯年书，寄示右老行状，述湘事颇能张目。"（皮锡瑞著，吴仰湘整理：《师伏堂日记》第4册，第510页）
④ 陈寅恪：《寒柳堂集》，第188—190页。

陈家生计已陷入困境,但陈宝箴依然"天怀泰然,甚是康强"①。卒前两月,陈宝箴还和其子相约,到了秋天就搬到江宁一起居住;卒前数日还曾赋诗二章,卒前五日还写信给陈三立,"慇慇以兵乱未已、深宫起居为极念"(《行状》)。② 一点儿死亡的征兆也没有。若真的是因病而亡,精通中医的陈三立不会一笔带过,连得的什么病、病亡时的症状一点儿都不提。其二,陈三立在此处和其他诗文中,提及其父之死,往往用的是"锻魂挫骨"这样表达沉哀巨痛的严重词汇。而且,葬父之后,陈三立以其尊翁墓地所在"散原"为号,以"识隐痛"。每年清明和冬至,他都要返回西山为父扫墓,每次祭拜,都痛哭不止。据陈小从回忆:"一九八一年冬,我到南昌,曾前往西山扫曾祖右铭公之墓,距随侍先父(隆恪)最后一次扫墓时间,已隔三十六年之久。当地之程姓老人,年已八旬,谓彼曾见过先祖,当时彼尚在童年,说先祖每年要来扫两次墓,清明节来过后,冬至节还要来,每次来后,匍伏在墓前痛哭不止,一两个小时都不肯起来。"③ 若是一般的因疾病自然死亡,不至于如此。其三,陈三立的叙述颇耐人寻味,似乎不忍、不便说什么,但又不能不说。这从"忽"、"微疾"、"卒"三个词汇之间的张力,陈三立言自己"忍死苟活,盖有所待"④,并不厌其烦地补叙、交代其父卒前数日、卒前五日"尚"如何如何的行事便可看出。

---

① 邹代钧:《致汪康年书》(七十八),上海图书馆编:《汪康年师友书札》第3册,第2777页。
② 陈三立著,李开军校点:《散原精舍诗文集》,第856页。
③ 宗九奇:《陈三立传略》,《江西文史资料选辑》第3辑,第132页注8。
④ 邓小军《"殉国":陈宝箴之死的新证据——夏敬观、陈三立赠答诗二首笺证》一文指出:"'忍死苟活,盖有所待',亦是微言,当是暗指自己等待着清廷为右铭公平反冤案的那一天。"所言甚是,若云所待者乃"陈宝箴在湘时的'孤怀苦志'"(参见李开军:《陈宝箴"赐死"考谬——与刘梦溪、邓小军两先生商榷》),则陈三立所撰《行状》已"述湘事颇能张目",何待之有?

诗歌具有排遣愁绪、陶写郁积的功能，即使是唱和诗，也仅限于少数几个友朋间酬答，相对来说隐私性、抒情性更强一些。这使作者在情感波澜的推动下，更有可能通过用典等方式含蓄委婉地流露真相。"门存"诗中的《遣兴二首》，从诗题看，创作动机正是为了抒发情怀、解闷散心，没有说假话的必要。至于《清议报》和宋恕信件披露的隐情是否可靠，上文已析，此处不赘。

再看戴远传《文录》。其一，披露它的宗九奇在《陈宝箴之死的真相》1992年增订稿中明确交代了材料的来源经过："一九五二年冬，家父（宗远崖）与闵孝同（江西省文史馆馆员）、汪际虞（九江一中语文教师）二位先生在戴宅与远传翁晤谈，言及陈三立《巡抚先府君行状》一文中措词之痛心疾首，戴翁特将其《文录》手稿出而观之。"① 其时清廷倾覆四十多年，陈家也已败落，完全没有了现实利益或人事纠葛的顾忌。由友朋间的闲谈引出这条材料，十分自然，没有造假的迹象。其二，《文录》由当事人之子所记，可信度不言而喻。如戴远传转述其父行令时的场景云："陈宝箴自缢时，一时气难断，作挣扎状。先父睹之不忍，为减其痛苦，以手猛一拽，气乃绝。"② 此情此景，绝难伪造。其三，正如刘梦溪先生所指出的："此一记载，时间、地点、人物、情景，

---

① 见1992年宗九奇《陈宝箴之死的真相》增订稿。宗氏增订稿未发表，转引自邓小军：《"殉国"：陈宝箴死因的新证据——夏敬观、陈三立赠答诗二首笺证》，《古诗考释》，第186页注1。宗九奇《陈三立传略》注2亦云："戴明震，五十年代任教九江二中，'文革'中去世。其父远传，字普之，藏书甚多，五四年卒于浔；其《文录》有关陈宝箴之死的记录，家父曾与闵孝同、汪际虞二老于五二年冬同观于戴宅，当即手录。"（《江西文史资料选辑》第3辑，第131页）

② 见1992年宗九奇《陈宝箴之死的真相》增订稿。宗氏增订稿未发表，转引自邓小军：《陈宝箴之死的真相——散原精舍诗表微之一》，《诗史释证》，第371页。

均正确无误,不类造假或误记误传之属。"①

其次,就文献间的相互关系而言,戴远传《文录》在证实《清议报》和宋恕信件披露慈禧下密旨将陈宝箴拿究正法消息、支持陈三立诗歌流露其父陈宝箴死因的同时,又能够解释《行状》用微言的原因,故更接近真相。

《行状》作于陈宝箴卒后不久,要上报朝廷和史馆,并递送亲朋故交。这种公共性决定了陈三立不敢、也不会违背最高统治者慈禧太后意志,将其密旨公布出来。而慈禧之所以采取下密旨赐死的方式,一方面是担心陈宝箴逃走,更重要的是她顾忌陈宝箴的声望,以避免犯众怒引发风波。另外,家族中有人被朝廷赐死,对于陈氏一门来说是至为沉痛的悲剧,站在传统伦理立场看,非光彩之事。陈三立多次在诗中提到自己有口、有舌却不能言,当与这个隐衷有关。如《除日祭诗和剑丞》:

奎踣缘蠕蠕,不避烊沃灭。棘丛飞翻翻,不戒网罟设。寰壤著大群,颠挤得跛躄。指掌白马岁,灾变固已烈。四张麒麟楦,辉我炎黄国。宪法顿输灌,合彼海裔辙。猥以资汹汹,霆电诡一掷。吾衰泛江湖,向人有瘖舌。刺取剩余景,咀嚼吐楮墨。且哦且自羞,么禽啾微雪。归欤收视听,蛇尾亦赴穴。瞥君祭诗作,哀锵碎冰铁。所极弄窈冥,霓敷灵草悦。扬我缕缕气,澹与蜃楼结。云龙逐东野,古泪复谁咽?猛掣日月开,划照心头血。②

此诗作于光绪三十二年(1906)年除夕。"剑丞"即夏敬观,是陈三立

---

① 刘梦溪:《陈宝箴系慈禧密旨赐死新证》。
② 陈三立著,李开军校点:《散原精舍诗文集》,第208页。

之忘年交。两年后,夏敬观致陈三立诗云:"告墓终伤殉国先。"① 邓小军先生认为系陈宝箴被赐死的又一证据。② 这首诗乃酬和夏敬观《除日祭诗呈伯严》,诗中提到的"白马","灾变",古典当指唐"白马之祸"。唐昭宗天祐二年(905),梁王朱全忠为减少称帝阻力,谋除朝廷名臣。宰相柳璨素为朝廷宿臣所轻,盛赞其谋。六月,朱全忠聚原宰相裴枢、独孤损等朝廷名士三十余人于白马驿(今河南滑县境内),以"浮薄"的罪名,敕赐自尽,投尸于黄河。史称"白马之祸"。"指掌白马岁,灾变固已烈",乃陈三立用唐朱全忠屠杀裴枢等清流之古典,指戊戌政变后慈禧大肆屠杀新政党人之今事。陈寅恪《寒柳堂记梦未定稿》"清季士大夫清流浊流之分野及其兴替"及"孝钦后最恶清流"两节亦云,清季士大夫实分清流、浊流,清流多为主张新政之党人,"其所言,实中孝钦后之所忌,卒黜之杀之而后已"③。陈氏父子自在清流之列。《资治通鉴》所载朱全忠杀清流之方式——"并所在赐自尽"④,更与陈宝箴之死完全一样。此诗之"灾变",对陈三立一门而言,当与《由崝庐寄陈芰潭》"前年朝政按党锢,父子幸得还耕钓……无何昊天示灾凶,坐使孤儿仆且叫"⑤之"灾凶"、《崝庐述哀诗五首》其五"惟彼夸夺徒,浸淫坏天纪。唐突蛟蛇宫,陆沉不移晷……儿今迫祸变,苟活蒙愧耻"⑥之"祸变"一样,指陈宝箴被赐自尽。由"指掌"二字,足见陈三立记忆之刻骨铭心。故下文在叙述完戊戌政变及其后名实不符、每况愈下的政局

---

① 夏敬观:《寄怀陈伯严》,《忍古楼诗》,中华书局1937年版,第13页。
② 邓小军:《"殉国":陈宝箴之死的新证据——夏敬观、陈三立赠答诗二首笺证》。
③ 陈寅恪:《寒柳堂集》,第219页。
④ 司马光编著,胡三省音注:《资治通鉴》,中华书局1956年版,第8643页。
⑤ 陈三立著,李开军校点:《散原精舍诗文集》,第17—18页。
⑥ 陈三立著,李开军校点:《散原精舍诗文集》,第17页。

后,陈三立紧接着说:"吾衰泛江湖,向人有瘖舌。""瘖"指发音不出或说话无声。可见,戊戌政变带来的极其惨烈之灾变——父亲陈宝箴被赐自尽,实乃陈三立菀结于心、难以向人诉说之隐衷。从诗末"古泪复谁咽"、"猛挈日月开,划照心头血"等语句,可以看出它给陈三立内心带来了多么巨大的深创剧痛!他时刻盼望着天日重开,朝廷能够为父亲平反昭雪(此即《行状》所云"忍死苟活,盖有所待"者①)。然而一直到清廷倾覆,他也没有盼到这一天。

正是因为迫于政治压力和纲常名教的规范,父亲被赐自尽乃陈三立晚年有口难言之隐衷,所以他在慈禧当权时期撰写的公共性较强的《行状》中谈及父亲之死时,运用了微言。正如邓小军先生所云:"按'忽以微疾卒'一节文字……皆是弦外有音之微言,暗指陈宝箴死于非命……何以要用微言?此因密旨赐死,恐怖政治下,不能明言,但又不能不言之故。亦因陈宝箴被害至惨,孝子隐痛至深,不忍直言之故。但是,陈三立毕竟是用微言揭示了陈宝箴之死之真相,用血泪之诗抒写了刻骨铭心之隐痛。微言,是中国经史子集作品在政治压力下揭露现实真相之一大传统。"②

综上所述,陈三立所撰《行状》云其父"忽以微疾卒"乃微言,陈

---

① 陈三立《崝庐述哀诗五首》其五亦曰:"平生报国心,只以来訾毁。称量遂一施,堂堂待惇史……几今迫祸变,苟活蒙愧耻。"(陈三立著,李开军校点:《散原精舍诗文集》,第17页)陈寅恪在《读吴其昌梁启超传书后》一文中,将康、梁托古改制的激进变法与其祖、父"历验世务欲借镜西国以变神州之法者"作了明确区分,并云"据是可知余家之主变法,其思想源流之所在矣"(陈寅恪:《寒柳堂集》,第167页)。可见,陈三立父子虽因新政受到牵连,但他们自认为与康、梁不同,而政变又是因康、梁而起。所以,尽管在康、梁等帝党被通缉的险恶环境下,陈三立依然怀着朝廷有朝一日为其父平反昭雪的期望,希望未来的"惇史"能够如实评价其父之生平业迹。
② 邓小军:《"殉国":陈宝箴之死的新证据——夏敬观、陈三立赠答诗二首笺证》。

宝箴之死的真相,当以《清议报》和宋恕信披露、戴远传《文录》记载、陈三立诗歌(特别是"门存"诗)流露的被慈禧密旨赐死说为是。

【附记】感谢刘梦溪、邓小军、赵逵夫等先生对本文的耐心指教。

(原载《文史哲》2015 年第 6 期)

《涉江》中"伍子"为子胥考

姚小鸥

屈原《涉江》中有"伍子逢殃兮,比干菹醢"一句。王逸《楚辞章句》:"伍子,伍子胥也。为吴王夫差臣,谏令伐越,夫差不听,遂赐剑而自杀。后越竟灭吴,故言逢殃。"① 自宋代李壁始对此加以质疑,他认为伍子胥"于吴实貔虎,于楚乃枭鸱"。伍子胥既是楚国的"国贼",屈原绝不可能称许他,并认定此"伍子"当指伍子胥的父亲伍奢和兄长伍尚。其后魏了翁引用李壁的意见说:"子胥挟吴败楚,几墟其国。三闾同姓之卿,义笃君亲,决不称胥以自况也。"② 近代学者多以此立论。如刘永济先生说:"子胥于吴诚忠矣,然教吴伐楚,残破郢都,鞭平王之尸,自此之后,吴楚构兵不休。贻害楚国甚大,实乃楚之逆臣,屈子决无以忠许之之理。此'伍子'当属伍奢。"③ 刘永济先生还据此判断《九章》相关篇章如《惜往日》与《悲回风》的作者归属。力之先生撰

---

① 洪兴祖:《楚辞补注》,中华书局1983年版,第131页。
② 这一论断最早由李壁提出,后经魏了翁在《鹤山渠阳经外杂抄》引用而为世人所广泛知晓。参见熊良智:《〈楚辞·九章〉真伪疑案的一段文献清理》,《文献》1999年第2期。
③ 刘永济:《屈赋通笺》,中华书局2007年版,第184页。此外还有许多学者作如是说。参见雷庆翼:《楚辞正解》,学林出版社1994年版,第391—394页。

文力主"伍子"是子胥而非伍奢等人，实为有见，但对屈原咏叹子胥一事仍不得其解。他在论文的结尾中说："李壁之说并非一无是处，不过这不在其结论，而在其能促使后人深入思考：屈原既为楚的忠臣，他何以称颂伍子胥？"①

伍子胥是否是"国贼"？对此，陈子展先生认为不能用后世狭隘的爱国思想或民族主义作为判断标尺。他指出："王土王臣的观念，中国一统、天下一家、四海之内皆兄弟的思想，早已成为思想领域上的统治思想，这在无形中压住了褊小的地方观念、狭隘的爱国思想。……在那一时代里，这一国的人材一点不避嫌疑的出仕那一国，那一国的君主一点不生猜忌的延揽这一国的人材。楚材晋用、朝秦暮楚，不算一回事。"②陈子展先生不赞成将伍子胥视作国贼，确属有见，但其论证尚未切中问题要害，故不能十分服人。

事实上，由于家族之仇而与故国为敌者，先秦时期并非罕见，即在楚国，即为屈氏，亦有著例。《左传·成公七年》记载楚子重、子反杀害申公巫臣的族人，继而又霸占他们的财产。③申公巫臣发誓要使二人"奔命以死"。其后巫臣果然"教吴乘车，教之战阵，教之叛楚"。家族利益与国家利益矛盾时，古人往往以家族利益为重。这种宗亲重族的思想深刻地反映了当时的伦理观念。《大戴礼记·曾子制言》篇说："父母之仇，不与同生；兄弟之仇，不与聚国；……族人之仇，不与聚邻。"④此类论述亦见于近年公布的出土文献。《郭店楚简·六德》篇说：

---

① 力之：《〈涉江〉的"伍子"为"伍子胥"无误辨》，《云梦学刊》2002年第4期。
② 陈子展：《楚辞直解》，江苏古籍出版社1998年版，第538页。
③ 《左传》记载说："子重、子反杀巫臣之族子阎、子荡及清尹弗忌及襄老之子黑要，而分其室。子重取子阎之室，使沈尹与王子罢分子荡之室，子反取黑要与清尹之室。"
④ 王聘珍：《大戴礼记解诂》，中华书局1992年版，第91页。

为父绝君，不为君绝父；为昆弟绝妻，不为妻绝昆弟；为宗族杀朋友，不为朋友杀宗族。①

所谓"为父绝君"，是建立在血缘关系上的伦理判断：父子之间血脉有亲，不可断绝；君臣之间没有这种血缘关系，因而可去可绝。②由简文，可知当父子所代表的家庭关系和以君臣所代表的社会关系发生冲突时，"要以家庭关系为上。为什么？因为'先王之教民也，始于孝弟'，'孝，本也'。社会关系是建立在家庭关系之上的"③。这与《孝经·开宗明义章》引孔子所言"夫孝，德之本也，教之所由生"④的内涵一致。强调父子之亲胜过君臣之义，学者指出，"这是儒家本来的说法"⑤。《礼记·哀公问》记载鲁哀公向孔子请教为政之道，孔子回答说："夫妇别，父子亲，君臣严。三者正，则庶物从之矣。"⑥相似的说法亦见载于《大戴礼记·哀公问于孔子》篇。⑦《郭店楚简·六德》篇说："夫夫、妇妇、父父、子子、君君、臣臣，六者各行其职，谗谄无由作也。"⑧以夫、妇、父、子、君、臣作为执政中的六个重要因素，与大、小戴《礼记》所载的三组发展序列一一对应，反映出其时这一观念的成熟与稳定。《六德》

---

① 荆门市博物馆：《郭店楚墓竹简》，文物出版社1998年版，第188页。
② 亦有论者以为此段仅就服丧制度而言，本文不取。参见李零：《郭店楚简校读记》，北京大学出版社2002年版，第63页。
③ 廖名春：《荆门郭店楚简与先秦儒学》，姜广辉主编：《郭店楚简研究》，辽宁教育出版社1999年版，第63页。
④ 李隆基注，邢昺疏：《孝经注疏》，阮元校刻：《十三经注疏》，中华书局1980年版，第2524页。
⑤ 李零：《郭店楚简校读记》，第137页。
⑥ 郑玄注，孔颖达正义：《礼记正义》，阮元校刻：《十三经注疏》，第1611页。
⑦ 王聘珍：《大戴礼记解诂》，第13页。
⑧ 荆门市博物馆：《郭店楚墓竹简》，第188页。

篇又有"男女辨生言，父子亲生言，君臣义生言"之说，这也就是《礼记·昏义》所说的"成男女之别，而立夫妇之义也。男女有别，而后夫妇有义；夫妇有义，而后父子有亲；父子有亲，而后君臣有正"①。《昏义》中说"昏礼者，礼之本"。婚礼为诸礼之本，建立在其基础之上的父子关系、宗族关系有不同于君臣关系、朋友关系的特殊意义。传世文献与出土文献中所记载的这种由父子到君臣的关系，体现了由家庭人伦到政治伦理发展的序列。

上文论及《六德》篇"为父绝君"的观念。事实上，《郭店楚简》其他篇章对此亦多有发明。如《语丛三》记载说：

> 父无恶，君犹父也，其弗恶也，犹三军之旌也，正也。所以异于父，君臣不相在也，则可已；不悦，可去也；不义而加诸己，弗受也。

这段话的意思是说：子不得称父恶；对臣下而言，国君如同父亲，作为号令三军的表率，也不得称恶。但父子与君臣之间又有区别。因为君臣"不相在"，缺少父子之间血脉依存的天然之性，因此臣下可以离开君主，对君主不合道义的要求，也可以不予接受。

《左传·宣公二年》记载，晋灵公要杀害赵盾，赵盾被迫出逃。这就是《语丛三》所说的"不义而加诸己，弗受也"。之后晋灵公被弑，赵盾"未出山而复"。晋太史董狐记录此事，直书"赵盾弑其君"。赵盾指责董狐所记失当，董狐回答说："子为正卿，亡不越竟（境），反

---

① 郑玄注，孔颖达正义：《礼记正义》，阮元校刻：《十三经注疏》，第1681页。

不讨贼，非子而谁？"《左传》引用孔子的话说："董狐，古之良史也，书法不隐。赵宣子，古之良大夫也，为法受恶。惜也，越竟（境）乃免。"① 晋国表里山河，所谓"未出山而复"，指赵盾出奔时未出晋之边境即返回国都。按当时人的观念，赵盾未出境，即与晋灵公依然维系君臣之义。杜预注云："越竟（境），则君臣之义绝。"孔颖达进一步申论说："今君欲杀己，逃奔他国，君之于臣既已绝矣，臣之于君能无绝乎？"晋灵公以不义加诸赵盾，"君欲杀己"，赵盾自然可以"弗受"，有离开的权利。未出境而返，君臣之义未绝，义当担责。楚人滥杀申公巫臣宗族，属不义之举，巫臣因此与楚义绝，而教吴伐楚，使子重、子反疲于奔命。申公巫臣此举对吴、楚而言皆意义重大。《左传》说吴"是以始大"，此后吴楚之间干戈不断。《国语·楚语上》记载伍举说巫臣教吴人射御之法。又引导吴人伐楚，是"申公巫臣之为也"②。伍子胥挟吴败楚，正是在此历史大背景之下所发生。

《国语·楚语下》记载，楚昭王十年（前506）吴、楚发生战争，吴人攻入郢都，昭王出逃郧地。郧公斗辛之父子期当年被昭王之父平王所杀，因此郧公之弟斗怀意欲杀昭王以报父仇，郧公被迫护送昭王逃往随国避难。昭王返回郢都后，论及刑赏，均赏郧公、斗怀兄弟二人。《楚语下》记载说：

> 王归而赏及郧、怀。子西谏曰："君有二臣，或可赏也，或可戮也。君王均之，群臣惧矣。"王曰："夫子期之二子耶？吾知之

---

① 杜预注，孔颖达等正义：《春秋左传正义》，阮元校刻：《十三经注疏》，第1867页。
② 徐元诰：《国语集解》，中华书局2002年版，第491页。

矣，或礼于君，或礼于父，均之，不亦可乎？"①

楚国公子子西对昭王的赏赐表示异议，他认为郧公护君有功，当赏；而斗怀企图弑君，罪当诛杀。楚昭王则指出：二人"或礼于君，或礼于父"，皆当褒奖。在身为人君的昭王眼中，君臣之义并未凌驾于父子之亲上。"君子之德风，小人之德草。草上之风，必偃。"（《论语·颜渊》）最高阶层的主导思想必然对整个社会产生重大影响，此即所谓"上下同风"。斗怀说："平王杀吾父，在国则君，在外则仇。见仇弗杀，非人也。"这段话首先区分"在国"与"在外"的不同。"在外则仇。见仇弗杀，非人"，这也就是《礼记·曲礼上》所说的"父之仇，弗与共戴天"。昭王与斗怀的言行均反映出当时整个社会以孝为本的人伦观，这与我们前文所引《郭店楚简》的表述可以互相印证。

据学者考证，《郭店楚简》所出楚墓的墓主曾任楚国太子的老师。以墓葬年代推论，这位太子应当是怀王太子横，即后来的顷襄王。②曾有论者认为墓主是屈原，此说未必妥当，但墓葬诸方面的迹象显示，墓主与屈原年代相近，身份地位相当。可知在屈原生活的时代，简文所记载的思想在楚地贵族社会中广为流行。这就是伍子胥去楚至吴复仇，以及昭王均赏郧公、斗怀二人的思想文化背景。

伍子胥的复仇对象是楚平王及其子昭王。楚昭王十年，伍子胥引导吴军攻入郢都，鞭尸平王，昭王被迫出奔，其间遭斗怀追杀。事后昭王不但未追究斗怀逆君之罪，反而因为其能为父复仇而加以赏赐。昭王行

---

① 徐元诰：《国语集解》，第 524 页。
② 李学勤：《先秦儒家的重大发现》，姜广辉主编：《郭店楚简研究》，第 14 页。

事尚如此，楚国其他人更不会以"国贼"之罪议诸子胥。与此相联系，终先秦之世未见视伍子胥为"国贼"、"逆臣"的论断。

根据《左传》记载，伍子胥的父、兄伍奢、伍尚被杀一事，发生在鲁昭公二十年（前522）。之前伍奢被楚王囚禁，楚国佞臣费无极向楚王进言，认为伍奢二子均有才干，若至吴国，必为楚国大患，一定要将二人一同杀害。楚王诱杀伍尚，而子胥逃往吴国。伍奢听说后，有"楚大夫其旰食乎"之叹，可知子胥借吴国之力向楚国复仇属必然之势，时人皆晓。伍子胥因父兄被杀，复仇于楚，正是基于"孝，本也"这一根本的伦理观。所以《吴越春秋》记载子胥在逃离的过程中与申包胥相遇说："吾闻父母之仇，不与戴天履地；兄弟之仇，不与同域接壤，……今吾将复楚辜，以雪父兄之耻。"①

通行本《楚辞章句》注"专惟君而无他兮，又众兆之所雠"："百万为兆，交怨曰雠。言己专心思欲竭忠情以安于君，无有他志，不与众同趋，故为众所怨雠，欲杀己也。"什么样的仇恨必欲杀之而后快呢？黄灵庚教授发现，"交怨曰雠"，《四部丛刊》本《楚辞章句》作"父怨曰雠"。他又进一步发现《慧琳音义》等经典文献引相关王逸注皆作"父怨"。故"父怨"为正，"交怨"为讹无疑。"交"、"父"字形相近，意义则有极大不同。②孔颖达《礼记正义》解释《礼记·曲礼上》"父之雠，弗与共戴天"一句说："此不共戴天者，谓孝子之心，不许共仇人戴天，必杀之乃止。"③正是"孝子之心"使伍子胥与楚王有了不共戴天之仇，必欲杀之而后快。孝子复仇是先秦时期最重要的伦理信条，《楚辞章句》

---

① 赵晔：《吴越春秋》，江苏古籍出版社1999年版，第19页。
② 黄灵庚：《楚辞与简帛文献》，未刊稿，第147页。
③ 郑玄注，孔颖达正义：《礼记正义》，阮元校刻：《十三经注疏》，第1250页。

异文证明，王逸对此是有所认识的。汉代以后的人们对此则往往已不甚清楚了。

伍子胥至吴，臣事夫差，尽忠而死，在先秦时期就已成为忠臣的典范，哀其人、叹其行、书其事迹者不绝。《悲回风》中说"浮江淮而入海兮，从子胥以自适"，洪兴祖《楚辞补注》引《越绝书》谓："子胥死，王使捐于大江，乃发愤驰腾，气若奔马，乃归神大海。"子胥神归大海，《悲回风》说入海从子胥，足见作者对其向往之意。《惜往日》"吴信谗而弗味兮，子胥死而后忧"之句，亦见作者对子胥命运之惋叹。司马迁在《史记·伍子胥列传》中称赞子胥说："向令子胥从奢俱死，何异蝼蚁。弃小义，雪大耻，名垂于后世，悲夫！"①《汉书·艺文志》颜师古注云："（子胥）春秋时为吴将，忠直遇谗而死。"②《史通·内篇·探赜》亦叹美子胥说："若伍子胥、大夫种、孟轲、墨翟、贾谊、屈原之徒，或行仁而不遇，或尽忠而受戮。"③以上略举汉唐史家所论，尚不计自先秦以迄后世历代文学艺术作品中的咏赞。④而宋代以来的伦理道德，忠君重于孝亲，即在忠孝不能两全的情况下，宁肯牺牲亲情。⑤在此历史背景下，李壁、魏了翁等一反前说，责备子胥为楚国逆臣。对此思想观念之变迁当细加辨析，不可盲目因袭误说。

---

① 司马迁：《史记》卷六十六《伍子胥列传》，中华书局1982年版，第2183页。
② 班固：《汉书》卷三十《艺文志》，中华书局1962年版，第1740页。
③ 刘知幾撰，浦起龙通释：《史通通释》，上海古籍出版社1978年版，第211页。
④ 如《慎子·知忠》"无遇比干、子胥之忠"，《庄子·盗跖》"世之所谓忠臣者莫若王子比干、伍子胥。子胥沉江，比干剖心"，《荀子·大略》"比干、子胥忠而君不用"。汉人拟《骚》赋如《七谏·怨世》"思比干之饼饼兮，哀子胥之慎事"，《九思·哀岁》"俯念兮子胥，仰怜兮比干"等。此外汉画像石中有关伍子胥的内容，敦煌变文中所记载伍子胥的故事，均可证成此说。
⑤ 李零：《郭店楚简校读记》，第137页。

综上所述，可知伍子胥报父仇于楚具有历史的合理性，"国贼"说系后人误解。子胥臣事夫差尽忠而死，屈原于楚为忠臣，引子胥为同道，作赋颂之，在情理之中。明乎此，可确知《楚辞章句》相关内容不误，在此基础上，方可进一步讨论《九章》中《惜往日》与《悲回风》两篇的作者问题。①

【附记】高中华参与了此文的撰写，谨表谢忱！

（原载《文史哲》2009 年第 5 期）

---

① 正如力之先生文章所指出的，"《惜往日》与《悲回风》说到'子胥'，这对证《涉江》的'伍子'为'伍子胥'有意义，而对证明其所自出的作品是否为屈原所作无价值。"力之：《〈涉江〉中的"伍子"为"伍子胥"无误辨》，《云梦学刊》2002 年第 4 期。

《三都赋》的撰年及其他

牟世金

近半个世纪以来的文学史,对左思都有较高的评价。这主要是从其诗歌成就着眼的。对左思的《三都赋》虽偶有提及,但以其文学价值不大而未予留意。有的文学史认为:"从文学角度看来,《三都赋》仍然只是可有可无的作品。"[①] 用今人的观点来看,这自然是对的。但要了解历史上的左思及其全人,似不能视此赋为可有可无的作品。《三都赋》的撰年涉及左思一生许多重要史实,与对左思的总评价有关,这就很有必要提出来以就教于时贤了。

一

关于《三都赋》的撰年,在今天能看到的一些原始资料中,存在种

---

① 中国社会科学院文学研究所中国文学史编写组:《中国文学史》第 1 期,人民文学出版社 1962 年版,第 258 页。

种异说或矛盾。《晋书·左思传》引卫权所作《三都赋序》有云："有晋征士故太子中庶子安定皇甫谧，西州之逸士，耽籍乐道，高尚其事，览斯文而慷慨，为之都序。"卫权是和左思同时的人，按说是可靠的。皇甫谧卒于太康三年（282），则《三都赋》最晚应完成于公元282年之前，皇甫谧才可能为之序。皇序原文又见存于《文选》卷四十五，似当无可疑之处了。但左思本传又谓："陆机入洛，欲为此赋，闻思作之，抚掌而笑，与弟云书曰：'此间有伧父，欲作《三都赋》，须其成，当以覆酒瓮耳。'及思赋出，机绝叹伏，以为不能加也，遂辍笔焉。"陆机乃太康末（289）入洛，这时左思才"欲作《三都赋》"，则其完成必在公元289年之后。卒于公元282年的皇甫谧又怎能"览斯文而慷慨，为之都序"？这类矛盾记载，《左思传》中甚多。

六朝人好撰别传。《世说新语·文学》注引《左思别传》谓："齐王冏请为记室参军，不起，时为《三都赋》未成也。后数年疾终。其《三都赋》改定，至终乃止。"司马冏请左思为记室，事在永康二年（301）。若按此说，则《三都赋》的完成当在公元301年之后。《别传》的著者和撰时已不得而详，刘孝标注引是传，必成于齐梁之前，从"至终乃止"等语看，很可能是左思卒后不久的产品。《世说》原文是肯定皇序的，故云："谧见之嗟叹，遂为作叙。"而刘注却引《别传》："皇甫谧西州高士，挚仲洽宿儒知名，非思伦匹。刘渊林、卫伯舆并蚤终，皆不为思赋序注也。凡诸注解，皆思自为，欲重其文，故假时人名姓也。"这样说来，皇甫谧既未撰序，《三都赋》的完成时间或前或后都无矛盾了。但不仅《世说》的原文和注不一致，且《三都赋》的诸序注若皆左思冒名自为，岂不正如有的研究者所说："《左思别传》的作者简直是把左思看成文坛上的骗子。"① 如果左思竟是"文坛上的骗子",则其诗歌成就如何,其豪壮之言是否可信,就都有重新考虑的必要了。《别传》对左思颇多微辞②,对左思的评价是不利的。正如《世说新语·文学》所说:"左太冲作《三都赋》初成,时人互有讥訾。"它使洛阳纸贵,盛极一时,赞者自多,讥者亦不可免。《别传》所出,是否为讥者之一?这点且存而不论。须加考虑的是:刘孝标之注引,并未录于"时人互有讥訾"句下,《别传》非"讥訾"之例甚明,却在"谧见之嗟叹,遂为作叙。于是先相非贰者,莫不敛衽赞述焉"之后,注以序注"皆思自为'。其意在矫正原文是很明显的。刘孝标这样注是否毫无道理,我看是应慎重对待的。后人对此,疑信纷陈,如王士禛以为:"按太冲《三都赋》,自足接迹扬、马,乃云假诸人为重,……《别传》不知何人所作,定出怨谤之口,不足信也。"③ 姚范亦云:"孝标之注《世说》,疑序,注皆为拟托,亦未允也。"④ 严可均更认为"《别传》失实"而加详辨⑤。然何义门以为《左思别传》"未为无据"⑥,黄侃则谓:"《左思别传》称注解皆思自为,今细核之,良信。"⑦ 如此等等,虽大多未作详考,却是各有其理的。

前人未能解决的问题,今天依然存在;当前的争议,亦为前人的继

---

① 傅璇琮:《左思〈三都赋〉写作年代质疑》,《中华文史论丛》1979 年第 2 辑。
② 《世说新语·文学》刘孝标注引《左思别传》:"初,作《蜀都赋》云:'金马电发于高冈,碧鸡振翼而云披,鬼弹飞丸以礌礚,火井腾光以赫曦。'今无鬼弹,故其赋往往不同。思为人无吏干,而有文才,又自颇以椒房自矜,故齐人不重也。"
③ 王士禛:《古夫于亭杂录》卷三。
④ 姚范:《援鹑堂笔记》卷三十七。
⑤ 严可均:《全晋文》卷一四六《左思别传》案语。
⑥ 《重刻文选》卷四十五。
⑦ 黄侃:《文选平点》卷四。

续。不过，长期以来大都各执一说而未予细究，如高步瀛只"姚（范）说是也"四字①，徐震堮只据二陆入洛在太康之末，而称"孝标之言，盖得其实"②。陆侃如师以《三都赋》完成于太安二年（303），并对严可均的"《别传》失实"之说有所辩驳③，仍限于编年体例，与高、徐二氏之说相类，未能充分展开论证。对《三都赋》的撰年作专题研究者，始于傅璇琮，其《左思〈三都赋〉写作年代质疑》，对此问题第一次作了深入细致的考证④，力主赋成于公元280年而排《别传》之非。此论之后，分歧虽还继续存在⑤，但它提出了许多发人深思的问题，如谓《晋书·左思传》和《左思别传》的有关记载都不可靠等，对《三都赋》撰年的研究大大向前推进了一步。

二

尽信书，则不如无书，何况杂采小说而载笔不严的《晋书》。但离开《晋书》，今天就无法了解左思，更无从断定《三都赋》的撰年。正

---

① 高步瀛：《文选李注义疏》卷四。
② 徐震堮：《世说新语校笺》卷上。
③ 陆侃如：《中古文学系年》，人民文学出版社1985年版，第803—804页。
④ 日本狩野充德有《左思〈三都赋〉诸家注考证》，载1976年广岛大学《中国中世纪文学研究》第11期。惜未见，不知是否涉及诸注的真伪。
⑤ 如袁世硕主编的《山东古代文学家评传》（山东人民出版社1983年版）认为："《三都赋》早构于左思居临淄故家时，却晚成于陆机入洛的公元289年后。"张玉书《〈三都赋〉何时写成》（《山东师范大学学报》1985年第2期）认为赋"应在公元280年吴亡以后，而在公元282年皇甫谧卒以前，以公元281年较接近事实"。方永耀《亦谈〈三都赋〉何时写成》（《山东师范大学学报》1986年第6期）则坚持他一向主张的赋成于公元280年吴亡之前。

由于《晋书·左思传》本身有矛盾,不能完全作为了解左思的依据,才有必要参考其他有关史料,《左思别传》也应该是重要资料之一。严可均虽云"《别传》失实",亦未完全否定而有所采。如谓:"皇甫谧卒于太康三年,而为赋序,是赋成必在太康初。此后但可云赋未定,不得云赋未成也。其赋屡经删改,历三十余年,至死方休。……此可因《别传》而意会得之者。"这说明他还是受到《别传》的一些启示。不固守一说而对各种史料斟酌取舍,互为参证,可能是讨核这一长期未决的难题的必经之途。

无论是《晋书·左思传》或《左思别传》,有一个值得注意的共同点:都以记述《三都赋》为其主要内容。《左思传》近全部篇幅的80%,《别传》亦在2/3以上。这足以说明,撰写《三都赋》是左思一生的大事,其涉及事件虽或真或假,有实有误,但却提供了不少线索,构成研究《三都赋》完成时间的有利条件。按《左思传》的列叙有如下诸事:

1. 左芬入宫,移家京师。2. 诣著作郎张载访岷邛之事。3. 求为秘书郎。4. 造安定皇甫谧,谧为赋序。5. 张载注《魏都赋》。6. 刘逵注《吴都赋》、《蜀都赋》并为之序。7. 卫权作《略解》及序。8. 司空张华见赋之赞叹。9. 陆机入洛之讥评。10. 贾谧请讲《汉书》,左思退居宜春里。11. 齐王冏命为记室督。

不仅以上诸项的时间对考定《三都赋》的创作和完成有关,其他有关史料,如《别传》之谓"司空张华辟为祭酒,贾谧举为秘书郎",王隐《晋书·左思传》所谓"司徒陇西王泰辟为祭酒"等,都须联系起来综合考虑。只据其一而不顾其他,是难以得出准确结论的。而上列诸项,大体上就是左思一生的主要事迹。必须逐一核实其一生的主要事迹,才能得知《三都赋》的实际创作进程及其完成时间。这和《左思传》、《别传》均以《三都赋》的创作为主要内容是一致的。所以,这里不可回避的是必须首先清理左思一生的主要行事。

左芬(棻)入宫的时间是较为清楚的。《晋书·左芬传》称:"泰始八年(272)拜修仪。"左芬入宫不会早于本年。《太平御览》卷一四五引《晋起居注》说"咸宁三年(277)拜美人左嫔为修仪",显然有误。今存左芬《元杨皇后诔》明言:"惟泰始十年(274)秋七月丙寅,晋元皇后杨氏崩。"《左芬传》已列此文于"为贵嫔"之后。更难据以证公元272年拜修仪之前为美。① 晋武帝广选民女入宫始于泰始中,《晋书·武元杨皇后传》:"泰始中,帝博选良家以充后宫。"《后妃传》中如胡贵嫔,"泰始九年,……帝遣洛阳令司马肇策拜芳(胡贵嫔名)为贵嫔",又"诸葛夫人名婉,……婉以泰始九年春入宫,帝临轩,使使持节、洛阳令司马肇拜为夫人"。都是入宫之时即拜内职。由是可知,左芬于泰始八年拜修仪,亦是当年入宫。左思的"移家京师",应即本年。

按《左思传》称:"(思)复欲赋三都,会妹入宫,移家京师,乃诣著作郎张载访岷邛之事。"在移家京师之前,左思就欲赋三都了,但是否公元272年到洛阳之后立即访问张载,其间相距多长时间,却很难从传文判断。照传文的说法,似移家京师后,马上就着手访问以备下笔了。其实,是传文以《三都赋》为中心,为紧其脉络而行文如此。其具体时间决定于:张载为著作郎而又有岷邛之事可访。张载曾三度为著作郎。《晋书·张载传》云:

---

① 傅璇琮:《左思〈三都赋〉写作年代质疑》引《晋起居注》而谓:"由此可见,左棻于泰始八年(272)为修仪之前,曾为美人,那末她被纳入宫,当还在此之前。"恐非。

> 载又为《濛汜赋》，司隶校尉傅玄见而嗟叹，以车迎之，言谈尽日，为之延誉，遂知名。起家著作郎，出补肥乡令。复为著作郎，转太子中舍人，迁乐安相、弘农太守。长沙王乂请为记室督。拜中书侍郎，复领著作。载见世方乱，无复进仕意，遂称疾笃告归，卒于家。

其晚年复领著作，已处于"世方乱"之际，至少在永康元年（300）之后，显然与左思之访无关。按傅玄于公元275年为司隶校尉①，卒于公元278年。则张载以傅玄之延誉而起家著作郎，必在公元275—278年之间。左思不可能在这几年内访问张载，一因张载的父亲张收到太康中才为蜀郡太守②，《晋书·张载传》说："太康初，至蜀省父。""太康初"当是"太康中"之误。必须张载省父回洛之后，左思才能向他访岷邛之事。而张载起家著作郎，还在咸宁年间。《中古文学系年》据张载《叙行赋》"岁大荒之孟夏，余将往乎蜀都"而认为："大荒为巳年，太康惟六年为乙巳。"于是系张载入蜀于太康六年（285），这是对的。照《张载传》所载任职，大约于肥乡令任满后至蜀省父，由蜀返洛，"复为著作郎"，而左思的"诣著作郎张载访岷邛之事"，便应在太康六年、七年了。

《晋书·左思传》："自以所见不博，求为秘书郎。及赋成，时人未之重。"显然是在《三都赋》的写作过程中，为广其见闻而求为秘书郎的。传文未明其在何时，但必在赋成之前。这是考证《三都赋》撰年

---

① 据万斯同：《历代史表·晋将相大臣年表》。
② 北宋黄休复《益州名画录》引《益州学馆记》："西晋太康中，益州刺史张收笔。"

者向来未曾留意的问题。秘书郎为秘书监属官,主管图籍,确利于查找《三都赋》的写作材料。钱锺书先生曾讲道:"左思之旨,文章须有'本实',……是以谓《三都赋》即类书不可,顾谓其欲兼具类书之用,亦无伤耳。挚虞《文章流别论》:'赋以情义为主,事类为佐。'可资参悟。"① 此说甚是。《三都赋》一旦开写,纵是家藏万卷者也未必足用,何况寒门蓬户?这时求为秘书郎,固其宜也。然则左思何时求任此职呢?以下史料可作明确回答。《晋书·职官志》云:

> 秘书监:案汉桓帝延熹二年置秘书监,后省。魏武为魏王,置秘书令、丞。……及晋受命,武帝以秘书并中书省,其秘书著作之局不废。惠帝永平中,复置秘书监,其属官有丞,有郎,并统著作省。

《晋书·惠帝纪》云:

> 永平元年……,二月……,戊寅,复置秘书监官。

《晋书·贾谧传》云:

> (贾谧)历位散骑常侍、后军将军。广成君薨,去职。丧未终,起为秘书监,掌国史。

广成君即贾充之妻郭槐。贾谧是郭槐的外孙,本姓韩,以贾充无后,郭

---

① 钱锺书:《管锥编》第三册,中华书局1979年版,第1152页。

槐乃以韩谧为贾充之孙以嗣。郭槐卒于永平元年[①]，贾谧当年即起为秘书监。以上三说是一套互为佐证的完整史料：永平元年置秘书监，贾谧于本年起为秘书监，秘书监的属官有秘书丞、秘书郎。则左思的求为秘书郎，最早始于永平元年（291）是毋庸置疑的。《左思别传》说"贾谧举为秘书郎"，就应说是与史相符的。更可由此作一点显而易见的推想：很可能左思是在永平元年春贾谧起为秘书监时新置属官而为秘书郎的。如果不能否定这一史实，则《三都赋》的完成必在其后。

《左思传》说《三都赋》完成之后，由于未引起时人的注重，"思以其作不谢班张，恐以人废言；安定皇甫谧有高誉，思造而示之。谧称善，为其赋序"。皇甫谧撰《三都赋序》的记载，前已提到时人卫权之序。此外，李善注引臧荣绪《晋书》也说："左思作《三都赋》，世人未重。皇甫谧有高名于世，思乃造而示之。谧称善，为其赋序也。"《世说新语·文学》也说："谧见之嗟叹，遂为作叙。"直到李贽的《左思传》，亦同其说。[②] 正如傅璇琮《左思〈三都赋〉写作年代质疑》所论："据现今所知，除了《左思别传》之外，还没有证明其为伪作的材料。"据《晋书·皇甫谧传》载，皇甫谧"太康三年（282）卒，时年六十八"。则《三都赋》之成，应在公元282年以前。

---

① 《晋书·贾充传》："惠帝即位（改元永平），贾后擅权，加充庙备六佾之乐，母郭（贾后乃郭槐之女）为宜城君。及郭氏亡，谧曰宜，特加殊礼。"是知郭槐卒于惠帝即位之后。《晋书·贾谧传》："先是，朝廷议立晋书限断，……于时依违未有所决。惠帝立，更使议之。谧上议，请从泰始为断。于是事下三府，……皆从谧议。"贾谧的"丧未终，起为秘书监，掌国史"，正在此同时。可见郭槐必卒于永平元年。

② 《藏书·儒臣传·左思》："思闻安定皇甫谧有高誉，乃造而示之。谧大称善，遂为之序。"

三

左思生前死后，为《三都赋》序注者甚多。今或存或亡而又互有混杂，经校注家长期核考，虽多有发明，亦难得尽详了。本文虽以探讨《三都赋》撰年为主，然《左思传》称，该赋是在诸家序注之后，才"盛重于时"的，《左思别传》又以为"凡诸注解，皆思自为"，这就与《三都赋》的完成时间有关，不可不辨。

《左思传》谓"张载为注《魏都》，刘逵注《吴》、《蜀》"，虽也有"张载注《蜀都》，刘逵注《吴》、《魏》"等不同说法①，但李善注左思《三都赋序》引臧荣绪《晋书》仍称"《三都赋》成，张载为注《魏都》，刘逵为注《吴》、《蜀》"，与《左思传》同。又《隋书·经籍志四》之《杂赋注本》下录："张载及晋侍中刘逵、晋怀令卫权注左思《三都赋》三卷。"今存于《文选》的注文，虽只《蜀》、《吴》二赋题"刘渊林（逵）注"，但据高步瀛考，《魏都赋》当是张载注无疑②，则无论真伪，确有张、刘之注是可以首先肯定的。

王芑孙云：

> 西汉赋亦未尝有序。《文选》录赋凡五十一篇，其司马之《子虚》、《上林》，班之《两都》，张之《二京》，左之《三都》，皆合两篇三篇为一章法，析而数之，计凡五十六篇中，间有序者凡

---

① 臧荣绪《晋书》引綦毋邃序注本及集题，见《文选集注》卷八引陆善经说。
② 见高步瀛《文选李注义疏》卷六："步瀛案：从诸家说，则此篇（《魏都赋》）注当为张孟阳（即张载）撰无疑，……然观《汉书·霍光传》颜注及本书《西京赋》李注，则张、刘皆有《魏都赋》注也。"

二十四篇。西汉赋七篇中，间有序者五篇：《甘泉》、《长门》、《羽猎》、《长杨》、《鵩鸟》，其题作序者，皆后人加之，故即录史传以著其所由作，非序也。自序之作，始于东京。

古赋不注，世传张平子自注《思元赋》，李善已辨之矣。盖两汉、魏、晋四朝，皆无自注之例。赋之自注者，始于宋谢灵运《山居赋》。有同时人而为之注者，如刘逵之注《吴都》、《蜀都》，张载之注《魏都》是也。①

此说的参考意义，还不在于它肯定了刘逵注《吴》、《蜀》，张载注《魏都》，而是所述汉晋间为赋作序注的史实。东京赋家已有自序之作，左思自为赋序便是自然的。"两汉、魏、晋四朝，皆无自注之例"，则左思亦难违反历史的潮流而自注其赋，又何况再进一步冒称名家。据《文选·思玄赋》李注，挚虞《文章流别》曾题《思玄赋》之注为"衡注"，即张衡自注。李善曰："详其义训，甚多疏略，而注又称：'愚以为疑。'非衡明矣。"王芑孙举此以明汉晋之赋无自注者。李善之辨又使人联想到裴松之注《三国志·卫臻传》对卫权之评："权作左思《吴都赋》叙及注，叙粗有文辞，至于为注，了无所发明，直为尘秽纸墨，不合传写也。"这和《左思别传》的"凡诸注解，皆思自为"之说，显然是两不相容的。若左思自注，就不可能"了无发明"甚至"尘秽纸墨"了。

挚虞与左思同时，他题《思玄赋》为"衡注"，这种误题即使说明当时已有为赋自注的观念，但与自注而"假时人名姓"以见重，还不可同日而语。齐梁间有道士托张融之名撰《三破论》以反对佛教，不仅当

---

① 王芑孙：《读赋卮言·序例·注例》，见《渊雅堂集·外集》。

时有其不能不托名的原因,最根本的问题是:历来托名为文者,无论出于什么原因,必待假托之人已不在世时才有可能。《别传》谓"假时人名姓",而所假者如张载、刘逵、卫权等,都是和左思同时的人,皇甫谧虽略早于诸人,皇序传世后,皇甫谧已不复在世,但不仅其子童灵、方回犹在,了解他的门人文士甚多,如果所有的序注"皆思自为",当赋出而竞相传写时,洛阳为之纸贵,时人岂能无知?左思又岂敢如此冒天下之大不韪?即使左思欲得名家之誉,托以一人足矣,而竟假托皇、张、刘、卫诸人,若非愚妄之极,定不能为。相反,时人为序作注之众,适足以明其非假。

《别传》谓"刘渊林、卫伯舆并蚤终,皆不为思赋序注也"。对此,傅璇琮辨之已详:张载卒于公元 303 年以后;刘逵(渊林)至少是公元 301 年尚在人世;卫权(伯舆)的事迹虽不详,亦知其公元 291 年曾任尚书郎,是当活到公元 291 年之后。则诸人对《三都赋》的序注,不仅公元 280 年灭吴之前,即使《三都赋》完成于公元 289 年陆机入洛之后,也是有充分时间的。

有待进一步研究的是张、刘、卫三家序注的时间。这是一个难题。《晋书》除张载有传外,刘、卫二家只偶尔提到一点;且《张载传》也无注赋的任何消息。现在所能推测的仅仅是现有史料所列先后次第:《左思传》是张、刘、卫;《别传》只讲刘、卫之注,臧荣绪《晋书》只及张、刘之注,然次第与《左思传》同;《隋志》所录仍是张、刘、卫。这种次第当非偶然。《左思传》所引卫序已明明提到:"中书著作郎安平张载、中书郎济南刘逵……咸皆悦玩,为之训诂。"卫权乃"聊藉二子之遗忘,又为之《略解》"。卫权的序解在二家之后是无疑的,且卫序亦以张、刘为先后。如此,便可视为张注最早,刘注次之,卫解最后。再就卫序所署张、刘之职官来看：张载为中书著作郎，在永兴元年、二年（304、305）。① 刘逵原为黄门侍郎，赵王伦于公元 301 年诛贾谧后转为中书郎。② 其任期及卒年均不详。赵王伦在当年即被杀，刘逵任中书郎可能到公元 305 年左右。《隋书·经籍志》题卫权的任职为"晋怀令"，按上述其序解在张、刘之后推算，则应在公元 305 年之后，照这样推测，三家之注最早为公元 304 年，则《三都赋》的完成，必在公元 304 年之前。

《左思传》提供的线索还有以下二事：

> 司空张华见而叹曰："班、张之流也。使读之者尽而有余，久而更新。"于是豪贵之家竞相传写，洛阳为之纸贵。初，陆机入洛，欲为此赋，闻思作之，抚掌而笑，与弟云书曰："此间有伧父，欲作《三都赋》，须其成，当以覆酒瓮耳。"

张华之叹，除《晋书》所载，亦见于臧荣绪《晋书》："司空张华见而嗟咨，贵豪竞相传写焉。"③《晋书·惠帝纪》：元康"六年春正月，大赦。司空、下邳王晃薨。以中书监张华为司空"。元康六年是公元 296 年，张华卒于永康元年（300），则张华之叹《三都赋》，在公元 296—300

---

① 《晋书·张载传》："长沙王乂请为记室督。拜中书侍郎，复领著作。"司马乂请为记室督，据《资治通鉴》，应在公元 303 年司马乂为太尉、都督中外诸军事时。而《晋书·惠帝纪》在公元 302 年。

② 《晋书·赵王伦传》：伦等废贾后，收贾谧，自为相国。"或谓（孙）秀曰：'散骑常侍杨准、黄门侍郎刘逵欲奉梁王肜以诛伦。'会有星变，乃徙肜为丞相，居司徒府，转准、逵为外官。"事在公元 301 年。中书郎即所徙之"外官"。按姚范引《赵王伦传》作："转准、逵为郎。"姚文见《援鹑堂笔记》卷三十七。

③ 《北堂书钞·艺文部》卷八引。

年之间。由此推算，赋成必在公元300年之前或公元296年之前不久。

陆机于公元289年入洛。传文云"闻思作之，……须其成"，指陆机入洛时左思已开始写赋而未成，这是很明显的。此事只见于《左思传》。《太平御览》卷五八七引《世说》有"陆机入洛"等话，与《左思传》基本相同。但《世说》中并无这些话头，不知何以搀入。王隐《晋书》曾讲道："以蜀事访于张载，吴事访于陆机，后乃成之。"[①] 如果有此事，亦可证陆机入洛之初，《三都赋》尚未完成。《文心雕龙·体性》说"士衡矜重"，确是如此。《晋书·张华传》："陆机兄弟志气高爽，自以吴之名家，初入洛，不推中国人士。"其"伧父"之讥，正是这种傲慢态度的流露。

四

《左思传》以《三都赋》为中心而略于左思的官职。为了解其全人，左思的任职也与《三都赋》有一定关系，这里也略予梳理。

前文已考知左思求为秘书郎，始于公元291年。左思于公元272年移家京师，到公元291年已近二十年了。这时，左思已四十岁开外，是不是才第一次做官呢？陆侃如师《中古文学系年》于惠帝永熙元年（290）《左思为陇西王祭酒》条云："汤球辑王隐《晋书》卷七《左思传》：'左思少好学，司徒陇西王泰辟为祭酒。'泰于本年十月为司空，未为司徒，'徒'字误。"这也只早于为秘书郎一年。此外无闻。第二

---

① 《文选集注》卷八引。

年晋置秘书监，左思便为《三都赋》的写作而求为秘书郎。左思为贾谧讲《汉书》，即应在本年或稍后。若按上述张华的见而叹之在公元296年，则左思任秘书郎的时间为公元291—295年，即在秘书郎的任上完成了《三都赋》。《左思别传》所谓"司空张华辟为祭酒"，即在公元296年。张华于公元300年被杀，左思的祭酒之任即到此为止。《左思传》云："秘书监贾谧请讲《汉书》，谧诛，退居宜春里，专意典籍。"这一记载是很不确切的。左思的退出官场，常被此说误解为因贾谧被诛而退居宜春里。其实，左思已于公元296年为张华祭酒。此中即可能有厌弃贾谧之意，不可能由公元291年任秘书郎直到公元300年贾谧被杀。而左思为贾谧讲《汉书》，也只能是在求为秘书郎之初，出于贾谧议晋史断限之需。及杨骏被诛（291），贾后当权，贾谧的注意力就转到密谋朝政了。"贾后族兄车骑司马模、从舅右卫将军郭彰、女弟之子贾谧与楚王玮、东安王繇，并预国政。……贾谧与后谋，以张华庶姓，无逼上之嫌，而儒雅有筹略，为众望所依，欲委以朝政。"① 这就是贾谧在当时所处的政治地位。若非出于某种需要，他是没有闲心请左思讲《汉书》的。

左思于永康元年（300）退居宜春里有多种原因：本年三月左芬卒②，四月，斩贾谧，废贾后，张华、裴頠等被害，五月，石崇、潘岳、欧阳建等被族。八王之乱已激化了。而这时的左思已约五十岁，退离乱世是很自然的。《左思传》说："齐王冏命为记室督，辞疾不就。"《左思别传》亦云："齐王冏请为记室参军，不起，时为《三都赋》未成也。"

---

① 《资治通鉴·晋纪四·惠帝元康元年》。
② 据赵万里《汉魏南北朝墓志集释》卷一《左棻墓志》碑阴："左棻，……永康元年三月十八日薨。"

齐王冏于公元301年六月入洛辅政,命左思为记室督就在此时。但未就的原因,不可能因《三都赋》未成,前述许多史实已明。但《晋书·良吏·曹摅传》说:"及齐王辅政,摅与左思俱为记室督。"《三国志·曹休传》裴注引张隐《文士传》也说:"大司马齐王冏辅政,摅与齐人左思俱为记室督。"这只能证明齐王冏确曾任命左思为记室督,但衡诸左思的为人和当时的时局,则宁信其本传,而疑齐王冏曾同时任命左、曹二人为后世所误。

约在此后三五年,左思卒。

以上逐一考核了与《三都赋》有关事件的时间,按其发生的先后顺序应该是:公元272年左思移家洛阳;公元282年前,皇甫谧为《三都赋》写序;公元285—286年,左思向张载访岷邛之事;公元289年陆机入洛;公元290年左思为陇西王祭酒;公元291—295年左思为秘书郎,贾谧请讲《汉书》;公元296—300年,张华见赋赞叹,左思为张华祭酒;公元300年左思退居宜春里;公元301年,齐王冏命左思为记室督,不就;公元304—306年,张载、刘逵、卫权为《三都赋》撰序作注。

按照这个时间表,《三都赋》的完成必在张华见而赞叹之前,很可能在公元295年。只有这样,才能与其前的访张载、陆机入洛之讥、求为秘书郎,以及其后的为张华祭酒、张载等三家之注序诸事相符。在所有相关事件中,唯皇甫谧序与时序有违。若以皇序为准,赋成于公元282年之前,则与访张载以下诸事矛盾甚多。对此,从总体着眼而不孤立地定于一事一证是必要的。所以宁疑皇序而信其他。以上诸考,虽很难说件件皆准,有的推算早一年晚一年是完全可能的,但就其总的次第来看,其大势是难以置疑的。如张、刘、卫三家的序注,定于公元

304—306 年，主要是根据有关史料所署三人的官衔推算的。但不少史籍所题是其一生的最后官衔，依此而定其年代就未必准确。卫权和《隋志》所署之衔，只能估计是作序注时的官职，特别是卫权题署同时之人，可能性更大，但也只能是估计而已。即使不在公元 304—306 年内，却必不能在公元 296 年之前，盖必赋成而后可为序注。是仍无伤于《三都赋》撰年的主旨。

这里存在的问题是：洛阳纸贵是在诸家序注之前还是其后？《左思传》的行文虽很含混，仍可按事理常情相推。本传谓："及赋成，时人未之重。"是诸家为之序注以后才"盛重于时"的。但又说："司空张华见而叹曰，……于是豪贵之家竞相传写，洛阳为之纸贵。"这又是赋成之后，因张华之誉即洛阳纸贵了。细审二说，亦可并行不悖。其赋初成，以左思之寒微，未能及时为人所重是必然的。经张华之誉而洛阳纸贵，经诸家序注而"盛重于时"，不过是时间的先后而已。但鄙见以为，张华之誉应先于序注。据《晋书·张华传》所述，其人"四海之内，若指诸掌"，"博物洽闻，世无与比"，这样的人岂能身在洛阳还待《三都赋》成数年之后，或三家注出之后才见到？魏晋人物，往往得名流一言而声誉大震，张华本人就是因阮籍一见而赞之，声名始著的。张华之誉《三都》，也是如此。再看另一方面，为其赋序，或不日可就，至于作注，必待时日，何况张、刘、卫三家，并无必要闻其赋出便立即下笔为注。可能性较大的倒是，正以张誉在先，赋名已震，三家才继以序注。趋时逐浪之风，也是自古而然。如果真是这样，不仅证明《三都赋》的洛阳为之纸贵与诸序注无关，更彻底排除左思欲重其文而自为序注以假时人名姓之说。

五

最后要说的两个问题：一是《三都赋》的内容所涉及的时间，一是皇甫谧《三都赋序》的可疑之处。

从《三都赋》毕竟是文学作品来看，前一问题是不难理解的。如《魏都赋》末所写："揆既往之前迹，即将来之后辙；成都迄已倾覆，建邺则亦颠沛。"大多据此以证赋成于吴灭之前，也有据以证赋成于吴灭之后者。这不仅是一个文字理解问题，也是一个对文学作品的理解问题。左思为赋，确是主张真实、反对虚构的，但察其言而观其行，《三都赋》并非完全如此。《管锥编》第三册一二四则举例甚多，钱云："左思自夸考信，遂授人以柄，……则无怪论者之指瓷请入耳。"辞赋创作，要"自夸考信"，实际上是做不到的；倘若做到了，那就不是写赋，而是撰史。当然可以说，左赋乃以写实为主，但可写今日之实，亦可写昨日之实。左思在三国统一之后，何尝不可写三国统一前或统一中之实？左序称："升高能赋者，颂其所见也。"岂能据以要求，凡赋中珍异皆"其所见"？所以，绝非必写作赋时的眼前事物始可谓实。既是作赋，就必有一定艺术创作的因素，即如摄影家之取镜头，是必有时间、角度、光线等之选择。若左思实写三国统一后的局面，三都代言人互争高低的这场戏就展不开了，文章的波澜起伏殆将荡然无存，抑吴蜀而扬魏的意图亦难着笔。左思截取蜀已亡、吴将灭而司马氏统一全国的大势已定之际，固不失文章高手。难怪来自吴国而被称为"太康之英"的陆机[①]，在看到《三都赋》后也"绝叹伏，以为不能加也"。《三都

---

① 钟嵘：《诗品序》。

赋》并非以词采取胜，陆机却以"但工涂泽"称著[①]，则陆机之"叹伏"可知矣。

皇甫谧的《三都赋序》，现在只好存疑。按以上总体推算，皇甫谧是来不及为《三都赋》写序的。但不仅此序为历来多数史料所证实，且和左思同时的卫权，已在其《略解序》中讲到。除非载于《晋书·左思传》的这篇卫序也有问题，不然是难以否定皇甫序的。从卫序可以断言，即使皇甫序非出自皇甫谧之手，亦非后人伪作。既然左思、卫权等在世时已有此序，它的产生就只能在皇甫谧卒前一二年之后的二十多年内。如果说在这样短的时间内不易出现伪作，就只有一种可能，即严可均在《左思别传》后的案语中所说：

> 皇甫谧卒于太康三年，而为赋序，是赋成必在太康初。此后但可云赋未定，不得云赋未成也。其赋屡经删改，历三十余年，至死方休。太康三年（？），张载为著作佐郎，思访岷蜀事，遂删"鬼弹飞丸"之语。

若照此说，则皇甫谧所见为《三都赋》的初稿，并据此未定稿作序，其后左思又访张载而加删改。《三都赋》有初稿、再稿至多稿是可能的。从左思入洛至死，也确是历三十余年。只是这样说似嫌太泛。《三都赋》一经问世而诸家作注，就不可能再有删改了。如已传世而再有删改，不仅注与本文不一，且传抄既多，也无法遍改各种抄本了。因此，其定稿传世，仍待张华之誉而洛阳纸贵之时，诸家序注更在其后。

---

① 沈德潜：《古诗源》卷七。

严氏的折衷，可补皇甫序的矛盾。但除初稿和定稿相距太大（280—295）外，皇甫谧是否确写其序，亦有可疑者：

（一）《晋书·皇甫谧传》虽说"谧所著诗赋诔颂论难甚多"，但在西晋作家中并非名家是肯定的。皇甫谧的赋今已一句不存，诗只存残句30余字，看不出有何高明之处。当时洛阳的向秀、孙楚、张华等[①]，文学地位都远高于皇甫谧，何以左思要离洛阳而到新安去求皇甫谧为序？

（二）《皇甫谧传》载其自作《笃终》："故《礼》六十而制寿，至于九十，各有等差，防终以素，岂流俗之多忌者哉！吾年虽未制寿，然婴疢弥纪，仍遭丧难，神气损劣，困顿数矣。常惧夭陨不期，虑终无素，是以略陈至怀。"本文实为皇甫谧的遗嘱，安排死后如何安葬等事。所谓"制寿"，指六十岁预制寿具。他写此文时还年未制寿，约五十七八岁，按本传说"太康三年卒，时年六十八"推算，则写《笃终》时为公元271或公元272年。本传载《笃终》之后，只"而竟不仕"四字，就写到他的卒年了。想来自写此文之后的十年左右，确因"神气损劣"，困顿不堪，再无其他活动。左思移家京师正是公元272年，即使是《三都赋》的初稿，按一般说法在公元280年完成，已是皇甫谧临终前两年，其健康状况在八年前已有临终之感，八年后是否还能读《三都》而为序？皇甫谧早在三十多岁时就患风痹疾，左思岂能无闻？又怎能在皇甫氏即将结束其长期的痛苦生活之前忍求为誉？

[①] 《世说新语·文学》："左太冲作《三都赋》初成，时人互有讥訾，思意不惬。后示张公（即张华），张曰：'此二京可三，然君文来重于世，宜以经高明之士。'思乃询求于皇甫谧。"照此说，左思求皇甫谧乃因张华的建议而往。这不仅与《左思传》的"司空张华见而叹曰"有矛盾，且张华在当时以力主伐吴有功，封广武县侯，正是"名重一世，众所推服"（《晋书·张华传》）之际，还有何"高明"可求？又，时人对《三都赋》"互有讥訾"，只能在其赋问世之后。《世说》所载此条不实是肯定的。

（三）台湾王梦鸥撰《关于左思〈三都赋〉的两首序》[①]，对左、皇甫二序作了一些比较研究。他虽疑信参半地认可皇甫序，以为皇甫谧可能"正是和左思一样，同具有重视辞赋而又反对虚'妄'的文学思想"，却提出：

> 这里特别可疑的，乃在于这一段自序与皇甫谧的序文，很多语意互相重复。如果不是当时这位半残废的名流，为着答应左思的要求，既无特殊的意见可写，但又不能不应付，所以即就原作者自序之语加以一些引申说明，便算了事，则何至于许多取材举例，与左思的意见如此相似？这是很可疑的。

这里提出了一些很值得思考的问题。其云"如果不是……应付"，话虽慎重，用意颇明。"如果"真是出于"应付"，无话可说而重复引申原序的意思，皇甫谧又能算什么"高士"呢？从皇甫谧的本传可知，此人是不喜应酬的；若真有同样的文学思想，即所谓观点一致，则当有高见卓识发挥，何至于用重复原意来应付了事？

王梦鸥所说"这一段自序"，指左思自序中"盖诗有六义焉"至"虽丽非经"的一段。王氏引出这段自序后，作了上面所引的论述，惜其未能详加对照，具体分析。细较二序，其措辞命意自然有别，但两篇的主旨已尽于左序是明显的，都是反虚诞而主核实。两篇序文的结构也是基本相同的。左序从释名和赋的源流开始，继以赋的衍变到汉赋的"侈言无验"，最后说自己的赋乃"依其本"、"本其实"而为。皇甫序

---

① 载《中外文学》1980年第9卷第2期。

仍从释名和赋的源流开始，继以赋的衍变，到汉赋的"虚张异类，托有于无"，最后讲左赋的"可得按记而验"。

再具体一点看：左序从"盖诗有六义焉，其二曰赋"开始，讲到"赋者，古诗之流也"；皇甫序则从"古人称不歌而颂谓之赋"开始，讲到"赋者，古诗之流也"。其间左序引了扬雄"诗人之赋丽以则"一句，皇甫序则加以延伸，先讲"文必极美"、"辞必尽丽"，但非"苟尚辞而已"，还"将以纽之王教，本乎劝戒也"，仍是"丽以则"之意。

二序讲赋的衍变之始略别，左序从《诗经》开始，皇甫序从孙卿、屈宋开始。但到汉代，二序皆举相如《上林》、扬雄《甘泉》、班固《两都》、张衡《西京》为例。左评其"虚而无征"、"侈言无验"；皇甫评其"虚张异类，托有于无"，如出一口。甚至对这种现象，左云："积习生常，有自来矣。"皇甫亦云："流宕忘反，非一时也。"已是亦步亦趋了。

最后一部分，左思自称其赋："山川城邑，则稽之地图；鸟兽草木，则验之方志。"皇甫序亦云："其物土所出，可得披图而校；体国经制，可得按记而验。"可谓影之随形矣。

总的来看，虽皇甫序稍详，但大旨不出左序。从以上比照可知，两序不仅主旨不二，且其结构、用例以至语调都是基本相同的。皇甫序只是左序的简单扩展。这种情形该作何理解呢？虽然难定两序是否出自一人之手，但怀疑皇甫谧这位"高士"是否会写出这样的序来，应该说是不无理由的。

（原载《文史哲》1992 年第 5 期）

卢谌、刘琨赠答诗考辨

刘文忠

遂钦立先生辑校的《全晋诗》卷十二收录卢谌诗十题，其中与刘琨有关的赠答诗共三题：即《赠刘琨诗》二十章（四言）、《重赠刘琨诗》（五首）、《答刘琨诗》（五言），其中《重赠刘琨诗》，非卢谌所作，应是刘琨的作品，根据如下：

此诗最早见载于《艺文类聚》（本文简称《类聚》）卷三十一，1965年中华书局上海编辑所出版的《艺文类聚》，在《重赠刘琨诗》下加了一段按语：

> 按本诗系刘琨下，则题不当云《重赠刘琨》，疑当作《重赠卢谌》，此有讹误。冯惟讷《晋诗纪》径改作卢谌诗。然按诗义，乃刘答卢诗。疑非。

这条按语为《艺文类聚》的校点者汪绍楹先生所写，这从书前汪先生所写的《校序》（此序写于1961年1月）可知。汪先生发现了一个启人疑窦的地方，虽未径改，但给读者留下了一条有价值的按语。逯先生在注明此诗的版本出处时,还引了《诗纪》卷三十一,《诗纪》已径改作卢谌诗,这是冯惟讷的轻率之处。逯先生大概认为有《诗纪》可作旁证,遂遽定为卢谌之作(丁福保亦将此诗作卢谌诗)。

《艺文类聚》将此诗系在刘琨名下,是灼然可见的,为了明其然,我们不妨引录一段《艺文类聚》卷三十一的原文:

> 晋刘琨《赠卢谌诗》曰:时光不我与,去乎若云浮。朱实陨劲风,繁英落素秋。狭路倾华盖,骇驷摧双辀。何意百炼钢,化为绕指柔。
>
> 又《重赠刘琨诗》曰:璧由识真显,龙因庆云翔。茨棘非所憩,翰飞游高冈。余音非九韶,何以仪凤凰。新城非芝圃,曷由殖兰芳。
>
> 晋卢谌《答刘琨诗》曰:随宝产汉滨,摛此夜光真。不待卞和显,自为命世珍。

按《艺文类聚》全书的体例,凡在一处引录同一作者两首以上作品者,首引出作者姓名,次引用一"又"字,不再出作者姓名。汪绍楹先生说《重赠刘琨诗》本来系在刘琨名下,是千真万确的。上引《类聚》的文字,《赠卢谌诗》通行本作《重赠卢谌诗》,这首五言诗最早见于《昭明文选》(本文简称《文选》),诗题中加一"重"字,似为《昭明文选》所加。唐修《晋书》刘琨本传全文载录此诗,只说"为五言诗赠其别驾卢谌",未有"重"字,下文有"谌素无奇略,以常词酬和,殊乖琨心。重以诗赠之,乃谓琨曰:'前篇帝王大志,非人臣所言矣'"。所谓"前篇",似指《类聚》称作《赠卢谌诗》,而《文选》称作《重赠卢谌诗》

的这首三十句的五言诗,《类聚》只引了八句。而被《类聚》系在刘琨名下诗题抄错(也许是后代误刻)了的《重赠刘琨诗》,当作《重赠卢谌诗》,这是刘琨的作品无疑。为了论证这个问题,我们不妨从诗作本身的内容出发,即用内证的方法,来考其作主谁属。

据《晋书》刘琨、卢谌本传及有关纪、传可知,卢谌在公元311年随其父卢志依刘琨,公元315年,刘琨为司空,以卢谌为主簿,转从事中郎。刘琨与卢谌既是上下级,又是亲戚,刘琨之妻即卢谌的从姑母,刘琨对卢谌是"既加亲爱,又重其才俊"(《卢谌传》)。公元316年,刘琨在并州为石勒所败,并州不能复守,遂于是年12月5日,依附幽州刺史段匹䃅。卢谌亦随琨奔蓟(今天津市蓟县),其后段匹䃅求卢谌做他的别驾,别驾曾有半个刺史的说法,其地位当然比刺史的属官主簿和从事中郎为高。被误作卢谌的"璧由识者(《类聚》作'真')显"一首,即是在卢谌任段匹䃅的别驾后,刘琨写给卢谌的。细玩诗意,无一句不合刘琨的口气、身份和处境。

"璧由识者显,龙因庆云翔"二句,首句用卞和识荆山之玉事,以璧玉比卢谌的才质,以识者比段匹䃅,指匹䃅求谌为别驾事,象喻卢谌已遇知者,必将因此而显贵。下句以"龙"比卢谌,以"庆云"(即祥云)比匹䃅,象喻卢谌遇匹䃅,将要青云直上。"茨棘非所憩,翰飞游高冈"二句,"茨棘"指居处简陋,刘琨自比失并州之后,已寄人篱下,自认为这样的地方不是卢谌这样的才俊之士的止息之所,以明卢谌离开自己另有高就是情之必然。下句指卢谌远走高飞,与"龙因庆云翔"同意。后四句言自己留不住卢谌。《九韶》是古代的至乐,传说奏《九韶》可以使凤凰来仪。"新城"似指作者刘琨的居地,刘琨依段匹䃅后,别屯平北府小城,或许指此而言。"芝圃"即培育芝兰一类香草的园圃,既言居地非"芝圃",所以也就难以培育芝兰芳草了。此处的"凤凰"和"兰芳"均喻指卢谌。质言之,琨诗是说:我这里已非昔日可比,本不想耽误你的前程,你还是去依匹碑,离我高就吧!细玩诗旨,此诗似写于刘琨被执之前与卢谌任匹碑别驾之后,其时约在公元316年底至公元317年刘、段关系未破裂之前。

卢谌对刘琨的赠诗是如何回答的,我认为在《艺文类聚》卷三十一紧接刘琨诗之后引录的卢谌《答刘琨诗》,这四句诗便是针对刘琨赠诗而发。刘作首言"璧由识者显,龙因庆云翔",卢谌反其意而用之,言产于汉滨的随侯之珠,不需借助外物,能够自己在夜中发光。和氏璧也无需因识者卞和而显,它可以自命为希世之珍。言外之意是:我非攀龙附凤之徒,我要自保节操。这是卢谌自明心迹的话。

正像《类聚》所引刘琨《赠卢谌诗》不是全文一样,刘琨的"璧由识者显"云云和卢谌的"随宝产汉滨"云云,都不是全文,而是节录,卢诗节去的部分当更多一些。

因《文选》的关系被通行本作为刘琨的《重赠卢谌诗》,卢谌是否有答诗存世呢?有的,那就是被宋代王楙的《野客丛书》卷三十所引录的卢谌《答刘琨诗》:

> 谁言日向暮,桑榆犹启晨。谁言繁菜实,振藻耀芳春。百炼或致屈,绕指所以伸。(此诗丁福保《全晋诗》失收)

这六句诗虽非全璧,但可以看出是答赠刘琨《重赠卢谌诗》"握中有玄璧"这一首的。首二句"谁言日向暮,桑榆犹启晨",是针对刘作的"功业未及建,夕阳忽西流。时哉(《类聚》作'光')不我与,去乎若云浮"四句而发，刘琨被匹䃅囚禁后，自知必死，有功业未建，岁月西流之悲叹，并希望卢谌救援自己。卢谌似乎在"王顾左右而言他"，说什么"谁说日落西山好景不长呢？桑榆晚景犹能迎来明天的早晨"。这正是以"常词酬和，殊乖琨心"之处。"谁言繁菜（'菜'题为'英'字，形近而误）实，振藻耀芳春"二句是针对刘作"朱实陨劲风，繁英落素秋"而发，言繁英在秋天虽已结实而陨落于秋风之中，但来春还要发芽振藻，光耀于芳春之中。卢谌哪能知道，刘琨已不能见明年的阳春了。"百炼或致屈，绕指所以伸"二句，是针对刘作"何意百炼刚，化为绕指柔"而发，刘琨用昔日百炼之刚，变成今日绕指之柔，来比喻自己今非昔比，有英雄末路之悲。卢谌却说百炼之刚虽因受挫折而致屈，但绕指之柔亦有伸张之时，这种不关痛痒的劝勉，正是所谓"常词酬和"。刘琨诗"托意非常，摅畅幽愤，远想张、陈，感鸿门、白登之事，用以激谌"（《晋书·刘琨传》）。而谌"重以诗赠之，乃谓琨曰：'前篇帝王大志，非人臣所言矣。'"（同上）根据卢谌的这两句话，我怀疑《重答刘琨诗》正与他的四言的《赠刘琨诗》二十章并书一样，还有书信随诗，上引卢谌的两句话，可能是书信中的佚文残句。

通过以上的考证，我们大体可以得出以下几条结论：

一、今存刘琨与卢谌之间的赠答诗往还凡三次。第一次卢谌先写了《赠刘琨诗》二十章并书，刘琨继写了《答卢谌诗》八章并书，此事较为明显，我师陆侃如先生系二诗并书在公元316年（见《中古文学系年》第838页），已属解决之问题，故上文未叙及。第二次赠答约在公元317年，刘作在前，卢作在后。刘作即《类聚》所引之《重赠刘琨（当作"卢谌"）诗》；卢作即《类聚》所引之《答刘琨诗》。第三次赠答是在公元318年刘琨被段匹䃅囚禁后，刘作在前，即脍炙人口的《重赠卢谌诗》；卢作在后，即《野客丛书》卷三十所引的《答刘琨诗》（存六句）。

二、逯钦立先生辑校的《全晋诗》卷十二中系在卢谌名下的《重赠刘琨诗》，不是卢谌的作品，诗题应改为《赠卢谌诗》或《重赠卢谌诗》，移在《晋诗》卷十一中，系在刘琨名下，编次应在《答卢谌诗》八章之后，《重赠卢谌诗》"握中有玄璧"首之前。

三、逯先生辑校的卢谌诗，其中《答刘琨诗》一题，为写于不同年代的两首诗，应别为二题，"随宝产汉滨"首和"谁言日向暮"首，应分别题为《答刘琨诗》和《重答刘琨诗》。

逯先生辑校《先秦汉魏晋南北朝诗》，花了巨大的劳动，鄙人不敢望其涯际，虽存在一些问题，不过是白璧微瑕。逯先生已作古，本文的不当之处，万望专家指正。

1986 年 11 月

（原载《文史哲》1988 年第 2 期）

类书、总集误收颜延之诗文辨正

杨晓斌

颜延之（384—456），字延年，琅琊临沂（今山东临沂）人。在刘宋文坛，颜延之与谢灵运都以辞采闻名，并称"颜谢"。

颜延之的作品散佚严重。其别集在萧梁时原结集为《颜延之集》三十卷、《颜延之逸集》一卷，残毁于侯景兵火和梁元帝的纵焚；到隋唐时期，散佚为《颜延之集》二十五卷；南宋中兴时期仅有《颜延之集》五卷，并于南宋末年全部亡佚。因此，隋唐以来编纂的许多类书和总集中，辑录、保存了大量的颜延之诗文。其中有些内容确实是传本《颜延之集》所没有收录的，具有重要的文献资料价值。但有些内容属于误辑、误著和误引者，甚至有些属于明显失考者。今就其中影响较大、问题较为集中的几部书中的错误，一一考辨厘正。

一、《海录碎事》误辑、误引颜延之诗文句十二则

《海录碎事》是宋代叶廷珪编撰的一部类书，征摭繁富，但为"随

笔记录，不免编次偶疏"（《四库全书总目·子部·类书》），其中疏误以误辑、误引作家诗文句最为明显，有张冠李戴的，有文字错讹的，亦有文句颠倒的。即以所收颜延之诗文为例，仅误辑、误引的就有十二则，现据中华书局校点本《海录碎事》，一一指摘如下：

1. 卷一"星门"：太微凝帝宇，瑶光正神县。颜延年诗。①

此则为江文通（淹）《杂体三十首》之《颜特进侍宴》的开头两句，是江淹对颜延之侍宴类诗作的摹拟，"颜延年诗"当作"江文通诗"。

2. 卷三下"河海门"：且泛桂水潮，映月游海澨。颜延年诗。（第88页）

此则为江淹《杂体三十首》之《谢临川游山》的倒数第四、第三两句，是江淹对谢灵运游览类诗作的摹拟，"颜延年诗"当作"江文通诗"。

3. 卷四上"城郭门"：践华为城，因河为池。颜延年诗。（第137页）

此则为贾谊《过秦论》中的句子，"颜延年诗"当作"贾谊《过秦论》"。颜延之《车驾幸京口侍游蒜山作》中有"入河起阳峡，践华因削成"诗句，盖因意义相近而误。

4. 卷四下"郊野门"：麦陇多秀色，杨园流好音。颜延年诗。（第164页）

此则为王僧达《答颜延年》之第十五、十六句，"颜延年诗"当作"王僧达诗"。"陇"，原作"垄"。

5. 卷四下"梁柱门"：桂栋兰橑。颜延年诗。（第166页）

此则为江淹《杂体三十首》之《颜特进侍宴》之第七、第八句的开

---

① 叶廷珪撰，李之亮校点：《海录碎事》，中华书局2002年版，第8页。以下凡引此书，仅于引文后括注页码，不再出注。

头二字的组合,"颜延年诗"当作"江文通诗"。

6. 卷八下"否泰门":中散不偶世。嵇中散诗。(第 361 页)

此则为颜延之《五君咏》中咏嵇中散(康)的诗句,误作嵇中散诗。"嵇中散诗"当作"颜延年诗"。

7. 卷九"愁乐门":信矣劳物化,忧衿未能整。颜延之诗。(第 431 页)

此则为江淹《杂体三十首》之《谢仆射游览》的开头两句,是江淹对谢混游览类诗作的摹拟,"颜延之诗"当作"江文通诗"。

8. 卷十上"仪卫门":星枢扶轮,月御案节。颜延年诗。(第 499 页)

此则为颜延之《南郊登歌·迎送神歌》中的诗句,但有讹字("驱"讹作"枢")和倒文,当作"月御案节,星驱扶轮"。

9. 卷十上"郊祀门":高燎炀晨,金精照夜。颜延年诗。(第 512 页)

此则为颜延之《南郊登歌·迎送神歌》中的诗句,但有讹字("奔"讹作"金")和倒文,当作"奔精照夜,高燎炀晨"。

10. 卷十下"宗室门":族茂麟趾,宗固盘石。颜延年《诗序》。(第 546 页)

此则为王元长(融)《三月三日曲水诗序》中的句子,"颜延年《诗序》"当作"王元长《诗序》"①。盖因颜延之有同题之作,故编者混淆。

11. 卷十下"山陵门":山庭寝日,隧路抽阴。颜延年《哀策文》。(第 553 页)

此则为谢希逸(庄)《宋孝武宣贵妃诔》中"辞",非颜延之《宋文皇帝元皇后哀策文》中句子,"颜延年《哀策文》"当作"谢希逸《宣

---

① 按:此则讹误中华书局校点本已在"校勘记"中校出。

贵妃诔》"。

12. 卷十六"乐门"：礼登伫睿情，乐阕延皇眄。颜延之诗。（第777页）

此则为江淹《杂体三十首》之《颜特进侍宴》之倒数第八、第七句，"颜延之诗"当作"江文通诗"。

《海录碎事》共误辑、误引有关颜延之诗文句十二则，其中大多数属张冠李戴，把江淹的拟作误系于颜延之名下，少数属于文字讹误和文句颠倒。校点本中有十一则点而未校，属于失校。

江淹以拟古闻名，钟嵘《诗品》卷中"齐光禄江淹"条说："文通诗体总杂，善于摹拟。"萧统《文选》共选录江淹诗三十二首，其拟古体《杂体诗三十首》（即《杂体三十首》）全部入选。《杂体三十首》选取从汉代的《古离别》到齐汤惠休共三十家诗体，每一家各仿作一首，形神俱酷似原作，以致常被误为所拟原诗家之作。《海录碎事》在辑录时，未能一一核对，有些后来编纂的类书和总集中也沿袭了同样的错误。

二、《诗渊》误辑颜延之佚诗二首

《诗渊》是明初人编纂的一部类书，专收魏晋六朝至明初诗五万多首（兼收有少量的词），其中收辑了许多散佚的诗作，因此在诗歌研究方面具有较高的文献价值。但也有个别误辑的作品，如在"诗·杂体"《羁旅去旧乡》题下，著录作者名"齐颜延之"，接着辑录佚诗二首。[①]

---

① 佚名编：《诗渊》，书目文献出版社1985年影印明稿本，第3917—3918页。

第一首："太微凝帝宇，瑶光正神县。揆日粲书史，相都丽闻见。……敢饰舆人咏，方惭绿水荐。"

第二首："昨发赤亭渚，今宿浦阳汭。方作云峰异，岂伊千里别。……烟景若离远，末响寄琼瑶。"

这两首诗都著录在"齐颜延之"名下，颜延之卒于宋孝武帝孝建三年（456），不可能为齐人。这是明显的错误。再检核两首诗的内容，第一、第二首的句数、字词分别与江文通（淹）《杂体三十首》中的《颜特进侍宴》、《谢法曹赠别》完全相同，显然是编纂者把江淹的拟颜延之诗、拟谢惠连诗误作颜延之的诗，从而归于颜延之名下。

江淹卒于梁初，他的传在《梁书》卷十四，一般把他看作梁代作家。当然，由于他一生经历宋、齐、梁三朝，并且在齐官位显赫，因此把他看作南朝齐人，也未尝不可。在以体为类、以时代为序编次的总集中，其《杂体三十首》归于"诗·杂拟类·齐"，作为同题组诗，在总集中组诗大题名只出现一次，著者名也只在组诗大题下著录一次。各小题（所拟三十首诗中的每一首诗题）下不再著录作者名，即只有小题名，而没有作者名，并在小题后用小字注释所拟者，如所拟颜延之诗作题名为"颜特进侍宴延之"，有的版本中可能将小字注文误入正文，于是演变为"颜特进侍宴延之"。在仅以时代断限编集的总集中，则江淹《杂体三十首》连同他的其他诗作都径直入"齐诗"，作者名"江淹"只在本集或本卷的最前面著录一次，因此无论在大题《杂体三十首》还是各个小题下，再不出现作者名"江淹"。《诗渊》的编纂者选辑、抄录时，很可能依据的是以时代断限编辑的总集。如果依据别集分别选辑，然后汇集成书的话，某作品是从某人的别集中辑出，其作者非常清楚，即使汇集在一起，也不会混淆。由此可以断定，《诗渊》编纂者所据底本不会是别集。《杂体三十首》的篇幅较大，而《颜特进侍宴》处于第二十四首，距离大题下著录的作者名较远，编纂者未从上文或本卷开头细心搜寻作者名，从而把诗题误以为是作者名，又因为是"齐诗"，故误著作者为"齐颜延之"。

在把《颜特进侍宴》作者"齐江淹"误著为"齐颜延之"之后，由于在《杂体三十首》中，《颜特进侍宴》下一首诗即为《谢法曹赠别》，《诗渊》的编者在依次抄录时（《诗渊》是稿本），又脱漏了诗题名《谢法曹赠别》，于是《谢法曹赠别》的正文也混入颜延之名下。

诗题《羁旅去旧乡》又从何而来呢？"羁旅去旧乡"是《杂体三十首》中《卢侍郎感交》的第十九句，而编者误以为诗题，下句（第二十句）脱漏"感遇逾"三字而残为"琴瑟"，下文依次抄录《杂体三十首》，于是在这一诗题下，便有了"齐郭弘农"、"齐陶潜"、"齐谢灵运"、"齐颜延之"等作家的同题诗作。

此外，《诗渊》中所收录的江淹拟诗《杂体三十首》大多数都被归于所拟之人的名下，将作者题为"齐某某人"，属于明显的失误。

三、《先秦汉魏晋南北朝诗·宋诗》误辑颜延之佚诗三则

逯钦立先生据《北堂书钞》、《太平御览》、《海录碎事》，共辑得颜延之佚诗五则，收入《先秦汉魏晋南北朝诗》的《宋诗》卷六颜延之诗末。所辑前两则（《白雪诗》和《独秀山诗》）确为传本《颜延之集》所未见，补遗之功，不可磨灭。但后三则失考，系承《海录碎事》而误。现分别辨析如下（先全部抄录逯先生原文，然后另行分析）：

1. 太微凝帝宇，瑶光正神县。(《海录碎事》一)①
2. 旦泛桂水潮，映月游海溢。(《海录碎事》三)②
3. 信矣劳物化，忧襟未能整。(《海录碎事》九)③

　　以上逯钦立先生据《海录碎事》辑得颜延之佚诗三则，其实非颜延之诗作，均为江淹的拟作《杂体三十首》中的诗句。此三则分别为上文所列"《海录碎事》误辑、误引颜延之诗文句十二则"的第一、第二、第七则，《先秦汉魏晋南北朝诗》沿袭了《海录碎事》的错误④。

　　同时，在《先秦汉魏晋南北朝诗》的《梁诗》卷四江淹《杂体诗三十首》中，以上三则重出，分别题为《颜特进延之侍宴》、《谢临川灵运游山》、《谢仆射混游览》。同一部书中同一首诗并见重出，归于不同作家，属于失考。

　　此外，《艺文类聚》卷五十在颜延之《拜永嘉太守辞东宫表》下又收有《为齐景灵王世子临会稽郡表》⑤，严可均据之，在《全宋文》卷三十六颜延之文下，亦辑有《为竟陵王世子临会稽郡表》⑥。均属误辑。据周田青先生考证，《为竟陵王世子临会稽郡表》是"为萧子良世子萧昭胄临会稽为太守时而作。'景灵'应为'竟陵'，音近而误。《表》作

---

① 逯钦立辑校：《先秦汉魏晋南北朝诗》，中华书局1983年版，第1238页。
② 逯钦立辑校：《先秦汉魏晋南北朝诗》，第1238页。按：此句中"旦"字，《海录碎事》原作"且"。
③ 逯钦立辑校：《先秦汉魏晋南北朝诗》，第1238页。按：此句中"襟"字，《海录碎事》原作"矜"。
④ 《先秦汉魏晋南北朝诗》中误辑的此三则诗句，周田青《颜延之诗、文证误二则》一文（《文史》第34辑，中华书局1992年版）中已提及。
⑤ 欧阳询撰，汪绍楹校：《艺文类聚》卷五十《职官部六》，上海古籍出版社1982年版，第906—907页。
⑥ 严可均校辑：《全上古三代秦汉三国六朝文》，中华书局1958年版，第2638页。

于永明八年,即公元490年,而延之于宋孝建三年卒(456),所以不可能为延之所作。则《艺文类聚》误记,抑在延之《拜永嘉太守辞东宫表》与此《表》之间有脱文,而严可均误辑。……此《表》为谁作今难以考定。疑为任昉所作,其一,昉与竟陵王关系款密,尤长笔体之作,亦善与人代笔;其二,永明八年,竟陵王世子出守会稽,昉作《为竟陵王世子临会稽郡教》,想来此时昉作《表》文当为可信"[1]。周先生的考证可谓精细允当。《艺文类聚》卷五十辑录颜延之《为齐景灵王世子临会稽郡表》确属误辑;严可均以之为据,未作考辨,因而也误辑《为竟陵王世子临会稽郡表》入《全宋文》卷三十六颜延之名下。

(原载《文史哲》2006年第4期)

---

[1] 周青田:《颜延之诗、文证误二则》,《文史》第34辑,中华书局1992年版。

鲍照《登大雷岸与妹书》作期考

凌　迅

　　鲍照《登大雷岸与妹书》的写作时间是一个有争议的问题，晚清吴汝纶据《上浔阳还都道中》与《登大雷岸与妹书》"同悄"（《鲍参军集选》），第一个提出《登大雷岸与妹书》当是元嘉十七年（440），鲍照随同刘义庆由江州移镇南兖州途中所作。解放后，钱仲联补注集评《鲍参军集》，亦据《上浔阳还都道中》指出："《浔阳还都道中》诗乃自江州还京时所作，时在元嘉十七年十月，临川王义庆自江州移镇南兖州，照随行。至此书有'去亲为客，如何如何'之语，则是初离家时口气，当是元嘉十六年（439）临川王出镇江州引照为佐吏时作。王镇江州在四月，而照书有'寒雨'、'秋潦'语，岂照往江州，已在秋后耶？"[①]

　　钱仲联在叙述自己的意见时，尚有某些游移之处，可是经过北京大学中国文学史教研室选注的《魏晋南北朝文学史参考资料》的肯定，钱说的游移之处消失了，似乎已成定论。这就不能不引起应有的重视而予以考辨。

---

① 鲍照著，钱仲联增补集说校：《鲍参军集注》，上海古籍出版社1980年版，第85页。

由于鲍照研究失去了最可直接凭借的材料，因而使研究者不得不据鲍照现存诗文透出的消息进行考索求证。

从钱说的游移，提出了鲍照何时到达江州的问题。鲍照现存一篇《野鹅赋》，赋前的序文说："有献野鹅于临川王，世子愍其樊絷，命为之赋。"这透露了两个方面的情况：一是当有人向临川王献野鹅的时候，鲍照已抵江州；二是刘义庆"命为之赋"而鲍照有应命之作，说明鲍照已侍身刘义庆之侧。

更为重要的是，鲍照在写野鹅的"樊絷"时，多渲染秋末的悲气，冬初的萧瑟。诸如"视清池之初涸，望绿林之始空"；"冰依岸而早结，霜托草而先摧"；等等。这就说明鲍照写作《野鹅赋》时在元嘉十六年的秋末冬初。据此，鲍照的到达江州，应早于元嘉十六年的秋末冬初。而《登大雷岸与妹书》所反映出来的时令虽与《野鹅赋》所反映出来的时令相合，但元嘉十六年的秋末冬初，鲍朋已在江州，不在大雷岸，这就可以断定：《登大雷岸与妹书》是不可能写于元嘉十六年的秋末冬初的。

钱仲联因《登大雷岸与妹书》中有"去亲为客，如何如何"之语，便认为是"初离家时口气"，以此证明《登大雷岸与妹书》写作于元嘉十六年十月。但是从《登大雷岸与妹书》主体部分所描绘的瑰丽奇伟的景色，尤其是对庐山景观的描绘看，绝不可能是鲍照初离家或仅及大雷岸就能够做到的。因为：一、在元嘉十六年之前鲍照未曾去过江州，他去江州只是在元嘉十六年中的事。二、大雷岸距江州仍有一段距离，而庐山在江州对岸；鲍照伫立在大雷岸上，即使纵目眺望也不能看见庐山，何况时值阴霾满天的秋末冬初。三、鲍照初次赴江州既然是在元嘉十六年，如果认为《登大雷岸与妹书》作于此年赴江州途中，那么文中的"向因涉顿，凭观川陆"，尤其是所写到的对庐山的饱览，就无从着落了。在这里，"向因涉顿，凭观川陆"当引起我们的充分注意。这两句当是指鲍照去江州而又从江州返回时，对于川陆有所浏览，特别是对于庐山有所观览。

在鲍照现存作品中，记游庐山的诗有《登庐山》、《登庐山望石门山》、《从登香炉峰》等。这些诗作，均系鲍照在江州随从刘义庆登临庐山时写下的。如《登庐山》一诗对庐山的描写：

> 悬装乱水区，薄旅次山楹。
> 千岩盛阻积，万壑势回萦。
> 巃嵸高昔貌，纷乱袭前名。
> 洞涧窥地脉，耸树隐天经。
> 松磴上迷密，云窦下纵横。
> 阴冰实夏结，炎树信冬荣。
> 嘈囋晨鹍思，叫啸夜猿清。
> 深崖伏化迹，穹岫閟长灵。
> 乘此乐山性，重以远游情。
> 方跻羽人途，永与烟雾并。

鲍照在《登大雷岸与妹书》中对于庐山的描摹为：

> 西南望庐山，又特惊异。基压江湖，峰与辰汉相接。上常积云霞，雕锦缛。若华夕曜，岩泽气通，传明散影，赫似绛天。左右青霭，表里紫霄。从岭而上，气尽金光；半山以下，纯为黛色。信可

以神居帝郊，镇控湘、汉者也。

文中对于庐山的描绘，几乎同《登庐山》诗一样，均系实写。如果鲍照没有对于庐山的亲临观察，那么他在《登大雷岸与妹书》中是不能描绘出庐山真实具体的秀色的。这就说明，鲍照在大雷致书其妹时，所写到庐山的景观，是他亲自登山时所见到的。从而可以看出，"向因涉顿，凭观川陆"，不是指鲍照由建康至大雷途程中的"涉顿"而对"川陆"有所观览，而是指鲍照由建康至江州，又由江州至大雷往返途中的"涉顿"对"川陆"的观览。那么鲍照此时旅行的方向是由西向东，则是不待言而自明的了。因此，《登大雷岸与妹书》中的"去亲为客，如何如何"之语，就不是"初离家时口气"，而是就旅途艰辛所唤起的思乡之情而发的。

《魏晋南北朝文学史参考资料》的选注者说："且从'途登千里，日逾十晨'二语看来，正是从建康到大雷的路程和时间，而与从江州至大雷的水程不合。"这是试图从另外的角度证明钱说的为是，吴说的为非。在考证中，以实际行程和时间为论据，并非没有说服力，有时确实可以成为某些论点赖以成立的根据。但是从《登大雷岸与妹书》一文来看，鲍照主要是通过各个侧面来表现旅途的艰辛。文章的第一节，一方面写旅途的长而险，一方面写旅途的艰而缓，从而形成鲜明的对比。加之对于秋雨凄苦、严霜肃杀的铺写，于是就使羁旅所引起的强烈思乡情绪自然而然地凸现出来。在这一节中，"途登千里"当是极言旅途的漫长，并非尽为实指由建康至大雷或由江州至大雷的实际里程。"日逾十晨"，当是凸映行程的艰缓，很难断定是指从建康至大雷或由江州至大雷的确切时间。若以实际时间和里程来说，当是江州距大雷较近而建康距大雷较远。那么由江州到大雷的具体时间和里程为多少呢？从《登大雷岸与妹书》中的"栈石星饭"一语看来，鲍照登上旅途时尚无月色，待行至大雷时依然没有月色，这就可以知道鲍照踏上旅途时是这个月的上弦之日。文中又说："下弦内外，望达所届。"如果从钱说，由大雷到江州尚需十几天的时间，那么与这两句话所说的时间及所能走的实际里程就不相协了，这是一。其次，《登大雷岸与妹书》系一篇骈文，骈俪文体，要求对偶的工切。"途登千里，日逾十晨"二语，当是为骈俪文对偶所致，并不能完全据实来看，更不可以据此作为立论的根据。

在文章的第一节中，"泝"字是一个相当突出的字眼。《魏晋南北朝文学史参考资料》的选注者为"泝"字作注时说："泝，同'溯'，逆流而上。"经过这样一番解释，好像鲍照旅行的方向便真的是由东往西了，也就是说鲍照是从建康出发而西赴江州了。其实不然。《说文》释"泝"："逆流而上曰泝洄。"《说文》认为"泝"只有同"洄"构成一个词组时，方才具有方向性。"泝"作为单音词时是不具方向性的，因此不能直接注"泝"为"逆流而上"。另外，我们还应该注意到"泝"在这里是与"渡"连在一起的，也就是说是来说明"渡"的。由于"秋潦浩汗，山溪猥至"，渡头不仅涨满了水，而且形成洄水之势，使船难以靠岸，所以鲍照一行不得不"栈石星饭"。如果鲍照一行每到一个渡口能够靠岸，那么他们就不会"险径游历"而如此艰辛的了。在释"泝"时，《魏晋南北朝文学史参考资料》的选注者尚不及《鲍参军集注》的注者所取的态度严谨。《鲍参军集注》的开创者钱振伦释"泝"时，只援引《尔雅》说："逆流而上曰泝洄，顺流而下曰泝游。"钱仲联亦没有在"泝"字上做文章，为自己的立说大找根据。所以《魏晋南北朝文学史参考资料》的选注者说鲍照旅行的方向是由东往西，并以此证明钱说可从，这是很牵强的。

从《野鹅赋》所透露出来的鲍照到达江州的时间，从《登大雷岸与妹书》对庐山描摹所反映出的鲍照曾经登临庐山，从对"途登千里，日逾十晨"的具体分析，我们可以明确断定鲍照致书其妹时，他的旅行方向是由西往东。钱说的游移表现出对于自己立说的谨慎，而《魏晋南北朝文学史参考资料》选注者的发挥则失之牵强。

那么，《登大雷岸与妹书》具体写作在哪一年呢？

钱仲联据《宋书·文帝本纪》补注《还都道中三首》其一时说："诏临川王徙镇南兖州，在元嘉十七年十月戊午，为初三日。照《还都道中》其二云'寒律惊穷蹊'、'潮上冰结洑'、'夜分霜下凄'，《还都口号》云'钲歌首寒物，归吹践开冬'，《行京口至竹里》云'冰闭寒方壮'，《发后渚》云'从军乏衣粮，方冬与家别'，皆明言初冬。此数诗，殆皆一时所作。"① 钱仲联以史证诗，确定出《还都道中》等诗"殆皆"作于元嘉十七年十月及其后，是可从的。被吴汝纶认为与《登大雷岸与妹书》"同恉"的《上浔阳还都道中》，钱仲联亦认为系鲍照随同刘义庆由江州移镇南兖州途中所作。

以上几首诗既作于元嘉十七年十月及其后，而诗中所描写的旅途艰辛及所抒发的思乡之情，均与《登大雷岸与妹书》相同，所以，《登大雷岸与妹书》的写作时间亦必在元嘉十七年十月。另外，《登大雷岸与妹书》的结尾说："下弦内外，望达所届。"从鲍照随同刘义庆于元嘉十七年十月初三日由江州启程来看，他到达大雷岸，仍为是月的上半月，这与《登大雷岸与妹书》中所反映的"结荷水宿"、"栈石星饭"的

---

① 鲍照著，钱钟联增补集说校：《鲍参军集注》，第307—308页。

月令特色相合。由江州至大雷这段水路比较艰险，费时较多，故而鲍照有"日逾十晨"之叹。由于从大雷到南兖州这段水路江面开阔，船速较快，因此鲍照所作出的"下弦内外，望达所届"的估计，是有根据的。总以上所考，《登大雷岸与妹书》作于元嘉十七年十月是可以肯定的，也就是说吴汝纶的看法是可从的。

（原载《文史哲》1988 年第 3 期）

杜甫献《三大礼赋》时间考辨

张忠纲

《新唐书·玄宗纪》载:"(天宝)十载正月壬辰,朝献于太清宫。癸巳,朝享于太庙。甲午,有事于南郊,大赦,赐侍老粟帛,酺三日。"①《资治通鉴·唐纪三十二·玄宗天宝十载》亦云:"春,正月,壬辰,上朝献太清宫;癸巳,朝享太庙;甲子(当作'甲午'),合祭天地于南郊,赦天下,免天下今载地税。"② 这就是所谓的"三大礼"。杜甫"适遇国家郊庙之礼,不觉手足蹈舞,形于篇章"③,遂作《朝献太清宫赋》、《朝享太庙赋》、《有事于南郊赋》,即所谓《三大礼赋》,投延恩匦以献。但关于杜甫献赋的时间,历史上有三说:天宝九载(750)冬、十载(751)、十三载(754)。而现今学术界基本认定的十载献赋说,实是千年误读。正确的说法,应该是杜甫于天宝九载冬预献三赋。

---

① 欧阳修、宋祁:《新唐书》卷五《玄宗纪》,中华书局1975年版,第147页。
② 司马光编著,胡三省音注:《资治通鉴》,中华书局1956年版,第6902页。
③ 杜甫:《进〈三大礼赋〉表》,仇兆鳌:《杜诗详注》,中华书局1979年版,第2104页。

一

其实,关于献赋的时间,杜甫自己就说得很明白。他在《进〈三大礼赋〉表》中说:"臣生长陛下淳朴之俗,行四十载矣。"① 行,行将也。即将近四十岁,也就是三十九岁。杜甫生于唐玄宗先天元年(712),三十九岁正是天宝九载(750)。"行"的这一用法,可从陶渊明《责子》诗得到证明。诗云:"阿宣行志学,而不爱文术。"逯钦立注:"行,将要。志学,指十五岁。"② 袁行霈注:"行志学:行将十五岁。《论语·为政》:'吾十有五而志于学。'"③ 又曰:"'行志学',行将满十五岁。阿舒已十六岁,阿宣将满十五岁(当是十四岁),比长子阿舒小两岁。"④ 几乎所有注陶诗者都是这样解释的。杜甫用字极费斟酌,天宝十三载,献赋请封西岳华山,其《进〈封西岳赋〉表》云:"臣本杜陵诸生,年过四十,经术浅陋,进无补于明时,退尝困于衣食,盖长安一匹夫耳。顷岁,国家有事于郊庙,幸得奏赋,待罪于集贤,委学官试文章,再降恩泽,仍猥以臣名实相副,送隶有司,参列选序。"⑤ 因年已四十三,故用一"过"字。"国家有事于郊庙,幸得奏赋"云云,即指进献《三大礼赋》。而《朝献太清宫赋》则说得更清楚:"冬十有一月,天子既(一作'将')纳处士之议,承汉继周,革弊用古,勒崇扬休。明年孟陬,将摅大礼以相籍,越彝伦而莫俦。"⑥ 所谓"处士之议",《唐会要》卷二十四

---

① 杜甫:《进〈三大礼赋〉表》,仇兆鳌:《杜诗详注》,第2103页。
② 陶渊明著,逯钦立校注:《陶渊明集》,中华书局1979年版,第106页。
③ 袁行霈:《陶渊明集笺注》,中华书局2002年版,第305页。
④ 袁行霈:《陶渊明集笺注》,第852页。
⑤ 仇兆鳌:《杜诗详注》,中华书局1979年版,第2158页。
⑥ 仇兆鳌:《杜诗详注》,第2105页。

"二王三恪"记之甚详:"(天宝)九载六月六日,处士崔昌上封事,以国家合承周、汉,其周、隋不合为二王后,请废。诏下尚书省,集公卿议。昌负独见之明,群议不能屈。会集贤院学士卫包抗表,陈论议之夜,四星聚于尾宿,天象昭然。上心遂定,乃求殷、周、汉后为三恪,废韩、介、酅等公,以昌为赞善大夫,包为虞部员外郎。"①《资治通鉴·唐纪三十二·玄宗天宝九载》云:"(八月)辛卯(按:九载八月丁巳朔,无辛卯,当为九月),处士崔昌上言:'国家宜承周、汉,以土代火;周、隋皆闰位,不当以其子孙为二王后。'事下公卿集议,集贤殿学士卫包上言:'集议之夜,四星聚于尾,天意昭然。'上乃命求殷、周、汉后为三恪,废韩、介、酅公。"注:"韩,元魏后;介,后周后;酅,隋后。"②《旧唐书·玄宗纪》则记此事为九月:"乙卯,处士崔昌上《五行应运历》,以国家合承周、汉,请废周、隋不合为二王后。冬十一月己丑,制自今告献太清宫及太庙改为朝献。"③《新唐书·玄宗纪》则云:"九月辛卯,以商、周、汉为三恪。"④《旧唐书·礼仪志四》亦载:"(天宝)九载九月,处士崔昌上《大唐五行应运历》,以王者五十代而一千年,请国家承周、汉,以周、隋为闰。十一月,敕:'唐承汉后,其周武王、汉高祖同置一庙并官吏。'"⑤其实,崔昌所言,乃袭王勃旧说。《新唐书·王勃传》记述这一过程甚详:"(勃)谓:'王者乘土王,世五十,数尽千年。……自黄帝至汉,五运适周,土复归唐,唐应继周、汉,不可承周、隋短祚。'乃斥魏、晋以降非真主正统,皆五行沴

---

① 王溥:《唐会要》,中华书局 1955 年版,第 462 页。
② 司马光编著,胡三省音注:《资治通鉴》,第 6899 页。
③ 刘昫等撰:《旧唐书》卷九《玄宗纪下》,中华书局 1975 年版,第 224 页。
④ 欧阳修、宋祁:《新唐书》卷五《玄宗纪》,第 147 页。
⑤ 刘昫等撰:《旧唐书》卷二十四《礼仪志四》,第 916 页。

气,遂作《唐家千岁历》。"① 武后时,李嗣真请以周、汉为二王后,而废北周、隋。天宝中,以承平日久,上言者多以诡异进,于是处士崔昌乃采王勃旧说,上《五行应运历》,请承周、汉,废北周、隋为闰。当时右相李林甫亦赞佑之。玄宗集公卿议可否,集贤学士卫包、起居舍人阎伯玙上表曰:"都堂集议之夕,四星聚于尾,天意昭然矣。"于是玄宗下诏以唐承汉,黜隋以前帝王,废韩、介、鄘公,尊周、汉为二王后,以商为三恪,京城起周武王、汉高祖庙。后李林甫死,杨国忠为右相,自称隋宗,遂于天宝十二载五月九日复元魏为三恪,北周、隋为二王后,韩、介、鄘等公复旧封。六月九日,贬崔昌乌雷尉,卫包夜郎尉,阎伯玙涪川尉。上述记载"处士之议"的具体月份虽微有差异,但基本内容与杜甫所说是相符的。而杜甫所说"明年孟陬,将摅大礼以相籍,越彝伦而莫俦",正是指的将于天宝十载正月隆重举行"三大礼"。"孟陬",即正月。屈原《离骚》"摄提贞于孟陬兮,惟庚寅吾以降",即是说他生于寅年正月庚寅日。因此,如果将献《三大礼赋》的时间定在天宝十载,杜赋"明年孟陬,将摅大礼"云云,是无论如何讲不通的。

二

据今见文献言之,最早记载杜甫献《三大礼赋》时间的是唐人元稹《唐故检校工部员外郎杜君墓系铭》:"甫字子美,天宝中,献《三大礼赋》,明皇奇之,命宰相试文。"② 但未言具体年份。《旧唐书·杜甫传》

---

① 欧阳修、宋祁:《新唐书》卷二〇一《文艺上·王勃传》,第 5740 页。
② 王洙:《宋本杜工部集》卷二十附,商务印书馆 1957 年影印宋刻本。

则云:"天宝末,献《三大礼赋》,玄宗奇之,召试文章,授京兆府兵曹参军。"①亦未明言具体年份。到王洙撰《杜工部集记》始明言具体年份:"天宝十三年,献三赋,召试文章。"②《新唐书·杜甫传》因之:"天宝十三载,玄宗朝献太清宫,飨庙及郊,甫奏赋三篇。帝奇之,使待制集贤院,命宰相试文章。"③吕大防始作《杜工部年谱》,亦主天宝十三载献《三大礼赋》。天宝十三载献三赋的说法显然是不对的:一是杜甫时已四十三岁,与"行四十载矣"不符;二是十三载,玄宗只是朝献太清宫与朝享太庙,并未行郊礼,而且是在二月④,与"三大礼"不符。

蔡兴宗首倡天宝九载冬预献三赋说。蔡氏《重编杜工部年谱》于"天宝九载庚寅"下云:"时年三十九。是岁冬,进《三大礼赋》。进表曰:'臣生陛下淳朴之俗,行四十载矣。'其赋曰:'冬十有一月,天子将纳处士之议。'又曰:'明年孟陬,将摅大礼。'……而《新书》列传、《集记》、旧谱及赋题之下注文皆作十三年,非也。"⑤蔡氏将杜赋与唐史结合起来考察,认定杜献赋在天宝九载冬,纠正了《新唐书》本传、王洙《杜工部集记》、吕(大防)谱及旧注的错误。应该说,蔡氏所考是对的。稍后的赵次公亦主天宝九载冬预献三赋说。他在《送韦书记赴安西》诗注中云:"公三十九岁之冬上《三大礼赋》,四十岁之春后,方召试得官。"⑥《重过何氏五首》注中亦云:"公三十九岁之冬方献三赋。"⑦在《杜位宅守岁》注中更明确指出:"公于天宝九载三十九岁之冬,预

---

① 刘昫等撰:《旧唐书》卷一九〇下《文苑下·杜甫传》,第5054页。
② 王洙:《宋本杜工部集》卷首,商务印书馆1957年影印宋刻本。
③ 欧阳修、宋祁:《新唐书》卷二〇一《文艺上·杜甫传》,第5736页。
④ 欧阳修、宋祁:《新唐书》卷五《玄宗纪》,第149页。
⑤ 阙名:《分门集注杜工部诗》卷首,《四部丛刊》影宋本。
⑥ 林继中:《杜诗赵次公先后解辑校》,上海古籍出版社1994年版,第40页。
⑦ 林继中:《杜诗赵次公先后解辑校》,第51页。

献明年《三大礼赋》。表云：'甫行四十载矣，沉埋盛时。'则亦急于仕矣。"①宋人葛立方先则同意旧说天宝十三载献赋，后即纠正说："老杜卒于大历五年，享年五十九，当生于先天元年。观其《献大礼赋表》云：'臣生陛下淳朴之俗，行四十载矣。'以此推之，天宝十载始及四十，则是献《大礼赋》当在天宝九载也。本传以谓天宝十三载，因献三赋，帝奇之，待制集贤院，误矣。"②完全赞同蔡兴宗的说法。后来黄鹤更是力主九载献赋，他在《杜工部诗年谱·睿宗先天元年壬子》下云："先生生于是年。蔡兴宗引元微之墓志、王原叔集记，鲁訔引《唐书》列传，皆云先生年五十九岁，卒于大历五年，则当生于是年。鲁又引公《上大礼赋表》云：'臣生陛下淳朴之俗，行四十载矣。'天宝十载奏赋，年三十九，逆数公今年生。吕汲公云：公生先天元年癸丑，天宝十三载奏赋。若果十三载奏赋，则先生四十三岁矣。梁经祖集谱亦云十三载奏赋。今考《通鉴》、《唐宰相表》及《酹远祖文》，以开元二十九年为辛巳，《祭房公文》以广德元年为癸卯，则先天元年为壬子无疑。如鲁谓十载奏赋，则是年辛卯，恰四十岁，不可谓之年三十九，何以表谓之'行四十载'？案《朝献太清宫赋》首云'冬十一月，天子纳处士之议'，又云'明年孟陬，将摭大礼'，则是九载庚寅预献赋，故年三十九，表宜云'行四十载'。"③于"天宝九载庚寅"下，黄鹤又云："先生是年进《三大礼赋》。"④由此可见，鹤说完全是从蔡说沿袭来的。而稍晚于蔡兴宗的赵子栎《杜工部草堂诗年谱》却于"明皇开元元年癸丑"下云：

---

① 林继中：《杜诗赵次公先后解辑校》，第 52 页。
② 葛立方：《韵语阳秋》，上海古籍出版社 1984 年影印宋刻本，第 79 页。
③ 徐居仁：《集千家注分类杜工部诗》，台湾大通书局 1974 年《杜诗丛刊》本，第 108 页。
④ 徐居仁：《集千家注分类杜工部诗》，第 120 页。

"按：天宝十载，公年三十九，奏《上大礼赋表》云：'生陛下淳朴之俗，行四十载。'逆数之甫今年生。"①又在"天宝十载辛卯"下云："明皇纪：天宝十载春正月，朝见太清宫、朝飨太庙及有事于南郊，甫上《三大礼赋》。"②赵谱之所以主张十载献赋，是因为他定杜甫生于开元元年，死于大历六年，将杜甫生卒都推后一年。但在三十九岁献赋这一点上，与蔡兴宗却是一致的。其后，宋人鲁訔、刘辰翁诸谱虽亦主十载献赋，但他们却都是主杜甫生于先天元年的，即四十岁献赋。明清两代，亦多依之。特别是钱谦益《钱注杜诗》更言之凿凿："按诸书载十三载献赋，并承《新书》本传之误，然献赋自在大礼告成之日，鹤以谓九载预献，则非也"，"十载献赋明矣"。③之后，几乎所有注杜者，如清代朱鹤龄、顾宸、张溍、张远、周篆、仇兆鳌、浦起龙、范廷谋、杨伦等，以及现当代的许多著名杜甫研究专家，皆从钱说。对于这一千年误读，台湾学者陈文华在《杜甫传记唐宋资料考辨》中有所辨别。但他将"九载献赋"之发明权归于黄鹤，认为"这是黄鹤的一大贡献"，而蔡说"所提证据，亦类如黄鹤"④，则是不确的。

三

钱谦益所谓"献赋自在大礼告成之日"，未免武断。杜甫的《封西

---

① 蔡梦弼：《杜工部草堂诗笺》卷首，《古逸丛书》本。
② 蔡梦弼：《杜工部草堂诗笺》卷首。
③ 钱谦益：《钱注杜诗》，上海古籍出版社1979年版，第653页。
④ 陈文华：《杜诗传记唐宋资料考辨》，台湾文史哲出版社1987年版，第69页。

岳赋》，即是未封预献之作。天宝九载正月，玄宗听群臣奏封西岳，三月，关中旱，西岳庙发生火灾，乃停封。天宝十三载，杜甫上表献《封西岳赋》，再次请求玄宗封西岳。最显著的例证，就是唐玄宗封禅泰山。据《旧唐书·礼仪志三》载，玄宗于开元十三年（725）十一月封禅泰山，而"开元十二年（724），文武百僚、朝集使、皇亲及四方文学之士，皆以理化升平，时谷屡稔，上书请修封禅之礼并献赋颂者，前后千有余篇"①。《唐会要》亦载："时（开元十二年）儒生墨客，献赋颂者数百计。"②《旧唐书·房琯传》亦云："开元十二年，玄宗将封岱岳，琯撰《封禅书》一篇及笺启以献。"③可见，钱谦益所谓"献赋自在大礼告成之日"是缺乏根据的。钱氏又引《旧唐书·玄宗纪》与杜赋所记日期相同，以证其说。《旧唐书·玄宗纪》云："（天宝）十载春正月乙酉朔。壬辰（初八日），朝献太清宫。癸巳（初九），朝飨太庙。甲午（初十），有事于南郊，合祭天地，礼毕，大赦天下。"④《朝享太庙赋》曰："壬辰，既格于道祖，乘舆即以是日致斋于九室。"⑤又曰："甲午，方有事于采坛。"⑥《有事于南郊赋》曰："二之日，朝庙之礼既毕。"⑦于是，钱氏断言杜赋"与《旧书》甲子俱合，则为十载献赋明矣"⑧。其实，钱氏所言，毫不为怪。作为朝廷大典，必当十分慎重，预为准备，日程是早已安排好的。即如开元十三年封禅泰山，玄宗早在开元十二年十二月

---

① 刘昫等撰：《旧唐书》卷二十三《礼仪志三》，第891页。
② 王溥：《唐会要》，第107页。
③ 刘昫等撰：《旧唐书》卷一一一《房琯传》，第3320页。
④ 刘昫等撰：《旧唐书》卷九《玄宗纪下》，第224页。
⑤ 仇兆鳌：《杜诗详注》，第2124页。
⑥ 仇兆鳌：《杜诗详注》，第2135页。
⑦ 仇兆鳌：《杜诗详注》，第2137页。
⑧ 钱谦益：《钱注杜诗》，第653页。

就发出《开元十三年封泰山诏》:"是以敬承群议,弘此大猷,以光我高祖之丕图,以绍我太宗之鸿业。永言陟配,祗感载深,可以开元十三年十一月十日,式遵故实,有事泰山,所司与公卿诸儒,详择典礼,预为备具。勿广劳人,务存节约,以称朕意。所缘封禅仪注,兵马陪集,并皆条奏,布告遐迩。"①并"诏中书令张说、右散骑常侍徐坚、太常少卿韦縚、秘书少监康子元、国子博士侯行果等,与礼官于集贤书院刊撰仪注"②。"及玄宗将作封禅之礼,张说等参定仪注。"③《新唐书·康子元传》亦云:"玄宗将东之太山,(张)说引子元、行果、徐坚、韦縚商裁封禅仪。"④天宝十载的"三大礼"盛典想必亦是如此,朝廷既然"布告遐迩",急于求仕的杜甫当然对大典的日程知道得清清楚楚了。

或谓从玄宗决定行三大礼,列举行三大礼,时间不过两个月,盛典仪注的参定来得及么?答案是肯定的。一是三大礼就其尊崇程度而言,不及封禅泰山那么隆重和规模宏大,而更重要的是朝献太清宫、朝享太庙、有事于南郊,要比封禅泰山频繁得多。唐初即用隋礼,太宗时有《贞观礼》,高宗时有《显庆礼》。因《贞观礼》与《显庆礼》仪注前后不同,玄宗时遂折中损益,于开元二十年撰成《大唐开元礼》颁布施行。至此,唐之五礼之文始备,终唐之世,虽小有损益而无大变。以合祭天地于南郊为例,仅据《旧唐书·礼仪志》、《新唐书·礼乐志》、《唐会要》记载,就有高祖武德四年十一月甲申,太宗贞观二年十一月辛酉、五年十一月丙子、十四年冬十一月甲子朔、十七年己卯,高宗永

---

① 宋敏求:《唐大诏令集》,商务印书馆1959年版,第370页。
② 刘昫等撰:《旧唐书》卷二十四《礼仪志三》,第892页。
③ 刘昫等撰:《旧唐书》卷二十四《礼仪志三》,第894页。
④ 欧阳修、宋祁:《新唐书》卷二〇〇《儒学下·康子元传》,第5701页。

徽二年冬十一月辛酉、总章元年十二月丁卯,武则天天册万岁元年、长安二年十一月戊子,中宗景龙三年十一月乙丑,睿宗景云元年十一月十三日乙丑冬至、太极元年正月辛巳,玄宗开元十一年十一月戊寅等十余次。更值得注意的是,唐玄宗于天宝元年二月丁亥,加尊号为开元天宝圣文神武皇帝,"辛卯,亲享玄元皇帝于新庙。甲午,亲享太庙。丙申,合祭天地于南郊"①。这也是三大礼同时举行,只是中间相隔数天而已。又据《唐会要》卷九下引《册府元龟》:"天宝五载十二月辛酉,诏曰:'祈谷上帝,春祀先王,永惟因心,敢忘如在。顷以详诸旧典,创以新仪。……宜以来岁正月,朕亲谒太庙,便于南郊合祭。仍令中书门下,即与礼官详定仪注。'六载正月戊子,亲祀南郊,遵祀皇地祇。"②至于典礼每道程序的具体要求,诸如斋戒、陈设、省牲器、銮驾出宫、奠玉帛、进熟、銮驾还宫等,都有详细的规定。据上所述,早在天宝十载正月举行三大礼之前,已有详定仪注,这时只要根据具体情况略加修订即可,是要不了多少时间的。

我们现在所说的向某某盛大庆典、某某大会献礼,如"向党的十六大献礼"等等,都是在之前,而不是在之后。以此揆之,杜甫献《三大礼赋》自当在"三大礼"举行之前,而不应当在此之后。

献《三大礼赋》,是杜甫一生中最引为荣耀的一件大事,所以他念念不忘。《奉留赠集贤院崔(国辅)、于(休烈)二学士》云:"昭代将垂白,途穷乃叫阍。气冲星象表,词感帝王尊。天老书题目,春官验讨论。……谬称三赋在,难述二公恩。"原注:"甫献《三大礼赋》出身,

---

① 刘昫等撰:《旧唐书》卷九《玄宗纪下》,第225页。
② 王溥:《唐会要》,第185页。

二公尝谬称述。"① 后流落成都作《莫相疑行》亦云:"忆献三赋蓬莱宫,自怪一日声烜赫。集贤学士如堵墙,观我落笔中书堂。往时文采动人主,此日饥寒趋路旁。"② 杜甫献赋在"三大礼"之前,至于"待制于集贤,委学官试文章"、"天老书题目,春官验讨论",则在"三大礼"结束之后。恐怕"学官试文章"的,也不只是杜甫一人。

(原载《文史哲》2006 年第 5 期)

---

① 仇兆鳌:《杜诗详注》,第 130—132 页。
② 仇兆鳌:《杜诗详注》,第 1213 页。

《陋室铭》作者问题释证

孙思旺

《陋室铭》不见于梦得文集传世刻本,然而古今学人习于讽诵,一向视为刘氏遗篇。1963年,卞孝萱先生《刘禹锡年谱》刊行问世,对涉及此铭的史料、传说之误略有考订。嗣后,于北山先生援据宋初名僧孤山智圆之说,推断此文乃他人窃名之作,非出刘氏之手。1996年,段塔丽先生提出一新观点,认为铭文的真正作者乃卒于开元二十七年(739)的崔沔,其依据则是《新唐书·崔沔传》沔"尝作《陋室铭》以见志"的相关记载。同年,吴小如先生更借段文加以申论,认为"今所见《陋室铭》实不类唐人作品","如确信其为唐人手笔,则宁信其作者为崔沔,亦不宜属之刘禹锡"[①]。稍晚,卞孝萱先生的论学长信在《文史知识》刊出,正式确认了他对"伪作说"的赞同立场。[②]

---

① 以上诸说参见卞孝萱:《刘禹锡年谱》,中华书局1963年版,第127—128页;于北山:《〈陋室铭〉非刘禹锡作补正》,《教学与进修》1979年第3期;段塔丽:《〈陋室铭〉作者辨析》,《文史知识》1996年第6期;吴小如:《〈陋室铭〉作者质疑》,《文学遗产》1996年第6期。

② 卞孝萱:《〈陋室铭〉非刘禹锡作》,《文史知识》1997年第1期。卞先生此文对个人学术史的回顾略有疏失,1963年《刘禹锡年谱》只是考订了关于《陋室铭》创作背景暨陋室所

与上述怀疑论交错出现的，是捍卫刘氏著作权的各种辩护说。譬如，吴汝煜先生以为，《陋室铭》当撰于刘氏分司东都、息肩洛阳之时；王鹤、李晓丽两先生则以为，此文当撰于和州刺史任上，经柳公权书碑后刻石流行。此外，颜春峰、汪少华两先生专就段塔利文提出的崔沔作铭说，逐条加以驳斥。①

以上诸文的具体论述无烦详引，所须注意者有三。其一，有些辨伪结论（比如明人作伪说、元明以前之书虽录全文然未系之刘禹锡说）之所以得出，是因为所见文献资料不广之故。这一点，钱大昕早已借梁元帝之言提出过批评，今人应当引以为戒。② 其二，有些辨伪动机的产生，是基于雅人不能有俗作、高士不能有浅文的认识观念。此种观念之荒谬姑且不论，即就史书对刘禹锡其人、读者对《陋室铭》其文的评价而言，本身便是极具争议的话题。其三，正反双方对某些关键材料的解读相去甚远。比如，所谓刘禹锡撰、柳公权书和州《陋室铭》一事，质疑者以为伪，辩护方以为真，在没有实物碑拓可供甄别的情况下，继续纠结于此等材料，不可能一杜论者之口。

（接上页）在地的各种误说，并没有提出《陋室铭》非刘禹锡作的观点。断之为伪作，实是于北山先生读了《年谱》之后，借以引发的新论断。到1990年《刘禹锡集》出版时，卞先生校订语也仍只是说"恐非刘文"。这个误忆，又见于卞孝萱《漫谈中唐诗坛》（《白云论坛》第4卷，北京图书馆出版社2007年版，第94页）。

① 以上诸说参见吴汝煜：《谈刘禹锡的〈陋室铭〉》，《文学遗产》1987年第6期；王鹤、李晓丽：《〈陋室铭〉作者祛疑》，《古典文献研究》第15辑，凤凰出版社2012年版；颜春峰、汪少华：《〈陋室铭〉的作者不是刘禹锡吗？》，《寻根》1996年第6期。

② 钱氏谓："崔沔尝作《陋室铭》，在刘禹锡之前。李德裕有《秋声赋》，在欧阳公之前。梁元帝《金楼子》有一条云：'桓谭有《新论》，华谭又有《新论》。扬雄有《太元经》，杨泉又有《太元经》。谈者多误，动形言色。或云桓谭有《新论》，何处复有华谭？扬子有《太元经》，何处复有《太元经》？此皆由不学使之然也。'"参见钱大昕：《十驾斋养新录》卷十六《陋室铭》，上海书店1983年版，第395页；萧绎撰，许逸民校笺：《金楼子校笺》卷六《杂记篇第十三下》，中华书局2011年版，第1324页。

笔者以为，关于《陋室铭》的作者问题，有不可得而论者，有不必得而论者，有可以得而论者。此铭作于何时何地，起因如何，文献不足征，此不可得而论者；铭文格调究竟低俗还是高雅，见仁见智，且与著作权归属无必然关系，此不必得而论者；《陋室铭》一文能否从刘禹锡文集中求得文本内证，能否从刘禹锡所处时代中求得思想共性，此可以得而论者。至于宋初僧人孤山智圆以人品文风之好恶臆断真伪、一开后世乱源①，新见纂述据疑增惑、割梦得之篇什转赠崔沔，皆为笔者所不取，亦不拟专门置评。

一、唐观音寺界碑当系伪刻，抄撮俗语说不足据

有必要先从卞孝萱先生援引的一方碑刻谈起。这方碑刻，便是湖北应山（今广水市）的唐观音寺界碑。②碑文开头四句说："盖闻山不在高，有僧则名；寺不在大，有神则灵。"卞先生由"盖闻"二字推断道，"这样的话"应当是"当时社会上流行的顺口溜"。《陋室铭》晚于唐观音寺界碑，其开头四句自然也是抄撮套用村言俗语而来，而这种情况"显然是一般文士所为"，不可能出自"著名哲学家刘禹锡的手笔"③。问题是，这方碑刻的可靠程度如何呢？

---

① 智圆：《雪刘禹锡》，《闲居编》卷二十六，《续藏经》第一辑第二编第六套第一册；该文又收入曾枣庄、刘琳主编《全宋文》卷三一二，上海辞书出版社、安徽教育出版社2006年版，第15册，第260—261页。
② 碑文收入湖北省应山县志编纂委员会编纂：《应山县志》，湖北科学技术出版社1990年版，第618—619页。
③ 卞孝萱：《〈陋室铭〉非刘禹锡作》，《文史知识》1997年第1期。

此碑原立于蔡河镇兴旺村观音寺，碑文收入 1990 年新编《应山县志》。其寺与碑，旧嘉靖县志、康熙县志、同治县志均不载，各种常见金石书也未述及。观碑文内容，除上揭"盖闻"四句附庸风雅外，其余部分尽与田产寺界有关，产业置办者及立碑人均系"净乐"和尚，勒石日期为"大唐贞观四年三月"。笔者通读碑文之后，觉得有如下问题值得关注。

其一，对建寺历史的记述不似当时实录，更像后世托古之辞。碑文说："永阳邑北隅，离城五十里许，有观音寺建自大唐，其庙宇俱系释子净乐创修。"若净乐果有其人的话，其刻石纪事正在唐初，以唐初之人而云建自大唐，辞气颇为不顺。若说此语出自后世人之口，仅仅是在作伪时未能消泯其"追述"痕迹，一切疑点便可释然。

其二，碑文所涉地名古今混杂，或久废不用，或当时未兴。比如，在表地理方位时用来指代应山城的"永阳"一词，便存在名与实的双重淆乱。稽考史籍可知，永阳本是南朝宋、齐、梁三朝旧县，治所在今湖北省安陆市东北六十里吉阳山下；西魏文帝大统（535—551）末年，为西魏所并，改名吉阳县；隋文帝开皇十八年（598），废改为应山县，治所迁至应州所治旧应浓山戍城，亦即今广水市区应山县老城。永阳故城与应山新治之间，相去五十里左右，隋炀帝大业（605—618）以后更是分属两县管辖。① 唐初之人去隋不远，对两名、两城的区分当甚熟稔。净乐和尚既欲严标寺界田产以垂永久，又岂会笼统混用而致自乱方位。又如，碑文提及的锅顶寨当系晚起地名。锅顶寨又称锅岭寨、锅底寨，

---

① 永阳县的地理沿革，史料记载颇为含混淆乱，近世学人论及，积误亦自不少。笔者已另撰《湖北永阳故城史料考征》一札，聊作本文注脚。

与当地最为险要的兴安寨（又称兴旺寨、兴王寨）相接。古代的方志舆地书在推溯兴安诸寨的起源时，多以为系由宋人防御金元、避难自保而起，其说可信。① 南宋时，有大臣建议对淮南缘边的栅寨民团给予存恤安抚，既可以各收其用，又可以消弭潜在的土匪化、反政府化倾向。② 这个建议后来被政府采纳施行，若干非法的准军事据点遂由此取得合法地位，这恐怕也是当地寨名大兴的主要原因之一。

其三，净乐和尚的建寺过程过于夸张，考诸史实，与常理甚有不合。据碑文推算，观音寺的建寺拓寺活动，上限为武德元年（618）五月，下限为贞观四年（630）三月，为时不足十二年。然若考虑到武德四年（621）五月以后此地始归唐有③，其实际建设时间当为期更短。具体的建设内容，先是由净乐和尚手创观音寺，继而由观音寺自创金刚寺、焦儿寺、南泉寺、铙钹新寺，并自置了规模甚为可观的田产。这个节奏即使在通都大郡升平年间亦极为惊人，更何况应山乃"楚之穷

---

① 参见《重印信阳州志》卷一《舆地志》"兴安寨"，《中国方志丛书》华北地方第120号，台湾成文出版社1968年影印本，第48页；《嘉庆重修一统志》卷二一六《汝宁府二》"兴安寨"，中华书局1986年影印本，第10553页；《嘉靖应山县志》卷上《关隘》"平康寨"，《天一阁藏明代方志选刊》，上海古籍书店1964年影印本；顾祖禹：《读史方舆纪要》卷七十七《湖广三》之随州"大洪山"、应山县"天井涧"，中华书局2005年版，第3620、3025页；顾炎武：《天下郡国利病书》之德安府"大洪山"、"平康寨"，《顾炎武全集》第16册，上海古籍出版社2011年版，第2727页。对于作为"四十八寨"之中心的兴安寨（当地有四十八寨保兴王的传说），亦有认为起于元末术明初者，比如《嘉靖应山县志》（卷上《关隘》）、《天下郡国利病书》（第2727页），皆云"杨平章"立。杨平章即杨璟，曾任朱元璋政权的湖广行省平章。

② 参见徐梦莘：《三朝北盟汇编》卷二二八绍兴三十一年五月二十八日庚子"侍御史汪澈奏疏"，上海古籍出版社1987年影印本，第1643页；李心传：《建炎以来系年要录》卷一九〇绍兴三十一年六月壬寅朔"御史中丞汪澈入对"，清光绪二十六年（1900）广雅书局刊本。

③ 刘昫等撰：《旧唐书》卷四十《地理志三》、卷一《高祖本纪》，中华书局1975年版，第1581、11—12页。

邑"①，兵燹甫熄，而所谓的净乐和尚又是名不见经传的普通僧人。

其四，碑文中有与时代不符的避讳字。创业者暨立碑人署名"宏法沙门比丘净乐"，"宏法"当作"弘法"，改"弘"为"宏"是历史上常见的避讳方式。唐代也曾为孝敬皇帝李弘避"弘"字，但那是唐中宗神龙复辟以后的事情。后世避"弘"字较为著名而彻底者，一是宋避太祖、太宗之父赵弘殷之讳，二是清避乾隆皇帝爱新觉罗·弘历之讳。

综合以上几点来看，此碑当出于宋世以后之伪造②，其目的实是为圈占无主寺田制造依据，而所谓"宏法沙门比丘净乐"，历史上恐无其人。只因应山之地山寨众多，兵兴则为军屯民堡，治世犹不免土匪盘踞。在战争匪乱的蹂躏下，寺无僧、田无主的情况当甚常见。此时若适有僧众驻锡某寺，又企图将周围的无主地产纳入囊中，最好的办法便是证明它们自古以来便属己有，于是唐碑及碑中之创业僧遂凭空而现。③寺碑开头四句，显然是为蛇之吞象寻找理由，也即寺虽不大，但有神灵护持，香火旺盛，故能田多院广一至于斯；然若果真如此，又何必每建一寺必更寺名呢？

至此，我们可初步得出以下结论：唐观音寺界碑系后世伪刻，"当时""顺口溜"云云纯属伪命题；并非《陋室铭》抄录了碑中"顺口

---

① 张耒：《二宋二连君祠堂记》，张耒撰，李逸安、孙通海、傅信点校：《张耒集》卷四十九，中华书局1990年版，第764页。
② 或宋或清，且待方家更加详考。
③ 明末政治家、应山人杨涟曾述过一段当地旧闻："嗣后，僧多不戒于行，甚之有黩秽大士座前者。一日停午无云，山绝顶上双龙引水，初如两匹练倒下，寺宇及一僧随水空中飞堕山下。""土人指点……有潭澄泓不测。前白日双龙引水，下洗秽土者，此中物也。"（《杨忠烈公集》卷七《修复高贵山灵境小引》，台湾华文书局1969年影印清道光十三年刊本，第861—863页）据此可知，其一，至少在应山一带，僧人的不良行为并不鲜见；其二，佛寺所遭遇的灭顶"天灾"，从一定程度上讲，可能是对历史上兵匪"人祸"的另类反映。

溜",而是此碑在作伪之时套用了《陋室铭》所创造的流行句式。

二、《陋室铭》刘集内证梳理

前文已经谈及,《陋室铭》抄撮当时俗语以成开篇四句之说绝不可信。接下来,我们再从创作习惯的角度,探讨一下此四句的典故来源,以及刘禹锡文集中的类似表述。《铭》文其他部分,亦仿此四句,依次叙说于后。

(一)"在 A 不在 B"

若将开头四句浓缩还原,便是一种"在 A 不在 B"式的经典表述。这种表述模式通常用来指明,易见的外在属性与不易见的内在属性之间何者为决定性因素,从而使事物的意义所在与问题的解决途径简明扼要地彰显出来。

譬如,据《左传》记载,鲁宣公三年(前606),楚庄王"观兵于周疆","问鼎之大小轻重",颇示"偪周取天下"之心,周王特使王孙满应对道:"在德不在鼎。"[①] 又如,《国语》记向戌弭兵之盟,"楚人固请先歃"以争长,晋叔向力主退让,并劝上卿赵武说:"霸王之势,在德不在先歃。"[②] 又如,《史记》载魏武侯、吴起浮舟中流,武侯夸示魏有山河之固,吴起回应说:"在德不在险。"[③] 其余见于《管子》、《荀子》、《韩非子》、《吕氏春秋》等书的例证甚多,不必一一枚举。

---

① 杜预注,孔颖达疏:《春秋左传注疏》卷二十一,台湾艺文印书馆 2011 年版,第 367 页。
② 徐元诰:《国语集解》,中华书局 2002 年版,第 429—430 页。
③ 司马迁:《史记》卷六十五《孙子吴起列传》,中华书局 1959 年版,第 2166 页。

刘禹锡向以用典严肃著称，他的类似表述显然是从《左传》等书化用而来。传世刘集中的相近例证并不难找，比如，在其连州刺史任上，曾有嗜名书生曹璩因遍干"东诸侯"未果来见，欲"依名山以扬其声，将挂帻于南岳"。刘禹锡棒喝道："在己不在山。"① 这条例证与经典原型高度吻合。接下来我们且看稍有变易的另一例。《佛衣铭》云："佛言不行，佛衣乃争，忽近贵远，古今常情……坏色之衣，道不在兹，由之信道，所以为宝。"② 这几句话简言之即"在言不在衣"，只是因涉及高僧遗物、宗教信仰，措辞较为尊重而已。此外，若细加品味的话，上引《佛衣铭》与《陋室铭》的语言风格极为相近。盖因铭之作，本为自警警人，行文宜取平实精炼，利于唇吻，不必故作高深晦涩，使人望而远之。

回过头来再看《陋室铭》起首几句，稍稍变易其体，即山之名"在仙不在高"，水之灵"在龙不在深"，人之馨"在德不在室"。考诸经典，渊源有自；求诸刘集，辙迹相通。

（二）陋室·君子

通常而言，陋室的出现有两种可能，一是贫而无力为之，一是俭而无意为之。经典中书及此语，往往是用来衬托君子固穷守约的人格力量。《铭》中之陋室，自然是由经典用法沿袭而来。

卞孝萱先生以为，此典当出于《论语·雍也》，所谓"一箪食，一瓢饮，在陋巷，人不堪其忧，回也不改其乐"③。就颜回的生活境况而言，居室之狭陋不难想见，《雍也》之文的确与此典相合。蒋建波先生则以

---

① 刘禹锡：《送曹璩归越中旧隐》，《刘梦得外集》卷八，商务印书馆1922年版，《四部丛刊初编》影宋本。
② 刘禹锡：《刘梦得文集》卷三十，《四部丛刊初编》影宋本。
③ 卞孝萱：《〈陋室铭〉非刘禹锡作》，《文史知识》1997年第1期。惟卞先生受王念孙父子影响，必解"陋巷"为陋室，似犹有可商。

为，其语源当在《荀子·儒效》，所谓"彼大儒者，虽隐于穷阎漏屋，无置锥之地，而王公不能与之争名"①。以上两说俱见卓识。但若对"陋室"二字更作苛求的话，《韩诗外传》的说法不应该忽略："彼大儒者，虽隐居穷巷陋室，无置锥之地，而王公不能与争名矣。"②

因为上揭载籍的权威表述，"穷巷"、"陋室"云云遂演变为反衬君子德行的明谦暗褒之辞。当然，历史上通常与此类褒辞联系在一起的，不仅仅是孔门高弟颜回，或者以颜回为模型抽象出来的命世大儒；《铭》文所说的躬耕南阳时的诸葛亮、草创《太玄》时的扬子云，自然都在陋室君子之俦，只不过后两者是无意为之而已。《铭》文最末一句出自《论语》，仍是呼应开头的"在德不在室"这一点。《论语·子罕》云："子欲居九夷，或曰：'陋，如之何？'子曰：'君子居之，何陋之有？'"③

接下来再看一下传世刘梦得文集中的相近表述。《萎兮吟》云："穷巷秋风起，先摧兰蕙芳。"从字面上看，简直就是颜回不幸短命早死的翻版。它的政治寓意前修时贤早有叙说，不必赘论。《和董庶中古散调词赠尹果毅》云："言有穷巷士，弱龄颇尚奇。"在交代果毅都尉尹某出身寒微的同时，赞扬了他的坚贞志节。《赠别君素上人》云："穷巷唯秋草，高僧独扣门。"作者在诗中以穷巷陋室守道君子自比，不苟交游的形象跃然纸上。④再则，刘禹锡属辞行文每每用及"草玄"一典，譬如《和董庶中古散调词赠尹果毅》云："寂寞草玄徒，长吟下书帏"；《唐秀才赠端州紫石砚以诗答之》云："端州石砚人间重，赠我应知正草玄"；

---

① 蒋建波：《〈陋室铭〉中"陋室"考辨》，《语文学刊》2012年第9期。
② 屈守元笺疏：《韩诗外传笺疏》卷五，巴蜀书社1996年版，第447页。
③ 何晏注，邢昺疏：《论语注疏》卷九，台湾艺文印书馆2001年版，第79页。
④ 就意境而言，这两句诗几乎可以看作《陋室铭》一文的绝妙缩写。

《酬杨八庶子喜韩吴兴与予同迁见赠》云:"其如草玄客,空宇久寥寥。"以上三首皆是取此典淡泊自守之义①,用来表诗中迁客逐臣之情。凡此种种,皆与《陋室铭》的用典、寄意深相契合。②

传世刘集中也曾言及"陋室"一词,《上杜司徒书》云:"小人祖先壤树在京索间,瘠田可耕,陋室未毁。"③但就所表实物而言,《书》、《铭》两文中的陋室恐不可等量齐观。前者特指先祖旧居,后者可能更近乎王龟的书斋隐舍④,是随其宦途所在而设的起居修养之所。

(三)莓苔·青草

莓苔、青草皆是幽静中富于生机之物,文人雅士吟咏及之殊不鲜见。论者或以为"苔痕上阶绿,草色入帘青"两句是南方气候写实,"北方干燥,房屋左右前后少见青苔",由此又推导出浙省文士伪托说等结论⑤。然刘禹锡再游长安玄都观题诗,而云"百亩庭中半是苔";与裴度、白居易、张籍在长安兴化坊联句,而云"新暑石添苔";与裴度、白居易在洛阳联句,而云"石径践莓苔"⑥。可见征诸文字、其说并不成

---

① 《汉书》卷八十七下《扬雄传下》云:"哀帝时丁、傅、董贤用事,诸附离之者或起家至二千石。时雄方草《太玄》,有以自守,泊如也。"(中华书局1962年版,第3565—3566页)
② 《萎兮吟》以下诸篇,分别见《刘梦得文集》卷二、卷一、卷七、卷四,《刘梦得外集》卷六。
③ 刘禹锡:《刘梦得文集》卷十四。
④ 笔者在另一文中已经述及,王龟是王起之子,"父职京师,则于永达里建书斋;父镇河中,则于中条山起草堂;父保厘东都,则筑松斋于龙门;父节度山南,则立隐舍于汉阳"。见拙文《〈唐书辑校〉指瑕》,《湖南大学学报》2012年第5期。
⑤ 卞孝萱:《〈陋室铭〉非刘禹锡作》,《文史知识》1997年第1期。卞说的问题在于,观点B(铭必作于南方)本不成立,由观点B推导出观点C(南方文士伪托),又需以观点A(铭为伪作)为前提,而观点A本亦不成立;但就字面关系看,B、C却又成为佐证A成立的依据。有关卞先生的具体论述,王鹤、李晓丽两先生有较为详细的针对性分析,参见前揭《〈陋室铭〉作者祛疑》一文。
⑥ 分别见刘禹锡《再游玄都观绝句》,裴度、刘禹锡、白居易、张籍《宴兴化池亭送白二十二东归联句》,裴度、白居易、刘禹锡《予自到洛中与乐天为文酒之会时时构咏乐不可支则慨

立。况且笔者即北人,焉不识苔藓之为物,每逢雨季,墙头檐边阶角树下极易滋生。要之,仅凭上揭两句中的"苔痕"、"草色",并不能将北方摒除于可能的创作地点之外。

还是回到本文的关注范围,从创作习惯的角度考察传世刘集中的文本内证。隔帘草色意象的构设,不仅见于《陋室铭》,还见于刘集中的《伤愚溪三首》。① 愚溪,实即柳宗元在永州辟建的"陋室",刘禹锡在引言中记述道:"故人柳子厚之谪永州,得胜地,结茅树蔬,为沼沚,为台榭,目曰愚溪。"柳宗元去世三年后,有游僧话及愚溪光景,刘氏悲不自胜,因赋诗三首以"寄恨"。其第一首云:"隔帘惟见中庭草,一树山榴依旧开。"所引上句几乎可以看作"草色入帘青"的主客反写,只是借"惟见"二字渲染了"草堂无主"之悲。

其第三首云:"柳门竹巷依依在,野草青苔日日多。"所引下句与《铭》文"苔痕上阶绿,草色入帘青"二句物象略同,但在此诗意境中,空宅荒废已久,野草青苔任其滋蔓,迥不似《铭》中"上阶"、"入帘"之色恬静可喜。

对于莓苔生长蔓延的动态化描述,我们可以从刘氏《和乐天早寒》一诗中,为《陋室铭》找到相近之例。前者云:"雨引苔侵壁,风驱叶拥阶。""侵壁"、"上阶"两语在意境营造中的趣味几乎全同。试以白居易原诗《早寒》之句——"黄叶聚墙角,青苔围柱根"作比较,其属辞偏好之不同便可分晓。②

(接上页)然共忆梦得而梦得亦分司至止欢惬可知因为联句》,《刘梦得文集》卷四,《刘梦得外集》卷二,《刘梦得外集》卷四。末首联句题名参据他本迻录。

① 刘禹锡:《刘梦得文集》卷十。
② 分别见《刘梦得外集》卷一;白居易:《白氏长庆集》卷二十六,文学古籍刊行社1955年影印宋刊本,第672页。

（四）鸿儒·白丁

围绕"鸿儒"、"白丁"两句，论者之疑主要有三：一是措辞明显"瞧不起群众"，与刘禹锡思想作风不符；二是对环境的描述有悖常识，"苔多草长"表明"人迹罕至"，与"谈笑有鸿儒"自相抵牾；三是"缺乏逻辑"，"'有仙则名'是崇尚道教，'阅金经'是崇尚佛教，而来陋室'谈笑'的是'鸿儒'，不是和尚、道士"。[①] 问题在于，其一，有否上述弊病与此铭是否为伪作是性质不同的两件事，两者之间并不存在表里关系或因果关系，而历史上从境界品格、创作技巧等方面对刘氏提出尖锐批评者绝不鲜见，倘若依据上揭标准为断的话，传世刘集中的伪作恐怕也要十居二三；其二，前述三疑所指摘的弊病，或是以辞害意，或是以今律古，征诸刘集、唐史，其说并不成立。

先看疑之一。是否瞧得起群众并与群众打成一片，是富于阶级性、革命性、近代民主性的是非标准，用它来衡量一千多年前的士大夫官僚，超越了时代限制。况且铭文在这里主要是对理想志趣的表达，而爱民如子在中古时期最多也就是劝课农桑、敦厚风俗而已，并非要与"白丁"培养共同的生活情趣。凡此姑置不论，在传世刘集中亦不乏相似表述。比如，《赠别君素上人》云："穷巷唯秋草，高僧独扣门。"高僧独至，与"鸿儒"、"白丁"两句意同，只是行为主体变更为宗教人士而已。又如，《送湘阳熊判官孺登府罢归钟陵因寄呈江西裴中丞二十三兄》云："何武劾腐儒，陈蕃礼高士。"[②] 诗以何、陈比裴堪，兼有自明本志之意。若据陈蕃独设徐孺子之榻以推，此诗的交游原则实比鸿儒白丁更为严苛。

---

① 卞孝萱：《〈陋室铭〉非刘禹锡作》，《文史知识》1997年第1期。
② 刘禹锡：《刘梦得文集》卷六。

次看疑之二。论者所设想的矛盾过于夸张，且不说"鸿儒"为数有限，不可能匝地而来，即便野途古道专供车马碾轧、行人践踩，诗人犹有"远芳侵"、"野华沿"、"饶蕨藜"之叹。① 因此，所谓鸿儒造访与苔多草长相矛盾之说，实属无端臆测。我们仍举刘集中的例子以资说明。大和元年（827）白居易为官长安，其洛阳宅第有家人长住，有双鹤翔舞，有故人时时登门问讯，而刘禹锡《鹤叹》云："一院春草长，三山归路迷。"开成年间（836—840）刘禹锡、白居易同居洛阳，每每聚首小饮，刘氏《秋晚病中乐天以诗见问力疾奉酬》云："肯踏衡门草，唯应是友生。"白氏《乐天以愚相访沽酒致欢因成七言聊以奉答》云："犹胜独居荒草院，蝉声听尽到寒螀。"② 盖院中有青草莓苔，多系文人故意保留或营造的野趣，论者实不必以鸿儒践踏为忧。

次看疑之三。此说对铭文的剖判，目的性过强，且不无偷换概念之嫌，毕竟用及道教术语、读及佛教经典与崇信二氏之间尚有一定距离。抛开这种瑕疵不论，隋唐时期本以三教合流著称，换言之，儒家与释、道二氏之间的相互包容性甚强。士大夫服食丹药、广接缁侣是十分常见的社会现象，而恃丹术诗文之妙游处各地守候间的僧人道士也所在多有。刘禹锡走的本是儒家仕进之路，故而自述家史则云"家本儒素"，"世为儒而仕"，"世业在逢掖"；宣明本志则云"本业儒素，频登文科"，"儒臣之分，甘老于典坟"；以谦辞自表则云"逢掖之腐儒"；

---

① 白居易《赋得古原草送别》："远芳侵古道，晴翠接荒城。"刘禹锡《令狐相公频示新什早春南望遐想汉中因抒短章以寄诚素》："野华沿古道，新叶映行宫。"柳宗元《田家》："古道饶蕨藜，萦回古城曲。"分别见《白氏长庆集》卷十三，第316页；《刘梦得外集》卷三，《四部丛刊初编》影宋本；《柳河东集》卷四十三，上海人民出版社1974年版，第734页。

② 以上引诗，前首见《刘梦得外集》卷一，后两首见《刘梦得外集》卷四。

同僚谓之"希儒之徒"则喜云"华衮非贵"①。可是当他谪宦经年、心灰意懒之际，亦不免沉溺"出世间法"以销仕途之忧，"繇是在砚席者多旁行四句之书，备将迎者皆赤髭白足之侣"②。他对道教的态度，亦大体近是。③然而，刘禹锡毕竟以"儒素""艺文"为"本业"，即便在蹭蹬南荒、耽情佛老已甚的情况下，仍汲汲乎以接引儒者为急务④，而对于那些隐在草莽的读书人，仍循循然诱之以科举策名之道⑤；其在仕途通坦之时，更不必说。然则《陋室铭》之待儒佛道，正合乎当时的时代潮流与刘禹锡的生平行事。

（五）案牍·丝竹·素琴

关于"素琴"、"丝竹"、"案牍"三句，论者质疑的焦点在于，刘禹锡作为勤政爱民的好官，在刬繁治剧之时，如何能有"无案牍之劳形"的逍遥形态？前面既说"可以调素琴"，后面又说"无丝竹之乱

---

① 依次见刘禹锡：《夔州谢上表》、《子刘子自传》、《游桃源一百韵》、《汝州谢上表》、《苏州谢上表》、《苏州加章服谢宰相状》、《答容州窦中丞书》，载《刘梦得文集》卷十八，《刘梦得外集》卷九，《刘梦得文集》卷一、卷二十、卷十九、卷二十二、卷十四。
② 刘禹锡：《送僧元暠南游》，《刘梦得文集》卷七。
③ 张思齐先生曾对刘禹锡的涉道诗文与涉道交往作过较为详细的梳理，参见张思齐：《从刘禹锡诗看中唐道教的升降变迁》，《宗教学研究》1999年第1期。
④ 譬如，刘禹锡在朗州司马任上，与董侹交往甚密。侹"能言坟典数，旁捃百氏之学"，刘氏曾与之论《易》，序其《武陵集》，又在诗中以扬雄相比况，谓之"寂寞草玄徒"，又因其饱学，以"文儒自袭胶西相"揄扬之。然董侹仕途淹蹇又过于刘，故而奉佛尚道亦不遑多让。董侹而外，又与"绝编生"顾豪相往还。豪"茹经于腹"，"志笃于学"，而家贫地远，"食力于武陵沅水上"，以致"湮灭粪壤"，声名不彰，诚亦盛世遗贤、陋室君子之俦。参见刘禹锡：《故荆南节度推官董府君墓志》、《辨易九六论》、《董氏武陵集纪》、《和董庶中古散调辞赠尹果毅》、《览董评事思归之什因以诗赠》、《绝编生墓表》，《刘梦得外集》卷十，《刘梦得文集》卷十三、卷二十三、卷一、卷四，《刘梦得外集》卷十；卞孝萱：《刘禹锡丛考》，巴蜀书社1988年版，第181—182页；陶敏、陶红雨：《刘禹锡全集编年校注》，岳麓书社2003年版，各篇注文。
⑤ 参见刘禹锡在连州所作《送曹璩归越中旧隐》、《送周鲁儒赴举》诸诗并序，《刘梦得外集》卷八。

耳"，岂非事理不协、自相矛盾之至？① 凡此诸疑，其弊病略如前条，实际上皆不成立。

官司有繁重闲散之别毋庸赘说。刘禹锡任朗州司马多年，司马即闲散之官。其《送王司马之陕州》云："案牍来时唯署字，风烟人兴便成章。"元稹任通州司马时亦赋诗云："睡到日西无一事，月储三万买教闲。"②其后，刘氏又出刺连、夔、和、苏等州。刺史总揽一州之政，自非司马可比，其苏州诗云："云水正一望，簿书来绕身。"又云："将吏俨成列，簿书纷来萦。"然而，政务繁忙并不代表毫无寄兴之暇，刘禹锡在给令狐楚的和诗中说："簿书盈几案，要自有高情。"实际上，这也是和者的夫子自道之语。上揭"勤政不得逍遥"之疑事关和州，然而翻检文集可知，刘氏在和州撰写的唱和诗为数并不少，其中不乏"历阳秋色正澄鲜"、"对此独吟还独酌"之句。③

问题的关键在于，《铭》文所寄之兴，其实只是对某种生活片段的感悟和欣赏，远不等于作者生活状态的全部。换言之，属辞造境中的陋室之"无"，反衬的恰恰是仕宦生涯中的官场之"有"。正因为平日治

---

① 参见卞孝萱：《〈陋室铭〉非刘禹锡作》，《文史知识》1997年第1期；乔俊杰、马玉山：《〈陋室铭〉疑析》，《修辞学习》2000年第3期；刘大生：《评〈陋室铭〉中的"丝竹之乱"——与乔俊杰、马玉山、蒋民胜先生商榷》，《唯实》2003年第5期；魏连科、赵芳远：《〈陋室铭〉中"无丝竹之乱耳"句献疑》，《邢台学院学报》2015年第2期。关于丝竹素琴之"矛盾"，卞先生站在《陋室铭》属伪作的立场上，定性为水平问题，认为作伪者文思原本低劣；其余诸先生站在《陋室铭》属佳作的立场上，定性为文本问题，认为其间容有笔误或抄误。比如，乔、马二先生以为当作"有丝竹之乱耳"，刘先生以为当作"无车马之乱耳"，魏、赵二先生以为当作"有丝竹之悦耳"。
② 分别见《刘梦得文集》卷六；元稹：《通州》，《元氏长庆集》卷二十，上海古籍出版社1994年版，第106页。
③ 分别见刘禹锡：《到郡未浃日登西楼见乐天题诗因即事以寄》、《早夏郡中书事》、《和令狐相公春早朝回盐铁使院中作》、《张郎中籍远寄长句开缄之日已及新秋因举目前仰酬高韵》，《刘梦得外集》卷二、卷三、卷六。

公有案牍之劳形,广座应酬有丝竹之乱耳,故而陋室之中的宁静和解脱才值得再三吟唱。

丝竹、素琴之不同,仅在乐器上便能看出端倪,后者一人可办,前者非合奏不得称。唐代诗文中的丝竹管弦之乐,往往基于两种因素出现,一是音乐审美上的特殊偏好,一是高端宴会上的礼俗需求,两种因素之间并无严格界限,但均以较高的经济基础为前提。韩愈诗云:"主人愿少留,延入陈壶觞。卑贱不敢辞,忽忽心如狂。饮食岂知味,丝竹徒轰轰。"又云:"长安交游者,贫富各有徒。亲朋相过时,亦各有以娱。陋室有文史,高门有笙竽。"白居易诗云:"主人下马客在船,举酒欲饮无管弦。"又云:"浔阳小处无音乐,终岁不闻丝竹声。"① 上流社会竞陈妓乐之俗,据此可见一斑。"浔阳无乐"云云,当属谪人夸诞之辞,之所以丝竹之声绝少,是因为此地华族盛会不能与东西两京、雄州要郡比肩之故。在刘柳元白诸大家中,白居易的群居属性最为明显,他对丝竹管弦合奏之乐的审美偏好,也远非元刘等人可比。不仅述其典于《事类》,赋其事于篇什,而且还选择自家僮妓组建"小乐"以供玩赏。② 相形而言,元、刘二人对此类合奏之乐的审美兴趣要冷淡许多。元氏乃深于情者,似乎更惬意于亲密女性抚琴独奏的画境。③ 刘氏则长作逐臣,

---

① 分别见韩愈:《此日足可惜一首赠张籍》、《长安郊游者一首赠孟郊》,《朱文公校昌黎先生集》卷二、卷一,《四部丛刊初编》影印元刊本;白居易:《琵琶引》,《白氏长庆集》卷十二,第291、293页。

② 典故见《白氏六帖事类集》卷十八《女乐第八》,文物出版社1987年影印宋绍兴刻本。白集中赋及丝竹管弦之诗甚多,不必赘举。小乐之事略见《白氏长庆集》卷二十六《南园试小乐》:"小园斑驳花初发,新乐铮摐教欲成。红萼紫房皆手植,苍头碧玉尽家生。"(第680页)又见卷七十《醉吟先生传》:"若兴发,命家僮调法部丝竹,合奏《霓裳羽衣》一曲。若欢甚,又命小妓歌《杨柳枝》新词十数章。"(第1752页)

③ 元稹有《黄草峡听柔之琴二首》、《听妻弹别鹤操》等诗,其《莺莺传》中亦有张生听莺莺鼓琴的情节,"异时独夜操琴,愁弄凄恻,张窃听之。求之,则终不复鼓矣"。见《元氏长庆集》卷二十一、《补遗》卷六,第111—113、314页。

宦位、家资、异性之爱均逊于元白二人，他在音乐上的偏好，与《陋室铭》所说甚合，多借调琴挥弦以自遣适意。征诸传世刘集，《罢郡归洛阳闲居》云："花间数盏酒，月下一张琴。"《昼居池上亭独吟》云："法酒调神气，清琴人性灵。"《秋中暑退赠乐天》云："暑服宜秋著，清琴入夜弹。"《早秋雨后寄乐天》云："簟凉扇恩薄，室静琴思深。"① 凡此种种，皆属公事之余、应酬之外的生活情趣。

然而，刘禹锡毕竟是有政治追求的士大夫官僚，他的个性之中又深植了乾健不息的豪迈基因，因此，陋室调琴的隐逸情趣只不过是一种短暂的精神按摩，并不意味着他对案牍簿书、丝竹应酬果持鄙薄厌恶之情。即以前揭《罢郡归洛阳闲居》为例，在咏完花间酒、月下琴之后，刘氏仍以"闻说功名事，依前惜寸阴"收尾，可见他的确是一个闲不住的人。而在《昼居池上亭独吟》"法酒"、"清琴"句之后，刘氏又吟叹道："浩然机已息，几杖复何铭。"后面这两句尤为有趣，一则机息云云绝非写实，这从他临终前犹作《子刘子自传》、为贞元朝士辩解可以看出；二则由此可知，铭文字面与作者本心之间，往往存在一定程度的背离，论者若以为控缰必不欲马跑，进而据之考求文义史实，恐不免南辕北辙之讥。此系题外话，不赘。

三、陋室题材的时代共性

前文所述，是《陋室铭》与传世刘集在文本上的关联契合，重在从

---

① 前二首、后二首分别见《刘梦得文集》卷三、《刘梦得外集》卷四。

创作个性的角度证其为真。接下来，则试就中晚唐文士对陋室题材的普遍吟唱略加分析，以便从时代共性的角度破除伪作晚出之疑。

由白居易《三谣序》可以推知①，当时以"陋室铭"为题的文学创作并不鲜见，然而其作者姓字能昭著于篇简者，唯崔沔、刘禹锡二人。崔沔陋室位于洛阳崇政坊，是崔氏宅邸中最不起眼的一部分。据颜真卿记载，唐睿宗"延和、太极之间"（712），崔沔就故人子张深买宅制居，其建筑布局大略如下：宅之西南为崔氏家庙，宅之中为崔母王氏所居正堂，正堂东为崔沔寡嫂卢氏居所，正堂东北为崔沔两姊归宁时居所，正堂北五步之外，杂用旧椽余料构建瓦房三间，"不崇坛，无赭垩"，崔沔居之。所谓陋室，实指此三间瓦房而言。至于正堂，则"简而不陋"、"净而不华"，加之"六十余年榱栋如故"，其建筑规制洵非下下可知。②又据史料记载，崔母王氏（安平郡夫人）卒于开元九年（721），此后正堂遂空；崔妻王氏（太原郡太夫人）卒于开元二十二年（734），此后崔沔搬离瓦房，徙居他室；《陋室铭》之撰，在崔沔左散骑常侍任上（约开元十四年至二十一年），当时崔沔年位已高，禄秩非轻，其为文之意盖如史传所说，借以见俭约自持之志而已。③唯此铭文辞不传，今不必深论。

崔、刘之外的同题创作，史无详书，无由征实。但在诗中咏及陋室以表深意者，则不难考见。此类吟咏可借刘禹锡之言剖判为两种情况：

---

① 白氏序云："偶为三谣，各导其意，亦犹座右、陋室铭之类尔。"见《白氏长庆集》卷三十九，第1013页。
② 颜真卿：《通议大夫守太子宾客东都副留守云骑尉赠尚书左仆射博陵崔孝公宅陋室铭记》，《颜鲁公文集》卷十四，《四部丛刊初编》影明本。
③ 参见《有唐安平县君赠安平郡夫人王氏墓志》、《有唐太原郡太夫人王氏墓志》、《有唐通议大夫守太子宾客赠尚书左仆射崔公墓志》，周绍良主编：《唐代墓志汇编》大历〇六三号、大历〇六一号、大历〇六〇号，上海古籍出版社1992年版，第1803—1804、1801、1799—1800页；颜真卿：《崔孝公宅陋室铭记》。

一种是"悲其不遇，无成而亏"；另一种是"悲其不幸，既得而丧"。接下来，笔者谨就两种情况次第说明之。

前引韩愈《长安交游者一首赠孟郊》云："陋室有文史，高门有笙竽。"据前修时贤考证，此诗作于贞元九年（793）"公未筮仕、东野未第时"①。在贞元八年（792）的"礼部试"中，韩愈四番应考终于登科，而年长十七岁的孟郊却不幸落第；到了本年，孟郊再应"礼部试"又不中，韩愈则未能通过"吏部试"铨选，开始了三试不成、十年犹布衣的蹭蹬之路。韩、孟皆负当世高才，方其未遇时，借陋室大儒之典以抒骚怨，实属情理之常。

深得韩愈赏识的鬼才李贺亦有近似表述，其《绿章封事》云："金家香衖千轮鸣，扬雄秋室无俗声。愿携汉戟招书鬼，休令恨骨埋蒿里。"秋为肃杀萧条之象，秋室即陋室。清人王琦《汇解》云："富贵之家，生前奉养，志意满足，可以无恨。惟穷约之士如扬雄者，陋室萧条，赍志以没，不能不抱恨于地下……盖为士之不遇者悲乎？特借扬雄一人以概其余矣！"②而李贺本身便是不遇之尤者，当他元和三年（808）赴长安应"礼部试"之际，有妒才者攻讦道："贺父名晋肃，贺不举进士为是。"虽有韩愈为之作《讳辩》，终不免失意落第之局。其后李贺谋得奉礼郎小官，在长安任职三年，郁郁不得志，《绿章封事》诗即当作于此时。③

至于因"既得而丧"之悲咏及陋室者，可以元稹等人为例略加剖

---

① 钱仲联：《韩昌黎诗系年集释》，上海古籍出版社1984年版，第10—11页。
② 王琦等评注：《三家评注李长吉歌诗》，上海古籍出版社1998年版，第48页。
③ 钱仲联：《李贺年谱会笺》，收入《梦苕盦专著二种》，中国社会科学出版社1984年版，第34、40、48页。

析。元和十三年（818），元氏在通州司马任上曾有《酬乐天东南行诗一百韵》之作，诗云："是非浑并漆，词讼敢研朱。陋室鹗窥伺，衰形蟒觊觎。"① 若由早先的江陵之贬算起，元氏侘傺于谪宦生涯已经八年有余。而在此之前，元氏原本仕途得意，颇能"举职"，只因屡论国之大事有忤执政，又在监察御史任上劾治不法长吏牵连甚广、树敌过多，遂在敷水驿争厅事件中遭遇不公判决，被贬为江陵士曹参军，后又量移为通州司马。元氏"既以俊爽不容于朝，流放荆蛮者仅十年"②，述及宦情自不能略无愤激怪怨之辞。引诗前两句意谓，整个社会是非不明，自己又焉敢妄持朱笔以定词讼③；后两句则说，尽管退居陋室，体弱志衰，朝中宿敌仍然如鹗如蟒伺机中伤。

在相同的处境下，白居易、柳宗元亦有类似之作。元和十年（815）夏，宰相武元衡遇刺身亡，白居易以越职言事触怒当道，被贬为江州司马。元和十一年（816）秋，始在庐山构筑草堂，次年春落成，每与凑、满、朗、晦四禅师作方外之游。④ 今观白氏集中，赋及草堂之作为数甚夥，其间往往有嗟伤悲愤之辞。譬如，《香炉峰下新置草堂即事咏怀题于石上》一诗有"洗耳"、"净眼"之句，又云："舍此欲焉往，人间多险艰。"又如，《香炉峰下新卜山居草堂初成偶题东壁五首》云："从兹耳界应清净，免见啾啾毁誉声。"又云："宦途自此心长别，世事从今口

---

① 元稹：《元氏长庆集》卷十二，第 66 页。
② 刘昫等撰：《旧唐书》卷一六六《元稹传》，第 4331—4332 页。
③ 关于"是非浑并漆"一句，周相录先生以为"谓是非齐一，一样对待"（《元稹集校注》，上海古籍出版社 2011 年版，第 374 页），说恐不确。"漆"字实取晦暗不明之义，刘禹锡《磨镜篇》云："流尘翳明镜，岁久看如漆。"《昏镜词》云："瑕疵既不见，妍态随意生。"实可视为元诗本句注脚。
④ 白居易：《草堂记》，《白氏长庆集》卷四十三，第 1069 页；刘昫等撰：《旧唐书》卷一六六《白居易传》，第 4345 页。

不言。"① 其中最切题者，莫过于他对草堂内三种物件（朱藤杖、蟠木几、素屏风）的吟咏，所谓"偶为三谣，各导其意，亦犹座右、陋室铭之类尔"②。《三谣》各篇，或悲世路淹阻、才难尽施，或斥高门贵第竞逐奢淫、俭德正气不崇于世，或叹君子势孤、猝遇穷困而无扶助之者，凡此尽同乎陋室君子萧条自处之迹。

柳宗元与刘禹锡一样，同是"二王八司马"政治集团的核心成员。在谪居永州期间，他曾将当地的一条溪水改名为愚溪，并买田置宅，为沼为沚，栖处于其间。愚溪诸物，如丘、泉、沟、池、亭、堂等，皆冠以"愚"名。柳氏又作《愚溪对》、《愚溪诗序》诸文，颇能见其愤世自伤之意③。其《夏初雨后寻愚溪》云："沉吟亦何事，寂寞固所欲。幸此息营营，啸歌静炎燠。"④ 此数句实与前引白氏《草堂东壁》诗、刘氏《池亭独吟》诗有同理之妙，它在特定语境中所揭示的，恰恰是与字面义相反的第二义，也即政治上的严重挫败，对于柳氏来说是一个念兹在兹、难以逾越的心结。愚溪亦如草堂、陋室，是一种极富政治意味的符号表征。

上述诸人中，崔沔属于生年不相接的前辈，但他的孙子崔植却是刘禹锡的同辈人，且相互间有宴游交往、联句应酬；李贺属于晚生近二十年的后辈，但他的亡故却早于刘氏之卒逾二十年，文名互知不难想见；至于韩柳元白，皆与刘禹锡有密切关系，其中柳宗元、白居易更是刘氏早、晚年的兰交挚友。

---

① 以上两首分别见《白氏长庆集》卷七、卷十六，第 168、406—407 页。
② 白居易：《三谣序》，《白氏长庆集》卷三十九，第 1013 页。
③ 两文分别见《柳河东集》卷十四、卷二十四，第 223—225、407—409 页。
④ 柳宗元：《柳河东集》卷四十三，第 722—723 页。

再看刘禹锡的人生轨迹。他早年科举得意，仕途看好，一旦卷入高层政争，遭遇失败，遂被贬斥遐荒二十余年，其"既得而丧"之悲与柳、元、白并同，但蹉跎岁月之漫长则远远过之。而其经济上的拮据，又恐不让于崔沔，一则谪宦蛮陬、官俸有限，二则鳏居甚早、抚养丁口甚多（己子、柳氏遗孤、韦绚等）。因此，即便晚年宦情好转，仍不免有乏金之叹。白居易《酬梦得贫居咏怀见赠》云："厨冷难留乌止屋，门闲可与雀张罗。病添庄舄吟声苦，贫欠韩康药债多。日望挥金贺新命，俸钱依旧又如何？"① 刘氏原诗仅存白注所引残句"若有金挥胜二疏"，咏贫之意已瞭然可见。在此番唱和之前数年，刘氏已有类似调侃，《酬乐天闲卧见忆》云："同年未同隐，缘欠买山钱。"②

由上文所述可知，其一，唐人的陋室之咏或出于仕途坎坷，或出于生活贫困，而这两种因素在刘氏生命中都有极为深刻的体现，从早岁受谴到晚年贫居，刘氏几乎一直面临此类窘迫的创作诱因；其二，传世唐人诗文集中的陋室主题或辞句，至少以鸟瞰式考察来看，几乎全部集中于上揭文学群体，究其根由，一方面，是因为时代背景相同，人生际遇近似，另一方面，除崔沔以外，余者皆是同时代交往甚密的文学巨擘，相互间不可避免地存在某种程度的切磋或影响。

（原载《文史哲》2017 年第 1 期）

---

① 白居易：《白氏长庆集》卷三十五，第 908 页。
② 刘禹锡：《刘梦得外集》卷四。

《水浒传》成书于明初考

——基于袍服颜色的考察

张 伟

即便从现代学者们的研究算起，《水浒传》成书于何时也已称得上是个历时近百年的老问题。近百年来，众多学者从多个角度、多个方面进行了探寻，但问题至今仍然没有得到很好的解决。由于文献不足、材料舛错以及早期版本失传等原因，学者们对依据外部证据得出的结论存在不少訾议之处，对基于小说中的某些语句、某种器物等内证绌绎而出的结论也抱持怀疑。因此，此书成书于元代、元末明初还是明中叶，仍有待于继续考证。事实上，在新文献难以发现的情况下，全面研读小说原著、深入掘发其内证乃是必不可少的环节，这正如石昌渝先生所说："作为文学门类的小说，无论是以历史还是以当下现实为题材，无论是以现实人生还是以虚拟世界为题材，必定都会打上作者所处时代的烙印。"[①] 统观全书，《水浒传》对袍服颜色的描绘非常细致，由这些描写推定，此书应成书于明初。

[①] 石昌渝：《〈水浒传〉成书年代再答客难》，《文学遗产》2007 年第 5 期。

一、《水浒传》袍服描写体现等级意识

中国古代社会崇尚礼治，服色作为"舆服"的重要内容，属于礼治的重要部分，早在商周时期对此已十分讲究，秦汉以降的帝王们于御极之初每每要改易服色。董仲舒《春秋繁露·楚庄王》记载说："受命之君……故必徙居处，更称号，改正朔，易服色者，无他焉，不敢不顺天志，而明自显也。"① 除了报功章德、彰显治功等功能外，舆服还具有区别等级的重要作用。周锡保先生说："所以孔子所曰：我从周制。所谓文章，其中包括当时的各种制度，礼、乐、仪、服饰等的上下尊卑，等级分别等的体现。"② 相对于古代的诸种衣服，袍服是古代官员们的朝服，在体现等级差别、地位高低方面的意味更为明显，古今的学者们已经对此进行过论述。五代时马缟《中华古今注》"袍衫"条说："袍者自有虞氏即有之，故《国语》曰'袍以朝见也'。秦始皇三品以上绿袍深衣，庶人白袍，皆以绢为之。"③ 当代学者杨荫深先生说："袍在汉以后即以为朝服之称，其服色历代均有规定，然唐以前尚无严格区别，且臣民均可服黄色。自唐以后，乃惟许天子服黄，臣民不得僭越，以迄清末还是如此。"④《水浒传》对袍服的颜色有着真切的描绘，这些内容明显体现了小说中人物在等级和地位方面的不同。

首先，小说中炳灵公、方腊等帝王类形象多身着赭黄袍。根据中国古代的神仙谱系可知，炳灵圣公为东岳天齐仁圣帝第三子，据《宋

---

① 赖炎元：《春秋繁露今注今译》，台湾商务印书馆 1984 年版，第 12 页。
② 周锡保：《中国服饰史》，中国戏剧出版社 1984 年版，第 5 页。
③ 马缟撰，吴企明点校：《中华古今注》，中华书局 2012 年版，第 109 页。
④ 杨荫深：《衣冠服饰》，上海辞书出版社 2014 年版，第 5 页。

史》记载,宋真宗时封为"炳灵公"①,《三教源流搜神大全》则说"大中祥符元年二月十五日封至圣炳灵王"②。燕青去泰山东岳庙会争跤时,他随众人来到岱岳庙,恰看到庙中所供奉的"炳灵圣公,赭黄袍偏称蓝田带"③。方腊虽"僭越"称帝,他为梁山英雄们所败后从帮源洞山顶仓皇逃走,为掩藏形迹,他在逃亡的路上"脱了赭黄袍,丢去金花幞头,脱下朝靴,穿上草履、麻鞋"④。由炳灵圣公和方腊二人的装束来看,小说正以帝王形象来描绘他们的袍服。

对于帝室贵胄,小说则描绘他们多穿紫袍。高俅受小王都尉指派去送镇纸狮子及笔架,其时的徽宗尚为端王,映入高俅眼帘的端王"身穿紫绣龙袍"⑤。林冲被发配至沧州牢城,他在路上曾前去造访"也是龙子龙孙"⑥的柴进,柴进的装束当时与端王甚为相似:

> 头戴一顶皂纱转角簇花巾,身穿一领紫绣团龙云肩袍,腰系一条玲珑嵌宝玉绦环,脚穿一双金线抹绿皂朝靴。⑦

另外,小说中地位较高的将领多穿红袍。无论是宋朝战将还是辽将,小说均描绘过他们身穿红袍。如秦明是"头上朱红漆笠,身穿绛色

---

① 脱脱等撰:《宋史》卷一〇二《礼志五》,中华书局2000年版,第1671页。
② 叶德辉辑:《三教源流搜神大全》,清宣统元年(1909)刻本,第33页。
③ 施耐庵、罗贯中著,凌赓等校点:《水浒传》(容与堂本),上海古籍出版社1988年版,第1088页。
④ 施耐庵、罗贯中著,凌赓等校点:《水浒传》(容与堂本),第1451页。
⑤ 施耐庵、罗贯中著,凌赓等校点:《水浒传》(容与堂本),第18页。
⑥ 施耐庵、罗贯中著,凌赓等校点:《水浒传》(容与堂本),第773页。
⑦ 施耐庵、罗贯中著,凌赓等校点:《水浒传》(容与堂本),第128页。

袍鲜"①，索超则是"团花点翠锦袍红"②。大辽副都统军贺重宝"衬着锦绣绯红袍，执着铁杆狼牙棒"③。兀颜统军两大先锋中的琼妖延纳"身穿石榴红锦绣罗袍，腰系荔枝七宝黄金带"④。辽军中的贺重宝、琼妖延纳地位尊崇，自与一般人物不同。秦明本是青州指挥司总制，是青州的最高军事长官。索超是深受梁中书器重的正牌军，其级别难以完全证实于现实生活，但在大名府的地位同样尊崇。

在描写地位较低的仆从、商人时，小说又往往指出这些人的服装多以褐色、白色为主。白玉乔伴女儿白秀英行走江湖，四处做笑乐院本，他出场时则"穿着一领茶褐色罗衫，系一条皂绦"⑤。杨雄、石秀逃亡时在酒肆里遇到了做总管的杜兴，杜兴当时所穿则是"茶褐绸衫"⑥。武松被发配往孟州，在十字坡酒店遇到了张青，张青当时的服饰则是"头带青纱四面巾，身穿白布衫"⑦。

宋徽宗、方腊、柴进等人皆着袍服，且颜色与各自的身份相称。白玉乔、杜兴、张青三人不但没有穿袍服，而且所穿衣服也都是茶褐色衫、白布衫，其中透示的地位与"紫绣龙袍"、"绯红袍"区别判然。

---

① 施耐庵、罗贯中著，凌赓等校点：《水浒传》（容与堂本），第941页。
② 施耐庵、罗贯中著，凌赓等校点：《水浒传》（容与堂本），第941页。
③ 施耐庵、罗贯中著，凌赓等校点：《水浒传》（容与堂本），第1256页。
④ 施耐庵、罗贯中著，凌赓等校点：《水浒传》（容与堂本），第1272页。
⑤ 施耐庵、罗贯中著，凌赓等校点：《水浒传》（容与堂本），第755页。
⑥ 施耐庵、罗贯中著，凌赓等校点：《水浒传》（容与堂本），第691页。
⑦ 施耐庵、罗贯中著，凌赓等校点：《水浒传》（容与堂本），第393页。

二、绿袍人物在《水浒传》中颇受欣赏

《水浒传》中所出现的袍服,就其颜色来说有赭黄、紫、红、绿、皂、白等色,以红、绿二色为最多。由于绿袍所对应的品级在明代具有明显的变化,置之于具体的社会环境下考察,这有助于我们判断小说的成书时代。

绿袍有赞美好汉们的气概、性情之意。并非所有的好汉在小说中都穿袍子,但身穿绿袍的好汉除了其性情、本领有过人之处外,还往往具有较高的社会地位。

鲁智深颇有侠肝义胆,史进初见时便注意到他"是个军官模样",曾做到关西五路廉访使,社会地位不低,他"禅杖打开危险路,戒刀杀尽不平人",五台山主持智真长老视为诸僧皆所不及。他在小说中第一次出场时身上所穿即是绿色战袍,小说第三回《史大郎夜走华阴县,鲁提辖拳打镇关西》中写道:

> 史进看他时,是个军官模样。怎生结束?但见:头裹芝麻罗万字顶头巾,脑后两个太原府纽丝金环,上穿一领鹦哥绿纻丝战袍……身长八尺,腰阔十围。①

金圣叹评点此段文字说:"凡接写两人全身打扮处,皆就衣服制度、颜色上互相照耀,以成奇景。"② 这比较明确地道出了绿战袍在刻画鲁智深

---

① 施耐庵、罗贯中著,凌赓等校点:《水浒传》(容与堂本),第39页。
② 陈曦钟、侯忠义、鲁玉川辑校:《水浒传》(会评本),北京大学出版社1987年版,第85页。

形象时的重要作用。

在梁山诸英雄中,"仗义是林冲",他在晁盖等人进退两难之际火并王伦,促成梁山首次聚义,推进了梁山大业的发展。但他功成而不居,金圣叹称其"豪杰有泰山岩岩之象"①。在上梁山之前,他身居八十万禁军枪棒教头之职,外享有盛名,内有贤妻,人生正当快意之时,小说描绘其洒脱与飘逸的精神气度时正由绿袍加以渲托,小说第七回《花和尚倒拔垂杨柳,豹子头误入白虎堂》写道:

> 智深听得,收住了手看时,只见墙缺边立着一个官人。怎生打扮?但见:头戴一顶青纱抓角儿头巾;脑后两个白玉圈连珠鬓环;身穿一领单绿罗团花战袍;腰系一条双搭尾龟背银带。穿一对磕瓜头朝样皂靴;手中执一把折叠纸西川扇子。那官人生的豹头环眼,燕颔虎须……②

林冲豹头环眼,燕颔虎须,威猛粗犷似张飞,但他手执一把折叠纸西川扇子,则似较张飞多几分儒雅。他身穿一领单绿罗团花战袍,自然应与自己的地位、身份及气质相称。

再如赫赫有名的好汉没羽箭张清,他上梁山前曾以普通的石子将梁山十数位好汉打得丢盔弃甲、头破血流。上梁山后,他与众好汉在迎战童贯、征伐大辽时立下不少战功,其英姿亦多由绿战袍衬出。小说第七十六回《吴加亮布四斗五方旗,宋公明排九宫八卦阵》写道:

---

① 陈曦钟、侯忠义,鲁玉川辑校:《水浒传》(会评本),第362页。
② 施耐庵、罗贯中著,凌赓等校点:《水浒传》(容与堂本),第101页。

> 为头的战将是谁？怎生打扮？但见：枪横鸦角，刀插蛇皮，销金的巾帻佛头青，挑绣的战袍鹦哥绿。腰系绒绦真紫色，足穿气袶软香皮。雕鞍后对悬锦袋，内藏打将的石子；战马边紧挂铜铃，后插招风的雉尾。骠骑将军"没羽箭"，张清哨（路）最当先。①

小说第八十四回《宋公明兵打蓟州城，卢俊义大战玉田县》又写道：

> 正战之间，"没羽箭"张清看见，悄悄地纵马趱向阵前，却有檀州败残的军士，认得张清，慌忙报知御弟大王道："这对阵穿绿战袍的蛮子，便是惯飞石子的。他如今趱马出阵来，又使前番手段。"②

鲁智深"鹦哥绿芝丝战袍"，林冲"单绿罗团花战袍"，"没羽箭"张清则"战袍鹦哥绿"，几人战袍花样不同，但均为绿色却大致无差，这些描写都说明绿袍在体现好汉们形象及气质上具有重要作用。

秦明、索超等人在上梁山之前多身穿红色袍服，他们的这种装束与各自的性格有一定的关系，秦明绰号霹雳火，索超则是"急先锋"，红色战袍正有助于显示他们的性格急如烈火，烈似霹雳。但这并不意味着穿红色袍服者的地位远远高于穿绿色袍服者，另一位著名好汉关胜，为"汉国功臣苗裔"，曾被拜为"领兵指挥使"后统兵征讨梁山，其装束是"金甲绿袍相称"③，其职位不低，社会地位亦高，却是身穿

---

① 施耐庵、罗贯中著，凌赓等校点：《水浒传》（容与堂本），第1112页。
② 施耐庵、罗贯中著，凌赓等校点：《水浒传》（容与堂本），第1226页。
③ 施耐庵、罗贯中著，凌赓等校点：《水浒传》（容与堂本），第953页。

绿袍。由此可知，红袍与绿袍在体现人物的地位上虽有差别，但没有本质的差别。

再从朝廷的赏赐来看，绿袍与红袍的差别也不大。宋江力排众议，坚持招安，几番周折之后，招安终于成行，这对朝廷来说是大事，也是梁山发展过程中的"重重喜"。在如此重要的场合里，宋江等好汉获得了徽宗钦赐的红、绿二种衣袍。宋徽宗于宣德楼上观看梁山好汉们的雄壮军容，龙颜喜动，且要求众好汉皆换上御赐衣袍。小说第八十二回《梁山泊分金大买市，宋公明全伙受招安》写道：

> 且说道君天子，同百官在宣德楼上，看了梁山泊宋江等这一行部从，喜动龙颜，心中大悦。与百官道："此辈好汉真英雄也！"观看叹美不已。命殿头官传旨，教宋江等各换御赐锦袍见帝。殿头官领命，传与宋江等。向东华门外，脱去戎装惯带，各穿御赐红绿锦袍，悬带金银牌面，各带朝天巾帻，抹绿朝靴。惟公孙胜将红锦裁成道袍，鲁智深缝做僧衣，武行者改作直裰，皆不忘君赐也。①

此处明写徽宗所赐为"红绿锦袍"，公孙胜、鲁智深、武松等人所着皆为红色，三人都居身天罡星之列，由此推之，天罡星所得赐物当为红色，地煞星所得当为绿色。绿袍或者稍次于红，但同样体现着皇帝对好汉们的欣赏，其所隐含的庄重喜庆之意应与红袍相似。

---

① 施耐庵、罗贯中著，凌赓等校点：《水浒传》（容与堂本），第1203页。

三、《水浒传》中的袍服描写符合明初以前的习俗

绿袍作为公服具有很长的历史,在不同的时期,其代表的品级、隐含的意义也有所差异。明初以前,绿袍所显示的地位和品级较高,明代中后期则明显降低。朱元璋在洪武二十六年(1393)曾颁布律令,对公服的式样、颜色作出新的规定。由律令内容可知,着绿袍者的地位大为降低,明代林尧俞等纂修的《礼部志稿》记载:

> 洪武二十六年,定文武官公服。用盘领,右衽。袍或纻丝、纱、罗、绢,从宜制造。袖宽三尺。一品至四品绯袍,五品至七品青袍,八品、九品绿袍,未入流杂职官袍、笏、带与八品以下同,公服见诸司职掌。①

徐溥等人编辑的《明会典》也说:

> 文武官公服用盘领,右衽,袍或纻丝、纱、罗、绢,从宜制造,袖宽三尺。一品至四品绯袍,五品至七品青袍,八品、九品绿袍,未入流杂职官袍、笏、带与八品以下同。②

由此可知,明代洪武二十六年之后,穿绿袍者于官职中为最末等级,已经等同于没有品级的杂职。沈从文先生在《中国服饰史》中指出:

---

① 林尧俞等纂修:《礼部志稿》卷十八,《影印文渊阁四库全书》第 597 册,台湾商务印书馆 1986 年版,第 323 页。
② 徐溥等纂修:《明会典》卷五十八,《影印文渊阁四库全书》第 617 册,第 612 页。

自唐宋以降,龙袍和黄色就为王室所专用。明朝因皇帝姓朱,遂以朱为正色;百官公服自南北朝以来紫色为贵,至明代又因《论语》有"恶紫之夺朱也",紫色自官服中废除不用;黄、紫之外,玄色也在禁例。①

《水浒传》中不止一次出现紫袍,一直没有出现青袍,这与洪武二十六年以前的情况比较符合。另外,尽管小说中许多人物的品级比较模糊,但却写到了寿张县令,这位县令所穿的公服正是绿袍。李逵陪同燕青于泰山智扑"擎天柱"任原后,一个人来到寿张县衙,吓跑了县令,然后自己来到县令的后衙,"把绿袍公服穿上"②,在寿张县乔坐衙。他戏耍衙吏、胡乱判案后,"把绿袍抓扎起,槐简揣在腰里"③,回到了梁山,来到忠义堂拜见宋江,这时他仍然穿着县令的绿袍:

> 只见李逵放下绿袍,去了双斧,摇摇摆摆,直至堂前,执著槐简,来拜宋江。拜不得两拜,把这绿袍踏裂,绊倒在地,众人都笑。④

寿张县令听闻李逵到来之后慌张而逃,李逵则穿上绿袍,摇摇摆摆,假作斯文,并且将绿袍穿回,到梁山上参拜宋江,最后竟被踏裂的绿袍绊倒,此段描写体现了庄重文雅与草率鲁莽之间的强烈反差,颇为诙谐滑稽。明朝县令为正七品,小说如果成书于明代中期以后,则寿张县令的

---

① 沈从文:《中国服饰史》,陕西师范大学出版社2004年版,第128—130页。
② 施耐庵、罗贯中著,凌赓等校点:《水浒传》(容与堂本),第1094页。
③ 施耐庵、罗贯中著,凌赓等校点:《水浒传》(容与堂本),第1094页。
④ 施耐庵、罗贯中著,凌赓等校点:《水浒传》(容与堂本),第1095页。

公服应该为青袍，但小说中却一再描写为绿袍，这显然与明代中后期的生活实际不相符合。

洪武二十六年的律令也明显反映在明代中后期的文献资料里，《金瓶梅词话》对此也有一些相关的描写。《金瓶梅词话》第四十六回叙述吴月娘、李瓶儿等人卜卦，其占卜结果就反映出了明代官员的公服变化情况。

> 月娘道："你卜卜这位奶奶。李大姐，你与他八字儿。"李瓶儿笑道："我是属羊的。"婆子道："若属小羊的，今年廿七岁，辛未年生的；生几月？"李瓶儿道："正月十五日午时。"那婆子卜转龟儿，到命宫上矻磴住了。揭起卦帖来，上面画着一个娘子，三个官人。头个官人穿红，第二个官人穿绿，第三个穿青。怀着个孩儿，守着一库金银财宝，傍边立着个青脸獠牙红发的鬼。①

此段暗示了李瓶儿一生中的三个男人：花太监、花子虚及西门庆。由小说中其他人物的装束可知，穿红者应是指花太监。西门庆受蔡京抬举提携，"居五品大夫之职"②。就官服来看，"西门庆穿着青绒狮子补子，坐马白绫袄子"③，他的同僚夏提刑则"穿着黑青水纬罗五彩洒线猱头金狮补子圆领"④。

综合《金瓶梅词话》中所写，可知吴月娘等人卜卦时"卦帖"中出现的"穿青"者当是西门庆，穿绿者则是花子虚。花子虚除了继承花太

---

① 兰陵笑笑生：《金瓶梅词话》，香港太平书局 1982 年版，第 1219 页。
② 兰陵笑笑生：《金瓶梅词话》，第 789 页。
③ 兰陵笑笑生：《金瓶梅词话》，第 1007 页。
④ 兰陵笑笑生：《金瓶梅词话》，第 915 页。

监的大量财产外，不过是个才智平平的酒色之徒，这正显示出身着绿袍的身份地位在明代中后期已比较普通。同时，西门庆职居五品，所穿是青袍，其袍色与《礼部志稿》、《明会典》中所记制度的要求相合。

隋唐以后至宋元之间，朝廷在新科进士释褐时往往赐以绿袍，从社会心理来看，世人也多以身着绿袍为荣，题名为曾巩所撰的《隆平集》有记载说：

> 隋大业中始设进士科，至唐为盛，每岁不过三十人，咸亨上元中增至八十人，既而复故。开成间连岁放四十人，俄仍旧制。太宗即位，旬日之间放进士三十三人，经科百九十六人，并赐绿袍木简，未命官而释褐新制也。①

南北宋之际的王栐在《燕翼诒谋录》中也说：

> 国初，进士尚仍唐旧制。每岁多不过二三十人。太平兴国二年，太宗皇帝以郡县阙官颇多，放进士几五百人，比旧二十倍。正月己巳，宴新进士吕蒙正等于开宝寺，赐御制诗二首。故事，唱第之后，醵钱于曲江，为闻喜之饮，近代于名园佛庙，至是官为供帐，岁以为常。先是进士参选方解褐衣绿，是岁锡宴后五日癸酉，诏赐新进士并诸科人绿袍、靴、笏。自后以唱第日赐之，惟赐袍、笏，不复赐靴。②

---

① 曾巩：《隆平集》卷三，《影印文渊阁四库全书》第 371 册，第 25 页。
② 王栐著，诚刚点校：《燕翼诒谋录》卷一，中华书局 1981 年版，第 4 页。

至南宋末年，新科进士释褐后仍以绿袍为服，元代刘一清《钱塘遗事》有"赴省登科五荣须知"一条，对此也有记载：

> 两觐天颜，一荣也。胪传天陛，二荣也。御宴赐花，都人叹美，三荣也。布衣而入，绿袍而出，四荣也。亲老有喜，足慰倚门之望，五荣也。①

此外，《武林旧事》卷二"唱名"一条所记更为详尽：

> 第一名承事郎，第二名、第三名并文林郎。第一甲赐进士及第，第二甲同进士及第，第三甲、四甲赐进士出身，第五甲同进士出身。……上御集英殿，拆号唱进士名，各赐绿襕袍、白简、黄衬衫，武举人赐紫罗袍、镀金带、牙笏，赐状元等三人酒食五盏，余人各赐泡饭。前三名各进谢恩诗一首，皆重戴绿袍，丝鞭骏马快行。各持黄敕于前，黄旗杂遝，多至数十。②

以着绿袍为荣的现象还可见于宋元时的诗文作品中，北宋状元郑獬为人志墓，撰有《慎夫人墓志铭》一文，文中正叙述了"绿袍荣耀相先后"的景象：

> 关彦长丧其妇，安陆郑某往吊之。彦长泣曰："哀乎！吾妇之

---

① 刘一清：《钱塘遗事》卷十，丁丙等辑：《武林掌故丛编》第6册，广陵书社2008年影印本，第3451页。

② 周密著，李小龙、赵锐评注：《武林旧事》卷二，中华书局1997年版，第43—44页。

亡也。生无以与荣，今其死，奈何！幸子之来，其丐我十百字，以铭其墟而塞吾之悲也。"某诺之。明日，彦长走仆持札来曰："……遇关试年，昆季皆登科，绿袍荣耀相先后，独吾为布衣，吾妪未常以此自愧……"①

科举使一些士子朝为田舍郎，暮登天子堂，身着绿袍便是改换身份的重要象征，其荣耀自是非同寻常。至国家危亡之际，绿袍则成为检验和衡量人物是否具有忠义爱国之心的重要标志。《宋史》卷四五二《吴楚材传》所记似可作为注脚：

> 德祐元年，建昌降。明年春，楚材还其乡领村，纠集民兵。……楚材既失利，且乏援，大元兵诱降，其众多解去。楚材走光泽，为人所执。……郡遣录事娄南良讯之曰："汝何为错举？"楚材抗声曰："不错，不错。如府录所为，乃大错尔。府录受宋官爵，今乃为敌用事，还思身上绿袍自何而得？吾一鄙儒，特为忠义所激，为国出力，事虽不成，正不错也。"南良愧而语塞。②

由传文可知，吴楚材组织乡兵抗元，兵败被擒，不屈就义。他所说的"府录"娄南良曾为南宋官员，后背宋投元。吴楚材以"身上绿袍自何而得"相责，使娄南良"愧而语塞"，可见绿袍在此处已成为是否忠贞的重要体现。

然而，以绿袍为荣的社会心理在当时比较少见。在明代中期的史料

---

① 郑獬：《郧溪集》卷二十二，《宋集珍本丛刊》第15册，线装书局2004年影印本，第206页。
② 脱脱等撰：《宋史》卷四五二《吴楚材传》，第10340页。

中，几乎没有朝廷赏赐绿袍的记载，文人也极少再以身着绿袍为荣。在明代中后期的一些小说作品中，身穿绿袍者的形象地位之低已甚为不堪。《喻世明言》第三十二卷《游酆都胡毋迪吟诗》中"绿袍皂履"者是冥王麾下的"绿衣吏"。《警世通言》第三十九卷《福禄寿三星度世》中被刘本道一杆打落水中的"绿袍的人"竟是一只绿毛乌龟。身穿绿袍者降低为"绿衣吏"、绿毛乌龟，除了反映出世人对吏治腐败的痛恨外，还体现出穿绿袍者多为地位不高的"吏"和普通的民众，已降落至不再具备受人敬仰的社会阶层。

《水浒传》人物故事虽以北宋末年为背景，但却不可避免地染上了作者的生活场景，衣服的颜色样式自然会进入作者笔端，从而成为今天考察小说成书时间的重要参照。小说曾写到宋江、柴进扮作闲凉官至东京看灯，章培恒、骆玉明二位先生研究指出：明初曾为闲凉官制定特殊服色，并进而认为："《水浒传》的写定则当为洪武或永乐时期"[①]。洪武二十六年是袍服颜色的意义发生改变的重要时间节点，小说的描绘遵从了此前的制度习俗，则此书的成书时间应如同章、骆二先生所说。如果说它成书于明代中后期，小说还让鲁智深、林冲、张清等人绿袍加身，这与小说实际表现出的对好汉们的赞誉实在有所不称。

（原载《文史哲》2016 年第 6 期）

---

① 章培恒、骆玉明：《中国文学史新著》，复旦大学出版社 2007 年版，第 460 页。

"宫体"缘起考辨
—— 兼论徐摛非宫体诗开创者而是"今体"的倡导者

胡大雷

一、"宫体"与宫体诗能否混为一谈

所谓"宫体",就是宫中流行的文体。但具体是哪种文体呢?这是需要考辨的。

一般大家认为"宫体"指的是诗,印象由《梁书·简文帝纪》所载而起:

> (梁简文帝)雅好题诗,其序云:"余七岁有诗癖,长而不倦。"然伤于轻艳,当时号曰"宫体"。

明言是"有诗癖",因"伤于轻艳"而被称之为"宫体"。"宫体"指诗,似乎已成定论,所以有"宫体诗"之称。又有《隋书·经籍志四》载:

> 梁简文之在东宫,亦好篇什。清辞巧制,止乎衽席之间;雕琢蔓藻,思极闺闱之内。后生好事,递相放习,朝野纷纷,号为"宫体"。

"篇什"之"宫体",当为诗。又有刘肃《大唐新语·公直》载:

> 先是,梁简文帝为太子,好作艳诗,境内化之,浸以成俗,谓之"宫体"。

"艳诗"之"宫体",当然也是诗。

我们再来看以下一条材料,《梁书·徐摛传》载:

> (徐摛)属文好为新变,不拘旧体。……摛文体既别,春坊尽学之,"宫体"之号,自斯而起。

人们一般认为,萧纲以"宫体"著称,此处讲太子所在的春坊"宫体"之号自徐摛而起,那"宫体"自然就是诗。于是称此处的"宫体"为诗,谓徐摛是宫体诗的倡导者,谓萧纲自小与徐摛游处,在徐摛的培养下,岂有不作宫体诗之理。① 逯钦立《先秦汉魏晋南北朝诗·梁诗》卷十九"徐摛"条也称:"(徐)摛文体既别,及为家令,所撰篇什,东宫尽学之,遂有宫体诗之号。"②

其实,"宫体"与宫体诗并不见得能混为一谈。本文要论证的是,"东宫尽学之"的"宫体"者当为广义的"文",或许其中亦含有诗,但

---

① 如曾道衡、沈玉成称:"不过作为流派来说,宫体诗的开创者是徐摛和庾肩吾。这两位诗人同为萧纲的文学侍从兼启蒙师傅,徐摛在天监八年(509)入萧纲府,正好是萧纲自己所说'七岁而有诗癖'(《梁书·简文帝纪》)的那一年。庾肩吾入府的时间大致和徐摛同时。七岁的幼童如同一张白纸,被画上的图画当然是徐、庾的工笔重彩。"见曹道衡、沈玉成:《南北朝文学史》,人民文学出版社1991年版,第239页。
② 逯钦立辑校:《先秦汉魏晋南北朝诗》下册,中华书局1983年版,第1891页。

并非单指诗。以下辨之。

二、从"徐庾体"看徐摛的文学才华在文不在诗

为了以下说明问题的方便,此处把《梁书·徐摛传》中"'宫体'之号,自斯而起"前后文字引得稍稍详细些,传云:

> (徐摛)属文好为新变,不拘旧体。……会晋安王(萧)纲出戍石头,高祖谓周捨曰:"为我求一人,文、学俱长兼有行者,欲令与晋安游处。"捨曰:"臣外弟徐摛,形质陋小,若不胜衣,而堪此选。"高祖曰:"必有仲宣之才,亦不简其容貌。"以摛为侍读。……大通初,王总戎北伐,以摛兼宁蛮府长史,参赞戎政,教命军书,多自摛出。王入为皇太子,转家令,兼掌管记,寻带领直。摛文体既别,春坊尽学之,"宫体"之号,自斯而起。高祖闻之怒,召摛加让,及见,应对明敏,辞义可观,高祖意释。因问《五经》大义,次问历代史及百家杂说,末论释教。摛商较纵横,应答如响,高祖甚加叹异,更被亲狎,宠遇日隆。

从这里记载的徐摛的事迹可以看出,徐摛入萧纲府后,文学成就全在"文"而不在诗;"摛文体既别"云云,是接"教命军书,多自摛出"而来的。

逯钦立《先秦汉魏晋南北朝诗》录徐摛诗五首:《胡无人行》、《咏笔诗》、《咏橘诗》、《坏桥诗》、《赋得帘尘诗》。另,萧纲有《和徐录事

见内人作卧具》诗,徐录事即徐摛,据《梁书·徐摛传》载,徐摛入萧纲府后,萧纲"移镇京口,(摛)复随府转为安北中录事参军"。是知徐摛有《见内人作卧具》诗,但今已不见。《坏桥诗》有"何时香步归",《赋得帘尘诗》有"恒教罗袖拂",这是有关女色的,但并非宫体诗的典型特征。从这些诗作来看,还是继承永明体的咏物之类,并无什么"新变"与"文体既别",其诗要引得"春坊尽学之",恐怕不行。《玉台新咏》未录徐摛诗作,其原因恐怕就是其诗作并非典型的宫体诗。《玉台新咏》收梁武帝诗与萧纲诗分别有数十首,亦收有徐陵诗作,这说明收某一诗人的作品对该诗人来说是抬高地位之举,而不可能有负面的影响,然而,《玉台新咏》未录徐摛的诗作,这最能说明其诗非但不是典型的宫体诗,且恐怕与稍后人所说的"宫体诗"也不是一类型,否则没有任何理由不收。

于是我们可以这样认为,史书言之凿凿称"摛文体既别,春坊尽学之,'宫体'之号,自斯而起",应该是指其文。对徐摛为"宫体"之文的倡导者,史书多有记述,最有力的说法就是所谓"徐庾体"。《周书·庾信传》载:

> 时(庾)肩吾为梁太子中庶子,掌管记。东海徐摛为左卫率。摛子陵及信,并为抄撰学士。父子在东宫,出入禁闼,恩礼莫与比隆。既有盛才,文并绮艳,故世号徐庾体焉。

王瑶称:"徐庾体却是指'文'的","向来徐、庾并言,都是指他们在'文'一方面的成就"。① 《梁书·徐摛传》即称徐摛所作为"教命军书"。《陈书·徐陵传》称：

> 自有陈创业，文檄军书及禅授诏策，皆陵所制，而《九锡》尤美。为一代史宗，亦不以此矜物，未尝诋诃作者。其与后进之徒，接引无倦。世祖、高宗之世，国家有大手笔，皆陵草之。其文颇变旧体，缉裁巧密，多有新意。每一文出手，好事者已传写成诵，遂被之华夷，家藏其本。

从引文来看，"国家有大手笔，皆陵草之"，盛赞徐陵的是其"文檄军书及禅授诏策"，"而《九锡》尤美"，徐陵的"其文颇变旧体"之"文"，应该是广义的即指包括诗在内的各体文章。唐人李商隐《樊南甲集序》称他自己先学"古体"，又称：

> 敕定奏记，始通今体。后又两为秘省房中官，恣展古集，往往咽于任、范、徐、庾之间。

所谓"今体"，李商隐又把它称为"四六"，这里即是称赏徐、庾的骈文。又，《周书·庾信传》载：

> 当时后进，竞相模范，每有一文，京都莫不传诵。

---

① 王瑶：《徐庾与骈体》，见王瑶：《中古文学史论》，北京大学出版社1998年版，第311页。

一般来说,"一文"之"文",广义即指包括诗在内的各体文章,狭义即指散文、骈文之"文"。

王瑶称上述"一文"之"文"说:"这都是指骈文说的。"[①] 清倪璠《庾子山集注》注庾信《春赋》曰:

> 观其文气,略与梁朝诸君相似。晋安、湘东所赋,题颇类之。盖当时宫体之文,徐、庾并称者也。[②]

也指出当日"宫体"不尽是"诗"亦包括"赋",也即广义的宫体之"文"。

三、永明文体之"新变"既是诗又是文

《梁书·徐摛传》称徐摛"属文好为新变,不拘旧体"。"属文好为新变"是当时的一种时尚,称说"新变",不见得一定指"诗"的"新变"。我们再看以下几条材料。

《南齐书·陆厥传》载:

> 厥少有风概,好属文,五言诗体甚新变。

这是专讲"五言诗"的"新变",但其他称"新变"则不见得。《南齐

---

① 王瑶:《徐庾与骈体》,《中古文学史论》,第 311 页。
② 庾信著,倪璠注,许逸民校点:《庾子山集注》,中华书局 1980 年版,第 74 页。

书·文学传论》载：

> 习玩为理，事久则渎。在乎文章，弥患凡旧，若无新变，不能代雄。

此前萧子显所谈、所举例都是各体文章，那么此处称"文章"的"新变"应该是广义的。又有张融《临卒戒子》：

> 吾文体英绝，变而屡奇。

他所说的"变而屡奇"之"文体"，应该说是广义的，其《门律自序》称"吾文章之体，多为世人所惊"，称"吾无师无友，不文不句"。

但是永明以来谈"新变"，大都有音律的意味。《南齐书·刘绘传》载，张融是永明末很讲究音韵声律的"文章谈义"人士，所谓"并有言工"，"音旨缓韵"，那么，其"新变"或有音韵声律方面的因素。《梁书·庾肩吾传》云：

> 齐永明中，文士王融、谢朓、沈约文章始用四声，以为新变。

诸文士"文章始用四声"应该是统指各体文章的，当然包括诗歌在内；当时人们谈起永明"新变"虽多指诗歌，但也涉及赋、颂、铭、诔等各体文章，音韵声律也在那个时候进入了广义的"文"。虽然史书对当时人们运用音律创作"文"的记载较少，但人们也有谈起，后人也有谈起音律进入了"文"。如沈约在《宋书·谢灵运传论》中讲文学创作运用音律，其中举的例子都是诗歌：

> 至于先士茂制，讽高历赏，子建函京之作，仲宣霸岸之篇，子荆零雨之章，正长朔风之句，并直举胸情，非傍诗史，正以音律调韵，取高前式。

但沈约也讲过前世创作散文的运用音律，《南齐书·陆厥传》载其《答陆厥书》先称：假如自觉运用音律，那么作品就能普遍达到一定的水平，而不会忽高忽低，所谓"若以文章之音韵，同弦管之声曲，则美恶妍蚩，不得顿相乖反。譬由子野操曲，安得忽有阐缓失调之声"。又称前世文学创作运用音律而产生好的赋：

> 以《洛神》比陈思他赋，有似异手之作。故知天机启则律吕自调，六情滞则音律顿舛也。

虽然他认为前世文士并未自觉地运用音律，只是"律吕自调"，但这也是运用音律。

于是文学创作讲究音韵声律遂成为时代风尚，南朝如钟嵘所说"闾里已具"，北朝的情况亦复如此，日僧遍照金刚《文镜秘府论·天卷》之《四声论》称北魏孝明帝继位之后开始兴起讲究音律之风：

> 才子比肩，声韵抑扬，文情婉丽，洛阳之下，吟讽成群。及徙宅邺中，辞人间出，风流弘雅，泉涌云奔，动合宫商、韵谐金石者，盖以千数……乃瓮牖绳枢之士，绮襦纨绔之童，习俗已久，

渐以成性。假使对宾谈论,听讼决断,运笔吐辞,皆莫之犯。①

这里说的情况,显然是全社会的喜好音律声韵,亦是各种文体的注重音律声韵,而不仅仅是诗。"徙宅邺中",指东魏孝静帝立,迁都于邺,时为梁武帝中大通六年(534),萧纲是中大通三年(531)立为太子的。北朝的音律声韵如此盛行,更不要说南朝了。

再从当时及稍后时代的文人论音韵声律时,除多讲诗歌外,还多涉及各体文章。如遍照金刚《文镜秘府论·天卷》之《四声论》也载前世文士在"文"的范围中运用音律:

> (钟)嵘又称:"昔齐有王元长者,尝谓余曰:宫商与二仪俱生,往古诗人,不知用之,唯范晔、谢公颇识之耳。"今读范侯赞论、谢公赋表,辞气流靡,罕有挂碍。斯盖独悟于一时,为知声之创首也。②

颜之推《颜氏家训·文章》中称时人各体之"文"的注重音律:

> 今世音律谐靡,章句偶对,讳避精详,贤于往昔多矣。

《文镜秘府论·西卷·文二十八种病》中记载了一些音律不谐的例子,其中既有"诗",还有"文"。如"平头"类在叙述了五言诗的情

---

① 王利器:《文镜秘府论校注》,中国社会科学出版社1983年版,第81页。按:此当是隋刘善经《四声指归》的文字,详见王利器《文镜秘府论校注》第74页注释(1)所载任学良语。
② 王利器:《文镜秘府论校注》,第93页,按:此当是隋刘善经《四声指归》的文字,说明同上。

况后,又说:

> 四言、七言及诸赋、颂,以第一句首字,第二句首字,不得同声,不复拘以字数次第也。如曹植《洛神赋》云"荣曜秋菊,华茂春松"是也。铭、诔之病,一同此式。①

人们认为,这是隋人刘善经《四声指归》的文字。这里"文",即含有赋、铭、诔。又如"上尾"类称说"以第一句末不得与第二句末同声",就指出赋、颂、铭、诔亦得遵守,并举后汉张然明《英蓉赋》、蔡伯喈《琴颂》、孔文举《与族弟书》以及魏文帝《与吴质书》的文句为例,这也是刘善经所说。又如称说"蜂腰"类文病,引刘善经云:

> 刘滔亦云:"为其同分句之末也。其诸赋、颂,皆须以情斟酌避之,如阮瑀《止欲赋》云'思在体为素粉,悲随衣以消除',即'体'与'粉'、'衣'与'除'同声是也。"②

刘滔,当为刘绍,"绍"、"绍"形近而误。刘绍,梁人,《梁书·文学传》有传。又如称说"鹤膝"类文病,引刘善经举潘安仁《闲居赋》、温子昇《广阳王碑序》、邢邵《老人星表》、魏收《赤雀颂序》、谢朓《鄱阳王让表》、任昉《范云让吏部表》、王融《求试效启》、刘孝绰《谢散骑表》诸作品为例。《文镜秘府论·西卷》又有《文笔十病得失》,

---

① 王利器:《文镜秘府论校注》,第 404 页。
② 王利器:《文镜秘府论校注》,第 412 页。

论"文笔"诸作品在音律方面的得与失。所谓"文",即论的上诗;所谓"笔",即论的是除"诗"之外的各体文字,所录都是前贤的言论。

四、梁武帝闻"宫体"而怒不在其为艳曲而在音律与"丽靡"

《梁书·徐摛传》称"宫体"之号兴起,"高祖闻之怒,召摛加让"。这里要讨论的问题是,梁武帝萧衍"闻之怒"的原因是为什么?此处我们欲以梁武帝萧衍的观念、行为证明徐摛"文体既别,春坊尽学之,'宫体'之号,自斯而起"之"文体",不会是宫体诗。

就文学本身来讲,萧衍是比较喜欢创作艳曲的。当时的"新变"之体的宫体诗,最主要的特点是叙写艳情,即描摹女色与叙写女性生活,而萧衍是比较喜欢创作歌吟艳情的艳曲的,他喜好学习民歌而作当时的"新声"即吴歌、西曲歌辞。他有《子夜歌二首》:

恃爱如欲进,含羞未肯前。朱口发艳歌,玉指弄娇弦。(其一)
朝日照绮窗,光风动纨罗。巧笑蒨两犀,美目扬双蛾。(其二)

这是典型的宫体诗的风格、内容。萧衍又有《襄阳蹋铜蹄歌》,也是依民歌而作。东晋至宋齐时,文人作"委巷中歌谣"是遭正统人士抨击的,虽然南朝乐府民歌与文人创作都有对女性及女性生活的吟咏,但南朝乐府民歌与文人创作却是两大系统,二者并不相容。至梁武帝时,文人的吟咏女性及女性生活的诗作开始与南朝乐府民歌曲调相融合,梁武帝萧衍有开创之力。萧衍是提倡学习民歌以促文人诗歌之变的,他并非不喜好如此艳情的"新变"之"诗"。由此可见,假如徐摛"属文好为新变,不拘旧体"是"诗"而不是"文",那么萧衍是不会"闻之怒"的;萧衍的"闻之怒",更多的应是广义的"新变"之"文"而不是"诗"。

梁武帝闻"宫体"而怒的原因在音律。《梁书·沈约传》曾记载萧衍对"新变"之"诗"在音韵声律表现上的态度,沈约撰《四声谱》而"高祖雅不好焉。帝问周捨曰:'何谓四声?'捨曰:'"天子圣哲"是也。'然帝竟不遵用"。对"新变"之"诗",对"摛文体既别,春坊尽学之,'宫体'之号,自斯而起",萧衍"闻之怒"者应该是其对音律的追求与讲究。

不满意人为的音韵声律规则进入文学创作的,当时大有人在,而不仅仅只是萧衍一人,如钟嵘,其《诗品序》就称:

> 今既不被管弦,亦何取于声律耶?齐有王元长者,尝谓余云:"宫商与二仪俱生,自古词人不知之。唯颜宪子乃云'律吕音调',而其实大谬。唯见范晔、谢庄颇识之耳。"尝欲造《知音论》,未就。王元长创其首,谢朓、沈约扬其波。三贤或贵公子孙,幼有文辩。于是士流景慕,务为精密。襞积细微,专相凌架。故使文多拘忌,伤其真美。余谓文制本须讽读,不可蹇碍,但令清浊通流,口吻调利,斯为足矣。至于平上去入,则余病未能;蜂腰、鹤膝,闾里已具。

而钟嵘这样讲,也有唯萧衍马首是瞻的意味,其《诗品序》曾这样称说萧衍：

> 方今皇帝，资生知之上才，体沉郁之幽思，文丽日月，赏究天人。昔在贵游，已为称首。况八纮既奄，风靡云蒸，抱玉者联肩，握珠者踵武。固以睥汉、魏而不顾，吞晋、宋于胸中。

各体文字的音韵声律都引起人们的关注，而不仅仅是诗。萧衍不满意四声的运用，此处的"闻之怒，召摛加让"，也应该是对太子东宫中的各体文章中都运用音韵声律的不满意。

萧衍是看到"多自摛出"的"教命军书"都以"好为新变，不拘旧体"为之，当然要"闻之怒"了。① 而且，史书明载是萧纲立为太子，才"转拘声韵，弥尚丽靡"的。《梁书·庾肩吾传》在称萧纲"及居东宫，又开文德省，置学士"后，又称：

> 齐永明中，文士王融、谢朓、沈约文章始用四声，以为新变，至是（指萧纲立为太子。——引者）转拘声韵，弥尚丽靡，复逾于往时。

---

① 徐摛"属文好为新变，不拘旧体"中有音律的因素，从其入萧纲府看有一点巧合或辅证。徐摛是周捨推荐入萧纲府的。《梁书·徐摛传》载："会晋安王（萧）纲出戍石头，高祖谓周捨曰：'为我求一人，文、学俱长兼有行者，欲令与晋安游处。'捨曰：'臣外弟徐摛，形质陋小，若不胜衣，而堪此选。'高祖曰：'必有仲宣之才，亦不简其容貌。'以摛为侍读。"这位周捨，《梁书》本传称其"善诵书，背文讽说，音韵清ური"，有很好的音韵声律基础，而其父周颙是南齐时有名的音韵声律专家，著有《四声切韵》，《南齐书·周颙传》："（周颙）音辞辩丽，出言不穷，宫商朱紫，发口成句。"《南齐书·刘绘传》载："永明末，京邑人士盛为文章谈义，皆凑竟陵王西邸"，其中"张融、周颙并有言工。融音旨缓韵，颙辞致绮捷"。周捨推荐徐摛时，从其全面素质考虑，是否也考虑到其音韵声律方面的才华？

萧衍闻"宫体"而怒的原因还在于"新变"文体缺乏朝堂文字所应有的典雅。《梁书·萧子云传》载，大同二年（536），萧子云上书说，沈约所撰朝堂歌辞"不全用经典"，"弥复浅杂"；萧衍下诏："郊庙歌辞，应须典诰大语，不得杂用子史文章浅言"。对梁朝当前流行的文体，萧衍是不喜欢的。《北史·文苑·温子昇传》载：

> 梁使张皋写子昇文笔传于江外，梁武称之曰："曹植、陆机复生于北土，恨我辞人，数穷百六。"

萧衍喜欢的是传统文风，即所谓"曹植、陆机复生"；"复生"者，现已不存在了，所以萧衍感叹"恨我辞人，数穷百六"。相对于"属文好为新变，不拘旧体"，就是与"今文体异"的"古体"之"文"。《梁书·裴子野传》载：

> 子野为文典而速，不尚丽靡之词。其制作多法古，与今文体异。当时或有诋诃者，及其末皆翕然重之。

《梁书·刘之遴传》亦载：

> 之遴好属文，多学古体。与河东裴子野、沛国刘显常共讨论书籍，因为交好。

这类"古体"就是"典"、"不尚丽靡之词"的文字，萧衍是十分喜欢的。《梁书·裴子野传》载：

> 普通七年，王师北伐，敕子野为喻魏文，受诏立成。……高祖目子野而言曰："其形虽弱，其文甚壮。"俄又敕为书喻魏相元叉。其夜受旨，子野谓可待旦方奏，未之为也；及五鼓，敕催令开斋速上，子野徐起操笔，昧爽便就。既奏，高祖深嘉焉。

周勋初《梁代文论三派述要》称裴子野一派为守旧派，称："守旧派中人物年事较长，他们所依附的对象，行辈也高，即'高祖'萧衍。"又称："这一流派的特点是注意学古，熟悉前言往行，多识古文奇字，因此他们的贡献在史学、考古、校雠等方面，如裴子野著《宋略》二十卷，刘之遴校《汉书》真本，刘显识《尚书》所删逸篇等是。"[①] 裴子野守旧一派的文学专长在"文"而不在"诗"。既然萧衍对裴子野一派的"古体"之"文"十分喜欢，那么他听到徐摛以"属文好为新变，不拘旧体"来辅佐太子，当然要"闻之怒"且"召摛加让"了。由此得出结论，徐摛的"属文好为新变，不拘旧体"是广义的宫体之"文"，即"好为新变，不拘旧体"之"文"，而不是指狭义的宫体之"诗"。

五、梁武帝闻"宫体"而怒的原因还在"立朋党"之虞

其实，当梁武帝萧衍听到徐摛"文体既别，春坊尽学之，'宫体'之号，自斯而起"的情况后，"闻之怒"的最重要原因应该是政治上的，即恐怕以立文体而"立朋党"。首先，这种事情是有先例的，且这种先

---

① 周勋初：《梁代文论三派述要》，见周勋初：《魏晋南北朝文学论丛》，江苏古籍出版社1999年版，第235、243页。

例是梁武帝曾亲历的。萧衍在齐时，曾经是竟陵王萧子良文学集团的成员，而萧子良组织文学集团，就有在政治止引为羽翼的意思，如萧子良与王融"特相友好，情分殊常"（《南齐书·王融传》），王融则一心一意地为萧子良在齐武帝死后登基出力。从日后的情况看，萧衍是竟陵王萧子良文学集团的组织的最大受益者，他通过在西邸的一段文学经历，结识并笼络了一大批文士，为他日后代齐立梁打下了基础。史书对此多有记载。如，"初，（范）云与高祖遇于齐竟陵王子良邸，又尝接里闱，高祖深器之"（《梁书·范云传》）。又如沈约，"高祖在西邸，与约游旧，建康城平，引为骠骑将军，将军如故"（《梁书·沈约传》）。范云、沈约二人，在萧衍受禅建立梁朝上，出力最大。又如任昉，"始高祖与昉遇竟陵王西邸，从容谓昉曰：'我登三府，当以卿为记室。'昉亦戏高祖曰：'我若登三事，当以卿为骑兵。'"（《梁书·任昉传》）这真是"苟富贵，勿相忘"的政治约定啊！因此，梁武帝萧衍听到"春坊"尽学徐摛文体而号称"宫体"，他首先应该是因为"春坊"以文学而结成派别朋党而"闻之怒"的。历来帝王就"不欲诸王各立朋党"，如《南史·颜峻传》载，刘宋时颜峻出为当时任武陵王的刘骏（后为孝武帝）的抚军主簿，"甚被嘉遇，（颜）峻亦尽心补益"，但是，宋文帝"不欲诸王各立朋党，将召（颜）峻补尚书郎"。梁武帝萧衍当也如此，况他还有在竟陵王萧子良文学集团中的亲身经历。其次，此时又是一个非常时刻，太子萧统死后，立皇孙还是立萧纲为皇储，萧衍犹豫了好久，最终立了萧纲。《南史·昭明太子传》载，"帝既废嫡立庶，海内噂𠴲"，而萧纲甫入主东宫，便有"宫体"传出，萧衍恐其"立朋党"，当然是"闻之怒"的。但"召摛加让"，见徐摛"应对明敏，辞义可观"，并无非分之想，确实是"文、学俱长兼有行者"，高祖这才"意释"。接着高祖"因问《五经》大义,次问历代史及百家杂说,末论释教,摘商较纵横,应答如响",徐摛的为人及文学专长也与裴子野守旧一派并无大异,于是"高祖甚加叹异,更被亲狎,宠遇日隆"。

萧纲《诫当阳公大心书》有所谓"立身之道,与文章异,立身先须谨重,文章且须放荡"云云,萧衍对徐摛态度的改变,就是认为徐摛为文虽然"宫体",但"立身"尚为"谨重"。

六、余论

《梁书·徐摛传》所载徐摛"属文好为新变,不拘旧体",徐摛"文体既别,春坊尽学之,'宫体'之号,自斯而起"。假如说徐摛"文体既别,春坊尽学之",多指音韵声律方面的话,那么"春坊"中兴起的是各体文章即诗、文都讲求音韵声律;假如说徐摛"文体既别,春坊尽学之",仅仅指的是诗的话,那么,"春坊"中的诗歌创作在题材上都描摹女色与女性生活,此是宫体诗的形成。按常理来看,前者更可信一些,也更接近现实一些。况萧纲进入东宫后写的《与湘东王书》,论及文风也是各体文章即诗、文混提的,其云:

> 吾既拙于为文,不敢轻有掎摭,但以当世之作,历方古之才人,远则杨马曹王,近则潘陆颜谢,而观其遣辞用心,了不相似。若以今文为是,则古文为非,若昔贤可称,则今体宜弃,俱为盍各,则未之敢许。又时有效谢康乐、裴鸿胪文者,亦颇有惑焉。何者?谢客吐言天拔,出于自然,时有不拘,是其糟粕。裴氏乃是良

史之才，了无篇什之美。是为学谢则不届其精华，但得其冗长，师裴则蔑绝其所长，惟得其所短，谢故巧不可阶，裴亦质不宜慕。

所谓"古体"、"古文"，在文的方面，是指裴子野一类；在诗的方面，"古体"是指谢灵运一类。舍而言之，梁时"古体"、"古文"，于诗为谢灵运体，于文则为裴子野体；而与之相对的就是所谓"今体"、"今义"。因此可以说，徐摛所倡导，在"春坊"流行则为"宫体"，在社会上流行则为"今体"、"今文"，与之相对的就是"古体"、"古文"。当"宫体"的特点集中于诗且突出为女色内容，则为"宫体诗"，但这是后话。

较早对《梁书·徐摛传》那条材料提出疑问的是曹道衡、沈玉成《南北朝文学史》，其疑问的指向是人们据以把宫体诗形成的时间定在中大通三年（531）萧纲立为太子以后，其云：

> 但是这一说法并不确切。因为《徐摛传》接着说徐摛于此年外放为新安太守，上距萧纲入主东宫，至多不过半年；梁武帝责备徐摛，也应该在外放前几个月。在几个月之内要形成一种诗体，显然有悖于事理。①

我们从"在几个月之内要形成一种诗体，显然有悖于事理"的疑问出发，认为永明文体"新变"的影响是渐进的，永明文体"新变"的影响早已进入宫中，宫中早已存在着文学创作追求音韵声律的诉求，徐

---

① 曹道衡、沈玉成：《南北朝文学史》，第238页。

摘的"属文好为新变，不拘旧体"迎合了人们的这种诉求，于是，徐摘的进府加速了人们的这种追求，短时间内形成一种风气，这就是号称"宫体"的文体。而萧纲在诗歌创作上把"宫体"发挥到极致，这就是宫体诗。

高祖萧衍基本上是一个守旧派的人物，他对春坊太子宫中"属文好为新变，不拘旧体"之"新"的不满意是肯定的。这种不满意更多地应该是针对音韵声律，是针对广义的"新变"之"文"，针对以"新变"之"文"来作"教命军书"。《梁书·徐摘传》所载"摘文体既别，春坊尽学之，'宫体'之号，自斯而起"之"宫体"，应该是强调音韵声律的广义的宫体之"文"，即所谓"今文"，而不是狭义的宫体之"诗"。可见，徐摘不是宫体诗的开创者。然而，探讨这个问题并非只在论说徐摘，首先是要证明，新风气的流行，一开始或许就是在多种文体上展开，最后，其特点集中到某一两种文体上。其次，新风气的实施，是题材还是形式更合适于在大范围中流行？也就是说，"宫体"的艳情题材与音律形式，哪个更易于在大范围中流行？应该说形式更易于在大范围中流行。从"宫体"之文到"今体"、"今文"，再到"宫体"之诗，这就是"宫体"缘起及进展。

（原载《文史哲》2008 年第 6 期）

五言律诗定型时间新考
——以李乂《次苏州》为例

龚祖培

唐代各种体裁的格律诗的定型时间，首先应该讨论的就是五言律诗的定型时间。这是由六朝时期五言诗数量占优的历史影响而来的，初唐时期五言诗的数量仍然占优，五言律诗受"永明体"声律理论的促进和诗人群体的创作推动，定型于此时是历史的必然。

今天的研究者已经不满足于前人如胡应麟、胡震亨等著名的唐诗研究者的看法，只是笼而统之地说定型于初唐。那些观点已经不适应现时研究深入、精准的需要，因为初唐无论怎样分期也有九十年左右，跨越高祖、太宗、高宗、武则天、中宗、睿宗等朝，将定型的时间仅仅划定在如此长的年代之中，实在是"宏观"得大而无当，只是粗疏的结论。唐诗格律是国粹之一，应该下力气把这一笔文化遗产整理清楚。其各体格律诗的定型时间都应该有一个科学的结论才行。如果仅笼统地使用"初唐"这一概念面对世界，那实在是敷衍不了的失职。对学术研究而言，尽可能缩短而确定于某朝某时期是必须进行而且有条件进行的。对此研究者已经作了不少有益的考察，但还需更进一步。

有一首诗对讨论五言律诗的定型时间有突出的价值，那就是初唐诗人李乂的《次苏州》。

闻一多先生曾赞赏初唐诗人崔融的《吴中好风景》,认为"有可传价值"①。诗曰:

> 洛渚问吴潮,吴门想洛桥。夕烟杨柳岸,春水木兰桡。城邑南楼近,星辰北斗遥。无因生羽翼,高举托还飙。②

闻先生说:"竟不像一首律诗,简直是从《西洲曲》化出,极为生动,颇带歌谣风味,是从古诗到律诗过渡间的绝妙佳作。"③闻先生已经注意到了诗歌的韵律和格律特点。不过此诗并非崔融之作,有研究者已经作了考辨,说它的作者"不可能是初唐崔融,而极有可能是初唐李乂"④,不过作者并没有考察证明。

既然是如此优秀的一首诗,那是应该弄清作者及写作时间的,何况它还有重要的学术价值。

一

首先考察作者及写作时间。最早载录此诗的文献是北宋时编纂的《文苑英华》,该书卷二百九十下署名的作者是李乂,题作《次苏州》。

---

① 郑临川笔录:《闻一多先生说唐诗》,闻一多:《唐诗杂论·附录二》,中华书局2009年版,第342页。
② 按:此诗末句"高举托还飙",《全唐诗》作"轻举托还飙"。
③ 郑临川笔录:《闻一多先生说唐诗》,闻一多:《唐诗杂论·附录二》,第342页。
④ 过文英:《崔融作品考辨》,《文献》2006年第2期。

《全唐诗》卷九十二李乂下亦收录，文字有小异。《次苏州》既然不是崔融的作品，又无其他争议，仅从文献流传的形式和惯例看，也应是李乂之作。再就李乂人生经历、秉性性格与诗作的内容、表达的情感等考之，更能证明为李乂之作。

李乂（657—716），字尚真（《旧唐书》本传云"本名尚真"，误。此从《新唐书》），十九岁举于州，高宗永隆二年（681）进士。其仕宦经历可划分为两个时期：前期在山西、浙江、陕西等地做县尉；后期以武则天长安二年（702）为界，此后均在朝中为官，先后做过监察御史、中书舍人、吏部侍郎、刑部尚书等。《唐会要》卷七十五载："长安二年，则天令雍州长史薛季昶择寮吏堪为御史者。季昶以问录事参军卢齐卿。举长安县尉卢怀慎、季休光，万年县尉李乂、崔湜，咸阳县丞倪若水，鳌屋县尉田崇璧，新丰县尉崔日用，后皆至大官。"①苏颋《唐紫微侍郎赠黄门监李乂神道碑》（以下简称《李乂碑》）也有相同的记载。②他历仕高宗、武氏、中宗、睿宗、玄宗五朝，在诛二张、中宗复位、诛韦氏、诛太平公主等政变中没有受到牵连。《旧唐书》卷一〇一《李乂传》称其"方雅有学识"、"铨叙平允，甚为当时所称"，可见其性情平和方正、政绩优良的特点。卒前几日，他还随玄宗皇帝到过新丰温泉，回京后作扈从诗十韵③，可以说一生都在写诗。其兄尚一、尚贞皆有文名，兄弟三人合集有《李氏花萼集》二十卷，成为诗坛佳话。他的文学才华很优秀，是当时著名文人。《大唐新语》卷之六《举贤》云："（玄

---

① 王溥：《唐会要》，中华书局1955年版，第1357页。
② 苏颋：《唐紫微侍郎赠黄门监李乂神道碑》，董诰等编：《全唐文》卷二五八，中华书局1983年版，第2609—2610页。
③ 苏颋：《故刑部尚书中山李公诗法记》，董诰等编：《全唐文》卷二五六，第2593页。

宗）他日谓（苏）颋曰：'前朝有李峤、苏味道，时谓之苏、李，朕今有卿及李乂，亦不谢之。'"①《旧唐书》卷八十八《苏颋传》亦载此事。宋代文人庄绰还将历史上李、杜和苏、李并称的名人作诗吟唱，咏苏、李的是："居前曾是少陵师苏武、李陵，资历文章亦等夷苏味道、李峤。思若泉涌名海内苏颋、李乂，从来苏李擅当时。"②

　　《次苏州》应作于武则天统治时期。从"洛渚"、"洛桥"等意象看，洛阳为当时的政治中心，事实上的首都，是诗人仕宦向往之地。从表意及抒情特征看，应是某年春季初次经过苏州时的作品。诗作于武则天统治的什么年代呢？李乂于长安二年（702）从万年尉调入中央为监察御史后，步步升迁，再也没有任京外之官。即使有前往江南苏州等地巡视、出差的可能，也与诗歌表达的情感内容不合，何况史籍并无他巡视、出差往彼处的记载，因此不可能作于长安二年以后。他早年任地方基层官吏的仕宦经历非常清楚。《李乂碑》云："调补潞州壶关、婺州武义尉。"③潞州壶关在今山西境内；婺州治所即今浙江金华，武义在州治之南。其赴任从北方到武义，必经苏州。从上县壶关调往边远之地武义县，虽属平级移官，但颇同迁谪；县尉位卑，又远离京城，远离故土，行经苏州，还要向南，不禁产生薄宦羁旅之思，如杜审言"独怜京国人南窜，不似湘江水北流"一样触景生情，作而为诗，于是就有远望京华之"吴门想洛桥……星辰北斗遥……无因生羽翼，高举托还飙"等诗句。不过因其性情平和方正，所以抒情较为含蓄收敛。从诗歌的内容看，也应是早年之作，不可能是荣华富贵的晚年之作。根据诗题"次"

---

① 刘肃撰，许德楠、李鼎霞点校：《大唐新语》，中华书局1984年版，第98页。
② 庄绰撰，萧鲁阳点校：《鸡肋编》，中华书局1983年版，第4—5页。
③ 苏颋：《唐紫微侍郎赠黄门监李乂神道碑》，董诰等编：《全唐文》卷二五八，第2609页。

看，是旅途中住宿于苏州；根据任武义县尉的仕宦特点及写诗的时令看，"次"苏州只可能是赴任前往之时，不可能是任期满之后北归途中所为。后者不仅与诗意不合，也与时令不合，任满北归不可能在春季（详后）。

　　李乂什么时间任武义县尉和写作此诗没有记载，却可以考知。武义县设置于天授二年（691），此为任官和写诗的时间上限。《元和郡县志》卷二十七云："天授二年分永康县西界以为武义县。"①《唐会要》卷七十一《州县改置下》也有"武义县，天授二年置"的记载。《旧唐书》卷四十《地理志三》婺州下没有武义县，只是在叙述州的沿革时有"天授二年，又置武义县"一句，在后面属县"武成"下说："天授二年，分永康县置武义县，又改为武成。"《新唐书》卷四十一《地理志五》婺州东阳郡下列武成县："本武义，天授二年析永康置，更名，天祐中复曰武义。"两《唐书》的记载都让人觉得武义县很快就更改为武成县了，好像是同年发生之事。难怪后来的清嘉庆《武义县志》要用"寻改武成"，臧励龢《中国古代地名大辞典》要用"寻更名武成"的叙述，一个"寻"字更觉得是时间很短的变化。或许设置武义县后，武则天又很快改名，是同一年的事。无论怎样，任官和写诗都有天授二年的可能。进一步考察后发现，即使不作于这一年，也不会晚于长寿二年（693）。《李乂碑》说任武义县尉后："秩满诣选，吏部侍郎苏味道，伟藏器而嗟韫椟也，特授蓝田尉。"②据《旧唐书》卷九十四《苏味道传》："证圣元年（695），坐事出为集州刺史，俄召拜天官侍郎。圣历初，迁凤阁侍郎、同凤阁鸾台三品。"天官侍郎就是吏部侍郎，管理官吏的考

---

① 李吉甫：《元和郡县志》，上海古籍出版社1987年影印《四库全书》本，第446—468页。
② 苏颋：《唐紫微侍郎赠黄门监李乂神道碑》，董诰等编：《全唐文》卷二五八，第2609页。

核、选派事宜。《资治通鉴》卷二〇六《唐纪二十二·则天皇后圣历元年》（698）说："（九月）以天官侍郎苏味道为凤阁侍郎、同平章事。"虽然九月才调离吏部，但这一年李乂已不可能在吏部见他了。《唐六典》卷二云："凡选授之制，每岁孟冬，以三旬会其人；去王城五百里之内，集于上旬；千里之内，集于中旬；千里之外，集于下旬。"① 李乂从武义县到京城，其地在千里之外，按规定十月下旬才去候选，这时苏味道已经调离吏部。也就是说，李乂受到苏味道的赏识，由他"特授蓝田尉"的时间下限，只可能是前一年的万岁通天二年（697）的冬十月。李乂是"秩满"结束任期，回吏部候选新官。初唐时期县尉的法定任期究竟多长，不知详情，但从"三年考绩"的古训看，至少应是三年。有研究者说当时县尉的任期是四年②，结合很多文献看，应是正确的。《唐六典》卷二"吏部郎中"下云："有以劳考。"注曰："谓内外六品已下，四考满，皆中中考者，因选，进一阶。"③ "四考满"是"秩满"的最低年限，时间为四年。《唐会要》卷八十一说"凡入仕之后，迁代则以四考为限"，《新唐书》卷四十五《选举志下》也说"凡居官必四考"。《旧唐书》卷八十一《刘祥道传》载刘祥道于高宗显庆时主持吏部选官之事时上疏，认为"四考"的任期太短："今之在任，四考即迁。"于官于民，都存在弊端，需改为"至八考满，然后听选"。后来虽未作改革，但可见"四考"是时间的底线。又《旧唐书》卷九十八《卢怀慎传》载有卢怀慎于中宗景龙年间上疏批评政治的内容："臣窃见比来州牧、上佐及两畿县令，下车布政，罕终四考。在任多者一二年，少者三五月，遽即

---

① 李林甫等撰，陈仲夫点校：《唐六典》，中华书局1992年版，第27页。
② 赖瑞和：《唐代基层文官》，中华书局2008年版，第105页。
③ 李林甫等撰，陈仲夫点校：《唐六典》，第32页。

迁除，不论课最。"也是以"四考"为标准，可见"四考"是初唐时考核官吏的国家法规，而那些投机钻营者有在任上搞了一两年就因其他原因升迁的，则是不合法的现象。由此可知，合法的"秩满"必定以四年为限。笔记杂著也有相同的记载，张鷟是初唐时人，其《朝野佥载》卷一所记路敬潜事可证："怀州录事参军路敬潜遭綦连辉事，于新开推鞫，免死配流。后诉雪，授睦州遂安县令。前邑宰皆卒于官，潜欲不赴。其妻曰：'君若合死，新开之难早已无身，今得县令，岂非命乎？'遂至州，去县水路数百里上，寝堂两间有三殡坑，皆埋旧县令，潜命坊夫填之。有枭鸣于屏风，又鸣于承尘上，并不以为事。每与妻对食，有鼠数十头，或黄或白，或青或黑，以杖驱之，则抱杖而叫。自余妖怪，不可具言。至四考满，一无所失，选授卫令，除卫州司马。入为郎中，位至中书舍人。"[①] 因为在特异难堪的环境下他坚持到"四考满"，所以后来才升迁，说明"四考"才是合法的升迁。以四年为"秩满"计算，万岁通天二年（697）李乂回到京城候选，这是时间的下限，上推四年为赴任之时，就是长寿二年（693）；如果以苏味道任吏部侍郎的始年算，上推四年，正是天授二年（691）。再以李乂任官的前后经历推算，也可说明问题。他任万年县尉之前为"特授"的蓝田县尉。所谓"特授"，就是破例，不再按常规"守选"待时，直接授予官职。而唐代"六品以下的官员考满后都要守选"[②]。任蓝田县尉后李乂"策高第"，即参加制科考试成绩突出，直接又升为地位重要的万年县尉。以长安二年（702）为万年尉的始任年算，上推四年，为圣历元年（698）任蓝田尉，万岁

---

① 张鷟撰，赵守俨点校：《朝野佥载》，中华书局1979年版，第15页。
② 王勋成：《唐代铨选与文学》，中华书局2001年版，第130页。

通天二年（697）到吏部候选；再上推四年，就是赴任武义尉之年，为长寿二年（693）。如果始任万年尉早于长安二年，那么始任武义尉的年代就会早于长寿二年。李乂于高宗永隆二年（681）考中进士之后，按惯例有三年的待选期，因此任壶关尉最早应在中宗嗣圣元年（684），任满则为武则天垂拱三年（687）。此时他没有"特授"和"策高第"等特殊经历，应遵守"守选"之制度。按"守选"的最低年限三年再任新官算，任武义尉的始年是天授二年；按"守选"五年算，则是长寿二年始任武义尉。不是赤、畿等县的县尉，官品和地位都低下，没有任何理由不服从吏部的守选和考满规定。李乂任蓝田尉之前都是上县尉，为"从九品上"①，典型的卑官，都应考满和守选，时间较为确定，这为推算的结果增加了可靠性。这样，无论是考证还是推算，李乂赴任和写诗都应该在天授二年至长寿二年的三年时间之内。此诗写于春季，也符合冬天选官，开年赴任的制度。李乂由北向南，春季途径苏州，时令正合。因此，《次苏州》一诗作于武周朝天授二年（691）至长寿二年（693）这三年之中的某一年春季是确定无疑的，可以肯定为武周朝前期所作。

二

《次苏州》是一首五言律诗，除了闻一多先生所赞赏的艺术特色之外，它还提供了初唐诗歌声律研究的价值，因为它是一首完全合律的诗，而这一首完全合律的诗还有其他关联，可以讨论这一诗体定型的时

---

① 李林甫等撰，陈仲夫点校：《唐六典》，第 752 页。

间问题。

　　近年来,很多研究者运用定量分析方法,精心作统计比较,仔细计算初唐诗歌合律的百分比,以寻找科学理论的论据,但由于各自的分析统计标准和侧重点不统一,因此对五言律诗定型的时间至今仍无定论,观点分歧还较大。概括地说,影响大的主要有三派:一是定在武则天朝,赵昌平引王运熙的观点为其代表:"唐初古律混杂,至武后时五律大体成熟。"① 二是更收缩时段的说法,定在武周朝后期,陈铁民、杜晓勤的观点为其代表。陈先生说:"律体估计在武则天朝后期已基本定型。"② 杜君云:"元兢虽然在高宗朝前期就已提出了'换头'术,却并没有马上被时人所认可、采用,对当时新体诗的声律也没有立即发生影响。直到近三十年后,上官昭容重振祖风,'换头'术才得以和'上官体'一起大行于时,遂导致武周朝后期粘式律数量的激增,同时也促使五言律体最后定型。"③ 三是定在高宗朝后期,香港学者邝健行主其说。邝先生认为元兢在高宗朝后期已经提出了"换头"规则,等于说五言律调已经完成了,并以此质疑沈佺期、宋之问为律体定型代表人物的传统旧说。④ 后来在《吴体与齐梁体》一文中,邝先生仍坚持其看法:"律调的确立在初唐高宗朝晚期,大约经过一段时期,到了玄宗开元年间,便普遍为人知悉和接受。"⑤

　　讨论唐代的格律诗诗体定型的时间,前提条件是声律理论著作和

---

① 赵昌平:《开元十五年前后——论盛唐诗的形成与分期》,《赵昌平自选集》,广西师范大学出版社1997年版,第79页。
② 陈铁民:《论律诗定型于初唐诸学士》,《文学遗产》2000年第1期。
③ 杜晓勤:《齐梁诗歌向盛唐诗歌的嬗变》,北京大学出版社2009年版,第47页。
④ 邝健行:《初唐五言律体律调完成过程之考察》,《唐代文学研究》第三辑,广西师范大学出版社1992年版,第515—516页。
⑤ 邝健行:《吴体与齐梁体》,《唐代文学研究》第五辑,广西师范大学出版社1994年版,第600页。

诗体规则的传播和颁布之后,也就是有了元兢的《诗髓脑》和崔融的《唐朝新定诗体》等的影响之后。元兢的著作传播的时间要早一些,据现有的材料可知他是高宗时人。《文镜秘府论》引用他的《古今诗人秀句序》,据其自述,高宗龙朔元年(661)曾为周王府参军。①《旧唐书》卷一九〇上《文苑上·元思敬传》有"总章中为协律郎"一语,是其仕宦履历最晚的记录。总章的年号共有三年,"总章中"可推为总章二年(669),因此《诗髓脑》有可能作于龙朔至总章一段时期。"换头"规则对律体诗歌定型影响的时间上限不能上推。律体定型的年代不能超越这一时限,即高宗朝前期。从诗歌创作的实践看,此前也没有诗人群体遵守"换头"规则的情形。崔融代表国家颁布的条例要晚一些,有人认为发表于高宗永隆二年(681)以后②,即高宗朝后期。上述三派代表人物的意见符合这一时限前提,从逻辑上讲,都有正确的可能,即使有分歧也比定型于初唐的旧说前进了一大步,是值得重视的研究成果。

诗体定型,关键要看诗人是否群体共同遵守固定的诗歌格式写作,并且还只能以现存的诗作检验符合格律的情况。由于诗人作品很多没有流传下来,因此增加了考察的难度,要求得为学术界所接受的定论,还须认真深入研究。不过研究者所惯用的看诗人群体之作"全部合律"、"通体合律"的标准,所谓百分之百的标准似乎应作修订:诗人群体不是同时代的全体诗人,也不是同体的全部诗作。换句话说,已经出现诗人群体的诗作完全符合格律的情形,即使还存在同时代其他诗人的作品不符合格律的现象,也可以判定这种诗体已经定型。③譬如以七律为

---

① 〔日〕遍照金刚:《文镜秘府论》,人民文学出版社1975年版,第164页。
② 傅璇琮主编:《唐五代文学编年史·初盛唐卷》,辽海出版社1998年版,第274页。
③ 龚祖培:《七律的定型者究竟是谁》,《中州学刊》2009年第5期。

例，胡震亨认为"自景龙始创七律"的说法①，经赵昌平的力作考论，得出结论说："七律的形成史可以大体归纳为以下过程。从梁陈间的庾信开始至初唐高宗时期为滥觞酝酿时期，这一阶段将近一个半世纪。武周时期，为七律的颖脱而未成熟时期，这一阶段约二十年时间。中宗时期由颖脱而成熟，景龙年间是确立时期，这一阶段共六年余，而最终确立，仅景龙二年至四年约两年时间。"② 既有具体的统计数据分析，又有宏观的把握概括，很有说服力。唯有武则天久视元年（700）君臣赓和之"石淙诗"，似乎还有可说之处，此时似乎可以视为七律已经定型的标志。18人的诗作已有5人全诗合律，还有多人只是小有不合，这两类诗作所占百分比已经很高，接近三分之二，说是"群体合律"似乎没有问题。全诗合律的5人可视为诗人群体，他们定有七律的固定格式遵循，否则不可能出现这样多的巧合，既然有固定格式为他们所遵循，就可以视七律诗体已经定型。另外，沈佺期作于万岁通天元年（696）的《古意呈乔补阙知之》，有学者还认为是垂拱二年（686）的作品。③此诗全合格律，可为七律定型年代早于景龙年间一佐证。还有崔融的《从军行》七言排律已全合格律，此诗作年不会晚于天授二年（691）。④如此复杂的诗体已经合律，更可作为七言律体定型年代的论据。有这些证据支撑，以"群体"而论，"石淙"七律为定型年代是说得过去的。讨论五言律诗，亦可以此类推。

如果孤立地看李乂《次苏州》一诗，即使完全合律，也没有突出的

---

① 胡震亨：《唐音癸签》，上海古籍出版社1981年版，第93页。
② 赵昌平：《初唐七律的成熟及其风格溯源》，《赵昌平自选集》，第37页。
③ 陶敏、易淑琼：《沈佺期宋之问集校注》，中华书局2001年版，第19页。
④ 龚祖培：《格律诗形成新探》，《文学评论丛刊》第12卷第1期，南京大学出版社2009年版，第158页。

价值,但如果将他所作的 41 首完全合律的诗,涉及五绝、七绝、五排、五律、七律五类诗体的作品作一个整体把握,那就可以思考为什么他的诗歌都合律,是不是从一开始写作就有合律的诗歌格式遵循等问题,这时《次苏州》一诗就不再孤立,而是有了突出的研究价值了。李乂的 41 首格律诗,写作时间前后跨越了初、盛唐二十多年。这么长的时间里他都写合律的诗,说明什么问题,没有固定的格律作为写作指导,即使偏爱也不会如此。将 41 首诗历时地看,《次苏州》就是写得最早的作品,由此可以证明写作此诗之前已经有了诗歌如何合律的固定格式。李乂的人生经历有值得注意之点。《李乂碑》云:"十一从学,极奥研幾;十二属词,含商咀徵。中书令薛元超谓人曰:'此子必负海内重名。'十九郡举茂才策第,考功郎刘思立一见又如之……所著文集成六十卷。五言之妙,一变乎时,流便清婉,经纶密致,犹乐箫韶,工黼黻也。"①

他"属词"时"含商咀徵"意味着什么?元兢曾明确指出"宫商为平声,徵为上声",卢盛江据潘重规观点,也认为"元兢说继承了李概说",又引日僧《悉昙藏》卷二"宫商为平,以徵为上,以羽为去,以角为入"作证。② 可见这里的"商"和"徵"就是声律中平和仄的别称,至少初唐时是这样认识的。李乂少年时就在钻研这些东西。另外,李乂十二岁时正是元兢"换头"理论问世之时,或许只是发生学的巧合,但巧合在此时却有意义。元兢的理论直接影响了他钻研声律平仄,并用于写作,于是苏颋特别评价他的五言诗"经纶密致",并用织工刺绣细密的、图案对称的花纹作比,这个比喻与格律诗的平仄粘对的对称变化

---

① 苏颋:《唐紫微侍郎赠黄门监李乂神道碑》,董诰等编:《全唐文》卷二五八,第 2609—2611 页。
② 卢盛江:《文镜秘府论汇校汇考》,中华书局 2006 年版,第 156—158、338 页。

有相似的关联。由此而言，李乂是最早写完全合律的五言律诗作者之一，是最早将写作实践与声律理论结合的诗人之一。薛元超和刘思立赏识他，也很可能有这方面的原因。薛元超本人擅长文学，还推荐了很多有文学才华的人为宫廷学士，杨炯、崔融就名列其中。崔融所写的《大唐故中书令赠光禄大夫秦州都督薛公墓志铭》说："公状荐才宜文武者二千余人。"① 刘思立也是一个擅长文学的官员，其子刘宪亦为初唐著名诗人。李乂永隆二年（681）中进士，主考官就是刘思立。最重要的是从这一年开始，进士考试诗赋成为定制。讨论诗歌声律，这是一个值得特别关注的年代。《唐会要》卷七十五载："（永隆二年）进士试杂文两首，识文律者，然后令试策。"② 同书卷七十六又载："调露二年四月，刘思立除考功员外郎。先时，进士但试策而已。思立以其庸浅，奏请帖经，及试杂文，自后因以为例程。"③《全唐文》卷十三载有高宗皇帝《严考试明经进士诏》，内容大致相同。④ 中唐前期的学者封演《封氏闻见记》卷三也有记载："开耀元年，员外郎刘思立以进士惟试时务策，恐伤肤浅，请加试杂文两道，并帖小经。"⑤《旧唐书》卷一九〇中《文苑中·刘宪传》也说"进士试杂文，自思立始也"。这里的"杂文"，就是指诗赋韵文。可能最早解释杂文的内涵是什么的也是封演，他说："旧例：试杂文者，一诗一赋，或兼试颂论，而题目多为隐僻。"⑥ 进士考试诗赋成为制度，评判诗赋的优劣，其内容和形式应该都有标准，崔融的《唐朝

---

① 周绍良、赵超主编：《唐代墓志汇编续集》，上海古籍出版社2001年版，第279页。
② 王溥：《唐会要》，中华书局1955年版，第1375—1376页。
③ 王溥：《唐会要》，第1379页。
④ 董诰等编：《全唐文》卷二五八，第161页。
⑤ 赵贞信：《封氏闻见记校注》，中华书局2005年版，第16页。
⑥ 赵贞信：《封氏闻见记校注》，第17页。

新定诗体》很可能就是在这样的文化背景下产生的。这与李乂少年以后的经历密切相关,写诗初始就有条件完全合律;再因其写作的偏好,交游与仕进的需要,就按诗体规则一直写了下去,从而形成习惯,全部作品都合律。《次苏州》或许不是李乂写作年代最早的格律诗,但此诗可以成为五律已经定型的年代论据。就李乂的诗作全部符合声律规则看,最早之作与后来之作形成了线性的因果逻辑关系,最早的作品决定了后来作品的声律规则走向,因此最早的作品有着不同寻常的年代学价值。

如果再将这首诗放进彼时的群体写作五言律体的背景下考察,尤其是当时声律理论影响下的背景考察,发现彼时的诗作已呈现群体合律的趋势,那么这首诗就更非孤立无意义了。

杜审言写作于武则天天授二年(691)的《和李大夫嗣真奉使存抚河东》,是一首长达40韵80句的五言排律,已完全符合粘式律,即"换头"规则,可以视为完全符合格律的诗作。《唐会要》卷七十七记载了李嗣真出使的时间和诗人写送行诗的情况:"天授二年,发十道存抚使,以右肃政御史中丞知大夫事李嗣真等为之。阁朝有诗送之。名曰《存抚集》,十卷,行于世。杜审言、崔融、苏味道等诗尤著焉。"① 《南部新书》也专记此事。② 杜审言还有写于高宗仪凤四年(679)的《赠苏味道》八韵五言长排,已经全合粘式律。《旧唐书》卷六《则天皇后纪》载,垂拱四年(688)"夏四月,魏王武承嗣伪造瑞石,文云:'圣母临人,永昌帝业。'令雍州人唐同泰表称获之洛水。皇太后大悦,号其石为'宝图',擢授同泰游击将军。五月,皇太后加尊号曰圣母神皇。秋七月,

---

① 王溥:《唐会要》,第1414页。
② 钱易撰,黄寿成点校:《南部新书》,中华书局2002年版,第32页。

大赦天下。改'宝图'曰'天授圣图',封洛水神为显圣,加位特进,并立庙。……十二月己酉,神皇拜洛水,受'天授圣图',是日还宫"。

唐人封演的《封氏闻见记》卷四亦记载此事。① 《全唐诗》卷六十一有李峤《奉和拜洛应制》,下注云:"拜洛,一作'受图温洛'。"《全唐诗》卷六十五载有苏味道《奉和受图温洛应制》。可见有朝臣多人应制奉和,这是一次群体创作。今存的李、苏两诗为同题同时之作,即作于垂拱四年(688)十二月武则天举行拜洛活动之时。两诗均为5韵五言长排,均完全合律,亦非偶然。崔融的《哭蒋詹事俨》为20韵五言长排,作于垂拱三年(687),也全合粘式律。《旧唐书》卷一八五上《良吏上·蒋俨传》云:"文明中,封义兴县子,历右卫大将军、太子詹事,以年老致仕。垂拱三年卒于家,年七十八。"李峤120首咏物诗,葛晓音称为"标准的五律体",并论述说:"事实上陈子昂出川时,杜审言游宦时,都已能写规范的五律,李峤'百咏'更是一组大型的五律组诗。从诗中'大周天阙路,今日海神朝'(《雪》)、'方知美周政,抗旆赋车攻'(《旌》)等句可知其写作年代,必定在武周,至少是与沈、宋同时的。现既知它实际上也是一种'How to'类的做法示范,那么可以视为继元兢之后表明律诗已经完成的一个重要标志。"② 这里虽然也论述了五律定型的年代问题,虽然还笼统地说是武周时期,但更有意义的是提到了陈子昂。陈子昂出川时是在高宗朝后期,那时他已经能写"规范的五律",如《度荆门望楚》、《晚次乐乡县》等。其意义为僻远的西蜀已经受到了"换头"规则声律理论的影响,完全合律的五言律诗的写作已经

---

① 赵贞信:《封氏闻见记校注》,第26页。
② 葛晓音:《创作范式的提倡和初盛唐诗的普及——从〈李峤百咏〉谈起》,《文学遗产》1995年第6期。

不限于京城学士们的小圈子了,这与李乂写《次苏州》时也非京城学士联系起来看,从而可以思考这一问题。骆宾王《夕次旧吴》是一首12韵五言长排,完全符合粘式律规则。陈熙晋注云:"案此诗当为临海亡命后所作。"① 陈氏对诗句意义有详细的疏解,言之成理。骆宾王"亡命"于武则天光宅元年(684),其诗歌声律规则的学习和掌握应在此前,不晚于高宗朝后期。将其早期作品作一比较,则大多不合粘式律规则,如《早发诸暨》、《晚泊江镇》等长律。可见他是后来才受到诗歌声律理论影响的,尤其是到了京畿之后,写作才发生了变化。曾为崇文馆学士的杨炯(应卒于公元693年),《全唐诗》卷五十存其14首五言律诗,都符合粘式律规则。这是一个不小的数字,不可能14首诗都符合格律只是巧合。他还有长达25韵的《和刘长史答十九兄》五言长排,完全合律,可证彼时已经有五言律体的固定声律格式为其遵循。即使卒于上元三年(676)的王勃,也完全可能受到元兢"换头"理论规则的影响,从而写出了不少完全合律的五言律体诗。

这么多合律的数据,都有比较统一的时间,诗人又涉及了京城内外的范围,视为"群体"在固定的诗体格式下的写作行为,应该是不成问题的。由此可以看出五言律诗的定型时间比较集中在高宗朝后期至武周朝前期一段,将这一时段视为这一诗体的定型年代是完全可以的。由此可知,定型于武周时期的论断过于笼统和保守,而定型于武周朝后期的说法则与诗歌合律的历史不符。

(原载《文史哲》2010年第3期)

---

① 骆宾王著,陈熙晋笺注:《骆临海集笺注》,上海古籍出版社1985年版,第185页。

唐宋"口号"诗考论

刘湘兰

严羽《沧浪诗话·诗体》列有"口号"一体,与歌行、乐府、楚辞并列。口号(读平声)下有注曰:"或四句,或八句。"[1] 口号究竟是一种什么样的诗体?严羽没有进一步解释,文下注释也言之不详。然严羽论诗特意拈出"口号"一体,说明这一诗体具有独特的文体形态,并得到时人的认同。确实如此,口号诗在唐宋时期已多有创作。唐代著名诗人如张说、张九龄、孟浩然、王维、李白、杜甫等皆有口号诗传世。宋代口号诗的创作更为兴盛,并且成为宋代乐语的重要组成部分。明清时期,口号诗的创作依然不绝如缕。在中国诗歌史上,口号诗具有旺盛的生命力。然而当今学界对口号诗的研究却近于空白[2],本文将揭开口号诗的神秘面纱,对其发展源流、文体特征、文学价值、文化背景等问题进行探讨,以期抛砖引玉。

---

[1] 郭绍虞:《沧浪诗话校释》,人民文学出版社1961年版,第72页。
[2] 目前所见对口号诗进行研究的论文,仅有胡建舫《浅论杜甫的口号诗》(《乌鲁木齐成人教育学院学报》2007年第4期)、任竞泽《中国古代"口号诗"的文体特征》(《厦门大学学报》2013年第6期)。

一、口号诗溯源

对于口号诗的起源,古人已有考辨。南宋吴曾《能改斋漫录》曰:

> 《郭思诗话》以口号之始,引杜甫《欢喜口号绝句十二首》,云:"观其辞语,殆似今通俗凯歌,军人所道之辞。"余按,梁简文帝已有《和卫尉新渝侯巡城口号》,不始于杜甫也。诗云:"帝京风雨中,层阙烟霞浮。玉署清余热,金城含暮秋。水光凌却敌,槐影带重楼。"然杜甫已前,张说亦有《十五夜御前口号踏歌辞二首》,其一云:"花萼楼前雨露新,长安城里太平人。龙衔火树千灯艳,鸡踏莲花万岁春。"其二云:"帝宫三五戏春台,行雨流风莫妒来。西域灯轮千影合,东华金阙万重开。"①

吴曾对《郭思诗话》的讹误进行了修订,认为口号的创作不始于杜甫,而始于梁简文帝。吴曾的论断得到后世学者的认同。清人王琦注李白《口号赠杨征君》诗,也认为"诗题有口号,始于梁简文帝《和卫尉新渝侯巡城口号》,庾肩吾、王筠俱有此作。至唐遂相袭用之,即是口占之义"②。赵翼《陔余丛考》也对口号之起源进行了考辨,曰:"杜诗有题曰'口号'者,如《晚行口号》之类。然梁简文帝有《和卫尉新渝侯巡城口号》诗,唐张说有《十五夜衙前口号》诗,则不始于杜也。"③

---

① 吴曾:《能改斋漫录》卷二,上海古籍出版社 1979 年版,第 22 页。
② 李白著,王琦注:《李太白全集》卷九,中华书局 1977 年版,第 511 页。
③ 赵翼:《陔余丛考》卷二十四,《续修四库全书》第 1151 册,上海古籍出版社 1995 年版,第 633 页。

以上诸人所论有所不确。目前可见最早以"口号"为诗题的作品，是南朝刘宋鲍照的《还都口号》。①该诗在其《鲍参军集》及其他总集如明代冯惟讷的《古诗纪》、张溥的《汉魏六朝百名三家集》中皆无异称。据此，口号诗的起源最迟可推算到刘宋时期。梁简文帝萧纲《仰和卫尉新渝侯巡城口号》一诗，是与庾肩吾、王筠同题共赋之作。可见至梁代时，口号诗的创作已开始流行。

那么到底什么样的诗是口号诗？明代王昌会《诗话类编》"诸体"条曰："口号者，或四句或八句，草成速就，达意宣情而已也。"②费经虞《雅伦》云："口号，口占，皆有其名，而诗无定体，凡诗皆可名之，但无长篇耳。"③两人对"口号"的定义揭示了口号诗的两个主要特征：一是草成速就，随口吟出，类似口占；二是篇幅短小。《辞源》对"口号"也有解释：

> 一、古体诗的题名。表示随口吟成，和口占相似。梁萧纲（简文帝）有《仰和卫尉新渝侯巡城口号》一诗，庾肩吾、王筠都有此作。以后诗人沿用作为诗题，唐张说、李白、杜甫、王维、元稹等都有口号诗。二、颂诗的一种。宋时皇帝每年春秋节日和皇帝生日举行宴会，乐工致辞，然后献颂诗一章，歌功颂德。这种颂诗叫口号。见《宋史·乐志》十七《教坊》。④

---

① 鲍照著，钱仲联增补集说校：《鲍参军集注》卷五，上海古籍出版社2005年版，第317页。
② 王昌会：《诗话类编》，《四库全书存目丛书》集部第419册，齐鲁书社1997年版，第12页。
③ 费经虞：《雅伦》卷九，《续修四库全书》第1697册，第174页。
④ 《辞源》（合订本），商务印书馆1988年版，第247页。

《辞源》所释"口号"的第一、二义皆是本文所谈的口号诗,是口号诗在不同历史阶段的表现形态。费经虞认为凡随口吟出的诗歌短章,皆可以"口号"名之,这个论断固然不错。就诗作者而言,对于不打草稿吟诵而成的作品,当然都可以自认为口号诗。但作为读者来说,只有作者自题为口号诗,我们才能确认作者的创作情态为随口吟诵而成。因此,口号诗的界定需要依靠作者诗题或诗序中对创作背景的说明。故本文考察的口号诗是诗题或诗序注明为"口号"的诗歌。

自唐以来,口号逐渐成为诗体名。如安禄山之乱,王维被囚菩提寺,裴迪来探视他时,王维"私成口号诵示裴迪"[1]。唐元稹《酬李六醉后见寄口号》有"顿愈头风疾,因吟口号诗"[2]之句。再如北宋王辟之《渑水燕谈录·高逸》记载"文忠公亲作口号,有'金马玉堂三学士,清风明月两闲人'之句,天下传之"[3]。北宋孟元老《东京梦华录·元旦朝会》记载"京师市井儿遮路争献口号,观者如堵"[4]。可见在唐宋时期,口号已成为社会认同的诗体。

考察自古以来的口号诗,其文体形态有所发展。最初的口号诗为古体诗,鲍照《还都口号》为五言古体,长达二十句。萧纲、庾肩吾、王筠同题共赋《和卫尉新渝侯巡城口号》已是齐梁新声,讲究格律对仗,篇幅或为六句,或为十句。唐代口号诗皆为绝句与律体,如查慎行所云:"唐人所谓口号,皆近体诗也。"[5]此后,口号诗皆以绝句或律诗的面貌出现。

---

[1] 王维撰,赵殿成笺注:《王右丞集笺注》卷十四,上海古籍出版社1988年版,第265页。
[2] 元稹:《元稹集》卷十四,中华书局1982年版,第163页。
[3] 王辟之撰,吕友仁点校:《渑水燕谈录》卷四,中华书局1981年版,第48页。
[4] 孟元老撰,伊永文笺注:《东京梦华录注》卷六,中华书局2006年版,第517页。
[5] 黄任柯、朱怀春:《苏轼诗集合注》卷四十六,上海古籍出版社2001年版,第2305页。

二、唐代口号诗

唐代，口号诗开始兴盛。然而翻检《全唐诗》，现存以"口号"为诗题，或诗序标注为口号的作品只有七十余篇，计组诗约百余首；涉及作者二十余人。这种现象的产生有以下几种原因。首先，由于口号诗为不打草稿，随口吟诵而成，故口号诗难得有佳作。诗人在选诗编集时，往往将此类质量不高的口号诗排除在外。如白居易作《刘白唱和集解》，特意说明其选择的唱和诗中，那些"乘兴扶醉，率然口号者，不在此数"①。其次，有些口号诗在流传过程中诗题得到精简。白居易在《游大林寺序》中说自己与友人同游大林寺，见山寺桃花灿然可爱，"因口号绝句云：人间四月芳菲尽，山寺桃花始盛开。长恨春归无觅处，不知转入此中来"②。此诗深得白居易的喜爱，故又将此绝句单行另题为《大林寺桃花》编入《白氏长庆集》中。再如上文所言王维"私成口号诵示裴迪"之诗，其诗题本为《菩提寺禁裴迪来相看说逆贼等凝碧池上作音乐供奉人等举声便一时泪下私成口号诵示裴迪》③，诗题达 39 字之多。南宋洪迈编《万首唐人绝句》将其精简为《菩提寺禁闻逆贼凝碧池上作乐》④，南宋蔡正孙《诗林广记》题为《闻逆贼凝碧池作乐》⑤；而今这首绝句被简称为《凝碧池》，另外，古人对诗作的命题比较随意，往往有一诗两题甚至多题的现象。如孟浩然《赠王九》，又题《口号赠王九》；

---

① 白居易：《白居易集》卷六十九，中华书局 1979 年版，第 1452 页。
② 白居易：《白居易集》卷四十三，第 942 页。
③ 王维撰，赵殿成笺注：《王右丞集笺注》卷十四，第 265 页。
④ 洪迈：《万首唐人绝句》卷四，《影印文渊阁四库全书》第 1349 册，台湾商务印书馆 1986 年版，第 35 页。
⑤ 蔡正孙：《诗林广记》卷五，中华书局 1982 年版，第 97 页。

顾况《岁日作》，又作《岁日口号》；王维《崔九弟欲往南山马上口号与别》，又名《崔九弟欲往南山》；裴迪也有《崔九欲往南山马上口号与别》，又名《留别王维》。① 凡此种种，使我们难以辨别、统计《全唐诗》中到底还留存了多少首口号诗。但可以肯定的是，口号诗的数量绝不止这百余首。

口号诗即时吟诵的创作方式要求作者才思敏捷。而其创作方式又决定了其体制以短篇的绝句与律诗为佳。故作者要对格律运用得非常娴熟，才能创作出好的口号诗。既要短时快捷，又要品质上乘，这对诗人而言不是件容易的事。故口号诗的创作很能考验诗人的才力。于是，很多口号诗以同题共作的方式进行即时创作，是诗人们唱和竞技的产物。口号诗的这种创作方式，梁萧纲、庾肩吾、王筠同题共赋《和卫尉新渝侯巡城口号》已开先声。唐代诗人继之于后。如权德舆有《奉和许阁老霁后慈恩寺杏园看花同用花字口号》，再如任要、韦洪各存留口号诗一首，其诗题皆曰"腊月中游发生洞，裴回之际见双白蝙蝠三飞洞门。时多异之，同为口号"②。王维、裴迪皆有《崔九欲往南山马上口号与别》诗。这种同题共赋、即兴创作的诗人游戏，在号称"诗唐"的唐朝绝不少见。

口号诗即兴而作、草成速就的创作特点，便于诗人之间的交流酬赠，故口号诗常用于诗人之间相互题赠。如权德舆有《李十韶州寄途中绝句使者取报修书之际口号酬赠》、《奉和崔阁老清明日候许阁老交直之际辱裴阁老书招云与考功苗曹长先城南游览独行口号因以简赠》，元稹有《酬李六醉后见寄口号》，李白有《口号赠杨征君》，等等。这种酬

---

① 彭定求等编：《全唐诗》卷一六〇、二六七、一二八、一二九，中华书局1960年版，第1666、2968、1303、1315页。
② 彭定求等编：《全唐诗》卷三二六、八八七"补遗"，第3655、10023页。

赠之作，往往流于浅近，不过也有清新秀丽的作品。如李白《口号》："食出野田美，酒临远水倾。东流若不尽，应见别离情。"明人朱谏认为"此诗本为送别，而题曰口号，岂以一时率尔而成者，故略其题耳。然句法清新，情思流动，又非若他人之言近则浅近而已矣"①。

　　杜甫现存口号诗达22首之多，居全唐之冠。在杜甫的创作中，口号诗既可用于自抒怀抱，也可论国事、议朝政。其《西阁口号呈元二十一》曰："山木抱云稠，寒江绕上头。雪崖才变石，风幔不依楼。社稷堪流涕，安危在运筹。看君话王室，感动几销忧。"②《晚行口号》有句云："市朝今日异，丧乱几时休。"③不论是写景、抒情还是叙述，老杜忧国忧民之心溢于言表。再如安史之乱后，河北诸道节度使拥兵自重，朝廷无力控制藩镇割据的局面。唐代宗大历二年（766）春，杜甫听闻河北诸将入朝朝贺，内心喜悦而作《承闻河北诸道节度入朝欢喜口号绝句十二首》。④钱谦益称赞该诗"敦厚隽永，来龙远而结脉深"⑤。清人华玉淳更是盛赞"老杜此诗，高文典册，足继《雅》、《颂》"⑥。又如其《喜闻盗贼总退口号五首》⑦记载大历二年冬，唐军击退吐蕃进犯之事，杜甫追忆了唐王室与吐蕃交恶，以致边陲战火不断的历程。诗歌既渲染了唐军击退外番强兵的喜悦，又表达了作者对宦官掌控禁兵的忧虑。两诗立意深远、记事详明，堪称"诗史"。

---

① 朱谏撰：《李诗选注》卷九，明隆庆六年（1572）朱守行刻本。在其他诗集中，该诗多题作《口号》，也有题为《留别金陵诸公》、《口号留别金陵诸公》。
② 仇兆鳌：《杜诗详注》卷十八，中华书局1979年版，第1560页。
③ 仇兆鳌：《杜诗详注》卷五，第383页。
④ 仇兆鳌：《杜诗详注》卷十八，第1624—1629页。
⑤ 转引自仇兆鳌：《杜诗详注》卷十八，第1629页。
⑥ 顾栋高撰，吴树平、李解民点校：《春秋大事表》，中华书局1993年版，第2782页。
⑦ 仇兆鳌：《杜诗详注》卷二十一，第1857—1860页。

口号诗草成速就的创作方式，要求作者有机智，能于实时即景中出口成章，讲究"临机之能"。尤其是宴乐场合，机智的伶人常用口号诗化解僵局、嘲讽谑戏，以博宾主一笑。如唐代伶人孙子多《嘲郑修妓》，其题下注曰："郑修出妓宴赵绅，而舞者年老，伶人孙子多献口号云云。"① 任半塘先生认为"此种口号，在舞伎之后，又不关戏内之讽刺，特即席即景作语，以博座上笑乐而已"②。又有五代后汉伶人李花开《孔庙口号》题下注云："李相谷尝为陈州防御，谒夫子庙。见像在破屋中，叹息久之。伶人李花开趋进，献口号，谷遽出俸修之。"③

　　北宋陈旸《乐图论》又云："唐时谓优人辞捷者为斫拨，今谓之杂剧也。有所敷叙，曰作语。有诵辞篇，曰口号。凡皆巧为言笑，令人主和悦者也。"④ 明胡震亨《唐音癸签》也记载："右散乐有二种，或写象人物谑弄，或逞炫艺绝角剧，并俳优所肄，非部伍之声。然其陈也，必佐以致语篇唱，优人辞捷者谓之斫拨。则亦皆乐曲之余，不可遗也。"⑤ 什么是斫拨？为何优人辞捷者谓之斫拨？任半塘先生认为，"'斫拨'即指剧中说白，便知其作辛辣酸刻讽刺语者必甚多，迥非'巧为言笑，令人主和悦'。'作语'即'致语'，与'口号'同在剧外，故其体裁肯定乃巧笑和悦"⑥。既然斫拨指称"优人辞捷"。那么"致语"与"口号"便是"辞捷"之形式。刘晓明认为"优人辞捷"之"辞"，"并非指一般的话语，而是用韵语的形式作戏。正因为'辞捷'是一种迅捷临场发挥

---

① 彭定求等编：《全唐诗》卷八七〇，第 9864 页。
② 任半塘：《唐戏弄》，上海古籍出版社 1984 年版，第 938 页。
③ 彭定求等编：《全唐诗》卷八七〇，第 9869 页。
④ 陈旸：《乐书》卷一八七，《影印文渊阁四库全书》第 211 册，第 842 页。
⑤ 胡震亨：《唐音癸签》卷十四《散乐》，上海古籍出版社 1981 年版，第 160 页。
⑥ 任半塘：《唐戏弄》，第 938 页。

的谐谑性韵语,才需要具有一定天赋的优人方能为之"①。口号诗正是这种临场发挥,即时成章,为剧中说白的"辞捷"。概言之,不论是文士们的酬赠唱和,还是俳优们的临场机变,都体现了口号诗要求快捷、机智、即时成章的创作特色。

三、宋代乐语中的口号诗

如上文所言,口号诗作为宴会娱乐的表演形式在唐代已开始盛行。陈旸《乐图论》认为唐人称"优人辞捷者"为斫拨,在宋代则谓之杂剧。在这种杂剧中,不论是用于铺陈叙述的致语,还是用于吟诵的口号,皆是表演中重要的"辞捷"。而宋代"杂剧"并不是戏剧专名,而是统称,包含了多种表演形式。乐语即是其中一种。作为"辞捷"表演形式的致语与口号也是乐语的重要组成部分。

要分析宋代乐语中的口号诗,必须先对宋代乐语的性质进行考察。乐语是兴于宋代的一种特殊的表演形式。宋时,宫廷每年于正旦、立春、立秋、兴龙、天宁、圣诞等节日或者接待外国使者时,要举行大型宴会。在宴会过程中,有大规模的伎乐表演。《东京梦华录》、《梦粱录》和《宋史·乐志》对宫廷宴会使用乐语的情形有详细描述。宋时"每大宴必有乐语,一教坊致语,二口号,三勾合曲,四勾小儿队,五队名,六问小儿,七小儿致语,八勾杂剧,九放小儿队,此春宴也。若秋宴则加以十勾女弟子队,十一队名,十二问女弟子,十三女弟子致语,十四

---

① 刘晓明:《"斫拨"与唐代杂剧形态》,《文史》2005 年第 4 期。

勾杂剧，十五放女弟子队"①。一套完整的乐语表演多达十五个步骤。在这种大规模的表演中，参军色执竿子诵致语与口号。《东京梦华录》卷九"天宁节"云："第四盏如上仪，舞毕，发谭子，参军色执竹竿拂子，念致语口号，诸杂剧色打诨，再作语，勾合大曲舞。"口号是乐语最重要的元素之一。孙锡璜曰："按《苏子瞻集》，凡教坊小儿队、女童队俱有致语、有口号。口号如今开场诗，但高诵而不歌者是也。"② 简单的乐语只由致语与口号组成，往往以"致语"名篇，如欧阳修的《会老堂致语》、苏轼的《寒食宴致语》等。

与所有的杂剧一样，最初乐语中的口号由俳优创作。其文辞往往流于"巧为言笑，令人主和悦"的浅俗。但是乐语用于宫廷宴乐，与礼制联系密切，故宋时有官员对乐语的创作问题提出了质疑。据《宋会要辑稿》"宴飨"条记载："天禧三年十二月十四日，翰林学士钱惟演上言，伏见每赐契丹、高丽使御筵，其乐人白语多涉浅俗。请自今赐外国使宴，其乐人词语教坊即令舍人院撰，京府衙前令馆阁官撰。从之。既而知制诰晏殊等上章援典故求免拱撰，遂仍旧令教坊撰讫诣舍人院呈本。"③ 自钱惟演上书之后，乐语的创作特质得到根本性的改变。本为俳优临机发挥的口号，成为由舍人院撰写，或由俳优撰写再送呈舍人院进行修订的类似演出脚本性质的文辞。乐语中的"口号"意义也由创作形态转变为表演形态。

正因为乐语口号诗的创作方式发生了质的变化，故乐语中的口号诗又独具特色。从诗歌体制而言，现存乐语中的口号往往是七言律诗，七

---

① 刘毓盘：《词史》，上海书店1985年影印本，第70—71页。
② 费经虞：《雅伦》卷九，《续修四库全书》第1697册，第174页。
③ 徐松辑：《宋会要辑稿》"礼"卷四十五，中华书局1957年版，第1452页。

律的平仄格式多为五平韵，偶尔也有七绝。① 其内容以颂赞、祝愿为主。方回评点秦观《中秋口号》云："生日诗、致语诗，皆不可易为，以其徇情应俗而多谀也。"② 所谓致语诗即指口号，此类作品"徇情应俗而多谀"，内容不外乎歌功颂德、称道太平。当然也有一些乐语写得清新自然，颇得时人赞赏。如北宋李纲在《跋赵正之所藏东坡春宴教坊词》一文中说："东坡乐语信笔而成，初不停辍，改不过数处。属对精切，皆经史全语。不假雕琢，自然成章。呼！可畏而仰哉！"③ 再有南宋沈作喆《寓简》曰："东坡表、启、乐语中，间有全句对，皆得于自然，游戏三昧，非用意巧求也。"④ 据此，苏轼乐语中的口号诗自然也值得肯定。更有一些文人，于口号中表达规谏之意，将口号比作《诗经》中之"大雅"。陈师道《兴龙节致语》就云其献赠口号诗是"愿效封人之祝，显陈大雅之诗"⑤。徐师曾也认为宋代致语"间有讽词，盖所谓曲终而奏雅者也"⑥。杨慎亦云："宋时御前内宴，翰苑撰致语八节，撰帖子，虽欧苏曾王司马范镇皆为之……愚谓于丽语中寓规谏意如六一公……填词如此，何异谏书乎？工执艺事以谏，况翰苑本以文章讽谏乎？"⑦ 对欧阳修、苏轼等人运用致语以寓规谏之意表示赞赏。

尽管当时一些文人努力将口号诗与先秦雅诗拉上关系，但乐语的文体功能、表演性质决定了其地位的低下。宋代文人是不屑于写作乐语

---

① 杨晓霭：《乐语口号的表演与近体诗在宋代的入乐》，《江海学刊》2008年第1期。
② 方回编，李庆甲集评校点：《瀛奎律髓》卷十二，上海古籍出版社2005年版，第461页。
③ 李纲：《梁溪集》卷一六三，《影印文渊阁四库全书》第1125册，第725页。
④ 沈作喆：《寓简》卷五，中华书局1985年版，第39页。
⑤ 陈师道撰，任渊注，冒广生补笺：《后山诗注补笺》，《影印文渊阁四库全书》第1114册，第680页。
⑥ 徐师曾：《文体明辨序说》，人民文学出版社1962年版，第170页。
⑦ 杨慎：《升庵集》卷六十八，《影印文渊阁四库全书》第1270册，第665页。

的。在这种文化背景下，乐语中的口号诗其格调自然也难以提高。现存众多的教坊乐语，是翰林学士职责所在，不得不作的应制之文。而且，口号作为代优伶之言的代言体，翰林学士在创作时，要顾及其为优伶诵念之辞的特点，故其行文风格"不必典雅，惟语时近俳乃妙"。这对于满腹经纶的翰林院学士而言，不是件容易的事。故张邦基云："优词乐语，前辈以为文章余事，然鲜能得体。"而乐语的这一创作背景，决定了其口号诗的艺术水平与思想价值存在很大的局限性。

四、"口号"的诗歌史意义及文体归属

"口号"本与口占一样，表示随口吟成，为诗歌创作的一种方式。就这个意义而言，在中国诗歌发展史上，早期的诗歌很多都是"口号"。但是，为什么在齐梁时期口号会发展成为诗题名，并进而成为一种盛行于唐宋时期的诗体呢？本文认为，口号诗的形成正是诗歌自身发展规律之产物。

齐梁时期，永明新声讲究声律，有"四声八病"之论。《南齐书·陆厥传》记载："永明末，盛为文章。吴兴沈约、陈郡谢朓、琅邪王融以气类相推毂。汝南周颙善识声韵。约等文皆用宫商，以平上去入为四声，以此制韵，不可增减，世呼为'永明体'。"[1]沈约认为诗歌要"一简之内，音韵尽殊；两句之中，轻重悉异。妙达此旨，始可言文"[2]。

---

[1] 萧子显：《南齐书》卷五十二《陆厥传》，中华书局1972年版，第898页。
[2] 沈约：《宋书》卷六十七《谢灵运传论》，中华书局1974年版，第1779页。

刘勰《文心雕龙·声律》亦云："凡声有飞沉，响有双叠。双声隔字而每舛，叠韵离句而必睽；沉则响发而断，飞则声飏不还，并辘轳交往，逆鳞相比，迕其际会，则往蹇来连，其为疾病，亦文家之吃也。"① 在这种诗歌创作背景下，诗人要做到"五字之中，音韵悉异；两句之内，角徵不同"②，还要避免"八病"，如不经过深思熟虑、推敲打磨的过程，很难达到要求。而在即时即景、随口吟成的口号诗中，声病之误自然难以避免。故作者将实时成篇的诗歌在题中特意标出"口号"二字，正是有意要将之区别于经过精心打磨而成的诗歌。

在格律诗盛行的唐代，对诗歌进行反复推敲打磨是诗人作诗之常态。如老杜自云"晚节渐于诗律细"③，"新诗改罢自长吟"④。更有贾岛等苦吟诗人长叹："二句三年得，一吟双泪流。"卢延让《苦吟》曰："吟安一个字，捻断数茎须。"在用心良苦的诗人眼中，草成速就的"口号"自然不同于精心打磨的诗歌。当诗人有意为"口号"打上标签，自然而然，"口号"也就由创作方式转变成了诗歌体裁。

而且口号的盛行，除了创作情境的需要外，也与时人崇尚机智有关。张鷟《朝野佥载》记载：

> 契丹贼孙万荣之寇幽，河内王武懿宗为元帅，引兵至赵州，闻贼骆务整从北数千骑来，王乃弃兵甲，南走邢州，军资器械遗于道路。闻贼已退，方更向前。军回至都，置酒高会，元一于御前嘲懿

---

① 詹锳：《文心雕龙义证》，上海古籍出版社1989年版，第1218页。
② 李延寿：《南史》卷四十八《陆厥传》，中华书局1975年版，第1195页。
③ 仇兆鳌：《杜诗详注》卷十八，第1602页。
④ 仇兆鳌：《杜诗详注》卷十七，第1515页。

宗曰："长弓短度箭,蜀马临阶骗。去贼七百里,隈墙独自战。甲杖纵抛却,骑猪正南奔。"上曰:"懿宗有马,何因骑猪?"对曰:"骑猪,夹豕走也。"上大笑。懿宗曰:"元一宿构,不是卒辞。"上曰:"尔叶韵与之。"懿宗曰:"请以莘韵。"元一应声曰:"里头极草草,掠鬓不莘莘。未见桃花面皮,漫作杏子眼孔。"则天大悦,王极有惭色。①

又如释道宣《集古今佛道论衡》:

> 显庆五年(660)八月十八日,敕召僧静泰,道士李荣在洛宫中。……李荣又奏云:"静泰所言,荣疑宿构。请共嘲烛,即是临机之能。"静泰奏言:"泰虽无德,言若成诵。"又语李荣云:"汝欲嘲烛,汝宿构耶?烛与李荣无情,是同烛明胜汝。"②

这两则材料说明,相对诗歌创作的"宿构"而言,人们更欣赏"卒辞"与"临机之能"。尤其是在宴乐场合,俳优取悦人主时更是需要这种机智。宋人阮阅《诗话总龟》又记载:

> 李家明,江南李璟时为乐部头,善滑稽为讽咏。……璟于后苑命臣僚临池而钓。诸臣屡引到数十巨鳞,惟璟无所获,家明乃进口号曰:"新赘垂钓兴正浓,御池春暖水溶溶。凡鳞不敢吞香饵,

---

① 张鷟:《朝野佥载》卷四,中华书局1979年版,第87页。
② 释道宣:《集古今佛道论衡》卷丁"今上在东都有洛吧僧静泰敕对道士李荣叙道事第五",《大正新修大藏经》第52册,第392页。

知道君王合钓龙。"璟大喜,赐宴极欢。①

这种机智、诙谐甚至是嘲谑的口号创作,又被伶人运用于杂剧表演中成为"辞捷",口号也就成了一种雅俗共赏的诗体。

然而,正因为口号引进到了宋代杂剧表演中,当宫廷乐语由翰林院学士撰写之后,口号草成速就、临机发挥的特点被抹杀。尽管乐语中的口号其诗歌形态依然是以七律为主,但人们对口号的文体归属却产生了分歧。例如,清人查慎行的《补注东坡编年诗》将《又兴龙节集英殿宴口号并致语》、《赵倅成伯母生日致语口号》、《王氏生子致语口号》等归入"今体诗"内。由于宴会表演的功能,一些乐语中的口号诗又被纳入"乐府",如南宋曾慥的《乐府雅词》就收录了贺方回的《六花队冬词蝶恋花并口号》。② 也有一些文人将口号诗当作"文章"来看待。《东坡全集》将上文所提到的三篇口号纳入"东坡内制集"、"东坡续集"中,与诏书、敕书等文体并行。清人孙梅《四六丛话》"杂文"有"侑以俪词,谐兹雅奏,则有所谓乐语、致语、口号者"③ 之语,将口号归入杂文类。

当然,对于口号的文体归属,其争议的对象乃是乐语中类似演出脚本的口号。随着时代文化背景的改变,口号的这一创作形态最终趋于消亡。而诗人所喜爱的随口吟咏、即兴而作的口号诗却生命力旺盛,延绵不绝。明清时期,此类口号诗甚至可用于吟咏儒家经典。清人王芝藻《春秋类义折衷》前有自题口号云:"自读《春秋》四十年,只如群动对

---

① 阮阅著,周本淳校点:《诗话总龟》前集卷四十八,人民文学出版社 1987 年版,第 466 页。
② 曾慥:《乐府雅词》卷中,《影印文渊阁四库全书》第 1489 册,第 233—234 页。
③ 孙梅著,李金松校点:《四六丛话》卷二十六,人民文学出版社 2010 年版,第 483 页。

青天。迩来深考流传义,始觉先儒多误传。"① 清人顾栋高在作《春秋大事表》时,更是借口号来辅助解读《春秋》经。其在《险要表》后附有《地形口号》,《五礼表》后附有《五礼源流口号》。时人华玉淳评论这些口号诗"援据精核","当日星分绣错之势,了如指掌。即以诗论,亦自独绝千古"。华玉淳所论虽不无溢美之辞,但也可看出口号这一诗体的另一种源流演变。

五、结论

综上所述,"口号"的形成是诗歌演进史上的重要现象。口号本为诗歌的一种创作方式,强调出口成章、即时成诗,后来发展成为诗体名。口号作为诗题,虽然最早出现在刘宋鲍照《还都口号》诗中,但是永明"四声八病"诗歌理论导致诗歌创作方式发生了改变,才是口号诗成为诗体并得到发展的主因。当唐代格律诗盛行,诗人们在对诗歌进行精心推敲打磨时,口号诗机智、快捷的创作特点凸显出来,进而成为诗人逞才弄技、酬赠唱和的重要诗体。而正因为口号即兴成诗,要求作者有临机之能,故常被用于宴乐场合,被有巧智的俳优们所运用,成为唐宋杂剧的表演手段——"辞捷"。由于宋代宫廷宴乐使用的乐语关涉皇家威严、国家事体,其文辞往往由翰林学士代拟,乐语中的口号诗由即兴创作改为事先撰写,口号也由诗歌创作形态转变为杂剧表演形态。而口号的地位及价值也因其创作方式的不同,出现了天壤之分。乐语中的

---

① 永瑢等撰:《四库全书总目》卷三十一,中华书局 1965 年版,第 254 页。

口号内容以歌功颂德为主，格调低下，为文人所不屑，最终走向消亡；而保持自由吟诵状态的口号，生命力旺盛，甚至可以用来吟咏儒家经典。由此可见，文化环境对文体气象、格调的影响颇深，甚至可以左右文体之发展。口号诗的发展历程即一明证。

（原载《文史哲》2015年第4期）

明代早期历史演义小说回目考论

胡海义

章回体是中国古代长篇小说最主要的体裁。历史演义小说是章回小说最早成熟、最为繁盛的类型。回目是章回小说最显著、最重要的文体特征之一,"回目的确立和发展,是长篇小说艺术形式日趋成熟的一个标志"[1]。关于章回小说回目的形成,学界一般认为是受到戏曲题目正名与古典诗歌等形式的影响。[2] 但这种外在形式的模拟说尚不能解释清楚回目形成的内在原因,且缺乏文献依据。笔者将《三国志通俗演义》、《隋唐两朝志传》、《东西两晋志传》三部早期的著名历史演义小说的回目与《资治通鉴纲目》对读,发现它们受到后者的直接影响,背后具有深刻的历史文化动因。

---

[1] 刘世德主编:《中国古代小说百科全书》,中国大百科全书出版社1998年版,第748页。
[2] 参见刘世德主编:《中国古代小说百科全书》,第748页;陈美林、冯宝善、李忠明:《章回小说史》,浙江古籍出版社1998年版,第28页;赖力行、杨志君:《论明清历史小说的叙事节奏》,《中国文学研究》2012年第2期。

一、《资治通鉴纲目》之"纲"与早期历史演义小说回目的出处

《三国志通俗演义》是我国古代第一部章回小说与历史演义小说,在小说史上的开创意义不言而喻,嘉靖本是其现存最早的刊本,在小说版本史上意义非凡。《隋唐两朝志传》题罗贯中编撰,改编者为林瀚。林瀚(1434—1519),字亨大,明成化二年(1466)进士,曾任国子监祭酒、南京兵部尚书等职,是明代中前期小说家的典型代表。故事紧接《三国志通俗演义》的《东西两晋志传》,不题撰人,但据序可知编撰者实为作序者稚衡山人杨尔曾。杨氏约为隆庆至万历年间人,另编撰小说《东西晋演义》、《韩湘子全传》,刊有《海内奇观》等,是一位小说家兼书坊主,在古代小说刊刻史上具有典型意义。这三部作品是早期历史演义小说的杰出代表,在很大程度上反映了早期章回小说的文体特征。

《资治通鉴纲目》(以下简称《纲目》),南宋朱熹编纂。《纲目》"取举一纲而众目张之义"①,开创了史学史上一种新的体例——纲目体。"纲"是总括概要的史事提纲,用粗体大字书之,有如标题;"目"是对史事的具体记叙,采用双行小字分注,列在纲之下。纲在《纲目》叙事中具有重要地位,只有"大纲概举",才能"众目毕张",目则从属于纲。笔者将《三国志通俗演义》(嘉靖本)、《东西两晋志传》(周氏大业堂本)、《隋唐两朝志传》(龚绍山本)三部早期历史演义小说的回目与《纲目》之"纲"进行比对,发现二者关系至为密切,兹列表如下:

---

① 朱熹:《资治通鉴纲目·序》,《资治通鉴纲目》卷首,北京图书馆出版社 2003 年影印本,第 1 页。本文所论《纲目》均据此版本,不再一一注明。

表一 《三国志通俗演义》部分回目与《纲目》相关纲文对照一览表

序号	《三国志通俗演义》回目	《纲目》相关"纲"文	序号	《三国志通俗演义》回目	《纲目》相关"纲"文
1	卷二 王允授计诛董卓	卷十二 王允使中郎将吕布诛董卓	15	刘玄德智取汉中	卷十四 操引还，备遂取汉中
2	卷三 李傕郭汜乱长安	李傕、郭汜等举兵犯阙	16	刘备进位汉中王	刘备自立为汉中王
3	李傕郭汜杀樊稠	卷十三 李傕杀樊稠	17	卷十六 废献帝曹丕篡汉	曹丕称皇帝，废帝为山阳公
4	曹操定陶破吕布	卷十二 曹操败吕布于定陶	18	汉中王成都称帝	汉中王即皇帝位
5	卷四 曹操兴兵击张绣	卷十三 曹操击张绣	19	卷十八 泛龙舟魏主伐吴	魏主丕以舟师伐吴
6	曹操会兵击袁术	曹操击袁术走破之	20	卷二十二 司马懿破公孙渊	卷十五 司马懿克辽东，斩公孙渊
7	卷五 玄德匹马奔冀州	备奔冀州	21	司马懿谋杀曹爽	司马懿杀曹爽及何晏等
8	卷六 曹操官渡战袁绍	袁绍攻曹操于官渡	22	司马师废主立君	卷十六 司马师废其主芳为齐王
9	孙权领众据江东	孙策卒，弟权代领其众	23	姜维洮西败魏兵	姜维伐魏，败其兵于洮西
10	曹操仓亭破袁绍	曹操击袁绍仓亭破之	24	卷二十三 司马昭破诸葛诞	司马拔寿春，杀诸葛诞
11	卷八 孙权跨江破黄祖	孙权击江夏太守黄祖，破斩之	25	司马昭弑杀曹髦	司马昭弑其主髦
12	卷九 刘玄德败走江陵	刘备走江陵	26	姜伯约洮阳大战	姜维伐魏洮阳
13	刘玄德败走夏口	备走夏口	27	卷二十四 诸葛瞻大战邓艾	诸葛瞻及邓艾战于绵竹
14	卷十四 曹操杖杀伏皇后	卷十四 魏公操杀皇后伏氏	28	王俊计取石头城	卷十七 王俊以舟师入石头

表二 《东西两晋志传》部分回目与《纲目》相关纲文对照一览表

序号	《东西两晋志传》回目	《纲目》相关"纲"文	序号	《东西两晋志传》回目	《纲目》相关"纲"文
1	西晋卷三 李雄自称成都王	卷十七 李雄自称成都王	17	丞相睿移檄北征	丞相睿出师露次移檄北征
2	张方劫驾入长安	卷十七 张方迁帝于长安	18	丞相睿即晋王位	丞相睿即晋王位
3	东海王檄讨张方	卷十八 东海王自领徐州都督传檄讨张方	19	汉主刘聪杀太弟	汉主聪杀其太弟乂
4	司马颙谋杀张方	太宰颙杀张方	20	周访扬口破杜曾	杜曾攻陷扬口,周访讨破之
5	石勒以兵下赵魏	石勒下赵魏	21	晋王即皇帝大位	王即皇帝位
6	王弥集兵寇洛阳	王弥寇洛阳	22	东晋卷一 匹磾杀太尉刘琨	段匹磾杀太尉广武侯刘琨
7	石勒冠巨鹿常山	汉石勒冠巨鹿常山	23	代王郁律破刘虎	代王郁律击刘虎,破之
8	石勒诱王弥杀之	汉石勒诱王弥杀之	24	石勒献捷于刘曜	卷十九 石勒献捷于汉
9	石勒以军据襄国	石勒引兵据襄国	25	祖逖兴兵讨陈川	祖逖讨陈川
10	卷四 王浚兴兵攻襄国	王浚攻石勒于襄国	26	石勒自称后赵王	石勒称赵王
11	陶侃击破杜弢死	陶侃击杜弢破之,弢走死	27	宇文氏攻慕容廆	宇文氏攻慕容廆
12	刘曜阴入攻长安	刘曜寇长安	28	羊鉴有罪以除名	羊鉴有罪除名
13	石勒奉表于王浚	石勒复遣使奉表于王浚	29	代贺傉谋弑其君	代弑其君
14	石勒袭蓟杀王浚	石勒袭蓟陷之,杀王浚	30	王敦举兵谋反叛	王敦举兵反
15	汉杀陈休等七人	汉杀其少府陈休等七人	31	湘州谯王死忠义	湘州刺史谯王丞死之
16	愍帝出降于刘曜	刘曜陷长安,帝出降	32	赵击凉州张茂降	赵击凉州张茂降

续表

序号	《东西两晋志传》回目	《纲目》相关"纲"文	序号	《东西两晋志传》回目	《纲目》相关"纲"文
33	曜封世子永安王	赵封故世子胤为永安王	50	燕罢苑囿给新民	燕罢苑囿以给新民
34	成立兄子为太子	成主雄立其兄子班为太子	51	汉主杀其弟李广	汉主执杀其弟广
35	卷二 庾亮征峻为司农	征苏峻为大司农	52	李奕举兵攻成都	汉李奕举兵攻成都
36	苏峻祖约合兵反	峻与祖约举兵反	53	赵立子世为太子	赵立子世为太子
37	卞壸父子死忠孝	卞壸督军讨峻，战败死之	54	石鉴杀遵而自立	赵石鉴弑其主遵而自立
38	诸军讨苏逸诛之	诸军讨逸斩之	55	冉闵弑鉴改号魏	赵石闵弑鉴而自立，改国号魏
39	陶侃兴兵讨郭默	太尉侃讨郭默	56	燕王击赵拔蓟城	燕王隽击赵拔蓟城
40	赵诛祖约夷其族	赵诛祖约夷其族	57	桓温驻军武昌	桓温移军武昌
41	赵王虎杀太子邃	赵王虎杀其太子邃	58	桓温率众去伐秦	桓温率师伐秦
42	张骏上疏请北伐	张骏遣使上疏请北伐	59	司马勋叛攻成都	卷二十一 司马勋反围成都
43	赵作太武东西宫	赵作太武殿东西宫	60	慕容垂大破秦兵	慕容垂自称燕王，大破秦兵
44	燕王称藩于赵国	燕称藩于赵	61	慕容垂复称大号	慕容垂自称燕王
45	李寿杀其主李期	卷二十 李寿弑其主期	62	姚苌缢弑秦王坚	卷二十二 后秦王苌弑秦王坚
46	翳槐卒立什翼犍	翳槐卒弟什翼犍立	63	苻登与后秦苌战	秦苻登及后秦主苌战
47	石虎发兵伐燕国	赵大发兵以伐燕	64	卷六 李暠自称西凉王	卷二十三 李暠自称凉公
48	卷三 慕容皝击高句丽	燕王皝击高句丽	65	蒙逊自称张掖公	沮渠蒙逊自称张掖公
49	燕王击灭宇文部	燕王皝击灭宇文部	66	刘裕十骑破孙恩	刘裕追击孙恩，破之

序号	《东西两晋志传》回目	《纲目》相关"纲"文	序号	《东西两晋志传》回目	《纲目》相关"纲"文
67	卷七 刘裕起兵讨桓玄	刘裕起兵京口讨玄	69	刘裕抗表伐南燕	刘裕伐南燕
68	桓玄挟帝走江陵	玄挟帝入江陵			

表三 《隋唐两朝志传》部分回目与《纲目》相关纲文对照一览表

《隋唐两朝志传》回目	《纲目》相关"纲"文	《隋唐两朝志传》回目	《纲目》相关"纲"文
第五回 杨玄感兵起黎阳	卷三十七 杨玄感兵起黎阳	第四十五回 李世勣复归于大唐	李世勣复归于大唐
第七回 翟让李密据洛仓	翟让李密据兴洛仓	第六十三回 李世民兴兵伐郑	秦王世民督诸军伐郑
第十回 世民说李渊起兵	李渊起兵太原	第七十八回 李靖阴山破突厥	卷三十九 李靖袭破突厥于阴山
第十一回 李渊遣使如突厥	李渊遣使如突厥	第七十九回 玄武门奏七德舞	宴玄武门奏七德九功舞
第十二回 唐兵大破宋老生	李渊与宋老生战,斩之	第八十回 太宗废太子承乾	卷四十 太子承乾谋反,废为庶人
第十三回 李渊合兵围长安	李渊合诸兵围长安	第八十一回 薛延陀纳币绝婚	薛延陀来纳币,诏绝其婚
第十四回 李渊奉迎立代王	李渊立代王侑为皇帝	第九十五回 李敬业起兵匡复	李敬业起兵扬州
第十六回 王世充东都救援	卷三十八 王世充救东都	第九十六回 李孝逸兵败敬业	李敬业取润州,李孝逸击杀之
第十八回 李密诱杀翟让	李密诱翟让,杀之	第一〇四回 真源令张巡起兵	卷四十四 真源令张巡起兵
第十九回 化及江都弑炀帝	化及弑其君广于江都	第一〇六回 哥舒翰灵宝战贼	哥舒翰与贼战于灵宝
第四十一回 元吉逃回长安城	齐王元吉奔长安	第一〇七回 马嵬驿杨氏伏诛	马嵬杨国忠及贵妃杨氏伏诛
第四十三回 唐杀民部刘文静	唐杀其民部尚书刘文静	第一〇八回 张许协守睢阳城	张巡入睢阳,与许远拒御之

《隋唐两朝志传》回目	《纲目》相关"纲"文	《隋唐两朝志传》回目	《纲目》相关"纲"文
第一〇九回 睢阳城张许死节	张巡、许远死之	第一一六回 李希烈杀颜真卿	颜真卿为李希烈所杀
第一一一回 郭子仪大破吐蕃	卷四十五 郭子仪击之,吐蕃遁去	第一一七回 陈仙奇毒杀希烈	陈仙奇杀李希烈
第一一五回 李晟斩汶复京城	卷四十七 李晟等收复京城	第一二一回 柳公权用笔谏帝	柳公权为谏议大夫

从以上三表,我们可以看出早期历史演义小说的很多回目直接来自《纲目》纲文,后者主要通过以下六种方式演化成前者:

(一)照抄。历史演义小说的一些回目直接抄自《纲目》纲文,这分为两种情况:其一,一字不漏地照搬。如表二例1、18、27、32、40、53,表三第十一、一〇四回等,与"纲"原文丝毫不差。其二,为了符合回目字数的统一要求,相对完整地截取其中一段,一般仅舍弃原文句首一两个字,所截取的字词及其语序与"纲"原文无异。如表二例7、8、52都仅舍弃纲文句首的"汉"字,例65仅舍弃原文句首的"沮渠",等等。此类被直接照抄的纲文概括性很强,遣词造句非常简洁凝练。

(二)删减。为了符合大致统一的回目字数,早期历史演义小说的一些回目多是从《纲目》纲文中删减而来。所删多为"于"、"以"、"其"之类的虚词或修饰成分,并不影响原意。删减一字的有表二例41、43、49、50、56,表三第七、十三、十八、四十五回等;删减两字的有表二例14、42、63、67等;删减三字的有表二例13、33、54,表三第四十三、七十九、八十一回等。被保留的字词句及其语序与原文无异。

(三)增加。一些回目在《纲目》纲文上增加字词而来,所增者很多是虚词或主要成分的同义词与修饰成分,这显然是为了凑足字数,以与其他回目规整划一。如表二例28"羊鉴有罪以除名"只是在"纲"

原文中增加一个"以"字来凑足七个字；表一例5"曹操兴兵击张绣"增加"兴兵"二字；表二例5"石勒以兵下赵魏"增加"以兵"二字，例6"王弥集兵寇洛阳"增加"集兵"二字，都是做了同义反复的功夫。另有表一例3、7、13，表二例21、25、26、29、30、44、69，表三第一一七回等也是如此。

（四）替换。一些回目从"纲"原文中替换某个字词而来。一是为了满足字数的需要，如表二例24"石勒献捷于刘曜"将纲文中的"汉"换成"刘曜"，由六字变成七字，与其他回目字数相等，且与原意毫无差异。因为刘曜是汉国创建者刘渊的族子与继承者，曾为汉国立下赫赫战功。例64"李暠自称西凉王"将纲原文中的"凉公"替换成"西凉王"，与其他回目字数一致。二是为了符合编撰者的褒贬态度与表达习惯。如表一例16"刘备进位汉中王"将纲原文中的"自立"替换成"进位"，作者认为刘备是刘汉皇室的后裔，成为汉中王是名正言顺的，所以用"进位"来替换。还有一些回目是出于表达习惯，只作相同字数的同义替换，如表二例9"石勒以军据襄国"只是将纲文中的"引兵"替换成"以军"，例48"慕容皝击高句丽"也只是将纲原文中的"燕王皝"替换成"慕容皝"，两者实为一人。此类例子很多，另有表二例4、12、36、57、58、59，表三第九十五、一一五回等等。

（五）调换语序。出于表达习惯，一些回目在"纲"原文上微调某些字词的顺序。如表三第五回"杨玄感兵起黎阳"，仅将纲文中的"起兵"调换成"兵起"；表一例8"曹操官渡战袁绍"调换了"纲"原文中两人的位置，不过其中的个别动词因为主动与被动关系的调整而作了相应改动，"攻"改成"战"。表三第一一六回"李希烈杀颜真卿"，也只是将"纲"原文被动句改为主动句。此类例子还有表一例4，表二例

46，表三第十六、七十八、一〇六回等。

（六）综合运用。还有一些回目在《纲目》纲文中综合运用上述两种或两种以上的方式。如表一例19采用替换字词与调换语序的方法，例26、30采用删减字词与调换语序的方法。表二例51则采用减一字又增一字的方法，等等。

小说家熟练运用上述六种方法处理《纲目》纲文，为回目所用。即使是后来的诸多历史演义小说回目依然留有《纲目》的痕迹。例如，从《纲目》卷四十四"马嵬杨国忠及贵妃杨氏伏诛"句到《隋唐两朝志传》第一〇七回"马嵬驿杨氏伏诛"，再到嘉靖至万历年间武林精刊本无名氏《隋唐演义》第一百六节"马嵬驿兄妹伏诛"与清康熙年间的《隋唐演义》第九十一回"马嵬驿杨氏伏诛"。从《纲目》卷三十八"化及弑其君广于江都"句到《隋唐两朝志传》第十九回"化及江都弑炀帝"，再到崇祯年间的《隋史遗文》第五十回"化及江都弑主"等，小说回目在演进中更加工整凝练，但"纲"味依旧，可见历史演义小说回目与《纲目》的密切关系。

二、《纲目》的正统论、春秋笔法与早期历史演义小说的回目用词

早期的历史演义小说运用上述六种方法处理《纲目》之纲，用作自己的回目。但不管采用哪种方法，遣词造句都深蕴《纲目》的正统论与"一字定褒贬"的春秋笔法。

朱熹作《纲目》的重要原因是"臣旧读《资治通鉴》，窃见其间周末诸侯僭称王号而不正其名，汉丞相出师讨贼而反书入寇，此类非一，殊

不可解"①，他在《纲目》中对《资治通鉴》多有修正，"大纲概举，而鉴戒昭矣，众目毕张，而几微著矣"②。"纲"文微言大义，深寓褒贬，甚至不惜将义理驾于史实之上，用意即在于"尊君父而讨乱贼，崇正统而抑僭伪"。例如，《通鉴》卷六十五载："夏六月……以曹操为丞相。"《纲目》卷十三改为："夏六月……曹操自为丞相。"《通鉴》卷六十八载："夏四月，诏魏王操设天子旌旗……"，《纲目》卷十四则改为："夏四月，魏王操用天子车服……"。前者增一"自"字，后者去一"诏"字，改动虽小，但表达了对曹操僭越不忠行为的强烈不满。朱熹从正统论出发，不仅将《通鉴》中的魏国纪年通通改为蜀汉纪年，而且将原著中蜀汉"寇魏"之处均改为"伐魏"，而曹魏"伐蜀"则一律改为"寇汉"。例如《通鉴》卷七十一载："（魏太和四年）秋七月，大司马曹真以汉人数入寇，请由斜谷伐之。"《纲目》卷十五则云："（汉建兴八年）秋七月，魏寇汉中……"，《三国志通俗演义》卷二十第八则的回目也相应为"仲达兴兵寇汉中"，可谓深得《纲目》思想之精髓与笔法之真义。

早期历史演义小说的一些回目在《纲目》基础上略作修饰，正统观念与春秋笔法比《纲目》有过之而无不及。如表二例26，《纲目》卷十九载"石勒称赵王"，《东西两晋志传》回目则改为"石勒自称后赵王"，石勒作为羯族部将屡次南侵，威胁以正统自居的晋，自然会被汉人史家视为犯上作乱，自称帝王就是僭越。③此处增加一"自"字，意

---

① 朱熹：《晦庵先生朱文公文集》卷二十二《辞免江东提刑奏状三·贴黄》，朱熹撰，朱杰人、严佐之、刘永翔主编：《朱子全书》第21册，上海古籍出版社、安徽教育出版社2002年版，第1002—1003页。
② 朱熹：《资治通鉴纲目序》，《资治通鉴纲目》卷首，第2页。
③ 《晋书》卷一〇四《石勒载记上》载："太兴二年，勒伪称赵王。"《魏书》卷九十五《羯胡石勒传》云："（烈帝）二年，勒僭称皇帝。"

在否定石勒封王的合法性,与《纲目》卷十三"曹操自为丞相"有异曲同工之妙,而此处的用意又在《纲目》原文之上。又如表二例2,《纲目》卷十七尚委婉记载:"张方迁帝于长安",《东西两晋志传》显然对此等乱臣贼子大为不满,回目遂改为"张方劫驾入长安",一个"劫"字饱含对张方犯上行径的愤慨。至于表二例31"湘州谯王死忠义"在《纲目》原文的基础上增加"忠义"二字,表三第九十五回"李敬业起兵匡复"将《纲目》原文中的"扬州"替换成"匡复",第一〇九回"睢阳城张许死节"将《纲目》原文中的"之"改成"节",都深刻地寄寓了小说编撰者的褒贬态度与正统观念。青出于蓝而胜于蓝,历史演义小说的一些回目反令《纲目》原文失色。

明代历史演义小说回目与《纲目》之"纲"关系密切,小说作者在构思回目时深谙《纲目》的正统论与"一字定褒贬"的春秋笔法。造成历史演义小说回目"纲目化"现象的主要原因是《纲目》的科举化与明代史学的"纲目化"。

三、《纲目》的科举化与历史演义小说回目的"纲目化"

明朝建国伊始,宋元璋诏云:"使中外文臣皆由科举而进,非科举者毋得与官。"[①]驱使士子纷纷挤向科场。而且,科举考试与学校教育一体化,后者沦为前者的附庸,所谓"学校则储才以应科目者也"[②]。在明代科举考试与学校教育中,《纲目》扮演了重要角色。

---

① 张廷玉等撰:《明史》卷七十《选举志二》,中华书局1974年版,第1695—1696页。
② 张廷玉等撰:《明史》卷六十九《选举志一》,第1675页。

《纲目》在问世之初就被尊为"振麟经之坠绪,垂懿范于将来"[1]。元代士子对《纲目》也是推崇备致,竞相阐发义理。[2] 到了明代,《纲目》更是被抬至无以复加的高度,与"四书五经"一并定为学校教材与科举用书。明人许浩说:"及我太祖高皇帝、太宗文皇帝表章'四书五经',颁降天下,而《纲目》亦与,则视《资治通鉴》益加显矣。"[3] 弘治九年(1496),黄仲昭云:"仲昭承乏提督江西学政,以为学者定读书之法,其于诸史,则欲其熟观《纲目》,以端其本。"[4] 万历年间,宰辅张居正上疏言:"国家明经取士,说书者以宋儒传注为宗……今后务将颁降'四书五经'、《性理大全》、《资治通鉴纲目》……等书,课令生员诵习讲解,俾其通晓古今,适于世用。"[5] 天启年间,大学士叶向高作《重刻通鉴纲目序》云:"国朝列圣崇重表章,颁之学宫,令士子诵习,与六籍等。柄文者必循以课士,宁独取其该洽?良以二千年来是非褒贬折衷于是书,不可废也。"[6] 可见《纲目》在明代学校教育与科举考试中的重要地位。不仅如此,其他一些"纲目体"史书也被考虑列为科举教材。如《历代通鉴纂要》就是明孝宗敕令在《纲目》基础上编成的一部

---

[1] 李方子:《资治通鉴纲目后序》,《御批资治通鉴纲目》卷首,《文津阁四库全书》第229册,商务印书馆2005年版,第194页。
[2] 如王幼学《资治通鉴纲目集览》、刘友益《资治通鉴纲目书法》、尹起莘《资治通鉴纲目发明》等。参见廖才高:《古代历史小说人物形象的典范》,《中国文学研究》1997年第2期。
[3] 许浩:《宋史阐幽》卷一《命龙图阁直学士司马光编历代君臣事迹》,《四库全书存目丛书》史部第281册,齐鲁书社2005年版,第427页。
[4] 黄仲昭:《资治通鉴纲目合注后序》,《御批资治通鉴纲目》卷首,《文津阁四库全书》第229册,第199页。
[5] 张居正:《张太岳集》卷三十九《请申旧章饬学政以振兴人才疏》,上海古籍出版社1984年版,第496页。
[6] 叶向高:《苍霞草全集·苍霞草》卷八《重刻通鉴纲目序》,江苏广陵古籍刻印社1994年版,第793页。

纲目体通史。嘉靖年间的进士郑晓说："适者欲请于朝，凡制科之学，惟用御制诸书，'五经四书'、《性理大全》及《历代通鉴纂要》，一切书坊陋本，聚而焚之。"①

"历代纲鉴之刻，近纂修者不啻百种。"②《纲目》等纲目体史书在明代被一版再版，多次翻刻，大多用于科举考试。它们的题名标示"策论摘题"、"指南"、"正要精抄"，序跋、凡例一再强调有益举业，如冯梦龙《纲鉴统一·凡例》（舒瀛溪刊本）宣称"此刻专便举业"，建阳余氏双峰堂刊本《鼎锲赵田了凡袁先生编纂古本历史大方纲鉴补·凡例》宣称刊刻《纲目》等书"总之为举业家祈捷径也"，建阳熊氏种德堂刊本《历代纪要纲鉴》"告白"自称"标题旨意精详，以为举业一助"。可见《纲目》及其辅考资料的科举效用之大与科举化程度之深。

《纲目》的科举化促使明代历史演义小说回目的纲目化，主要是通过以下三条途径：

（一）书坊主的利益驱动。由于科举取士对《纲目》的重视，士子纷纷研习《纲目》及其考辅用书，富有商业头脑的书坊主迅速跟进，大量刊刻以满足旺盛的市场需求，于是明代掀起了一股编刊《纲目》应试资料的热潮，将《纲目》进一步推向科举化。笔者根据《中国古籍善本书目》（上海古籍出版社1993年版）、王重民《中国善本书提要》（上海古籍出版社1983年版）、杜信孚《明代版刻综录》（广陵古籍刻印社、扬州古籍书店1983年版）、杜信孚和杜同书《全明分省分县刻书考》（线装书局2001年版）统计，明人编纂的明刻本纲目体史书至少有67

---

① 郑晓：《国朝制书》，明万历三十四年（1606）刻本。
② 张鼐：《新镌张太史注释标题纲鉴白眉·凡例》，明万历李潮刻本。

种①，而建阳书坊刊刻最多。建阳隶属的建宁府素有浓厚的科举风气，在明代出了129位进士。②建阳刻书早在宋代就名扬四海，到了明代依然繁盛，明景泰《建阳县志》称"天下书籍备于建阳之书坊"③，而科举用书正是这个庞大产业的名优产品。据统计，明初至万历以前的90余种坊刻本《纲目》类史书中，建阳书坊就贡献了60余种④，难怪礼部在嘉靖八年（1529）奏刊《易经蒙引》时慨叹："天下科举之书，尽出建宁书坊。"⑤同时，商业眼光敏锐的建阳书坊也热捧市场需求旺盛的小说稗史，尤其是历史演义小说。他们编刊或翻刻的历史演义小说至少有43种⑥。如此，纲目体史书与历史演义小说在建阳书坊共生共荣，相得益彰。为此做出最大努力的当属余氏双峰堂的余象斗，他因屡试不第而投身书坊，热衷刊刻科举用书，其中就包括《鼎锲赵田了凡袁先生编纂古本历史大方纲鉴补》、《新刻九我李太史编纂古本历史大方纲鉴》等大量纲目体史书，他曾在一份书目中宣称"无关于举业者，不敢赘录"。而小说也是余象斗编刊的重要内容。"有明一代，就数余象斗刻印的通俗小说为最多"⑦，他一生共编刊通俗小说近30种，其中就有《新刻按鉴全像批评三国志传》、《新刊京本编集二十四帝通俗演义》、《京本通俗演义按

---

① 胡海义：《科举文化与明清小说研究》，暨南大学博士学位论文，2009年，第49—50页。
② 据朱保炯、谢沛霖《明清进士题名碑录索引》（上海古籍出版社1980年版）统计。
③ 赵文、黄璇：《景泰建阳县志·续集》"典籍"，《四库全书存目丛书》史部第176册，第87页。
④ 纪德君：《明代"通鉴"类史书之普及与通俗历史教育之风行》，《中国文化研究》2004年春之卷。
⑤ 蔡清：《蔡文庄公集》卷八《奏刊〈易经蒙引〉勘合》，《四库全书存目丛书》集部第43册，第32页。
⑥ 据程国赋《明代书坊与小说研究》（中华书局2008年版）附录一《明坊刻小说目录》统计。
⑦ 陈大康：《明代小说史》，上海文艺出版社2000年版，第372页。

鉴全汉志传》等按鉴体历史演义小说。其他书坊如杨氏清江堂、郑氏宗文堂、熊氏种德堂亦是如此。同源近体的纲目体史书与历史演义小说很自然地在建阳书坊共生共荣，因此小说回目不可避免地被纲目体史书打下鲜明的烙印。书坊主在操刀或请人编撰历史演义小说时，为了提高利润，加快编撰进度，将《纲目》中以粗体大字印刷、有如标题般醒目的纲文直接嫁接生成小说回目，自然是方便、省事之举。

（二）小说家的行文习惯。明代中前期，程朱理学一统天下，诸儒"皆朱子门人之支流余裔，师承有自，矩矱秩然"①，形成"此亦一述朱，彼亦一述朱耳"的局面。② 明代小说家有很多屡试不第的文人，也不乏受过良好科举教育、由科举入仕的名人显宦，他们对《纲目》及其考辅用书耳熟能详，《纲目》式手笔也如影随形至历史演义小说的编撰之中。例如，林瀚曾参与修撰《续资治通鉴纲目》和《宪宗实录》。林瀚熟谙《纲目》体例，受《纲目》影响至深。其"遍阅隋唐书所载英君名将、忠臣义士，凡有关于风化者悉编为一十二卷"③，即是《隋唐两朝志传》。因此，前文所列该小说的回目经过《纲目》式手笔打磨的痕迹十分明显。

（三）小说读者的阅读习惯。科举士子是明代小说的主要读者群。④ 明正统七年（1442）国子监祭酒李时勉请禁《剪灯新话》等小说，理由是"如《剪灯新话》之类，不惟市井之徒争相咏习，至于经生儒生多舍正学不讲，日夜记忆，以资谈论"⑤。《国色天香》卷一《珠渊玉圃》题

---

① 张廷玉等撰：《明史》卷二八二《儒林列传序》，第7222页。
② 黄宗羲：《明儒学案》卷十《姚江学案》，《文津阁四库全书》第156册，第43页。
③ 林瀚：《隋唐志传序》，丁锡根编著：《中国历代小说序跋集》中册，人民文学出版社1996年版，第949页。
④ 〔日〕大木康：《明末白话小说的作者与读者》，《明清小说研究》1988年第2期。
⑤ 《明实录·英宗实录》卷九十，台湾"中央研究院"历史语言研究所1962年版，第1811—1813页。

下注称:"是集大益举业,君子慎毋忽焉。"卷四《规范执中》题下注云:"此系士人立身之要。"可见科举考生是此类小说书籍的主要读者之一。洪武十五年(1382),朱元璋诏令国子监诸生"一宗朱子之学,非'五经'、孔孟之书不读,非濂洛关闽之学不讲"[1]。他们长年浸淫理学教育与科举应试,造成"世之治举业者,……非朱子所授,则朱子所与也;……科举行之久矣,言不合朱子,率鸣鼓百面攻之"[2]。可见,"朱子所与"的《纲目》体例与习气正符合科举士子的阅读习惯。这就是明代历史演义小说回目"纲目化"的接受基础。

四、明代史学的"纲目化"与历史演义小说回目的"纲目化"

明代早在太祖朱元璋时就裁撤了起居注与国史院,最重要的官修史著与唯一的国史《明实录》在政治纷争中被屡次篡改,造成"史之曲讳甚多,不可枚举"[3],以至于嘉靖时期的郎瑛认为"今日是无史矣"[4]。王世贞也说:"国史之失职,未有甚于我朝者也!"[5]残缺的史官制度与《纲目》的至尊地位,使得明代的官修史书不仅广泛袭用"纲目体",而且拘泥于正统论,专事褒贬,空谈义理,甚至随意篡改史实,呈现出浓厚的纲目化倾向。

---

[1] 陈鼎:《东林列传》卷二《高攀龙传》,江苏广陵古籍刻印社1982年版,第13—14页。
[2] 朱彝尊:《曝书亭集》卷三十五《道传录序》,《文津阁四库全书》第440册,第68页。
[3] 王世贞:《弇山堂别集》卷二十《史乘考误一》,中华书局1985年版,第372页。
[4] 郎瑛:《七修类稿》卷十三《三无》,中华书局1959年版,第199—200页。
[5] 王世贞:《弇山堂别集》卷二十《史乘考误一》,第361页。

明代皇帝对修纂国史、纪传体正史十分消极，但对纲目体史书情有独钟。前文已述明初的几位皇帝热忱推广《纲目》。成化九年（1473），宪宗朱见深谕令考订《资治通鉴纲目》，并作序云："朕惟朱子《通鉴纲目》，实备《春秋》经传之体，明天理，正人伦，褒善贬恶，词严而义精，其有功于天下后世大矣。"① 同年十一月，宪宗又敕令编纂《宋元资治通鉴纲目》："朱文公《通鉴纲目》可以辅经而行。顾宋元二代，至今未备。卿等宜遵朱子凡例，编纂宋元二史，上接《通鉴》，共为一书。"② 书成后，商辂进表云："此《春秋》为经中之史，而《纲目》实史中之经。"③ 前文已述明孝宗朱祐樘好读《纲目》，敕令在《纲目》的基础上编撰《历代通鉴纂要》，就连不喜文史好动刀枪的武宗朱厚照也欣然为之作序，称："兹当次第披阅，式鉴往事，以为后规。"④ 在明代中前期数位皇帝"游览史籍，每好《通鉴纲目》"的影响下，《纲目》从"辅经而行"跃至"史中之经"，受到官方史家的顶礼膜拜，加上科举考试的推波助澜，朝野都陷入了《纲目》与纲目体史书的狂热之中，以至于它的地位大大超过了《资治通鉴》，甚至达到"今《纲目》盛行于世，而此书（按：指《资治通鉴》）几乎废矣"⑤ 的局面。追根究底，明代史学的诸多弊病，《纲目》难辞其咎，正如谢保成所说："宋元以来史学中出现的空言义理，专事褒贬，尤其是随意改写历史的种种现象，大都可

---

① 《明实录·宪宗实录》卷一一三，第2195页。
② 《明实录·宪宗实录》卷一二二，第2355页。
③ 商辂：《进续资治通鉴纲目表》，《鼎镌钟伯敬订正资治纲鉴正史大全》卷首，王钟翰主编：《四库禁毁书丛刊》史部第65册，北京出版社2000年版，第7页。
④ 朱厚照：《御制历代通鉴纂要序》，李东阳等撰：《御制历代通鉴纂要》卷首，《四库未收书辑刊》第4辑第12册，北京出版社2000年版，第2页。
⑤ 何乔新：《椒邱文集》卷十八《书资治通鉴后》，上海古籍出版社1991年版，第297页。

以归于《资治通鉴纲目》。"①

《纲目》及纲目体史书在明代泛滥,造成了明代史学的纲目化,除了统治者希望其能"明天理,正人伦"而大力推广以外,还因为纲目体史书具有其他正史所不具备的通俗性与普及化,这具体表现为:

(一)篇幅缩短。朱熹云:"《春秋》之后,迄今千余年,《史记》至《五代史》,一千五百卷,诸生历年莫能竟其篇第,毕世不暇举其大略,厌烦趋易,行将泯绝"②,就连《资治通鉴》也卷帙浩繁,"《通鉴》难看","有记性人方看得"③。宋熹删繁就简,把二百九十四卷的《资治通鉴》改编成五十九卷的《纲目》,篇幅大为减少。纲目体史书大多简短,便于传播与阅读,为历史演义小说的借鉴提供了便利。

(二)纲文简明醒目。传统旧史"文繁事广,不能得其纲要"④,《资治通鉴》亦是头绪纷繁,检阅不便。朱熹十分重视《纲目》体例,曾说:"此书无他法,但其纲欲谨严而无脱落,目欲详备而不烦冗耳。"⑤纲目体史书体例简明,尤其是标题式纲文言简意赅,提纲挈领,又以粗体大字书写,非常直观醒目,便于寻检、摘抄。因此,将其编写成小说回目非常便捷、省心。

(三)传播普及化与接受的大众化。前文已论,作为科举用书与学校教材的纲目体史书刊本极多,流行甚广,接受也更大众化,成为明人学

---

① 谢保成:《中国史学史》第2册,商务印书馆2006年版,第872页。
② 刘恕:《通鉴外纪后序》,《文津阁四库全书》第108册,第64页。
③ 黎靖德编,王星贤点校:《朱子语类》卷十一《学五·读书法下》,中华书局1986年版,第196页。
④ 司马光:《司马文正公传家集》卷七十一《记历年图后》,《文津阁四库全书》第365册,第701页。
⑤ 朱熹:《与赵师渊书》,《御批资治通鉴纲目》卷首《朱子手书》,《文津阁四库全书》第230册,第191页。

习历史的重要工具，甚至是主要读本。朱国祯少时治《纲目》，"日阅一本能记忆，不三月而遍"，且对答如流。[①] 明武宗朱厚照称《少微通鉴节要》"详不至泛，略不至疏，一开卷间，首尾俱见，盖读史者之快捷方式也"（《御制重刊少微通鉴节要序》），因命司礼监重刻，以广其传。就连私塾蒙学也讲授《纲目》节缩本，"塾师所授不过《编年节要》、《纲鉴要略》而已"[②]。这也是历史演义小说回目能够得到读者认可的重要原因。

总之，历史演义小说兴起于《纲目》科举化与明代史学"纲目化"的背景之下，小说回目也不可避免地打上了深深的时代烙印。正如明人杨慎论及时风所说："高者谈性命，祖宋人之语录。卑者习举业，抄宋人之策论。"[③] 简明凝练、提纲挈领、直观醒目的标题式《纲目》纲文非常便于寻检、摘抄，这让小说家在编写回目时有本所依、有文可抄，这种"便利"使得《纲目》纲文嫁接成小说回目既符合水到渠成的行文习惯，又迎合了读者在科举时代的阅读兴趣。

（原载《文史哲》2014 年第 3 期）

---

① 朱国祯：《朱文肃公集·自述行略》，《续修四库全书》集部第 1366 册，第 332—333 页。
② 谢肇淛：《五杂俎》卷十三《事部一》，中华书局 1959 年版，第 389 页。
③ 杨慎：《升庵集》卷五十二《文字之衰》，《文津阁四库全书》第 424 册，第 647 页。

汉语诗歌"拗救"说辨伪

龚祖培

今天大量的书籍，如研究性专著、普及专门知识的读本、高校汉语言文学专业的教科书，以及众多的"唐诗辞典"等，都讲汉语格律诗的"拗救"理论及规则。有些阐述深入细微，非常严格。但是，今天的全部相关著述，依据的是后世创立的伪科学知识体系，是应该清理而抛弃的诗学理论。

一、今人"拗救"理论知识的来源

完整表达律体诗歌"拗"和"救"的概念，出现在清初。《四库全书总目提要》卷一九五范晞文《对床夜语》下云："论杜甫律诗拗字，谓执以为例则尽成死法。不知唐律双拗、单拗平仄相救，实有定规，非以意为出入。"[①] 这里"拗"和"救"虽没有连文为语，但表达"拗救"

---

① 永瑢等撰：《四库全书总目》下册，中华书局1965年影印本，第1790页。

的概念和字眼是显明易见的，还使用了"单拗"、"双拗"等专门术语。四库馆臣说范氏"不知"唐诗律体有拗救的"定规"。看看《对床夜语》原文怎么说：

> 五言律诗，固要贴妥，然贴妥太过，必流于衰。苟时能出奇，于第三字中下一拗字，则贴妥中隐然有峻直之风。老杜有全篇如此者，试举其一云："带甲满天地，胡为君远行？亲朋尽一哭，鞍马去孤城。草木岁月晚，关河霜雪清。别离已昨日，因见古人情。"散句如"乾坤万里眼，时序百年心"，"梅花万里外，雪片一冬深"，"一径野花落，孤村春水生"，"虫书玉佩藓，燕舞翠帷尘"，"村春雨外急，邻火夜深明"，"山县早休市，江桥春聚船"，"老马夜知道，苍鹰饥著人"，用实字而拗也。"行色递隐见，人烟时有无"，"蝉声集古寺，鸟影度寒塘"，"檐雨乱淋幔，山雪低度墙"，"飞星过水白，落月动沙虚"，用虚字而拗也。其他变态不一，却在临时斡旋之何如耳。苟执以为例，则尽成死法矣。①

范氏《对床夜语》共五卷，只有此处论及诗歌拗字，与《四库提要》的批评有关。然而范氏所举之例的平仄句式并不统一。只言拗字、拗句之佳，有韵律之赞美而无声律之论述；只说"拗"而无关"救"。细读其文，此"拗"涉及诗歌的创作构思、语言风格、用字艺术等内容。四库馆臣强加"拗救"之说于彼，是不在一个焦点的捆绑而论。范

---

① 范晞文：《对床夜语》卷二，丁福保辑：《历代诗话续编》上册，中华书局2006年版，第418页。

氏是南宋人,尚且不知"拗救",《四库提要》又从何处得知唐诗律体的"单拗"、"双拗"之"定规"?

《四库提要》卷一九六赵执信《声调谱》下云:"执信尝问声调于王士禛,士禛靳不肯言。执信乃发唐人诸集排比钩稽,竟得其法,因著为此书……律诗以本句平仄相救为单拗,出句如杜甫之'清新庾开府',对句如王维之'暮禽相与还'是也;两句平仄相救为双拗,如许浑之'溪云初起日沉阁,山雨欲来风满楼'是也……其说颇为精密。"①"精密"之说有渊源。

康熙时举人查为仁《莲坡诗话》云:"秋谷诗法二冯,格律甚细,有《蠡海》、《蓻溪》二集。"②"二冯"于格律的见解如冯班所说:"《瀛奎律髓》有仄韵律诗。严沧浪云:'有古律诗。'则古、律之分,今人亦不能全别矣。《才调集》卷前题云:古律杂歌诗一百首。古者,五言古也;律者,五七言律也;杂者,杂体也;歌者,歌行也。此是五代时书,故所题如此,最得之,今亦鲜知者矣。"③"不能全别"、"鲜知"的今人,当然也包括冯班自己。他们只能从唐人诗作中去分析揣摩,并不知晓唐人的声律理论,或者说知之甚少。赵氏清初人,也不可能知晓唐人的重要的声律理论。王士禛《律诗定体》与赵氏《声调谱》同时,或者稍早。二作的知识内容同者少,异者多。还有更早的说法,《贞一斋诗说》云:"或谓:唐人音律,于鳞始得其传,至阮亭尤极精细。"④如果说王士禛讨论声律的著述能称"精细",那么可以推知李攀龙以下的明

---

① 永瑢等撰:《四库全书总目》下册,第1794页。
② 查为仁:《莲坡诗话》,王夫之等撰:《清诗话》上册,上海古籍出版社1978年版,第487页。
③ 冯班:《钝吟杂录》,王夫之等撰:《清诗话》上册,第38页。
④ 李重华:《贞一斋诗说》,王夫之等撰:《清诗话》下册,第935页。

人论说不成体系，有些零散之语一定纳入了王、赵等人的观点之中，因为今存的王氏《律诗定体》也还很单薄，对"拗救"的"单拗"、"双拗"、"孤平"等有所言及，有些论述清楚，有些语焉不详，关键问题还没有涉及，仍然不成体系。赵执信之说内容复杂，条文甚多，因而为《提要》所本，致有"颇为精密"之评。

《声调谱》对清人，尤其是乾隆以后的清人的影响，梁章钜有一个概括："自渔洋、秋谷之书行，此说几于家喻户晓矣。"[1] 他本人更是对王士禛《古诗平仄论》、赵执信《声调谱》迷信之至，并且连篇累牍地翻版细说，坚信古诗"别有一定之平仄，不可移易"[2]。对古体的论说尚且如此，对律体的论说更是居之不疑。当然，除了像梁章钜一类人之外，还有不少有识见者并不相信《声调谱》中古体部分的论说。乔亿云："赵饴山赞善所撰《声调谱》，列唐、宋人诗数十篇，篇中拗字拗句，分区平仄，注明其下。用此施之近体，可裨于初学，古诗则难口授，何况笔谭？乃并李、杜歌行，如《扶风豪士》、《梦游天姥》、《美陂行》、《丹青引》，亦字字准以律调谱之，是以伶工节拍按钧天广乐也。窃见诗人伫兴，变动无方，音节亦从之，正昌黎所谓'声之高下皆宜'。饴山乃桎梏名篇，桁杨声律，使人尽效尤，皆诗囚矣。"[3] 袁枚也批评说："近有《声调谱》之传，以为得自阮亭，作七古者，奉为秘本，余览之，不觉失笑。夫诗为天地元音，有定而无定，恰到好处，自成音节。此中微妙，口不能言。试观《国风》、《雅》、《颂》、《离骚》、乐府，各有声

---

[1] 梁章钜：《退庵随笔》，郭绍虞编选，富寿荪校点：《清诗话续编》下册，上海古籍出版社1983年版，第1966页。
[2] 梁章钜：《退庵随笔》，郭绍虞编选，富寿荪校点：《清诗话续编》下册，第1965页。
[3] 乔亿：《剑谿说诗》，郭绍虞编选，富寿荪校点：《清诗话续编》上册，第1132页。

调，无谱可填。杜甫、王维七古中，平仄均调，竟有如七律者；韩文公七字皆平，七字皆仄；阮亭不能以四仄三平之例缚之也。倘必照曲谱排填，则四始、六义之风扫地矣。此阮亭之七古所以如杞国伯姬，不敢挪移半步。"① 二人都没有批评《声调谱》中有关律体部分的论说，乔氏还认为这一部分"可裨于初学"。然而如同那些把《声调谱》的七古之说"奉为秘本"的糊涂者一样，很多人也上了《声调谱》律体之说的当。

赵执信的《声调谱》使"拗救"之说成了完备的知识体系。此后尽管有称谓的不同，但没有再产生新说。这一知识体系对学术的影响，尽管四库馆臣对古体部分存有疑惑，认为"不可解"，但律体部分却全部接受，还加以褒扬，于是形成了《提要》的评价理论体系。

又因其评价理论的学术权威导向，再成为后人乃至今人传播的知识体系，源流很清楚。遗憾的是今人仍然依据钱谦益、王士禛、赵执信等人之说，尤其是以赵氏错误的论说为说，完全没有引入新材料，事实上仍然停留在没有唐人理论支持的非科学研究阶段。

王、赵等人没有引用任何前人的理论为说，没有看到唐诗与先唐诗句的形式继承的联系，截然分开古体与律体，仅在唐人诗作中找寻"规则"，又是在不完全归纳的前提下，以个别代群体、以偶然为必然的不科学结论就在所难免。有的又受特殊的动机驱使，特别是《声调谱》，"颇为精密"的背后隐藏着故意创立伪说的秘密。

就今天已经得知的唐人声律理论及规则的知识体系看，很多内容宋人已不能知晓，遑论明清时李攀龙、钱谦益、冯班、王士禛、赵执信等人。重要的诗歌声律理论著作，如初唐元兢的《诗髓脑》、盛唐王昌龄的《诗格》等，直到清末才为赴日学者所知，然后国内学人逐渐知晓。

---

① 袁枚著，王英志校点：《随园诗话》，凤凰出版社2000年版，第92页。

那些论述才是真正的唐诗律体的"定规",可惜与明清人无缘。因此,明清以降创建的"拗救"之说,很多条文皆为无源之水。

清代已有学者对律体"拗救"之说作了具体批评,然而却没有产生什么影响。乾隆时翟翚撰《声调谱拾遗》,有"世人所以不信《赵谱》"之语①,很有代表性。"世人"一语可见并非个别,不过主要是指不信其论古体之说。翟氏同样受历史条件限制,没有理论作为依据,也只是以唐人作品为研究对象,而且仍然受赵氏之说迷惑,得出的结论却多有不合。仅以论五律声调略举几例:杜甫《奉答岑参补阙见赠》尾联出句"故人得佳句"下,翟氏曰:"《赵谱》云:第三字仄,第四字平,则第一字必平。观此似不必拘。"②又杜甫《夜雨》第三联"通籍恨多病,为郎忝薄游"下,因"忝"字并未救上句"恨"字,二字皆为仄声字,翟氏在诗后说:"然唐人亦有不用拗救者。赵云:'不救便落调。'恐未必然。"③又于杜甫《空囊》次联出句"世人共卤莽"下说:"《赵谱》谓中唐后无此调,亦非。"④又于李白《南阳送客》首联"斗酒勿为薄,寸心贵不忘"下云:"《赵谱》云:'下句第二字平,第一字及第三字用仄为落调。'观此似不可信。"⑤

为什么仅在李、杜二人的有限篇章之中作分析归纳,竟然有如此大的差异?很明显,就是所依据的材料的多寡和存在主观偏见的影响。稍作研究,就会发现翟氏所举之反证,并非孤立的个别现象,而是有不少的论据支持。

---

① 翟翚:《声调谱拾遗》,王夫之等撰:《清诗话》上册,第363页。
② 翟翚:《声调谱拾遗》,王夫之等撰:《清诗话》上册,第361页。
③ 翟翚:《声调谱拾遗》,王夫之等撰:《清诗话》上册,第361—362页。
④ 翟翚:《声调谱拾遗》,王夫之等撰:《清诗话》上册,第362页。
⑤ 翟翚:《声调谱拾遗》,王夫之等撰:《清诗话》上册,第363页。

二、宋元人有无"拗救"之说

　　汉语诗歌的格律是唐代才最后定型的。"拗救"之说肯定是唐代或之后才出现的。从逻辑上讲，其产生的时间不会上溯到先唐时期。

　　与唐人的声律论比较，可以发现宋人对唐人的论说并不清楚。举一个典型的例子可以证明。北宋诗人李之仪与友人论诗歌形式，对如何区别古体、律体，说过这样的话："此管中之见，妄以为同异。恐古人自有佳处，既无所传，亦不可概知，姑以其妄意者区处为献……"① 因为"无所传"，所以"不可概知"。因此，宋人的诗歌，也只是唐人诗作的形式仿效，是非理论指导的写作实践。就这一点来说，宋人的论说与明清时人的论说局限相同，都没有理论来源。然而宋人论"拗"，却与后者之说大有不同，其诗学理论的价值远超声律形式论。

　　宋人的著述之中出现了大量的"拗"、"字拗"、"拗句"概念。很显然，与黄庭坚提出的"宁律不谐，不使句弱"创作理念密切相关。不过黄氏的理论和诗作实践却与声律论之"救"毫不相关。《诗人玉屑》卷三有"眼用拗字"一目，下举例句都是上句为仄仄仄平仄，或平仄仄平仄句式②，即赵执信立新说之例。此处完全没有"救"的内容。所述之"眼"，即宋人诗学理论所说的"句眼"、"诗眼"。还有关联密切的"响字"。其说颇多。《诗话总龟》后集卷二十四引《吕氏童蒙训》："潘邠老云：七言诗第五字要响。如'返照入江翻石壁，归云拥树失山村'，'翻'字、'失'字是响字。五言诗第三字要响，'圆荷浮小叶，细麦落

---

① 李之仪：《姑溪居士前集》卷十六，《影印文渊阁四库全书》第1120册，台湾商务印书馆1986年版，第463页。

② 魏庆之著，王仲闻点校：《诗人玉屑》上册，中华书局2007年版，第107—108页。

轻花',‘浮'字、‘落'字是响字也。所谓‘响'者,致力处也。"①潘邠老即潘大临,与黄庭坚过从甚密。这一说法在陆游《老学庵笔记》中得到了印证,该书卷五云:"李虚己侍郎,字公受,少从江南先达学作诗,后与曾致尧倡酬。曾每曰:‘公受之诗虽工,恨哑耳。'虚己初未悟,久乃造入。以其法授晏元献,元献以授二宋,自是遂不传。然江西诸人,每谓五言第三字、七言第五字要响,亦此意也。"②"江西诸人",指向甚明。潘大临之说后来被多书转引。《竹庄诗话》、《诗人玉屑》引述相同,前者还引用《漫斋语录》,表达了另外一个概念:"五字诗,以第三字为句眼;七字诗,以第五字为句眼。古人炼字,只于句眼上炼。"③"响字"或"句眼"只是从不同的角度论说炼字修辞,因此所举诗句的用字不一定跟平仄相关。《诗人玉屑》卷三有"眼用活字"一目,下有小字注明"五言以第三字为眼,七言以第五字为眼"。所举例诗有郑世翼《巫山高》一联:"危峰入鸟道,深谷富猿声。""入"、"富"皆仄声。紧接着又有"眼用响字"一目。所举例诗有岑参《送郑少府赴滏阳》一联:"青山入官舍,黄鸟出宫墙。"又权德舆《九日宴》一联:"烟芜敛暝色,霜菊发寒姿。"④上下句第三字都是仄声。由此可知这些讨论都与"拗救"无关。还可以举出证据证明宋人只重"拗"之韵律而无关"救"之声律。吴可《藏海诗话》云:"苏州常熟县破头山有唐常建诗刻,乃是‘一径遇幽处'。盖唐人作拗句,上句既拗,下句亦拗,所以对‘禅房花木深'。‘遇'与‘花'皆拗故也。"⑤说的都是"拗",完

---

① 阮阅:《诗话总龟》后集,《影印文渊阁四库全书》第1478册,第776页。
② 陆游撰,李剑雄、刘德全点校:《老学庵笔记》,中华书局1979年版,第69页。
③ 何汶撰,常振国、绛云点校:《竹庄诗话》,中华书局1984年版,第8—9页。
④ 魏庆之著,王仲闻点校:《诗人玉屑》上册,第105—106页。
⑤ 吴可:《藏海诗话》,丁福保辑:《历代诗话续编》上册,第329页。

全没有"救"的概念。由于五言诗第三字、七言诗第五字的句式规则本来就是平仄自然相反，因此若有变化，则因变化而相反，也无关乎"救"。《古今事文类聚》别集卷十引《禁脔》有一个概念表述，与声律说相关联："七言第五字反其平侧，欲其气挺然，如'田中谁问不纳履，坐上适来何处蝇'，'负盐出井此溪女，打鼓发船何郡郎'。今俗谓之换字拗句。"① 不过较早引用《禁脔》这一说法的是胡仔《苕溪渔隐丛话》，没有"七言第五字"的字眼，内容比《古今事文类聚》丰富。其中的例句值得分析。文字如下：

> 鲁直换字对句法如"只今满坐且尊酒，后夜此堂空月明"，"清谈落笔一万字，白眼举觞三百杯"，"田中谁问不纳履，坐上适来何处蝇"，"蝌蚪门巷火新改，桑柘田园春向分"，"忽乘舟去值花雨，寄得书来应麦秋"，其法当于下平字处以仄字易之，欲其气挺然不群，前此未有人作此体，独鲁直变之。②

于此胡仔提出不同看法，认为"此体"不始于黄庭坚，而是杜甫，并举出"宠光蕙叶与多碧，点注桃花舒小红"等诗句为证。稍后的王楙《野客丛书》卷十九"拗句格"进一步论说举证："仆谓此体非出于老杜。与杜同时如王摩诘，亦多是句。如云：'雨中草色绿堪染，水上桃花红欲燃。'曰：'劝君更尽一杯酒，西出阳关无故人。'疑亦久矣。张说诗曰：'山接夏空险，台留春日迟。'此亦拗句格也。"王楙只顾讨源，所

---

① 祝穆：《古今事文类聚》别集卷十，《影印文渊阁四库全书》第 927 册，第 664 页。
② 胡仔：《苕溪渔隐丛话》前集卷四十七，《影印文渊阁四库全书》第 1480 册，第 306 页。

举诗句"台留春日迟"与七言的对句句式有别。①

宋末元初人方回编选《瀛奎律髓》,杜甫、黄庭坚的"拗律"入选不少,且多有评注之语。可以这样说,方氏对"拗律"的看法,最集中又全面地代表了宋元时人关于诗歌"拗"的观点。仅引几段于下:

《瀛奎律髓》卷二十五杜甫《巴上人茅斋》:"巴公茅屋下,可以赋新诗。枕簟入林僻,茶瓜留客迟。江莲摇白羽,天棘蔓青丝。空忝许询辈,难酬支遁辞。"方回曰:"'入'字当平而仄,'留'字当仄而平,'许'、'支'二字亦然。间或出此,诗更峭健。又'入'字、'留'字乃诗句之眼,与'摇'字、'蔓'字同。如必不可依平仄,则拗用之尤佳耳。如'云散灌坛雨,春青彭泽田'亦是。"②

又同卷"拗字类"云:"拗字诗老杜集七言律诗中谓之'吴体'。老杜七言律一百五十九首,而此体凡十九出。不止句中拗一字,往往神出鬼没,虽拗字甚多而骨骼愈峻峭。今江湖学诗者,喜许浑诗'水声东去市朝变,山势北来宫殿高','湘潭云尽暮山出,巴蜀雪消春水来',以为'丁卯句法'。不知始于老杜,如'负盐出井此溪女,打鼓发船何处郎','宠光蕙叶与多碧,点注桃花舒小红'之类是也。又赵嘏'残星几点雁横塞,长笛一声人倚楼'亦是也。唐诗多此类。独老杜吴体之所谓拗,则才小者不能为之矣。五言律亦有拗者,止为语句要浑成,气势要顿挫,则换易一两字平仄,无害也,但不如七言吴体之全拗尔。"③

---

① 王楙撰,王文锦点校:《野客丛书》卷十九,中华书局1987年版,第219页。
② 方回:《瀛奎律髓》,《影印文渊阁四库全书》第1366册,第345页。
③ 方回:《瀛奎律髓》,《影印文渊阁四库全书》第1366册,第344页。

又同卷杜甫《暮雨题瀼西新赁草屋》首联"欲陈济世策,已老尚书郎",方回云:"'济世策'三字皆仄,'尚书郎'三字皆平,乃更觉入律。"①

同卷贾岛《早春题湖上友人新居》:"前篇'客'字、'僧'字拗对,诗家甚多。后篇'收诗'前句不拗,只'扫床移卧衣'拗一字,'扫'字既仄,即'移'字处合平,亦诗家通例也。"②

概观宋元人的论说,可以得出清晰的结论:只说用字"拗",无关"救";只说炼字劲峭好,无关字声平仄"救"。虽无唐人理论引述,却与"拗救"之说有本质的不同。宋元人论说是文学审美的,"拗救"之说是语言格式的;前者重语言风格变化,后者重平仄字声规范。最重要的是前者的意图在于打破律体板滞的整齐,改变平衡,意在用字创新,只着眼于"拗",有追求古朴劲直的美学思想倾向;而后者之意在"救变",旨在保持平衡,恢复整齐划一的形式。有时候宋人没有涉及"拗"一类字眼,然而论说的实质就是欣赏"拗"。《艇斋诗话》云:"李义山诗雕镂,惟《咏平淮西碑》一篇诗极雄健,不类常日作。如'点窜《尧典》《舜典》字,涂改《清庙》《生民》诗'及'帝得圣相相曰度,贼斫不死神扶持'等语,甚雄健。"③这首诗虽然是古体,但论者赞美欣赏之处正是仄声字多,构成"拗句"的韵律特点。"帝得"一句七个仄声字,其他句子仄声字也多,而与之协调的又有"三平"变化,以成抑扬高低韵调,所以论者觉得"甚雄健"。其实,欣赏"拗",唐人早已开先河,杜

---

① 方回:《瀛奎律髓》,《影印文渊阁四库全书》第1366册,第345页。
② 方回:《瀛奎律髓》,《影印文渊阁四库全书》第1366册,第345页。
③ 曾季貍:《艇斋诗话》,丁福保辑:《历代诗话续编》上册,第305页。

甫律诗何其多，还有故意"戏为吴体"等作，多在字句的"拗"上下功夫。即使如许浑那样一生只写律体的诗人，也有被宋人盛赞的"野蚕成茧桑柘尽，溪鸟引雏蒲稗深"拗句。① 正与《禁脔》所举黄庭坚"清谈落笔一万字，白眼举觞三百杯"，"田中谁问不纳履，坐上适来何处蝇"句式相同，都是上下句第六字平仄"拗"。都没有"救"，也无关乎"救"。

黄庭坚正是欣赏"拗"，才有诗句的变化。"秋千门巷火新改，桑柘田园春向分"，"忽乘舟去值花雨，寄得书来应麦秋"两联，尽管与前面的例句不同，上下句第五字平仄互换，那也是变化之后的再变化，依然有"拗"后之美。概括地说，不管是前两联还是后两联，都是求变的创造。初论者和引论者都是以欣赏的审美体验来笼统地表达"拗"。黄庭坚那样写，如果他真是有意安排用字于"拗"和"救"，那么前两联为什么不施"救"？胡仔《苕溪渔隐丛话》引《禁脔》涉及两种句式，无法证明存在"救"这一规则。这是一个简单的逻辑问题。

当然，不能不说"句眼"、"响字"、"五言第三字"、"七言第五字"等字眼对后世"拗救"之说确定的字序有启发作用，只是赵执信等人走了偏锋，发明了伪说。至于方回所说的"诗家通例"与"拗救"规则的"救孤平"，虽立论不同，但多少有些联系。但是，方氏多次使用"拗句"、"拗字"、"字拗"等，主要是欣赏"拗"的"健峭"，是"间或出此"，不是规则如此；还有进一步论说，认为"拗"之手段"大家"才能掌握，才能"神出鬼没"，不是"才小者"所能为。这些都与"拗救"之说无关。他所说的"'济世策'三字皆仄，'尚书郎'三字皆平，乃更觉入律"，其实是违背唐人理论规则的，但他"乃更觉入律"，说明其欣赏

---

① 范晞文：《对床夜语》卷二，丁福保辑：《历代诗话续编》上册，第422页。

心理只是上下句形成的声律协调的自然相反,这也无关"拗救"之说。

因此,宋元人的著述之中可以附会"拗救"之说的内容仍然是单薄而贫弱的,没有清楚的论断,更谈不上详细而完备成体系。究其主要原因,宋人论说重心根本不在此。

三、理论原则、规则与仿古修辞的不同影响

如果割断唐诗与"永明体"的联系,无视"永明体"以前的古体诗歌的"韵律"对"声律"理论及规则形成的影响,那么所谓"拗救"之说就永远处于神秘的混沌之中。如果将声律理论原则、规则与古体诗歌的"韵律"对"声律"理论及规则与诗歌创作的影响作立体考察,综合分析,就完全可以得出有关"拗救"之说合理的解释结论,从而弄清"拗救"说的真相。

众所周知,汉语诗歌讲求声律,是从"永明体"开始的。沈约自称发现汉语有平上去入的声调不同,从而提出诗文创作杂用四声的理论。他创建此说,或许受佛经翻译的启发,而其声律学理论的依据,有两个主要来源:一是从言语谈话中的审音辨析中来,二是受古体诗歌的"韵律"高低抑扬的审美启发。最明显的证据是沈约夫子自道。《宋书·谢灵运传论》说:"至于先士茂制,讽高历赏,子建'函京'之作,仲宣'霸岸'之篇,子荆'零雨'之章,正长'朔风'之句,并直举胸情,非傍诗史,正以音律调韵,取高前式。"[①] 沈氏称颂的名句,正是紧

---

① 沈约:《宋书》卷六十七《谢灵运传论》,中华书局1974年版,第1779页。

接其四声交替运用的创作理论之后。这是其理论来源的重要论据。关键词"音律调韵"说明，这些诗句"音韵天成，皆暗与理合，匪由思至"，具有声律美。杂用四声的理论由此而发。研究者多注意到了沈氏举证"音律调韵"的指向，依此对曹植、王粲等人诗句的"律句"特征进行分析。启功说："非常清楚，每例的下句都是律句，因此可以了解，沈约所谓'音律调韵'，无疑即指这类律调而言。"[①] 管雄说："从上面这几个例子看，每首诗都是平起仄应，'从军''南登'等为平起，而以'驱马''回首'等仄声字应之。即韵脚亦然，'谷''岸''草'等字为仄，而'京''安''心'等平声字应之（只有第三例不同）。"[②] 刘跃进认为："就沈约所称引的四联诗句来看，其平仄调配颇有规律可循……每联下句都是入律句，可谓'音律调韵'，所以得到沈约的高度赞赏。"[③] 日本学者也看法相同，还进一步从声病方面分析。兴膳宏说这些诗句"都没有与沈约所倡'八病'中的'上尾'即第五字与第十字使用同声字的禁忌相抵触，除孙楚的第二句外，也没有犯第二字与第五字声调相同的所谓'蜂腰'之病。沈约从这八句中各取二字，组成了'函京之作、灞岸之篇'、'零雨之章、朔风之句'四句，正好隔着'之'字构成了'平平仄、仄仄平'、'平仄平、仄平仄'的对偶表现"[④]。诸人论说很有道理，准确地抓住到了沈约的真实用意。这四联诗句的确是沈约按照"永明律

---

① 启功：《诗文声律论稿》，中华书局2009年版，第94页。
② 管雄：《声律论的发生和发展及其在中国文学史上的影响》，古代文学理论研究编委会编：《古代文学理论研究》第3辑，上海古籍出版社1981年版。转引自〔日〕遍照金刚撰，卢盛江校考：《又镜秘府论汇校汇考》第1册，中华书局2006年版，第240页。
③ 刘跃进：《四声八病二题》，《门阀士族与永明文学》下编附录，生活·读书·新知三联书店1996年版，第358页。
④ 〔日〕兴膳宏：《〈宋书·谢灵运传论〉综说》，转引自〔日〕遍照金刚撰，卢盛江校考：《文镜秘府论汇校汇考》第1册，第241页。

体"的标准选出来的，不是随意的兴之所至的引用。它们与唐诗律句在形式上有密切的关联。只是诸位学者分析时仅注意了一半，即"下句"的"合律"，却没有人注意"上句"的"不合律"句式是否对律体句式也有影响。换句话说，这些"不合律"的句式，是否可以融入唐诗律体之中，成为"合律"的句式。所谓"拗救"之说的秘密，就隐藏其中。

以五言诗论，从《古诗十九首》以下，至"永明体"以前的古体诗歌，虽无四声理论，却受到汉语四声"自然声律"的影响，加上很多诗人艺术构思的主体性介入，有意识地进行声调高低的组合搭配，形成诗句的节奏、韵调的抑扬之美，这是普遍存在的现象。千万不能忽略其间包含有诗人对诗歌韵律的"创作"成分，即与后世所讨论的"声律"密切相关的内容。简单地说，古体、律体一体相连。"永明体"乃至唐诗律体都与古体有"形式"上相沿袭的重要联系。从沈约到唐代的声律学著述，其讨论的诗作例句，涉及"永明体"以前的甚多，并没有将古体同律体截然断开。还可以这样说，律体中讲求平仄的律句，全部来自于古体句式，只是唐人将它们集中一体化，按照"规则"作了搭配，形成了一些固定句型而已。就诗歌句式的历史变化看，的确是律中有古，古中有律。曹、王等人的"古"句形式，直接就成了唐人的"律"句形式。

关于诗歌"拗救"的诸多说法和条文从何而来，其实可以概括为三个方面的影响：一是声律理论的原则影响，二是声律理论的规则影响，三是仿古修辞相沿成习，自然而然形成"惯例"，即方回所说的"诗家通例"。三者既有独立的影响，也有相互作用、综合而成的影响。

南齐永明年间沈约等人关于诗文四声运用的理论，当时只有一个原则，即"欲使宫羽相变，低昂互节，若前有浮声，则后须切响。一简之内，音韵尽殊；两句之中，轻重悉异……"① 就这一段文字的表述来看，确定了平声与上去入声两分的声调交替使用原则。前人曾对沈约之言究竟是四声分用，还是四声平仄二元化运用疑惑难断，现在应该说已经有大致趋同的结论。日僧遍照金刚《文镜秘府论》天卷引元兢《诗髓脑》云："声有五声，角徵宫商羽也。分于文字四声，平上去入也。宫商为平声，徵为上声，羽为去声，角为入声。"② 又卢盛江引安然《悉坛藏》云："宫商为平，以徵为上，以羽为去，以角为入。"③ 二者都是针对沈约之言所作的解释。

凭此可以大略区分沈约所说的"宫羽相变"，或者"宫徵相变"，事实上就是"平仄相变"，尽管当时没有用"平仄"的字眼。由此还可以揣摩"低昂"，"浮声"与"切响"，乃至"轻重"等的内涵，都意指相反的两分二元化，事实上隐含了平仄的概念。当然，"轻重"一语或者是就字音清浊而言。另外，从沈约等诗人的诗歌创作实践趋势看，也可以看出将平声与上去入一分为二使用的明显轨迹。再如《梁书》卷三十三《王筠传》云："（沈）约制《郊居赋》，构思积时，犹未都毕，乃要筠视其草，筠读至'雌霓五激反连蜷'，约抚掌欣抃曰：'仆尝恐人呼为霓五鸡反。'次至'坠石碅磳'，及'冰悬垹而带坻'，筠皆击节称赞。约曰：'知音者希，真赏殆绝，所以相要，政在此数句耳。'"④《南史》卷二十二《王筠传》"霓"字反切之音一为"五的反"，一为"五兮反"⑤，都是平与入声之分，亦可见平声与非平声的二分界限。还有

---

① 沈约：《宋书》卷六十七《谢灵运传论》，第 1779 页。
② 〔日〕遍照金刚撰，周维德校点：《文镜秘府论》，人民文学出版社 1980 年版，第 13 页。
③ 〔日〕遍照金刚撰，卢盛江校考：《文镜秘府论汇校汇考》第 1 册，第 158 页。
④ 姚思廉：《梁书》卷三十三《王筠传》，中华书局 1973 年版，第 485 页。
⑤ 李延寿：《南史》卷二十二《王筠传》，中华书局 1975 年版，第 609 页。

《文心雕龙·声律》所说的"声有飞沉……沉则响发而断,飞则声飏不还",也是描述平入两分之特征。黄侃解释说:"飞谓平清,沉谓仄浊……一句纯用仄浊,或一句纯用平清,则读时亦不便,所谓沉则响发而断,飞则声扬不还也。"①

但是,即使沈约等人的理论是讲求将字声平仄两分运用,在一句和两句诗中前后互易,交替相反,也不清楚是怎样的具体规则。以五言诗为例,是指第一字与第二字平仄相反,以此类推,还是第一字、第二字与第三字、第四字,以双数的节奏(音步)为标准的平仄相反,还有第五字如何定声等等,都不甚明。当然,除了此处的理论原则之外,还有"平头"、"上尾"等病犯的讲求,可以配合理解当时的声律规则。如"平头"确定了一联之中上下句的前二字应平仄相反,"上尾"确定了一联之中上下句的尾字不能同声等规则。根据《文镜秘府论》天卷引王昌龄《诗格》所说"诗上句第二字重中轻,不与下句第二字同声为一管"②,又《诗髓脑》特别重视的"若上句第二字与下句第二字同声,无问平上去入,皆是巨病"等清楚论说③,再以沈约等人的多数诗句为准,可以知道平仄相反关键在诗句的第二字声处。除此之外,沈约所处的齐梁时期已经讨论"蜂腰"、"鹤膝"等。其理论纠缠不清,甚至相互矛盾,尚不能确定其规则。这两种声病,就现有的定义看,唐人诗作普遍不避忌,事实上用于诗歌创作实践的声律讨论已经没有意义。至于五言诗的第三字、第四字,七言诗的第五字、第六字应该如何运用四声交替相反等规则,永明时代尚属空白。沈约所举曹、王等人诗句句式,还没

---

① 黄侃著,吴方点校:《文心雕龙札记》,中国人民大学出版社2004年版,第117页。
② 〔日〕遍照金刚撰,周维德校点:《文镜秘府论》,第8页。
③ 〔日〕遍照金刚撰,周维德校点:《文镜秘府论》,第181页。

有涉及唐诗律体的仄仄平平仄、平平仄仄平句型。因此,齐梁时期沈约等人的理论确定了诗句平仄相反的原则,而具体的规则却有限。这也可以明白,用唐诗律体的规则检测,为什么当时诗人群体的作品或合律,或不合律的不统一之因。

唐人的著述之中有清楚的诗歌平仄运用的理论及规则,涉及了律体的每一个字声,可谓详细而完备,但是,在详细而完备的知识体系之中,连"拗"和"救"的字眼都没有。《四库提要》所说的"拗救"为唐人"定规",完全不靠谱。为什么可以肯定地说唐人没有"拗救"的理论及规则?一是以历代至今的文献记载和考古资料为证,没有;二是根据《文镜秘府论》的丰富的声律论内容对照,其书的性质为"教科书"[①],为日本人学习汉语诗歌如何遵守格律,如何修辞写作而作,应该是全面没有遗漏的,也没有;三是根据诗歌声律论分析,"拗救"之说违背其理论原则,不可能有。

初唐时期有关诗歌声律规则的理论相当详细。有些可能是对"永明体"而下的理论及规则的总结,有些可能是新的讲求,不能逐一辨清其产生时代。特别是下面讨论的两条规则,可以肯定初唐已有。

五言诗一联的第三字、第四字,与第八字、第九字,七言诗同位类推,可以由平仄前后互易的原则推衍,得到依次相反的指向,只是初唐时期才将其落实为条文,实现了从原则到规则的进步。《文镜秘府论》西卷《文二十八种病》云:

> 第九又,木枯病,谓第三与第八之犯也。即假作《秋诗》曰:

---

① "教科书"之说,参见拙作《"齐梁调"探秘》一文,周勋初、陆建德主编:《文学评论丛刊》第 15 卷第 2 期,南京大学出版社 2014 年版,第 137—139 页。

"金风晨泛菊,玉露宵沾兰。"一本"宵悬珠"。又曰:"玉轮夜进辙,金车昼灭途。"

释曰:"宵"为第八,言"夜"已精;"夜"处第三,论"宵"乃妙。自馀优劣,改变皆然,聊著二门,用开多趣。

第十又,金缺病,谓第四与第九之犯也。夫金生兑位,应命秋律于西,上句向终,下句欲末,因数命之,故生斯号。即假作《寒诗》曰:"兽炭陵晨送,鱼灯彻宵燃。"又曰:"狐裘朝除冷,衾褥夜排寒。"

释曰:"宵"文处九,言"夜"便佳;"除"字在四,云"却"为妙。自馀致病,例成此规,告往知来,自然多悟。①

这些引述出自何种经典,日本学者小西甚一认为"可能引自《文笔式》"②。《文笔式》的作者不详,作年亦不确定,但不会早于隋朝,也不会晚及盛唐。从众多的讨论之中可以窥见大概,尤其是近年来的研究结论值得参考。张伯伟云:"又《日本国见在书目》大致按作者先后分类排列,《文笔式》乃在杜正伦《文笔要诀》之下,元兢《诗髓脑》之前……综上所述,我认为《文笔式》的产生时代当稍后于《笔札华梁》,即武后时期。"③卢盛江说:"《文笔式》的年代,东卷'第一的名对'引例'云光鬓里薄,月影扇中新。年华与妆面,共作一芳春',出李百药(五六五—六四八)《戏赠潘徐城门迎两新妇》。从文笔风格考察,此例当

---

① 〔日〕遍照金刚撰,周维德校点:《文镜秘府论》,第 199—200 页。
② 〔日〕小西甚一:《文镜秘府论考・考文篇》,转引自〔日〕遍照金刚撰,卢盛江校考:《文镜秘府论汇校汇考》第 2 册,第 1103 页。
③ 张伯伟:《全唐五代诗格汇考》,江苏古籍出版社 2002 年版,第 69 页。

出《文笔式》，若然，则《文笔式》当作于此后，而在盛唐之前。"① 根据初唐后期的诗作实践，也可印证上引两条规则出自初唐时期。

尽管这两条规则涉及五行相配的命名，还有用字修辞的成分，但指向清楚，对引导诗人的写作有明显的戒条约束意义。有了这两条规则，加上永明时期的"平头"、"上尾"避犯，元兢所说的"换头"调声，可以说唐诗律体的每一条规则都明确了。以五言律诗论，完全落实到了每一个字。一联之中，"平头"解决了第一、第二字与第六、第七字，"上尾"解决了第五、第十字，"木枯"解决了第三、第八字，"金缺"解决了第四、第九字。"换头"确定了一首律体诗中上联与下联之间的平仄字声配合规则。

另外，唐人还有律诗平仄字声的某些论述，其性质可以视为规则。《文镜秘府论》天卷引《诗髓脑》，除了"换头"之外，还有如下两条：

二，护腰者，腰，谓五字之中第三字也；护者，上句之腰不宜与下句之腰同声。然同去上入则不可用，平声无妨也。

庾信诗曰：

谁言气盖代，晨起帐中歌。

"气"是第三字，上句之腰也；"帐"亦第三字，是下句之腰；此为不调。宜护其腰，慎勿如此。

三，相承者，若上句五字之内，去上入字则多，而平声极少者，则下句用三平承之。用三平之术，向上向下二途，其归道一也。

三平向上承者，如谢康乐诗云：

---

① 〔日〕遍照金刚撰，卢盛江校考：《文镜秘府论汇校汇考》第3册，第1201页。

> 溪壑敛暝色，云霞收夕霏。
>
> 　　上句唯有"溪"一字是平，四字是去上入，故下句之上用"云霞收"三平承之，故曰上承也。
>
> 三平向下承者，如王中书诗曰：
>
> 待君竟不至，秋雁双双飞。
>
> 　　上句唯有一字是平，四去上入，故下句末"双双飞"三平承之，故曰三平向下承也。①

"护腰"论第三字和第八字，与"木枯病"所指关联，涉及"三仄"、"三平"的规则；而"相承"却与之龃龉，又否定了犯"三仄"、"三平"的规则。这样直接导致了唐人诗作实践不能与其相合的后果。也就是说，唐人写诗，既不遵守"护腰"，也不遵守"相承"，不过有些诗人也常用，如上句仄声多了，下句往往就会是平平平仄平句式。

既然唐人的全部诗歌声律理论及规则之中，没有一条讲"拗救"，那就只能寻求其他途径去解决。简单推论，最有可能的成因，就是不成文的写作习惯。从这一角度切入，的确能够得到合理的解释。

四、对"拗救"之说的逐一清理

今天讲律体诗歌"拗救"的著述，如果要论对学人影响之广泛，那么莫过于教科书和唐诗辞典类书籍。为了更有针对性地集中论说，在此

---

① 〔日〕遍照金刚撰，周维德校点：《文镜秘府论》，第14—16页。

各选一种最有影响、学术性最强的作为讨论对象。至于其他转相陈述，以讹传讹者，则可一概而论。

概括而言，有关"拗救"之说的主要内容，不超过以下条文：

（一）"双拗"，即"对句相救"。顾易生、汪涌豪称为"大拗"，其说云：

> 律诗拗句之一种。指出句为平仄脚（"仄仄平平仄"或"平平仄仄平平仄"）之句式中，五言第四字或七言第六字应平而改仄。其对句五言第三字、七言第五字须用平补救，所谓对句相救。如白居易《赋得古原草送别》中"野火烧不尽，春风吹又生"一联，出句第四字应为平声，而"不"为仄声，为大拗，对句第三字用平声"吹"字补救。①

有人将这种句型称为"a 型句的拗救"："如果这种句型五律的第四字或七律的第六字用了仄声（有时是三四或五六都用了仄声），那就必须在对句相救。例如白居易《赋得古原草送别》：'野火烧不尽，春风吹又生。''不'字拗，'吹'字救。又如陆游《夜泊水村》：'一身报国有万死，双鬓向人无再青。''有万'拗，'无'字救。同时还和 B 型句的拗救相结合，'无'字还救本句的'向'字。"② 这就是有名的"一字双救"说。

这些相同的论断出自赵执信《声调谱》。赵氏举杜牧五律《句溪夏

---

① 周勋初主编：《唐诗大辞典》，江苏古籍出版社 1990 年版，第 923 页。
② 王力主编：《古代汉语》第 4 册，中华书局 2013 年版，第 1530—1531 页。

日送卢霈秀才归王屋山将欲赴举》"莘莘迹始去，悠悠心所期"一联，在"心"字下说："此字必平，救上句。"于"期"字后说："此必不可不救，因上句第三第四字皆当平而反仄，必以此第三字平声救之，否则落调矣。上句仄仄平仄仄亦同。"① 又于杜甫七律《所思》次联"九江日落醒何处，一柱观头眠几回"下云："'观'字仄，'眠'字必平，此字救上句，亦救本句。"②

赵氏之说本无据，今人却讲得如此纠缠复杂，如此精微玄妙，实则漏洞百出，大多是强古人从己。

首先，今人反复讨论的白居易"野火烧不尽，春风吹又生"一联，根本不存在不合平仄的拗字，这一联完全合律。今人的疏略在于将可平仄两用的关键字"不"弄错了。《广韵》下平声十八"尤"韵下清楚标明："不，弗也……甫鸠切，又甫九、甫救二切。"③ 上声四十四"有"韵下"不"亦有"弗也"释义，并注明"又甫鸠、甫救二切"④。入声"物"韵下："与'弗'同。又府鸠、方久二切。"⑤ 可见"不"字使用这三个声调都可以表示"否定"、"非"等概念意义，平声与仄声相同。此处不能判定白居易一定用的是仄声，相反，如果用的是平声，那么"野火烧不尽"即仄仄平平仄，实为标准律句。从符合律体字声规则的角度看，白氏此"不"字应该用的是平声，因为此诗通体合律。此字不"拗"，又何来"救"？

其次，所谓"一字双救"之说的确是谬论。前面已经论及宋人曾

---

① 赵执信：《声调谱》，王夫之等撰：《清诗话》上册，第327页。
② 赵执信：《声调谱》，王夫之等撰：《清诗话》上册，第343页。
③ 《宋本广韵》，中国书店1982年影印张氏泽存堂本，第188页。
④ 《宋本广韵》，第303页。
⑤ 《宋本广韵》，第455页。

有论七言诗第五字平仄换用，目的是使语言风格峭劲，但绝无"救"之说。可能这就是启发赵氏立其新说的源头。初看其说，"眠"字"救上句"就让人纳闷，究竟救上句的哪一个字呢？看了所标注平仄的"谱"之后，才知道赵氏将上句的"醒"字定为仄声，使其成为拗字，好让下句的平声"眠"字"救"它，以成其"双救"之说。其实，"醒"是唐人乃至宋人用得最为频繁的，可平亦可仄而意义不变的字。杜甫五律《陪郑广文游何将军山林十首》其六颔联："酒醒思卧簟，衣冷欲装绵。"七律《即事》颈联："多病马卿无日起，穷途阮籍几时醒。"① "醒"字都只能是平声。《广韵》讲得很清楚，下平声十五"青"韵下："醒，酒醒。又思挺、先定二切。"② 去声四十六"径"韵下："醒，酒醒。又苏丁、先顶二切。"③ 杜甫此诗首句即云"苦忆荆州醉司马"，表意甚明。此处不能肯定其为仄声。定"醒"字为平声完全可以，定为平声这一句就完全合律。"醒"字合律，"眠"字"救上句"之说则成为空谈。深入研究之后，才发现赵氏立说时强行同化的心理机制在作怪，即使技穷也要拉郎配。"此字救上句，亦救本句"之说，杜甫一百五十多首七律中就找不到用例，于是他才将"醒"字强定为仄声。这就是赵氏无证据也要立说的真相。似乎扯起杜甫七律的大旗，就能唬住人。其手段还真行，后人都谨依其说了。这里仅举杜甫七律几例反证：如《十二月一日三首》其一颔联"一声何处送书雁，百丈谁家上濑船"，《暮春》颔联"楚天不断四时雨，巫峡长吹万里风"。上句第五字都是仄声，下句第

---

① 本文所举杜甫诗例，均据浦起龙《读杜心解》本（中华书局1981年版）。因涉及诗篇较多，恕不一一注明页码。
② 《宋本广韵》，第175页。
③ 《宋本广韵》，第412页。

五字也是仄声，为何不救？又《昼梦》颔联"桃花气暖眼自醉，春渚日落梦相牵"，上句第五、第六字皆仄，下句第五字"梦"还是仄，为何不救？杜甫诗无例，就可以证明当时没有"一字双救"规则。至于方回所说的"丁卯句法"，即论者乐道的"水声东去市朝变，山势北来宫殿高"等诗句，则是许浑"个体"玩的平仄字声，除了刻意学他者之外，没有"群体"效应，绝不可能是声律规则。更为重要的是"丁卯句法"遵守了前后、上下依次对位平仄交替的声律原则。对句第五字的"宫"是第三字"北"的交替相反，不存在救上句"市"的问题；上句第五字"市"也是第三字"东"的交替相反的结果。"丁卯句法"的例句，往往是每一句的平仄单字即相反，上下句则同位字相反。"水声"一句为仄平平仄仄平仄，"山势"一句为平仄仄平平仄平，一目了然。如果依照"拗救"之说分析，那么完全可以确立这样的说法：下句每一个字都是对上句的同位字的"救"。这显然是荒唐的。再者"丁卯句法"绝对没有下句第三字或第五字，救上句第四字或第六字之例。换句话说，许浑不懂得什么叫"拗救"。因此，即使受其句法影响的晚唐五代诗作，也有大量的例证证明没有"拗救"。从理论的角度看，赵氏此说也讲不通。"永明体"而下的声律学论著，有一个原则，就是句与联之间的字都是前后、上下整齐对位，或相反，或相同的平仄交替。哪有如赵氏所说的下句的第三字救上句的第四字，下句第五字救上句第六字，甚至同时救上句两字的道理。仅凭这一点，就可以推定任何时代都不可能有错位相救的诗歌理论及规则。这一类拗句本来不多，其实都是诗人创作需要的偶然为之，是取其意义而不论其格律的行为。有时顺势上下协调，虽违犯声律规则却符合其理论原则；有时还可能是诗人无意识于声律平仄组合的行为。这种平仄变化的句式，往往有高低抑扬变化的自然声律之美。杜甫常用的拗句完全可以说明这一问题。七律《题省中壁》，一诗之中三处用了"三平调"，还有其他拗句、拗字，却有"落花游丝白日静，鸣鸠乳燕青春深"，"衮职曾无一字补，许身愧比双南金"等声韵自然和谐的名句。仔细检查，这两联都犯律体规则，尽管如此，却有前"三仄"与后"三平"上下对应的变化之美。以"拗救"之说论，这两联的上句第五字都仄而"拗"，下句的第五字都平而"救"，是诗人的有意识"拗"和"救"，那么此"拗救"却犯彼规则。诗人杜甫不至于傻到如此程度。人所熟知的《江雨有怀郑典设》、《白帝城最高楼》等作，如果不是拗句妙用，那么就难以成为杜诗名作，而这些诗是任何歪理邪说的"拗救"条文都无法讲清楚是怎么"拗"怎么"救"的。

第三，这种五言句式，上句第三字，或者第四字用了仄声，赵氏断言下句第三字"必平"，"否则落调"，也是伪说。清人已表示怀疑，翟翚《声调谱拾遗》云："杜律凡五字全仄及仄仄平仄仄、平仄仄仄仄等句，皆用拗救。《赵谱》所论，直与符合。然唐人亦有不用拗救者。赵云：'不救便落调。'恐未必然。"① 虽无举证说明，但与事理合。随便举例，可证赵说之谬。孟浩然《寻天台山》："吾友太乙子，餐霞卧赤城。"② 李白《别储邕之剡中》："竹色溪下绿，荷花镜里香。"又《张相公出镇荆州寻除太子詹事余时流夜郎行至江夏与张公去千里公因太府

---

① 翟翚：《声调谱拾遗》，王夫之等撰：《清诗话》上册，第361—362页。
② 此例及以下引用的唐诗，未注明版本者，均为中华书局1961年排印本《全唐诗》。因涉及诗篇较多，恕不一一注明页码。

丞王昔使车寄罗衣二事及五月五日赠余诗余答以此诗》："鸿鹄复矫翼，凤凰忆故池。"王昌龄《送谭八之桂林》："别意猿鸟外，天寒桂水长。"岑参《初至犍为作》："山色轩槛内，滩声枕席间。"高适《酬司空璲少府》："吾见风雅作，人知德业尊。"丘为《湘中寄王侍御》："每有南浦信，仍期后月游。"李嘉祐《送评事十九叔入秦》："白露沾蕙草，王孙转忆归。"韦应物《始夏南园思旧里》："夏首云物变，雨余草木繁。"刘昚虚《寄阎防》："应以修往业，亦惟立此身。"下句第三字、第四字都是仄声，没有所谓"救"。还有相同平仄句型的不同平仄句式，祖咏《寄王长史》："汝颍俱宿好，往来托层峦。"常建《闲斋卧病行药至山馆稍次湖亭二首》其二："行药至石壁，东风变萌芽。"刘长卿《关门望华山》："雷雨飞半腹，太阳在其巅。"李白《送张舍人归江东》："白日行欲暮，沧波杳难期。"贾至《寓言二首》其一："春草纷碧色，佳人旷无期。"韦应物《玉真仙人词》："弄电不辍手，行云本无踪。"再如这样的平仄句式，王维《终南别业》："中岁颇好道，晚家南山陲。"常建《仙谷遇毛女意知是秦宫人》："垂岭枝嫋嫋，翳泉花濛濛。"刘长卿《送裴四判官赴河西军试》："万里看一鸟，旷然烟霞收。"刘昚虚《江南曲》："玉手欲有赠，裴回双明珰。"下句第二字平声，第三字平声，第四字又平声，又下句除首字外都是平声。是否可以视为又一种或又两种"拗救"句式？是否可以确立新的"拗救"条文：下句第四字"必平"，救上句第三字、第四字？如果可以确立，那么又可以得出上句第三字平，下句第三字"必仄"的条文；或者下句除首字外，其他四个字都"必平"的条文；或者还可以说"首字亦可平"；或者"上句五字皆仄，下句五字皆平"，如刘昚虚一联。如此等等，将本来简明清晰的唐诗律体理论规则，纠缠到无以复加难以索解的混乱境地，可以确立很多荒唐条文。一旦不能自圆其说，就以"亦可不救"了之。其实上举例句除了违犯"永明体"阐述的"若前有浮声，则后须切响"，"一简之内，音韵尽殊"的声律理论原则之外，"平头"、"上尾"以及其他理论规则都不违犯。它们都是诗人偶一为之的声律变化之后的自然协调，都没有理论规则可依，也与"拗救"无涉。

如果一定要讨论这种平仄句型的各种平仄句式与声律理论规则的联系，那么《诗髓脑》所说的"相承"最适合，无论是"向上"还是"向下"相承的"三平"，都可以为据，只是彼处所举之例与此处讨论的句型不同。"相承"论者实际只是告诫作诗者注意上下句的平仄协调，不要失衡的原则。上句仄声字用得太多，下句本就需要多用一点平声字。以上各类平仄句式的诗作，都证明这样一个问题：唐人在声律理论原则及规则的约束之下，根据创作需要，有运用平仄句式的相对自由，因此存在很多不同的字声句式。

（二）有人称为"小拗"的条文，王士禛称之"双拗"，也是所谓"对句相救"中一种。顾易生、汪涌豪云：

> 律诗拗句之一种。指出句为平仄脚（"仄仄平平仄"或"平平仄仄平平仄"）之句式中，五言第三字、七言第五字应平而改仄。律诗出现小拗，其对句五言第三字、七言第五字可以平声补救，亦可不救。如唐李白《送友人》"此地一为别"一句，第三字应平而改仄（"一"为仄声），是为小拗，其对句"孤蓬万里征"第三字仍用仄（"万"为仄声），并未补救；最后一联出句"挥手自兹去"第三字应平而改仄（"自"为仄声），对句"萧萧班马鸣"中第三

字改用平声字"班",是对出句小拗之补救。①

这种所谓的"a 型句的拗救",有人讲得更为精细,还特别说明:"这种拗救常常和 B 型句的拗救结合起来。例如李商隐《蝉》:'薄宦梗犹泛,故园芜已平。''梗',是 a 型句的拗,'故'是 B 型句的拗,'芜'字两救。又如苏轼《新城道中》:'野桃含笑竹篱短,溪柳自摇沙水清。''竹''自'都拗,'沙'字两救。这种 a 型拗句也可以不救,如王维《辋川闲居赠裴秀才迪》:'复值接舆醉,狂歌五柳前。'又如李白的《送友人》,同一首诗中颔联'此地一为别,孤蓬万里征',也是拗而不救;尾联'挥手自兹去,萧萧班马鸣',有拗有救。"②

此说本王士禛。王氏举明人金幼孜五律《夏日喜雨写怀》首联"粉署依丹禁,城虚爽气多"为例说:"如单句'依'字拗用仄,则双句'爽'字必拗用平。"③王氏过于自信,其实未必然。论者所说李白同一首诗中有拗有救,又可不救,王氏所说的"必平"就不攻自破。今人所谓"也可以不救",亦为赵执信发明。赵氏在杜牧《句溪夏日送卢霈秀才归王屋山将欲赴举》首联"野店正分泊,茧蚕初引丝"后说:"第三字救上句,亦可不救。"④这是存在思维逻辑问题的说法,居然一直危害到今天,真让人困惑。这个句式,与《诗髓脑》所说的"护腰",字位有关联,但与王氏、赵氏所举不是同样的句型,不能轻易混同为说。明白了"大拗"之说为无中生有之后,"小拗"又是"亦可不救",事实

---

① 周勋初主编:《唐诗大辞典》,第 923 页。
② 王力主编:《古代汉语》第 4 册,第 1530—1531 页。
③ 王士禛:《律诗定体》,王夫之等撰:《清诗话》上册,第 113 页。
④ 赵执信:《声调谱》,王夫之等撰:《清诗话》上册,第 327 页。

上其说已无意义。再举一点例证，证明"小拗"之说乃皮之不存之毛。柳宗元《省试观庆云图诗》首联"设色既成象，卿云示国都"，"既"、"示"都是仄声。又张籍《省试行不由径》有两联"田里有微径，贤人不复行……从易众所欲，安邪患亦生"，前一联"不"字应该用的是仄声，才符合平平仄仄平句式，是仄声就与上句"有"同为仄声；后一联"众"、"患"都是仄声。可见应试之作也如此，无须"救"。晚唐人的诗作也很多，如杜牧《不饮赠官妓》"芳草正得意，汀洲日欲西"，《逢故人》"教我泪如霰，嗟君发似丝"；许浑《题官舍》"叠鼓吏初散，疏钟鸟独归"，《卜居招书侣》"忆昨未知道，临川每羡鱼"；方干《送郭太祝归江东》"未得解羁旅，无劳问是非"，《冬日》"烧火掩关坐，穷居客访稀"，《赠江南僧》"唯有半庭竹，能生尽日风"。这些都是长于律体的诗人作品，所举诗联涉及面广，首联、颔联、颈联、尾联都有。他们的作品普遍"拗"而不"救"，又哪有什么"拗救"存在？

（三）最让人纠结的所谓"拗救"条文，即今人所说"也可以认为不是拗句，而是一种特定的平仄格式"。论者还郑重告诫学人："注意：这样拗救的句子，五言第一字、七言第三字必须是平声。"① 这种句式被解说为"b 型句的拗救"：

  五律的平平平仄仄改为平平仄平仄。如王维《辋川闲居赠裴秀才迪》的"寒山转苍翠"，李白《赠孟浩然》的"红颜弃轩冕"，杜甫《天末怀李白》的"凉风起天末"，又《别房太尉墓》的"他乡复行役"等。七律的仄仄平平平仄仄改为仄仄平平仄平仄。如

---

① 王力主编：《古代汉语》第 4 册，第 1530 页。

杜甫《咏怀古迹》（其四）的"蜀主窥吴幸三峡"，又《咏怀古迹》（其五）的"伯仲之间见伊吕"等。这就是说，五律的第三字拗，第四字救；七律的第五字拗，第六字救。诗人们最喜欢把这种拗句用在尾联的出句，即第七句。①

此说分别来自王士禛和赵执信。王氏《律诗定体》在明人金幼孜五律《夏日喜雨写怀》颔联出句"好风天上至"下说："如'上'字拗用平，则第三字必用仄救之。"②又以己作七律《登金山二首》其一为说，在尾联出句"我醉吟诗最高顶"之"最高"二字下说："二字本宜平仄，而'最高'二字系仄平，所谓单句第六字拗用平，则第五字必用仄以救之，与五言三四一例。"③此说的顺序是颠倒相救。赵氏《声调谱》语气也十分肯定。在杜甫七律《小寒食舟中作》尾联出句"云白山青万余里"之"万"字下特别强调："此字可仄。第五字仄，上二字必平，若第三字仄，则落调矣，五言亦然。"④王氏在律体中发现这种平仄句式，是有诗学理论价值的，而以"拗救"解释却是错误的。《律诗定体》没有"第三字必须是平声"的警告，在表谱中的标注却清楚地表达了这一论断。今人用文字表达"必平"之说还是来自《声调谱》。

清人早已举出杜甫五律《奉答岑参补阙见赠》尾联出句"故人得佳句"之证，否定了赵氏的武断。同样是五律尾联出句，杜甫还有《怀旧》"自从失词伯"，《谒真谛寺禅师》"未能割妻子"，都不是"上二字

---

① 王力主编：《古代汉语》第4册，第1529页。
② 王士禛：《律诗定体》，王夫之等撰：《清诗话》上册，第113页。
③ 王士禛：《律诗定体》，王夫之等撰：《清诗话》上册，第114页。
④ 赵执信：《声调谱》，王夫之等撰：《清诗话》上册，第343页。

必平"。其他诗人尾联出句的反证也不少。如钱起《月下洗药》"寄言养生客"，高适《酬司空璲少府》"此时与君别"，贾岛《送朱兵曹回越》"会稽半侵海"，赵嘏《赠越客》"定知钓鱼处"，崔道融《长安春》"忽闻半天语"，唐求《客行》"世人重金玉"，刘崇龟《寄桂帅》"莫恋此时好风景"等。值得注意的是，杜甫的五言古体平声一韵到底之作，也在尾联出句使用前两字平平或仄平的句式。《送高三十五书记十五韵》"边城有余力"，《雨》"冥冥翠龙驾"，《赠左仆射郑国严公武》"空余老宾客"；《溪涨》"乃知久行客"，《赠李十五丈别》"丈夫贵知己"，《暇日小园散病将种秋菜督勒耕牛兼书触目》"杖藜俯沙渚"。可见这样的平仄句式不是律体专用，古体亦可。

不过分析唐人诗作之中律体尾联出句这一平仄句型之后，必须承认这样一个事实：平平仄平仄句式占有绝对优势，数量远在仄平仄平仄之上。仅以杜甫诗为例，即可窥斑见豹。129首五律之中，平平仄平仄的就有125句。还须说明的是，有些涉及不能轻易判断诗人是用的平声字还是仄声字的句子不在129首统计之内，如"不"、"那"、"看"、"听"等。如此高的比例，其实已经可以视为"规则"所造成。不仅如此，有关唐人的应试之作尾联出句也多次出现平平仄平仄句式。如白居易《宣州试窗中列远岫》"宣城郡斋在"，马戴《府试观开元皇帝东封图》"年年复东幸"，李繁《都堂试贡士日庆春雪》"因歌大君德"；只有王贞白《宫池产瑞莲》"愿同指佞草"为仄平仄平仄句式。由此可证这种特殊句式得到了官方认可，实际已经成为违犯"金缺病"的"合格句式"，已经与五言律体的其他律句句式组合融为一体。

这种句型成为唐人群体用字的"惯例"，虽无声律规则可依，却有来源可寻，与沈约的声律论密切关联。它是经典的文学批评与仿古修辞的诗歌创作相结合的产物。它事实上已经成为"永明体""钦定"的近体诗句型,最后再顺流进入唐诗律体之中。

《宋书·谢灵运传论》所举古人"音律调韵,取高前式"的名句,曹植、王粲等人的四联之中,有三联与此句型有关,而曹、王的"从军度函谷"、"南登霸陵岸"两句,正是平平仄平仄句式,王瓒的"朔风动秋草"即仄平仄平仄句式。巧合的是它们都是一联中的出句。有的用于开头,有的用于结尾。这正是唐人律体之作平仄字声变化最多的地方。从创作和继承的关系看,显然曹、王的诗句影响更大,尤其是王粲"南登霸陵岸"一联。这一联处于诗歌结尾之处,其平仄句式与唐人惯用于尾联的两句十分吻合。由于其影响很大,包括声韵形式与思想内涵,以及情感、风格等,因此可以说对后世诗人是刻入骨髓般深刻。《晋书》卷九十二《郭澄之传》载:"刘裕引为相国参军。从裕北伐,既克长安,裕意更欲西伐,集僚属议之,多不同。次问澄之,澄之不答,西向诵王粲诗曰:'南登霸陵岸,回首望长安。'裕便意定,谓澄之曰:'当与卿共登霸陵岸耳。'因还。"① 《南史》卷十九《谢晦传》:"(武帝)于是登城北望,慨然不悦,乃命群僚诵诗,晦咏王粲诗曰:'南登霸陵岸,回首望长安,悟彼下泉人,喟然伤心肝。'帝流涕不自胜。"② 吟诵之间,王粲诗句竟有如此强大的艺术震撼力,诗句字声抑扬的自然韵律在其间的作用显然不应低估。所谓"熟读唐诗三百首,不会吟诗也会吟",内容意义即使懵懵懂懂,但韵律却刻印在脑海中难忘。王粲的诗句即可如是理解。至于文学评论对王粲诗句的赞美,不用考察也可以推论

---

① 房玄龄等撰:《晋书》卷九十二《郭澄之传》,中华书局1974年版,第2406页。
② 李延寿:《南史》卷十九《谢晦传》,第522页。

一定不少。

很多名家都留下了模仿王粲诗句的痕迹。庾信《和刘仪同臻诗》："南登广陵岸，回首落星城。"① 陈子昂《燕昭王》："南登碣石坂，遥望黄金台。"宋之问《送李侍御》："南登指吴服，北走出秦畿。"李白《杜陵绝句》："南登杜陵上，北望五陵间。"尽管各自内容不同，字声平仄的句式却相同。加上曹植"从军度函谷，驱马过西京"等相同句联的合力，形成唐人群体的仿古修辞之风，移用于不同内容的相同平仄句式之中，甚至可以在无理性之下完成。这样，理性和非理性的创作推动，便成了"诗家通例"，成为"定式"。所谓"拗救"句式也就附会而生。

这一结果，沈约声律论的激赏，起到了催生的重大作用。换句话说，事实上是沈约之论决定了"永明体"及唐诗律体的特殊律句的命运。

纵观诗歌创作的历史，事实很清楚，从魏晋而下，这样的句型就层出不穷。比较有名的如陶渊明《饮酒》"此中有真意，欲辩已忘言"，谢灵运《登池上楼》"寄言摄生客，试用此道推"。齐梁以后，有明显的增加趋势。一首诗押平声不换韵的律体，几乎每一个诗人都用这种句型。庾信用得最多。开头用，中联用，尾联出句用，平平仄平仄和仄平仄平仄的句式都很多。徐陵《长安道》"喧喧拥车骑"等五首诗尾联出句，全是平平仄平仄句式。沈佺期、宋之问、杜甫等人更是致力于此。沈、宋多达数十句，除了偶尔在首联、颔联、颈联的出句用仄平仄平仄句式之外，尾联出句几乎全为平平仄平仄句式。

因此可以作结：唐诗律体所惯用的合于"南登霸陵岸，回首望长安"一联平仄字声的句型，是仿古修辞所成，平平仄平仄句式是"古

---

① 本文所引汉魏六朝诗作，均据逯钦立辑校《先秦汉魏晋南北朝诗》（中华书局 1983 年版）。

句"成为"律句"的典范。

视野再放开一点,就会发现不只是这种句型如此。其他没有理论、没有规则而因仿古修辞形成的诗歌格式还不少。如"建安七子"之一徐幹创作《室思》,中有"自君之出矣……思君如……"格式,之后形成"自君之出矣"体。又如鲍照写了许多七言歌行,其中多有"君不见……"句式,或在开头,或在结尾处。唐人大量模仿,也在开头、结尾处用,都没有任何理论和规则的影响。律体也如此,从来没有谁颁布或指定律诗应以二韵、四韵为准,但后世称为五绝、七绝、五律、七律的诗作却成了主流,一直影响至今,其实就是习惯使然。钱锺书《谈艺录》一八举出历代大量的诗歌句式"仿制"运用虚词的例子①,也没有谁制定什么规则让诗人"仿制"。一言以蔽之,影响和继承二位一体,如影随形。学习前人,仿古修辞,这本是文学创作的常识。唐代诗人概莫能外。《文镜秘府论》南卷《论文意》引述王昌龄《诗格》云:"凡作诗之人,皆自抄古今诗语精妙之处,名为随身卷子,以防苦思。作文兴若不来,即须看随身卷子,以发兴也。"② 又:"凡作文,必须看古人及当时高手用意处,有新奇调学之。"③ 这里的"精妙之处"、"新奇调"、"发兴"等语,道出了唐代诗人学习和创作过程的某些秘诀:"模仿"前人诗句以引起灵感,学习前人的诗句以激发创作欲望。这一创作过程,就留下了前人诗句的印记,或淡或浓,内容风格的,形式声音的,都包含其中。

(四)最后一条"拗救"规则即所谓"救孤平"。顾易生、汪涌豪

---

① 钱锺书:《谈艺录》,生活·读书·新知三联书店2008年版,第174—184页。
② 〔日〕遍照金刚撰,周维德校点:《文镜秘府论》,第132页。
③ 〔日〕遍照金刚撰,周维德校点:《文镜秘府论》,第137页。

释"孤平"云:

> 近体诗平仄规则中一重要禁忌。即在五言单平脚(平平仄仄平)句型中,第一字必须用平;七言单平脚(仄仄平平仄仄平)句型中,第三字必须用平。倘此二处用仄声,则使整句除韵脚外仅剩下一平声字,此即谓之孤平。孤平于唐代被视为近体诗创作之大忌,作诗时极少犯此忌,偶有如郎士元《盩厔县郑礒宅送钱大》,诗中"暮蝉不可听,落叶岂堪闻"一联,出句第一字"暮"用仄声,即成孤平。宋以后,于此已不如唐人般严格避忌。①

这又是误举"不"字为说。前面已经论及"不"字可为平声的问题。唐诗中"不"字用为平声之例很多,如杜甫《白水明府舅宅喜雨》:"精祷既不昧,欢娱将谓何。"又《陪郑广文游何将军山林十首》其九:"幽意忽不惬,归期无奈何。"李端《秋日旅舍别司空文明》:"吏隐俱不就,此心仍别君。"郎士元《赠万生下第还吴》:"直道多不偶,美才应息机。"戴叔伦《潭州使院书情寄江夏贺兰副端》:"楚水去不尽,秋风今又过。"周繇《咏萤》:"微雨洒不灭,轻风吹欲燃。"方干《东溪别业寄吉州段郎中》:"尽日人不到,一尊谁与同。"李商隐《乐游原》:"向晚意不适,驱车登古原。"例子难以尽举。这些"不"都是整首诗完全合律的用字,只可能是平声。

郎士元诗句完全合律,没有犯任何声病。此外,论者还犯了常识性的低级错误,将根本不是讨论"孤平"的句型作了论据。"暮蝉不可听"

---

① 周勋初主编:《唐诗大辞典》,第938页。

是第一字不论平仄的平平平仄仄句型。"听"不是首句入韵的韵脚字,而是首句尾用的仄声字。此诗押的是"文"韵,"听"是去声"径"韵的字,风马牛不相及。即使将此处的"听"视为平声,也在"青"韵之部,与"文"韵相去甚远,绝无通押之理。这是一首律诗,通体合律,绝不可能出错。

"孤平"之说,明人已有言及者,不过从专论的角度看,王士禛《律诗定体》说得最为清楚。王氏云:"五律,凡双句二四应平仄者,第一字必用平,断不可杂以仄声,以平平止有二字相连,不可令单也。"①结合其表谱中八首律诗,五言、七言各四首看,没有一例是仄平平仄平或仄仄仄平平仄平的句式。也就是说,王氏只强调了不能"犯"孤平,没有论说如何"救"孤平。赵执信《声调谱》进了一步,在杜牧五律"茧蚕初引丝"句"初"字下注:"宜仄而平。第一字仄,第三字必平。"②又在李商隐五律"小园花乱飞"句"花"下注:"此字拗救。"③此后还有一段论说:"律诗平平仄仄平,第二句之正格。若仄平平仄平,变而仍律者也。即是拗句。仄平仄仄平则古诗句矣。此格人多不知者,由一三五不论一语误之也。"④由此"孤平"拗救的理论才完备了。

律体押平韵句,五言第一字仄,第三字平,七言第三字仄,第五字平的确是唐诗中很普遍的句型,然而"救孤平"却没有理论依据。

既然是唐人诗作的普遍现象,那就值得探讨其何以产生,何以形成的原因。其实,循着诗人"仿古修辞"而成"惯例"的路径,辅以其他

---

① 王士禛:《律诗定体》,王夫之等撰:《清诗话》上册,第113页。
② 赵执信:《声调谱》,王夫之等撰:《清诗话》上册,第327页。
③ 赵执信:《声调谱》,王夫之等撰:《清诗话》上册,第327页。
④ 赵执信:《声调谱》,王夫之等撰:《清诗话》上册,第328页。

助力，同样可以得出合理解释的结论。这里不妨作更为全面的分析。

首先，"永明体"以前就多有这种自然声律的对句句式。如王粲诗句"此愁当告谁"、"一言犹败秦"，曹植"杀身诚独难"、"忽亡而复存"，张华"手中双莫邪"、"杀人租市旁"，陶渊明"慨然知已秋"、"请从余所之"，谢灵运"入舟阳已微"、"爱深忧在情"。这些句子都是第一字仄声，第三字平声，而且很多都与上句组成了自然和谐的平仄相反的句式。"永明体"而下，谢朓的《暂使下部夜发新林至京邑赠西府同僚》"大江流日夜，客心悲未央"，王籍的《入若耶溪》"蝉噪林逾静，鸟鸣山更幽"等，其名句影响的效应更为显著。"鸟鸣山更幽"，几乎像天籁一样的仄平平仄平句式，当时已经脍炙人口。《梁书》卷五十《王籍传》云："至若邪溪赋诗，其略云：'蝉噪林逾静，鸟鸣山更幽。'当时以为文外独绝。"[①]《南史》卷二十一《王籍传》说刘孺读到这两句后"击节不能已已"[②]。《颜氏家训·文章篇》："王籍《入若耶溪》诗云：'蝉噪林逾静，鸟鸣山更幽。'江南以为文外断绝，物无异议。简文吟咏，不能忘之，孝元讽味，以为不可复得。"[③]当时竟有那么多的文人醉心般赏爱，自然也是从内容风格到声韵形式的影响。后代的赞美评论也很多，至今仍然不衰。另外，王籍这首诗句式全合唐诗律体，平仄相反交替，抑扬高低的韵律十分优美，只是联与联之间少了一点黏合。五律体式对后世的影响也不可小视。谢朓的声名比王籍更甚。《颜氏家训》同篇还记载："刘孝绰当时既有重名，无所与让；唯服谢朓，常以谢诗置

[①] 姚思廉：《梁书》卷五十《王籍传》，第713页。
[②] 李延寿：《南史》卷二十一《王籍传》，第581页。
[③] 颜之推撰，王利器集解：《颜氏家训集解》，上海古籍出版社1980年版，第273页。

几案间,动静辄讽昧。"①唐人之赏爱谢朓诗句,代不乏人,前有元兢、刘祎之、范履冰诸学士,后有李白、杜甫等大诗人。谢朓本人又是"永明体"作手,后人完全可能从声律的角度学习模仿其句式。然后诗人与诗人之间,群团与群团之间相互影响,最终使这种句式成为"惯例",亦可称"没有规则的律体句式"。诗歌创作史上的很多现象表明,有时习惯的影响大于理论和规则。

其次,这种句型,五言诗第一字用了仄声,居前,第三字用平声,居后,平仄交替使用。七言诗依次类推。这符合沈约的"前有浮声,后须切响"字声交替相反的理论原则。早期可以视为诗人创作时有意或无意识地自然协调。

第三,这种句式被诗人群体遵守,唐代某些著名诗人的创作产生了重要的影响。沈佺期、杜甫、许浑最为突出。沈佺期共有7句涉及这种句型,都是第一字仄,第三字平,无一例外。沈氏是律体定型的重要人物,后来多有效仿者自不待言。但是,可以肯定不仅"永明体"没有这种句型的理论规则,就是初唐时期也没有。例如沈德潜赞美王绩的《野望》诗说:"五言律前此失严者多,应以此章为首。"②似乎以功勋论,王绩为五律初唐第一人。王绩的诗律有3句涉及这一句型,结果都是仄平仄仄平,也就是所谓"犯"孤平。宋之间诗中有5例为仄平仄仄平句式。其他犯者也不少。可见当时还没有成为群体遵守的"惯例"。沈佺期之后,杜甫是一个关键人物。杜甫的律诗中有很多仄平平仄平句式,只有"臂悬两角弓"、"夜深露气清"、"应门亦有儿"3句可议。杜甫

---

① 颜之推撰,王利器集解:《颜氏家训集解》,第276页。
② 沈德潜:《唐诗别裁集》,中华书局1975年影印本,第130页。

学沈佺期,前人早已指出。蔡梦弼《杜工部草堂诗话》卷一引《诗眼》说:"古人学问,必有师友渊源。汉杨恽一书,迥出当时流辈,则司马迁外甥(按:"甥"当为"孙"。——引者)故也。自杜审言已自工诗,当时沈佺期、宋之问等同在儒馆为交游,故杜甫律诗布置法度,全学沈佺期,更推广集大成耳。"① 这里说的"律诗布置法度",句式平仄自然在其中。中唐时元、白将杜甫推为第一人,杜牧以领袖地位并举"杜诗韩笔",晚唐作者望风而拜者甚多。许浑对这种句式的继承和发展,可为其中代表。陈师道曾以讽刺的口吻批评说:"并世无高学,举俗爱许浑。"其实就是针对许浑过于雕琢诗歌的形式而言。但唐人并不这样评价。同时的杜牧就连连写诗称道许浑,还将其比作"庾信"、"司马相如"等高雅之人。② 晚唐诗人韦庄更有"江南才子许浑诗,字字清新句句奇"的美誉。③ 宋人也并不在意陈师道之说,南宋时还有"李杜之后,当学者许浑而已"的论说。④ 不论批评还是赞美,都可以得出许浑的诗歌对其他诗人创作产生了比较大的影响的结论。许浑的五律仄平平仄平句式很多,已经没有仄平仄仄平句式。他上承沈佺期、杜甫,同时又将其大量运用于七律句式之中,是其对律体形式的发展。所谓"丁卯句法",其实就是仄平平仄平句式字字交替平仄的七言组合。这一点应注意,他的前面有杜甫,"丁卯句法"的继承基因很突出,不是崭新的开创。还应该注意,无论是谁,无论是五言还是七言,这种句型都是渐渐趋于认同的。

---

① 蔡梦弼:《杜工部草堂诗话》卷一,丁福保辑:《历代诗话续编》上册,第195页。
② 计有功:《唐诗纪事》卷五十六,上海古籍出版社1987年版,第852—853页。
③ 计有功:《唐诗纪事》卷五十六,第853页。
④ 范晞文:《对床夜语》卷二,丁福保辑:《历代诗话续编》上册,第422页。

第四，在"惯例"形成的过程之中，师承关系、交游往还等研磨的促进，也是影响广泛的原因之一。

除此之外，某些声律理论对这种句式的形成可能产生侧面影响，如平声相同不为病，上去入相同则为病，无形之中强调了平声的重要。又如论"平头"规则时刘善经引沈氏云："第一、第二字不宜与第六、第七同声。若能参差用之，则可矣。"① 举证即为"秋月"、"白云"，这就是字声平仄、仄平的前后、上下交替相反运用。所举齐梁或更早的无名氏诗联"秋月照绿波，白云隐星汉"，后一句即仄平仄平仄，字字交替相反。对唐人或许有引导启发的作用。

诸多成因之中，仿古修辞应该是主要的。

五、赘论

汉语诗歌"拗救"理论及规则是诗学理论中的独立的知识体系，确立于清初。其传播影响直到今天。事实上这是一个非科学的知识体系。合理的解释可将其一分为二：一是因理论原则和仿古修辞等因素影响形成的唐人"惯例"，无关"拗救"之说；二是子虚乌有的"拗救"理论及规则。前者如"救孤平"之说、出句平平仄平仄等特殊句型；后者如"单拗"、"双拗"，从而产生的"大拗"、"小拗"等概念。今人所说的"小拗"，王士禛却称为"双拗"，混淆无理，其实都无存在价值。出句平平仄平仄的非理论规则句式为王士禛发现，这是值得肯定的，但以

---

① 〔日〕遍照金刚撰，周维德校点：《文镜秘府论》，第181页。

"拗救"理论解释，同一句中竟有第三字仄声救第四字平声之说，违背同位相应，前后、上下相反相合的声律学理论原则。究其实，他也没有找到这种句式为什么被唐人广为应用的根源所在，反而使这种错位相救的说法产生了不良影响。赵执信因而提出了对句错位相救，一字双救等谬说；又因不能自圆其说，提出了"亦可不救"的自相矛盾之说，事实上其自身已经否定了"拗救"规则的存在。

此外，《声调谱》中还有不少非客观、不科学的武断之说。赵执信由其特殊心理动机的影响，存在措辞肯定又近乎神秘的论断，加强了后人不加考证而迷信其说的影响力。恰恰是这些论断成为构建这一知识体系的重要成分。不妨再举几例，既可见其为人为学之情状，也可为清理其说提高警惕。例如赵氏说："平平仄仄仄，下句仄仄仄平平，律诗常用；若仄平仄仄仄则为落调矣。盖下有三仄，上必有二平也。"[1] 在杜甫五律《送远》尾联出句"别离已昨日"下说："拗句。中唐后无。"[2] 中唐之后"三仄"的句式很多，首字为仄声者也不少。翟翚已有批评，并云："证例在韩愈、裴说诗。"[3] 举出韩愈五律《独钓》次联出句"露排四岸草"，裴说五律《道林寺》次联出句"寺分一派水"为证，并注明"同杜诗'世人共卤莽'句"[4]，这些句子都只有一个平声字。唐人张为《诗人主客图》中有几个用例，文字应更可靠，也可证其说之非。刘禹锡一首五律，《全唐诗》卷三五五标为"缺题"，首联为"故人日已远，窗下尘满琴"，其他三联全合律。杨巨源一首五律，《全唐诗》卷三三三

---

[1] 赵执信：《声调谱》，王夫之等撰：《清诗话》上册，第 328 页。
[2] 赵执信：《声调谱》，王夫之等撰：《清诗话》上册，第 341 页。
[3] 翟翚：《声调谱拾遗》，王夫之等撰：《清诗话》上册，第 362 页。
[4] 翟翚：《声调谱拾遗》，王夫之等撰：《清诗话》上册，第 364 页。

标为"失题",尾联为"向风一点泪,塞晚暮江平"。皇甫松一首五绝《劝僧酒诗》"官然万象灭,不动心即闲",卢休一联"自然草木性,谁祝元化功"①,出句都是仄平仄仄仄。贾岛《原上秋居》颔联名句"鸟从井口出,人自洛阳来",有"经年方得偶句"之苦②,推敲了一年,恐怕不会弄出一句违犯规则的句子。

又如赵氏论断曰:"起句仄仄仄平仄或平仄仄平仄,唐人亦有此调,但下句必须用三平或四平。如仄平平仄平、平平平仄平是也。"③这样起句的平仄句式本来就是合规则的律句,第二字仄声,第四字平声,尾字仄声,没有犯什么声病。可赵氏偏要立一新说,一定要在"谱"中标注第三字为平声,成为平平平仄平的句式。如杜甫《春宿左省》首联"花隐掖垣暮,啾啾栖鸟过",赵氏于"掖"下标注"拗字","栖"下标注"平"。又杜甫《送远》首联"带甲满天地,胡为君远行",赵氏于首句后标注"拗句","君"下标注"平"。④ 其用意很清楚,下句第三字必须要用平声字。这真是让人啼笑皆非。这两个对句的第三字用为仄声也完全可以,还是标准句式,即平平仄仄平。唐诗中有很多用例,五律如孟浩然《行至汝坟寄卢征君》首联"行乏憩予驾,依然见汝坟",又颈联"曳曳半空里,明明五色分"。《送张子容进士赴举》颔联"惆怅野中别,殷勤醉后言",又尾联"无使谷风诮,须令友道存"。都是一首诗中两用。杜甫也不乏其例,如《范二员外邈吴十侍御郁特枉驾阙展待聊寄此作》首联"暂往比邻去,空闻二妙归",又《台上得凉字》颈联

---

① 张为:《诗人主客图》,丁福保辑:《历代诗话续编》上册,第99、88、76、87页。
② 黄彻:《䂬溪诗话》卷三,丁福保辑:《历代诗话续编》上册,第359页。
③ 赵执信:《声调谱》,王夫之等撰:《清诗话》上册,第328页。
④ 赵执信:《声调谱》,王夫之等撰:《清诗话》上册,第341页。

"老去一杯足,谁怜屡舞长",又《自瀼西荆扉且移居东屯茅屋四首》其一颔联"平地一川稳,高山四面同"。中晚唐也很多。刘长卿《淮上送梁二恩命追赴上都》颔联"拜手卷黄纸,回身谢白云",刘禹锡《八月十五夜玩月》颔联"暑退九霄净,秋澄万景清",李山甫《别墅》首联"此地可求息,开门足野情"。无论对句用哪一种平仄句式,都是合格的律句,哪里还需要什么发现、发明的蛇足之说。

再如赵氏让人困惑的"妙"语,不知与诗歌声律如何关联。在李商隐五律《落花》颈联对句"眼穿仍欲归"之"眼"字下云:"此字仄,妙。"① 在杜牧《句溪夏日送卢霈秀才归王屋山将欲赴举》颈联出句"苒苒迹始去"下云:"五字俱仄,中有入声字,妙。"又于对句"悠悠心所期"后说:"上句仄仄平仄仄亦同。"② 又在杜甫《送远》"草木岁月晚"句下云:"五字仄。'木''月'二字入声,妙。五仄无一入声字在内,依然无调也。"③"眼"字怎么见其妙处,赵氏没有任何说明;入声字如何见其妙,赵氏也没有任何说明,竟说不用入声字就"失调",让人不解。如果说是赵氏忘情于阅读欣赏之中,那是读诗的感受,属于文学欣赏、文学批评的内容。自得其"妙",不可言传,无可厚非。可是赵氏分明又将其与"失调"关联,说的正是诗歌的声律规则,不是欣赏感受。其实正是这"妙"字的不可言传,才有迷惑人心的作用,大概就是赵氏著述的用意所在。赵氏选择数量很少的四仄、五仄句为说,而入声的常用字在仄声中又很多,从概率上讲,即使诗人无意也会用上。随意翻检材料,便会发现四仄、五仄句中果然多有入声字,不过这并不是

---

① 赵执信:《声调谱》,王夫之等撰:《清诗话》上册,第327页。
② 赵执信:《声调谱》,王夫之等撰:《清诗话》上册,第327页。
③ 赵执信:《声调谱》,王夫之等撰:《清诗话》上册,第341页。

什么规则要求使用。赵氏常用"落调"、"无调"以唬人，其意即"不合格"，"违犯声律规则"。此处果然收到效果。对赵氏批评很多的《声调谱拾遗》作者翟翚，大概就被这神秘的一喝唬住了，也失去了独立性。没有作认真思考，全面考察，就在杜甫《去蜀》"五载客蜀郡"句下留下了赞美之词："《赵谱》云：'五仄及四仄句中须有入声字。'其说甚妙，细参之。"① 他也说"妙"，但是，妙在何处？作为诗人写作共同遵守的声律规则，为什么必须用入声字？用多少？用在句中什么位置？与其他仄声声调的字如何搭配？如此等等，都是难以进入的玄关。赵氏不作任何说明，恐怕正是其狡狯之处。"中有入声字"一语，似乎说只要其中有入声字就行。这样说其本身就有反规则的逻辑关联，因为规则最起码的要求不仅要说明入声字的数量、位置，还要说明与其他声调的字如何配合等，而赵氏只字不提。事实是赵氏之说为无稽之谈，因为根本不存在这样的"调"。随便举一点五律中没有入声字的四仄、五仄出句为例，不用论说即可证明其说之伪。李白《游秋浦白笴陂二首》其一"但恐佳锦晚"，岑参《送蜀郡李掾》"饮酒俱未醉"，这是仄仄平仄仄句式；方干《送喻坦之下第还江东》"文战偶未胜"，又《途中逢进士许巢》"声望去已远"，这是平仄仄仄仄句式；许棠《登高》"信步上鸟道"，方干《赠许牍秀才》"理论与妙用"，这是仄仄仄仄仄句式。所谓出句四仄、五仄句，只有这三种句式可讨论。

赵氏英雄欺人之说难以尽举。其故弄玄虚以神秘其说，所以至此，有两个重要的原因。赵氏自云："新城王阮亭司寇，余妻党舅氏也，方以诗震动天下，天下士莫不趋风，余独不执弟子之礼。闻古诗别有律

---

① 翟翚：《声调谱拾遗》，王夫之等撰：《清诗话》上册，第362页。

调,往请问,司寇靳焉。余宛转窃得之,司寇大惊异;更睹所为诗,遂厚相知赏,为之延誉。然余终不肯背冯氏,且以其学绳人,人多不堪,间亦与司寇有同异。既家居,久之,或搆诸司寇,浸见疏薄。"① 又云:"阮翁律调,盖有所受之。而终身不言所自;其以授人,又不肯尽也。有始从之学者,既得名,转以其说骄人,而不知己之有失调也。余既窃得之,阮翁曰:'子毋妄语人。'余以为不知是者,固未为能诗;仅无失调而已,谓之能诗可乎?故辄以语人无隐,然罕见信者。"② 看来首先是王士禛神秘其说,奇货自宝,不肯尽授他人,蒙上一层神秘色彩,才引发了赵氏的负气发奋。不过赵说未尽实。王应奎《柳南续笔》卷三有"王赵交恶"一条:"益都赵宫赞秋谷,自少负异才,以工诗鸣山左,视一时流辈,罕有当其意者。迨识新城先生,乃敛衽慑服,于是噤不作诗者四五年。新城知之,特肆筵设席,醉之以酒,请弛其禁。宫赞乃稍稍复作,作则就正新城,以定是非。厥后两公议论偶不相合,谗人从而交媾之,而彼此嫌隙生矣。吾邑冯定远为宫赞所私淑,新城顾谓其所批《才调集》'卑之无甚高论',即平日訾謷王、李,亦不过拾某宗伯牙后慧耳!而世乃有皈依顶礼,不啻铸金呼佛者。此盖隐指宫赞而言,未尝明言其人也。而宫赞《谈龙录》之作,傲睨前辈,显为诋斥,以视微文刺讥者何如。此亦足以征两公之为人矣。"③ 王、赵交恶,王士禛固然不能免责,然毕竟为赵氏"妻党舅氏",且长赵氏三十余岁。赵氏却"傲睨前辈,显为诋斥",有悖于伦常之理,不过可能是性情使然。朱庭珍曾指出赵氏"诋刺"王士禛,吴乔对钱谦益"深文巧诋,指责不遗余力","盖因

---

① 赵执信:《谈龙录·自序》,王夫之等撰:《清诗话》上册,第309页。
② 赵执信:《谈龙录》,王夫之等撰:《清诗话》上册,第310页。
③ 王应奎撰,王彬、严英杰点校:《柳南续笔》卷三,中华书局1983年版,第183页。

性情谿刻,笔锋犀利,伸臆说以乱公论,阿私好以排异己,二人同病,所以投契如是"①。赵氏恃才负气,反认为"阮翁素狭"②,于是有诋毁之语。最不应忽略的是王氏神秘其说的原因是什么,其间对赵氏心传授受究竟有怎样的影响,没有材料,无从臆断。然而清楚的是王氏为诗坛前辈,声名远在赵氏之上。赵氏的著述,极可能为推倒偶像,超胜以求荣耀之心理驱使。于是古体、律体一起用力,在他人不易考证之处故意标新立异。如此,就不能谨守科学研究的基本原则,以冷静、客观、平允的态度,用事实论据说话。根据《声调谱》中的论据和论点看,多有强行同化之偏见。最为典型的就是不顾众目睽睽,不顾常识,不加任何辩说,竟将杜诗"九江日落醒何处"的"醒"字定为仄声,以满足其"大拗双救"之新说。其实,稍加推理,就可以得出赵氏于此不是知识缺乏,而是心态问题。与他同时的金埴还对他有"称诗,海内推为宗匠"之美誉。③凭其诗学素养,又是撰写声律学性质的著述,不可能不知道"醒"是平仄两用而意义不变的字,也不可能不清楚杜甫的七律之中没有"一字双救"的用例。然而竟敢以欺蒙行武断,其著述的真伪成分就可想而知。

其二,明清之际,多有对唐诗声律,尤其是杜诗声律神秘其说者,王士禛为一,朱彝尊亦为一。朱氏《寄查德尹编修书》称得之于李因笃秘说:"凡五七言近体,唐贤落韵共一纽者不连用,夫人而然。至于一三五七用仄字上去入三声,少陵必隔别用之,莫有叠出者;他人不尔也。"朱彝尊和李氏曾于旅途住宿时"挑灯拥被,互诵少陵七律,中惟八首与天生所言不符"。后来依据"宋元旧雕本暨《文苑英华》证之",

---

① 朱庭珍:《筱园诗话》,郭绍虞编选,富寿荪校点:《清诗话续编》下册,第2409页。
② 赵执信:《谈龙录》,王夫之等撰:《清诗话》上册,第312页。
③ 金埴撰,王湜华点校:《不下带编》,中华书局1982年版,第3页。

"合之天生所云，八诗无一犯者"，再加上自己对诗句文字的推测，最后结论是："天生之独见，善不可没也。"① 朱氏硕学鸿儒，诗名也与王士禛并列，有"南朱北王"之称，竟然被李氏之神说迷昏了头，让人牵着鼻子走。其实此说就是五言诗"鹤膝"病的七言诗说，一点儿也不新鲜，且完全不正确。杜甫七律单句尾字连用同声调者岂止八首，再举出十首也不难。如普及程度很高的名作《客至》，首句尾字"水"，第三句"扫"，即同为上声连用，即使辩说"扫"字为去声，那么又与第五句尾字去声"昧"相同，无论如何都是连用同声调的字。朱氏所说的与"宋元旧雕本暨《文苑英华》证之"八首，其实多有错误，用不着一一细辩。唐人七律单句尾字大多不连用同声。这是上去入三声字多随机形成的，不是什么规则，也不是杜甫发明的什么"诗律"。

在性情心理与这样的文化背景之下，赵氏要故弄玄虚以售其说的原因，似乎主客观的影响都有。

了解当时的学术风气，研究赵氏的性情、行事及著述动机之后，才能清醒地对待《声调谱》的论说条文，才能弄清"拗救"之说的全部真相。如果只是阅读《声调谱》条文，那么聪明人也会被赵氏自负而肯定的论断控制，难以自主而误信。

现在完全可以得出这样的结论：构成知识体系的汉语诗歌"拗救"之说，因赵执信《声调谱》新说之多而成立，同时，也因其伪说之多而瓦解。

（原载《文史哲》2015 年第 5 期）

---

① 朱彝尊：《曝书亭集》卷三十三，《影印文渊阁四库全书》第 1318 册，第 27—29 页。

苏轼非"形似"论源流考

黄鸣奋

长期以来,学术界流行着这样一种观点:"形似"是与"神似"相对而言的,它们都是指对客观事物的描写,但一重规画形体,一重传达精神。这种观点是有根据的,但不全面,因为古代围绕"形似"展开的争论,范围远远超过艺术描写。

我认为:北宋以前"形似"有二义,一指绘画中的描绘形貌,二指诗文中的景物描写。与此相应,对囿于形似的批评分别来自画论中强调传神和诗文论中主张兴寄两方面。苏轼的贡献在于突破了诗画界限,提倡传神与寓意的统一,在创作上便是大胆运用象征手法。同时,他认识到作家风格之间存在"神似"的现象,这一观点被后人推演为处理学习与继承关系时应重视其神理而非形似,在元明清三代产生了巨大影响。

(一)形似 —— 气韵(论画)
　　　形似 —— 兴寄(论诗文)

北宋以前有关"形似"的论述,可分为画论与诗文论两类。

画论中淡"形似",一般与"气韵"相对而言。鄙薄"形似",主要从传神的角度。例如,《淮南子·说山训》:"画西施之面,美而不可悦；规孟贲之目，大而不可畏，君形者亡焉"；谢赫六法，以"气韵生动"为首，以"应物象形"为末；裴孝源《贞观公私画史》："世之学者陈善见、王知慎之流，万得其一，固未及于风神，尚汲汲于形似"；张彦远《历代名画记》卷一："古之画或能移其形似，而尚其骨气。以形似之外求其画，此难可与俗人道也。"以上引文中的"君形者"、"气韵"、"风神"、"骨气"，名异而实同，都是指对象（主要是人物）的内在精神，与形貌相对而言。要求透过形貌揭示对象的内心世界或风神韵度，这是古代画论的传统认识，它体现了艺术家不是照相、刻板式地反映生活，而是要发挥自己的洞察力和创造力的特点。在这个意义上，不满足于"形似"，无疑是正确的。当然，"形似"与"气韵"实为相得益彰，这一点，北宋初的刘道醇在《益州名画录》卷上已经谈到了："六法之内，惟形似、气韵二者为先。有气韵而无形似，则质胜于文；有形似而无气韵，则华而不实。"

诗文论中谈"形似"，通常指的是成功的景物描写。攻击"形似"，主要是从兴寄的角度。论诗文而称"形似"，似首见于沈约《宋书·谢灵运传论》："相如巧为形似之言。"这里所说的"形似"，郭绍虞和王文生先生主编的《中国历代文论选》正确地解释为"描写"。相如以辞赋见长，辞赋重在体物，要写得形容逼肖，因此说是"巧为形似之言"。我们还可以参考《文镜秘府论》地卷所载的崔氏十体中的"形似体"。从文中的说明看，"形似体"指的是"貌其形而得其似，可以妙求，难以粗测"，如"风花无定影，露竹有余清"、"映浦树疑浮，入云峰似灭"这两联诗，妙在能写出虚无缥缈的景致。崔氏谈的是诗，沈约谈的是文，就以"形似"代指描写景物而言，他们却是一致的。而且，他们都没有轻视刻画形态之意。

事实上，从沈约到收录崔氏十体的遍照金刚之间，有许多人对诗文中的"形似"都是这样看的，如刘勰《文心雕龙·物色》说："自近代以来，文贵形似，窥情风景之上，钻貌草木之中"；钟嵘《诗品》说张协"巧构形似之言"；高仲武《中兴间气集》说于良史"工于形似，如'风兼残雪起，河带断冰流'，吟之未终，皎然在目"。他们都以"形似"等同于写景。与画论不同，诗文论中并没有与"形似"相对应的"神似"的概念。这可能是由于画论谈"形似"多与画人物有关，诗文谈"形似"则主要指写景。画人物，自然要重视风神气韵；描写景物，则应力求惟妙惟肖。但景物也有"神"，不过相对来说，这个概念出现得比较晚，因此，此时还没有提出写景要传神的要求。

但是，唐人从另一个角度对诗文写景中的"形似"提出了批评。《文镜秘府论》南卷《论文意》所引王昌龄《诗格》说："若空言物色，则虽好而无味，必须安立其身"；"凡诗，物色兼意下为好。若有物色，无意兴，虽巧亦无用之"。这是要求写景文学必须有寓意，不可一味描摹物色。中唐以还，"形似"文学遭到了严厉的批评，主要也是从这个角度而来：

逮德下衰，风雅不作，形似艳丽之文兴，而雅颂比兴之义废。（《全唐文》卷五二七所载柳冕《答杨中丞论文书》）

近世作者，更相沿袭，拘限声病，喜尚形似，且以流易为词，不知丧于雅正。（《元次山集》卷七《箧中集序》）

柳冕、元结所说的"形似"之文，常特指宋齐以来的写景文学。他们作这样的挞伐有自己的道理，因为此类"形似"之文不是盛世的产物，它诞生在动乱衰颓的年代，其内容往往无关风化政教。他们讲的"比兴"，实际上就是陈子昂所提倡的"兴寄",这比王昌龄所说的"意兴"有更明确的社会内容。显然,他们对于"形似"的批判,出发点是重视文学激浊扬清、教化劝诫的社会功能,与裴孝源、张彦远等人从绘画角度对"形似"的不满完全不同。

　　裴孝源等人站在画史、画论的角度,所主张的是绘画不仅要为对象传形,而且要传其神;柳冕等人站在文学的角度,所主张的是诗文不能拘于写景,必须重视兴寄。但还有一部分人是以文学家的身份来谈绘画的,如张九龄说:"意得神传,笔精形似。"① 白居易说:"画无常工,以似为工。"② 他们对于绘画的要求,只是"似",兼及形神而不菲薄形似。我们或许可以说:裴孝源、张彦远等人论画,所持的是专家的见解;张九龄、白居易等论画,持的是常人的见解。就中杜甫稍有例外,他讲过"幹惟画肉不露骨,忍使骅骝气凋丧"③,可以引申出重骨气的结论来。另外,可能是受画论中鄙薄形似的影响,唐末司空图在《诗品·形容》中已提出了"离形得似"之说,昭示着审美风气的转变。

　　(二)物理——形似——寓意(诗画汇通)

　　绘画上的借物寓意抒情,比文学作品要晚,这是因为花鸟画作为独立的画种大抵始于东晋南朝之际;而诗文中从传神的角度鄙薄形似则较画论为迟,这可能是由于古代文学里以正面描写自然景物为主的作品出现较晚(大概也在东晋南朝之际)。经过数百年的发展,五代以后,花鸟画已取得了相当高的创作成就,写景文学也积累了丰富的创作经验。正是在这样的历史条件下,苏轼提出:"论画以形似,见与儿童邻。赋

---

① 张九龄:《曲江张先生文集》卷十七《宋使君写真图赞并序》,《四部丛刊》本。
② 白居易:《白居易集》卷四十三《记画》,中华书局1979年版。
③ 杜甫:《丹青引赠曹将军霸》,仇兆鳌:《杜诗详注》卷十三。

诗必此诗，定知非诗人。"① 首次汇通诗画，提出了艺术创作的共同要求：既要传神，又要寓意。

苏轼以诗文重寄托的精神入画，主张画要有寓意，即是在把握物理的基础上寓情思于物象之中。苏轼认为：竹石枯木"无常形而有常理"。常理何在？他对竹说得最清楚："稚壮枯老之容，风雪凌厉以观其操，崖石荦确以致其节，得志遂茂而不骄，不得志瘁瘠而不辱，群居不倚，独立不惧，与可之于君，可谓得其情而尽其性矣。"② 在同样评价文与可画竹的《净因院画记》里，他说："与可之于竹石枯木，真可谓得其理者矣。"若加比较，不难发现：所谓"理"，实即"情性"，亦即虚心劲节这一类品格、精神。物亦有情性，这是苏轼从"天地与人一理也"③的思想中引申出来的结论。在宋代的画论中，草木不仅有生有质，而且有识有性，这是一个值得注意的现象。以我们今天的观点看，竹石枯木都只是自然界的一部分，不用说石头，即使是有生命的竹木，都没有意识，也无所谓神明灵性。通常所说的梅兰竹菊等植物的品格，只是人们根据它们的生活习性进行"比德"的结果，从心理学的角度来说，便是联想的产物。在我国古代，由于儒家"比德"说的影响，自然界的很多景物慢慢在人们心目中具备了特定的人格意义，这就是所谓"神"。文人画家正是从这一点出发，或作怪石，或绘虬木，或写墨竹、朱竹，通过物象来寓意抒情，寄托自己的性灵。与前人不同，他们反对拘于形似，不再是基于真实地再现生活中的原型的需要，而是为了自由地抒发性灵意气，这一点，倪瓒《论画》说得再清楚不过了："余之竹，聊以

---

① 苏轼：《苏轼诗集》卷二十九《书鄢陵王主簿所画折枝二首》其一。
② 苏轼：《东坡集》卷三十一《墨君堂记》。
③ 苏轼：《苏氏易传》卷七。

写胸中之逸气耳,岂复较其似与非、叶之繁与疏、枝之斜与直哉!"

另一方面,苏轼以画论重"气韵"而轻形似的观点来看诗,主张咏物之作要抓住对象的风神韵度。《题跋》卷三《评诗人写物》说:"诗人有写物之功。'桑之未落,其叶沃若',他木殆不可以当此。林逋梅花诗云:'疏影横斜水清浅,暗香浮动月黄昏',决非桃李诗。皮日休白莲花诗云:'无情有恨何人见,月晓风清欲堕时',决非红梅诗。此乃写物之功。若石曼卿红梅诗云:'认桃无绿叶,辨杏有青枝',此至陋语,盖村学中体也。"石曼卿那两句诗之所以蹩脚,正是由于只汲汲于形似,在青枝绿叶上做文章;而林逋、皮日休咏物之所以高明,奥妙在于写出了梅花疏淡高洁、白莲花清雅娴静的神态。还应当指出的是:苏轼所举的三个例子,实际上不仅能传神,而且有寓意。"桑之未落,其叶沃若"二句,据朱熹《诗集传》的解释,乃"言桑之润泽,以比己之容色光丽,然又念其不可恃此而从欲忘反,故遂戒鸠无食桑葚,以兴下句戒女无与士耽也",写物原是为了写人。至于"疏影横斜水清浅,暗香浮动月黄昏"和"无情有恨何人见,月晓风清欲堕时",分明通过物象写出了清高修洁、不苟流俗的人格美。

综上所述,我们认为:传神与寓意的统一,是苏轼汇通前人论诗主张寓意而不限于描绘物色、论画主张传神而不囿于形似所得出的结论。应当从这个意义去理解苏轼所说的:"论画以形似,见与儿童邻。赋诗必此诗,定知非诗人。"

据《诗林广记》后集卷三引《禁脔》载:苏轼曾说:"善画者,画意不画形。"苏轼以后,画论多尚写意而轻形似,如汤垕《画论》说:"画梅谓之写梅,画竹谓之写竹,画兰谓之写兰,何哉?盖花卉之至清,画者当以意写之,不在形似耳。"显而易见,这与苏轼的观点有关。不过,也有人对苏轼轻视形似的看法表示异议,其要点有二:一是说画本以写形,舍形似何以言画?如清代郑绩《梦幻居画学简明》说:"后人执'论画以形似,见与儿童邻'二语,遂生出许多荒诞笔墨,若离形而不论似与不似,何以成画,又何难于画耶?"其实,这可能是由于"论画以形似,见与儿童邻"字面上意义模糊所引起的误会,苏轼本人并没有不要形似的意思。范玑对苏轼这句话的理解倒是准确的,他在《过云庐画论》中说:"'论画以形似,见与儿童邻',谓不特论形似,更贵有神明耳。"二是说不能形似就无法神似。如邹一桂《小山画谱》卷下认为:"未有形不似而反得其神者。此老(笔者按:指苏轼)不能工画,故以此自文,犹云:胜固欣然,败亦可喜;空钩意钓,岂在鲂鲤?亦以不能弈,故作此禅语耳。"邹一桂说苏轼作画乃"空钩意钓,岂在鲂鲤",这并非无据,苏轼曾在诗中自道:"意钓忘鱼,乐此竿线,优哉游哉,玩物之变。"① 他画竹也持这种态度,决不想以工细逼真之画博得世俗的赞赏,而只是以逸笔草草来寓心忘忧罢了。但说苏轼不能工画,那未免言重了。

苏轼的"赋诗必此诗,定知非诗人",对后世的影响表现在两方面:其一是强调吟物诗要有兴寄。如费衮《梁溪漫志》卷七说苏轼"此言可为论画作诗之法也。世之浅近者不知此理,做月诗便说明,做雪诗便说白,间有不用此等语,便笑其不著题,此风晚唐人尤甚"。他所推崇的是:"盖因事讽谏,三百篇之义也。"其二是强调咏物诗要取神,如贺贻孙《诗筏》说:"作诗必句句著题,失之远矣,子瞻所谓'赋诗必此诗,定知非诗人'也。"他还拈出庾信的"枝高出乎寒"、杜甫的"幸

---

① 苏轼:《苏轼诗集》卷三十八《江郊》。

不折来伤岁暮,若为看去乱春愁"等名句作为范例,指出其妙处在于"全不粘住梅花,然非梅花不敢当也"。

当然,对苏轼"赋诗必此诗,定知非诗人"之论,也并非众口赞同。赵翼甚至为之下一转语:"作诗必此诗,乃是真诗人。"① 这种情况,和画论中围绕"论画以形似,见与儿童邻"展开的争论颇相似。

诗画之间,本有共同的创作规律。苏轼的本意是诗画均须有寓意,均应注重表现作者的情致思绪,此为第一层。情思欲尚物而见,则于物不能拘泥于刻镂其形,而必须能取其神,此为第二层。"画有工似,有工意;工似者亲而近俗,工意者远而近雅,作诗亦然。"② 苏轼所欣赏的正是工意,无论诗画都是如此。工意以工似为基础,自然抒情写心,挥洒自如。至于后人借此论以为高,不求是而求奇,作此诗而竟不是此诗,绘此物而绝不类此物,那明显违背了苏轼的本意。

(三)形似——风味(作家风格)

　　形似——神情(摹拟)

南宋以后关于"形似"的探讨,出现了两个新课题,它们都是由苏轼引出来的。

苏轼曾说:"杜诗似太史公书。"(转引自杨万里《江西宗派诗序》)由这个看法引出的第一个问题是在进行作品风格比较时,不能求之形貌,而要抓住"风味"。例如:黄彻谓老杜似孟子,取其皆欲得君安民;王士禛说黄山谷与王摩诘"二公诗格不相类,而脱尽世谛则一"。从实质上来说,这都和苏轼的风格论相一致。

---

① 赵翼:《瓯北集》卷四十六《论诗》。
② 袁宏道著,钱伯城笺校:《袁宏道集笺校》卷三十二《冈林纤月落跋》,上海古籍出版社 1981 年版。

从我们今天的观点看，不同作家的作品之间确实存在神似而非形似的现象。所谓"形似"，乃体裁、语言、结构、表现手法等方面的相似；而"神似"则是思想感情的相通。杜诗与太史公书，一是诗歌，一是历史著作，形式不同，但精神实质却有相通之处。《史记》展现了上古时期风云变幻、刀光剑影的历史画面，塑造了许多栩栩如生的人物，其间寄寓着作者深沉的感慨。杜诗亦有"诗史"之称。"朱门酒肉臭，路有冻死骨"，"穷年忧黎元，叹息肠内热"，既是其时人民苦难生活的写照，也饱含着作者胸怀大志而终生莫逞的悲愤。杜甫与司马迁在这一点上可以说是心心相印，在品评他们的作品时，能够透过形貌把握其神似之处，这的确是高明的见解，值得我们从事比较文学研究时借鉴。

由"杜诗似太史公书"引出的第二个问题是对前代作家的学习继承问题。刘克庄说："作文难，论文尤难。貌似者不若意似。貌似者，《法言》之似《语》也，《两京》、《三都》之似《上林》、《子虚》也。意似者，杜诗之似《史记》也，《贞符》之似《王命论》也。"[①] 显然，这也是从苏轼的观点脱化出来的。不过，与第一个问题相较，这里侧重强调的是对前代作家的学习继承问题，而且，这个问题对后代的影响更大。

元明清三代，随着复古主义思潮的逐渐兴起，有不少人所探讨的"形似"与"神似"，不再是如何描写对象或抒情寓意了，而是转移到怎样摹仿、学习前人的作品上来。如元代王恽说："文章翰墨，善效颦者往往极其形似。至于得意韵之妙，出畦畛之外，天姿限量，其间有不

---

① 刘克庄：《后村先生大全集》卷一〇九《郑大年文卷跋》。

能以寸者。"① 黄溍说："后世乃以诗为专门之学，慕雅淡则宗韦、柳，矜富丽则法温、李，掇拾摹拟，以求其形似，不为不近，而去人情已远矣。"② 可见，在学古的意义上探讨与"形似"有关的问题在元代已相当盛行。明清两朝，亦多此说。

从我们今天的观点看，摹拟是学习创作必须经过的一个阶段。在这个意义上可以说：绝对否定摹拟是不对的。摹仿的确可以按取法的重点不同而分出层次来，例如形式、内容等。倘若按古人所言，仿其"辞"、"形容"、"槎牙突兀，粗皮老干"为"形似"，得其"意韵"、"神情"、"敦厚隽永"为"神似"，那么，神似的确高于形似。但严格说来，意韵神情是难以通过摹仿得到的。它是作者创作个性的表现，而创作个性主要取决于所处的社会关系。存在决定意识，当彼此所处的社会条件相同或相近时，后人的确比较容易领略前人作品中所流露的思想感情，倘若刻意摹仿，也许能有几分相像。然而，这种社会条件绝不可能完全相同，除了时过境迁之外，个人的经历本来就是千差万别的。因此，对于前人神情的摹仿便不能不受限制。真正的"神似"，应当是在学习的基础上大胆创新的结果。苏轼之所以能够卓立文坛而蜚声千载，正是因为善于推陈出新、独树一帜；他在文艺理论方面的观点也正是由于卓有特识才能流芳千古，至今仍值得我们研究。

（原载《文史哲》1987年第6期）

---

① 王恽：《秋涧先生大全集》卷七十三《书霹雳琴赞后》。
② 黄溍：《午溪诗序》。

"狸猫换太子"故事源头考

伏俊琏　刘子立

在我国的民间文学中,"狸猫换太子"是一则很著名的故事,直至今日,它仍然活跃在说书艺人的口中以及戏曲的舞台上。京剧、蒲剧等有《狸猫换太子》、《遇后龙袍》,梨园戏有《陈州赈》,汉剧有《拷寇珠》,秦腔有《抱妆盒》,淮调有《斩郭槐》,演绎的都是这个传奇式的故事。一般认为,它定型于清代说书艺人石玉昆所编的《三侠五义》中,既是全书的楔子,也是全书最动人心魄的一个大案。其主要情节大致如下:北宋第三代皇帝宋真宗赵恒,年长无子,而他的两个妃子刘妃和李妃相继有了身孕,真宗将她们一起召见,各赐信物,并明言谁生下太子就立谁为皇后。生性阴险的刘妃在太监郭槐的帮助下,把先临产的李妃所生之子换成剥了皮的狸猫,并诬陷李妃生下妖孽,李妃被打入冷宫。太监总管陈琳与宫女寇珠以食盒将太子救出宫,送至八贤王府养育。刘妃对此有所察觉,便命陈琳拷打寇珠,寇珠撞柱而亡。此后,囚禁李妃的冷宫又突然起火,李妃趁机逃出,流落民间,遇到包拯巡游。李妃向包拯诉说冤情,包拯审明此案,接李妃回宫,母子终得团圆,"狸猫换太子"一案的真相得以大白于天下。

这个故事在历史上也能找到一些踪影。主人公之一的"李妃",就是以宋仁宗的生母李宸妃为原型。据《宋史·后妃传上》记载,李宸妃原本只是宋真宗章献皇后的一名侍女,皇后令她负责真宗的寝息,每天为真宗铺床叠被,抱衾送枕。李妃生得容貌婉丽,性情柔和,兼之知书达礼,甚得真宗喜爱,天长日久,怀有身孕,便生下了仁宗。生了仁宗之后李妃也只得到"婉仪"名分,地位卑微。真宗死后,她为真宗守陵,后进位为妃,不久病逝,年仅46岁。她死后,章献皇太后因她曾是侍女,欲以宫人之礼治丧,后来听从丞相吕夷简的建议,将其按皇后之礼厚葬。"初,仁宗在襁褓,章献以为己子,使杨淑妃保视之。仁宗即位,妃嘿处先朝嫔御中,未尝自异。人畏太后,亦无敢言者。终太后世,仁宗不自知为妃所出也。"① 但章献皇后并没有做"狸猫换太子"的事,直到她去世之后,宋宗室、燕王赵元俨才把事实真相告诉了宋仁宗。仁宗听此消息,犹如晴天霹雳,万分悲痛,数日不理朝政,并向全国颁布诏书,公布事实真相,谴责自己未尽生养死葬之孝心(这是戏剧"打龙袍"的由来),追封李宸妃为皇太后,谥号"庄懿",后改"章懿",并且亲自主持迁葬李宸妃的仪式。

应该说,这个跌宕起伏的事件,本身就非常适宜作为传奇的素材。李宸妃一案,事实本来很清楚,宸妃终身不敢认亲生儿子,仁宗二十四年不知生母为谁(仁宗生于1010年,刘后死于1033年),及至昭雪之时,皇帝下诏自责,闹到开棺改葬,震动全国。胡适先生说:"这样的大案子自然最容易流传,最容易变成街谈巷议的资料。"② 更何况史书在

---

① 脱脱等撰:《宋史》卷二四二《后妃传上》,中华书局1977年版,第8616页。
② 胡适:《三侠五义考证》,《中国章回小说考证》,上海书店1980年版,第407页。

记载燕王赵元俨向仁宗道出真相时,还有这样的文字:"后章献太后崩,燕王为仁宗言:'陛下乃李宸妃所生,妃死以非命。'"① 虽然后来仁宗开棺迁葬,已经验明没有被害的事实,但这寥寥数字,已为后世的话本与戏曲拓展了无限的想象空间,埋下了无穷尽的伏笔。

根据这一段著名的公案,后人的创作络绎不绝。其中著名的有元代无名氏的杂剧《李美人御苑拾弹丸,金水桥陈琳抱妆盒》,明代初年又有根据《抱妆盒》一剧演绎成的《金丸记》(王国维《曲录》著录为姚静山所撰,而郑振铎《插图本中国文学史》认为非姚氏所著)。而在小说方面,明代有杂记体的《包公案》,其中的《桑林镇》讲述的也是这个故事,只不过情节变得更为复杂,冤案的昭雪者变成了包公而已。然而,在《三侠五义》之前的这些作品中,虽然都有骗出皇子的情节,但尚不曾发展到像"狸猫换太子"这般匪夷所思的程度。如在《抱妆盒》中,讲刘皇后派宫女寇承御到西宫李美人处,诈传万岁爷要看,将太子诓出宫来。在《三侠五义》据以为蓝本的《包公案》中,也只是说李妃生下一子,刘妃也生下一女。六宫大使郭槐作弊,把女儿换了儿子。至于拿剥皮的狸猫替换太子,谎称嫔妃生下妖孽,似乎前无所承,简直是神来之笔。这般离奇的想象,人们怀疑它的出处,实在也在情理之中。曾经重编《三侠五义》的晚清学术大师俞樾就认为这个故事尤乖史实,殊涉不经,不惜攘袖操翰,亲自改写第一回。俞樾《重编七侠五义序》云:

> 惟其第一回,叙述狸猫换太子事,殊涉不经,白家老妪之谈,未足入黄车使者之录。余因为别撰第一回,援据史传,订正俗说,

---

① 脱脱等撰:《宋史》卷二四二《后妃传上》,第8617页。

改头换面，耳目一新。①

"狸猫换太子"的故事究竟从何而来？序中并没有言明。不过值得玩味的是，俞樾并没有指责石玉昆的诞妄，而是将其归入"俗说"、"白家老妪之谈"，似乎暗示着这个故事早已成为掌故，广泛流传于民间。事实上，学界也似乎同意这一判断，所以对"狸猫换太子"的来历源流，熟视无睹，很少有作考证者。近年来，有学者对此进行研究，认定这段故事出自佛典。如李小荣在《狸猫换太子的来历》一文中，就认为《佛说孝顺子修行成佛经》与《大阿育王经》中，都有着与"狸猫换太子"极其类似的情节，源流关系，昭然若揭。②《佛说孝顺子修行成佛经》伪经的嫌疑太重，而《大阿育王经》中的这段情节，见于梁代著名高僧僧祐所撰之《释迦谱》，翻译既早，流传亦广，我们不妨援引如下：

大阿育王经云：……阿育王得其国土，王取夫人，身长八尺，发亦同等，众相具足。王令相师观之，师言当为王生金色之子，王即拜为第二夫人。后遂有身，足满十月，王有缘事，宜出外行。王后妒嫉，便作方便，共欲除之。募觅猪母即应产者，语第二夫人言："卿是年少，甫尔始产，不可露面视天。"以被覆面，即生金子，光照宫中，盗持儿去，杀之。即以猪子着其边。便骂言："汝云当为王生金色之子，何故生猪？"便取轮头拍，因内后园中伏菜。王还，闻之不悦。久久之后，王出行园，见之忆

---

① 石玉昆述，俞樾重编：《七侠五义》，宝文堂书店1980年版，第1页。
② 李小荣：《狸猫换太子的来历》，《河北学刊》2002年第2期。

念,迎取归宫。第二夫人渐得亲近,具说情状。王闻惊怪,即杀八万四千夫人。①

根据《大阿育王经》以下经文的记载,"杀八万四千夫人"也是阿育王修八万四千座阿育王宝塔的缘起。汤用彤先生说:"阿育王者,威力广被于印土,宣传佛法,至为尽力。其后佛书中载阿育王神迹甚多。释教入华,王之声威当与之俱至。"② 这一则猪仔换太子的故事,也恰好因为与阿育王宝塔的神话关系密切,在内典中十分出名,《诸经要集》第三卷以及《法苑珠林》第三十七卷中都有收录,只是文字略有出入而已。事实上,类似情节的经文在佛经中还有一些,李小荣先生所举的《大阿育王经》并不是孤证。我们再举《大正藏·经藏·本缘部下·杂宝藏经·鹿女夫人缘》的一段:

王即立(鹿女)为第二夫人……后时有娠,相师占言:当生千子。王大夫人闻此语已,心生妒忌,渐作计校:恩厚招喻鹿女夫人左右侍从,饶与钱财珍宝。尔时鹿女,日月满足,便生千叶莲华。欲生之时,大夫人以物瞒眼,不听自看。捉臭烂马肺,承着其下。取千叶莲华,盛着槛里,掷于河中。还,为解眼而语之言:"看汝所生?唯见一段臭烂马肺。"王遣人问:"为生何物?"而答王言:"唯生臭烂马肺之物。"时大夫人而语王言,王喜到惑:此畜生所生,仙人所养,生此不祥臭秽之物?王大夫人即便退其夫人之

---

① 《大正藏》第五十卷,台湾财团法人佛陀教育基金会出版部1998年版,第78页。
② 汤用彤:《汉魏两晋南北朝佛教史》,北京大学出版社1997年版,第6页。

职，不复听见。①

这则"鹿女夫人"的故事，可以说名气更大，流传得更为广泛。在敦煌莫高窟第231窟（中唐）的壁画中，就绘有以此为主题的本生故事②。事实上，这则故事早在三国时代康居国沙门康僧会所译的《六度集经》中就有记载，替换太子的是"刻芭蕉为鬼"③，只不过元魏时期翻译的《杂宝藏经》中的文字更为顺畅，情节更为合理一些，而用来替换太子的物品，也从"刻芭蕉为鬼形像"，变成了"臭烂马肺"。大同小异的情节，在《大方便佛报恩经·论议品第五》中也有。应该承认，随着佛教在中土的影响日益扩大，越来越多的文学作品都明显地带上了佛教的影子。那么，我们是否可以盖棺论定，"狸猫换太子"就是佛经故事的一则中国化翻版呢？

其实，早在这些佛经传入中土之前，中国就有与"狸猫换太子"极其类似的故事。西晋初年在汲冢出土的竹书中有一种《古文周书》，此书已散佚，严可均《全上古三代文》卷十五辑录二则，其中的一则上有这样的记载：

> 周穆王姜后昼寝而孕，越姬嬖，窃而育之，毙以玄鸟二七，涂以麂血，寘诸姜后，遽以告王。王恐，发书而占之，曰："蜉蝣之

---

① 《大正藏》第四卷，第452—453页。
② 金维诺：《鹿母夫人佛经故事》，《美术》1959年第3期。
③ 见《大正藏·经藏·本缘部上·六度集经》卷三："王命工相相其（鹿女）贵贱，师曰：必有圣嗣传祚无穷。王命贤臣娉迎礼备，容华奕奕，宫人莫如。怀妊时满生卵百枚。后妃逮妾靡不嫉焉，豫刻芭蕉为鬼形像，临产以发被覆其面。恶露涂芭蕉，以之示王。众妖弊明，王惑信矣。群邪以壶盛卵，密覆其口投江流矣。"

羽,飞集于户。鸿之庑止,弟弗克理。重灵降诛,尚复其所。"问左史氏,史豹曰:"虫飞集户,是曰失所。惟彼小人,弗克以育君子。"史良曰:"是谓关亲,将留其身,归于母氏,而后获宁。册而藏之,厥休将振。"王与令尹册而藏之于椟。居三月,越姬死,七日而复,言其情曰:"先君怒予甚,曰:'尔夷隶也,胡窃君之子,不归母氏?将寘而大戮,及王子于洽。'"①

严可均辑本乃据李善《文选·思玄赋注》,而明代梅鼎祚《文纪》引此段作汲冢《师春》,未注明出处。《师春》的这段文字有错讹,但大意还是清楚的。故事讲的是周穆王姜后生了儿子后,越姬趁其不备,用"涂以戲血"的玄鸟更换了王子,并立即报告给穆王。穆王请太师占卜,左史和史良用隐语解释占辞,说如果将占辞书写后藏之于椟,可以平安。过了三个月,那个得宠的越姬突然死去,七天后复活了,像变了个人似地讲她生前更换王子的过程,以及在阴曹地府遭到先王怒斥的情况。可以说,这基本上已是一则完备的"狸猫换太子"式的故事。

这则故事具有民间文学的特性。第一,从得名看,它是古代乐师讲史的底本。《晋书》卷五十一《束皙传》云:汲冢竹书中有"《师春》一篇,书《左传》诸卜筮,'师春'似是造书者姓名也"。按《韩非子·十过》记有"师涓"的事,师涓是与晋师旷同时的卫灵公乐师。②《韩非子·十过》还有师延,是殷纣的乐师。《礼记·乐记》曾记子贡向当时著名的乐师问乐,乐师名师乙。《韩诗外传》卷五曾记孔子学鼓琴

---

① 严可均校辑:《全上古三代秦汉三国六朝文》,中华书局1958年版,第109页。
② 《吕氏春秋·长见》则谓师涓是师旷的后世知音,《史记·殷本纪》则以师涓为纣时乐师。按:纣时乐师当是师延,亦见《韩非子·十过》,太史公误记。

于师襄子（亦见《史记·孔子世家》），《淮南子·主术训》作"师堂"，高诱注曰："鲁乐太师"，梁玉绳《汉书人表考》曰："师襄子是卫乐师。"师旷、师涓、师延、师乙、师襄都是乐师，"师"表明其职业，旷、涓、延、乙、襄等是其名。据此，这里的"师春"也应当是名为"春"的魏国乐师。乐师除了音乐讲唱之外，还讲诵故事。《汉书·艺文志》"小说家"著录有"师旷六篇"，虽不必是师旷所作，但它们传自先秦，皆以师旷为题材，说明"师"的职责之一是"讲史"。而鲁国瞽史左丘明讲史的底本便是《左氏春秋》。由此我们推断，《师春》就是魏国乐师讲诵给听众的讲唱文学。

第二，以笔法而论，这则汲冢佚文已经类似于后世的志怪小说，这也为我们探讨中国志怪小说的起源，增添了一则重要的材料。中国最早的志怪小说一直被认为是出现于魏晋时期。1986年，甘肃天水放马滩出土的秦简中有一篇被称作《墓主记》的作品，记叙一个名字叫丹的人死而复活的故事。李学勤先生1990年撰写《放马滩简中的志怪故事》一文指出："所记故事颇与《搜神记》等书的一些内容相似，而时代早了五百来年，有较重要的研究价值。""与后世众多志怪小说一样，这个故事可能出于虚构。也可能丹实有其人，逃亡至秦，捏造出这个故事，借以从事与巫鬼迷信有关的营生。"[①] 放马滩秦简的志怪故事产生的时间，由于对简文的理解不同，有秦昭王八年即公元前299年（何双全：《天水放马滩秦简综述》，《文物》1989年第2期）和秦昭王三十八年即公元前269年（见前揭李学勤文）两说。汲冢《师春》的志怪故事写定的时间难以考定，但根据它讲周穆王故事的情况看，其产生当与《穆天子

---

① 李学勤：《放马滩简中的志怪故事》，《文物》1990年第4期。

传》同时，在经过很长时间的乐师口头讲诵之后，到战国初年被魏国史官写定。那么，《师春》的这则志怪故事比放马滩秦简的志怪故事产生更早，当无疑问。而且从放马滩秦简志怪故事的形式看，它是由下层官吏作为"奇特之事"而写给上级的汇报；《师春》的志怪故事则是魏国乐师的讲诵底本，是更地道的"语体"文学、民间文学。

  第三，从文体上看，《师春》中的这则文字也是很耐人寻味的。全文散文和韵文夹杂使用，记叙的部分用散文，对话用韵文：这应当是"讲诵"的传播形式在文体上留下的痕迹。此外，在这段不长的文字中，大量运用了隐语："蜉蝣之羽，飞集于户。鸿之戾止，弟弗克理。重灵降诛，尚复其所"，"虫飞集户，是曰失所。惟彼小人，弗克以育君子"，等等。而隐语的主要来源，正是早期的民间歌谣，如《吕氏春秋》所记载的黄帝时代的《弹歌》，朱光潜先生就认为"是隐射'弹丸'的谜语"[1]。《诗经》中的民歌有许多就是使用隐语的形式，如《周南·芣苢》就是一首"妇人乐有子"（《毛诗序》）的隐语诗。刘勰《文心雕龙》更集中地指出了春秋战国时期的隐语作品。《谐隐》篇云：

  昔还社求拯于楚师，喻眢井而称麦麹；叔仪乞粮于鲁人，歌佩玉而呼庚癸；伍举刺荆王以大鸟，齐客讥薛公以海鱼；庄姬托辞于龙尾，臧文谬书于羊裘：隐语之用，被于记传。[2]

按"还社求拯"见于《左传·宣公十二年》。"叔仪乞粮"见于《左

---

[1] 朱光潜：《诗论》，生活·读书·新知三联书店1984年版，第30页。
[2] 郭晋稀：《文心雕龙注译》，岳麓书社2002年版，第132页。

传·哀公十三年》，申叔仪与公孙有山的对话用韵诵体。"伍举刺荆王"见于《史记·楚世家》，又见于《韩非子·喻老》，为右司马以隐谏楚庄王；也见于《吕氏春秋·重言》，为成公贾谏荆庄王；又见于《新序·杂事二》，为士庆谏楚庄王；还见于《史记·滑稽列传》，不过变成了淳于髡说齐威王的事。虽传闻各异，但皆用韵诵体。"齐客讥薛公"见《战国策·齐策二》。"臧文谬书"见《列女传》卷三，也用的是韵诵体。"庄姬托辞"一段见《古列女传》卷六："（庄姪对楚庄王言隐事曰）大鱼失水，有龙无尾，墙欲内崩，而王不视。"

此外，还有一则更为有名的材料，那就是被学者称为战国时期的"小说"或"民间赋"的《逸周书·太子晋》，其中师旷就是以隐语的形式问太子晋："温恭敦敏，方德不改，闻物□□，下学以起，尚登帝臣，乃参天子。自古谁？王子应之曰：穆穆虞舜，明明赫赫，立义治律，万物皆作，分均天财，万物熙熙。非舜而谁能！"敦煌俗赋《韩朋赋》中的隐语，就与此相近。因此，《师春》的这段文字大量运用隐语，正是其民间文学性质的又一佐证；从文体上讲，它应当是与《逸周书·太子晋》同类的早期民间讲唱文学。

《师春》中的这段记载与前引佛经中的那几则故事，在情节上有着惊人的相似，但在两者之间，我们又难以找出曾经相互影响的证据（汲冢文献在西晋太康年间才被发现，而《六度集经》在三国时就已由康僧会译出）。这实在是一个极有趣的现象：在两个风格迥异的文化系统中，竟然滋生出情节如此类似的作品。类似的例子还可以再举出一些。古希腊神话有一个这样的故事：皮格马利翁是传说中的塞浦路斯国王。他性情孤僻，常年一人独居。他善于雕刻，孤寂中用象牙雕刻了一尊表现了他理想中女性的美女像。久而久之，他竟对自己的作品产生了爱慕之情。他祈求爱神阿佛罗狄忒赋予雕像以生命。阿佛罗狄忒为他的真诚所感动，就使这个美女雕像活了起来。皮格马利翁遂称她为伽拉忒亚，并娶之为妻。而在唐末无名氏的《闻奇录》中，就有一则情节意趣与之相近的记载：

> 唐进士赵颜，于画工处得一软障，图一妇人甚丽。颜谓画工曰："世无其人也，如何令生，某愿纳为妻。"画工曰："余神画也，此亦有名，曰真真。呼其名百日，昼夜不歇，即必应之。应则以百家彩灰酒灌之，必活。"颜如其言，遂呼之百日，昼夜不止。乃应曰："诺。"急以百家彩灰酒灌，遂活。下步言笑，饮食如常。曰："谢君召妾，妾愿事箕帚。"终岁生一儿。……①

刘守华先生在《一组民间童话的比较研究》一文中也曾提到德国格林童话中的《有三根金头发的鬼》和我国民间广泛流传的一组寻找三根金头发的故事，在主题思想和情节结构上十分相似，属于统一类型，并对这种现象作出了令人信服的分析。② 以上这些，足证《师春》与佛经故事的暗合，并不是文化史上仅见的例子；两者尽可以纳入比较文学"平行研究"的范畴中去。当然，《汲冢周书》中的"玄鸟换太子"故事，与佛经中同类故事相较，年代更为久远，从故事的形式和人物看，理应称得上是"狸猫换太子"的正源。

其实，宫掖之内的明争暗斗，古今中外都不罕见，为了夺嫡而

---

① 李昉等编：《太平广记》，中华书局1961年版，第2283页。
② 刘守华：《民间故事的比较研究》，中国民间文艺出版社1986年版，第16—30页。

想出来的伎俩,更是极其恶毒的;两者之间有这样的巧合,也只能说都是源自于真实的生活。根据《汉书·外戚传》中记载,成帝年间流行过这样的童谣:"燕飞来,啄皇孙。皇孙死,燕啄矢。"歌辞所影射的,正是赵飞燕姐妹杀害成帝其他妻妾所生的子女,以至于成帝无嗣的传闻。如果说这样的比附还有些牵强的话,《明史》中这则与万贵妃有关的记载简直就是现实版的"狸猫换太子"。《明史·孝穆纪太后传》载:

> 孝穆纪太后,孝宗生母也。……时万贵妃专宠而妒,后宫有娠者皆治使堕。柏贤妃生悼恭太子,亦为所害。帝偶行内藏,应对称旨,悦,幸之,遂有身。万贵妃知而恚甚,令婢钩治之。婢谬报曰病痞。乃谪居安乐堂。久之,生孝宗,使门监张敏溺焉。敏惊曰:"上未有子,奈何弃之。"稍哺粉饵饴蜜,藏之他室,贵妃日伺无所得。至五六岁,未敢剪胎发。时吴后废居西内,近安乐堂,密知其事,往来哺养,帝不知也。
>
> 帝自悼恭太子薨后,久无嗣,中外皆以为忧。成化十一年,帝召张敏栉发,照镜叹曰:"老将至而无子。"敏伏地曰:"死罪,万岁已有子也。"帝愕然,问安在。对曰:"奴言即死,万岁当为皇子主。"于是太监怀恩顿首曰:"敏言是。皇子潜养西内,今已六岁矣,匿不敢闻。"帝大喜,即日幸西内,遣使往迎皇子。使至,妃抱皇子泣曰:"儿去,吾不得生。儿见黄袍有须者,即儿父也。"衣以小绯袍,乘小舆,拥至阶下,发披地,走投帝怀。帝置之膝,抚视久之,悲喜泣下曰:"我子也,类我。"……移妃居永寿宫,数召见。万贵妃日夜怨泣曰:"群小绐我。"其年六月,妃暴薨。或曰贵

妃致之死，或曰自缢也。谥恭恪庄僖淑妃。敏惧，亦吞金死。①

不仅情节类似，甚至连出场的人物，都能和"狸猫换太子"逐一对应起来：纪太后就如同李妃，万贵妃就好比刘妃，张敏正是陈琳那样的角色，甚至在那个"婢谬报曰病痞"的婢女身上，我们也能发现寇珠的影子。有趣的是，在《三侠五义》乃至更早的《抱妆盒》中，陈琳是用装果品的盒子将太子偷偷送出的，这个情节，多少和脍炙人口的赵氏孤儿的故事有些相像，在元代纪君祥的杂剧《赵氏孤儿》中，程婴正是将赵氏孤儿藏在药箱之中，才逃过了屠岸贾的追杀。这种相似，似乎也只能用作者在故意模仿来解释。可见，"狸猫换太子"这一则故事，既有中国史实的影子，其所模仿、借鉴的也大多是本土系统内的文学作品，确实应该算作一则中国化的故事。从这个意义上说，将汲冢竹书中的《师春》作为这个流传广泛的故事的源头是最合情理的。

（原载《文史哲》2008 年第 3 期）

---

① 张廷玉等撰：《明史》卷一一三《后妃一·孝穆纪太后传》，中华书局 1984 年版，第 3521—3522 页。

《遵化署狐》故事源流补考

白亚仁

作为中国文言小说研究的一个组成部分,对故事源流的考察一直倍受学术界的重视,在《聊斋志异》研究领域也不乏这方面的成果。笔者根据平时浏览明清书籍的心得,在这里尝试对《遵化署狐》故事的源流作一点补充说明。

《遵化署狐》是《聊斋志异》中一篇并不十分出色的短篇,讲的是诸城丘公任遵化道期间,消灭了一大堆狐狸精,此后唯一幸免于难的狐狸精设法进行打击报复,揭发丘公"剋削军粮,贪缘当路",因此导致丘公罹难。据马泰来先生考证,丘公即丘志充,字左臣,又字六区,山东诸城人,明万历四十一年(1613)进士。丘志充于天启六年(1626)任山西布政使司右布政使、怀来道,于天启七年被捕返京,崇祯五年(1632)被处死。①

---

① 按:在清顺治和康熙年间,诸城此家族姓丘。雍正三年(1725),为避孔子讳,清廷规定要把"丘"字改作"邱",本来姓丘的人都被迫换了姓。本文讨论范围是雍正以前的事情,因此遵循明末清初的称呼习惯,凡是后来的版本改成"邱"的字,一律改回原来的"丘"字。参见马泰来:《诸城丘家与〈金瓶梅〉》,《中华文史论丛》1984年第3辑。

在考证丘志充的生平事迹时,马先生采用了丰富翔实的资料,澄清了不少问题,其贡献令人佩服。但有一个舛误,在此需要纠正。马先生曾想确定丘志充任遵化道的年代,因而参考了乾隆《遵化州志》,但浏览此书的《官职表》时一无所获,发现"竟缺丘志充名",因此只好在《明实录》中寻找有关的记录。他是这样引用《明熹宗实录》卷六十四(影印本第 3056 页)"天启五年十月甲辰"条下的相关记载的:"升湖广布政使司右参政丘志充为河南按察使,遵化道。"在此基础上,他得出"丘志充于天启五年为遵化道"的结论。但这里,显然出现一个令人迷惑的问题:河南按察使怎么可能同时担任远在冀北的遵化道呢?如果我们再仔细查阅《明实录》的记载,会发现"天启五年十月甲辰"条的确切记载是这样的:"升湖广布政使司右参政丘志充为河南按察使;调遵化道石维屏为河南右参政,永平、山石二路兵备。"马先生遗却"调"字,因而误解了丘志充的任职情况。张崇琛先生后来也犯了同样的错误[1]。丘志充实际上并没有担任过遵化道,这就是为什么我们在《遵化州志》里找不到他的名字,这也是为什么《聊斋志异》之外的其他有关丘志充的记载对其任遵化道一事只字不提的原因。

丘志充死后,有关他与狐狸精的故事很快就开始流传,这一点,有好几段文字可以作证。马泰来先生已经注意到了,谈迁(1594—1658)在他的《国榷》中对丘志充遇难的直接原因作了如下记录:"逮山西怀来道右布政丘志充至,下镇府狱。以饷金三千托太医院吏目王家栋营京堂,东厂迹之。论死。"现在可以补充提出,在谈迁的《枣林杂俎》中

---

[1] 张崇琛《〈聊斋志异·遵化署狐〉与丘志充其人》(载《蒲松龄研究》2000 年第 1 期)没有提及马泰来的论文,但似乎利用了他提供的史料,因而误入了歧途。

还有丘志充与妖怪交战的记录:

> 山西怀来道右布政诸城丘志充,公署有楼多祟,闭久矣。丘特登之,积尘累寸,其妖冠进贤,服金绯,凡六七人,或排衙鼓吹,或宴乐,如此不一。尝简丘称都台。其墨淡,留数日字灭。丘计迫,纵射之。妖拍案笑,接其矢。乃纵猎犬,发铳毙数十人,冠绯者预焉。妖虽绝,而丘以通贿营开府,事泄下诏狱,弃市。①

在现存的丘公故事中,这应该是最早的(可能是丘公被处决以后不久写的),或起码是最简单的。谈迁没有把丘志充的对手说成是狐狸,而仅仅把它们形容为妖怪;他也没有把它们的被残杀与丘公的死亡直接联系起来,而只是把两件事情放在一起,让读者自己去玩味前后的因果关系。

比谈迁的记载可能晚几年的有吴江士人叶绍袁(1589—1648)的一段文字。叶绍袁,字仲韶,号鸿振,一号粟庵,一号天寥道人,天启五年(1625)进士,历任北京国子监助教等官,崇祯三年(1630)弃官返乡。弘光元年(1645)夏,清兵南下,六月初四抵达苏州。六月十三日,吴江士人沈自炳领导抗清起义,占领吴江县城,使吴江人民暂时摆脱清王朝的统治。此时恰逢一群山东宾客来投奔叶绍袁家。叶绍袁《年谱续纂》云:"[弘光元年乙酉六月]二十七日,山左宋玉仲、玉叔,王敬哉,谢德修,左萝石夫人挈家避乱来投,家丁俱骁勇,善弓马。有贾如云,故将也,亦在行中。余为桑梓保障计,分宅居之,族中亦相率

---

① 谈迁著,罗仲辉、胡明点校:《枣林杂俎》,中华书局 2008 年版,第 531 页。谈迁的记载以及上面《明实录》的问题都是笔者经过王宪明先生的提醒才注意到的,在这里特向王先生表示衷心的感谢。

授屋，各为居停，屹然如一重镇焉。"① 叶绍袁与这些来宾素不相识，但宋氏兄弟的父亲宋应亨是他天启五年（1625）的同年，而且于崇祯十六年（1643）在其故乡莱阳殉节，其他人也都是有威望的士人，明代遗民叶绍袁一定要尽力帮助这些走投无路的客人。

在《湖隐外史》中，叶绍袁对宋氏兄弟投奔的背景作了如下介绍：

> 宋玉仲名璜，山东莱阳人。庚辰进士，乙丑同年应亨子也。甲申五月，京师失陷，山左烽烟扰起矣。玉仲主泛海之谋，由登抵淮，进广陵，浮扬子，逾北固，历金昌，至武陵居焉，盖曾为杭司理也。乙酉六月，杭不能居，又将择地云间，有告以分湖水乡苍茫灏漾之区，一九封问津处，即可如桃源，而余又年谊也，故来投止。余出受遗堂居之。弟玉叔名琬，诸生，随玉仲在。兄璠，上林院丞，居幼舆家。家丁三十余人，皆缨盔绣甲，弓矢火器之属，精美悉备，远近闻风，造谒者几于何思澄之刺一束矣。②

客人与叶绍袁交谈期间，虽然话题可能主要涉及当时的政治与军事危机，但也免不了谈一些轻松的奇闻轶事。作为山东来的客人，宋氏兄弟自然会向江南东道主介绍他们北方故乡的趣闻。宋琬（1614—1673）当时三十一岁，似乎比其兄更乐于闲聊。他将登州蜃景讲得天花乱坠，说如果条件适宜的话就能看到"城郭楼台，山峦草木；或靓妆之女，衿

---

① 叶绍袁原编，冀勤辑校：《午梦堂集》，中华书局1998年版，附录一，第872页。
② 叶绍袁原编，冀勤辑校：《午梦堂集》附录一，第1066页。宋琬《汾湖行为叶元礼作》诗亦记此事，见辛鸿义、赵家斌点校：《宋琬全集》，齐鲁书社2003年版，第344页。亦可参见《题叶元礼诗刻后》、《叶星期话旧》，载《宋琬全集》，第162、476页。

服临窗；或介胄之士，执戈走马"①。叶绍袁也听得津津有味，随后写了笔记来记录宋琬这些颇有诗意的描述。除了山东半岛的奇景之外，宋琬还提到山东名人的逸事。《天寥年谱别记》云：

> 宋玉叔言：丘六区（名志统，癸丑进士，山左人）任山东方伯，备兵宁武，家属随在。一僮殊美，丘公嬖者也。日尪瘦甚，屡诘之，始云："夜有少姝，年十五六，艳丽无比，自云名胡芳玉，与为伉俪。侍女数人，亦皆美姿。来则所居之室迥非平日矣，帷幕几席，光彩灿烂，酒肴杯斝之类，悉皆山珍海错，犀玉金宝，非人世所有。"丘公命僮："今来，必询其氏族里居。"
>
> 询之，则云："我实狐也，居宁武关城楼上耳。"
>
> 丘公遂发兵以燧焚楼，楼崩而狐走，俱为人形，不啻数十，咆哮入署中，大肆诟厉云："我本不害汝僮，汝何必殄我族？"于是挟僮以去，杳无迹矣。
>
> 一日，丘公大阅，关外有一人骑马，自称胡廷贵，五骑随焉，共六人投材官之幕。丘公校之，精练出群，而语言应对如响，丘公大悦，拔之疏迤中为左右亲兵，凡事与谘商之。时丘公思晋秩开府，将赍白金三千两，入贿当路，恐道梗不可行也，谋于廷贵。廷贵云："若某去，即三万亦无妨耳。"
>
> 丘公喜甚，命二家人同彼六骑，执橐而抵都门。赁居停后，六人遂不见。诘旦，即有缇骑至门云："丘志统以重赂夤缘，有人首发在卫。"即擒二仆，并三千金去。讯治有验，下宁武逮丘公。狱

---

① 叶绍袁原编，冀勤辑校：《午梦堂集》附录一，第905页。

咸，以大辟论。时先帝初也。

在犴狴逾年，丘公方卧未起，晓光照窗上，忽闻窗外有人以手拍窗云："今日廷贵愤得泄矣。"丘公惊寤，方叹为不祥，而驾帖下，丘公典刑。①

一个半月以后，宋氏兄弟与叶绍袁告别，回北方老家去了。《甲行日注》云："八月十三日，山左诸君睹秋风而起感，眷故国以生悲，遂俱别去。"② 宋琬次年应山东乡试中试，顺治四年（1647）考上进士，开始了他颇不顺利的仕途生涯。而和宋氏兄弟分手后没几天，叶绍袁的生活也出现了波折：八月二十日，吴江抗清军战败，叶绍袁失去了最后的希望，决定弃家削发为僧，此后过了三年离乱穷困的生活，于1648年在悲愤中逝世，终年六十岁。

宋琬讲的故事，叶绍袁没有加题目，为了方便起见，我们不妨临时给它定名为《宁武狐》，以区别于蒲松龄的《遵化署狐》。《宁武狐》比《遵化署狐》篇幅长，且情节略有不同，其中有几点值得注意。第一，丘公之所以对狐狸精采取行动是因为其嬖童被狐狸骚扰，"日尪瘦甚"。虽然狐狸后来辩解说："我本不害汝僮"，但此僮的健康似乎确实受到了损害，因此丘公决定镇压狐狸精似无可厚非。第二，丘公虽然有贿赂当路的打算，但当初很犹豫，最后是因为胡廷贵保证不会出事，他才下决心去这么做。第三，当他在监狱里听到外边关于狐狸精的议论，丘志充就把自己的不幸遭遇和狐狸精的复仇联系起来了。《宁武狐》的这些

---

① 叶绍袁原编，冀勤辑校：《午梦堂集》附录一，第904页。
② 叶绍袁原编，冀勤辑校：《午梦堂集》附录一，第918页。

特点给人一种感觉，就是这个故事有可能本来是丘志充编造的，其目的是要把人们的注意力从自己的罪行转向狐狸精的阴险报复。为了获得提拔而给负责人事安排的上司行贿，本来是官场的普遍现象，只要没被发现，行贿者觉得没有什么，但一旦被抓到，自己很尴尬，别人也不会同情，反而会幸灾乐祸。如果这确实是丘志充的经历，那么他有充分的理由去编造《宁武狐》这样的故事，以藏掖肮脏的现实，掩人耳目，在某种程度上也给自己一种心理解脱。①

这当然都是猜测，无法证实。但如果我们参考《天寥年谱别记》中的另一则记载，也许会觉得这个猜测还不算太离谱。下边是叶绍袁于崇祯三年（1630）庚午写下的亲身经历：

> 是年，在都门识邵百朋。浙四明人也，名喻义，癸卯浙江第九名，甲辰会试，以初场怀挟遣戍。今老矣，贫甚，游京师为馆中代笔。余既识之，因问其当日事，邵曰："盖有因也。癸卯冬至京，夜在邸舍阅文，灯下一美妇人珊然而来，见余即下拜，姿色妍丽，年亦甚少，余疑主人家妇女也。骇问其故，曰：'君勿怖。妾非人也，鬼也，陕西人。生前受尊公深恩，怀之九原，恨无以报，今知郎君登贤书，不胜喜悦，探得闱中七题在此，君须宿搆，万无误者，妾之报恩以此耳。'出之，则不知命诸题也，遂日搆思运管，而搁笔即忘，不能忆一字，妇人亦颇相勉。临期又来，曰：'作在，

---

① 关于清代传说给其叙述者提供的心理安慰，可参见 Leo Tak-hung Chan, *The Discourse on Foxes and Ghosts: Ji Yun and Eighteenth-Century Literati Storytelling*, Honolulu: University of Hawaii Press, 1998, p. 69。在当今西方社会，也有人将消除耻辱说成是创作的一个重要作用。可参见 Dinitia Smith, "Finally Telling the Secrets of Her Famous Father", *New York Times*, March 9, 2006, p. E7。

但善忘耳。'妇人曰：'南宫试素宽，姑挟之无虑。'从之，即进，则逻者获矣。七题皆合，内外大惊，以为真通神之奸，遂以戍坐。后乃知父以孝廉令秦中某邑，枉断一节妇，事真烈而为疑案，故含冤假此泄恨也。"

匹妇苦节，仁人君子所当垂悯矣。①

叶绍袁说他在京城遇见邵喻义应该是事实。万历三十一年癸卯（1603）确实有一个叫邵喻义的余姚士人考上了浙江举人②，叶绍袁在北京认识他是完全可能的。如果我们相信邵喻义确实跟叶绍袁讲了上面的故事，我们可以考虑如下的问题：邵喻义的故事是怎么产生的？受过多年无神论教育熏陶的读者，乃至像笔者这样未能受无神论教育熏陶而对鬼的存在有所怀疑的读者，恐怕都会作出这样的回答：这个故事肯定是邵喻义这位潦倒文人胡编的。文言小说的创作恐怕有多种动机和背景。如果说蒲松龄的许多作品的创作动机是挽救现实，为社会主持正义，那么邵喻义讲故事的动机更像是掩饰现实，为自己保全面子。虽然我们现在很容易这样看问题，明末清初的人可不会那么轻易地去否定邵喻义的故事。试看叶绍袁对此故事的反应：这位当时知识界的精英对他听到的故事的可信性没有丝毫怀疑，反而信以为真，还居然一本正经地说"匹妇苦节，仁人君子所当垂悯矣"，似乎被邵喻义的故事深深感动。这说明这种故事在社会上很容易被听众接受。同理，如果丘志充炮制一个对自己有利的故事，也是完全可能的。

---

① 叶绍袁原编，冀勤辑校：《午梦堂集》附录一，第886页。
② 见《浙江通志》（清乾隆元年刻本）卷一四〇，第8页下。

《遵化署狐》的故事是通过何种渠道流传到社会上去的，我们现在自然很难确定。早在1989年，张崇琛先生曾经这样猜测："《遵化署狐》记丘元武祖父（志充）事……其事或由其家族中传出。"[①] 如果我们翻阅丘志广（1595—1677）的《柴村文集》，便可以发现张先生的这个猜想有一定的道理。丘志广是丘志充的从弟，其《山西怀来道传》与《记方伯六区兄逸事》两文记载了许多有关丘志充这位"倜傥文人"的趣事。丘志广与他从兄有过来往，曾于1628年亲自到北京看望正在坐牢的丘志充。其《柴村野老谱记》一文云："三十三，游京师，以方伯兄入请室往视，是岁崇祯元年，为戊辰。"关于丘志充与狐狸精的瓜葛，丘志广在《山西怀来道传》中有这样一段话："迁怀来右布政御，为魏珰所罗织而拘之请室，卒死于法。先为进士，犹未对大廷，村坞有狐，畏而不敢见；及其将祸也，怀来有狐揶揄，公弗之惧。同一狐也，同一公也。畏而惮之者，遂狎而侮之，何也？"[②] 虽然写得不详细，但丘志广这段话说明丘志充的亲人对他与狐狸精交锋的传说有所耳闻，他们对此故事的流传起了一定的作用。

张崇琛在2000年发表的论文中提出，贾应宠（1594—1676）《澹圃恒言》中有另外一条有关丘公的记载，而这个记载更有力地证实了丘氏后裔在故事传播的过程中扮演了重要的角色。贾文如下：

> 明季诸城丘兆麟进士，历升宣府口北道。衙宅后园有高楼，收国初文卷，久锁不开。每见楼上老少男女小人行走，访问吏役，皆

---

① 张崇琛：《蒲松龄与诸城遗民集团》，《蒲松龄研究》1989年第2期。
② 丘志广：《柴村文集》卷七，清雍正刻本，中国科学院图书馆藏，第16页上。

以狐精对。一日操演兵马,暗传围楼,刀剑弓矢齐发,放火烧楼,烧死、射死、斫死无数,只走了三四个。后逾年,谋转宣抚,差家人带银三千两上京,寓天宁寺。见一青衣人至即去。递二日,青衣同锦衣卫校尉执票,上写胡姓某出首等事,遂唤同寺僧将人银搜去。原告在逃。锦衣疏奏,提问,死于狱。其子丘石常,东方名宿也,广文鱼台,清顺治丙申(1656)三月见之,迟之饮,谈及狐精事,曰其事众所口传与稗史所记皆真,亦载家乘。后其孙中甲科。①

张先生曾对此记录表示意外:"奇怪的是,明清之际,不但山左民间盛传丘公遭'狐报'事,即丘志充的后人亦对此事深信不疑……事情可真有点令人莫名其妙了:明明是虚幻之事,大家(包括丘公后裔)却都信以为真,并广为传布。"②而如果笔者上边的假设能够成立的话,丘公后裔主动地参与故事的传播就不足为奇了,因为狐狸精被杀后报怨的故事为其长辈不光彩的下场涂抹了一层传奇色彩,这当然是对家族有利的。

虽然《遵化署狐》的故事原来可能由丘志充编造,但这个故事一经在社会上流传,就有了自己的生命,不再是丘志充及其后裔所能左右得了的。我们虽然无从确定《遵化署狐》的写作年代,但应该不会早于康熙初年,即比叶绍袁记录宋琬提供的故事晚近二十年,也比贾应宠听到的故事晚好几年。这一段时间中,《宁武狐》的故事可能产生了一些变化。与叶绍袁的故事相比,《遵化署狐》有些情节不同:在丘公准备消灭狐狸精的前夕,狐狸精向丘公提出一个较合理的要求:"容我三日,

---

① 张崇琛:《〈聊斋志异·遵化署狐〉与丘志充其人》,《蒲松龄研究》2000年第1期。
② 张崇琛:《〈聊斋志异·遵化署狐〉与丘志充其人》,《蒲松龄研究》2000年第1期。

将携细小避去。"而丘公断然拒绝，立刻采取措施消灭它们，未免有点过分。因此，与《宁武狐》相比，《遵化署狐》多了一个"恶有恶报"的主题，丘志充的残忍不但遭到狐狸精的报复，还受到了"异史氏"的指责。另外，因为在《遵化署狐》中，狐狸精没有引诱丘公去贪缘当路，这个勾当完全是丘公的责任，因此，《遵化署狐》对丘志充更加不利。

丘志充没担任过遵化道，为什么蒲松龄却说丘公与狐狸的冲突发生在遵化呢？笔者认为，有三种可能性：第一，在任怀来道期间，丘志充有可能曾暂时驻遵化，他的名字因此在某种程度上和遵化挂起钩来了。第二，是误传。丘公所任的怀来道就是贾应宠所说的宣府，即位于京城西北的宣化地区，而时间长了，口耳相传趋于以讹传讹，宣化与位于京城东北的遵化或许较容易混淆。第三，蒲松龄（或者其他传播者）有意地把故事地点搬到遵化去了，以便使这个故事的潜台词更为丰富。古代汉人以狐寓胡，而且在晚明时期遵化是明朝军队抵抗关外日益强大的少数民族军事力量的重要基地，把故事地点安排在遵化更彰显此言外之意。① 王宪明先生曾经指出："明边将轻用尼堪外兰之谋，误杀努尔哈赤若祖若父，招致轮回浩劫，其事与丘志充亦相类。叶绍袁《天寥年谱别记》将化身为人，陷害丘志充的妖狐称为'胡廷贵'，这三个字令人联想到'满洲（东胡）朝廷所尊贵'，又令人联想起明清之际满人出神入化的间谍战，'射人于暗，奸类含沙'。曾重创努尔哈赤的有为之将袁崇焕，就是受间谍中伤，惨遭凌迟的。遵化为满洲入关后皇陵所在地，当蒲松龄记载这个故事时，顺治帝已奉安遵化孝陵，如果蒲松龄有意误

---

① 宋懋澄（1573—1620）在其《游汤泉记》中曾对遵化的战略位置作过较详细的介绍，并说："余欲北登边城，望房动静，而宾如已不胜急，会天色黑惨，遂策马归遵化。"宋懋澄撰，王利器校点：《九籥集》，中国社会科学出版社1984年版，第24页。

记，更值得玩味。"①

可能就是因为《遵化署狐》具有这种政治影射的嫌疑，它在乾隆时期没有被收入《聊斋志异》的第一次刻本。青柯亭本的编者赵起杲当时指出："卷中有单章只句，意味平浅者删之，计四十八条。"被删去的四十八条当中，多数的确是"单章只句，意味平浅"的两百字以下的篇章。但也有例外，如《吴门画工》、《乱离二则》、《鸮鸟》、《张氏妇》等故事既不是"单章只句"，又不是"意味平浅"的作品，赵起杲之所以把它们删掉，应该是因为担心这些篇章有触时讳，可能会惹起麻烦。他删掉《遵化署狐》，会不会是出于同样的顾虑？鉴于"狐"的双重意义（我们顺便可以提出，"异史氏"对《遵化署狐》的评论开头说的"狐之祟人，可诛甚矣"，在多心的读者的眼里恐怕有双关语的嫌疑）与遵化所特有的历史含义（赵起杲整理《聊斋志异》时，康熙帝的陵墓早已建在其父亲顺治帝的陵墓附近），赵氏是不是认为《遵化署狐》内容有点儿太敏感，容易被看成是反满情绪的表现？虽然这一点无法证实，但似乎也很难完全排除这种可能性。

（原载《文史哲》2008 年第 5 期）

---

① 见王宪明 2006 年 9 月 8 日致笔者私函。

后 记

《文史哲丛刊》主要收选改革开放四十年来发表在《文史哲》杂志上的精品佳作（个别专集兼收 20 世纪五六十年代以来的文章），按专题的形式结集出版。2010—2015 年先期推出第一辑，包括《国家与社会：构建怎样的公域秩序？》、《知识论与后形而上学：西方哲学新趋向》、《儒学：历史、思想与信仰》、《道玄佛：历史、思想与信仰》、《早期中国的政治与文明》、《门阀、庄园与政治：中古社会变迁研究》、《"疑古"与"走出疑古"》、《考据与思辨：文史治学经验谈》、《文学：批评与审美》、《中国古代文学：作家·作品·文学现象》、《文学与社会：明清小说名著探微》、《文学：走向现代的履印》、《左翼文学研究》十三个专集。

丛刊出版后，受到广大读者的欢迎和喜爱，多数专集一版再版，在学界产生了较大的影响。为满足读者诸君的阅读和研究需要，我们又着手编选了第二辑，包括《现状、走向与大势：当代学术纵览》、《轴心时代的中国思想：先秦诸子研究》、《传统与现代：重估儒学价值》、《道玄佛：历史、思想与信仰（续编）》、《制度、文化与地方社会：中国古代史新探》、《结构与道路：秦至清社会形态研究》、《农耕社会与市场：中国古代经济史研究》、《近代的曙光：明清时代的社会经济》、《步履维艰：中国近代化的起步》、《史海钩沉：中国古史新考》、《文府索隐：中国古代文学新考》、《文史交融：中国古代文学创作论》、《风雅流韵：中国辞赋艺术发微》、《情·味·境：本土视野下的中国古代文论》、《权力的限度：西方宪制史研究》、《公平与正义：永恒的伦理秩序》十六个专集，力求把《文史哲》数十年发表的最优秀的文章以专题的形式奉献给广大读者，为大家阅读和研究提供便利。

　　需要说明的是，在六十多年的办刊过程中，期刊编辑规范几经演变，敝刊的编辑格式、体例也几经变化，加之汉语文字规范亦经历了一个曲折的历程，从而给丛刊编辑工作带来了一定的困难。为使全书体例统一，我们在编辑过程中，对个别文字作了必要的规范和改动，对文献注释等亦作了相对的统一。其余则一仍其旧，基本上保持了原文的本来面貌。

　　由于我们水平有限，本丛刊无论是文章的遴选，抑或具体的编校，都难免存在这样那样的不足，讹误舛错在所难免，敬祈方家读者不吝赐教。

　　还应特别说明的是，在当前市场经济大潮下，学术著作尤其是论文集的出版，因其经济效益微薄，面临一定的困难。但商务印书馆以社会效益为重，欣然接受出版《文史哲丛刊》，这种强烈的社会责任感、高远的学术眼光和无私精神，实在令人钦佩。常绍民、丁波先生还就丛刊的总体设计提出了许多宝贵的建议，诸位责编先生冒着严冬酷暑认真地编校书稿。在此，我们表示衷心的感谢！

文史哲编辑部
2018 年 6 月